Sabine Schoder

The Romeo & Juliet Society

Rosenfluch

Band 1

Ravensburger

TRIGGERWARNUNG

Diese Reihe enthält Themen, die potenziell triggern können.
Auf Seite 416 befindet sich ein Hinweis zu den Themen.

ACHTUNG: Dieser enthält Spoiler für die gesamte Reihe.

MIX
Papier | Fördert gute Waldnutzung
FSC® C111262

1 3 5 4 2

Originalausgabe

Die Zitate auf den Seiten 47, 315, 316, 319 und 320 stammen aus »Romeo and Juliet« von William Shakespeare, übersetzt von August Wilhelm von Schlegel.

Lektorat: Sarah Heidelberger (www.sarah-heidelberger.de)
Illustration vordere Klappeninnenseite: Wahed Khakdan
Umschlaggestaltung und -illustration: © Isabelle Hirtz, Hamburg

Printed in Germany
ISBN 978-3-473-40238-0

ravensburger.com

PROLOG

Ich fühle mich wie ein Einbrecher, der sich selbst klauen will.

Nachts ist der Rosengarten der Akademie noch eindrucksvoller als bei Tag. Zwischen den hohen Hecken leuchten abwechselnd Feuerfelder und Wasserbecken in allen Regenbogenfarben auf. Dazwischen spritzen verschnörkelte Springbrunnen glitzernde Fontänen in die Luft, und herrschaftliche Statuen halten Feuerfackeln mit echten Flammen hoch in den Sternenhimmel. Wäre ich nicht auf der Flucht, würde ich staunend hier rumspazieren.

Rasch werfe ich einen Blick zurück nach oben.

Der Souffleur steht noch immer an derselben Stelle der Treppe, an der wir ihn zurückgelassen haben, und starrt mir mit seiner schwarzen Theatermaske nach. Zumindest spüre ich seinen Blick auf mir, denn sehen kann ich ihn unter seiner Kapuze nicht. Alles an ihm ist vollkommen regungslos, nur der Wind zupft an seiner langen Kutte und lässt sie gegen seine schweren Stiefel flappen. Gänsehaut kriecht mir über den Nacken.

Schaudernd drehe ich mich wieder um. »Du führst mich also wirklich hier raus? Ich dachte, wir dürfen die Akademie nicht verlassen.«

»Dürfen wir auch nicht.«

»Und wieso hältst du es für eine gute Idee, dass ich es trotzdem tue?«

Der Junge vor mir schnaubt amüsiert. »Ich halte das für keine gute Idee. Allerdings halte ich es für eine ausgezeichnete Idee, wenn du den Grund dafür selbst rausfindest.«

»Was willst du damit sagen?«

Er wirft mir einen langen Blick zu. Genau über seinem Kopf, Millionen von Kilometern entfernt, funkelt der Unstern im Nachthimmel und umgibt seine Haare mit einem blassrosa Leuchten. »Ich will damit sagen«, raunt er mit tiefer Stimme, »dass du dir den Weg zurück besser gut merken solltest.«

KAPITEL 1

»Vermisst jemand sein Ohr?« Ich werfe einen Blick auf das silberne Tablett und zupfe mit zwei spitzen Fingern etwas runzelige Haut zur Seite. »Ich hätte auch noch ein Auge anzubieten.«

»Das Ohr zu mir!«, ruft ein verzweifelt aussehender Künstler vor einem der hell erleuchteten Schminkspiegel.

Ich durchquere den Maskenraum des Theaters – der so kurz vor der Generalprobe mit hoch konzentrierten Make-up-Profis, vor sich hin murmelnden Schauspielern und jeder Menge blanker Nerven gefüllt ist – und liefere meine Körperteile ab. Also nicht *meine* Körperteile, natürlich, sondern die Requisiten aus Latex und Gummi, die den Kostümen der Darsteller das gewisse gruselige Extra verleihen.

Die Teile werden schon sehnsüchtigst erwartet. Van Gogh stürzt sich so begierig auf sein angeknabbertes Ohr, dass mir das Glasauge vom Tablett fällt und quer durch den Raum rollt. Ich jage ihm im Zickzackkurs zwischen den Schminktischen hinterher.

»Joy, hast du Warzen?«, ruft mir einer der Maskenbildner nach.

»Jede Menge!« Beim Fenster bekomme ich das Glasauge endlich zu fassen und puste froschgrüne Glitzerreste aus seiner Iris. »Moment noch! Ich hab was ins Auge gekriegt.«

Die Schauspieler brechen in hysterisches Gekicher aus, was ihr Lampenfieber vor dem großen Auftritt verrät.

Grinsend spiele ich mit dem Gedanken, das Glupschauge über meine Schulter zu halten und die nasale Stimme des Intendanten zu imitieren –

Ich sehe, dass ihr hinter meinem Rücken lacht! –, als mich etwas vor dem Fenster ablenkt.

Die Sonne hängt wie eine blutrote Kugel über den schiefergrauen Wellen des Bodensees und färbt einen Streifen des Wassers in gleißendes Kupferrot. Obwohl ich seit drei Wochen hier bin, kann ich mich an diesem Ausblick nicht sattsehen. Natürlich gab es auch in New York spektakuläre Sonnenuntergänge und ebenso in Sydney davor – doch das kleine Bregenz im Herzen Europas hat etwas, wovon die großen Weltmetropolen nur träumen können: Sterne. Hunderte, wenn nicht gar Tausende Sterne, die jede Nacht wie Diamanten über dem riesigen See funkeln.

Schon jetzt blitzt der erste helle Punkt im dunkler werdenden Blau des Himmels auf. Es sollte der Abendstern sein, genauer gesagt unser nächster Nachbarplanet, die Venus. Doch der Punkt zieht einen deutlich erkennbaren Schweif hinter sich her.

»Wie heißt eigentlich dieser Komet?«, frage ich in die Maske, ohne den Blick von seinem weit entfernten Glitzerschweif lösen zu können. »Ich konnte im Internet nichts über ihn finden.«

Irgendetwas an seinem Anblick zieht mich seit Wochen magisch an. Wahrscheinlich nur die Faszination eines Stadtkindes, das zu viele Nächte in Theatern und Schminkräumen verbracht hat. Trotzdem werde ich das Gefühl nicht los, dass er etwas Bestimmtes für mich bedeutet.

Vielleicht liegt es daran, dass Mom jedes Mal ehrfurchtsvoll die Luft anhielt und meine Hand drückte, wenn wir eine Sternschnuppe sahen. Ich konnte ihren klopfenden Puls bis in meine kleinen Finger spüren, wenn sie sich zu mir herabbeugte und mir zuflüsterte, dass ich mir etwas wünschen soll. Es ist eine der wenigen Erinnerungen, die ich noch an sie habe.

»Das ist die untergehende Sonne, New Yorkerin!«, lacht van Gogh neben mir. »Habt ihr die hinter euren Wolkenkratzern nicht gesehen?«

»Ich bin keine New Yorkerin«, höre ich mich automatisch antworten. Mit einem merkwürdigen Gefühl der Sehnsucht löse ich mich vom Anblick des Kometen und werfe dem Künstler einen Blick zu. »Genau genommen bin ich nicht mal Amerikanerin.«

Van Gogh zwinkert mir zu. »Dafür klingt dein Deutsch aber ziemlich amerikanisch.«

»Sag das nicht meinem Dad«, brumme ich. »Er ist total stolz drauf, dass er mir seine Muttersprache beigebracht hat.«

Erstaunt zieht van Gogh die Augenbrauen hoch. »Ich dachte, dein Vater wäre Franzose?«

»Dad hat Moms Namen angenommen. Ich wurde in Paris geboren. Aber ich spreche kein Wort Französisch«, füge ich rasch hinzu, da die Leute an meinen englischsprachigen Highschools immer eine Kostprobe hören wollten. In all den Jahren habe ich meinen Lebenslauf so oft erzählen müssen, dass ich ihn jetzt ohne nachzudenken einfach runterrattere. »Kurz nach meiner Geburt zogen wir nach London und später nach Buenos Aires, bis Dad seine erste große Rolle am Auckland Theatre in Neuseeland bekommen hat. Danach ging's für eineinhalb Jahre nach Sydney und vor einem Jahr dann schließlich nach New York.«

Van Gogh lacht auf. »Paris, London, Buenos Aires, Auckland, Sydney und New York? Klingt so, als wärt ihr auf der Flucht gewesen.«

Sagen wir mal so: Ich hatte fantastische Ausreden, um meine Dates zu beenden. Also die Dates, die ich nicht nur in meiner Fantasie hatte. Okay, okay! Zwei. Es waren nur zwei Dates. Ich bin mir ziemlich sicher, das wilde Herumgeknutsche mit diesem Zombie auf der Halloweenparty zählt auch.

Ich deute mit dem Daumen zum Fenster hinter mir. »Weißt du wirklich nicht, wie dieser Komet heißt?«

Van Gogh linst an mir vorbei. »Ich sehe da draußen leider keinen Kometen. Aber dafür ein Paar verdammt hübscher Augen, die dich sehr interessiert mustern.«

Ich drehe mich um und zucke zusammen, weil plötzlich ein Gesicht hinter der Scheibe auftaucht. Nur um gleich darauf einen kleinen Herzinfarkt zu kriegen, als mir klar wird, wie außergewöhnlich schön dieses Gesicht ist. Ein Junge in meinem Alter steht da draußen, den die Leute an meiner New Yorker Highschool treffenderweise mit *fucking hot* beschrieben hätten. Wobei er eigentlich nicht heiß aussieht, sondern eher eiskalt. Seine Haare sind so hell, dass sie im Sonnenlicht weiß aufleuchten, und seine Augen haben dasselbe glasklare Eisblau, wie ich es in den frischen Gletscherabbrüchen im Süden Argentiniens gesehen habe. Er pocht ans Fenster und lässt mich ein drittes Mal zusammenzucken. Wenn ich mich nicht sofort zusammenreiße, denkt er noch, ich wäre eines dieser lächerlichen Wackelkopfhündchen, die man ins Auto stellt.

»Das ist die Maske! Du hast hier keinen Zutritt.« Van Gogh fuchtelt mit den Armen. »Zur Bühne geht's nach rechts.«

Der Junge bewegt seine Lippen, aber ich kann ihn durch die dicke Verglasung nicht richtig verstehen.

»Soll ich das Fenster aufmachen?«, schlage ich vor.

»Auf keinen Fall!«, tönt es im Chor von allen Seiten. Van Gogh schüttelt hektisch den Kopf. »Wir hatten letztes Jahr einen verrückten Groupie hier drin, der sich von Kopf bis Fuß mit unseren Schminkfarben eingerieben hat. Seitdem sind alle Fenster alarmgesichert.«

Ich blicke zurück zu dem Jungen, der mich noch immer von draußen ansieht, als würde er auf eine Antwort hoffen. »Er wirkt eigentlich nicht so, als würde er sich gleich nackt ausziehen und mit Farben einreiben.«

Bedauerlicherweise nicht, fügt eine Stimme in mir hinzu. Es ist die gleiche Stimme, die mich auch dazu überredet hat, mit diesen Zombies rumzuknutschen. Also dem Zombie auf der Halloweenparty und dem Zombie am Bondi Beach, der nur hirnlos vor sich hin stöhnte, als ich ihn darauf aufmerksam machte, dass sich seine Zahnspange in meinen Haaren verfangen hat.

Van Gogh klopft gegen das Fenster. »Geh weiter! Zur Bühne geht's nach rechts! NACH RECHTS!«

Das letzte Wort scheint der Junge endlich verstanden zu haben, denn er zeigt mit dem Finger in die angegebene Richtung. Van Gogh nickt übertrieben deutlich. Trotzdem schaut der Junge noch mal zu mir, als würde er auf meine Bestätigung warten. Ich zucke die Schultern. Schließlich bin ich erst seit drei Wochen hier, und die verschachtelten Irrwege unter den großen Theaterbühnen dieser Welt haben mich schon immer verwirrt. Außerdem hängt meine Fantasie nach wie vor ein wenig an der

Vorstellung fest, dass er jeden Moment sein Shirt vom Leib reißen und sich grünen Glitzerpuder über den Bauch reiben könnte.

Glücklicherweise kann er keine Gedanken lesen. Er steckt seine Hände lässig in die Jeanstaschen und schlendert gelassen weiter. Allerdings nicht, ohne mir mit seinen eisblauen Augen nachzusehen, bis er um die nächste Ecke verschwunden ist.

Als er weg ist, fällt mir der Komet am Himmel wieder auf.

Er leuchtet bereits eine Nuance heller, und ich muss ein plötzliches Kratzen im Hals wegräuspern. Die letzten Nächte auf dem Dach unseres Wohnwagens, wo ich nach Sternschnuppen und Erinnerungen an meine Mom gesucht habe, haben mir wohl eine kleine sommerliche Erkältung eingebrockt.

»Joy, bist du fertig?«, fragt jemand von hinten.

Ich drehe mich um und entdecke das sommersprossige Gesicht unseres jüngsten Maskenbildners in der Tür. Sein Name ist Eduardo oder Enrico oder vielleicht auch Emilio oder Edgardo. Leider habe ich genau vier Sekunden nach der Vorstellrunde vor drei Wochen alle Namen vergessen, und es war mir zu peinlich, gleich wieder danach zu fragen. Seitdem hoffe ich darauf, dass ihn jemand mit dem Vornamen ruft. Doch unter den Angestellten der Festspielbühne ist er bedauerlicherweise unter einem Spitznamen bekannt, für den wir uns definitiv nicht gut genug kennen.

»Pimmelchen! Hast du etwas Latexkleber dabei?«, will einer der älteren Maskenbildner wissen, was sofort Schamesröte über Möglicherweise-Eduardos Sommersprossen treibt.

»Seine allererste Aufgabe war es, eine prominente Latexnase herzustellen«, flüstert mir van Gogh verschwörerisch zu. »Sagen wir es mal so: Die Form ist ihm nicht ganz geglückt. Sie mussten die Fotos in den Zeitungen verpixeln.«

»Das habe ich schon mitgekriegt«, murmle ich.

Vielleicht-Eduardo entgeht das Getuschel nicht. Er beißt sich auf die Unterlippe und kramt in den zahlreichen Taschen seines Arbeitskittels nach etwas Latexkleber – oder zumindest nach einem Grund, um mir nicht länger in die Augen sehen zu müssen. Ich fische das erstbeste Teil von meinem Tablett und halte es hoch in die Luft. »Für wen ist … ähm … der hellblaue Ziegenbart?«

Mein Ablenkungsmanöver funktioniert. Die Maskenbildner hören endlich auf, über Eduardo zu tuscheln – fangen zu meiner Überraschung aber stattdessen an, wie kleine Kinder zu kichern. Was an ihrer Nervosität vor dem Auftritt liegen muss, denn aufklebbare Haarteile sind nun wirklich nicht besonders witzig. So was kenne ich von meinem Dad. Kurz vor einer Premiere findet er sogar einen platten Reifen an unserem Wohnwagen zum Brüllen komisch.

Van Gogh gluckst vor sich hin. »Das ist für Madame Escalus.«

»Madame Escalus?« Ich mustere den Ziegenbart mit gerunzelter Stirn. In den letzten drei Monaten, in denen Dad seine Rolle von morgens bis abends vor sich hin gemurmelt hat, war nicht ein Wort über eine bärtige Frau zu hören. »Ich wusste nicht, dass sie eine so ausgeprägte Gesichtsbehaarung hat.«

Die Maske explodiert vor Gelächter.

Die Schauspieler krümmen sich auf ihren Sesseln, und die Maskenbildner klopfen sich auf die Schenkel. Lampenfieber hin oder her, das scheint mir nun doch übertrieben. Vor allem, da wir heute nur die Generalprobe haben. Was wird mit denen erst abgehen, wenn prominente Gäste und einflussreiche Kritiker im Publikum sitzen?

Ich-sollte-ihn-wirklich-unbedingt-nach-seinem-richtigen-Namen-fragen-Eduardo kommt zu mir rüber und kratzt sich verlegen am Hinterkopf. »Das ist … ähm … nicht für Madames *Gesicht.*«

Verwirrt mustere ich das blaue Haarteil und bemerke, wie mir eine leicht bekleidete Frau vor einem der Schminkspiegel zuwinkt. Ihre hoch aufgetürmte Lockenperücke ist im selben Hellblau gefärbt, genauso wie der dünne Seidenkimono, der sich glänzend an ihre Rundungen schmiegt. Sie zwinkert mir im Spiegel zu und deutet auf ihren Schritt.

»Oh – *oh!*«, stoße ich hervor.

Die Schauspieler lachen so hysterisch, dass die Maskenbildner hastig Abschminktüchlein aus den Behältern reißen und feuchte Augenwinkel betupfen, bevor die Lachtränen das sorgsam aufgetragene Make-up ruinieren können.

Nennen-wir-ihn-mal-Eduardo ist so nett, die Schamhaarperücke aus meiner spontan versteinerten Hand zu lösen und sie Madame Escalus zu bringen. Ich tackere ein tapferes Lächeln auf mein Gesicht, liefere die restlichen Latexteile ab und tue so, als würden mir die eingesaugten Lippen und bebenden Oberkörper der Theaterleute nicht weiter auffallen. Erst als wir die Maske verlassen und hinter uns der fröhliche Singsang *Pimmelchen und Schamlöckchen gehen durch den Wald* ertönt, gerate ich leicht in Panik. Ich stehe vielleicht etwas auf der Leitung, wenn es um künstliche Körperbehaarung geht, aber mir ist durchaus klar, dass dies die Geburtsstunde eines schrecklichen neuen Spitznamens werden könnte.

»Seit … seit wann nennen die dich eigentlich so?«, versuche ich Eduardo in möglichst beiläufigem Tonfall zu fragen, als wir durch die schummrigen Gänge unter der Seebühne gehen. Könnte ja sein, dass die Sache mit der Pimmelnase erst wenige Wochen zurückliegt, die Maskenbildner und Schauspieler über den Festspielsommer alles vergessen und ich deswegen kein großes Fass aufmachen muss.

Eduardo wirft mir ein schüchternes Lächeln zu. »Seit vier Jahren.«

O Gott.

»Ich werde etwas gegen Schamlöckchen unternehmen müssen«, keuche ich. »Möglicherweise mit roher Gewalt. Ich habe gehört, die Gefängnisse in Österreich sollen total nett sein.«

»Die foltern dich mit müffeligem Bergkäse und traditioneller Volksmusik. Wir haben eine der geringsten Kriminalitätsraten der Welt.«

Ich muss lachen, was Eduardo überrascht. Offenbar hat er das vollkommen ernst gemeint. Einige Sekunden lang sieht er mich mit großen Augen an, bevor er rasch den Blick senkt und an einem losen Faden seines Arbeitskittels herumfummelt. »Wenn du nichts Besseres vorhast, ich meine, ich würde das echt verstehen, falls du keine Lust hast, oder wenn du das Stück lieber alleine anschauen willst, immerhin spielt dein Dad die Hauptrolle und …«

»Hey.« Ich stupse in freundschaftlich von der Seite an. »Ich würde mir die Generalprobe total gerne mit dir zusammen ansehen.«

Eduardos sommersprossige Ohren färben sich in einem tiefen Burgunderrot, das sich leider ziemlich mit seinen fuchsroten Locken beißt, aber er lächelt mich so nett an, dass ich mich spontan bei ihm einhake und ihn über die nächste Treppe hinauf zur Tribüne ziehe. Zwar bin ich mit meinen ausgewaschenen Jeans und dem hellgrünen Baumwollshirt nicht unbedingt theatertauglich angezogen, allerdings gehe ich davon aus, dass mich mit der Seebühne im Hintergrund sowieso niemand allzu genau ansehen wird.

Erst oben fällt mir der Junge mit den eisblauen Augen wieder ein.

Mit plötzlichem Herzklopfen streiche ich mir eine Haarsträhne hinters Ohr und schaue mich dabei möglichst unauffällig um. Die Sonne hat inzwischen den Horizont erreicht und leuchtet so blendend hell zwischen dem Bühnenbild auf dem Wasser hindurch, dass ich Flecken vor meinen Augen wegblinzeln muss. Doch selbst als ich wieder halbwegs klar sehen kann, entdecke ich nur jede Menge Journalisten und Fotografen, die auf den untersten zwei Sitzreihen der Tribüne Platz genommen haben. Ich frage mich, was der Junge von mir wissen wollte. Irgendwie bezweifle ich, dass es nur der Weg zur Bühne war.

Eduardo interpretiert meinen suchenden Blick anders. »Die Plätze hier unten sind zwar am nächsten an den Schauspielern dran, aber die eindrucksvollste Aussicht hat man von weiter oben. Soll ich dir meinen Geheimtipp zeigen?«

Ich lächle ihn an. »Klar doch.«

Wir mopsen uns im Vorbeigehen zwei Sektgläser von einem weiß betuchten Beistelltisch und huschen kichernd über die schmucklosen Betonstufen der Tribüne hinauf. Auf unserer Willkommensführung wurde mir erklärt, dass die Seebühne das ganze Jahr über dem Wetter der Voralpen ausgeliefert ist, weshalb die hochklappbaren Sitze aus nicht sehr theaterhaftem Kunststoff gefertigt wurden. Dafür punktet sie mit dem eindrucksvollsten Hintergrund, den ich je gesehen habe: die schimmernden Wellen eines unendlich lang wirkenden Bodensees und die schmalen Ufer Deutschlands und der Schweiz zu beiden Seiten, die mit den funkelnden Lichtern kleiner Städtchen besprenkelt sind. Eduardo lotst mich zielsicher durch die leeren Reihen und klappt zwei Sitze runter, die nicht ganz in der Mitte liegen.

»Das sieht jetzt noch etwas schräg aus«, erklärt er mit roten Ohren. »Aber das Bühnenbild wird sich im Lauf der Vorführung mehrmals drehen. Von hier aus hast du die beste Sicht auf den Hauptakt und damit auch auf deinen Dad.«

»Klingt super.« Ich mache es mir im Sitz bequem, sauge die frische Seeluft tief in mich hinein und strecke meine Arme weit in den Himmel hoch. Der Sonnenuntergang leuchtet im Sektglas auf und färbt die Blubberbläschen darin leuchtend rot. Aber noch etwas anderes schimmert durch das Glas hindurch. Ich lasse es sinken, ohne den Blick vom Himmel zu nehmen. Da oben ist er wieder, dieser merkwürdig rosafarbene Komet – und er strahlt heller als je zuvor.

»Was denkst du?«, frage ich in Gedanken versunken. »Ist dieser Komet ein gutes Zeichen?«

Der Sitz neben mir knarzt, als Eduardo sich vorlehnt. »Welchen Kometen meinst du?«

»Na, den genau über uns. Er leuchtet heute viel heller als gestern Nacht. Vor drei Wochen war er noch ein winziges Pünktchen.«

»Ich sehe ihn nicht.« Eduardo reibt sich die Augen. »Wahrscheinlich sollte ich mir eine Brille zulegen. Für mich schauen da oben alle Sterne gleich aus.«

Ich runzle die Stirn. »Du erkennst die Sterne, aber keinen hell leuchtenden Kometen, der einen dicken Schweif hinter sich herzieht?«

»Die ziehen alle Schweife hinter sich her. Einer so unscharf wie der nächste.« Eduardo zuckt verlegen die Schultern. »Aber ich bin mir sicher, dass er etwas Gutes bedeutet, wenn du ihn sehen kannst. Denkst du an die Generalprobe? Dein Dad hat auf den größten Bühnen dieser Welt gespielt. Der packt das locker.«

»Du hast bestimmt recht.« Ich halte Eduardo mein Sektglas zum Anstoßen hin. »Auf einen gelungenen Auftritt! Oder wie man in New York sagen würde: *Break a leg, Dad!*«

»Hier sagt man Hals- und Beinbruch.«

Ich blinzle Eduardo leicht verwirrt an, denn seine Lippen haben sich bei diesem Satz nicht bewegt. Überhaupt klang er viel tiefer als sonst. Erst als er die sommersprossige Stirn runzelt und an mir vorbeischielt, wird mir klar, dass jemand anders gesprochen hat. Jemand, der auf dem Platz genau hinter mir sitzen muss. Dabei könnte ich schwören, dass der vor einem Herzschlag noch unbesetzt war. Gänsehaut kribbelt mir über den Rücken hoch, während ich den Kopf langsam nach hinten drehe und an eisblauen Augen hängen bleibe.

Es ist der Junge vom Fenster.

Seine hellen Haare wehen ihm in der sachten Seebrise über die Augen, doch er streicht sie nicht zur Seite. Stattdessen spielt er an einem giftgrünen Schlangenlederarmband herum, das in mehreren Reifen um sein blasses Handgelenk hängt. »In Italien heißt es *in bocca al lupo*, was so viel bedeutet wie *ins Maul des Wolfes*«, fährt er mit zuckendem Mundwinkel fort. »Und im ach so romantischen Frankreich wünscht man sich vor einem Auftritt einfach nur *merde.*«

Mein Blick gleitet über die Sitzreihen hinter ihm, ehe er wie von selbst zurück auf den Jungen fällt. Vielleicht sollte ich fragen, ob er und Eduardo sich kennen, doch aufgrund der Art, wie er den Maskenbildner komplett ignoriert und nur mich ansieht, halte ich das für nicht sehr wahrscheinlich. Plötzlich wird mir das Kratzen in meinem Hals wieder bewusst, und ich muss dem wilden Impuls widerstehen, mein Sektglas in nur einem Zug runterzukippen.

»Dies müssen wirklich die allerbesten Plätze sein«, murmle ich mit einem ahnungsvollen Ziehen im Bauch. »Immerhin sind sonst alle Reihen leer. Auf der gesamten Tribüne mit … ähm … fast siebentausend Sitzen. Dass sich jemand genau hinter mich setzt, ist doch kein … *Zufall?*«

Der Junge fängt an zu grinsen.

KAPITEL 2

»Du … du bist nicht vom Theater«, stellt Eduardo fest.

Der Junge grinst noch breiter. »Nein, bin ich nicht. Aber man könnte sagen, ich bin quasi auf der Bühne aufgewachsen.« Er lässt es wie einen Insiderwitz klingen, hat offenbar jedoch nicht das geringste Bedürfnis, uns einzuweihen. Für einige Sekunden betrachtet er sein Schlangenlederarmband. Ich könnte meine Socken drauf verwetten, dass es eben noch viel lockerer um sein Handgelenk hing, und … hat es jetzt nicht sogar eine Windung mehr?

Sein plötzlicher Blick zu mir lenkt mich ab.

»Wie ist dein Name?«, fragt er und mustert mich dabei so intensiv, dass ich die türkisblauen Sprenkel in seinen Augen zählen könnte.

Ich runzle die Stirn. »Wie ist denn *dein* Name?«

Er schnaubt amüsiert. »Entschuldige, wo bleiben meine Manieren? Meine Diplomatielehrer wären entsetzt«, meint er in einem leicht spöttischen Unterton. »Darf ich mich vorstellen? Ich heiße Rhyme …«

»CAPULET!«

Wir alle zucken zusammen. Eduardo richtet sich wie ein Hase auf, der einen Fuchs wittert, der fremde Junge stöhnt genervt, und ich schnelle im Sitz herum, um nachzusehen, wer so entrüstet zu uns herübergerufen hat. Ein weiterer Junge, den ich ebenfalls noch nie gesehen habe, kommt eine Reihe weiter unten angestapft und feuert uns finstere Blicke entgegen. Genau genommen feuert er nur *einem* finstere Blicke entgegen.

»Verdammt noch mal, Capulet! Wäre es zu viel verlangt gewesen, mir zu sagen, dass du sie gefunden hast?! Ich habe drinnen sämtliche Damen- und Herrentoiletten durchsucht und bin in *jeder einzelnen* angemacht worden.«

Ich schaue zurück zu diesem – wie sagte er? Rhyme? – und spüre das flatterhafte Gefühl einer Vorahnung im Magen, als wüsste ich längst die Antwort auf meine nächste Frage. »Was meint er mit … *sie gefunden?*«

Rhyme antwortet mir, ohne seine Augen von dem Neuankömmling zu nehmen, so als wären die Worte eigentlich für diesen bestimmt. »Du hast es doch selbst vorhin gesagt. Das hier sind die besten Plätze. *Die* habe ich gefunden.« Bevor ich darauf etwas erwidern kann – zum Beispiel, dass es nicht sehr glaubhaft klingt, dass jemand die besten Plätze auf den Toiletten der Innenräume sucht –, fügt er hinzu: »Und ich habe sie *gerade erst* gefunden. Vor kaum einer Minute.«

Das lässt den anderen Jungen verstummen.

Ich drehe mich zu ihm, doch sein Blick gleitet im selben Moment von mir ab. Er lässt sich in den Sitz unter mir fallen und streift seine kohlrabenschwarzen Haare zurück. Diesem Rhyme könnte er nicht unähnlicher sehen. Wo der erste Junge hell und blass wirkt, ist der Neuankömmling dunkel und braun gebrannt. Und dennoch verbindet die beiden etwas, das sich nur schwer in Worte fassen lässt. Es ist mehr ein Gefühl, das ich habe, etwas, das über ihr Äußeres hinausgeht. Eine Art gemeinsamer Ausstrahlung.

Rhyme beugt sich über die Sitzlehne und sieht mich erwartungsvoll an. »Wir waren gerade bei deinem Namen, richtig?«

Warum ist er so versessen darauf, meinen Namen zu erfahren? Plötzlich fällt mir van Goghs Warnung ein, das Fenster in der Maske nicht zu öffnen, um keinen verrückten Groupie hereinzulassen. Könnte dieser Rhyme doch einer sein? Mein Dad ist immerhin ein bekannter Theaterschauspieler. Wie bei so vielen Künstlern bedeutet das nicht zwangsläufig, dass er mit seiner Leidenschaft besonders viel Geld verdient – für Lösegeldforderungen potenzieller Kidnapper ist seine Gage definitiv nicht lohnenswert –, aber vielleicht geht es hier nicht um Geld …

»Joy«, erwidere ich sicherheitshalber nur.

Rhyme lächelt. »Und weiter?«

»Einfach nur Joy, okay?«

»Da hörst du, was du angerichtet hast, Montague«, schnaubt Rhyme. »Einfach-nur-Joy vertraut mir nicht mehr.«

Ich ziehe eine Augenbraue hoch. »Wer sagt, dass ich das jemals getan habe?«

Der dunkelhaarige Junge macht ein amüsiertes Geräusch und dreht sich nach mir um. Erst jetzt fällt mir die Farbe seiner Augen auf, die mindestens genauso ungewöhnlich ist wie die des anderen Jungen. Statt eisigem Gletscherblau sind seine allerdings so warm wie frisch geschmolzenes Gold. »Ich heiße Cut. Und falls dich dieser Typ hinter dir nervt, lass mich dir versichern: Er ist immer so.«

»Leck deine Pfoten, Montague«, tönt es ungerührt von hinten.

»Miau!« Cut krümmt seine Finger zu Krallen und tut so, als würde er wie eine Katze nach Rhyme tatzen. Ich muss trotz allem ein wenig schmunzeln. Die beiden Jungs scheinen zwar auf Kriegsfuß zu stehen, erinnern mich aber eher an zwei trotzige Kleinkinder im Sandkasten, die sich gegenseitig die Schaufel wegnehmen wollen. Hinter ihren Worten steckt keine echte Abneigung, sondern eher so etwas wie brüderliche Rivalität. Als Cut mein Lächeln entdeckt, erwidert er es auf eine Art und Weise, die Funken in der Nacht schlagen lassen könnte. Langsam und selbstbewusst verzieht er die Lippen und entblößt dabei schneeweiße Zähne. Er faltet seine Arme über der Sitzlehne und stützt sein Kinn darauf ab. Die goldbraune Haut seiner Hände ist übersät mit winzigen Kratzern.

»Hast du eine Katze?«, frage ich.

Cuts Augen funkeln amüsiert. »Könnte man so sagen. Magst du Katzen?«

»Eigentlich mag ich alle Tiere«, gebe ich zu. »Außer vielleicht Spinnen. Und auf Schlangen steh ich auch nicht so.«

Cut lacht auf, als hätte ich einen Witz gemacht.

Rhyme hingegen fällt fast zwischen unsere Sitze, so überstürzt beugt er sich zu mir. »Schlangen sind absolut faszinierende Geschöpfe. Nicht so leicht um den Finger zu wickeln wie Miezekatzen«, ergänzt er mit einem herausfordernden Blick zu Cut.

»Warum küsst du nicht dein Armband?«, kontert Cut grinsend. »Du brauchst gar nicht zu protestieren, ich hab genau gesehen, dass du das heimlich machst.«

Rhymes Wangen flammen auf. »Er ... er ist noch ein Baby! Er braucht das.«

Ich bin kurz davor, den Faden zu verlieren, als plötzlich alles Sinn macht. Denn Rhymes merkwürdiges Armband beginnt sich zu bewegen. Zuerst halte ich es für Lichtreflexe der Bühnenscheinwerfer, dann muss ich mir eingestehen, dass sich das grüne Schlangenmuster tatsächlich verändert. Was ich für einzelne Reifen an Rhymes Handgelenk gehalten habe, hängt in Wirklichkeit wie eine Spirale zusammen. Und es hat ein Köpfchen. Das es jetzt neugierig hochhebt, um uns alle aus schwarzen Knopfaugen zu mustern.

»EINE SCHLANGE!« Eduardo springt so entsetzt auf, dass sein Sektglas runterfällt und in tausend winzige Scherben zerplatzt. Rhyme hält eine schützende Hand über sein Tier und drückt es sich an die Brust. Cut schüttelt sich nur angewidert Sektspritzer von der Hand. Da keiner der beiden vor der Schlange flieht, zwinge ich mich, ruhig sitzen zu bleiben und so zu tun, als würde mir das Herz nicht bis in die Kehle pochen. Der dünne Hals des Sektglases in meiner verkrampften Faust hält zum Glück durch. Eduardo taumelt einige Schritte von uns weg. »Sorry! Ich ... äh ... Ist das Vieh giftig?!«

Eine ausgezeichnete Frage, wie ich finde.

»Keine Sorge.« Rhymes Lächeln nimmt teuflische Züge an, während er der kleinen Schlange zärtlich über den Kopf streichelt. Ich weiß nicht viel über Reptilien, aber es überrascht mich, dass es dem Tierchen zu gefallen scheint. Jedenfalls schmiegt es sich genüsslich an seine Hand. »Du würdest nichts spüren«, fährt Rhyme mit einem Blitzen in den Augen fort. »Sein Gift lähmt zuerst deine Beine, damit du nicht davonlaufen kannst, dann legt es deine Zunge lahm, damit du nicht schreien kannst, und dann tötet es dich absolut schmerzlos.«

Eduardos Mund klappt vor Entsetzen auf.

»Er ist aber noch zu klein, um dich zu fressen«, fügt Rhyme freundlicherweise hinzu.

Da Eduardo anfängt, rückwärts und ziemlich tollpatschig über die untere Sitzreihe davonzuklettern, springe ich für ihn ein. »Hey, keine Panik. Wenn sie tatsächlich giftig wäre, würden die beiden nicht so gelassen sitzen bleiben. Sie machen sich nur über uns lustig.«

»Das stimmt nicht«, entgegnet Rhyme in vollem Ernst. »Erstens wird Rambo wirklich mal eine tödliche Giftschlange, wenn er groß ist, und zweitens mache ich mich nur über *ihn* lustig. Was dich angeht, ist die Entscheidung noch nicht gefallen.«

»Ach ja?«, fordere ich ihn heraus. »Was hält dich davon ab, *Rambo?* Schüttelst du als Nächstes eine Kakerlake namens Silvester Stallone aus deinem Ärmel, um zu sehen, wie ich drauf reagiere?«

Cut fängt an zu lachen, verschluckt sich aber und hustet in seinen Ellbogen.

Rhyme reckt stolz das Kinn, doch seine Nasenspitze wird rosa. »Die Stallone-Filme sind echte Klassiker. Es ist eine Ehre, seine Tiere danach zu benennen. Und es ist viel einfallsreicher als beispielsweise Fledder.« Seine letzten Worte zielen eindeutig auf Cut ab, doch dieser hustet immer noch und zeigt ihm nur halbherzig den Mittelfinger.

Eduardo scheint nicht herausfinden zu wollen, welche Haustiere die beiden noch haben oder nach wem sie benannt sind. Er hat es fast über zwei Reihen geschafft, bleibt dann jedoch mit dem Stoffgürtel seines Arbeitskittels hängen und kämpft wie eine zappelnde Fledermaus gegen die hochgeklappten Sitzlehnen.

»Soll ich dir helfen?«, fragen Rhyme und ich wie aus einem Mund. Automatisch treffen sich unsere Blicke, aber wir sehen direkt wieder weg. Mein Angebot war nett gemeint, doch Eduardo hat offenbar nur Rhymes spöttischen Unterton herausgehört. Sein sommersprossiges Gesicht nimmt wieder diesen unvorteilhaften Burgunderton an, und er zerrt so heftig am Stoffgürtel, dass er ihn mit einem Ratschen losreißt. Ohne ein weiteres Wort flieht er durch die Sitzreihen, nur seine roten Ohren verraten mir, wie peinlich ihm die Situation ist. Die Tatsache, dass er mich einfach so mit zwei wildfremden Kerlen zurücklässt, dämpft mein Mitleid allerdings etwas. Zum Glück kann ich selber auf mich aufpassen.

Ich funkle Rhyme an. »Musste das sein?«

»Ich hab doch gar nichts gesagt!«, entrüstet er sich mit weit aufgerissenen Augen.

»Dein Mund hat gezuckt.«

»Was eine angemessene Reaktion auf eine humorvolle Situation ist. Ich kann nichts dafür, dass du eine Witzfigur datest.«

»Wir daten nicht!«

»Ihr schlürft Sekt bei Sonnenuntergang an einem romantischen Seeufer und wollt euch ein Theaterstück ansehen. Wie viel mehr muss für dich passieren, um es ein Date zu nennen?«

»Und bleib bitte jugendfrei. Capulet hatte noch nie eine Freundin«, fügt Cut mit so viel Schadenfreude hinzu, dass er schon wieder husten muss. Rhyme quittiert das mit einem nicht jugendfreien Schimpfwort, was Cut nur noch mehr amüsiert und seinen Hustenanfall so verschlimmert, dass er plötzlich von seinem Platz aufspringen muss und sich nach Luft ringend über die nächste Sitzreihe krümmt.

Ich stehe auf, um ihm auf den Rücken zu klopfen, aber Rhyme ist schneller. Er springt in einem gewagten Satz über meine Sitzreihe hinweg, zieht Cut am Oberarm herum und zwingt ihn dazu, ihn anzusehen. »Hey, es ist noch etwas zu früh, um abzukratzen. Wir haben noch gute zwei Stunden. Versuch, ruhig und langsam zu atmen, okay?«

Cut hört zwar mit dem Husten auf, krallt sich aber so verzweifelt an Rhymes Shirt fest, dass mir mit eiskaltem Schrecken klar wird, warum er mit einem Mal so still ist.

Er bekommt keine Luft mehr!

Automatisch schießt mein Blick umher, um nach Hilfe zu suchen, erst dann fällt mir mein Handy ein. Mit zitternden Händen fummle ich es aus meiner Jeanstasche und entdecke drei verpasste Anrufe, die ich nicht gehört habe, weil ich es für die Generalprobe auf lautlos gestellt hatte. Sie sind von meinem Dad.

»Okay, so ist es gut«, beruhigt ihn Rhyme. »Ein und aus.«

Ich blicke auf und sehe zu meiner Erleichterung, wie Cuts Oberkörper sich langsam hebt und wieder mit Luft füllt. Mehr als eine halbe Minute hat sein Anfall nicht gedauert, aber seine goldbraune Haut ist deutlich blasser geworden. Mein Puls hämmert mir noch immer in den Fingerspitzen.

»Geht's wieder?«, fragt Rhyme in einem so einfühlsamen Tonfall, dass Cut die Stirn runzelt und ich beide Brauen weit nach oben ziehe. Sofort blitzt etwas Schelmisches in Rhymes Augen auf. »Ich verrate auch keinem in der Akademie, dass du dich in der Sekunde deines Todes an meine stählerne Brust geklammert hast.«

Cut reißt seine Hände so überstürzt von Rhyme weg, als hätte er sich an seinem Shirt verbrannt. Sein Gesicht bekommt sofort wieder Farbe. »Das … das steht dir auch noch bevor.« Rhyme lächelt nur milde und streichelt seine Schlange, die sich eng um sein Handgelenk geschlungen hat. Cuts Wangen werden knallrot. Er starrt aufgebracht in den Himmel hoch. »Das liegt nur an diesem verdammten Ding da oben.«

Ich folge seinem Blick. »Meinst du etwa den Kometen?«

Die Köpfe beider Jungen schnellen zu mir herum.

»Den Kometen?« Rhyme klettert über den Sitz und baut sich vor mir auf. Er ist deutlich größer als ich, was bedeutet, dass er seine Schlange ziemlich nah vor mein Gesicht hält. Ich versuche, so unauffällig wie möglich zurückzutreten, doch er schließt den Abstand sofort wieder und nagelt mich mit seinen Eisaugen fest. »Du kannst den Kometen sehen? Sag schon!«

Ich muss mich räuspern. »Kann das nicht jeder? Er ist ja ziemlich hell geworden in den letzten Tagen.«

»Sie … sie ist es wirklich«, staunt Cut neben uns. »Ich hab schon fast nicht mehr dran geglaubt.«

Auch Rhyme starrt mich an, als könnte er meinen Anblick kaum fassen. Dann bricht ein merkwürdiges Geräusch aus ihm heraus, das ich im ersten Moment für Husten halte und erst im zweiten als unterdrücktes Auflachen erkenne. Plötzlich strahlt mir sein Lächeln so blendend weiß entgegen, dass es jeder Zahnpastawerbung Konkurrenz machen könnte. »Wir haben es geschafft! Wir haben tatsächlich noch eine Chance!«

»Eine Chance?« Ich schüttle den Kopf. »Worauf?«

Rhyme setzt zur Antwort an, wird jedoch unterbrochen.

»JOY! JOOOOY!«, dringt es von unterhalb der Tribüne herauf. Ich erkenne Eduardos fuchsroten Lockenkopf und seinen hinterherwehenden Kittel, während er die Betonstufen heraufhechtet. Als er unsere Reihe erreicht, bleibt er beim Anblick der beiden Jungen wie angewurzelt stehen und kommt nicht näher. Stattdessen formt er seine Hände zu einem Trichter vor dem Mund und ruft zu uns herüber: »Weißt du, wo dein Dad ist? Unten warten alle auf ihn! Er ist nicht zur Generalprobe aufgetaucht!«

Die entgangenen Anrufe fallen mir siedend heiß ein.

Mein Dad würde niemals eine Probe verpassen.

Es sei denn … etwas ist passiert!

Ein Handy klingelt, allerdings ist es nicht meins. Cut zupft ein teuer aussehendes Smartphone aus seinem schwarzen Hoodie und hält es sich an die Wange. Seine goldenen Augen richten sich zuerst auf mich, dann auf Rhyme. »Wir sollen runterkommen. Sie haben ihren Vater.«

Mehr brauche ich nicht zu hören. Rhymes Blick wirkt mit einem Mal so, als würde er etwas bedauern, doch ich warte auf keine Erklärung. Stattdessen wirble ich herum, rase durch die Sitzreihen davon und habe nur noch die Feuertreppe vor Augen, von der ich seit meiner Willkommensführung weiß, dass sie hinunter zum Parkplatz führt.

Genau zu unserem Wohnwagen.

Genau zu Dad.

Die schwarzen und weißen Limousinen, die ihn von allen Seiten umstellt haben, sehe ich schon von oben.

KAPITEL 3

Meine Schuhe scheppern so laut auf den Stahlgittern der Feuertreppe, dass ich Rhymes und Cuts Rufe hinter mir zwar hören, aber nicht verstehen kann. Ich will es auch gar nicht. Von Anfang an fand ich es merkwürdig, wie versessen Rhyme auf meinen Namen war, und jetzt ärgere ich mich darüber, dass ich mich vom Geplänkel der beiden Jungs habe ablenken lassen. Was auch immer diese Limousinen bedeuten, die unseren Wohnwagen umstellt haben, eines ist sicher: Sie halten Dad davon ab, dass er rauskommt.

Noch während ich runterrenne, versuche ich ihn anzurufen. Dabei rutscht mir das Handy aus der Hand und fällt durch einen Schlitz ins tiefe Unkraut unter der Treppe. Fluchend springe ich von der letzten Stufe und laufe zu unserem Wohnwagen. »Dad! Hörst du mich? DAD!«

Die Limousinen haben meine Aufmerksamkeit so sehr auf sich gezogen, dass ich die schwarz gekleideten Gestalten, die sie von allen Seiten flankieren, erst bemerke, als sich ihre Gesichter alle zeitgleich in meine Richtung drehen. Mindestens ein Dutzend Sicherheitsleute stehen da rum, in schicken Anzügen, die sich wie maßgeschneidert an ihre mächtigen Oberkörper schmiegen. Drei von ihnen heben ihre Hände an die Ohren, eine Geste, wie ich sie schon in Hunderten Actionfilmen gesehen habe: Sie empfangen einen Funkspruch über ihre Ohrstöpsel.

Mein Sprint gerät ins Stocken.

Ich stolpere noch einige Schritte auf sie zu, bleibe dann aber unsicher stehen. Mache ich mit meinem überstürzten Ansturm vielleicht genau das, was sie wollen? Sollte ich nicht besser zur Polizei gehen? Aber als mein Kopf zuerst in die eine Richtung und dann in die andere schwenkt, muss ich mir eingestehen, dass ich keine Ahnung habe, wo die nächste Polizeistation ist. Und selbst wenn ich es wüsste – mir bleibt keine Zeit mehr. Hinter mir höre ich bereits den Lärm von mehreren Paar Schuhen auf der Feuertreppe.

»Joy!«, ruft Rhyme mir nach. »Lass es mich erklären!«

Ich schaue zurück. Cut hängt Rhyme dicht auf den Fersen, hält sein Smartphone ans Gesicht und wirkt nicht besonders glücklich über das, was auch immer er hört. Rhyme hingegen sieht mich direkt an. In dem Moment, als unsere Blicke sich treffen, prallt von hinten etwas gegen mich.

Ich reagiere automatisch und versuche, mich loszureißen, ehe ich überhaupt kapiert habe, was eigentlich los ist. Von beiden Seiten packen mich die Anzugträger bei den Armen und haben mich so schnell fixiert, dass ich erst protestieren kann, als ich längst in ihren Klammergriffen feststecke. »Hey! Lasst mich los! Was soll das?!«

Rhymes Gesichtsausdruck wird mörderisch, sein Blick feuert allerdings an mir vorbei. Statt mir zu Hilfe zu eilen, bleibt er mit verschränkten Armen vor uns stehen und reckt selbstbewusst das Kinn. »Lasst sie los!«

Einer der Anzugträger antwortet. »Unsere Befehle lauten anders.«

»*Ich* gebe eure Befehle«, erwidert Rhyme so eiskalt, dass sich meine Brust vor Schreck zusammenzieht. Cut tritt neben ihn, lässt sein Handy im Hoodie verschwinden und korrigiert ihn mit ähnlich kalter Stimme. »*Wir* geben eure Befehle. Und wir übernehmen sie ab hier. Haben wir uns klar ausgedrückt?«

Zu meinem absoluten Erstaunen lassen mich die Anzugträger wirklich los. Sie treten beiseite und senken ihre Köpfe in einer ehrerbietenden Geste. »Jawohl, mein Fürst!«

Mein … *was?*

Ich sollte vielleicht nachfragen, was für ein komisches Spiel hier gespielt wird, aber offen gestanden ist mir egal, mit welchen verstaubten

Titeln diese Leute um sich werfen. Ich will nur eines. Und genau das sage ich auch. »Kann ich jetzt zu meinem Dad?«

Rhymes Ausdruck wird weicher. »Natürlich kannst du das. Er ist in diesem Wohnwagen da.«

»Danke, aber das wusste ich schon.«

Ich wirble herum und stapfe mit geballten Fäusten zu unserem Wohnwagen, damit niemand sehen kann, wie sehr meine Hände zittern. Auf den letzten Metern muss ich mich zusammenreißen, um nicht einfach draufloszustürmen und die Tür einzurennen. Letzteres ist allerdings auch nicht nötig, denn kurz bevor ich die bunt bemalte Wagentür erreiche, kommt mir ein Anzugträger zuvor und hält sie mir wie ein vornehmer Butler auf.

Ich atme tief durch und betrete den Wohnwagen.

Drinnen empfängt mich alles, was ich als Zuhause bezeichne. Van Gogh hat in der Maske darüber gewitzelt, dass sich mein Lebenslauf anhört, als wären wir auf der Flucht gewesen, und ein wenig stimmt das sogar. Wir haben Länder, Schulen und Wohnungen gewechselt wie Fashiontrends. Sogar die Leute, die wir mochten. Nur eine Sache war all die Jahre immer bei uns: Dads alter Wohnwagen, den er als junger Kerl selbst zusammengebastelt hat, um damit auf Weltreise zu gehen. Zumindest bis er Mom in Paris kennenlernte und sich Hals über Kopf in sie verliebte.

Das Knarren der Wohnwagenstufen ist mir genauso vertraut wie die süßlich duftende Möbelpolitur, die mir beim Eintreten in die Nase steigt. Es ist ein großer Camper, doch nicht breiter als ein schmales Zimmer in einem Haus. Und auch wenn jeder Quadratzentimeter mit Stickern ferner Länder und berühmter Theater beklebt ist, auch wenn alle Kleiderhaken, Stuhllehnen und Sideboards unter Dads farbenfrohen Bühnenkostümen verschwunden sind, kann ich alles darin auf einmal überblicken.

Eine fremde Frau steht vor Dads hell erleuchtetem Schminkspiegel und dreht sich nach mir um. An ihrem sorgfältig manikürten Fingernagel haftet etwas kanariengelber Puder, der mich vermuten lässt, dass sie ihre Finger eben noch in Dads Lidschattenpalette hatte. Ihre Haare sind hochgesteckt und genauso hellblond wie Rhymes, ihre Augen jedoch haben die Farbe eines heraufziehenden Sturms. Sie könnte seine Mutter sein oder eine deutlich ältere Schwester.

»Sie ist hier«, stellt sie knapp fest.

Ein Mann mit schwarzem Kurzhaarschnitt dreht sich zu uns um. Er dominiert den schmalen Durchgang, der zu unseren Betten führt, aber hinter seinen breiten Schulterpolstern kann ich Bewegungen ausmachen. Dad steckt halb im Kleiderschrank und wühlt ungeduldig nach etwas. Tiefe Erleichterung rauscht durch mich hindurch. Zumindest ist er wohlauf.

»Sie sieht keinem der Häuser besonders ähnlich«, bemerkt der Mann.

Die Frau reibt sich den Lidschatten von den Fingern und mustert mich von oben bis unten. »Haselnussbraune Haare und eine rosige Hautfarbe, die von überall her stammen könnte. Wahrscheinlich steckt nicht besonders viel von uns in ihr.«

Der Mann schnaubt. »Genug, dass es uns fast das Leben gekostet hätte.«

»Das kann es immer noch«, erwidert die Frau nur.

»Dad!«, rufe ich nach hinten. »Geht es dir gut?«

Seine Antwort kommt tief aus dem Kleiderschrank. »Ja, natürlich! Ich komm gleich raus zu dir, Schatz! Du hast nicht zufällig dein altes Fotoalbum gesehen? Das von London?«

Damit hatte ich nun wirklich nicht gerechnet. Zweifelnd mustere ich diese Fremden, die aussehen, als kämen sie frisch von einer Millionärsgala. »Ich glaube eher nicht, dass diese Leute Fotos von einem nackten Baby in einem Bobbyhelm sehen wollen.«

»Klar will ich!«, ruft Rhyme von draußen.

»Wie süß«, stichelt Cut. »Capulet will sein erstes nacktes Mädchen sehen.«

Ich drehe mich zwar nicht um, doch am Knarren der Stufen und den dumpfen Schlägen gegen die Außenwand kann ich auch so erkennen, dass die beiden darum streiten, wer den Wohnwagen zuerst betritt. Die

Frau und der Mann bekommen das ebenfalls mit, wechseln aber nur einen herausfordernden Blick und mischen sich nicht ein. Rhyme stößt von hinten gegen mich und muss sich an meinen Schultern festhalten, so als hätte man ihm einen kräftigen Schubser verpasst.

»Sorry, Montague weiß nicht, wie man sich benimmt«, flüstert er mir grinsend zu, während er sich an mir vorbeiquetscht. Als er sich neben die Frau stellt und seine Schlange am Handgelenk streichelt, wird mir klar, wie nah sie mir eben noch gewesen sein muss. Ein Schauder läuft mir über den Rücken.

Cut entgeht das nicht. »Schau dir mal ihre Arme an, Capulet.« Er drängt sich ebenfalls an mir vorbei in den Wohnwagen, stellt sich allerdings nicht auf die Seite des Mannes, sondern so weit von ihm weg, wie der begrenzte Raum es zulässt. »Sie findet dich gruselig.«

Ein Schatten huscht über Rhymes Gesicht, als er meine Gänsehaut entdeckt.

Ich reibe sie mir möglichst unauffällig weg.

»Offenbar gruselst du dich auch vor ihm«, mischt sich der Mann nun doch ein. Seine Augen sind heller als Cuts, ein beinahe unnatürliches Gelb, wie bei einer Raubkatze. Er starrt Cut an, als würde er sich jede Sekunde auf zappelnde Beute stürzen. »Oder hast du ihm etwa freiwillig den Vortritt überlassen?«

Die Frau lächelt hochmütig. »Mein Neffe hat sich schlichtweg durchgesetzt.«

Sie ist also Rhymes Tante.

»Von wegen durchgesetzt! Seine Mamba hat nach mir geschnappt!«, verteidigt sich Cut. »Drei Zentimeter weiter, und ihr könntet mich in einem Sarg zurück nach Hause fliegen.«

Rhyme lässt das nur grinsen. »Das war nicht Rambos Schuld. Er hat deine Nase mit einer Ratte verwechselt.«

Cut funkelt ihn an. »Hier hast du eine große Klappe, aber zu Hause gehst du meinen Katzen auffällig oft aus dem Weg.«

»Weil ich keine Haare auf meinen Klamotten haben will. Wir können nicht alle wie Fellabstreifer rumlaufen.«

»Die Mädchen stört das nicht, wenn sie mich ausziehen«, stichelt Cut. »Schon mal mit einem *geredet?*«

»Jetzt reicht es aber! Wir haben keine Zeit für so was!« Der Mann stürmt durch den Gang, was mich zwingt, eine Stufe hinabzutreten. Rhyme und seine Tante werden gegen den Schminkspiegel gedrückt. Er hält Cut einen drohenden Zeigefinger vors Gesicht. »Du bist ein Fürst der Akademie! Benimm dich gefälligst wie einer.«

Cuts Gesichtsfarbe nimmt einen üblen Ton an. »Capulet ist auch …«

»Der Schlangenfürst ist für uns nicht von Belang«, fährt ihm der Mann dazwischen. »Wenn du mein Nachfolger sein willst, erwarte ich mehr von dir. Du bist nicht unersetzbar. Merk dir das!«

Cut schluckt sichtbar, erwidert aber kein Wort.

Auch Rhyme ist auffallend still geworden. Er flüstert seiner Schlange beruhigende Laute zu. Sie hebt ihr giftgrünes Köpfchen und schmiegt es an seinen Nasenrücken. Entweder stimmt die Geschichte mit der tödlichen Mamba nicht oder er hat absolut kein Gespür für Gefahr. Als er meinen Blick bemerkt, lächelt er mir über ihr Zischeln hinweg zu. Ich bekomme erneut eine Gänsehaut.

»Ah, da ist es ja!«, ruft Dad aus dem Kleiderschrank. »Ich wusste, dass es hier ist! Das sind die ältesten Fotos, die ich von Joy und ihrer Mutter habe. Bitte schön.« Er tritt aus dem Schrank und überreicht das Album Rhymes Tante, die es begierig entgegennimmt und wild darin herumzublättern beginnt.

Dad stellt sich neben mich und legt mir locker einen Arm um die Schultern. Er trägt sein Bühnenkostüm, ein von oben bis unten mit bunten Farbklecksen besprenkeltes Gewand, und hat auch seine Haare dazu passend mit Glitzerspray eingefärbt.

Der Intendant der Festspiele muss ihn bereits fieberhaft suchen. Ich mustere sein Gesicht nach einem Hinweis darauf, was hier vor sich geht, aber er lächelt nur glücklich zu mir herab.

»Dad!«, zische ich ihm leise zu. »Was wollen diese Leute von uns?«

»Herausfinden, ob du zu uns gehörst«, erwidert Rhymes Tante, ohne aufzublicken oder mit dem Blättern im Album aufzuhören.

»Das tut sie mit Sicherheit«, informiert Rhyme sie. »Hat Montague das am Telefon nicht gesagt? Sie kann den Unstern sehen.«

»Das hat mein Sohn wohl vergessen zu erwähnen«, herrscht der Mann Cut an. »Warst du zu sehr damit beschäftigt, dir Sprüche für den Schlangenfürsten auszudenken?«

Cut verzichtet auf eine Antwort, starrt den Fußboden aber so eindringlich an, als würde er ihm am liebsten einen Tritt verpassen. Zu meiner Überraschung ist es Rhyme, der für ihn einspringt. »Sie ist diejenige, die wir gesucht haben. Wir sollten keine Zeit mehr verlieren und sofort aufbrechen.«

»Sie ist *wer genau?*«, will ich wissen.

Dabei werfe ich Dad einen eindringlichen Blick zu.

Wieso ist er so still?

Er sieht meinen Blick, drückt aber nur aufmunternd meinen Arm. »Das ist eine hervorragende Frage, mein Schatz.«

Da stimmt doch was nicht!

»Einen Moment noch«, murmelt Rhymes Tante vor sich hin. »Schließlich wollen wir alle wissen, zu welcher Seite sie gehört, nicht wahr? Da! Das ist sie! Ich erinnere mich an ihre Mutter!« Sie sticht ihren manikürten Fingernagel in ein angelaufenes Polaroid meiner Mum, auf dem sie nicht viel älter war als ich jetzt. »Sieh sie dir an, Romeus!« Sie hält Cuts Vater das Album hin, doch der zuckt nur mit den Schulterpolstern und brummt: »Nichts Besonderes. Solche merke ich mir nicht.«

Rhymes Tante gibt einen zufriedenen Laut von sich, klappt das Album mit einem heftigen Schlag zu und betrachtet mich zum ersten Mal so, als wäre ich von Bedeutung. »Zu wem gehört sie?«, hakt Rhyme ungeduldig nach. Auch Cuts Blick hängt wie gebannt an ihren tiefrot geschminkten Lippen, die sie langsam und genüsslich zu einem triumphierenden Lächeln verzieht. »Sie ist eine Capulet!«

Rhyme stahlt mich so plötzlich an, als hätte man einen blendenden Scheinwerfer auf mich gerichtet. Cut hingegen sinkt enttäuscht gegen die Schrankwand. Sein Vater schnaubt bloß. »Damit hast du nichts gewonnen, Giulietta.«

»Eine mehr ist eine mehr«, erwidert Rhymes Tante und klatscht ihre flache Hand auf das Album, als würde sie uns wie schnatternde Kinder zur Ordnung rufen. »Joy fährt also in unserem Wagen zum Flughafen. Ich sorge dafür, dass sie sich wohlfühlt. Romeus, übernimm ihren Vater, wir wollen schließlich, dass er auch weiterhin auf keine dummen Gedanken kommt.«

Wie bitte?! Ich werfe Dad einen wilden Blick zu. Was glauben diese Leute eigentlich, wer sie sind?! Die können doch nicht einfach über uns bestimmen! Meine Gedanken überschlagen sich. Wenn ich spontan losrenne, überrasche ich die Anzugträger vielleicht. Immerhin muss ich es nur über den Parkplatz schaffen, durch die Einlasskontrolle der Seebühne kommen sie nicht problemlos durch. Ich könnte zum Schalter laufen und …

»Moment mal!« Dad plustert seine Brust auf. »Das geht nicht!«

Na endlich! Ich hab mir echt Sorgen um ihn gemacht.

»Ich kann nicht einfach so wegfliegen«, verkündet er mit fester Stimme.

Vor Erleichterung knicken mir fast die Knie ein. Ich hatte schon halb damit gerechnet, dass man ihn unter Drogen gesetzt hat oder so. Immerhin wird er ziemlichen Ärger dafür kriegen, den Beginn der Generalprobe so verspätet zu haben. Mal ganz abgesehen davon, dass es absolut irrsinnig wäre, mit vollkommen fremden Leuten in ein Flugzeug zu steigen.

Dad weist auf sein Bühnenkostüm. »Sehen Sie nicht, was ich trage?«, fügt er kopfschüttelnd hinzu und sieht mit hochgezogenen Augenbrauen von Rhymes Tante zu Cuts Vater. »Ich muss mich natürlich zuerst umziehen.«

Ich kippe fast aus den Latschen.

KAPITEL 4

»Dad! Das kann ja wohl nicht dein Ernst sein!«, rufe ich fassungslos. »Wir können doch nicht mit wildfremden Leuten irgendwohin fliegen!«

Dad blinzelt mich verständnislos an. Er hat sich für seine Rolle falsche Wimpern aufgeklebt und seine Nase mit grünem Glitzer besprenkelt, was in dieser Situation völlig absurd wirkt. Statt mir heimlich zuzuflüstern, dass ich bei nächster Gelegenheit die Fliege machen und die Polizei informieren soll, lächelt er nur gelassen. »Diese Leute wissen genau, was sie tun. Wir müssen ihnen einfach nur vertrauen.«

»Sagt wer?!« Mein Herz beginnt wild zu klopfen.

Das hört sich nicht nach Dad an.

Es hört sich an, als hätte man ihm eine Gehirnwäsche verpasst.

Cuts Vater mischt sich ein. Er baut sich mit seinen breiten Schulterpolstern vor mir auf und durchbohrt mich mit gelbem Raubtierblick. »Dein Vater hat sich dein ganzes Leben lang um dich gekümmert. Du vertraust seinem Urteil vollkommen.«

Meine Wangen werden heiß. »Natürlich vertraue ich ihm! Aber seine Arbeit … Wir wollten den ganzen Sommer hier bleiben … Wir kennen euch doch gar nicht.«

»Noch nicht«, ergänzt Rhymes Tante mit einem warmen Lächeln. Keine Ahnung, weshalb ich ihre Augen vorhin noch als sturmgrau bezeichnet habe. Jetzt wirken sie plötzlich viel weicher und richtig einladend. »Du kannst dich entspannen, Joy. Wir sind eine große Familie und passen gut aufeinander auf. Rhyme wird sich von jetzt an um dich kümmern. Du wirst dich wohl bei ihm fühlen.«

Was zum … ?!

Das Verrückteste an ihren Worten ist: Sie beruhigen mich tatsächlich. In meinem Innern höre ich mich noch aufgebracht Argumente vorbringen, doch diese Stimme wird von einem warmen Gefühl der Familienzugehörigkeit überflutet, bis ich überhaupt nicht mehr begreife, weshalb ich mich so aufgeregt habe. Ich vertraue meinem Dad vollkommen. Genau genommen haben diese Leute uns auch gar nichts getan. Sie müssen schon eine Weile mit Dad über alles geredet haben, bestimmt hat er gute Gründe für alles. Und – mein Blick gleitet weiter zu Rhyme – seltsamerweise fühle ich mich wirklich wohl in der Nähe dieses Jungen, auch wenn ich ihn gar nicht kenne.

Rhymes Lächeln verblasst.

Seine Halsmuskeln treten deutlich hervor, als er sich zu seiner Tante beugt. »Ich denke, es reicht jetzt. Ihr habt sie ausreichend … *überredet.*«

Überredet.

Wieso betont er dieses Wort so merkwürdig?

Ich reibe mir kräftig über die Stirn. Da war noch etwas, das ich unbedingt sagen wollte. Ich hatte einen verdammt guten Grund, mich so aufzuregen. Nur kann ich den beim besten Willen nicht mehr nachvollziehen.

Dad küsst mich aufs Haar. »Du wolltest doch immer eine große Familie haben, oder nicht?«

»Ja …«, flüstere ich etwas benommen. Von der ganzen Aufregung ist mir ein wenig schwindelig geworden.

Die roten Lippen von Rhymes Tante biegen sich nach oben. »Gut, wie ich sehe, verstehen wir uns jetzt.« Sie wendet sich an Rhyme. »Bring Joy zu unserem Wagen.« Sie klingt anders, wenn sie mit ihrem Neffen spricht, nicht wie eine liebevolle Tante, sondern eher wie die Befehlshaberin einer Armee.

Rhyme legt seine Hand (die ohne Schlange) auf meine Schulter und dreht mich sanft zum Ausgang hin. Trotzdem werfe ich Dad nochmals einen Blick zu, um sicherzugehen, dass er das auch wirklich will. Er zwinkert mir mit seinen glitzernden Wimpern aufmunternd zu und hält beide Daumen hoch. Warum nur beschleicht mich so ein merkwürdiges Gefühl dabei?

»Steigt in die Autos«, befiehlt Cuts Vater von hinten.

Mir wird schon wieder schwindelig, aber meine Füße setzen sich zielstrebig in Bewegung. Draußen flankieren die Anzugträger unseren Weg zu den Limousinen. Es ist inzwischen so dunkel geworden, dass die Scheinwerfer der Seebühne weit in den Nachthimmel hinaufstrahlen. Allerdings nicht weit genug, um den funkelnden Schweif des Kometen genau über uns zu erreichen. Wie hat Rhyme ihn vorhin genannt? Den Unstern? Ein merkwürdiger Name. Ich muss mich bei seinem Anblick räuspern, und als ginge es Rhyme ebenso, hustet auch er kurz in seine Armbeuge. Die kleine Schlange an seinem Handgelenk richtet sofort ihr Köpfchen auf, als würde sie sich um ihn Sorgen machen.

Einer der Anzugträger öffnet die Wagentür für uns. Rhyme will mir den Vortritt lassen, doch ich zögere und sehe mich nach Dad um. Begleitet von Cut und seinem Vater steuert er auf eine andere Limousine zu. Neben Cuts schwarzem Hoodie schillert Dads buntes Bühnenkostüm besonders auffällig unter der Parkplatzbeleuchtung. Er fragt gut gelaunt nach seinem Koffer, doch Cuts Vater versichert ihm, dass unser ganzer Wohnwagen bald nachkommt. Gerade als Dad ins Auto steigen will, taucht eine Gestalt aus den Schatten der Seepromenade auf.

»Herr Nouveaux! Da sind Sie ja! Was machen Sie denn?!« Ich erkenne die Stimme, die immer etwas nasal klingt. Es ist der Intendant von Dads Theaterstück, der mit weit ausgebreiteten Armen über den Parkplatz eilt. »Bitte beeilen Sie sich doch! Die Presse wartet seit einer halben Stunde!«

Cuts Vater schneidet dem Intendanten mit einem Ausfallschritt den Weg ab. »Herr Nouveaux ist für eine andere Rolle vorgesehen. Für Ihr Stück ist er nicht geeignet. Sie suchen sofort Ersatz für ihn.«

Der Intendant starrt ihn wortlos an, rauft sich die Haare und geht murmelnd davon. Dad und die anderen steigen in die Limousine ein, als hätte es nie eine Unterbrechung gegeben, und verschwinden hinter abgedunkelten Scheiben.

Fassungslos schüttle ich den Kopf. »Hast du das gesehen? Der Intendant hat einfach getan, was Cuts Vater von ihm wollte. Ohne ein einziges Widerwort! Ich glaub's nicht.«

»Ja«, murmelt Rhyme neben mir. »Lord Montague ist sehr überzeugend. Willst du immer noch einsteigen?«

»Wieso nicht?«, frage ich.

Rhyme lächelt mich zwar an, aber es erreicht seine Augen nicht. Er wirkt schon wieder so, als würde er etwas bedauern. Und tatsächlich, nachdem er sich rasch vergewissert hat, dass seine Tante noch nicht in Hörweite ist, fügt er leise hinzu: »Ich würde nicht mitspielen, wenn ich eine andere Wahl hätte. Aber es hängt einfach zu viel von dir ab, verstehst du?«

»Kein Wort.«

Er gibt einen verständnisvollen Laut von sich. »Und trotzdem steigst du ohne zu zögern mit mir in ein Auto?«

Nein, das wäre …!

Der Schwindel wird heftiger.

Benommen schüttle ich den Kopf. »Ich … fühle mich wohl bei dir.«

Das ist die Wahrheit. Gleichzeitig frage ich mich aber, wieso ich das tue. Wie kann ich mich wohl in seiner Nähe fühlen, wenn ich ihn doch gar nicht kenne? Liegt es vielleicht daran, wie zärtlich er sich um seine kleine Schlange kümmert? Er wirkt nicht wie ein schlechter Mensch auf mich. Das könnte es sein. Alles andere ergibt keinen Sinn.

Rhyme seufzt geräuschvoll. »Ich hoffe, das ändert sich morgen nicht.«

»Wir haben kein Morgen, wenn ihr noch lange hier rumsteht!« Rhymes Tante eilt mit klackenden Absätzen über den Asphalt, presst ihre Hand zwischen meine Schulterblätter und bugsiert mich in die Limousine. »Na los! Rein da!«

Drinnen ist alles wie in einem Hollywoodstreifen. Eine Seite des Autos ist mit einer dick gepolsterten Längsbank ausgestattet, die andere mit einer funkelnden Getränkebar. Rhyme schiebt mich ganz nach hinten und nimmt neben mir Platz. Seine Tante setzt sich ans gegenüberliegende Ende. Einer der Anzugträger steigt ebenfalls mit ein und zwängt sich trotz seiner breiten Schultern auf einen schmalen Hocker neben der Bar. Als wir losfahren, folgt uns eine Reihe von Autos nach, deren Scheinwerfer abgeschwächt durch die getönten Scheiben leuchten.

Der Schlange gefällt das Aufheulen des Motors nicht. Sie löst sich von Rhymes Handgelenk und versucht, unter seinen kurzen Ärmel zu kriechen. Rhyme greift sie behutsam am Hals, winkelt seine langen Beine an und formt ein Nest für sie in seinem Schoß. Dass er dabei seine Straßenschuhe auf der hochglanzpolierten Bar abstellt, stört weder ihn noch seine Tante. »Rambo nimmt die Vibrationen des Automotors viel stärker wahr als wir«, erklärt er. »Aber Fliegen macht ihm zum Glück nichts aus.«

»Ist er wirklich eine Mamba?«

»Ja«, erwidert er voller Stolz.

Mir wird flau im Magen. Am liebsten würde ich ein Stück abrücken, allerdings hat Rhyme mich so weit ans Ende gedrängt, dass mein einziger Fluchtweg über eine Reihe von teuer aussehenden Champagnerflaschen führt. Was eine Flasche Dom Pérignon mit vergoldetem Etikett wohl kostet? Irgendwie bezweifle ich, dass mein spärliches Taschengeld dafür ausreicht. Ich überschlage die Beine und versuche, mich so kleiner zu machen. »Und … ist er tatsächlich giftig?«

Rhyme strahlt mich an. »Absolut tödlich! Willst du ihn mal streicheln?«

Keine Ahnung, was Rhyme in meinem Gesicht entdeckt. Vielleicht wie mein Kiefer runterklappt? Oder wie meine Augen sich weiten? Oder vielleicht bemerkt er die zuckenden Muskeln an meiner Schläfe? Jedenfalls verrät ihm etwas an meinem Anblick, dass ich leicht geschockt bin. Die Erkenntnis dringt mit einem sanften *Oh* aus seinem Mund, dicht gefolgt von: »Hast du etwa Angst vor ihm? Das musst du nicht. Du bist eine Capulet und gegen sein Gift immun. Genau genommen bist du gegen jegliches Gift immun. Ist dir das nie aufgefallen?«

»Äh, nein?«, quetsche ich ungläubig hervor. »Unser … tödliches Gift … war leider immer aus.«

»Du weißt doch, dass sie von ihrer Herkunft bisher nichts wusste«, tadelt ihn seine Tante vom anderen Ende der Sitzbank. »Und damit weiß sie natürlich auch nichts über die besonderen Fähigkeiten unserer Häuser. Normale Menschen halten sich von Gift fern. Du musst mit ihr von vorne anfangen.«

Rhyme runzelt die Stirn. »Wie weit vorn?«

Seine Tante zuckt die Schultern. »Das meiste wird sie mit der Zeit schon mitkriegen. Zuallererst sollte sie wissen, mit wem sie es zu tun hat, findest du nicht? Stell mich vor.«

Behutsam zieht Rhyme eine Hand unter Rambos zusammengerolltem Körper hervor und deckt ihn mit dem Saum seines Shirts zu. Dann weist er mit einer sehr vornehmen Geste auf seine Tante. »Darf ich vorstellen? Lady Giulietta Capulet, Gräfin von Verona und Oberhaupt unseres geschätzten Hauses Capulet.«

Einen Moment lang warte ich auf die Pointe, dann wird mir klar, dass er es absolut ernst gemeint hat. Lady Capulet zieht eine perfekt nachgezogene Augenbraue hoch, offenbar in der Erwartung einer bestimmten Reaktion von mir. Für einen Knicks ist hier definitiv kein Platz, und ich trage auch keinen rauschenden Reifrock, den ich nobel ein paar Zentimeter anheben könnte. »Sehr erfreut«, bringe ich stattdessen hervor. »Joy … Mein Name ist … Joy Nouveaux.«

»Joy *Capulet*«, korrigiert mich die Gräfin von Verona.

Ich widerspreche lieber nicht.

»Nouveaux ist offensichtlich ein Deckname«, fährt sie etwas blasiert fort. »Und ein schlecht gewählter dazu. Weißt du nicht, was er bedeutet?«

Ich schüttle den Kopf. »Ich spreche kein Französisch.«

Sie schnalzt mit der Zunge. »Rhyme spricht acht Fremdsprachen. Alle fließend. Übersetz es für sie.«

Die Barbeleuchtung ist schummrig, trotzdem glaube ich, rosa Flecken zu erkennen, die über Rhymes Hals kriechen. Er sieht mich nicht an, sondern konzentriert sich ziemlich auffällig auf seine Schlange. »Es bedeutet *neu.*«

»Neu.« Lady Capulet schnaubt überheblich. »Ein neuer Name. Ein neues Leben. Und fast hätte es ja auch geklappt, nicht wahr? Fast wärt ihr unter unserem Radar hindurchgeschlüpft. Wie fahrlässig deine Mutter doch war! Sie hätte wissen müssen, dass sie unser aller Leben bedroht. Und auch deines, Joy. Auch dein Leben.«

Moms Autounfall in London ist so lange her, dass ich nur noch ein paar wenige Erinnerungen an sie habe. Aber ich weiß, wie sehr Dad sie geliebt hat, und das reicht mir, um nicht an ihr zu zweifeln. »Was meinen Sie damit? Was sollen diese finsteren Andeutungen?«

Rhyme linst zu seiner Tante. »Soll ich ihr vom Fluch erzählen?«

»Fluch?«, wiederhole ich ungläubig.

Lady Capulet taxiert mich mehrere Sekunden lang, prüft die Uhrzeit auf ihrer funkelnden Armbanduhr und schüttelt den Kopf. »Es sind nicht mal mehr zwei Stunden übrig. Das bedeutet, wir alle werden es am eigenen Leib zu spüren bekommen. Sie wird es sowieso erst glauben, wenn sie es selbst erlebt.«

»Das würde *ich* gerne entscheiden.« Ich stupse Rhyme ungeduldig von der Seite an. »Sagst du es mir bitte?«

Rhyme öffnet den Mund, doch seine Tante kommt ihm zuvor. Sie bläht ihre Nasenflügel, und ihr Tonfall klingt tadelnd. »Mir ist durchaus bewusst, dass du noch viel zu lernen hast, Joy, aber das ist keine Art, mit seinem Fürsten umzugehen.«

Da kriechen nun definitiv rosa Flecken über Rhymes Hals hoch.

Ich ziehe meine Augenbrauen hoch. »Was denn, du bist auch ein Adeliger? Wie viele treffe ich heute denn noch? Hätte ich das gewusst, hätte ich mein Autogrammbuch mitgenommen.«

Rhymes Mund zuckt amüsiert. »Wir sind kein Adel im klassischen Sinn. Bei uns gelten unsere ganz speziellen Titel und Hierarchien.«

»Das ist Rhyme Capulet«, posaunt seine Tante von hinten. »Schlangenfürst von Verona und Oberhaupt der Capuletschüler unserer Akademie. Du bist ihm zu Gehorsam verpflichtet.«

Meine Augenbrauen wandern so hoch, dass es mich nicht wundern würde, wenn sie auf meiner Stirn hängen blieben. Bevor ich allerdings etwas einwenden kann, beugt sich Rhyme so nah zu mir, dass ich seinen

Atem in meinen Haaren spüren kann. »Die erste Empfehlung deines Fürsten lautet: Nicke einfach zu allem, was sie sagt. So wirst du sie am schnellsten los.«

»Ist das deine übliche Vorgehensweise?«, wispere ich.

Rhyme grinst nur und lehnt sich wieder zurück.

Lady Capulet hat von unserem Getuschel nichts mitbekommen, jedenfalls reagiert sie nicht darauf. Sie rattert eine Reihe von äußerst bedeutenden Mitgliedern ihres Hauses herunter, denen ich nun offenbar verpflichtet bin, und langweilt selbst den Anzugträger so sehr, dass ihm sein breiter Unterkiefer fast auf die geschwellte Brust kippt. Erst als sie mitten im Satz stockt und plötzlich nach Luft ringt, schauen wir alle auf.

»Giulietta?« Rhyme nimmt die Füße von der Bar und richtet sich so abrupt auf, dass Rambo vor Schreck unter sein Shirt kriecht. Ein Streifen blasser Haut blitzt unter dem weißen Saum hervor. Allein die Vorstellung, dass eine tödliche Giftschlange über seinen nackten Bauch gleitet, jagt mir Gänsehaut über den Körper.

Lady Capulet hustet in ihre Faust und ordnet mit einer wirschen Handbewegung an, dass sie etwas zu trinken möchte. Der Anzugträger reagiert sofort, findet aber noch ausreichend Zeit, um einen Champagnerkorken knallen zu lassen und ihr einen Schluck der perlenden Flüssigkeit in ein blitzsauberes Kristallglas einzuschenken.

»Immerhin geht ihr stilvoll unter«, murmle ich.

Rhyme, der sich beim Anblick seiner Wein nippenden Tante wieder deutlich entspannt hat, wirft mir einen belustigten Blick zu. »Willst du auch etwas Champagner?«

»Danke, aber den trinke ich nur dienstags und donnerstags.«

Er grinst. »Du verpasst was. Wir könnten ihn mit Blattgold aufpeppen. Die Blubberbläschen zerreißen es in winzige Fetzen und wirbeln es im Glas herum. Sieht toll aus, und man schmeckt es nicht raus.«

»Ich bin eher der Silbertyp«, erwidere ich trocken.

»Dann passt du gut in unser Haus. Unser Wappen ist silbern.« Rhyme deutet auf ein kleines Logo auf seinem Shirt, dem ich bisher keine Beachtung geschenkt habe. Es hat die schlichte Form eines silbernen Wassertropfens. Darunter steht in winzigen Buchstaben das Wort CAPULET. Irgendwie überrascht es mich nicht, dass diese Leute ihre eigene Modelinie besitzen.

Mit gerunzelter Stirn blicke ich auf. »Ihr seid stinkreich, oder?«

»Nein.« Rhyme schüttelt den Kopf, aber sein Grinsen wird noch breiter. »*Wir* sind stinkreich, Joy. Du gehörst jetzt zu uns, schon vergessen?«

Ich schlucke geräuschvoll.

Passiert das alles hier gerade wirklich? Oder weckt mich Dad jeden Moment aus diesem bizarren Traum auf? Vielleicht hätte ich den Schampus doch nicht ablehnen sollen.

Rhyme beschäftigt sich in den nächsten Minuten damit, die Schlange unter seinem Shirt ausfindig zu machen, doch offenbar hat Rambo beschlossen, sich nicht noch mal blicken zu lassen. Geschickt gleitet er Rhyme immer wieder durch die Finger, bis der schließlich die Geduld verliert und sich das Shirt einfach über den Kopf reißt. Eventuell lenkt mich der Anblick seiner Bauchmuskeln ein klein wenig ab, denn erst als die Autotür aufgeht und Cut zu uns hereinschaut, fällt mir auf, dass die Limousine längst stehen geblieben ist.

»Was treibt ihr da?«, fragt Cut ehrlich überrascht. Sein Blick fällt auf die offene Champagnerflasche, dann auf Rhymes nackten Oberkörper und schließlich auf sein zerwühltes Shirt, das es irgendwie in meine Hände geschafft hat, weil es mir auf die Füße gefallen war. Starke Indizien. Mich überkommt das Bedürfnis, die Situation richtigzustellen.

»Wir suchen seine Schlange.«

»Wo? In seiner Hose?« Cut starrt mich einen Moment lang an, dann bricht er in schallendes Gelächter aus. Auch Lady Capulet saugt ihre roten Lippen in den Mund, und sogar der Anzugträger wirkt, als würde er sich auf die Zunge beißen. Rhyme hingegen … Rhyme wird einfach nur knallrot.

»Die Schlange!«, rufe ich. »Ich meine die Schlange!«

Cut taumelt lachend davon.

Lady Capulet hebt ihre Hand und lässt sich schmunzelnd vom Anzugträger aus dem Wagen helfen.

»Die wissen doch, dass du eine Schlange hast«, keuche ich unter einer mächtigen Welle von Schamgefühl hervor. Rhyme wendet mir auffallend rasch den Rücken zu, entdeckt Rambo in der Polsternische seines Sitzes und hängt ihn sich behutsam um den Hals. Als er sich zu mir umdreht, schimmern seine Wangen noch immer rosa. Mehrere Sekunden lang wissen wir beide nicht, wohin wir schauen sollen, dann hält er mir zögernd die Hand hin.

Mein Herz springt mir in den Hals. »Ich kann alleine aussteigen, danke!«

»Davon bin ich ausgegangen«, erwidert er. »Darf ich mein Shirt bitte zurückhaben?«

Oh!

»Natürlich … wolltest du das.« Hastig drücke ich ihm den Stoff in die Hand und suche nach einem praktischen Loch im Boden, in das ich mich werfen kann, um für immer zu verschwinden. Sündteure Limousinen haben offenbar keine Sonderausstattung für peinliche Situationen. Könnte eine Marktlücke sein.

Als ich es endlich aus dem Auto herausgeschafft habe, schlägt mir die frische Abendluft wie eine Wand ins Gesicht. Ich schüttle ein merkwürdig wattiges Gefühl aus meinem Kopf und sehe mich um. Wir befinden uns mitten auf einem Flugfeld. Ein sehr exklusiv wirkender Privatjet wartet mit vorgefahrener Einstiegstreppe auf uns, die mit einem roten Teppich und goldenem Geländer aufwarten kann. Dad verschwindet bereits in der Einstiegsluke, ohne sich noch einmal umzusehen. Das versetzt mir einen merkwürdigen Stich in die Brust.

Ich blicke mich um und entdecke weit hinten die Beleuchtung eines kleinen Flughafengebäudes mit Tower. »Wo sind wir? Und wo fliegen wir hin?«

Rhyme bleibt wie angewurzelt vor mir stehen. Er wartet, bis Lady Capulet die Treppe hochgegangen ist, dann dreht er sich zu mir um und mustert mich neugierig. »Du willst wissen, wohin wir fliegen? Hast du etwa … Zweifel?«

Von irgendwoher ertönen Sirenen. Das Flackern blauer Lichter taucht über dem Flachdach einer angrenzenden Halle auf und lässt mein Herz schneller schlagen. Dann schießt ein weißer Einsatzwagen hinter dem Gebäude hervor und verschwindet zwischen den Lichtern einer Kleinstadt. Nur ein Krankenwagen. Keine Polizei. Meine Hände beginnen zu schwitzen.

»Joy?« Rhyme tritt näher und berührt mich sachte am Arm. »Ist alles okay?«

Ich schaue in seine eisblauen Augen. »Wohin fliegen wir?«

»Nach Hause«, flüstert er. »Nach Verona.«

»Das ist nicht mein Zuhause«, widerspreche ich genauso leise.

»Ich weiß.« Seine Finger gleiten langsam vom Stoff meines Ärmels. Ich folge der Bewegung, und mein Blick bleibt an seiner Schlange hängen, die sich um sein Handgelenk geschlungen hat. Ihre winzige rosa Zunge zischelt mir lautlos entgegen. »Aber vielleicht kann es dein Zuhause werden? Meine Tante hat nicht gelogen, als sie sagte, dass wir eine große Familie sind und …« Er zögert kurz. »… dass ich mich um dich kümmern werde.«

»Ich kenne dich doch gar nicht«, wispere ich fast lautlos.

»Fühlst du dich in meiner Nähe nicht mehr wohl?« Seltsamerweise leuchten seine Augen auf, als er das sagt. Fast so, als fände er das … *bewundernswert.* Sein Blick durchforscht mein Gesicht so aufmerksam, als hoffte er, die Antwort aus meiner Mimik herauslesen zu können. Bevor ich etwas erwidern kann, hallt aber eine andere Stimme über den Flugplatz hinweg.

»Joy! Steig sofort ins Flugzeug!« Der breite Umriss von Cuts Vater zeichnet sich in der hell erleuchteten Luke ab.

Ich laufe auf ihn zu, halte aber noch mal kurz inne und drehe mich um, als ich die Treppe erreicht habe und das goldene Geländer berühre. Rhyme steht noch immer hinten und sieht mir nach. Der Wind bläht sein weißes Shirt und weht seine hellen Haare über die eisblauen Augen. Das Leuchten darin ist verschwunden.

»Komm schon!«, rufe ich zu ihm rüber. »Worauf wartest du noch? Wir müssen sofort einsteigen!«

KAPITEL 5

»Dieses Mädchen geht dich nichts mehr an!«

Überrascht bleibe ich in der Einstiegsluke des Flugzeugs stehen. Drinnen sieht es nicht so aus, wie ich erwartet habe. Als wir vor drei Wochen von New York hergeflogen sind, konnte ich von der Touristenklasse aus einen raschen Blick in die Businessclass erhaschen. Sie war mit breiten Sitzkojen ausgestattet gewesen, denen es bestimmt nicht an Komfort mangelte, aber sie hatte immer noch wie das Innere eines Flugzeugs ausgesehen. Dieser Privatjet tut das nicht.

Cuts Vater steht vor einer Bar, die mit zahlreichen Spirituosen in geschliffenen Kristallflaschen bestückt ist. Hinter einer auf Hochglanz polierten Walnussholztheke rührt ihm ein Butler ein Getränk an. Sein Raubtierblick haftet allerdings auf seinem Sohn. »Sie ist eine Capulet. Damit hat sich das Thema für dich erledigt.«

»Sie alle gehen mich was an, ob ich es will oder nicht!« Cut verschränkt die Arme vor der Brust. Der schwarze Hoodie, sein dunkler Haarschopf und die sonnengebräunte Haut lassen seine goldenen Augen selbst dann noch hervorstechen, wenn er sie wie jetzt zu schmalen Schlitzen zusammenkneift. »Wenn ich unsere Verluste in den Duellen so gering wie möglich halten soll, muss ich schließlich wissen, mit wem wir es zu tun haben.«

Duelle? Verluste? Worum geht's hier eigentlich?

»Lass ihn, Romeus«, mischt sich Lady Capulet ein. Sie hat auf einem Ohrensessel Platz genommen und überschlägt ihre schlanken Beine. Dad sitzt ihr gegenüber und steckt seine glitzernde Nase in eine ledergebundene Getränkekarte. Er merkt nicht mal, dass sie in seine Richtung nickt. »Wir sollten dieses Thema erst anschneiden, wenn unsere … *Fracht* sicher verstaut ist.«

Eine Hand legt sich von hinten auf meine Schulter.

Ich blicke zu Rhyme auf.

»Du kannst dir einen Platz aussuchen.« Er beugt sich zu meinem Ohr herab und flüstert durch meine Haare: »Ich würde eine der antiken Chaiselongues am Fenster empfehlen. Sie sind steinhart, und das bedeutet, dass keiner der Erwachsenen seinen polsterverwöhnten Hintern auch nur in ihre Nähe bringt.«

»Willst du etwa mit mir allein sein?«, ziehe ich ihn auf.

Rhyme grinst nur.

Ich befolge seinen Rat und tappe über einen dunkelroten Teppich zu einer nobel geschwungenen Couch, die mit rotem Samt bezogen ist und nur auf einer Seite eine Rückenlehne hat. Tatsächlich ist die Sitzfläche so dünn, dass ich den Boden sofort durch die Polsterung spüren kann. Rhyme lässt sich auf der Chaiselongue gegenüber nieder und wirkt trotz des harten Untergrunds ziemlich entspannt. Zumindest ein paar Augenblicke lang – bis sich jemand mit einem tiefen Seufzer neben mir auf die Couch fallen lässt.

»Viel länger hätte ich das nicht ausgehalten«, stöhnt Cut und rutscht so nah an mich ran, dass er seinen Arm auf der Lehne hinter meinem Rücken ablegen kann. Er berührt mich zwar nicht, trotzdem spüre ich seine Nähe. »Noch so ein Monat und ich hätte mir freiwillig eine Rose in den Hals gesteckt!«

Eine wirklich *merkwürdige* Aussage.

Rhymes Haltung versteift sich. »Was machst du hier?«

»Auf diesem Planeten? In diesem Leben? Zu dieser Zeit?« Cut bleckt seine Zähne. »Eine Frage, die ich besser mit einem unserer Philosophielehrer erörtern sollte, denkst du nicht?«

Rhyme geht nicht drauf ein. »Sie steht jetzt unter meinem Schutz, das weißt du.«

Cuts Lächeln schwindet. »Reg dich ab, noch haben die Duelle nicht begonnen. Und ich bin genauso wenig scharf drauf, wie du es bist«, fügt er mit einem Seitenblick auf seinen Vater leise hinzu.

Schon wieder das Wort Duelle!

Rhyme erwidert nichts, doch sein eisiger Blick flackert ein wenig.

Ich will gerade nachfragen, als Cut tiefer in die Couch rutscht und seine Beine quer über einen filigranen Kaffeetisch legt, der mit einer schlichten Goldeinlage verziert wurde. Sie sieht dem Wappen der Capulets sehr ähnlich, doch statt einem Wassertropfen handelt es sich um das Symbol einer sachte geschwungenen Flamme. Er pocht mit der Ferse darauf. »Außerdem ist das hier der Privatjet der Montagues, wie du siehst, und ich kann sitzen, wo auch immer ich will.«

Rhyme brummt etwas, das im Aufheulen der Flugzeugturbinen untergeht. Ich taste nach einem Sicherheitsgurt in der antiken Samtpolsterung, ziehe eine goldene Schnalle mit Flammenwappen hervor und spanne den Gurt gerade noch rechtzeitig über meinen Bauch, bevor der Pilot Gas gibt. Der Rückstoß presst mich gegen Cuts Arm, aber er besitzt genug Anstand, um ihn sofort runterzunehmen. Dabei feuert er allerdings ein Lächeln auf mich ab, als hätten wir etwas Unanständiges gemacht. Etwas Unanständiges, das uns beiden gefallen hat, wohlgemerkt.

Rhymes Miene verfinstert sich.

Meine Aufmerksamkeit wird zum Fenster hinausgezogen. Die Lichter des Flughafens flitzen in Sekundenschnelle an uns vorbei und verschwinden mit dem Abheben des Fliegers weit unter uns. Stattdessen erheben sich die dunklen Umrisse der Alpen am Horizont, ausgeleuchtet nur vom Licht der Sterne und … des Kometen. Sein Schweif glitzert näher als je zuvor. Als würde er mir sein Funkeln wie Sandkörner in den Hals streuen, muss ich mich plötzlich räuspern.

»Wieso nennt ihr ihn den Unstern?«, will ich wissen.

Rhyme, dessen Kopf sich ebenfalls zum Fenster gedreht hatte, sieht mich an. »Es wundert mich, dass du das noch nicht rausgekriegt hast. Lassen die Namen unserer Häuser nichts bei dir klingeln? Nicht mal unsere Heimatstadt Verona? Lest ihr keine Theaterstücke in euren Schulen?«

Ich runzle die Stirn. »Was meinst du?«

Cut lehnt sich zu mir. »*Romeo und Julia.* Du weißt schon, das berühmteste Liebespaar aller Zeiten, ein unverzichtbares Vermächtnis der englischen Weltliteratur. Schon mal davon gehört?«

Meine Wangen werden heiß. »Natürlich kenne ich *Romeo und Julia!*«, protestiere ich, füge allerdings deutlich kleinlauter hinzu: »Wir sind umgezogen, bevor es an meiner Highschool in Sydney durchgenommen wurde. Und als ich in New York weitermachte, hatten die das schon durch.«

In jeder einzelnen Schule, die ich bisher besucht habe, war allein die Erwähnung, dass ich zuvor in einem anderen Land unterrichtet worden war, Grund genug, um mich von allen Seiten mit neugierigen Fragen zu löchern. Rhyme und Cut jedoch scheint diese Neuigkeit nicht zu jucken. Vielleicht, weil es für reiche Leute nichts Besonderes ist, zwischen fernen Ländern hin und her zu jetten. Oder aber – sie wussten es bereits. Aufmerksam studiere ich Rhymes Mimik, werde jedoch von Cuts Smartphone abgelenkt, das er mir vors Gesicht hält.

»In unserer Akademie steht *Romeo und Julia* jedes Jahr auf dem Stundenplan«, seufzt er. »Irgendwie beneidenswert, dass du es noch nie lesen musstest. Ich kann den alten Schinken inzwischen auswendig.«

»Ich auch.« Rhyme rollt die Augen.

Mein Blick fällt zurück aufs Handy. Eine Textseite ist geöffnet, die Schrift allerdings so klein, dass ich mich ein wenig vorbeugen muss, um die Zeilen lesen zu können. Ich wispere sie halblaut vor mich hin:

Zwei Häuser, gleich an Würde und Gebot,
Euch in Verona unser Spiel entdeckt:
Wie altem Hader neuer Hass entloht,
Mit Bürgerblut sich Bürgerhand befleckt.
Wie aus der Feinde unheilschwangerm Schoß –
Unsternverfolgt – ein Liebespaar entspringt,
Das erst durch sein unselig bitter Los
Der Eltern Zwist zu spätem Frieden zwingt.

»Unsternverfolgt«, wiederhole ich und schaue auf. »Der Name stammt also aus Shakespeares *Romeo und Julia?*«

Rhyme lehnt sich näher und senkt die Stimme. »Das Stück ist über vierhundert Jahre alt und wurde unzählige Male neu übersetzt und interpretiert. Viele der alten Redewendungen sind heute nicht mehr klar verständlich, und da ausschließlich unsere Familien den Kometen sehen können, wurde der Unstern irgendwann nur noch als reines Symbol des Unglücks gedeutet. Dabei meinte Shakespeare es wörtlich. Wir werden vom Unstern verfolgt.«

»Wir?«, flüstere ich.

Cut stößt mich sanft mit dem Ellbogen an und deutet aufs Handy. Er scrollt einige Zeilen aufwärts zur Personenangabe des Theaterstücks. Zwei der Namen stechen mir sofort ins Auge, da ich sie heute schon mehrmals gehört habe. »Die Namen Montague und Capulet kommen ebenfalls im Stück vor«, staune ich.

Cut lächelt schief. »Es sind nicht irgendwelche Namen. Schau mal, zu wem sie gehören.«

Ich sehe sofort, was er meint. Gänsehaut prickelt mir über den Rücken. »Romeo Montague und Julia Capulet«, lese ich vor. »Ihr tragt die Namen der Hauptfiguren!«

Das lässt Cut leise auflachen.

Auch Rhyme schmunzelt. »Die tragen wohl eher *unsere* Namen«, korrigiert er mich mit einem Hauch von Arroganz in der Stimme. »Shakespeare hat die Geschichte Romeos und Julias nicht erfunden. Er hat sie nur abgeschrieben.«

»Neu geschrieben«, verbessert ihn Cut. »Sie beruht auf Arthur Brookes Gedicht, und wahrscheinlich gab es auch Einflüsse von Painter. Und der wiederum hat es von …«

Rhyme reißt den Mund auf und gähnt übertrieben deutlich.

Cut verstummt und läuft rot an.

»Der Unstern ist jedenfalls nicht erfunden«, fährt Rhyme mit einem Blitzen in den Augen fort. »Und sein Fluch ist es auch nicht.«

Plötzlich sackt der Jet in ein Luftloch.

Mein Herz springt mir in den Hals, und ich kralle mich an der Sitzpolsterung fest. Etwas prasselt gegen das Fenster, und in der Schrecksekunde, bevor ich nach draußen sehen kann, überkommt mich die verrückte Vorstellung, der Unstern säße grinsend vor der Scheibe und würde seinen Glitzerschweif dagegentrommeln. Natürlich sind es bloß Regentropfen, die durch unsere hohe Geschwindigkeit quer am Glas entlanglaufen.

Cuts Vater fängt mit einem Mal heftig an zu husten.

Er springt keuchend vom Ohrensessel auf und hält sein Whiskeyglas vom Anzug weg, um sein Hemd nicht zu bekleckern, aber die braune Flüssigkeit schwappt über den Rand und besprenkelt seine teuer aussehenden Schuhe.

»Lord Montague, ich bringe das in Ordnung!« Ein Butler eilt mit wehendem Handtuch herbei, wird von ihm aber grob zurückgestoßen. Statt sich helfen zu lassen, schleudert Cuts Vater das dicke Glas in einer frustrierten Geste nach vorne zur Pilotenkabine, wo es polternd auf dem Teppich landet. »Können … die sich … nicht beeilen?!«, stößt er krächzend hervor.

Lady Capulet, Rhyme und Cut rühren sich nicht vom Fleck, wirken aber so angespannt, als würden sie jede Sekunde damit rechnen, aus ihren Sitzen aufspringen zu müssen. Sogar mein Dad linst besorgt über das bunte Papierschirmchen seines Cocktails hinweg. Erst als sich Lord Montagues Husten in ein lang gezogenes Röcheln verwandelt und dieser große, breitschultrige Mann, der bisher allen Respekt eingeflößt hat, verzweifelt an seiner Krawatte zerrt, schnellt Rhymes Kopf zu uns herum. »Cut! Hilf deinem Vater!«

Cut zuckt zusammen, als hätte man ihm eine Ohrfeige verpasst. Weiße Panik leuchtet aus seinen Augen, und ich brauche nur einen Herzschlag, um zu erkennen, dass er unter Schock steht und nicht reagieren kann. Noch bevor Lady Capulet aus ihrem Ohrensessel kommt, stürze ich über den roten Teppich und habe Lord Montagues schicke Seidenkrawatte mit wenigen Handgriffen gelockert.

Er fasst sich an die Kehle und gibt ein letztes, hartes Husten von sich.

Etwas Kleines flattert aus seinem Mund und segelt genau vor meine Füße. Verwirrt blinzle ich nach unten. Es ist eine Rosenblüte. Eine einzelne, zartrosa Blüte, so unversehrt und frisch, als hätte man sie gerade erst vom Stiel abgezupft.

»War … war da eine Blume in seinem Getränk?«, frage ich.

Doch niemand achtet auf mich.

Alle Blicke haften an Lord Montague, der sich tief durchatmend in den Ohrensessel fallen lässt und die Augen schließt. Lady Capulets manikürte Fingernägel haben sich ins Leder ihres Sessels gebohrt. »Setz dich einfach zurück«, haucht sie mir mit schwacher Stimme entgegen. »Und entspann dich wieder.«

»Hat das etwas mit dem Fluch zu tun, an den ihr alle glaubt?«, frage ich geradeheraus. »Mit dem Fluch des Unsterns?«

Ihr sturmgrauer Blick flackert zu mir auf. »Mein Neffe hat dir also schon davon erzählt. Hättest du es denn vor einer Stunde geglaubt, wenn dir gesagt worden wäre, dass der Fluch unsere Hälse langsam, aber sicher mit Rosenblüten füllt?«

»Unsere Hälse …? Mit … Rosenblüten?«, wiederhole ich verwirrt. Am liebsten würde ich auflachen, aber ihr ernster Anblick lässt mich verstummen. Ist das ein Trick, um mich von einem Fluch zu überzeugen? Immerhin könnte die Blüte schon vorher im Glas gewesen sein.

Aber was ist mit diesem merkwürdigen Kratzen in meinem Hals? Es wurde mir immer dann bewusst, wenn ich diesen Kometen angesehen habe. Schon seit Tagen habe ich das Gefühl, mir eine Erkältung eingefangen zu haben, obwohl nicht mal meine Nase läuft wie sonst immer. Was, wenn es gar keine Erkältung ist? Wenn sich in Wirklichkeit langsam, aber sicher eine Rosenblüte in meinem Hals bildet?

Mir wird abwechselnd heiß und kalt.

Nein! Das kann nicht sein! Das ist doch irrsinnig!

Rhyme rafft sich von der Chaiselongue auf, hustet kurz in seine Armbeuge und kommt zu mir rüber. Hinter ihm räuspert sich Cut mehrfach. Auch Lord Montagues Brust beginnt wieder zu beben, und selbst die feine Lady Capulet kippt ihren edlen Drink in nur einem Zug runter, als würde sie etwas in ihrem Hals runterspülen wollen.

Ich wirble von einer Seite zur nächsten. »Was geht hier vor?!«

»Hey, mach dir keine Sorgen.« Rhyme berührt mich sachte an der Schulter. »Wir wissen genau, was wir tun müssen, um den Rosenfluch aufzuhalten.«

»Und das wäre?!«

»Das fehlende Puzzleteil zurück nach Verona bringen.« Er lächelt mich schief an und stupst seinen Zeigefinger gegen meine Stirn.

»Mich?«

Das Flugzeug sackt erneut ab.

Rhyme und ich packen uns gegenseitig an den Armen, um nicht das Gleichgewicht zu verlieren. Der Regen peitscht zuerst gegen die eine Seite des Flugzeugs, dann gegen die andere und lässt den Boden unter unseren Füßen wie eine Wippe hin und her kippen. Lord Montagues Whiskeyglas rollt über den Teppich und poltert gegen die Pilotenkabine. Genau in dem Moment, als die Kabinentür aufspringt und sich eine stämmige Frau in Pilotenuniform an einer Haltestange zu uns herüberhangelt. »Der Villafranca Airport hat soeben eine Tornadowarnung rausgegeben!«, ruft sie uns entgegen. »Alle Flüge werden nach Genua oder Florenz umgeleitet!«

»Das kommt überhaupt nicht infrage.« Lady Capulet springt protestierend von ihrem Sessel auf, gleichzeitig stemmt sich auch Lord Montague hoch und bellt: »Ich will mit dem Tower sprechen!«

»Das wird nicht viel bringen.« Die Pilotin wirft Dad und mir einen raschen Seitenblick zu. »Ihre … *Argumente* funktionieren über Funk leider nicht.«

»Dann landen wir ohne Erlaubnis.«

Die Pilotin richtet sich auf. »Bei allem Respekt, mein Lord, aber die Landeerlaubnis ist nicht das eigentliche Problem. Sondern das Sturmauge, das mit vierhundert Kilometern pro Stunde über Venezien hinwegfegt. Wenn es uns erwischt, zerreißt es uns wie einen Papierflieger.«

»Wenn wir nicht in Villafranca landen!«, zischt ihr Lord Montague mit zusammengebissenen Zähnen entgegen, »dann zerreiße ich *Sie* wie einen Papierflieger!«

Lady Capulet packt beide an den Ellbogen und zieht sie zur Pilotenkabine. »Entspannt euch. Wir besprechen das mit dem Tower. Und zwar im Cockpit.«

Die Kabinentür knallt hinter ihnen zu.

Rhymes Griff um meine Handgelenke wird mir bewusst. Noch immer halten wir uns gegenseitig fest. Seine Schlange hat sich wie ein giftgrünes Band um unsere Hände geschlungen.

»Kannst du die bitte wegnehmen?«, stöhne ich.

Doch Rhyme sieht wie gebannt zum Cockpit. Sein ohnehin helles Gesicht ist noch blasser geworden. Ohne auf meine Bitte einzugehen, wirft er einen Blick nach hinten zu Cut. »Wann geht der Mond über Verona auf?«

Cut, der sich wie eine verschreckte Katze an die Chaiselongue gekrallt hat, checkt sein Smartphone und schaut zu uns auf. »In genau siebenundfünfzig Minuten.«

»Shit!«, zischt Rhyme.

»Ganz deiner Meinung!«, quieke ich. »Sie kriecht mir den Arm rauf!«

Rhymes eisblaue Augen richten sich mit einem so erstaunten Ausdruck auf mich, als hätte er vollkommen vergessen, an wem er sich seit Minuten festgehalten hat. Erst dann registriert er meine Worte, blinzelt hinab auf Rambo, der sich zischelnd über seinen verbotenen Ausflug freut, und pickt mir die Mamba so selbstverständlich vom Arm, als würde es sich nur um einen Fussel handeln.

Ich sinke mit weichen Knien in Lady Capulets Ohrensessel.

»Was ist denn so schlimm an Florenz oder Genua?«, meint Dad gut gelaunt und steckt sich eine kandierte Kirsche in den Mund. »Das sind außerordentlich schöne Städte.«

»Sie liegen zu weit weg«, antwortet Rhyme, »um es rechtzeitig vor Mondaufgang nach Verona zu schaffen.«

»Und was passiert, wenn der Mond vorher aufgeht?«, frage ich mit einem flauen Gefühl im Magen. »Wenn wir zu spät nach Verona kommen?«

Rhyme hebt die Rosenblüte vom Boden auf, betrachtet sie in der Beleuchtung der Kabinenspots und legt sie auf die Lehne meines Ohrensessels. Sie sieht noch immer so makellos wie frisch gepflückt aus. »Wenn der Mond vorher aufgeht«, erwidert er mit heiserer Stimme, »kommen wir überhaupt nicht mehr an.«

KAPITEL 6

»Was soll das heißen, wir kommen überhaupt nicht mehr an?«

Rhyme marschiert schwankend zurück zur Chaiselongue. Ich folge ihm, muss mich aber an allen möglichen Einrichtungsgegenständen festhalten, um nicht von einer Seite zur nächsten zu taumeln. Als ich es endlich zu den antiken Sofas geschafft habe, schauen mir beide Jungs erwartungsvoll entgegen. Einer finster, mit warmen Augen. Der andere hell, mit kaltem Blick. Sie warten stumm darauf, an wessen Seite ich mich setze.

Ich wähle den äußersten Rand von Rhymes Couch und komme ohne Umschweife zur Sache. »Was hat der Mond mit den Rosenblüten zu tun?«

Rhyme seufzt. »Gar nichts. Der Mond dient in unserem Fall bloß als Uhr.«

»Eine gigantische Uhr«, ergänzt Cut. »Groß genug, um sie von außerhalb der Erde zu sehen.«

»Wer braucht eine Uhr von so weit weg?« Doch schon als ich die Frage ausspreche, wird mir die Antwort klar. »Der Unstern!«

»Genauso ist es.« Rhyme klingt auf eine mürrische Art und Weise zufrieden. »Er misst unsere Zeit in Mondzyklen. Als uns klar wurde, dass ein Familienmitglied fehlt, wurde uns eine Frist bis zum nächsten Neumond gewährt, in welcher der Rosenfluch aufgehoben ist. Wir haben dich fast einen Monat lang überall auf der Welt gesucht, Joy.«

»Heute Nacht läuft die Frist ab«, flüstert Cut.

»Und … und dann was?«, bringe ich hervor. »Füllen sich unsere Hälse wirklich mit Rosenblüten?«

Die Jungs werfen einander einen beklommenen Blick zu, dann schauen beide weg, als wäre ihnen ihr gegenseitiger Anblick unangenehm. Ihre Reaktion genügt mir als Antwort. Lady Capulet hatte recht: Hätten sie mir das alles vor einer Stunde erzählt, hätte ich herzlich darüber gelacht. Jetzt komme ich nicht umhin, den Kloß in meinem Hals zu spüren.

Es sind noch so unendlich viele Fragen offen, aber die Turbulenzen werden immer schlimmer.

Die Sterne vor den Fenstern sind längst verschwunden, jetzt ist da draußen nur noch eine alles verschlingende Dunkelheit, die wie aus dem Nichts heraus dicke Regentropfen gegen die Scheiben peitscht. Das Whiskeyglas rollt erneut über den Teppich, und der Butler stolpert ihm gebückt nach. Hinter ihm klirren die Kristallflaschen wie helle Glöckchen in der Bar. An der Decke über uns leuchtet das Symbol fürs Anschnallen auf.

»Joy?« Cut pocht auf den Fensterplatz, an dem ich vorhin gesessen habe, und grinst mich herausfordernd an. »Lust, die Seiten zu wechseln?«

Rhyme packt eines von Cuts Beinen, die schon wieder quer über dem Kaffeetisch liegen, und wirft es runter. »Schnall dich an, Montague! Wir wollen unseren Katzenfürsten doch nicht wegen eines tragischen Luftlochs verlieren.«

»Sorgst du dich etwa um mich?«, zieht Cut ihn auf.

Rhyme bleckt die Zähne. »Willst du dich lieber an meiner Brust festklammern?«

»Letzte Chance«, bietet Cut mir an.

»Du kannst dich auch neben mich setzen«, schlägt Rhyme vor. »Die Chaiselongues haben jeweils zwei Gurte, du musst nur etwas näher an mich ranrutschen. Siehst du? Oder würdest du lieber am Fenster sitzen?«

Ich linse nach draußen. »Und für den Rest des Fluges in unseren nassen, kalten Tod hinausblicken? Nein, danke.«

Zu Rhymes Zufriedenheit wähle ich den Platz an seiner Seite und ziehe mir den goldenen Gurt über den Bauch. Gerade noch rechtzeitig vor dem nächsten Luftloch. Es rüttelt Cuts anderes Bein vom Tisch und bringt ihn dazu, sich murrend anzuschnallen. Nur Dad quietscht vergnügt hinter uns auf. »Hui! Das schüttelt uns ganz schön durch!«

Ich runzle die Stirn und senke die Stimme. »Okay, was ist hier los? Mein Dad ist grundsätzlich überdurchschnittlich positiv, das weiß ich. Aber selbst er würde in so einer Situation nicht wie ein vergnügtes Kleinkind auf einer Schaukel herumquietschen. War da etwas in seinem Cocktail?«

Die Jungs wechseln einen langen Blick.

Rhyme räuspert sich. »Meine Tante hat ihm vermutlich gesagt, dass er den Flug genießen soll.«

Ich ziehe beide Augenbrauen hoch. »Machen die Leute immer alles, was deine Tante und Cuts Vater von ihnen wollen?«

Cut pfeift leise durch die Zähne.

Auch Rhyme mustert mich neugierig. »Normalerweise schon.«

»Sind das die besonderen Fähigkeiten, die Lady Capulet in der Limousine erwähnt hat?«, hake ich nach, und als Rhyme überrascht nickt, füge ich hinzu: »Macht ihr zwei das gerade auch mit mir?«

Einen Moment lang herrscht Schweigen, nur der Regen rauscht ans Fenster. Rhyme rutscht auf seinem Sitz umher. »Wir können keine Menschen beeinflussen«, gesteht er zögernd. »Zumindest noch nicht. Diese besondere Fähigkeit ist ausschließlich den beiden Familienoberhäuptern vorbehalten.«

Ich blicke zur Cockpittür. »Du meinst deine Tante und Cuts Vater?«

Er nickt. »Giulietta kann Gefühle beeinflussen, und Romeus kann Gedanken lenken. Je mehr sie sich auf jemanden konzentrieren, desto stärker ist ihr Einfluss. Aber es funktioniert auch bei ganzen Gruppen von Menschen, dann allerdings viel schwächer und deutlich weniger lang.«

»Und was meintest du damit, dass ihr *noch* niemanden beeinflussen könnt? Heißt das etwa, das wird sich mal ändern?«

»Der Schlangenfürst und der Katzenfürst sind die Nachfolger der beiden Grafen. Ihre Fähigkeiten werden auf Cut und mich übertragen, sobald Romeus und Giulietta zurücktreten wollen und wir ihre Plätze einnehmen müssen. Derzeit sind wir sozusagen … noch in der Ausbildung.«

Mein Herz beginnt wild zu pochen. »Ihr übt also noch, Menschen zu manipulieren? An wem? An euren Schlangen und Katzen?« Natürlich habe ich das nicht ernst gemeint, doch als Rhyme und Cut beide rot werden, schnappe ich nach Luft. »Ihr manipuliert tatsächlich eure Tiere! Nennt man euch deshalb den Schlangenfürst und den Katzenfürst?«

Cut lehnt sich so weit über den Kaffeetisch, wie sein Sicherheitsgurt es zulässt, und sieht mich eindringlich an. »Erwähn das auf keinen Fall vor meinem Vater. Er darf nicht wissen, dass wir dir alles brühwarm erzählt haben.«

»Ist es denn ein Geheimnis?«

»Nicht unbedingt«, meint Rhyme gedehnt. »Aber Romeus und Giulietta verpacken solche Wahrheiten lieber in ihre eigenen Worte. Außerdem manipulieren wir unsere Tiere nicht – das war früher vielleicht mal so üblich, aber heutzutage gehorchen sie uns freiwillig, einfach nur, weil sie uns gern haben. Sie können unsere Gefühle bis zu einem gewissen Grad spüren. Und umgekehrt fühlen wir auch, wie es ihnen geht.«

Cut seufzt geräuschvoll. »Wenn es nach meinem Vater ginge, solltest du gar nicht darüber nachdenken, sondern völlig entspannt an der Seite deines Fürsten kleben und ihn vertrauensvoll anhimmeln. Wieso lässt die Wirkung bei Joy so schnell nach?«, fügt er an Rhyme gewandt hinzu.

Rhymes eisblauer Blick mustert mich eindringlich. »Keine Ahnung, aber wir sollten das besser für uns behalten.«

Cut brummt sein Einverständnis.

Auch ich halte es für klüger, dieses Ass im Ärmel stecken zu lassen. Offenbar bin ich nicht immun gegen Lady Capulets und Lord Montagues übersinnliche Kräfte – so verrückt die Vorstellung daran auch ist. Wenn ihre Beeinflussung bei mir viel schneller nachlässt, als sie erwarten, könnte mir das irgendwann einen Vorteil verschaffen.

Ich kann mich zwar an jedes ihrer Worte genau erinnern, aber während der Beeinflussung fand ich alles, was sie gesagt haben, absolut logisch und überzeugend. Obwohl ich bei vollem Bewusstsein war und genau gehört habe, was sie sagten, kam es mir nicht eine Sekunde lang merkwürdig vor, dass ich meine Meinung von einem Moment zum nächsten komplett geändert habe. Ich war absolut überzeugt davon, dass sie recht haben. Wie soll man sich vor so was schützen?

Wenn ich jetzt daran zurückdenke, dass ich einfach so in eine dieser Limousinen eingestiegen bin, läuft es mir kalt über den Rücken. Aber ich erinnere mich gleichzeitig auch an diese warme Empfindung der Familienzugehörigkeit. Daran, wie unfassbar wohl und geborgen ich mich in Rhymes Nähe gefühlt habe. Ein Teil in mir – der Teil, der nirgendwo auf dieser Welt einen festen Platz gefunden hat, weil wir immer zu schnell weitergezogen sind – vermisst dieses Gefühl sogar. Und ich finde es immer noch richtig, in diesem Flugzeug zu sein. Bin das nun ich? Oder ist das in Wirklichkeit Lord Montagues Wille?

»Wirken ihre Kräfte auch bei euch?«, will ich wissen. »Können die Grafen euch dazu bringen, alles zu tun, was sie wollen?«

»Das können sie«, knurrt Cut.

Rhyme wirft ihm einen raschen Blick zu. »Aber nicht mit ihren Kräften«, sagt er nur noch.

Dann sackt das Flugzeug ab.

Diesmal stabilisiert es sich nicht nach wenigen Sekunden, sondern fällt weiter und weiter und weiter hinab. Es fühlt sich an, als würden wir in einem Aufzug ungebremst in die Tiefe fallen. Mein Magen schlägt einen Salto, und ich klammere mich an das Nächstbeste, das ich zu fassen kriege: an Rhymes Arm.

Cuts Gesicht bekommt einen ungesunden Grünstich. Zu allem Übel fängt er heftig an zu husten, schnellt plötzlich in seinem Sitz vor und spuckt eine zartrosa Blüte mitten auf den Kaffeetisch. Seine Augen weiten sich vor Schreck. »Seht ihr das?!«, keucht er mit zitternder Stimme.

»Ja, das ist unglaublich«, staunt Rhyme. »Ich dachte immer, Montagues würgen nur Haarballen hervor.«

Cuts Blick schnellt zu ihm hoch. Einen Moment lang wirkt er fassungslos, als könnte er nicht glauben, dass Rhyme jetzt noch Witze reißt. Dann lacht er unvermittelt auf und schüttelt ungläubig den Kopf. »Scheiße, ich hasse dich, Capulet!«

»Ich hasse dich auch«, erwidert Rhyme grinsend.

Eine Durchsage ertönt im Lautsprecher über unseren Köpfen. Es ist die Pilotin. »Wir landen in Mantua, näher kommen wir wegen des Sturms nicht an Verona ran. Das Rollfeld ist nicht für diesen Jet ausgelegt, es könnte also etwas ungemütlich werden. Bitte nehmen Sie Ihre Sicherheitspositionen ein.«

Die Leitung knackt und verstummt.

»Sicherheitspositionen?« Ich schaue mich hektisch nach allen Seiten hin um. »Sind die normalerweise nicht auf informativen Bilderkarten abgedruckt?«

»Stell beide Füße auf den Boden und zieh sie nach hinten.« Rhyme macht es mir vor, und ich verliere keine Sekunde, um ihn exakt zu imitieren. »Jetzt leg dein Gesicht auf die Oberschenkel und deine Hände über den Hinterkopf. Genau so. Bist du Rechts- oder Linkshänderin?«

»Spielt das wirklich eine Rolle?!«, rufe ich über das ohrenbetäubende Aufheulen der Flugzeugturbinen hinweg.

»Deine dominante Hand sollte unten liegen! Und verschränke die Finger nicht!«

»Will ich wissen, wieso?!«

»Ich denke nicht!«

Das Dröhnen des Flugzeugs verschlimmert sich. Was sich vorhin wie ein abstürzender Fahrstuhl angefühlt hat, gleicht nun einer Hochgeschwindigkeitsachterbahn. Eine Verankerung des Kaffeetischs lockert sich und lässt eines der filigran geschwungenen Holzbeinchen im Takt einer Nähmaschine vor meiner Nase rattern. Hinter uns zerbricht Glas. Kleine Steinchen feuern wie Pistolenschüsse gegen unsere Fenster. Im Cockpit schrillen mehrere Warnsignale übereinander.

Die Lautsprecher rauschen. »Bereithalten für Aufprall!«

Meine dominante Hand wird mir absolut egal. Ohne aufzublicken, packe ich Rhymes Hand und drücke sie, so fest es geht. Er erwidert den Druck genau in dem Moment, als das Fahrgestell auf die Landebahn prallt und wir beide in unsere Gurte geworfen werden. Das Flugzeug wird heftig durchgeschüttelt, kommt aber nach einer gefühlten Unendlichkeit tatsächlich zum Stehen. Die Turbinen fahren runter, und es wird deutlich leiser.

Vorsichtig linse ich über meine Knie.

Rhyme hebt langsam den Kopf und wirft mir einen langen Blick zu. Seine Augen wirken eine Spur heller, und er mustert mein Gesicht besonders aufmerksam. »Alles klar bei dir?«

»Ich hab's überlebt«, antworte ich. »Aber es könnte sein, dass ich deine Hand umgebracht habe.«

Langsam breitet sich ein Grinsen auf seinem Gesicht aus.

Auch Cut richtet sich auf. Seine kohlrabenschwarzen Haare stehen ihm in allen Richtungen vom Kopf ab. »Wenn wir das nur früher geahnt hätten«, stöhnt er. »Da hätte es all die Jahre nur einen Flugzeugabsturz gebraucht, damit ein Mädchen mal deine Hand hält, Capulet. Sie hat sogar deine Mamba vergessen.«

Natürlich fällt mir die Schlange genau da wieder ein.

Ich lasse Rhymes Hand überstürzt los und suche nach dem Tier, aber es muss sich in seiner Kleidung verkrochen haben oder – schlimmer noch – irgendwo in den Polstern hinter mir. Hastig fummle ich an der Schnalle meines Bauchgurts, um im Ernstfall rasch aufspringen zu können, bekomme sie aber vor lauter Panik nicht auf. Rhyme lehnt sich vor und löst den Gurt für mich. Meinen Blicken weicht er aus. Stattdessen widmet er sich einer kleinen Beule unter seinem Shirt und streichelt sanft darüber. »Keine Angst«, flüstert er beruhigend. »Du bist bei mir sicher.«

Ob er damit mich oder die Mamba meint, weiß ich nicht.

Die Cockpittür springt auf.

Lord Montague und Lady Capulet taumeln über den roten Teppich heraus und werden von heftigen Hustenanfällen geschüttelt. Dad geht zu ihnen rüber, tätschelt Lord Montagues Rücken und führt ihn zu seinem Ohrensessel. Lady Capulet klammert sich an eine Haltestange und keucht eine Rosenblüte nach der anderen vor ihre noblen High Heels. Keiner von beiden ist in der Lage, etwas zu sagen.

Cut schnellt vom Sofa hoch. »Rhyme! Mach schon! Wir brauchen von hier aus fünfundvierzig Minuten nach Verona.«

»Das weiß ich«, erwidert Rhyme, ohne seine Tante aus den Augen zu lassen.

Cut springt über den Kaffeetisch hinweg, reißt Rhyme an der Schulter herum und hält ihm das Smartphone vors Gesicht. »Wir haben aber nur mehr dreißig Minuten übrig!«

Etwas kracht gegen unser Fenster. Ein abgebrochener Zweig, der kurz gegen die Scheibe gepresst wird, bevor der Wind ihn losreißt und er wirbelnd in der Dunkelheit der Nacht verschwindet.

»Und draußen tobt ein Sturm«, füge ich hinzu.

KAPITEL 7

Der Wind fegt um mich herum und peitscht mir die Haare von allen Seiten ins Gesicht. Ich muss meine Augen mit beiden Händen abschirmen, um in den flackernden Flutlichtern überhaupt was erkennen zu können. Was ich entdecke, lässt mich nach Luft schnappen. »Das ist ja überhaupt kein Flughafen!«

»Es ist unsere private Rennstrecke. Hier drehen wir manchmal ein paar Runden zum Spaß. Auf den öffentlichen Straßen dürfen wir noch nicht fahren!«, brüllt Rhyme mir durch den Sturm entgegen. Er legt mir eine Hand auf den Rücken und dreht mich in Richtung eines geöffneten Garagentors, durch das trotz der späten Stunde noch Licht herausscheint. Wir ducken uns vor den umherwirbelnden Blättern und laufen darauf zu.

In der Garage lässt der Lärm des Unwetters zwar nach, dafür pfeift es noch immer in meinen Ohren. Cut kommt nach uns herein und zupft sich einen Pinienzweig vom Kopf, der sich in seinem schwarzen Wuschelhaar verfangen hat. Ein Mechaniker in einem blauen Overall schließt das Rolltor hinter ihm.

»Wartet! Wo ist mein Dad?«, rufe ich.

Cut funkelt den Zweig an, als hätte ihn die Pinie höchstpersönlich beleidigt, und wirft ihn achtlos auf den Boden. »Er ist bei Lady Capulet und meinem Vater geblieben und hält ihnen Spucktüten unter die Köpfe. Im Flugzeug sind sie besser aufgehoben als hier draußen. Keine Sorge, deinem Dad geht es gut.«

»Besser als uns bald«, murmelt Rhyme. Er marschiert zu einem Schlüsselkasten an der Wand, tippt einen Code ein und holt einen silbernen Schlüssel heraus, an dem ein geschliffener Anhänger in Form eines Wassertropfens hängt. So wie der Stein in der Neonbeleuchtung funkelt und blitzt, ist er bestimmt nicht bloß aus Glas. »Wir nehmen den Lamborghini.«

»Kommt überhaupt nicht infrage!«, protestiert Cut. »Wir nehmen den Ferrari.«

»Ich fahre schneller als du.«

»Ha! Du hattest das letzte Mal bloß Glück, dass mein Vergaser beim Hochdrehen geruckelt hat.« Cut drängt Rhyme vom Kasten weg, holt einen Schlüssel heraus, an dem eine vergoldete Messerklinge hängt, und stapft auf einen roten Sportwagen im hinteren Teil der Garage zu.

»*Mio Signore*«, meldet sich der Mechaniker zu Wort. Er fummelt an einem ölverschmierten Lappen in seinen Händen herum und wirft mir einen unsicheren Blick zu. »Mein Fürst«, übersetzt er dann, vermutlich mir zuliebe. »Bei allem nötigen Respekt, aber Sie nehmen wohl besser den Lamborghini.«

Cut wirbelt herum. »Das entscheiden nicht Sie!«

Der Mechaniker beugt sich noch tiefer herab. »Mit Verlaub, *mio Signore,* die Entscheidung habe nicht ich getroffen, sondern Ihr Vergaser, der da drüben auf meiner Werkbank liegt. Ihr lang ersehntes Ersatzteil ist bedauerlicherweise erst heute Nachmittag angekommen. *Mi scusi.*«

Cut starrt die Motorteile auf dem Tisch an, als würde er seinem Vergaser am liebsten eine Standpauke für schlechtes Benehmen halten, gibt aber keinen weiteren Ton von sich. Rhyme tätschelt ihm im Vorbeigehen die Schulter und läuft zu einem giftgrünen Sportwagen. »Kommt schon! Wir müssen uns beeilen!«

Ich folge ihm, zögere aber vor dem Einsteigen. »Was, wenn uns die Polizei anhält? Haben Lady Capulet und Lord Montague nichts dagegen, dass wir ganz allein fahren?«

»Die beiden sagen momentan nicht mehr besonders viel«, meint Cut hinter mir. »Und wir bald auch nicht mehr, wenn wir noch mehr Zeit verlieren. Außerdem sind Rhyme und ich die schnellsten Fahrer weit und breit – und das wissen sie haargenau.«

Rhyme wirft sich hinters Steuer und ist sofort mit zahlreichen Einstellungen am Lenkrad beschäftigt. Für eine Sekunde blitzt etwas Grünes an seinem Kragen auf, dann verschwindet es unter seinem Shirt. Ich schüttle mich und werfe einen Blick nach hinten. »Es gibt keine Rücksitze«, stelle ich fest.

Cut lacht mir in den Nacken, als wäre das selbstverständlich. »Das ist ein Sportwagen, keine Familienkutsche. Wir werden zusammenrücken müssen. Möchtest du lieber auf meinem Schoß sitzen oder soll ich mich auf deinen setzen?«

Ich werfe ihm einen Blick zu. »Was ist die dritte Option? Du bleibst hier?«

»Dann wärst du auf dich allein gestellt, falls Rhyme einen Hustenanfall bekommt und nicht mehr weiterfahren kann.«

»Das hört sich ja fast so an, als würdest du einem Mädchen nicht zutrauen, ein Auto zu fahren«, erwidere ich mit zusammengekniffenen Augen. »Nur zu deiner Information, in den USA macht man schon mit sechzehn den Führerschein. Und da Rhyme vorhin gesagt hat, dass ihr nicht auf den öffentlichen Straßen fahren dürft, bedeutet das wohl, dass ich als Einzige von uns dreien eine offizielle Fahrerlaubnis besitze.«

Cut lächelt mich an. »Wie oft bist du denn schon einen Lamborghini Aventator SVJ mit 7-Gang-ISR-Getriebe gefahren?«

»*Ganggetriebe?*«, würge ich hervor.

Cut grinst und steigt ein.

Ich lasse unerwähnt, dass ich meine Fahrstunden in einem vollautomatischen Ford Fiesta auf dem sicher abgeschirmten Übungsplatz unserer Highschool absolviert habe. Ein Auto mit Ganggetriebe habe ich noch niemals von innen gesehen. Was haben Europäer nur mit diesen komplizierten Schaltknüppeln?!

Cut klopft einladend auf seine Schenkel. Ich lasse mich darauf nieder und befehle meinem Hintern, nichts zu fühlen. Was leider nicht viel bringt, denn kaum fällt die Tür ins Schloss, tritt Rhyme aufs Gas und drückt mich in seine Arme. Der Wagen heult mit ohrenbetäubendem Motorenlärm auf und schießt unter dem Rolltor hinaus, noch bevor der Mechaniker es vollständig geöffnet hat.

Obwohl wir das Gelände nach wenigen Sekunden mit quietschenden Reifen hinter uns lassen, rast Rhyme immer noch, als würde er sich auf einer Rennstrecke befinden. Sein Blick ist stur geradeaus auf die Straße gerichtet, und da im Scheinwerferlicht jede Menge Blätter und Zweige vorbeiwirbeln, lenke ich ihn auch nicht davon ab. Nach ein paar gewagten Kurven, die uns von einer Seite zur anderen werfen, erreichen wir eine schnurgerade Autobahn, die dank des Sturms absolut leer gefegt ist. Der Motor brüllt wie der eines Formel-1-Wagens auf, und die Nadel des Tachos nähert sich unglaublichen 350 km/h. Wir schießen wie ein Pfeil durch die Nacht.

»Seht euch das an!« Rhyme nickt zur Windschutzscheibe hin. Mehrere Kilometer abseits der Autobahn zeichnet sich eine tiefschwarze senkrechte Linie vor dem rötlichen Leuchten einer kleinen Stadt ab. »Es ist wirklich ein Tornado! Unglaublich! In letzter Zeit gibt es die hier immer öfter.«

Gänsehaut prickelt mir über den Nacken. »Liegt das auch am Unstern?«

Rhyme gibt ein ironisches Schnauben von sich. »Das liegt wohl eher an Leuten, die in Flugzeugen um die halbe Welt jetten und benzinfressende Autos fahren.«

Das lässt uns alle verstummen.

Wir erreichen die Außengrenze von Verona nach zehn Minuten, was laut Cut ein neuer Streckenrekord sein muss. Er hält Rhyme zum Beweis sogar sein Smartphone hin, auf dem er eine Stoppuhr aktiviert hat. Trotz der beklemmenden Tatsache, dass der kleinste Fehler uns wie Pappfiguren um die nächste Leitplanke wickeln könnte, grinsen beide Jungs beglückt vor sich hin. Ich rolle die Augen. Die Wege des Testosterons sind wahrlich unergründlich.

In der Stadt muss Rhyme langsamer fahren. Auch hier ist dank des Unwetters kein anderes Auto unterwegs, aber die Strecke ist viel zu kurvig, um richtig Gas geben zu können. Zwar werden kaum noch Blätter gegen die Windschutzscheibe gewirbelt, aber dafür prasseln jetzt dicke Regentropfen mit voller Wucht auf das Autodach herab. Von unserer Umgebung kann ich kaum was erkennen, bloß hin und wieder tauchen historische Gebäude aus mediterranem Kalkstein am Straßenrand auf, nur um Sekunden später im Grau des Regens hinter uns zu verschwinden. Ich sehe gerade einem kunstvoll verzierten Kirchturm nach, als Rhyme völlig unerwartet eine Vollbremsung hinlegt. Die Reifen quietschen, und wir werden hart in unsere Gurte geworfen. Cut nimmt von irgendwoher noch genug Luft, um sich zu beschweren. »Wieso hältst du mitten auf der Straße an?!«

Rhyme ist blass geworden und nickt nach draußen. Es dauert einen Moment, bis wir etwas durch den heftigen Regen und die herumjagenden Scheibenwischer erkennen können. Dann verstehe ich, warum er seine Hände so sehr ums Lenkrad gekrampft hat, dass seine Knöchel weiß aufleuchten. Kaum einen Meter vor der giftgrünen Motorhaube des Lamborghinis entfernt liegt ein dicker Baumstamm quer über der Straße. Ein Baumstamm, der uns in sämtliche Einzelteile zerlegt hätte, wären wir mit Vollgas dagegengerast.

»Immerhin funktioniert das ABS«, meint Cut trocken.

Rhyme gibt ein merkwürdiges Geräusch von sich, das ich zuerst für Lachen halte, bevor es sich in einen Hustenanfall verwandelt. Er presst eine Hand auf den Mund, und als er sie wenige Augenblicke später herunternimmt, liegen drei absolut makellose Rosenblüten darin.

»Steigt aus«, keucht er nach Luft ringend. »Zu Fuß seid ihr schneller.«

»Was ist mit dir?«, fragt Cut.

Rhyme fängt noch schlimmer an zu husten.

»Shit.« Cut löst unseren Gurt, öffnet die Tür mit einem Fußtritt und wirft mich beinahe hinaus auf den Gehsteig. Ich stolpere über den nassen Asphalt und wische mir Regen vom Gesicht, der in Strömen über meine Haare läuft. Während Cut mich über die Straße zieht, werfe ich einen letzten Blick zurück zu Rhyme. Er krümmt sich hustend übers Lenkrad und hat seine Hände zu Fäusten geballt.

Plötzlich spüre auch ich etwas in meinem Hals. Es ist mehr als nur ein Kratzen, und hätte Cut mein Handgelenk nicht fest umklammert, würde ich vor Schreck stehen bleiben. Er bemerkt zwar mein Zögern, zerrt mich aber nur umso schneller weiter. »Komm schon! Wir müssen rennen, Joy!«

Er hat recht. Panik hilft mir jetzt nicht weiter. Ich verbiete mir sofort, weiter über das Kratzen nachzudenken, und lege stattdessen einen Zahn zu. So schnell es das Unwetter zulässt, klettern wir über den umgestürzten Baum und rennen hinein in die verwinkelten Gassen einer jahrtausendealten Stadt.

»Falls ich es nicht schaffe, musst du wissen, was zu tun ist!« Cut schreit über das Getöse des Sturms hinweg. »Wir müssen zur Akademie der Häuser Montague und Capulet! Es ist ein riesiger Gebäudering aus veronesischem Marmor und sieht von außen wie ein Amphitheater mit runden Bogengängen aus – du kannst es nicht übersehen. Die Wachen werden dich einlassen, wenn du ihnen deinen Namen sagst. Alle Eingänge führen zu einem großen Terrassengarten im Innern, in dessen Mitte sich eine schwarze Bühne befindet. Darauf steht eine Vitrine. Du musst sie berühren.«

»Das ist alles?!«, wiederhole ich ungläubig. »Der Fluch zwingt mich dazu, eine Vitrine zu berühren?«

»Es ist nicht die Vitrine, auf die es ankommt. Sondern das, was in ihr liegt.«

Wir hetzen durch schmale Hinterwege, die nicht breit genug für ein Auto wären, und kommen vor einer Parkanlage mit mächtigen Bäumen heraus. Das riesige Gebäude, das hinter den vom Wind gebeutelten Baumkronen auftaucht, ist so offensichtlich die von Cut beschriebene Akademie, dass mein Herz vor Erleichterung einen Hüpfer macht. Wir haben es fast geschafft.

Fast.

Dann bricht Cut zusammen. Er fällt auf die Knie, krümmt sich über seinen Bauch und hustet eine Rosenblüte nach der anderen auf den Boden. Nur ein einziges Wort keucht er noch mühsam hervor. »*Lauf!*«

Ich zögere bloß eine Sekunde, dann renne ich weiter.

Noch nie in meinem Leben war ich so schnell – der Kies spritzt zu allen Seiten unter meinen Sneakern weg –, doch als ich ungefähr die Hälfte der Parkanlage durchquert habe, setzt das Husten auch bei mir ein.

Es fühlt sich an wie damals im Village-East-Kino in New York, als ich mir zu gierig eine Handvoll Popcorn in den Mund geworfen hatte und mir eines in den Hals gerutscht war. Diesmal ist es jedoch kein gepuffter Mais, den ich in meine Hand huste, sondern eine genauso makellose Rosenblüte wie die der anderen. Ein Teil von mir möchte schreien – aber dafür habe ich keine Luft mehr. Wenn es einen letzten Funken Zweifel in mir gab, dass dieser Fluch vielleicht doch nur ein Trick sein könnte, ist er nun ausradiert.

Hör auf zu denken! LAUF!

Ich rase weiter, bis die Bogengänge der Akademie vor mir aufragen. Von Nahem wirkt das große Gebäude noch einschüchternder. Unter den Bögen tauchen schicke Boutiquen auf, deren Schaufenster hell ausgeleuchtet sind und alles anpreisen, was man mit viel Geld kaufen kann. Auf der Suche nach einem Eingang schießt mein Blick über Juweliere, Parfümerien und Designerläden hinweg und bleibt schließlich an einem burgartigen Tor hängen. Zwei Anzugträger laufen durch den Regen auf mich zu. »Sind Sie Joy Capulet?«

Ich kann ihnen zur Antwort nur eine Rosenblüte vor die Schuhe husten. Eilig lotsen sie mich durch das Tor und drängen mich durch einen sehr alt wirkenden Gang aus porösem Gestein, der mit echten Fackeln beleuchtet ist. Als ich auf der anderen Seite hinaus ins Freie laufe, verliere ich keine Zeit, mich umzusehen. Schnurstracks renne ich auf das Grün eines riesigen Rosengartens zu, der auf kreisrunden Terrassenebenen nach unten führt.

Es passiert, als ich die erste Stufe erreiche.

Von einem Moment zum nächsten füllt sich mein Hals mit etwas so Großem, dass ein Heraushusten unmöglich erscheint. Erschrocken halte ich an und presse mir eine Hand auf die Kehle. Irgendwo läuten Kirchturmglocken durch das Getöse des Sturms und erinnern mich an die

Uhrzeit. Ich werfe den Kopf in den Nacken, um den Unstern am Himmel zu suchen, doch hinter der dicken Wolkendecke ist nichts zu erkennen. Trotzdem spüre ich bis in die Tiefe meiner Knochen, dass unsere Frist abgelaufen ist.

Der Mond muss aufgegangen sein.

Der Fluch schlägt zu.

»Signorina Capulet! Bitte laufen Sie weiter!«, drängt mich eine der Wachen. Mein Blick fällt auf eine Frau im schicken Anzug, doch mein Sichtfeld wird an den Rändern bereits unscharf. Mir bleibt nicht mehr viel Zeit, bis mir die Luft ausgeht. Und damit nicht mehr viel Zeit, um uns zu retten.

Ich renne über die hellen Kalksteinstufen hinab und habe nur noch die dunkle Fläche der Bühne vor Augen. Mein Herz hämmert vor Sauerstoffmangel, und meine Knie werden butterweich, trotzdem zwinge ich mich dazu, durchzuhalten. Ich jage über den schmalen Steg eines Wasserbeckens hinweg, springe einen niedrigen Absatz hinauf und – bleibe an einer Kante hängen.

Ich falle der Länge nach auf die Bühne.

Mein Kinn kommt so hart auf, dass meine Zähne aufeinanderschlagen und ich metallisches Blut auf meiner Zunge schmecke. Tausend Regentropfen trommeln mir auf den Hinterkopf. Ich weiß instinktiv, dass ich es nur noch wenige Sekunden ohne Luft aushalten werde. Auf die Füße komme ich nicht mehr, aber meine Fingernägel kratzen über das harte Metall der Bühne, und ich ziehe mich weiter. Der Regen verschleiert meine Sicht, ich erkenne nur noch einen rechteckigen Schatten vor mir. Mit zusammengebissenen Zähnen strecke ich meinen Arm danach aus. Es fehlen nur ein paar Zentimeter!

Dann wird mir schwarz vor Augen.

Die Welt um mich herum erlischt.

Vielleicht war ich nur Sekunden weg, vielleicht mehrere Minuten, ich habe jegliches Zeitgefühl verloren. Als von oben Worte an meine Ohren dringen und meine Augen in den Regen hinaufblinzeln, lehnt Cut plötzlich über mir. Sein Oberkörper hebt und senkt sich in heftigen

Atemzügen, als wäre er wie der Blitz hierhergerast. »Joy, komm zu dir! Du kannst wieder atmen!«

Nach Luft ringend wölbt sich mein Oberkörper wie von selbst auf. Ich presse mir eine Hand gegen die Kehle, als würde mir noch immer etwas die Luft abschneiden, doch Cut hat tatsächlich recht: Der Atem strömt ungehindert durch meinen Hals und füllt meine Lunge mit frischer Luft, die nach Regen und feuchtem Garten duftet.

Cut wirft seine Arme um mich. »Du hast es geschafft! Du hast die Vitrine in allerletzter Sekunde erreicht!«

Habe ich das?

Ich meine, habe ich sie wirklich berührt?

Stirnrunzelnd löse ich mich von Cut und werfe einen Blick hinüber. Der Vitrinensockel ist aus demselben Eisen gefertigt wie die Bühne ringsum. Ich kann mich nicht erinnern, das Metall unter meinen Fingern gespürt zu haben. Aber es muss schließlich so gewesen sein, nicht wahr? Wir leben noch. Das ist der beste Beweis dafür.

Ich stütze mich an Cuts Schulter ab und richte mich leicht schwankend auf, um mir die Vitrine näher anzusehen. Sie hat die Größe eines Altars. Die prunkvollen Verzierungen im Eisen müssen über viele Jahre, wahrscheinlich sogar über Jahrhunderte hinweg dem Wetter getrotzt haben, trotzdem ist keine Spur von Rost an ihnen zu entdecken. Nur der rechteckige Glaskasten darüber wirkt sehr neu. Er ist von innen beleuchtet, und obwohl der Platz ausreichen würde, um ein schlafendes Schneewittchen hineinzulegen, befindet sich nur ein einziges Buch darin. Ein ziemlich altes, so viel ist an seinem verschlissenen Ledereinband und der abblätternden Goldprägung deutlich zu erkennen.

Es ist eine Ausgabe von *Romeo und Julia.*

Meine Hand hebt sich wie von selbst, um sie zu berühren. Erst als meine Finger auf Widerstand prallen, erinnere ich mich an die Glaskuppel, die sie umgibt. Ich blinzle mir Regen aus den Augen und drehe mich zu Cut. »Ich habe alles getan, was ihr von mir verlangt habt. Kann ich jetzt zu meinem Dad?«

Ein Schatten flackert über Cuts Gesicht.

Aber es ist ein anderer, der mir antwortet.

»Das geht leider nicht.« Rhyme tritt schwer atmend auf die Bühne, als wäre auch er die letzten Minuten auf Teufel komm raus durch die Stadt gerannt. Er streicht sich die nassen Haare aus den Augen, kommt langsam auf mich zu und ragt wie ein Schatten vor mir auf. »Es tut mir leid, Joy. Aber du kannst die Akademie von jetzt an nicht mehr verlassen.«

KAPITEL 8

Rhyme und Cut starren mich an, als hätten sie etwas Gefährliches in meinem Blick entdeckt. Möglicherweise eine Tarantel oder eine Atomrakete oder vielleicht auch einfach nur die Drohung, den Fluch des Unsterns doch noch zu erfüllen und die beiden zu erwürgen, wenn sie nicht sofort mit der Wahrheit rausrücken. Selbst Rambo, der sein kleines Köpfchen neugierig aus Rhymes Hemdkragen gestreckt hat, verschwindet bei meinem Anblick sofort wieder unter dem Stoff.

»Was soll das heißen, ich kann die Akademie von jetzt an nicht mehr verlassen?«, wiederhole ich so ruhig wie möglich.

Cut weicht fast unmerklich einen Schritt vor mir zurück.

Rhyme schluckt hart. Er hebt eine Hand, als hätte er vor, mich zu berühren, legt sie stattdessen aber auf die Glasvitrine und betrachtet das alte Buch darin. »Du kannst nicht gehen, weil der Fluch gerade erst anfängt.«

Mir wird abwechselnd heiß und kalt. »Aber die Rosenblüten sind doch weg?«

Rhyme pocht auf die Vitrine. »Die Rosenblüten zwingen uns nicht nur, nach Verona zu kommen, sondern auch, hier zu bleiben. Shakespeare hat die Geschichte unserer Häuser auf der ganzen Welt berühmt gemacht, aber Romeo und Julia waren nicht unser erstes tragisches Liebespaar – und auch nicht das letzte. Erst wenn sich ein Capulet und ein Montague aufrichtig ineinander verlieben, besiegen wir den Fluch für die nächsten siebzehn Jahre.«

Ein Capulet und ein Montague?

Sich verlieben?

Das ist alles? Das scheint mir nun nicht besonders schwierig zu sein. Mein Blick flackert zu Cut, doch Rhyme berührt mich sachte am Arm und zieht meine Aufmerksamkeit zurück hinauf in seine leuchtend blauen Augen. »Es gibt noch mehr, das du wissen musst, aber fürs Erste reicht das. Giulietta und Romeus werden morgen vor allen Schülern eine Ansprache halten, die einen Großteil deiner Fragen beantworten dürfte. Du solltest dich heute Nacht besser ausruhen.«

Ich betrachte ihn forschend, finde aber keinen Hinweis darauf, dass er irgendetwas davon nicht ehrlich gemeint haben könnte. Seufzend gehe ich rüber zu Cut und halte ihm meine Hand hin. Seine goldenen Augen weiten sich überrascht. »Keine Panik, das ist keine Aufforderung zum Tanz«, stelle ich klar. »Darf ich bitte mal dein Handy ausleihen? Ich möchte meinen Dad anrufen.«

Er zieht es aus seinem Hoodie und reicht es mir. »Der Code ist 1597. Das Jahr, in dem *Romeo und Julia* uraufgeführt wurde.«

»Du gibst mir einfach so den Entsperrcode? Was, wenn ich dir das Handy klaue und all deine Konten leere?«

Cut grinst. »Würdest du es gerne klauen? Ich könnte so tun, als würde ich in die andere Richtung sehen.«

Ich rolle die Augen.

Diese Leute haben eindeutig zu viel Geld!

Erst als ich das Gewicht des Handys spüre, wird mir klar, dass die goldene Schutzhülle vermutlich nicht nur aus täuschend echt wirkendem Plastik ist und die Schmucksteine in Form einer funkelnden Flamme bestimmt nicht nur aus farbigem Glas bestehen. »Ihr steht wohl ziemlich auf eure Logos. Gibt es irgendeine Stelle, wo ihr die nicht draufpappt?«

»Klar gibt es die.« Cut weist mit der Hand einladend über seinen Körper. »Willst du danach suchen?«

Hitze schießt in meine Wangen. Ich wähle Dads Nummer und drehe mich von ihm weg, um meine Vorstellungskraft im Regen etwas abzukühlen. Keine Ahnung, was sich unter Cuts schwarzem Hoodie verbirgt, aber alles darüber sieht ausgesprochen gut aus. Von hinten vernehme ich einen dumpfen Schlag, doch bevor ich nachsehen kann, nimmt auch schon jemand ab. »Dad? Bist du das?«

»Joy! Entschuldige, Schatz! Wir haben uns so angeregt über Theaterstücke unterhalten, dass ich zuerst dachte, es wären nur meine Ohren, die vor Freude klingeln!«, ruft er mir aufgeregt entgegen. Womit sich meine nächste Frage, nämlich ob es ihm gut geht, bereits erledigt hätte. »Diese Leute haben eine wirklich atemberaubende Villa hier in Mantua, mit exquisitem Ausblick auf den Lago Superiore. Sie wollen mir in den nächsten Tagen mögliche Rollen in der Arena di Verona vorschlagen! Oh! Die Kanapees kommen. Lass uns morgen noch mal telefonieren, ja? Schlaf gut, mein Schatz!«

Damit legt er auf.

»Mir … geht es gut«, murmle ich ins Piepsen der Leitung. Ich nehme das Handy vom Ohr und starre es ungläubig an.

Rhyme beugt sich in mein Blickfeld. »Nimm es nicht persönlich. Dein Vater wird für die nächste Zeit nicht er selbst sein. Giulietta hat ihm vermutlich gesagt, dass er sich fantastisch fühlt, und Romeus lenkt seine Gedanken garantiert von dir weg.«

Ich wirble zu ihm herum. »Aber das können sie doch nicht machen!«

Rhyme seufzt. »Ich fürchte, das haben sie schon.«

Mein Puls donnert mir bis zur Kehle, doch meine Fäuste lockern sich langsam wieder. Rhyme sieht aus, als würde er aufrichtig bedauern, was geschehen ist. Es ist nicht seine Schuld. Die wahren Übeltäter verschanzen sich weit weg in einer Villa in Mantua, wo ich sie nicht erreichen kann. »Und wie lange hält die Wirkung an?«, stoße ich frustriert hervor.

»Das ist von Mensch zu Mensch unterschiedlich und kommt auf die Intensität an, mit der er beeinflusst worden ist.« Er dreht sich fragend zu Cut, der sich jedoch nur mit finsterem Blick den Oberarm reibt, und zuckt die Schultern. »Ich schätze, vielleicht so zwischen vier und sechs Wochen?«

»*Wochen?!*«

»Dass du so schnell wieder du selbst wirst, habe ich noch bei keinem anderen erlebt.« Rhymes Mundwinkel zuckt. »Du bist etwas ziemlich Besonderes, Joy.«

»Ich fühle mich aber grad nicht besonders«, gebe ich zu.

All das Adrenalin, das mich diese wilde Hetzjagd hierher hat durchstehen lassen, flaut langsam, aber sicher ab. Obwohl ich nach meiner Wut greifen und sie wie einen Schutzschild vor mich halten will, bröckelt sie unter meinen Fingern weg. Ich kann einfach nicht mehr. Ein Teil von mir würde jetzt nichts lieber tun, als mich zu einer Kugel zusammenzurollen und über diese Ungerechtigkeit zu heulen. Aber so eine Blöße gebe ich mir nicht. Ich presse meine Fingernägel in die Handballen und atme mehrmals tief durch.

Rhymes Stimme wird sehr sanft. »Es war ein langer Abend. Morgen sieht bestimmt alles schon ganz anders aus. Wie wäre es, wenn ich dich jetzt in den Capuletflügel bringe und wir dir ein Zimmer suchen?«

»Zwischen hier und Mantua tobt ein Wirbelsturm, ich habe keine Jacke dabei, kein Handy und kein Geld, und so, wie es aussieht, hängt mir ein Fluch im Nacken.« Mein Herz klopft beim Gedanken an das Engegefühl in meinem Hals schneller. So was will ich nie wieder erleben. Ich schüttle den Kopf, als mir die Hoffnungslosigkeit meiner Situation klar wird. »Habe ich denn eine andere Wahl?«

»Willst du meinen Hoodie haben?«, bietet mir Cut an. »Er ist echt warm und innen noch trocken.«

»Nein, will sie nicht!«, zischt Rhyme ihn an.

Ich ziehe eine Augenbraue hoch. »*Sie* kann durchaus für sich selbst antworten, vielen Dank auch.«

Rhyme fährt sich mit beiden Händen durch die nassen Haare. »Du verstehst das noch nicht, Joy. Nicht nur wir wären fast an Rosenblüten erstickt, weil deine Mutter mit dir abgehauen ist, sondern ein Großteil der Schüler dieser Akademie. Du kannst nicht einfach hier aufkreuzen und mit dem Pullover eines Montagues durch den Wohnflügel der Capulets spazieren.«

»Du meinst, ich habe den anderen Schülern schon Grund genug gegeben, mich nicht zu mögen?«

Er zögert. »Ich gebe dir drinnen einen meiner Pullis.«

Was meine Frage auch beantwortet.

Vielleicht hat Rhyme recht, und morgen sieht tatsächlich alles ganz anders aus. Heute Nacht werde ich wohl kaum von hier verschwinden können, aber das heißt noch lange nicht, dass ich einfach so aufgebe. Sobald dieser Sturm vorbei ist, hält mich außerhalb dieser Mauern nichts mehr auf. Ein paar Stunden Schlaf und frische Gedanken können mir dabei nur nützlich sein.

»Also gut.« Ich zupfe an meinen durchweichten Klamotten. »Ein Dach über dem Kopf hört sich gerade nicht schlecht an.«

Die Wachleute haben sich bis jetzt im Hintergrund gehalten, aber als wir von der Bühne steigen, eilen sie uns voraus und stellen sich in regelmäßigen Abständen auf der Treppe auf. Sie leuchten uns den Weg mit kleinen Taschenlampen, die sie aus ihren nass glänzenden Sakkos ziehen, und senken ehrfürchtig ihre Häupter, als wir an ihnen vorbeigehen. Der Regen tropft ihnen im Sekundentakt von den Gesichtern.

Ich linse zu Rhyme. »Ihr könnt euch Privatjets und Lamborghinis leisten, aber keine Regenschirme für eure Angestellten?«

Rhyme wirkt überrascht. »Darüber habe ich noch nie nachgedacht. Ich bin so sehr an unser Personal gewöhnt, dass ich es kaum wahrnehme.«

»*Wir haben Personal?!*«, ruft Cut mit gespieltem Entsetzen hinter uns.

Rhyme grunzt amüsiert.

Ich verenge meine Augen zu schmalen Schlitzen. »Wie niedlich ihr zwei doch seid. Da zankt ihr euch die ganze Zeit über wie Katz und Maus – oder wie Katz und Schlange –, aber bei *dem* Thema seid ihr euch sofort einig.«

Rhyme grinst. »Unsere Diplomatielehrer betonen stets, dass wir bei Konflikten eine gemeinsame Basis suchen sollen.«

Mit seinen ringförmigen Terrassenebenen und den dahinter aufragenden Gebäuden wirkt der Rosengarten so gigantisch wie ein Fußballstadion, das über und über mit Rosen bepflanzt worden ist. Zwar sind die Blüten im Regen geschlossen, aber ihre hellen Köpfchen zeichnen sich deutlich vor den dunklen Blättern ab. Plötzlich löst sich nicht weit von mir ein Schatten aus einem Busch und tritt nach vorn auf die Treppe.

Ich bleibe wie angewurzelt stehen.

Die Gestalt ist von Kopf bis Fuß in eine dunkle Kapuzenrobe gehüllt, aber das ist nicht das, was mich am meisten erschreckt hat. Sie trägt eine schwarze Theatermaske mit eingeschnitztem Lachen, die ihr Gesicht vollständig abdeckt. Ihre echten Augen sind nicht zu sehen, trotzdem habe ich das unheimliche Gefühl, dass sie mich aus den finsteren Augenhöhlen der Maske heraus ansieht.

»Das ist nur ein Souffleur.« Rhyme schiebt mich weiter. »Die tun dir nichts. Ignorier sie einfach, und sie ignorieren dich auch.«

Wir machen einen Bogen um die Gestalt, aber ich kann einfach nicht anders, als ihr über die Schulter hinweg nachzusehen. Die schwarze Maske dreht sich ebenfalls nach mir um. Cut betrachtet den Souffleur mit gerunzelter Stirn.

»Sind das auch Angestellte von euch?«, flüstere ich.

»Nein«, meint Rhyme in einem ausweichenden Tonfall. »Sie gehören zur Familie. Aber auch das erfährst du noch früh genug. *Morgen*«, betont er, als ich bereits nach Luft schnappe, um nachzuhaken. »Für heute haben wir dir schon genug zugemutet.«

Womit er allerdings auch recht hat.

Wir verlassen die Treppe und betreten einen breiten Marmorring, der zwischen dem Rosengarten und den Akademiegebäuden verläuft. Zum ersten Mal betrachte ich die herrschaftlichen Bauten ringsum, die aus einer Zeit stammen, als Steinmetzkunst und Stuck wohl voll im Trend lagen. Sie ragen vier Etagen nach oben in einen Himmel, der noch immer tiefschwarz zusammengezogen ist und dicke Regentropfen auf uns herabwirft. Als ich den Kopf senke, hebt Cut eine Hand zum Abschied.

»Ich muss in die andere Richtung. Wir sehen uns.« Er wartet meine Antwort nicht ab, steckt die Hände in seinen Hoodie und geht durch den Regen davon. Von hinten wirkt er mit seinem tiefschwarzen Haar genauso finster wie dieser merkwürdige Souffleur.

Rhyme führt mich an einer langen Glasfront vorbei zu einem hohen

Eingangstor, über dem in silbernen Beschlägen das Wort CAPPELLETTI prangt. »Das ist unser alter Familienname. Die Schreibform hat sich über die Jahrhunderte hinweg immer wieder leicht verändert. So stand es noch in Dantes *Göttlicher Komödie.*«

Dantes *Göttliche Komödie?*

Ist die nicht über siebenhundert Jahre alt?

»Cappelletti«, wiederhole ich ehrfurchtsvoll. »Wieso haben eure Namen jetzt einen englischen Touch, wenn ihr doch eigentlich italienische Familien seid?«

»Unsere Vorfahren wollten moderne Namen für die Eroberung der Neuen Welt. Damit meine ich Amerika«, fügt Rhyme hinzu, als er meine gerunzelte Stirn entdeckt. »Sie haben Shakespeare mit der Namensfindung beauftragt, und mit dem weltweiten Erfolg von *Romeo und Julia* hat sich diese Form schließlich überall durchgesetzt. Nur die alteingesessenen Leute hier in der Stadt nennen uns noch immer so wie vor tausend Jahren.«

»Und eure Vornamen?«

»Sagen wir mal so«, seufzt Rhyme. »Es hinterlässt seine Spuren, wenn Generation um Generation deiner Vorfahren englische Poesie auswendig lernen muss. Außerdem ist Englisch seit dem 19. Jahrhundert die primäre Unterrichtssprache hier an der Akademie. Davor war es Latein.«

Ich ziehe beeindruckt meine Augenbrauen hoch. »Was heißt *holy shit* auf Latein?«

Rhyme grinst. »Sanctus cacas.«

»Das klingt erfunden. Ist es erfunden?«

Er zuckt nur geheimnisvoll mit den Schultern und geht weiter.

Ein Portier öffnet die schwere Flügeltür aus poliertem Holz für uns. »Danke sehr«, flüstere ich dem Mann zu, als ich über die Schwelle trete. Rhyme quittiert das nur mit einem noch breiteren Grinsen.

Drinnen erwartet uns ein Empfangsbereich mit mehreren Sofas. Die mit Ölgemälden und Teppichen behangenen Wände wirken etwas altmodisch, genau wie die mit übermäßigem Stuck verzierte Kuppeldecke, die sich vier Stockwerke über uns wölbt. Die Kronleuchter sind hingegen sehr modern und doch so passend gewählt, dass sie sich harmonisch ins Gesamtbild fügen: Sie haben die Form von riesigen Regentropfen, die silbrig leuchtend von der Kuppel herabfallen, als wären sie mitten in der Luft festgefroren.

Weniger harmonisch ist der Aufschrei, der uns entgegenschallt.

»RHYME!«, brüllt uns ein Mädchen entgegen und stürmt so schnell auf uns zu, dass ich nur einen Wirbel aus weißem Stoff und fruchtigem Parfüm wahrnehme, bevor sie sich Rhyme mit voller Wucht an den Hals wirft. Er fängt sie auf und drückt sein Lächeln in ihr hellblondes Haar. Zumindest tut er das, bis sie sich von ihm abstößt und ihn mit ihrem eisigen Blick schockgefriert. »WIESO HAST DU NICHT ANGERUFEN?!«

Rhyme starrt sie an, als wäre ihm der Gedanke tatsächlich erst jetzt gekommen.

Ein Junge mit auffallend muskulösen Oberarmen und schulterlangen Rastas schiebt das Mädchen zur Seite und zieht Rhyme in eine kumpelhafte Halbumarmung, bei der er ihm fast den Brustkorb zerquetscht. »Vielleicht weil er den Untergang unserer Häuser verhindern musste?«, zieht er das blonde Mädchen auf.

Sie verschränkt ihre Arme vor der Brust. Einer sehr üppigen Brust, wie ich nicht umhinkomme zu bemerken. Das Mädchen ist nicht nur von der kurvigen Sorte, sondern auch bildhübsch. »Pah! Wäre eine Frau die Schlangenfürstin, würde von ihr verlangt, dass sie den Untergang unserer Häuser verhindert, dabei blendend aussieht UND sich bei ihrem Bruder meldet.«

Bruder?

Ich blicke von ihr zu Rhyme und wieder zurück. Jetzt fällt mir die ungemeine Ähnlichkeit zwischen den beiden auf. Sie haben dieselbe blasse Haut und das gleiche hellblonde Haar, nur ihre Augenfarbe unterscheidet sich ein wenig. Fast so, als hätte das Mädchen meine Gedanken gelesen, richten sich ihre frostig grünen Augen auf mich. Sie hebt ihren Zeigefinger in meine Richtung. »Wer ist das?«

Auf dem Gesicht des Jungen geht die Sonne auf. »Ein Mädchen!«

»Ich sehe, dass es ein Mädchen ist.« Sie rollt die Augen, marschiert auf mich zu und betrachtet mich neugierig von oben bis unten. »Hallo! Ich bin Poetry Capulet. Und du?«

»Joy Nouv…« Rhymes Blick lässt mich stocken. »Joy … Capulet?«

Das hört sich einfach nicht richtig an.

Poetrys Augenbrauen schießen in die Höhe. »Du bist also der Grund, warum wir uns vorhin heulend in die Arme gefallen sind, unsere peinlichsten Sünden gebeichtet und den Teppich mit Rosenblüten vollgehustet haben?«

Ich linse hinter sie. Tatsächlich sind ein paar Bedienstete noch immer damit beschäftigt, Blütenblätter auf noble Silberschaufeln zu kehren und dabei möglichst unsichtbar zu bleiben. Dabei fallen mir zwei weitere Mädchen auf, die zwar auch zu uns herübergelaufen sind, sich aber bis jetzt im Hintergrund gehalten haben. Meine Brust zieht sich zusammen, als ich bemerke, dass beide zwar lächeln, aber gleichzeitig stumm vor sich hin weinen. Dabei könnten die beiden sonst kaum unterschiedlicher sein. Das eine Mädchen ist groß und durchtrainiert, während das andere klein und zart ist. Die Große klemmt sich eine blassrosa gefärbte Haarsträhne hinters Ohr und winkt mir mit den Fingern zu. »Hey, ich bin Tear.«

Normalerweise habe ich es mit dem Merken von Namen nicht so, aber Tear hat sich glücklicherweise eine äußerst praktische Merkhilfe aufs Gesicht tätowiert: eine weiße Träne direkt unterhalb ihres rechten Auges. Erst da wird mir klar, dass das Capuletlogo für beides stehen könnte, einen Wassertropfen oder eine Träne.

»Und ich bin Drapes«, fügt das kleinere Mädchen hinzu. Drapes bedeutet auf Englisch »Vorhänge«. Es muss ein Spitzname sein, denn ihre hüftlangen schwarzen Haare fallen ihr tatsächlich wie Vorhänge vors Gesicht, als sie mir zur Begrüßung zunickt. Dabei rutscht ihr eine Träne von den langen Wimpern und bleibt glitzernd auf ihrer Wange hängen.

Rhyme tritt auf sie zu und küsst die Träne einfach so weg, als wäre es das Selbstverständlichste auf der Welt. Mir stockt der Atem, aber die anderen bleiben von dieser Intimität völlig ungerührt, sie müssen wohl daran gewöhnt sein. Er schenkt Drapes ein warmes Lächeln. »Danke, das hab ich jetzt gebraucht.«

Sie wirkt zufrieden und lässt ihre schwarzen Vorhanghaare erneut vors Gesicht fallen. »Immer zu Diensten, mein Fürst.« Dabei klingt sie nicht wie eine Untergebene, sondern eher so, als hätte sie einem Freund einen Gefallen getan. Ich kann sie nur mit offenem Mund anglotzen. Was den anderen nun doch auffällt. Statt mir allerdings eine sinnvolle Erklärung zu liefern, kommt Tear auf mich zu und blinzelt ebenfalls eine Träne aus ihren dunkelbraunen Augen. »Möchtest du auch eine?«

»*Was?*«, keuche ich.

»Nein! Du gehörst mir!«, quietscht Poetry und wirft sich an Tears Hals, um mir die Träne mit einem flinken Kuss wegzuschnappen. Sie muss sich dafür auf die Zehenspitzen stellen, während Tear ihren langen Körper zu ihr hinabneigt. Die beiden Mädchen stecken ihre Köpfe zusammen und kichern vergnügt. Eine sanfte Röte kriecht über Tears Wangen und lässt ihr weißes Tränentattoo noch mehr hervorstechen.

Was für eine seltsame Truppe diese vier doch sind. Eine kurvige Eisprinzessin, eine Tatöwierte mit rosa Dutts, ein Elfe mit hüftlangen Vorhanghaaren und ein Bodybuilder mit Fashionsense. Letzterer geht beim Anblick der flirtenden Mädchen vor Rührung fast in die Knie. »Ich will zu den Mädchen ziehen«, quengelt er.

Rhyme stößt ihm einen Ellbogen in die Rippen. »Sei ein Mann und reiß dich zusammen, Stage!«

»Ich *bin* ein Mann«, jammert Stage. »Deshalb will ich ja raus aus deinem Zimmer! Oh, warte!« Sein Blick schnellt zu mir. »Kommst *du* in unser Zimmer? Wir haben zwei Betten frei, du kannst dir eins aussuchen.«

Ich zucke zusammen.

Mein Hirn ist noch immer damit beschäftigt, diese Leute einzuordnen. Spontane Zimmereinladungen überfordern mich gerade ziemlich. Vor allem, weil ich diesem schnellen Schlagabtausch sowieso kaum folgen kann. Poetry, Tear und Drapes scheinen sich ein Zimmer zu teilen, wenn ich das richtig verstanden habe, ebenso Stage und Rhyme.

»Auf keinen Fall«, kommt Poetry mir zu Hilfe. Ohne Tear loszulassen, wirft sie ihren freien Arm um meinen Hals und zieht mich an ihre Seite, sodass wir wie eine Abwehrmauer vor den Jungs stehen. Ich kann gar nicht anders, als völlig perplex gegen ihre Hüfte zu stolpern. »Joy wurde heute bestimmt schon genug traumatisiert.«

Rhyme schnappt nach Luft. »Wer behauptet, dass mein Zimmer sie traumatisiert?«

»Alle Mädchen, die es jemals betreten haben!«, feuert Poetry zurück.

Stage schlingt seine muskulösen Arme um die eigene Brust und nickt bestätigend. »Die Jungs auch. Wir haben ebenfalls Gefühle, die schwer von deinem Zimmer traumatisiert sind.«

Es klingt wie ein Insiderwitz, trotzdem werde ich das Gefühl nicht los, dass an der Sache tatsächlich was dran ist. Obwohl sich alle so anhören, als würden sie Rhyme bloß aufziehen, entgeht mir das leichte Schaudern nicht, das über Stages kräftigen Rücken läuft. Auch Tear schlingt ihre langen Arme um sich, während Drapes verstohlen durch ihre schwarzen Haare zu Rhyme linst.

»So ist das also?« Rhyme reckt empört sein Kinn. »Da hetze ich einen Monat lang um die Welt, um unser aller Leben zu retten, und so wird es mir gedankt! Mit schamloser Respektlosigkeit vor eurem Fürsten!«

»Du bist nicht mein Fürst, du bist mein Bruder.« Poetry stemmt ihre Arme in die Hüften und streckt ihm die Zunge raus.

»Ich will echte Freunde haben«, beschwert sich Rhyme.

Stage hakt seinen Arm um Rhymes Hals, nimmt ihn in den Schwitzkasten und rubbelt seine dunkelbraune Faust über die hellblonden Haare. »Wir *sind* echte Freunde. Darum haben wir auch keinen Respekt vor dir.«

Ich kann nicht anders. Auch wenn mich diese bunte Truppe ziemlich überwältigt und ich noch nicht ganz kapiere, wie sie alle zueinander stehen, muss ich einfach draufloslachen, als ich Rhymes knallrotes Gesicht sehe. Wahrscheinlich sind nur meine Nerven überreizt. Womit ich allerdings nicht gerechnet habe, ist der Effekt, den mein Gelächter auf die anderen hat. Sie verstummen schlagartig und starren mich so entsetzt an, als wären mir bunte Papierschlangen aus den Ohren geschossen – oder etwas Schlimmeres. Das Lachen bleibt mir augenblicklich im Hals stecken.

»Was zum Teufel …«, setzt Stage an, ohne Rhyme aus dem Schwitzkasten zu lassen. Die beiden Jungs sind wie versteinert. Tear blinzelt mich fassungslos über ihr weißes Tränentattoo hinweg an. Drapes streicht sich mit beiden Händen die schwarzen Haare aus dem Elfengesicht, als wollte sie sichergehen, sich nicht verguckt zu haben. Und sogar in Poetrys bisher so selbstsicherer Stimme schwingt heiseres Erstaunen mit. »Was … was machst du da, Joy?«

KAPITEL 9

Einen Moment lang herrscht absolute Stille, in der mich alle anglotzen.

Ich schlinge meine Arme um mich und weiche ein paar Schritte zurück. »Ähm … Ich fand das einfach witzig«, gestehe ich mit wackeligem Lächeln.

»Schon klar, dass du es witzig fandest.« Poetry tritt auf mich zu und durchbohrt mich fast mit ihrem frostgrünen Eisprinzessinnenblick. »Wir alle finden Rhyme witzig …«

»Hey!«, protestiert Rhyme.

»… aber deshalb lachen wir nicht gleich drauflos«, ergänzt sie und schüttelt ihre hellblonden Locken.

Stage drängt sich zwischen uns, besser gesagt, er stellt sich einfach nur dazwischen, und sein Körperumfang erledigt den Rest. Er lässt seine Rastas vors Gesicht fallen und senkt die Stimme. »Wir sollten das wirklich nicht hier besprechen. Die anderen Schüler sind gerade erst zu Bett gegangen, wir wissen nicht, wer noch in den Korridoren rumläuft.«

Tear nickt so heftig, dass ihre rosa Dutts wippen. »Das finde ich auch.«

»Gehen wir in mein Zimmer«, schlägt Rhyme vor.

»AUF KEINEN FALL!«, rufen Stage, Tear und Drapes gleichzeitig. Ihre Stimmen hallen in der Kuppel über uns wider. Sie werfen sich erschrockene Blicke zu und kichern leise. Drapes hält sich ihre schwarzen Haare vor den Mund, aber ihr Glucksen kann sie darunter nicht verbergen.

»Scheinbar darf sich hier jeder amüsieren außer mir«, murmle ich.

Rhyme stellt sich mit verschränkten Armen neben mich. »Die sind nicht halb so witzig, wie sie denken.« Trotzdem kann er sich ein leichtes Grinsen nicht verkneifen, als wäre er insgeheim ein klein wenig stolz auf seine Freunde. Vielleicht ist er aber auch einfach nur froh, sie überhaupt lebendig wiedergesehen zu haben. Im Hintergrund verschwinden die Butler geräuschlos mit ihren Kehrschaufeln voll Rosenblüten.

»Ach, komm schon!« Stage klopft ihm so kräftig auf die Schulter, dass Rhymes verschränkte Arme runterfallen. »Lass uns rauf ins Zimmer der Mädchen gehen, da oben ist es wie im Himmel. Außerdem ist Joy von Kopf bis Fuß durchweicht, sie sollte etwas Trockenes zum Anziehen bekommen.«

»Ich bin auch von Kopf bis Fuß durchweicht«, murrt Rhyme. »Wo bleibt deine hingebungsvolle Fürsorge um mich?«

»Hört auf zu flirten, Jungs«, mischt sich Poetry ein. »Wir haben jetzt Wichtigeres zu besprechen.« Sie hakt ihren Arm bei mir unter und zieht mich zu einer eng geschwungenen Wendeltreppe hinter den Sofas, die vier Stockwerke nach oben führt. Ich bin zu überrumpelt, um etwas dagegen zu haben, und kann nur mit offenem Mund auf das kunstvoll geschnitzte Holzgeländer starren, das aus Hunderten von ineinandergeschlungenen Schlangenkörpern besteht. Erst als Drapes sich an mir vorbeischiebt und einen verstohlenen Blick durch ihre Vorhanghaare wirft, klappt mein Mund wieder zu.

Was hatten sie vorhin nur alle?

Im dritten Stock führt Poetry uns durch einen mit echten Öllampen beleuchteten Korridor aus dunklem Walnussholz. Ein Mädchen mit aschgrauen Haaren und ebenso grauem Nachthemd muss uns gehört haben und blinzelt verschlafen aus einer Tür. Poetry versichert ihr rasch, dass alles in Ordnung ist und sie wieder zu Bett gehen soll. Bevor die Tür ins Schloss fällt, erhasche ich noch einen Blick in Aschenputtels Zimmer: schneeweiße Designermöbel, eine angenehme Beleuchtung, die wie ein Sternenhimmel von der Decke funkelt, und moderne Kunst an den Wänden.

»Ist das hier so was wie ein Fünf-Sterne-Internat?«

»Wir haben das Beste draus gemacht«, seufzt Poetry, als hätte sie das irgendwie als Kritik aufgefasst. »Diese Gebäude sind unfassbar alt und stehen größtenteils unter Denkmalschutz. Na ja, zumindest offiziell, du weißt schon, ein bisschen Bestechungsgeld hier, ein paar Geschenke da …« Sie zwinkert mir verschwörerisch zu. »Aber der Capuletturm ist wirklich etwas Besonderes.«

»Die Turmzimmer waren früher ausschließlich den Nachkommen der Familienoberhäupter vorbehalten«, erklärt Rhyme von hinten. »Da diese heutzutage aber keine acht Kinder mehr bekommen, wohnen jetzt auch unsere Freunde bei uns.«

Poetry bleibt am Ende des Korridors vor einer deutlich größeren Tür stehen. Die Wand hat eine sachte Wölbung nach außen und ist mit einer leuchtend blauen Tapete beklebt, in die winzige Silbertropfen hineingeprägt wurden. Als sie die Tür öffnet und mich mit beiden Händen voraus durch einen kurzen Flur schiebt, stehe ich plötzlich vor dem Meer.

Ehrfürchtig halte ich den Atem an.

Zu meinen Füßen schimmert türkisblaues Wasser, gefüllt mit den farbenfrohesten Korallen, die ich jemals gesehen habe. Eine schwarz-weiß gestreifte Wasserschlange schwimmt seelenruhig unter mir vorbei und verschwindet im hellen Grün von sanft wogendem Seegras. Der gesamte Boden des Turmzimmers ist die Decke eines riesigen Aquariums.

»Du kannst sogar drauf rumhüpfen, es ist dickes Panzerglas«, versichert mir Poetry mit leuchtenden Augen, die im Licht des Aquariums noch grüner wirken. »Gefällt es dir? Das Bett vor dem Rosenfenster wäre noch frei, wenn du es haben willst.«

Ich schaue mich staunend um. Die Wände ringsum sind passend zum Aquarium bemalt und lassen die Illusion entstehen, dass es Teil eines unendlich wirkenden Meeres ist. Erst in scheinbar weiter Ferne vermischt sich das Türkisblau mit dem Weiß des Himmels darüber. Wolken wurden bis nach oben zur gewölbten Kuppeldecke gemalt, die immer dunkler werden, so als würde sich direkt über unseren Köpfen ein grauer Sturm zusammenbrauen. Auch hier wurden die gleichen Kronleuchter aus fallenden Regentropfen angebracht, die wie eingefroren auf uns herabfunkeln.

Die Betten allerdings sind das Ungewöhnlichste: Sie schweben über dem Wasser. Es sind vier kreisrunde Himmelbetten mit silbernen bauschigen Kissen und halb durchsichtigen Baldachinen, die weit über uns an der Decke befestigt sind. Die schimmernden Stoffbahnen laufen nach oben hin spitz zu und verleihen den Betten die Form von großen Wassertropfen. Die Montagues sind also nicht die Einzigen, die ihr Logo überall breittreten, die Capulets stehen ihnen in keiner Weise nach. Wie im Traum wandle ich über das Aquarium hinweg und berühre den zarten Vorhangstoff, um mich von seiner Wirklichkeit zu überzeugen.

Ihr bietet mir einfach so ein Bett in eurem Zimmer an?

Ich drehe mich um, um genau das zu fragen.

Doch in dem Moment, als mein Blick auf die Mädchen hinter mir fällt, sehen alle rasch woandershin. Tears Wangen werden rosa, Drapes spielt an ihren Haaren, und Poetry wischt sich unsichtbaren Staub von der Schulter. Sie haben mich hinter meinem Rücken genau beobachtet. Könnte es sein, dass sie mich hierhaben wollen, um mich besser im Auge behalten zu können?

»Wenn du das Bett nicht haben willst, können wir gerne tauschen«, bietet mir Stage an und deutet mit dem Daumen nach hinten zu Rhyme. Dieser ist beim Zimmereingang stehen geblieben, hat sich auf das Aquarium gekniet und eine Hand auf das Glas gelegt. Die Wasserschlange kommt aus dem Seegras hervorgeschossen und stupst ihren Kopf mehrmals dagegen. Ein zartes Lächeln breitet sich auf seinem Gesicht aus, das Stage nur stöhnen lässt. »Er braucht dringend eine Freundin.«

Rhyme hört das nicht mal. Er strahlt völlig gebannt seine Schlange an und ermuntert Rambo, aus seinem Ärmel hervorzukriechen und seinen Artgenossen zu begrüßen.

Auch Poetry seufzt. »Dann werde ich das wohl in die Hand nehmen müssen. Drapes, mach bitte die Tür zu. Tear, kannst du Joy was von deinen Klamotten raussuchen? Deine Größe passt ihr auf jeden Fall. Nichts anfassen, Stage! Das gehört dir nicht! Setz dich einfach auf deine Hände!

Rhyme? Rhyme, komm sofort von der Schlange weg! Und du, Joy …« Sie wirbelt zu mir herum, drückt mich auf die wolkenweiche Matratze des Himmelbetts und wickelt etwas ungeduldig eine Wolldecke um meine feuchten Schultern. »Würdest du uns jetzt bitte erklären, wieso du laut lachen kannst?«

Ich blinzle sie verwundert an. »Würdest du mir bitte zuerst erklären, was daran so ungewöhnlich ist?«

Tear bringt mir einen sorgfältig zusammengefalteten Pyjama und legt ihn mit einem schiefen Lächeln neben mich. Zu meiner Überraschung ist diesmal kein Silbertropfen aufgestickt, sondern ein schneeweißes Einhorn, das in hohem Bogen einen Regenbogen auskotzt. Sie zwinkert mir mit dem Auge zu, unter das die Träne tätowiert ist.

»Capulets können nicht lachen.«

Es ist Rhyme, der das gesagt hat.

Alle drehen sich zu ihm, während er langsam durch das Zimmer auf mich zukommt. »Wir können grinsen, wir können kichern, wir können etwas extrem unterhaltsam finden, aber wir können kein lautes Lachen von uns geben.« Er setzt sich neben mich aufs Bett, was es leicht ins Schaukeln bringt, und betrachtet mich neugierig. »Kannst du weinen?«

»Weinen?« Ich suche in den Gesichtern der anderen nach einem Hinweis darauf, wie diese Frage gemeint sein könnte. Tear und Drapes schauen mich gespannt an, Poetry runzelt die Stirn und Stage schlingt sich die Arme um den Bauch. »Kann denn nicht jeder weinen?«, frage ich vorsichtig.

»Montagues können es nicht«, erwidert Rhyme.

»Dann bin ich weder das eine noch das andere. Ich kann lachen und weinen. Vielleicht habt ihr doch die Falsche gefunden?«

»Das kann nicht sein«, meint er nachdenklich. »Du konntest den Rosenfluch beenden.«

Poetry geht vor mir in die Hocke, vielleicht um weniger einschüchternd zu wirken. Obwohl wir beide fast gleich groß sind, hat sie eine sehr einnehmende Präsenz. Sie wirft ihrem Bruder einen eindringlichen Blick zu. »Könnte es an ihrer Herkunft liegen? Ich meine, der anderen Seite ihrer Herkunft? Ihr Vater muss doch dieser Theaterschauspieler sein, den ihr zuletzt ausfindig gemacht habt, oder nicht? Er ist ein gewöhnlicher Mensch. Ihr Capuletblut könnte einfach nur sehr schwach sein.«

»Das könnte sein«, bestätigt Rhyme.

»Und wenn sie eine Spionin ist?«

Alle Blicke richten sich auf Drapes.

Sie klemmt sich ihre Vorhanghaare hinter die Ohren und zuckt mit ihren zarten Schultern. »So viel ich weiß, wäre es nicht das erste Mal, dass die Montagues vor den Duellen einen Spion unter die Capuletschüler einschleusen, um uns auszuspionieren. In der Clique des Schlangenfürsten wäre sie perfekt positioniert.«

Stage tritt von einem Bein aufs andere und wirkt auf einmal besorgt. »Wir sollten testen, ob sie wirklich weinen kann.«

»Soll ich?« Drapes tappt so leichtfüßig und unschuldig über das Aquarium, dass ich viel zu spät reagiere, als sie plötzlich mit der flachen Hand ausholt und drauf und dran ist, mir eine Ohrfeige zu verpassen.

Zum Glück wird sie rechtzeitig aufgehalten, und zwar von Poetry, die blitzschnell ihr Handgelenk packt. »Drapes!«, ruft sie entsetzt. »Wir schlagen niemanden für Tränen. Niemals! Das solltest du eigentlich am besten wissen!«

Drapes senkt den Blick, was ihre seidenglatten Haare sofort wieder vors Gesicht fallen lässt. »Ich wollte ihr nicht wehtun. Ich wollte nur helfen.«

»Kannst du auf Kommando weinen, Joy?«, beschwichtigt Tear rasch. Obwohl sie durch ihre Körpergröße, das Tattoo und die gefärbten Haaren viel lauter wirkt als die zierlich gebaute Drapes, scheint sie eher der Ruhepol dieser Clique zu sein. »Vielleicht, wenn du an etwas sehr Emotionales denkst? So mach ich das immer.«

Ich schüttle den Kopf.

»Tränen würden nur beweisen, dass sie keine reinblütige Montague ist«, gibt Rhyme zu bedenken. »Viel wichtiger ist es, jeglichen Zweifel daran auszuräumen, dass sie auf jeden Fall eine Capulet ist. Wir müssen sie mit der Macht der Tragödie testen.«

Alle nicken, als hätten sie verstanden, was er damit meint. Ich bin zu ausgelaugt, um nachzufragen. Bestimmt erfahr ich es auch so schneller, als mir lieb ist.

»Ich kann ihr gerne eine Träne geben«, bietet Tear hilfsbereit an.

Doch Poetry schüttelt den Kopf. »Nein, wir brauchen etwas Wirkungsvolleres. Sie muss den Effekt auf eine Weise spüren, die sie nicht vortäuschen kann. Wir müssen ihr das Stärkste geben, das wir haben.« Ihre frostgrünen Augen richten sich auf ihren Bruder. »Und das bist du, Schlangenfürst.«

Rhyme seufzt. »Ich hasse es, zu weinen.«

»Ich auch«, bestätigt Stage mitfühlend. »Vielleicht hilft dir das? Wenn ich dran denke, wie viele meiner Dates vor deiner Zimmertür ein schlagartiges Ende genommen haben, fange ich ganz von selbst an zu heulen.«

Rhyme zeigt ihm den Mittelfinger auf eine Weise, wie nur allerbeste Freunde es können, ohne den anderen zu beleidigen. Stage grinst jedenfalls nur.

»Ich könnte dir eine Ohrfeige geben«, schlägt Poetry vor.

»Ich dachte, so was machen wir nicht?!«, entrüstet sich Rhyme.

Sie lächelt zuckersüß. »Für meinen Bruder würde ich alles tun.«

»Bei eurer Freundschaft kommen mir tatsächlich fast die Tränen«, knurrt Rhyme. »Danke, aber ich schaff es auch so.« Er wickelt sich Rambo vom Handgelenk und flüstert der kleinen Mamba liebevolle Worte zu, die ich nicht verstehe. Die Schlange fixiert ihn wie gebannt aus ihren schwarzen Knopfaugen. Plötzlich schnellt ihr grüner Körper so unerwartet in sein Gesicht hinauf, dass ich erschrocken vom Bett aufspringe.

»Sie hat ihn gebissen!«, rufe ich entsetzt. »Das ist eine Giftschlange!«

Tear tritt an meine Seite und reibt mir beruhigend über die Arme. »Keine Angst, Rhyme ist immun gegen ihr Gift. Sieh nur!«

Rhyme lobt die Schlange mit einem sanften Tätscheln, während er sich gleichzeitig einen Blutstropfen von der Wange wischt. »Ich bin zwar immun, aber es brennt trotzdem wie Feuer.« Mit einem Hüpfer meines Herzens sehe ich, dass sich seine Augen tatsächlich mit Tränen füllen. Er legt Rambo auf dem Bett ab und kommt auf mich zu.

Meine Füße sind wie festgefroren.

»Capulets besitzen die Macht der Tragödie.« Er stellt sich dicht vor mich und sieht mich von oben herab an. »Das bedeutet, wir können uns an den Tränen anderer Leute stärken. Mal sehen, was gleich mit dir passiert.« Er wischt sich eine einzelne Träne unter dem Auge weg und legt sie mir behutsam an die Lippen.

Mein Puls donnert mir bis zur Kehle.

Ich will Luft holen, um etwas zu sagen, sauge dabei aber die Träne versehentlich ein und kann ihr Salz augenblicklich auf meiner Zunge schmecken. Der Effekt kommt sofort. Mein Herz macht einen gewaltigen Hüpfer. In meiner Brust sprüht eine hell leuchtende Wunderkerze auf, die jede Faser meines Körpers mit gleißendem Licht erfüllt. Für mehrere Sekunden raubt es mir den Atem, dann ist all meine Müdigkeit plötzlich wie weggeblasen. Ich kann ihn nur überwältigt anstarren.

Ein langsames Lächeln breitet sich auf Rhymes Gesicht aus. »Fühlt sich gut an, oder?«

»Ja«, hauche ich ein wenig fassungslos.

Mein Blick fällt auf seine dunklen Wimpern, die feucht aneinanderkleben. Ich müsste mich nur auf die Zehenspitzen stellen, meine Hand in seine Haare gleiten lassen, seinen Kopf etwas näher zu mir herabziehen – und ich könnte all diese unglaublichen Tränen direkt von seiner Haut küssen …

»Ich glaube, Joy ist nicht nur von den Tränen so hingerissen«, tuschelt Stage hinter uns. Seine Worte rauschen wie eine kalte Dusche über mich hinweg und katapultieren mich schlagartig zurück in die Wirklichkeit. Ich weiche so rasch vor Rhyme zurück, dass ich gegen Poetry stoße.

Tear hat keine Hemmungen, Stage empört auf den Fuß zu treten. Aber Rhyme geht einfach zurück zum Bett, als wäre nie etwas geschehen.

Ich muss mich räuspern, um meine Stimme wiederzufinden. »Ist damit nun bewiesen, dass ich … ähm … eine Capulet bin?«

Poetry streicht etwas von meinem Gesicht, das feucht auf ihrer Fingerkuppe glänzt. Es ist eine Träne, die sie wie gebannt betrachtet. »Rhyme hat von uns allen die stärksten Tränen«, flüstert sie mit heiserem Erstaunen. »Aber ich habe noch nie gesehen, dass sie jemanden vor Glück zum Weinen bringen.«

Erschrocken schlage ich meine Hände vors Gesicht und spüre nicht nur die Tränen darauf, sondern auch, wie heiß meine Wangen unter den Fingern werden. Mein Gesicht muss vor Verlegenheit glühen. Vielleicht sollte ich die Sache mit dem Panzerglas überprüfen? Meinen Kopf ins kühle Aquarium zu stecken, hört sich gerade extrem verlockend an.

Ein zufriedenes Lächeln breitet sich auf Poetrys Gesicht aus. »Damit wäre das geklärt. Du reagierst nicht nur auf die Macht der Tragödie, sondern du kannst auch weinen. Ohne jeden Zweifel bist du eine Capulet.« Sie dreht sich zu den anderen und klatscht auffordernd in die Hände. »Okay, Leute, für heute hatten wir genug Action. Es ist weit nach Mitternacht, wir alle wollen morgen beim Brunch frisch und ausgeschlafen sein. Ab ins Bett mit euch!«

»Wie wär's mit einer Übernachtungsparty?«, schlägt Stage mit leuchtenden Augen vor. »Ich könnte uns Snacks aus der Küche klauen.«

Doch Poetry bleibt gnadenlos und scheucht Stage zur Tür hinaus. Gegen ihren gebieterischen Tonfall haben seine Muskeln keine Chance. »Nein! Hau ab! Ich will endlich ins Bett!«

Drapes nutzt die Gelegenheit und verkündet, dass sie als Erste ins Bad geht. Wie ein Schatten huscht sie hinter eine Seitentür beim Zimmereingang. Nur Tear scheint noch zu zögern. Sie betrachtet mich einige Sekunden lang neugierig, sieht dann etwas hinter meinem Rücken an und versucht erfolglos, sich ein Lächeln zu verkneifen. Die leuchtende Wunderkerze in meiner Brust rutscht mir augenblicklich in den Magen, als ich Rhymes Stimme hinter mir höre.

»Die Wirkung dürfte ein paar Stunden anhalten. Du solltest also gut schlafen, trotz allem, was heute passiert ist.«

Mit klopfendem Herzen drehe ich mich zu ihm um.

Rhyme steht vor dem Himmelbett und wickelt sich seine Mamba ums Handgelenk. »Allerdings kann man sich bei dir wohl nicht ganz sicher sein«, fügt er mit schiefem Grinsen hinzu.

Noch immer hängt etwas Feuchtigkeit an seinen Wimpern und lässt meinen Hals staubtrocken werden. Könnte man diese Macht der Tragödie in Flaschen abfüllen, wäre sie garantiert längst verboten.

»Wir sehen uns morgen«, sagt er nur noch im Vorbeigehen.

Ich sehe ihm hinterher.

Morgen, antworte ich in Gedanken, *hau ich von hier ab.*

KAPITEL 10

»Aufstehen, Schlafmütze!«

Die Erde bebt. Zumindest fühlt es sich so an. Noch bevor ich richtig aufwache, klammern sich meine Hände reflexartig an alles, was sie erwischen können, bekommen jedoch nur flauschig weiche Kissen zu fassen. Ich erstarre, als ich in frostgrüne Augen über mir blicke. Hellblondes schulterlanges Haar fällt mir in Wellen entgegen und kitzelt meine Wange. Ich brauche ein paar Sekunden, um zu kapieren, wo ich bin. Dann fällt mir alles wieder ein. Poetry ist auf mein Bett gehüpft und grinst mich von oben herab an. »Endlich wach?«

Hastig rapple ich mich auf. »Ich … ich könnte nicht wacher sein.«

»Sorry, Joy.« Tear beugt ihren langen Oberkörper unter die silbernen Vorhänge und setzt sich an Poetrys Seite. Auch heute trägt sie ihre rosa gefärbten Haare in zwei hübschen Dutts über den Ohren. Unter ihren schwarz geschminkten Augen fällt das weiße Tränentattoo noch stärker auf. »Ich habe versucht, sie aufzuhalten.«

»Erstens ist es unmöglich, mich aufzuhalten. Und zweitens wäre Joy dann nie aufgewacht«, entgegnet Poetry. »Sie hat nicht mal geblinzelt, als sich das Gebläse aktiviert hat, um den Boden zu trocknen.«

»Den Boden zu trocknen?«, wiederhole ich verwirrt.

Poetry schüttelt den Kopf über mich. »Ist dir der künstliche Regen überhaupt aufgefallen, der die ganze Nacht sanft auf deinen Baldachin herabrieselte? Oder dachtest du, wir haben ein Loch in der Decke?«

»Ich dachte, das wäre der Sturm draußen.«

»Der hat sich längst verzogen. Jetzt steh endlich auf!« Poetry krabbelt vom Bett und zieht meine Decke mit sich. Ein Schwall kühler Luft, die aus einer geöffneten Balkontür hereinweht, streift meine nackten Füße. »Heute ist dein erster Tag an der Akademie. Alle werden total neugierig auf dich sein. Immerhin hast du uns einen Monat lang in Atem gehalten.«

Das klingt wirklich ... *großartig.*

Sehnsüchtig schaue ich auf meine Bettdecke am Boden.

Poetry läuft wie ein Wirbelwind über das Aquarium hinweg und dreht sich dabei mehrmals um die eigene Achse, ohne auch nur einen Schritt lang aus dem Takt zu geraten. »Komm schon, Tear! Wir suchen was für Joy aus deinem Schrank aus.«

Tear sieht Poetry nach, bis sie im begehbaren Kleiderschrank neben der Eingangstür verschwunden ist. Dann linst sie verstohlen zu mir und spielt an einem Silberstecker in ihrer Ohrmuschel rum. »Rhyme wird übrigens auch da sein, falls dich das mehr motiviert«, meint sie auffällig unauffällig.

»Wie... wieso sollte mich das mehr motivieren?!«, stoße ich etwas zu eilig hervor. Natürlich erinnere ich mich sofort an den Moment, als er mir seine Träne auf die Lippen gelegt hat. Sein eisblauer Blick hatte mich keine Sekunde lang losgelassen. Den Schlangenbiss, der rot auf seiner Wange brannte, schien er vollkommen vergessen zu haben. Aber wer weiß, vielleicht macht er so was ja öfters? Ich schüttle mich. »Rhymes Vorliebe für Schlangen ist ziemlich gruselig«, versuche ich das Thema woanders hinzulenken.

»Oh.« Tear wirkt enttäuscht und steht von meinem Bett auf. Sie reckt ihren durchtrainierten Körper im sanften Licht eines kreisrunden Fensters, in das eine gläserne Rose eingearbeitet wurde. »Sorry, mein Fehler. Ich dachte, du wärst anders.«

»A-anders?«, stammle ich. »Als wer?«

»Wer ist anders?«, will Poetry wissen und streckt ihren blonden Lockenkopf aus der Schranktür heraus. »Joy! Du bist ja noch im Bett! Komm sofort her, oder ich verpasse dir eine Rüschenbluse mit Stehkragen.«

Eine Drohung, die bei mir wirkt. Mal abgesehen davon, dass ich meine Chancen, mich für den Rest meines Lebens unter einer Bettdecke zu verkriechen, ziemlich gering einschätze. Gestern Nacht konnte ich es kaum abwarten, dass der heutige Morgen anbricht und ich von hier abhauen kann. Jetzt allerdings nagt die beklemmende Erkenntnis an mir, dass ich leider immer noch keine Ahnung habe, wie genau ich das anstellen soll.

Eins nach dem anderen, beschließe ich. *Zuerst mal frische Unterwäsche.*

Wir finden für mich ein rüschenfreies Top und eine stinknormale Jeans, die Tear mir an den Knöcheln mehrmals hochschlägt. Ich werfe einen Blick in den Schrankspiegel, kämme mir die Haare mit den Fingern durch und bin absolut zufrieden mit meinem Aussehen – doch Poetry besteht auf eine richtige Haarbürste und verkündet außerdem, dass ich dringend eigene Klamotten brauche.

»Wir können das unmöglich Rhyme überlassen. Er zieht jeden Tag das Gleiche an!«, ruft sie aus dem Badezimmer gegenüber, wo sie den Geräuschen nach Schubladen durchwühlt. »Keine Sorge, Joy! Wir werden dich nicht im Stich lassen und mit dir shoppen gehen.«

»Ich steh eigentlich nicht so auf shoppen«, gebe ich zu.

»Ich auch nicht«, gesteht mir Tear hinter vorgehaltener Hand. »Aber Poetry betrachtet es als ihre heilige Pflicht, uns den Capulets würdig anzuziehen, auch wenn sie uns mit ihren letzten Kräften von einem Shop zum nächsten schleppen muss. Sie würde uns wahrscheinlich noch einkleiden, wenn wir längst ohnmächtig am Boden lägen.«

»Das habe ich gehört!«, entrüstet sich Poetry.

Moment mal. Von einem Shop zum nächsten? Ich werde hellhörig. Rhyme hatte behauptet, dass ich die Akademie von jetzt an nicht mehr verlassen kann. Stimmt das vielleicht gar nicht?

»Ein paar neue Klamotten wären gar nicht mal so schlecht«, sage ich möglichst beiläufig. »Können wir denn einfach so rausgehen?«

»Wozu, glaubst du, haben wir all die schicken Boutiquen unter die Bögen der Akademie bauen lassen?« Poetry taucht mit einer silbernen Haarbürste bewaffnet auf, dreht mich zum Spiegel und bürstet mir energisch die Haare. »Es gibt einen VIP-Eingang von innen, den nur wir benutzen dürfen. Wir haben sogar extra Verkäufer einzig und allein für uns.«

»Also dürfen da normale Leute auch rein? Von der Straße aus?«

»Natürlich.«

Mein Herz macht einen Hüpfer. Das bedeutet, dass jeder Shopausgang auch ein Weg aus der Akademie ist! Rhyme scheint überzeugt davon zu sein, dass wir die Akademie nicht verlassen dürfen. Aber was wäre, wenn man ihn auch manipuliert hat? Wenn Lady Capulet und Lord Montague uns alle hier genauso unnötig festhalten wie meinen Dad in Mantua?

Meine Finger beginnen vor Aufregung zu schwitzen, als sich ein Fluchtplan in meinem Kopf entwickelt. Vorsorglich stecke ich meine Hände tief in die Hosentaschen und versuche, mir nichts anmerken zu lassen. Flunkern liegt mir nicht besonders, aber immerhin handelt es sich hierbei um eine Notlüge. Trotzdem weiche ich meinen eigenen Blicken im Spiegel aus, damit ich mir dabei wenigstens nicht zusehen muss. Die Mädchen waren schließlich sehr nett zu mir.

»Ein bisschen zwickt diese Jeans schon«, behaupte ich und dränge mein schlechtes Gewissen beiseite. »Könnten wir vielleicht … heute noch shoppen gehen?«

»Klar!«, ruft Poetry begeistert. »Aber zuerst essen wir was.«

Die beiden führen mich nach unten zum Speisesaal, der diese schlichte Bezeichnung wirklich nicht verdient hat. Hinter antiken Buntglastüren erhebt sich eine Glashalle in der Höhe von vier Stockwerken. Die Außenmauer besteht aus den kalksteinfarbenen Riesenbögen der Akademie, aber von oben und der Innenseite strahlt helles Sonnenlicht auf unsere Gesichter herab. Orangenbäume schießen zwischen dem gefliesten Steinboden hervor, der Duft reifer Zitronen steigt mir in die Nase, und ich stolpere fast über die dicken Wurzeln eines echten Olivenbaums. Darüber ragen Dattelpalmen auf, in deren Kronen ganze Schwärme von exotischen Schmetterlingen flattern.

Poetry muss mich an den Schultern zwischen den Tischen hindurchsteuern, weil mein Kopf vor Staunen in alle Richtungen schwenkt. Eine Galerie mit eindrucksvollem Treppenaufgang wurde unter die Bögen gebaut, alle Stühle sind aus verschnörkeltem Eisen, und die Esstische haben reich verzierte Buntglasplatten. Sämtliche Speisesäle meiner alten Highschools hätten sich beim Anblick dieser Schönheit heulend von einem Hochhaus gestürzt. Vorausgesetzt, Speisesäle könnten sich von Hochhäusern stürzen. »Sind das da Springbrunnen?«, keuche ich. »Ihr habt Springbrunnen in eurem Speisesaal?!«

Poetry zuckt die Schultern. »Die Fackeln werden erst abends angezündet.«

Sie führt uns zu einem bühnenähnlichen Podest in der Mitte des Saals. Als ich näher komme, sehe ich, dass es aus schwarz-weißem Marmor ist. Der Stein wurde exakt in der Mitte auseinandergebrochen, sodass beide Hälften einen guten Schritt weit auseinanderliegen. Das könnte versehentlich passiert sein, aber die zwei Tische obendrauf lassen mich etwas anderes vermuten. Beide weisen die exakt gleiche Bruchlinie auf – so als wären sie einmal ein einziger Tisch gewesen, der gleichzeitig mit dem Stein darunter auseinandergerissen wurde. Nur kann das nicht sein, denn der linke Tisch ist aus Silber und der rechte aus Gold. Nein, der Riss ist Absicht. Er muss etwas symbolisieren.

»Die Tische der Fürsten«, flüstert Tear mir zu. »Es ist eine Ehre, an ihnen Platz nehmen zu dürfen.«

An den Kopfenden der Tische stehen sich zwei thronartige Stühle in Silber und Gold gegenüber. Ringsum reihen sich jeweils acht schlichtere Stühle. Die silbernen sind noch komplett unbesetzt, nur am goldenen Tisch sitzen bereits drei Leute. Sie blicken neugierig zu uns herüber, stecken ihre Köpfe zusammen und lachen ungeniert über uns.

Das erweckt das Interesse der anderen Schüler. Bisher haben sie uns nicht weiter beachtet, doch als wir auf den Marmorblock steigen und am silbernen Fürstentisch Platz nehmen, drehen sich immer mehr Gesichter in unsere Richtung. Ein paar Leute stehen sogar auf und deuten unverhohlen mit dem Finger auf mich. Zwischen all den Bäumen ist es schwer zu sagen, aber ich schätze, dass an die Tausend Schüler hier reinpassen.

Poetry lässt sich erhobenen Hauptes neben dem silbernen Thronstuhl nieder und schlägt gelassen eine Speisekarte auf. Tear setzt sich neben sie, also wähle ich den Stuhl gegenüber und stecke meine Nase ebenfalls in eine Karte, allerdings nur, um all den neugierigen Blicken zu entkommen. Mein Dad ist derjenige, der sich gern auf Bühnen präsentiert und von fremden Leuten angeglotzt wird. Ich hingegen … nun ja, ich verteile Latexnasen und Gummiwarzen in den Hinterräumen, das sagt wohl alles.

Erst als ein weiterer Stuhl an unserem Tisch zurückgezogen wird, linse ich über den Rand der Karte. Drapes setzt sich neben Tear, legt sich eine silberne Stoffserviette auf den Schoß und wirft mir ein etwas gezwungenes Lächeln zu. Über ihre Wangen kriechen hektisch rote Flecken. Als sie meinen verwunderten Blick bemerkt, lässt sie sich die schwarzen Vorhanghaare vors Gesicht fallen. Es fällt mir schwer, sie einzuordnen. Wären diese drei Mädchen Spielkarten, wäre Poetry ohne jeden Zweifel eine Königin, Tear ihr Herzbube und Drapes der Joker, der für jede Karte stehen könnte.

»Wo warst du?«, will Poetry von ihr wissen. »Du hast Joys ersten Morgen verpasst.«

Drapes zuckt fast unmerklich zusammen, aber ihre Antwort geht in lautem Trommeln unter. Die drei Leute am goldenen Tisch gegenüber hauen mit ihren Fäusten auf die Tischplatte, bis auch die Schüler ringsum in den Rhythmus mit einfallen und schließlich die gesamte Halle unter ihren Schlägen erbebt. Es hört sich an, als würde eine Soldatenarmee in schweren Stiefeln durch den Saal marschieren.

Ich beuge mich zu Poetry über den Tisch. »Was ist los?«

Sie rollt ihre frostgrünen Augen. »Es bedeutet, dass einer der Fürsten den Saal betreten hat.«

»Und wieso machen wir nicht mit?«

»Nicht für *den*«, antwortet Tear und deutet mit einem mintgrün lackierten Fingernagel auf einen zweiten Saaleingang genau hinter mir.

Ich drehe den Kopf über die Schulter und entdecke Cut.

Er ist genauso schwarz angezogen wie gestern, trägt heute jedoch einen so kunstvoll zerstörten Strickpullover, dass es nur Designerware sein kann. An seinen Händen, seinem Hals und seinen Ohren funkelt moderner Goldschmuck. Seine kohlrabenschwarzen Haare sind so perfekt gestylt, als käme er frisch vom Friseur, was mich bei diesen Leuten nun wirklich nicht mehr wundern würde, ganz nach dem Motto: *Einmal Welle legen fürs Frühstück bitte.* Einige Meter hinter ihm tappt eine schwarze Raubkatze.

»Ist das … *ein Panther*?!«

»Du kannst ruhig sitzen bleiben und Pfannkuchen bestellen«, meint Drapes trocken. Sie mag klein und zierlich sein, aber ihre Stimme hat eine gewisse Härte. Vielleicht muss man die sich zulegen, wenn man wie eine Elfe aussieht. »Das Kätzchen tut dir nichts.«

Poetry reckt ihren Hals. »Das Kätzchen tut gar nichts!«, höhnt sie Cut laut und deutlich entgegen. »Vor allem nichts, was der Katzenfürst von ihm will.«

»Poetry.« Ein gelassenes Lächeln breitet sich auf Cuts Gesicht aus. »Wie jeden Morgen ist es mir eine Freude, von dir beleidigt zu werden.« Er steigt mit den Händen in den Hosentaschen auf den Marmorblock – ein Kunststück, das man nur mit kräftigen Beinmuskeln vollbringt – und grinst zu mir rüber. »Gut geschlafen, Joy?«

Alle glotzen mich an.

Am Capulettisch ebenso wie am Montaguetisch.

Ich rutsche ein paar Zentimeter tiefer in meinem Stuhl hinab. »Ja, habe ich, vielen Dank.« Ich werfe Cut einen unglücklichen Blick zu. »Oder muss ich dich jetzt auch beleidigen?«

Cut lacht nur und lässt sich in den goldenen Thronstuhl fallen.

Ich stoße meinen Atem geräuschvoll aus.

»Wo bleibt Rhyme? Es ist seine Aufgabe, sich mit dem Katzenfürsten zu streiten«, schimpft Poetry in ihre Speisekarte, die sie sich nun ebenfalls wie einen Schild vors Gesicht hält. Ein nobel gekleideter Kellner tritt von hinten an sie heran und fragt, ob er ihr bei der Auswahl des Frühstücks behilflich sein darf, aber Poetry wirft die Karte schnaubend auf den Tisch. »Bringen Sie uns einfach von allem was.«

Die Montagues lachen schon wieder.

»Rhyme kommt heute nicht«, begrüßt uns Stage einige Minuten später. Er setzt sich auf den Stuhl neben mir und wirft seine Rastas über die Schultern, in denen heute silberne Perlen glänzen. Eine angenehme Mischung aus Parfüm und Frisch-gemähtem-Rasen-Duft steigt mir in die Nase. »Die Capuletmädchen haben ihn auf unserer allmorgendlichen Laufrunde überfallen und von allen Seiten mit ihren Beschwerden zugetextet.«

»Es kann keine Beschwerden geben!«, empört sich Poetry. »Ich habe mich in seiner Abwesenheit um alles gekümmert!«

»Lass mich das Bild etwas deutlicher für dich zeichnen.« Stage fächert sich mit einer Menükarte Luft zu. »Wir waren also auf unserer siebenundzwanzigsten Runde um den Rosengarten. Was an diesem herrlich sonnigen Morgen natürlich dazu geführt hat, dass Rhymes Trainingsshirt ihm nass geschwitzt an den Muskeln klebte. Glaub mir, die Mädchen haben ausreichend Gründe gefunden, um sich bei ihm zu beschweren.« Poetry verzieht das Gesicht, doch Stage grinst mich von der Seite an. »Wie steht's mir dir, Joy? Willst du dich vielleicht auch ein bisschen bei ihm beschweren?«

Es gibt darauf absolut keine richtige Antwort.

Zum Glück umschwärmen uns die Kellner und sind einige Minuten lang damit beschäftigt, den Tisch mit Silbertellern voll der köstlichsten Speisen zu decken. Stage, Tear und Drapes stürzen sich begierig darauf, nur Poetry pickt mit einer tiefen Falte auf der Stirn ein Croissant auseinander und scheint mit der Vorstellung zu kämpfen, dass jemand ihren durchgeschwitzten Bruder attraktiv finden könnte.

»Oh! Hab ich fast vergessen!«, ruft Stage plötzlich über seinen Cappuccino hinweg. »Joy, ich soll dir ausrichten, dass du einen Termin bei Lady Capulet hast. Sie möchte mit dir über deine Gefühle sprechen.« Er wirft einen Blick auf seine Sportuhr. »Und zwar genau … jetzt!«

Mein Bissen bleibt mir im Hals stecken.

KAPITEL 11

»Hast du dich verlaufen?«

Ich drehe mich von der Foyertür weg und schaue zum Kreis der königsblauen Sofas, auf denen Poetry und die anderen gestern Abend auf uns gewartet haben. Heute sind sie voll besetzt, und zwar mit überaus elegant gekleideten Schülern, von denen jeder Einzelne zu mir herüberstarrt. Ein Mädchen mit aschgrauen Haaren steht auf und kommt auf mich zu. Es ist das Aschenputtel, das im Korridor zu uns herausgespäht hatte. Auch heute ist sie von Kopf bis Fuß in edlen Grautönen gekleidet und trägt eine seidig glänzende Bluse mit dem brillantbesetzten Schriftzug *The Romeo and Juliet Society.* Ihre Augen blitzen mit den Edelsteinen um die Wette. »Bist du die Neue?«

Wo bleibt Rhyme nur?

Stage hat mir gesagt, ich soll hier auf ihn warten. Ich war so erleichtert darüber, nicht alleine zu Lady Capulet zu müssen, dass ich etwas voreilig abgelehnt hatte, mich von Poetry hierher begleiten zu lassen. Immerhin befindet sich der Speisesaal gleich nebenan. Das Geschnatter und Gelächter der Schüler dringt gedämpft zu uns heraus.

Ich schenke dem Mädchen ein höfliches Lächeln. »Ja, ähm … Hi, ich bin Joy.«

Ihre silbergrauen Augen durchforsten mein Gesicht, als würde sie darauf warten, dass ich noch etwas sage. Da mir beim besten Willen nichts einfällt, macht sie schließlich doch den Mund auf. »Hältst du es nicht für nötig, dich zu entschuldigen?«

Ich stutze. »Wofür denn?«

»Wir wären fast an Rosenblüten erstickt!«, zischt sie leise. »Lady Capulet hat uns zwar versichert, dass wir uns keine Sorgen machen müssen, aber sie war einen ganzen Monat lang weg, und irgendwann kamen uns doch langsam Zweifel …«

Bestimmt, weil eure Beeinflussung nachgelassen hat.

Das vermute ich zumindest. Sagen kann ich ihr das natürlich nicht.

»Es tut mir wirklich leid, wenn ihr meinetwegen Angst bekommen habt.« Mein Lächeln flackert etwas, kommt aber immerhin von Herzen. »Die hatte ich, ehrlich gesagt, auch. Bis gestern Abend wusste ich von all dem hier nämlich überhaupt nichts.«

Das Mädchen schnaubt. Auch die anderen erheben sich nun von den Sofas und kommen zu uns rüber. Ich schiele zur Ausgangstür. Vielleicht war es ein Fehler, hier zu warten. Hätte ich meinen ausgeklügelten Fluchtplan doch besser über Bord werfen und gleich verschwinden sollen? »Du weißt nicht zufällig, wo Rhyme ist? Er sollte mich hier abholen.«

»Rhyme?« Ihr Gesicht verdunkelt sich. »Du nennst unseren Fürsten beim Vornamen?«

Tun doch alle, würde ich am liebsten sagen. Aber natürlich weiß ich sofort, dass das nicht stimmen kann. Bis jetzt habe ich nur seine Freunde getroffen, die es mit seinem Titel nicht so genau nehmen. Von mir hat er das allerdings auch nie verlangt.

»Unser Fürst ist in sein Zimmer gegangen«, sagt ein Junge mit komplizierter Flechtfrisur und einem verkniffenen Zug um den Mund.

»Es ist gleich den Flur da runter«, fügt ein Mädchen mit blitzenden Augen hinzu. »Das Turmzimmer ganz am Ende.«

Zwei Jungs mit identischen Sidecuts stecken ihre Köpfe zusammen und fügen rasch hinzu: »Ja, genau! Du solltest hingehen. Das stört ihn nicht.«

»So ist es«, ergänzt Aschenputtel. »Geh einfach rein.« Ihr Tonfall hört sich so gefährlich ruhig an, als würde sie eine riesige Bärenfalle vor mir aufspannen und nur darauf warten, dass ich mit meiner Antwort hineintappe. Mich beschleicht das Gefühl, dass sie möglicherweise zu den Bösen in diesem Märchen gehört.

Alle mustern mich gespannt.

Die Andeutungen von gestern Abend habe ich nicht vergessen. Was auch immer in Rhymes Zimmer auf mich wartet, flößt den meisten Leuten hier eine Menge Respekt ein. Von einer Gruppe rachsüchtiger Schüler eingekreist zu sein, finde ich allerdings noch beunruhigender. Ich tackere mir ein Lächeln ins Gesicht. »Danke für den Tipp. Das werde ich machen.«

Sie können ihre Vorfreude kaum verbergen. Die Sidecuts kichern, Blitzauge bekommt aufgeregte Flecken auf dem Hals, und das böse Aschenputtel zieht ihre Mundwinkel fast bis zu den Ohren hoch. Nur ein paar Schülerinnen weiter hinten, die sich abseits in eine Ecke gedrängt haben, sehen nicht besonders glücklich aus. Als Aschenputtel meinem Blick folgt, senken sie allerdings rasch die Köpfe.

Ich werfe zum Abschied eine Hand in die Luft und winke den Schülern über meine Schulter hinweg zu. Dass mein Lächeln in dem Augenblick vom Gesicht rutscht, als ich ihnen den Rücken zudrehe, wissen sie zum Glück nicht. Auch nicht, wie sehr mein Herz beim Anblick des dunkel getäfelten Flurs hämmert.

Hoffentlich ist Rhyme wirklich in seinem Zimmer.

Wie schlimm kann es schon sein, wenn er da ist?

Von außen sieht Rhymes Tür haargenau so aus wie Poetrys zwei Stockwerke weiter oben, von der leicht gewölbten Außenwand bis hin zur silbern und königsblau geprägten Tapete. Ich habe ausreichend Zeit, sie genau unter die Lupe zu nehmen, denn keiner reagiert auf mein Anklopfen. Also beuge ich mich etwas näher ran und höre von drinnen das Rauschen einer Dusche. So unauffällig wie möglich linse ich zurück in den Flur, aber Aschenputtels Anhänger glotzen mir nach wie vor wie hungrige Geier hinterher. Einen Rückzieher zu machen kann ich wohl vergessen.

Ich klopfe noch mal, und als wieder keiner reagiert, drücke ich die

Klinke nach unten und öffne die Tür einen winzigen Spaltbreit, gerade weit genug, damit man mich von drinnen besser hören kann.

»Rhyme? Bist du da? Ich bin's, Joy!«

Etwas klappert im Raum nebenan, und das Wasser wird abgedreht.

»Joy?«, tönt Rhymes Stimme heraus.

Ich schiebe mein Gesicht durch die Tür. Vor mir ist ein kleiner Durchgang, der ebenfalls so aussieht wie der in Poetrys Zimmer. Wahrscheinlich sind beide Räume genau gleich angelegt. Das legt die Vermutung nahe, dass sich rechts von mir ein begehbarer Kleiderschrank und links das Badezimmer befinden. »Tut mir leid, dass ich dich störe, aber Stage hat gesagt, du würdest mich zu deiner Tante begleiten. Ich habe im Foyer auf dich gewartet.«

Etwas fällt im Bad runter, und Rhyme flucht leise. »Sorry, ich wusste nicht, dass es schon so spät ist. Gib mir fünf Minuten.«

Ich denke an die Geier im Flur. »Macht es dir was aus, wenn ich in deinem Zimmer warte?«

Einen Moment lang erwidert er nichts. Ich glaube schon, dass er mich nicht gehört hat, als er doch noch was sagt. Er klingt ziemlich überrascht. »Nein, du … du kannst gerne in meinem Zimmer warten. Aber halte dich besser von meinem Bett fern, okay? Meine Schlange schläft da.«

Das ist alles?

Erleichtert atme ich durch und schlüpfe durch die Tür. Keine Ahnung, was ich drinnen erwartet habe – vielleicht eine beunruhigende Vorliebe für mittelalterliche Folterwerkzeuge, eine gruselige Sammlung aufgespießter Käfer, stapelweise unerledigter Mathehausaufgaben oder irgendetwas anderes, was Leute in Angst und Schrecken versetzen könnte –, aber jedenfalls nicht das. Nicht, wie unfassbar beeindruckend Rhymes Zimmer ist.

Es ist ein gigantisches Aquarium.

Natürlich hätte ich mir das denken können, immerhin liegt Poetrys Zimmer genau darüber. Hier unten wirkt es allerdings noch viel größer. Es umschließt den gesamten Raum, der wie eine große Glasblase ausgespart wurde. Gegenüber gibt es einen Durchgang, der hinaus auf eine mit Ziersträuchern umgebene Terrasse führt. Himmelbetten gibt es hier keine, nur zwei große Halbkreise aus dick gepolsterten Sofas, die breit genug sind, um sich quer draufzulegen. Unzählige Kissen in allen Grün- und Blautönen des Meeres wurden sorgfältig aneinandergereiht wie hübsch glänzende Fischschuppen. Es ist die Sorte von Bett, in die man sich am liebsten mit weit ausgebreiteten Armen hineinfallen lassen würde.

Rambo liegt am Kopfende des linken Halbkreises und hat sich auf einem tiefblauen Kissen zusammengerollt. Schlafend wirkt die kleine giftgrüne Mamba eigentlich ziemlich süß. Trotzdem halte ich mich lieber von ihr fern und gehe auf die andere Seite, um mir das Aquarium genauer anzusehen. Von hier unten sind die bunten Korallenriffe zum Greifen nah, das sanft wiegende Seegras hat eine angenehm beruhigende Wirkung, und sogar die schwarz-weiß gestreifte Seeschlange, die sich in aller Seelenruhe durch das Wasser bewegt, zaubert ein Lächeln auf meine Lippen.

Die Schlange schwimmt neugierig an den Rand und stupst ihren Kopf ans Glas, als wollte sie, dass ich meine Hand darauflege, so wie Rhyme es gestern Abend zur Begrüßung gemacht hat. Ich werfe einen Blick zurück zum Bad, aber die Dusche rauscht immer noch, also teste ich das Bett vorsichtshalber mit beiden Händen und stelle fest, dass es eine Wassermatratze hat, die leicht unter meinem Gewicht schwankt. Die blaugrünen Kissen darauf sind so glatt und seidenzart, dass meine Arme bis zu den Ellbogen zwischen ihnen eintauchen.

Ich krabble auf die Schlange zu und sehe sie mir fasziniert an. Ihre wellenförmigen Bewegungen sind mindestens ebenso majestätisch wie die einer Raubkatze und durch ihre schwarz-weißen Streifen sogar ein wenig hypnotisch. Ohne es bewusst gewollt zu haben, stoßen meine Finger gegen das Glas, so als hätte mich der Wunsch überkommen, sie tatsächlich zu streicheln.

»Joy?«

Etwas an Rhymes Stimme klingt beunruhigt.

Ich blicke über meine Schulter und ziehe die Augenbrauen hoch. Er trägt nur knappe Shorts, so als hätte ich ihn auf dem Weg zum Kleiderschrank abgelenkt. Auf seiner blassen Haut glitzern Wassertropfen, die ihm aus den hellen Haarspitzen fallen. Seine eisblauen Augen leuchten mir weit aufgerissen entgegen. Ohne unseren Blickkontakt auch nur eine Sekunde lang zu unterbrechen, kommt er behutsam auf mich zu, so als hätte er Angst, mich mit einer zu schnellen Bewegung zu erschrecken.

»Joy«, beschwört er mich. »Komm ganz langsam von meinem Bett runter.«

Ich linse rüber zu Rambo, der noch immer schläft. »Sorry, ich dachte, das hier wäre Stages Seite.«

»Rambo nimmt es mit der richtigen Seite noch nicht so genau.« Er streckt mir seine Hand über das Bett hinweg entgegen, aber es ist zu breit, um mich zu erreichen. »Hab keine Angst, komm einfach langsam her.«

Ich muss über seine übertriebene Fürsorglichkeit schmunzeln. »Ich habe keine Angst vor deiner Schlange. Sie ist hinter dickem Panzerglas und ehrlich gesagt ziemlich beeindruckend.«

»Nein, ist sie nicht.« Er kniet sich behutsam aufs Wasserbett, das unter seinem Gewicht nachgibt und mich ein paar Millimeter in die Höhe drückt. »Gib mir deine Hand, ich helf dir runter.«

Die Kissen zwischen uns bewegen sich.

Zuerst halte ich es nur für eine Bewegung der Wassermatratze, doch selbst als Rhyme und ich uns keinen Millimeter mehr rühren, wölbt sich die Kissenreihe immer weiter vor mir auf. Und nicht nur dort. Auch die Kissen, die einige Meter von mir entfernt sind, fallen plötzlich der Reihe nach um. Etwas streift unter den Kissen meine Hände, genauso seidenglatt und zart wie ein Kissenbezug, aber eindeutig geschuppt. Ich erstarre zu absoluter Reglosigkeit.

»Du brauchst wirklich keine Angst zu haben, sie ist eine Boa constrictor«, flüstert Rhyme mir zu, so als könnte mich irgendetwas an dieser Information beruhigen. An dem leisen Keuchen, das mir entweicht, muss auch er merken, dass dem nicht so ist. »Damit will ich sagen, sie ist nicht giftig«, fügt er rasch hinzu. »Sie wird dich nicht beißen. Ignorier sie einfach und nimm meine Hand.«

Das würde ich gerne.

Das würde ich nur allzu gerne!

Aber ich kann nicht. Zum ersten Mal begreife ich wirklich, was es bedeutet, vor Angst gelähmt zu sein. Schwindel ergreift meinen Kopf, und mein Herz beginnt wild zu rasen. Ich kann ihm nicht mal antworten. Alles, was ich tun kann, ist, Rhyme so lange anzustarren, bis meine Augen sich mit Tränen füllen und seinen Anblick vor mir verschleiern.

»Ich komm zu dir«, beschließt er. »Keine plötzlichen Bewegungen, okay? Du könntest ihr wehtun.«

Ihr wehtun?

Ich? *Ihr?!*

Rhyme kann von Glück reden, dass meine Zunge gelähmt ist.

Ich spüre seine Bewegungen auf dem Bett, zumindest hoffe ich sehr, dass sie von ihm stammen. Und nicht von dem, was sich unter den Kissen befindet. Den Geräuschen nach klopft er sachte auf die Bezüge. »Balboa, wo steckt dein Kopf, alte Dame? Geh raus in den Rosengarten, dort warten von der Sonne aufgewärmte Steine und gemütliche Nischen auf dich.«

Etwas zischelt vor mir. Ein schwerer Körper fällt mit dumpfem Aufprall auf den Aquariumboden. Ich blinzle mir vor Schreck die Tränen weg. Was wenigstens bewirkt, dass ich wieder mehr erkennen kann. Trotzdem halte ich meinen Blick starr auf Rhyme gerichtet. Was sich da in meinem Augenwinkel bewegt, will ich überhaupt nicht zu genau sehen. Es reicht mir vollkommen, dass sein Schatten fürchterlich lang ist.

Rhyme mustert mich neugierig. »Alles klar bei dir?«

Ich schaffe es immerhin, meinen Kopf ein wenig zu schütteln.

Das nenne ich Fortschritt.

Dad sagt immer, man muss sich auf die positiven Dinge im Leben konzentrieren.

»Ich habe Balboa zu meinem ersten Geburtstag geschenkt bekommen. Sie war damals noch ein Baby. Meine Eltern wollten, dass ich mit ihr aufwachse.« Rhyme sieht ihr lächelnd nach. »Wir haben zusammen schwimmen gelernt, sind auf Springbrunnen geklettert und haben Cut erschreckt, bis er auf seinen speckigen Kinderbeinchen aus dem Rosengarten lief. Du musst dich nicht vor ihr fürchten. Vor keiner Schlange in der Akademie. Sie alle tun, was ich ihnen sage.«

Langsam – *sehr, sehr langsam* – richte ich meinen Blick auf den Boden. Gerade noch rechtzeitig, um den Schwanz einer gigantischen Schlange zwischen den Sofas hindurchgleiten zu sehen. Sie schlängelt sich durch die geöffnete Terrassentür. Nur Sekunden später kreischen draußen ein paar Schüler in absoluter Todesangst auf. Rhyme lehnt sich zurück, um am Aquarium vorbeischauen zu können, und kichert amüsiert in sich hinein.

Ich sehe ihn entgeistert an.

»Was denn?«, fragt er ehrlich überrascht, als er meinen Blick entdeckt. »Das waren Montagues.«

»Dann kann ich mich wohl glücklich schätzen, dass ich eine Capulet bin«, quetsche ich hervor.

»Du kannst wieder sprechen!« Rhyme strahlt mich an. »Stages letzte Freundin konnte eine Woche lang überhaupt nichts mehr sagen. Wir mussten uns jede Menge Ausreden einfallen lassen, um das vor den Lehrern zu vertuschen.«

Ich verfinstere meinen Blick. »Kann man ihr wohl kaum verübeln bei diesem Riesenmonster.«

»Oh, das war nicht Balboa, sie ist schon bei den Pythons umgekippt.«

»Pythons? Sind … sind da etwa noch mehr Schlangen in deinem Bett?!«

Rhymes Lächeln erstarrt. »Das … sage ich dir, wenn du runterkommst.«

»Heißt das, da *sind* noch mehr?!« Quiekend schnelle ich von der Matratze hoch, strauchle über die Kissen und falle mehr oder weniger in Rhymes Arme. Mein Blick hetzt über den gesamten Sofakreis, doch ich kann keine verdächtigen Bewegungen mehr ausmachen. Trotzdem keuche ich über Rhymes nackte Schulter hinweg, als wäre ich einen Marathon gerannt.

Er hilft mir auf die Beine und führt mich in den kleinen Durchgang zwischen Schrank und Badezimmer. Obwohl meine Fingernägel zehn kleine Halbmonde in seiner Haut hinterlassen und ich stöhnend gegen die Tür sinke, zuckt sein Mundwinkel amüsiert. »Willst du die Wahrheit hören oder lieber eine angenehme Lüge?«

»Wie lautet die Lüge?«, keuche ich.

Er grinst. »Da waren absolut keine anderen Schlangen in meinem Bett.«

KAPITEL 12

»Bereit für die nächste Schlange?«, fragt mich Rhyme aus dem Schrankzimmer heraus. Ich reibe mir Gänsehaut von den Oberarmen und brumme die Tür an. »Wieso? Hast du noch ein paar giftige Nattern in der Sockenschublade, die du mir zeigen willst?«

»Schlimmer.« Er streckt den Kopf heraus und grinst mich an. »Eine giftige Tante.«

Oh! Die hatte ich ja völlig vergessen!

Ein mulmiges Gefühl breitet sich in meinem Magen aus.

Rhyme trägt blaue Jeans und ein weißes Shirt mit dezentem Capuletlogo, als er aus dem Schrankzimmer kommt. Genau das gleiche wie gestern. Obwohl er im Gegensatz zu Cut nichts unternimmt, um sein Äußeres zu unterstreichen, muss ich zugeben, dass er verdammt gut darin aussieht. Er hat die Art von Körperbau, der selbst in einem Mehlsack attraktiv erscheinen würde.

Das sehen die Schüler im Foyer offenbar genauso.

Sie halten den Atem an, als sie ihren Schlangenfürsten erblicken, präsentieren sich augenblicklich von ihren Schokoladenseiten und wirken plötzlich so arglos wie viktorianische Gentlemen in edlen Seidenhemden und Ladys in hochgeschlossenen Tageskleidern. Ein paar knicksen sogar vor ihm. Rhyme ist das anscheinend gewohnt, denn er nickt ihnen bloß zu und geht einfach weiter. Erst als er zur Tür rausgeht, drehen sich ihre Köpfe zu mir. Ihre hübschen Gesichter verwandeln sich sofort in blutdürstige Fratzen. Nur das böse Aschenputtel starrt mich schockiert an.

Ihre Bärenfalle hat wohl nicht ganz so zugeschnappt, wie sie sich das vorgestellt hat. Sie blickt fassungslos von mir zu Rhyme und wieder zurück.

»Danke noch mal für den Tipp«, sage ich im Vorbeigehen. »Rhymes Zimmer ist unglaublich beeindruckend.« Ein klitzekleines, schadenfrohes Grinsen kann ich mir dabei einfach nicht verkneifen.

Draußen strahlt mir die Sonne entgegen.

Ich sauge die frische Luft, die zart nach Rosenblüten riecht, tief in mich ein und recke mein Gesicht mit geschlossenen Augen der Wärme entgegen. Zumindest tue ich das ein paar Sekunden lang. Bis ein Schatten über mich fällt, um genau zu sein.

Ich blinzle hoch zu Lady Capulet, die in ihren High Heels über mir aufragt.

Sie stemmt die Arme in die eng eingeschnürten Hüften ihres weißen Kostüms und durchbohrt erst mich und dann Rhyme mit ihren sturmgrauen Augen. »Und was, bitte schön, hat euch so lange aufgehalten?«

»Administrative Tätigkeiten«, antwortet Rhyme wie aus der Pistole geschossen. Er stellt sich demonstrativ an meine Seite und verschränkt die Arme vor der Brust. »Wir waren immerhin einen Monat lang weg.«

»In der Tat waren wir das.« Lady Capulet blickt über unsere Köpfe hinweg und mustert Aschenputtels Clique, deren heftiges Getuschel bis zu uns heraus auf den Marmorplatz dringt. »Sie werden langsam unruhig. Es wird höchste Zeit, ihre Motivation für die Maskenduelle ein wenig aufzufrischen.«

»Welche Maskenduelle?«, frage ich. Erst jetzt fällt mir wieder ein, dass ich mich eigentlich schon gestern danach erkundigen wollte.

Ihr Blick fällt auf mich herab. »Wie fühlst du dich, Joy?«

»Ich will nicht unhöflich sein«, bohre ich nach. »Aber würden Sie bitte zuerst meine Frage beantworten? Was sind das für Duelle? Und was haben sie mit den Schülern zu tun?«

Lady Capulet beugt sich so nah über mein Gesicht, als würde sie mich küssen wollen. Stattdessen haucht sie mir aus rot bemalten Lippen sanft entgegen: »Du fühlst dich fantastisch hier. Es gibt keinen schöneren Ort auf dieser Welt. Du willst Rhyme nicht mehr von der Seite weichen. Nichts macht dich glücklicher, als alles zu tun, was er von dir verlangt.«

Heftiger Schwindel überkommt mich.

Ich sinke zu Boden, noch bevor Rhyme mich auffangen kann. Die schimmernden Muster der Marmorfliesen zerlaufen ineinander, als wären die Steine unter der Sonne geschmolzen. Ich würde am liebsten meine Finger hineintauchen, aber sie prallen von der harten Oberfläche ab. Über mir hallen die Stimmen wie durch ein blechernes Rohr.

»Musste das sein?!«

»Sie stellt zu viele Fragen.«

»Eine einfache Antwort hätte es auch getan. Du musst nicht gleich ihren Kopf grillen! Sie hat gerade angefangen, mir zu vertrauen.«

Lady Capulet schnaubt amüsiert. »Sie muss dir nicht vertrauen. Sie muss dir nur gehorchen.«

Worüber reden die beiden da?

Alles fühlt sich so unwirklich an.

»Sie ist jetzt eine Capuletschülerin und liegt damit in meiner Verantwortung«, zischt Rhyme. »Du bist nicht mehr die Schlangenfürstin.«

»Dann sorg dafür, dass sie sich in Zukunft nicht mehr verspätet, wenn sie dir so am Herzen liegt«, empfiehlt sie ihm mit zuckersüßer Stimme. »Oh, und gib ihr das, falls sie noch immer an ihrem Platz hier zweifelt.«

Ein dünnes weißes Buch wird vor mir abgelegt.

Die weißen Absätze ihrer High Heels klackern über den Marmor davon. Ich blinzle ihnen nach, bis jemand behutsam mein Kinn nach oben drückt. Rhymes hellblaue Augen tauchen vor mir auf. »Joy? Ist dir schwindelig?«

Aus irgendeinem Grund ist da eine Kummerfalte auf seiner Stirn. Dabei gibt es doch überhaupt keine Veranlassung dafür. Im Gegenteil. Ich fühle mich *fantastisch* hier! Ich schlinge meine Arme um Rhymes Hals und drücke mich fest an seinen Körper. »Du duftest nach frisch gemähtem Rasen«, seufze ich tief in sein Shirt. »Stage und du benutzt ein ähnliches Duschgel, nicht wahr? Deines riecht noch viel besser.«

Einen Moment lang sagt er gar nichts.

Dann seufzt er. »Es tut mir leid, Joy.«

»Was tut dir leid?« Ich reibe meine Wange über seine Schulter und linse unter schweren Lidern hinüber zum Rosengarten. Spatzen umflattern einen Rosenstrauch, dessen prächtige Blüten sich sehnsüchtig zur Sonne recken. »Es gibt keinen schöneren Ort auf dieser Welt«, flüstere ich ein wenig benommen. »Ich will immer an deiner Seite sein.«

Seine Hände sinken zögernd auf meinen Rücken.

»Die Wirkung wird bald nachlassen«, sagt er mit leiser Stimme. »Bei dir zum Glück viel schneller als bei den anderen.«

Wurde ich etwa … *beeinflusst?*

Aber … es fühlt sich überhaupt nicht so an.

Lady Capulet mag eine etwas eigenwillige Art haben, mit mir über meine Gefühle zu reden, aber das ändert nichts daran, dass sie vollkommen recht mit allem hat. Das hier *ist* der schönste Ort, an dem ich je war! Und ich *bin* glücklich bei Rhyme!

Wieder seufzt er schwer. »Ich hatte keine Ahnung, dass sie so weit gehen würde, sonst hätte ich das nie zugelassen.«

»Sie mag es wohl nicht, wenn du dich verspätest?«, nuschle ich in sein Shirt.

»Montague hatte recht«, schnaubt er. »Auch wenn wir Fürsten gegen ihre Kräfte immun sind, können sie uns trotzdem dazu bringen, alles zu tun, was sie wollen. Vielleicht hat er deswegen keine richtigen Freunde.«

»Ich will auch alles tun, was du willst.«

Rhyme löst sich von mir und streicht mir die Haare aus den Augen. »Du könntest tatsächlich etwas für mich tun.«

Etwas in meiner Brust glüht auf. »Alles!«

Er lächelt mich schief an. »Sei du selbst, okay?«

Mit breitem Lächeln drücke ich mich an ihn. Ich könnte für den Rest meines Lebens hier draußen mit Rhyme in der Sonne sitzen und einfach nur seine Nähe genießen. Aber es dauert leider nicht lange, bis die Tatsache, dass der Schlangenfürst vor einem Mädchen auf dem Marmorplatz kniet, für jede Menge Getuschel sorgt. Die Neuigkeit dringt offenbar bis in den Speisesaal vor. Innen knallen plötzlich die Türen, und Poetrys Stimme hallt durchs Foyer.

»Rhyme!«, ruft sie uns entgeistert zu. »Was hast du mit Joy angestellt?!« Dicht gefolgt von Stage, Tear und Drapes stürzt sie an meine Seite, erforscht mein Gesicht und stößt einen leisen Fluch aus. »Ich hatte vorher schon kein gutes Gefühl, als ich gehört habe, dass Giulietta mit ihr reden will. Aber was soll das bitte schön bezwecken? Joy sieht aus, als hätte ihr jemand das Hirn rausgeschmolzen.«

Rhymes Miene verdüstert sich. »Joy wollte von Giulietta wissen, was es mit den Maskenduellen auf sich hat.«

»Das ist doch kein Grund! Das erfährt sie sowieso heute Abend.«

»Du hast Giulietta im letzten Monat nicht erlebt.« Seine Muskeln spannen sich unter meinen Händen an. »Seit der Unstern am Himmel aufgetaucht ist, hat sich ihre Macht noch vergrößert. Ich kann es fühlen. Sie ist wie besessen von diesem Fluch. Andauernd hängt sie an ihrem Handy und redet mit diesen seltsamen Leuten.«

»Welche Leute denn?«

Rhyme schüttelt den Kopf. »Ich habe keine Ahnung. Aber sie waren es, die uns auf Joys Spur geführt haben. Zuerst hielt ich sie für irgendwelche Privatermittler, aber die Art und Weise, wie sie mit Giulietta sprachen, war sehr seltsam. So als würden sie in irgendeiner Weise über ihr stehen. Wenn sie anrufen, erscheinen nur die Buchstaben LL auf dem Display.«

Poetry runzelt die Stirn. »Aber *niemand* steht über den Familienoberhäuptern.«

Rhymes Ausdruck wird grimmig. »Das dachte ich auch.«

Immer mehr Schüler aus dem Speisesaal haben das Bedürfnis, frische Luft auf dem Marmorplatz zu schnappen und dabei zufällig in unsere Richtung zu schielen. Stage, Tear und Drapes können uns einfach nicht von allen Seiten abschirmen. Aschenputtels Leute feuern mir von drinnen Blicke zu, als würde ich ihr höchstpersönliches Heiligtum entehren. Ich schließe die Augen und schmiege mich mit zufriedenem Lächeln an Rhymes Hals.

»Rhyme! Was fällt dir eigentlich ein?! Nutz ihren Zustand nicht so schamlos aus«, empört sich Poetry und zerrt mich von ihrem Bruder weg.

»Ich nutze sie nicht aus! Sie klammert sich an mich.«

Tear eilt Poetry zu Hilfe. Von beiden Seiten haken sie sich bei mir unter und ziehen mich gegen meinen Willen auf die Beine. »Lasst mich los! Ich will für immer bei Rhyme bleiben!«, protestiere ich.

»O mein Gott«, meint Stage trocken. »Sie hat den Verstand verloren.«

Drapes prustet in ihre langen Haare.

Ich wirble zu Stage herum. Zumindest versuche ich es, verheddere mich dabei aber nur in Poetrys und Tears Armen, bis ich den Kampf schnaubend aufgebe. »Nur zu deiner Information«, erkläre ich mit stolz gerecktem Kinn. »Rhyme riecht viel besser als du. Er duftet wie … wie flüssiges Sonnenlicht.«

Stages Kinnlade klappt runter.

Poetry schlägt mir eine Hand über den Mund. »Du solltest besser nichts mehr sagen, was du später vielleicht bereuen könntest. Wir sind auf deiner Seite, Joy.« Ich beschwere mich lautstark in ihre Finger, doch nur gedämpftes Gemurmel dringt nach außen. »Was machen wir jetzt mit ihr?«

Die Jungs sehen ratlos aus.

Nur Drapes tritt einen Schritt vor, hebt das weiße Buch vom Boden auf und drückt es an ihre zierliche Brust. »Das ist doch ganz einfach. Wir machen etwas, wofür Joy keinen Verstand braucht. Wir gehen shoppen!«

»Ich verstehe nicht, wieso ich mitmuss.« Rhyme verschränkt die Arme vor der Brust und schielt sehnsüchtig über seine Schulter. Ein spezielles Ziel scheint er dabei nicht im Sinn zu haben, es ist wohl eher das Bedürfnis, unserem Shoppingtrip zu entkommen. Die anderen lässt das ziemlich kalt. Sie schleppen mich ungerührt weiter auf einen gemauerten Torbogen zu. »Ich muss die Trainingspläne erstellen und tausend andere Sachen für den Maskenball vorbereiten. Könnt ihr Mädchen das nicht alleine erledigen?«

Tear, die sich noch immer unter meinem Arm festgehakt hat, wirft ihm einen mitleidlosen Blick zu. »Nur um jegliches Missverständnis auszuräumen: Es ist ein dummes Klischee, dass alle Mädchen gern einkaufen gehen. Ich für meinen Teil lese lieber ein gutes Buch.«

»Und es ist ein genauso dummes Klischee, dass Jungs *nicht* gerne einkaufen gehen«, wirft Stage ein. »Ich hoffe, die Guccis haben meinen Anzug endlich so hingekriegt, wie ich wollte. Wenn sie sich noch mal einen Monat Zeit für ihre Änderungen lassen, tanze ich nackt auf dem Ball.«

»Das würde ich gerne sehen«, kichere ich.

»NIEMAND WILL DAS SEHEN!«, tönt es von allen Seiten im Chor.

Stage schnappt empört nach Luft.

Der Torbogen ist von zwei Wachleuten flankiert und mit einem schmiedeeisernen Gitter gesichert. Poetry lockert ihren Klammergriff um meinen Arm, zupft eine silberne Kreditkarte aus ihrer Hosentasche und zieht sie durch ein Kartenlesegerät, das dezent in einer Nische der antiken Mauer angebracht wurde. Es piepst, und die Wachleute öffnen das Tor für uns. Wir betreten einen mit roten Backsteinen gemauerten Gewölbegang, der von flackernden Fackeln beleuchtet wird. Von weiter drinnen leuchtet uns künstliches Licht entgegen.

»Jahrhundertelang war das hier der Weinkeller«, erklärt Poetry mit einem Anflug fiebriger Aufregung. Sie bemerkt nicht mal, dass sie mir vor Ungeduld fast die Schulter auskegelt. »Jetzt ist es unser Shoppingparadies!«

Wir gehen um eine Ecke und werden in Flutlicht gebadet.

Vor uns erstreckt sich ein in der Rundung der Akademie gebogener Gang, der zu beiden Seiten mit hell erleuchteten Schaufenstern bestückt ist. Ich blinzle in kunstvoll gestaltete Auslagen mit funkelndem Schmuck, schimmernden Stoffen, elegant geschliffenen Messern, in Blattgold gekleideten Weinflaschen und einzeln verpackten Pralinen, von denen eine einzige mehr kostet, als ich im Monat Taschengeld bekomme. »Womit sind die gefüllt?« Ich deute entsetzt auf ein dreistelliges Preisschild. »Mit Hundert-Euro-Noten?!«

Poetry wirkt nicht beeindruckt. »Die lagen heute auf unserem Brunchtisch. Ich kann dir beim Dinner noch mal welche bestellen, wenn du willst.«

»Dinner?«

Sie dreht sich zu Rhyme um und schnipst mit den Fingern. »Es liegt mir auf der Zunge. Wie sagen gewöhnliche Leute noch gleich dazu?«

»Abendessen«, brummt Rhyme.

»Abendessen! Es ist so offensichtlich, wenn man es weiß.« Poetry wirft ihre blonden Locken herum und strahlt mich an.

»Ich weiß, was ein Dinner ist«, murmle ich. »Das hört sich ziemlich formell an.«

»Ach was.« Sie winkt ab. »Wir stecken dich in ein Abendkleid, machen ein bisschen was mit deinen Haaren, vielleicht ein wenig Make-up, wenn du willst, und natürlich hohe Schuhe …«

»Ich will hier raus!« Rhyme macht auf dem Absatz kehrt, doch Stage hakt ihm seinen muskulösen Arm um den Hals und reißt ihn mit einem breiten Lächeln herum. »Ich warne dich!«, faucht Rhyme und kämpft unter seinem Würgegriff. »Es hausen Nattern in diesen alten Mauern! Ich werde sie einsetzen, wenn es sein muss!«

»Das ist eine ausgezeichnete Idee«, stimme ich zu. »Du legst Stage und Poetry mit deinen Schlangen lahm – und ich erledige die Wachleute am Ausgang. Dann muss keiner von uns High Heels kaufen.«

Rhyme hält mitten in der Bewegung inne und grinst mich an.

Auch an meinem Mund zupft ein Lächeln.

»Na, fantastisch, da haben sich zwei Modemuffel gefunden.« Poetry stöhnt und schiebt mich mit beiden Händen weiter durch den Gang. »Von nun an betrachte ich euch beide als persönliche Herausforderung. Wir können es nicht zulassen, dass der Katzenfürst der bestangezogene Kerl im Saal bleibt. Wie er immer herumstolziert und alle Blicke auf sich zieht. Eine Schande für uns Capulets!«

Poetry zwingt uns in eine – wie könnte es auch anders ein – speziell für das Haus Capulet eingerichtete Boutique, in der sämtliche Klamotten weiß, silbern oder königsblau sind und das Capulettlogo in Form von echten Diamanttropfen tragen. Als wir durch den VIP-Eingang treten, der ebenfalls mit Poetrys Kreditkarte geöffnet werden kann, empfängt uns sogleich ein eigenes Bataillon an Verkäufern. Stage lässt sich begeistert von ihnen davonführen, Drapes verschwindet zwischen den Kleiderstangen, und Tear fällt praktischerweise eine äußerst wichtige Bestellung im Buchladen ein, die sie völlig vergessen hatte. Nur Rhyme und ich kommen nicht so einfach davon.

Poetry zwingt uns, auf einer schneeweißen Chaiselongue Platz zu nehmen, und wählt sogenannte Probeträger für uns aus. Nicht, dass ich wüsste, was Probeträger sein sollen. Erst als sie eine Verkäuferin neben mich stellt und unsere Körpermaße vergleicht, beschleicht mich eine Vorahnung. »Wir müssen die Sachen gar nicht selbst anprobieren?«, frage ich verwundert. »Das machen die Verkäufer für uns?«

»Klamotten anprobieren, die schon mal jemand anders anhatte?« Poetry wirkt verstört. »Natürlich bekommen wir unsere Kleidung maßgeschneidert. Wir suchen hier nur die Muster aus.«

Sie schlägt einen ziemlich gut gebauten Probeträger für ihren Bruder vor, aber Rhyme zuckt nur die Schultern und lässt sie entscheiden. Er stürzt sich lieber auf den duftenden Gewürztee und die frisch gebackenen Kardamomkekse, die uns auf einem silbernen Beistelltisch serviert werden. »Hatte kein Frühstück«, erklärt er kauend in meine Richtung. »Außerdem halte ich das ohne Zucker nicht aus. Das letzte Mal waren wir sieben Stunden hier drin. Wegen ein paar Socken. Ich wollte sterben.«

Sieben Stunden?!

Ich nehme mir vorsorglich auch ein paar Kekse.

Zugegebenermaßen sind die Probeträger echt praktisch. Sie wechseln für uns von einem Outfit ins nächste, ohne dass wir dafür auch nur einen Finger krumm machen müssen. Es ist wie Online-Shopping in einem 3D-Kino. Nur, dass nicht wir diejenigen sind, die unsere Kleider aussuchen. Das übernimmt Poetry für uns. Anfangs will sie zu jedem Knopfloch unsere Meinung haben, doch als Rhyme immer öfter gähnt und sich schließlich in der Ecke der Chaiselongue zusammenrollt, verzichtet sie mit stolz gerecktem Kinn darauf. Auch in der Wahrnehmung der Verkäufer, die nur auf Poetry hören, verblasse ich immer mehr, bis irgendwann alle zusammen in einem großen Umkleideraum verschwinden und ich völlig unbeobachtet dasitze.

Mein Blick gleitet zum Ausgang.

Er ist von einem Security bewacht. Unter den hohen Steinbögen der Akademie hindurch erkenne ich eine belebte Straße. Von den Auswirkungen des Sturms gestern Abend sind nur ein paar Blätterhaufen übrig, die zur Seite gekehrt wurden. Gewöhnliche Autos fahren vorbei, und ganz normale Leute ziehen ihre neugierigen Kinder von den Fensterauslagen der teuren Geschäfte weg. Ein Vater hebt sich seine kleine Tochter auf die Schultern, wo sie sich quietschvergnügt in seinen Haaren festklammert. Etwas an diesem Anblick verursacht ein sehnsüchtiges Ziehen in meiner Brust.

»Dad …«

Ich stehe auf und gehe zur Tür, doch der Vater und das Kind verschwinden im Getümmel der Straße, bevor ich sie erreiche. Der Security neigt höflich den Kopf und tritt zur Seite. Mit einem Hüpfer meines Herzens wird mir klar, dass er nicht dafür engagiert wurde, mich hier festzuhalten. Er ist ein gewöhnlicher Wachmann gegen Ladendiebstahl. Ich könnte jederzeit einfach hinausspazieren.

Und … hatte ich das nicht sogar vor?

Heute Morgen noch?

»Joy?«

Ich drehe mich um und blicke in Rhymes verschlafenes Gesicht. Seine hellblonden Haare stehen ihm seitlich vom Kopf ab, aber es sieht an ihm ziemlich süß aus. Er reibt sich über die Unterarme und wirft einen missmutigen Blick durch die Boutique. »Stell dir vor, ich hatte einen grauenvollen Albtraum«, brummt er. »Und stell dir vor, als ich aufgewacht bin, war er immer noch da.«

Ich muss schmunzeln.

Über diesen Jungen. Und über mich selbst.

Keine Ahnung, warum ich jemals von hier wegwollte.

Neben mir rascheln Kleiderbügel, und Drapes tritt leichtfüßig aus einer Reihe schimmernder Blusen heraus, die alle mit dem funkelnden Schriftzug *The Romeo and Juliet Society* bestickt sind. Sie streift sich ihre seidenglatten Haare hinters Ohr und hält mir ein weißes Buch hin. Auf ihrem dünnen Hals leuchten schon wieder rote Flecken.

»Das hatte ich ganz vergessen«, meint sie schnaufend. All die teuren Klamotten müssen sie ziemlich in Aufregung versetzen, denn diese Boutique ist nun wirklich nicht groß genug, um darin außer Atem zu geraten. »Das lag draußen neben dir auf dem Boden. Ich glaube, Lady Capulet wollte es dir geben.«

KAPITEL 13

»Nimm die Nase aus dem Buch und sieh dich an!«

Ich linse über den Buchrand und erblicke mich im Badezimmerspiegel. Poetry lauert mit Glätteisen und Lockenstab hinter mir und hat etwas mit meinen Haaren angestellt, das ich rein wissenschaftlich für unmöglich gehalten hätte. Was vorher einfach nur meinen Kopf vor Regen schützte, schmiegt sich nun hochglänzend um die Kontur meines Kiefers und lässt meinen Hals viel länger wirken.

»Ein Wunder«, staune ich.

Poetry wirkt tief mit sich zufrieden.

Hinter ihr rubbelt sich Tear die Haare trocken. Was unter dem Handtuch hervorblitzt, ist allerdings nicht mehr zartrosa, sondern leuchtend grün. Ihr kleiner Ausflug zum Buchladen führte sie offenbar an einem Friseurgeschäft vorbei, das sie zu einer neuen Haarfarbe inspiriert hat. »Es nennt sich Schlangengrün«, erklärt sie mit strahlendem Lächeln. »Zu Ehren unseres Fürsten.«

Poetry seufzt verträumt. »Dir steht einfach jede Haarfarbe. Ich beneide dich um deinen Teint! Ich würde mit diesem Grünton wie eine Leiche aussehen.« Sie zieht das Handtuch von Tears feuchtem Haar und gibt ihr einen flinken Kuss auf die Wange. »Echt zum Anbeißen!«

Tear kichert in ihre Hand. Ihre Augen schwimmen vor Glück.

»Eines verstehe ich nicht«, wende ich ein. »Ihr habt Leute, die für euch Klamotten anprobieren, aber eure Haare färbt ihr euch selbst?«

»Tausend Schüler besuchen diese Akademie, aber wir haben nur einen einzigen Friseursalon.« Poetry schüttelt ihre blonden Locken, als könnte sie das Ausmaß dieser Tragödie selbst nicht fassen. »Beantwortet dir das deine Frage? Normalerweise können wir in die Stadt ausweichen, aber seit dieser elende Fluch begonnen hat, handeln die Schüler ihre Friseurtermine wie auf dem Schwarzmarkt.«

»Königsblau steht dir übrigens ausgezeichnet«, flüstert Tear mir zu. »Ich kann es kaum erwarten, bis dich … die anderen so sehen.« Ihr kurzes Stocken entgeht mir nicht, doch als ich den Blick vom Spiegel löse, um sie direkt anzusehen, verschwindet ihr Kopf schon wieder unter dem Handtuch.

»Allerdings! Die Farben unseres Hauses schmeicheln dir«, stimmt Poetry zu und zupft mein neues Top zurecht. Es hat dasselbe tief leuchtende Blau wie meine neue Hose, und obwohl ich mit meinen verwaschenen Jeans nach wie vor zufrieden bin, muss ich zugeben, dass die Farbe wirklich beeindruckend aussieht. Poetry klipst mir einen funkelnden Silberarmreif ums Handgelenk und argumentiert meinen Einwand sofort weg. »Keine Widerrede! Der passt zu deinen neuen Stiefeln.«

»Neue Stiefel?« Ich runzle die Stirn. »Etwa mit Absätzen?«

Poetrys Grinsen wird größenwahnsinnig. »Mit Mörderabsätzen!«

Sie zieht einen Schuhkarton aus einer Einkaufstüte, die uns vor einer Stunde per Butler an die Zimmertür geliefert wurde, und knallt sie mit solcher Wucht auf den Schminktisch, dass Tears Eyeliner davonschießt. Bevor ich aus dem Zimmer fliehen kann (solange ich noch keine High Heels tragen muss, in denen ich mir vielleicht die Knöchel breche), öffnet Poetry die Schachtel und blendet mich mit ihrem Inhalt. Es sind silberne Stiefel mit griffiger Sohle und breiten, brillantbesetzten Absätzen. Unfassbarerweise sehen sie tatsächlich so aus, als ob man auf ihnen laufen könnte.

»Damit kannst du jedem Kerl hier den Kopf verdrehen!« Poetry wackelt herausfordernd mit den Augenbrauen. »Oder ihm einen gewaltigen Tritt in den Hintern verpassen. Je nachdem, wie dir beliebt. Was sagst du?«

Ich nehme einen der funkelnden Stiefel heraus, drehe ihn im Licht und schaffe es keine zehn Sekunden lang, mir auf die Innenseiten meiner Wangen zu beißen. Dann platzt ein überwältigtes Lachen aus mir hervor. »Ich glaube ja selbst nicht, dass ich das sage, aber – *die sind umwerfend!*«

Poetry hält mir die Hand zum Abklatschen hin.

Ich gebe ihr ein High Five.

Drapes wird davon angelockt und streckt ihren Kopf zur Tür herein. Die langen Haare fließen ihr seidig glatt über die Schultern, obwohl sie kaum mehr als zehn Minuten im Bad war. Sie gehört zu der Sorte natürlich schöner Mädchen, die sich bloß einen Tropfen Wasser ins elfenhafte Gesicht sprenkeln müssen, um frisch auszusehen. Bisher hatte ich angenommen, dass solche Wesen nur in den Fantasien einiger fieser Werbefachleute existieren, aber der lebende Beweis kommt leichtfüßig zu mir rüber und nickt in Richtung weißes Buch. »Und?«, fragt sie neugierig. »Hast du schon herausgefunden, warum Lady Capulet dir ein altes Jahrbuch gegeben hat?«

Ich schiebe ihr die aufgeschlagene Doppelseite hin, die ich die letzte halbe Stunde lang Pixel für Pixel analysiert habe. Die Schüler der Abschlussklasse von vor siebzehn Jahren sind darauf zu sehen. Sie haben sich auf den Stufen des Rosengartens aufgestellt, mit dem Wohnflügel der Capulets im Hintergrund. Alle tragen dieselben weißen Schuluniformen mit unübersehbaren Silbertropfen auf der Brust. Auch das Mädchen ganz links außen, das mir das gleiche Lächeln entgegenstrahlt, wie ich es von Dutzenden meiner Kinderfotos kenne.

»Lady Capulet wollte mir beweisen, dass ich zu euch gehöre.« Ich tippe aufs Foto. »Das ist meine Mom. Sie ist hier zur Akademie gegangen.«

Und hat uns nie davon erzählt, füge ich in Gedanken hinzu.

Warum nur hat sie den schönsten Ort dieser Welt vor mir verheimlicht?

»Genug von diesem Buch«, verkündet Poetry und klappt es mir vor der Nase zu. »Die Ansprache der Grafen wartet auf uns. Und noch viel spannender: der erste gemeinsame Auftritt der Fürsten.«

Wir verlassen den Capuletflügel und spazieren über den Marmorplatz. Die Sonne ist noch nicht untergegangen, steht aber deutlich tiefer am Himmel und wirft die langen Schatten der Rosensträucher vor unsere schicken neuen Schuhe. Überall um uns herum ist die Luft erfüllt vom Zirpen mediterraner Zikaden.

»Bist du dir sicher, dass Stage alleine mit seinem Auftrag zurechtkommt?«, zweifelt Tear. »Rhyme hat immerhin eine Boa constrictor. Und er kann sie kontrollieren.«

Poetry rollt ihre Augen und winkt überlegen ab. »Es gibt eine äußerst simple und effektive Methode, um meinen Bruder zu zwingen, alles anzuziehen, was auch immer ich will.« Wir werfen ihr neugierige Blicke zu. Ihr Lächeln nimmt teuflische Züge an. »Es muss einfach nur ganz vorne in seinem Kleiderschrank hängen. Dieser Modemuffel nimmt immer das Erstbeste raus, das er zu fassen kriegt.«

Der Rosengarten ist bereits voller Schüler.

Poetry hat vorhin erwähnt, dass eintausend Schüler diese Akademie besuchen, und so, wie es aussieht, sind alle heute hier versammelt. Stufe um Stufe drängen sie sich aneinander, bis hinunter zu der schwarzen Eisenbühne, auf die niemand auch nur einen Fuß gesetzt hat. Jetzt im Tageslicht fällt mir auf, dass bloß eine Hälfte der Bühne von Wasser umgeben ist. Der andere Halbkreis besteht aus löchrigen Metallplatten, aus denen Flammen emporschießen. Wahrscheinlich waren die gestern wegen des Sturms nicht zu sehen. Auf den von Rosenüberwucherten Terrassen brennen heute ebenfalls große Feuerbecken in allen möglichen Regenbogenfarben. Dazwischen spritzen ausgeklügelte Wasserspiele antiker Springbrunnen schillernde Fontänen in die Luft. Trotz des Gedränges auf den Treppen steht dort aber kein einziger Schüler.

»Ist das Betreten der Grünflächen verboten?«, frage ich.

Poetry schüttelt den Kopf. »Nein, nur nicht ratsam. Du wirst gleich sehen, wieso. Kommt, lasst uns näher zur Bühne gehen.«

Einfacher gesagt als getan. Nach ungefähr einem Drittel der Stufen taucht ein Ring finsterer Gestalten zwischen den dicht gedrängten Schülern auf und versperrt uns den Weg. Sie sind in die gleichen schwarzen

Roben gekleidet wie dieser merkwürdige Souffleur von gestern Abend, allerdings sind in die dunklen Theatermasken bei manchen von ihnen weinende statt lachende Gesichter eingeschnitzt. Den Körperformen nach sind auch Frauen darunter.

Ein Butler verneigt sich vor Poetry. »Die Souffleure und Souffleusen sind angewiesen, nur Capulets und Montagues in den unteren Bereich des Rosengartens vorzulassen.« Er weist auf Tear und Drapes. »Ich fürchte, Ihre Kraftquellen müssen sich mit einem Platz hier oben begnügen.«

»Kraftquellen?«, frage ich verdutzt.

Poetry wirft Tear einen unglücklichen Blick zu. »Sorry, das wusste ich nicht.«

Tear lächelt sie warm an. »Schon okay, geht runter, na los! Rhyme braucht eure moralische Unterstützung.«

»Ich … ich verstehe das nicht.« Poetry steuert mich an den Schultern durch zwei Souffleusen hindurch und dreht mich entschieden zurück, als ich einen Blick zu Tear und Drapes werfen will. »Heißt das etwa, die beiden sind gar keine Capulets?«

»Nein, sind sie nicht. Sie gehören zwar zu unserem Haus, aber nicht zur Familie. Kraftquellen weinen bloß für uns und stärken uns auf diese Weise«, flüstert sie mir ins Ohr. »So wie Rhyme das gestern Abend bei dir gemacht hat. Die Macht der Tragödie, erinnerst du dich? Ungefähr ein Drittel der Schüler hier sind Kraftquellen. Der Fluch betrifft sie nicht, aber sie müssen trotzdem hier bei uns bleiben, bis alles vorbei ist. Vielleicht hatten Tears und Drapes' Vorfahren mal einen Tropfen Capuletblut in den Adern, aber der ist inzwischen nicht mehr potent genug, um unsere Kräfte zu aktivieren. Die meisten Familien, aus denen unsere Kraftquellen stammen, sind unserem Haus aber einfach nur schon seit Jahrhunderten treu ergeben. Nicht ohne gewisse Vorzüge zu genießen, natürlich. Die Ausbildungsplätze an dieser Akademie sind heiß begehrt.«

»Also eine Art Tauschhandel? Sie geben euch Tränen, dafür gebt ihr ihnen ein Luxusinternat?«

»Luxus, Kontakte, Macht …«

»Wieso weint ihr nicht einfach füreinander?«

»Das könnten wir«, meint Poetry zögernd. »Aber wie du gesagt hast, ist es ein Tauschhandel. Stärkt sich ein Capulet an Tränen, schwächt es seine Kraftquelle. Nur mit Kraftquellen von außerhalb bleiben alle Capulets gleichzeitig gestärkt. Die Energie, die du gestern gefühlt hast, wurde Rhyme genommen. Keine Sorge«, fügt sie augenzwinkernd hinzu, als ich erschrocken den Kopf herumwerfe. »Die Fürsten halten das aus.«

Dieses unglaubliche Gefühl in meinem Innern war Rhymes Kraft?

Und hat Cut dieselbe Macht?

»Was ist mit den Montagues?«, hake ich nach. »Haben die auch Kraftquellen?«

Poetry positioniert uns ungeniert vor der ersten Reihe, doch die Schüler hinter uns geben keinen Mucks des Protests von sich. Im Gegenteil, sie drängen sich noch dichter zusammen, um der Schwester ihres Fürsten ausreichend Platz zu machen. Sie bleibt dicht hinter mir stehen und deutet an meiner Schulter vorbei zur anderen Seite der Bühne. »Sieh sie dir genau an. Die Montagues stärken sich ebenfalls. Kannst du erraten, woran?«

Hinter dem Feuerring tummeln sich Schüler in schwarzen, feuerroten oder goldenen Klamotten. Doch ihr Äußeres ist nicht das, was sie am meisten von den Capulets unterscheidet. Sondern die Art des Lärms, den sie machen.

Ich sauge den Atem ein. »Sie lachen!«

Poetry nickt zustimmend. »Das Geräusch von lautem Lachen stärkt sie genauso wie uns die Berührung von Tränen. Sie nennen es die Macht der Komödie. Es macht sie immun gegen Feuer und jegliche Sorte von Klingen. Sie können mit keinem Messer dieser Welt getötet werden.«

»Was?!« Ich lache ungläubig auf.

Poetry hält mir den Mund zu und zieht mich näher an ihren Körper. Ihr frostig grüner Blick funkelt über die Schüler hinweg, aber dank des allgemeinen Trubels hat mich keiner gehört. Geräuschvoll seufzt sie an mein Ohr: »Das solltest du wirklich bleiben lassen, Joy. Wir alle haben unsere Schwächen. Die Kunst ist, sie den anderen nicht auf dem Silbertablett zu servieren. Vor allem nicht, wenn sie dich deiner Kraft berauben und den Feind stärken können.«

»Den Feind?«

Die Montagues beginnen, mit den Füßen aufzustampfen. Es ist so ähnlich wie heute Morgen im Frühstückssaal, als sie mit den Fäusten auf die Tische getrommelt haben, doch jetzt sind es Hunderte von Schuhen, die alle im gleichen Takt auf die Steinplatten treten. Das Geräusch fegt wie ein trampelndes Heer über uns hinweg und lässt die Capulets verstummen.

»Da kommt er auch schon«, knurrt Poetry.

Zuerst sieht es so aus, als würde nur der Wind durch die Rosensträucher fahren. Dann erkenne ich, dass die Äste von etwas anderem heruntergebogen werden. Ein Panther prescht aus den Dornen hervor und springt majestätisch über die Terrassenmauern herab. Noch mehr Raubkatzen lösen sich aus den Schatten und folgen ihm. Luxe, Pumas, Geparden und noch kleinere Wildkatzen, deren Namen ich nicht kenne, bis hin zu einigen Exemplaren, die gewöhnlichen Hauskatzen sehr ähnlich sehen. Unten springen sie mühelos über den Feuerring, laufen quer über die Bühne und fauchen die Capulets über das Wasserbecken hinweg an.

Ihnen hinterher kommt Cut.

Er springt mit katzenhafter Anmut über die Terrassen herab, begleitet vom mächtigen Trampeln seines Hauses. Als er mit seinen langen Beinen über das Feuer hinwegsetzt und sich auf der Bühne zu den Montagues dreht, reißen alle ihre Arme hoch und jubeln ihm mit geballten Fäusten zu. Er erwidert den Gruß mit der selbstbewussten Haltung eines Rockstars.

»Dieser Stümper trägt das Gleiche wie heute Morgen«, stellt Poetry zufrieden fest. »Dass Rhyme nicht aufgetaucht ist, hat ihn wohl in falscher Sicherheit gewiegt. Wo steckt eigentlich Stage?«

»Hier! Ich bin hier!« Stage bahnt sich mit seinen breiten Schultern mühelos einen Weg durch die Schüler und drängt sich zwischen Poetry und mich. Er wirft seine Arme über unsere Schultern und stützt sich auf uns ab. »Alles lief total gut«, keucht er ziemlich außer Atem. »Bis zum

Schmuck. Er wollte mir Balboa an den Hals hetzen. Zum Glück ist das Vieh so blind wie ein Maulwurf. Hat stattdessen seine neuen Boots gefressen.«

Poetrys Augen weiten sich. »Soll das etwa heißen, er trägt den Schmuck und die Boots nicht?!«

»Das ist alles, woran du denkst? Ich bin zutiefst in meinen Gefühlen verletzt«, schmollt Stage. »Außerdem hab ich nicht gesagt, dass er den Schmuck nicht trägt.«

Das Trampeln der Schüler setzt erneut ein.

Diesmal jedoch auf der anderen Seite des Rosengartens.

Ich schaue nach hinten, gerade als die Rosensträucher von einer Flut aus Schlangen überschwemmt werden. Dutzende Schüler, auch aus dem Haus Capulet, weichen mit einem Aufschrei vor den Grünflächen zurück, nicht wenige fallen im Gedränge sogar übereinander. Es sind die unterschiedlichsten Schlangen, die über die Terrassen herabschießen, doch erst, als ich keine einzige Art benennen kann, wird mir klar, wie sehr sich diese Tiere von Katzen unterscheiden. Und damit meine ich nicht ihr Äußeres, sondern die Weise, wie sie von Menschen gesehen werden. Schlangennamen sind nichts, das man kleinen Kindern beibringt – man lehrt uns nur von klein auf, sie zu fürchten.

Und das tun die Schüler.

Doch nicht nur die Schlangen flößen ihnen gehörigen Respekt ein.

Sondern auch ihr Fürst.

Rhyme springt inmitten der Schlangen über die Terrassenmauern hinab. Seine Bewegungen sind noch flüssiger als die von Cut, und sein letzter Sprung über das Wasserbecken hinweg ist so blitzschnell, dass ich ihn mit einem Blinzeln fast verpasst hätte. Erst als er auf der Bühne herumwirbelt und seine Faust zum Gruß der Capulets in den Himmel stößt, kann ich ihn genauer ansehen.

Er trägt eine Designerjacke im selben Königsblau wie mein Top. Sie sitzt wie angegossen und betont seine Schultern, die darin fast so breit wirken wie die von Stage. An seinen Fingern glänzen schwere Silberringe, und durch seine aufgewirbelten Haare blitzen weiße Diamantohrstecker. Die Schüler, die eben noch in Panik vor den Schlangen zurückgewichen sind, drängen sich nun umso energischer in seine Richtung und schreien sich vor Begeisterung fast die Lunge aus dem Hals.

Poetry quiekt entzückt auf. »Er sieht gut aus, oder? Er ist mein Bruder. Für mich hat er keinerlei Sexappeal. Ich brauche eine ehrliche Meinung.«

»Er ist verdammt sexy«, bestätigt Stage.

»Nicht von dir!«, faucht Poetry. »Von jemandem, der wirklich auf ihn stehen könnte – Joy!« Ich zucke heftig zusammen. »Sei ehrlich, würdest du ihm am liebsten die Klamotten vom Leib reißen oder nicht?«

»Ähm«, entgegne ich. Was nicht zu genügen scheint, denn Poetrys Augenbrauen schießen erwartungsvoll nach oben. Fieberhaft suche ich nach einer unverbindlichen Antwort. »Wenn ich ihm die Klamotten vom Leib reißen wollte, würde das doch bedeuten, dass sie mir nicht gefallen, oder?«

Das lässt Poetry stutzen. Eine tiefe Denkfalte bildet sich auf ihrer Stirn. »So habe ich das noch nicht betrachtet …«

Zum Glück wechselt Rhyme das Thema für uns.

»Für das Haus Capulet!«, hallt seine Stimme über die Reihen der Schüler hinweg. »Ehrt eure Gräfin!« Er verneigt sich in einer eleganten Bewegung und kniet sich mit einem Bein auf den Boden. Cut spiegelt ihn auf der anderen Seite der Bühne. »Für das Haus Montague! Ehrt euren Grafen!« Es hat etwas Respekteinflößendes an sich, wie diese beiden Jungen, die eben noch so viel Stärke und Selbstbewusstsein ausgestrahlt haben, sich demütig vor ihren Familienoberhäuptern niederknien. Die Schüler verstummen, pressen sich ihre Fäuste aufs Herz und senken ehrfurchtsvoll die Häupter.

Poetry stupst mich von der Seite an. »Du auch, Joy!«

»Oh!« Ich senke hastig den Kopf, linse aber verstohlen durch meine Haare.

Lady Capulet und Lord Montague schreiten Seite an Seite über den eisernen Steg, der über Wasser und Feuer hinweg zur Bühne führt. Giulietta trägt ein strahlend weißes Kostüm und eine rosa schimmernde

Phiole um den Hals. Romeus einen kohlrabenschwarzen Anzug, unter dessen Jackett die Spitze eines Dolches aus demselben rosa Material hervorblitzt. Die beiden Fürsten erheben sich und rufen gemeinsam aus: »NOSTRA POTESTAS IN VERBIS IACET!«

Alle Schüler erwidern den Spruch im Chor.

»Das Credo der Akademie«, flüstert mir Poetry zu. »Unsere Macht liegt in ...«

»... Worten«, vollende ich den Satz und kann nicht verhindern, dass mir ein Schauer über den Rücken läuft. Stage, der mir seinen Arm um den Nacken gelegt hat, muss etwas davon spüren. Er wirft mir einen fragenden Blick zu. »Unsere Macht liegt in Worten. Das steht in unserem Wohnwagen«, erkläre ich mit plötzlich enger Kehle. »Eingeritzt ins Holz direkt über meiner Schlafkoje. Genau der gleiche Satz. Ich habe ihn mit Google übersetzt.«

Poetry zieht dieselbe Schlussfolgerung wie ich. »Deine Mom muss ihn da für dich hinterlassen haben. Vielleicht wollte sie dich doch nicht ganz so unwissend zurücklassen, wie du bisher gedacht hast?«

Auf der Bühne übernehmen die Grafen das Wort.

»Hört gut zu!« Lord Montagues Stimme rollt über uns hinweg und lässt alle Schüler augenblicklich verstummen. Ich kann seine Beeinflussung wie einen zarten Lufthauch spüren. Mir fällt ein, was Rhyme im Flugzeug gesagt hat. Wenn die Familienoberhäupter eine ganze Gruppe von Menschen gleichzeitig beeinflussen, ist ihre Macht weniger stark und hält auch nicht so lange an. Und es stimmt: Ich will Lord Montague zwar zuhören, aber mehr, weil mich tatsächlich interessiert, was er zu sagen hat.

»Vor eintausend Jahren ist der Unstern zum ersten Mal am Himmel aufgetaucht. Für gewöhnliche Menschen blieb er unsichtbar, aber die wenigen, die ihn sehen konnten, verspürten bei seinem Anblick besondere Kräfte. Die einen wurden immun gegen jegliches Gift, den anderen konnten Schwertklingen nichts mehr anhaben. Aus diesen Menschen gingen zwei Familien hervor, zwei Häuser, gleich an Würde und Gebot.«

»ZWEI HÄUSER, GLEICH AN WÜRDE UND GEBOT!«, brüllen die Schüler.

Lady Capulet tritt vor. »Unsere Häuser lenken die Mächtigsten dieser Welt! Wir führen Menschen, wir führen Konzerne und wir führen Nationen! Nichts und niemand wagt es, sich uns in den Weg zu stellen, seit über eintausend Jahren nicht mehr – nichts und niemand, außer einem.« Sie hebt ihren Zeigefinger und deutet in den Himmel hoch.

Alle schauen nach oben.

Der Unstern leuchtet genau über uns.

Es muss Einbildung sein, aber mich überkommt das beunruhigende Gefühl, von ihm beobachtet zu werden. Stages Arme rutschen langsam von unseren Schultern. Selbst Poetry tritt unruhig von einem Fuß auf den anderen.

»Der Unstern hat uns alle betrogen«, übernimmt Lord Montague das Wort. »Denn seine Macht kostet einen grausamen Preis. Alle siebzehn Jahre kehrt er zurück, um ihn von der nächsten Generation einzufordern. Um ihn *von euch* einzufordern. Mit dem Rosenfluch zwingt er uns dazu, ihm das zu opfern, was uns am meisten schmerzt. Ein Fluch, den nur die vereinte Kraft unserer beider Häuser zu verdrängen mag! Wir müssen uns ihm stellen! Voller Mut, voller Kraft und voller Leidenschaft!«

Die Schüler brechen in begeistertes Gejubel aus.

»Shakespeare höchstpersönlich gab euch in seinem Theaterstück einen Vorgeschmack auf das, was euch in diesem Sommer erwartet.« Lady Capulet stolziert in ihren High Heels um die Vitrine herum und lässt ihre langen Fingernägel über das Glas gleiten. »Wie in seinem Theaterstück werden wir Maskenbälle abhalten. Wie im Stück werden unsere beiden Häuser dort aufeinandertreffen. Und wie im Stück werden sich zwei von uns ineinander verlieben. Unsternverfolgt! Unsterblich! Unvergessen!«

Cut ruft einen Mädchennamen aus.

Rhyme den eines Jungen.

Alle Schüler fallen ehrfürchtig mit ein. Scheinbar hat jeder eine Liste altmodischer Vornamen auswendig gelernt. Nach einer Weile fällt mir auf, dass die Montagues und Capulets jeweils einen anderen Namen rufen. Ich würde Poetry gern danach fragen, doch auch sie zählt mit schimmernden Augen eine Person nach der anderen auf. Erst als zwei ganz besondere Namen fallen, geht mir ein Licht auf.

»Romeo!«, ruft Cut.

»Julia!«, ergänzt Rhyme.

Liebespaare!

Sie rufen die Namen vergangener Liebespaare aus ihren Häusern! Aber warum gibt es so viele? Und warum sehen alle so berührt aus? Dann erst begreife ich wirklich, was Lord Montague und Lady Capulet eben gesagt haben. Der Fluch kehrt alle siebzehn Jahre zurück, und das seit einem Jahrtausend. Wenn nur Liebespaare ihn beenden können, muss es natürlich Dutzende von ihnen geben. Aber was genau meinte Lord Montague damit, als er sagte, dass wir dem Unstern opfern müssen, was uns am meisten schmerzt?

Doch nicht etwa …

»Unsere Liebespaare haben sich aus freien Stücken für unsere Häuser geopfert«, bestätigt Lady Capulet meine schlimmste Befürchtung. »Nun liegt es an euch, dasselbe zu tun. Fürchtet euch nicht! Nur zwei wird es treffen! Zwei Auserwählte, aus jedem Hause einer, werden sich unsterblich ineinander verlieben, so wie es seit über tausend Jahren geschieht. Sie werden zum legendären Liebespaar, das uns alle befreien wird!«

»Es ist ein hartes Schicksal«, fügt Lord Montague hinzu. »Aber es ist *unser* Schicksal. Wir stellen uns ihm mutig entgegen. Und wir besiegen es!«

Die Schüler reißen ihre Fäuste hoch und brüllen zustimmend.

Sogar Poetry und Stage. Zu meiner absoluten Überraschung ist auch mein Arm plötzlich in der Luft. Als ich hochblicke, streckt sich meine Faust dem Unstern wie eine persönliche Drohung entgegen. Ich ziehe sie rasch wieder runter.

»Also, wer von euch ist es?«, fragt Lady Capulet. »Wer liebt einen aus dem anderen Haus? Sagt es jetzt und erspart uns die Duelle!«

Alle verstummen schlagartig.

Zaghaft sinken die Arme der Schüler nach unten, so als hätten sie Angst, eine zu schnelle Bewegung könnte die Aufmerksamkeit der Grafen auf sie ziehen. Keiner meldet sich freiwillig, weder auf der Seite der Capulets noch bei den Montagues.

»Wie ihr wollt!« Lady Capulet schnaubt amüsiert, als hätte sie nie irgendetwas anderes erwartet. »Wir werden den alten Traditionen gemäß fortfahren. Der Schlangenfürst und der Katzenfürst erklären euch alles Weitere. Vergesst nicht: Nichts erfüllt euch mit mehr Ehre, als euren Fürsten treu und mutig zur Seite zu stehen.«

Die Schüler brüllen vor Begeisterung. Auch in meiner Brust glüht etwas auf, das ich nur mit Stolz beschreiben kann, obwohl mich das Gefühl gleichzeitig etwas verwirrt. Wie können mir die Fürsten der Akademie so viel bedeuten, wenn ich sie gerade mal seit einem Tag kenne? Wurde ich schon wieder beeinflusst?

Lady Capulet und Lord Montague verlassen die Bühne, werden sofort von den schwarzen Gestalten der Souffleure und Souffleusen abgeschirmt und von ihnen nach oben zum Ausgang des Rosengartens eskortiert. Die bodenlangen Kapuzenkutten schließen sich wie eine Wand hinter ihnen. Ein unheimliches Gefühl beschleicht mich bei ihrem Anblick. Die Bewegungen der Souffleure und Souffleusen sind nicht einfach nur synchron, sondern absolut identisch. Als wären sie alle ferngesteuert.

Cut nimmt Lord Montagues Platz ein und ruft über das Geplapper der Schüler hinweg: »Reden wir Klartext! Bis zum Ende des Fluchs ist der reguläre Unterricht ausgesetzt. Wir werden stattdessen jeden Tag für die Bälle und Duelle trainieren. Dafür haben der Schlangenfürst und ich spezielle Trainingspläne vorbereitet, deren Einhaltung wir persönlich überwachen werden. Mehr dazu erfahrt ihr morgen bei eurem ersten Training. In einem Monat dann, pünktlich zum nächsten Neumond, findet der erste Maskenball statt, auf dem Montagues und Capulets unter den wachsamen Augen des Ballkomitees miteinander tanzen müssen. Das Komitee wird zwei von euch zum potenziellen Liebespaar wählen, das noch in derselben Nacht im Rosengarten zum Duell antreten muss. Dieses Paar wird den Unstern entweder mit einem teilweisen Opfer für einen weiteren Monat besänftigen – oder seine wahre Liebe füreinander verraten und den Fluch für siebzehn Jahre aussetzen.«

»Klartext? Ich versteh kein Wort«, murmle ich.

»Die Bälle sind dazu da, mögliche Liebespaare zu finden. Und die Duelle gleich im Anschluss dienen dazu, einen Beweis für ihre gegenseitige Liebe zu erbringen – oder eben auch nicht«, flüstert Stage mir hilfreicherweise zu. »Laut Fluch ist es wahren Liebenden unmöglich, einander im Duell zu schaden. Es ist also eine todsichere Methode, um das echte Liebespaar ausfindig zu machen.«

»Ja«, seufzt Poetry. »Todsicher.«

Das meinte Lady Capulet also vorhin. Würde sich ein Liebespaar jetzt sofort freiwillig melden, wären diese Bälle und Duelle natürlich hinfällig. Was auch immer genau mit Duell gemeint ist.

»Wir haben uns seit Jahren auf diese Duelle vorbereitet.« Rhymes Blick streift mich zwar nur für einen Sekundenbruchteil, aber der reicht aus, um mein Herz schneller schlagen zu lassen. »In den kommenden Wochen werden wir die Künste unserer Häuser perfektionieren und die Fähigkeiten unserer Gegner trainieren. Wir werden Wasser und Feuer atmen! Und wir werden tanzen, bis wir vor Schwindel in unsere Betten fallen! Aber nicht heute Nacht …« Er wartet kurz ab, bis alle Schüler verstummen und ihm wie gebannt an den Lippen hängen, dann reißt er beide Arme hoch und stößt seine Fäuste in die Luft. »HEUTE NACHT FEIERN WIR!«

Die Schüler brechen in ohrenbetäubenden Beifall aus.

Die Lichter im Speisesaal gehen an, und alle werden wie Motten von ihnen angezogen. Aufgeregt drängen sie einander die Stufen hinauf und plaudern von geteiltem Schicksal und ehrenvollem Opfer. Einige spekulieren lautstark, ob es wohl den berühmt-berüchtigten Rosenwein zum Abendessen gibt – was mir ebenfalls nicht das Geringste sagt.

»Wie es aussieht, hat außer mir keiner mehr Fragen«, brumme ich. »Zum Beispiel wie dieses Duell genau ablaufen soll. Und was meinte er mit Wasser und Feuer atmen? Muss ich dafür zuerst *Romeo und Julia* lesen?«

»Würde dir nichts bringen«, meint Stage. »*Romeo und Julia* wurde nicht geschrieben, um dir irgendetwas über unseren Fluch zu verraten – sondern um ihn zu vertuschen.«

»Vertuschen? Wieso?«

Er zuckt die Schultern. »Im Mittelalter kamen wohl Gerüchte auf, dass auffallend oft Liebespaare unserer beiden Häuser sterben. Damals wurde alles sofort mit dem Teufel in Verbindung gebracht und führte nicht selten auf den Scheiterhaufen. Deshalb mussten sich unsere Vorfahren was einfallen lassen. Sie beauftragten Luigi da Porto, sich eine Geschichte auszudenken, die dann später von Shakespeare modernisiert wurde. Insofern du nicht auf mittelalterliche Tragödien stehst, bringen dir die alten Texte also rein gar nichts.«

Ich verziehe mein Gesicht.

»Keine Sorge.« Stage hakt seinen Arm um meinen Nacken und reißt mich in einer brüderlichen Geste an seine Brust. Sein schneeweißes Grinsen blendet mich fast. »Ich bin mir sicher, dass es Rhyme nicht stört, wenn du ihm heute Nacht noch ein paar Fragen stellst«, raunt er mir verschwörerisch zu. Sein Blick wandert über mein königsblaues Outfit hinab und bleibt an meinen funkelnden Mörderabsätzen hängen, die ihm ein anerkennendes Pfeifen entlocken. »Poetry versteht was von reizvollen Kontrasten. Du bist …«

»Wunderschön«, raunt mir von hinten jemand in die Haare.

Gänsehaut rast über meinen Hals. Ich wirble mit klopfendem Herzen herum, stelle aber verwirrt fest, dass Rhyme noch auf der Bühne steht und sich mit Poetry unterhält. Hinter mir ist niemand mehr. Ich drehe mich zur Treppe, wo ein paar schwarz gekleidete Montagues über einen Witz lachen. Unter ihnen ist auch Cut. Er hat seine Hände lässig in die Hosentaschen gesteckt und feuert mir über seine Schulter hinweg ein freches Grinsen zu.

Mir wird flau im Magen.

»Verpiss dich, Montague!«, brüllt Stage ihm nach und wendet sich mit besorgtem Blick zu mir. »Lass dich bloß nicht von dem ärgern! Was zum Teufel hat er dir zugeflüstert, Joy? Du siehst ja völlig verstört aus.«

Plötzlich wird mir schwindelig.

Ich sacke in die Hocke und klemme mir den Kopf zwischen die Hände, bis der Boden unter meinen Füßen endlich aufhört, wilde Kreise zu drehen. Das Unkraut zwischen den Steinritzen fällt mir auf, aber nicht nur das. Mit einem Mal sehe ich all die feinen Risse und Unvollkommenheiten in den alten Stufen. Als hätte sich ein Beautyfilter vor meinen Augen gelichtet.

»Joy? Alles okay?«

Ich blicke auf.

Rhyme kauert vor mir. Poetry steht nach wie vor auf der Bühne und dreht ihm den Kopf hinterher, so als hätte sie vor einer Sekunde noch mit ihm gesprochen. Er muss blitzschnell über das Wasserbecken hinweg zu mir gesprungen sein. Auch er wirkt ein klein wenig anders, viel detailreicher als zuvor. Seine blasse Haut ist von winzigen Pigmentstörungen durchbrochen, die hellen Haare kleben ihm verschwitzt im Nacken und das Eisblau seiner Augen ist eine Spur zu durchdringend.

Er ist nicht mehr perfekt. Aber er ist immer noch einer der schönsten Jungen, die ich je gesehen habe. Mein Gesicht läuft heiß an, als auch der letzte Rest von Lady Capulets Beeinflussung von mir abfällt.

»Vergiss alles, was ich heute Nachmittag zu dir gesagt habe«, keuche ich.

KAPITEL 14

»STAGE!«, beschweren sich alle im Chor.

Wir haben den Rosengarten verlassen, Tear und Drapes auf dem Marmorplatz eingesammelt und sind nun auf dem Weg zum Speisesaal. Eigentlich sollten wir dringend über dieses Duell reden – immerhin steht möglicherweise unser Leben auf dem Spiel –, aber leider findet Stage ein anderes Thema gerade viel spannender.

Er schlägt sich in gespielter Betroffenheit die Hand auf die Brust. »Was habt ihr denn? Das war eine legitime Frage! Ich möchte nur herausfinden, inwieweit Joy sich von Lady Capulets Beeinflussung erholt hat. Also, Joy«, fügt er breit grinsend hinzu, »sei bitte offen und ehrlich, keiner verurteilt dich hier: Duftet Rhyme für dich immer noch wie flüssiges Sonnenlicht?«

»O Gott«, murmle ich und halte meinen Blick starr auf mein Ziel gerichtet: das Eingangstor des Capuletflügels. Je schneller wir den Speisesaal erreichen und alle mit Essen und Montagues abgelenkt sind, desto besser.

Rhyme, der mit seinen Händen in den Hosentaschen neben mir herschlendert, beugt sich in mein Blickfeld. »Keine Panik, Joy. Ich weiß, dass du dich nicht freiwillig an meinen Hals geworfen hast. Ich habe jedes Wort gehört, das Giulietta dir eingeredet hat.« Seine Augen blitzen auf, und ein äußerst freches Lächeln stiehlt sich in seinen Mundwinkel. »Allerdings hat sie keine Silbe darüber verloren, wie ich für dich riechen soll.«

Mein Herz hüpft mir in den Hals.

Ich würde ihm gerne eine schlagfertige Antwort verpassen, doch das Schicksal ist grausam: Genau in dem Moment, als ich den Mund aufklappe, fegt der Wind durch die Rosen, wirbelt Rhymes Haare im Nacken auf und hüllt mich in eine Wolke aus seinem Duft. »Flüssiges Sonnenlicht« trifft es immer noch verdammt gut. Jegliche Widerworte bleiben mir in der Kehle stecken.

Zum Glück springt Poetry für mich ein. »Hört auf, sie zu ärgern!«

»Ich ärgere sie nicht!«, verteidigt sich Rhyme. »Ich rieche nur verdammt gut.«

»Nicht wahr, Joy?«, fügt Stage hinzu.

Ich trete mit meinen Mörderschuhen nach ihnen, aber die beiden Feiglinge laufen amüsiert vor mir weg. Tear hakt sich bei mir ein und tätschelt mir den Arm, während Poetry mindestens ein Dutzend Möglichkeiten vor sich hin murmelt, wie wir das den Jungs heimzahlen können. Erst kurz vor den Flügeltüren des Speisesaals breitet sich tiefe Genugtuung auf ihrem Gesicht aus. »Weißt du was, Joy?«, flüstert sie mir verschwörerisch zu. »Du bist nicht die Letzte gewesen, die heute ihre Gefühle für alle sichtbar zur Schau gestellt hat. Rhyme weiß es nur noch nicht.«

Das beruhigt mich keineswegs.

»W-was meinst du denn damit?!«, stoße ich hervor.

Sie zieht mich an der Hand durchs Foyer und fängt die Jungs vor den Buntglastüren des Speisesaals ab. »Wartet auf uns! Alles, was wir von jetzt an tun, wird die Moral unseres Hauses beeinflussen. Wir sollten als Gruppe eintreten, das stärkt unser Erscheinungsbild.«

Stage neigt sich zu Rhyme. »Sie wäre die bessere Fürstin.«

Rhyme stößt ihm zwar den Ellbogen in die Seite, wartet aber geduldig ab, bis auch Tear und Drapes zu uns aufgeschlossen haben. Zwei Bedienstete in edlen Smokings öffnen die Flügeltüren für uns. »Kein Zögern«, erinnert uns Poetry, als wir gemeinsam eintreten. »Wir gehen erhobenen Hauptes zum Fürstentisch.«

Der Speisesaal ist heute Abend zum Bersten voll.

Jeder einzelne Tisch ist mit schnatternden Schülern besetzt, die mit Messern und Gabeln gestikulieren, ihre Gläser aneinanderstoßen und sich jeden Speisewunsch von den Kellnern erfüllen lassen. In all dem Gewusel und Lärm fallen wir überhaupt nicht auf, zumindest nicht, bis Stage seine Brust aufbläht und unsere Ankunft unüberhörbar hinausposaunt. »Der Schlangenfürst hat den Saal betreten!«

Die Capuletschüler schnellen in ihren Stühlen herum und fangen augenblicklich an, mit den Fäusten auf die Tische zu hauen, nicht wenige springen sogar extra dafür auf. Ihr Geschnatter versiegt im rhythmischen Trommeln, selbst die Blätter an den Bäumen über unseren Köpfen erzittern im selben Takt.

»Ein bisschen schneller, Joy!« Poetry schubst mich von hinten an, damit ich zu Rhyme aufschließe, und zieht Stage gleichzeitig an seinem Gürtel zurück. »Und du langsamer, du verdeckst den Fürsten.«

Ich denke mir nichts weiter dabei.

Bis das Getuschel um uns herum ausbricht.

»Ist das die Neue?«, tönt es uns von allen Seiten entgegen. Die Schüler glotzen uns so gebannt an, dass einige sogar versehentlich auf ihre Teller hauen und Essen über die noblen Tische spritzen. »Wieso darf sie an der Seite des Schlangenfürsten gehen? Ist sie seine Cousine oder so was? Aber warum treten sie dann im Partnerlook auf?«

Verwundert blicke ich an meinem königsblauen Outfit herab, mustere Rhymes ebenso königsblaue Designerjacke und werfe einen raschen Blick über die Schulter. Poetry trägt ein weißes Cocktailkleid, das ihre Kurven perfekt betont, Tear einen weißen Jumpsuit, der sie unendlich cool wirken lässt, und Drapes eine weiße Rüschenbluse, die nur einer Elfe wie ihr steht. Sogar über Stages breite Brust spannt sich ein Hemd in reinem Capuletweiß. Vor den anderen wirkt es tatsächlich so, als wären Rhyme und ich im Partnerlook aufgekreuzt.

Rhyme runzelt die Stirn und zupft an seinem Kragen. »Ich kann mich gar nicht erinnern, so eine Jacke gekauft zu haben. Wie kommt die in meinen Kleiderschrank?«

Hinter uns gibt Stage einen merkwürdig erstickten Laut von sich, aber Poetry bringt ihn wohl zum Schweigen, bevor er ihre Tricks verraten kann. Ihr zuliebe lenke ich Rhyme ab und nicke zu meinen brillantbesetzten Absätzen hinunter, die mit jedem meiner Schritte durch den Saal funkeln und blitzen. »Immerhin musst du keine Schuhe tragen, für die man einen Waffenschein braucht.«

Rhyme grinst mich an. »Die sehen an dir wirklich mörderisch aus.«

»Tun sie«, gebe ich zu. »Allerdings bin ich mir nicht sicher, wen genau sie umbringen werden. Möglicherweise mich. Gib ihnen noch ein paar Stunden.«

Wir erreichen die beiden Fürstentische in der Mitte des Saals.

Die Seite des Katzenfürsten ist bereits voll besetzt. Es wurden sogar einige schmiedeeiserne Stühle von unten dazugeholt und zwischen die goldenen geschoben, um mehr Platz zu schaffen. Trotzdem sitzen sich die Montagues gegenseitig fast auf den Schößen, so sehr drängen sie sich hin zu Cut. Die Seite des Schlangenfürsten ist hingegen noch komplett leer.

Das Getrommel der Schüler hört schlagartig auf, als Rhyme sich auf den silbernen Thronstuhl setzt und mir den Platz an seiner Seite anbietet. Ein Keller will mir zu Hilfe eilen und den Stuhl für mich zurückziehen, aber ich winke rasch ab und mache es lieber selber. »Darf sich vor dem Fürsten keiner hinsetzen?«, frage ich. »Oder warum sitzen hier keine anderen Schü… *WUAAAAAAH!*«

Eine Riesenschlange liegt quer über meinem Stuhl!

Ich stolpere entsetzt zurück.

Die Montagues explodieren vor Lachen.

»Komm her, Balboa!«, befiehlt ihr Rhyme in einem Tonfall, der sich eher anhört wie ein zärtlicher Vorschlag. Seine Augen füllen sich mit einem Ausdruck, den ich nur als »bedingungslose Liebe« bezeichnen kann. Das und die Tatsache, dass meine Beine vor Schreck jegliches Gefühl verloren haben, hindern mich daran, mit meinen halsbrecherischen Absätzen vom Marmorblock zu hüpfen.

Glücklicherweise ist das auch nicht nötig, denn Balboa gehorcht Rhyme aufs Wort. Sie gleitet auf seinen Schoß und wickelt sich Meter für Meter um seinen Oberkörper, als würde sie ihn kräftig umarmen wollen – oder demnächst zum Abendessen verspeisen. Rhyme lächelt versonnen und stupst ihren breiten Schädel mit seiner Nase an. Aus dem Ärmel seiner Jacke streckt auch Rambo sein giftgrünes Köpfchen hervor. Ich hätte wissen müssen, dass die Mamba schon die ganze Zeit da druntersteckt.

»Willst du immer noch wissen, wieso hier keiner sitzt?«, fragt Stage in ironischem Tonfall und lässt sich neben mir nieder. Die feinen Härchen auf seinen muskulösen Unterarmen haben sich gesträubt.

Tear und Drapes wählen die Stühle, die am weitesten von Rhyme entfernt sind, und werfen ihm ein entschuldigendes Lächeln zu. Nur Poetry macht die Riesenschlange nichts aus. Sie packt den schuppigen Schwanz, der noch auf ihrem Platz liegt, und legt ihn einfach über Rhymes Oberschenkel.

»Setz dich, Joy«, wispert sie mir über den Tisch hinweg zu. »Zeig Loyalität für deinen Fürsten. Die Montagues haben dich im Auge.«

Ich lasse mich vorsichtig neben Rhyme nieder und stelle zu meiner eigenen Überraschung fest, dass mein Schock erstaunlich schnell abflaut, obwohl die Boa constrictor kaum einen Meter neben mir ist. Kann es tatsächlich sein, dass ich mich so schnell an all das hier gewöhne?

Der Gedanke irritiert mich, aber ich brauche eine Weile, um herauszufinden, wieso. Erst als uns die Kellner kunstvoll arrangierte Appetithäppchen servieren, fällt mir Dad wieder ein. Abgesehen von jenem kurzen Augenblick in der Boutique, habe ich den ganzen Nachmittag über kein einziges Mal an ihn gedacht. Lady Capulet hatte ihn mir zwar nicht ausgeredet, aber mir war nur noch wichtig gewesen, hier an diesem Ort zu bleiben. Bei Rhyme. Sogar meine möglicherweise einzigartige Chance, den Shop zu verlassen und mich mit eigenen Augen davon zu überzeugen, was an diesem Fluch dran ist, habe ich einfach sausen lassen.

Ich lehne mich über den Tisch und senke die Stimme. »Kann mir bitte jemand von euch ein Handy leihen? Ich möchte meinen Dad anrufen.«

Alle schauen überrascht zu mir auf.

Drapes lässt ihren vollen Löffel sinken und blinzelt mich mit großen Augen an. Die Rüschenärmel reichen ihr bis zu den Fingern, was sie noch zierlicher und fast schon kindlich wirken lässt. Aber ihre Worte sind wie immer sehr auf das Wesentliche konzentriert. »Handys sind innerhalb der Akademie verboten. Hat dir das keiner gesagt?«

Ich wende mich zu Rhyme. »Aber Cut hat doch eins?«

Er drückt Balboas Kopf an seine Schulter und streichelt ihren schimmernden Hals. »Das haben sie ihm nur erlaubt, weil wir dich auf der halben Welt gesucht haben und in Kontakt bleiben mussten. Falls er es noch hat, dann nicht mehr lange.«

»Wieso fragst du nicht Lady Capulet?«, schlägt Tear lächelnd vor. Mit ihren grünen Haaren, dem schicken Hosenanzug und dem weißen Tränentattoo wirkt sie um Jahre älter als Drapes. Und doch klingt sie viel wärmer und weicher. Fast so, als hätten die beiden Mädchen ihre Stimmen getauscht. Eine Elfe mit Businesston und ein Hipster mit Herz. »Sie muss dich doch mit deinem eigenen Vater sprechen lassen?«

»Das geht nicht«, gibt Poetry zu bedenken. »Wenn Joy nach ihrem Dad fragt, weiß Giulietta sofort, dass die Beeinflussung nachgelassen hat. Wer weiß, was sie Joy als Nächstes antut? Vielleicht will sie dann in Rhymes Pyjama übernachten und seine Zahnbürste teilen.«

»Oh!« Stage klatscht begeistert in die Hände. »Wer würde das noch gern erleben?«

»NIEMAND!«, widersprechen Poetry, Tear und Drapes gleichzeitig.

Nur Rhyme widmet sich sehr intensiv seiner Boa.

Ich benötige eine Sekunde länger als sonst, um meinen Blick von ihm zu lösen.

»Dann versuche ich Plan B«, verkünde ich schließlich.

Ich klatsche meine Hände auf den Tisch und stehe entschlossen auf. Obwohl Stage fast von seinem Stuhl kippt, als ich zu den Montagues rübergehe, lasse ich mich nicht vom Kurs abbringen. Ich steige einfach über den kunstvollen Riss im Marmorblock hinweg und befinde mich auf der goldenen Seite des Fürstentischs, noch bevor Tear erschrocken nach Luft schnappen kann.

Die Montagues starren mich an, als würden mir Hörner aus den Ohren wachsen. Selbst Cut, der lässig einen Stiefel gegen die Tischkante gestemmt hat und sich gerade eine Weintraube in den Mund stecken wollte, hält mitten in der Bewegung inne.

Ich räuspere mich. »Könnte ich bitte dein Handy ausleihen?«

Er lässt die Weintraube langsam sinken. Seine goldenen Augen lassen keine Sekunde von mir ab. »Geht nicht, mein Vater hat es mir heute Morgen wieder abgenommen.«

»Wer bist du?«, will ein deutlich jüngerer Junge wissen.

Er kann kaum älter als elf oder zwölf Jahre alt sein. Seine Wuschelhaare sind kohlrabenschwarz, und seine Augen leuchten mir goldgelb entgegen. Wo Cuts Gesichtszüge bereits männlich und kantig werden, sind seine noch kindlich gerundet. Abgesehen davon ist er dem Katzenfürsten wie aus dem Gesicht geschnitten.

»Sie ist jemand, die an unserem Tisch nichts verloren hat!«, faucht eine Schwarzhaarige, die fast auf Cuts Schoß sitzt. Ihre blutrot lackierten Fingernägel krallen sich besitzergreifend in seine goldene Armlehne. Die anderen Montagues teilen ihre Befindlichkeit offenbar, denn alle funkeln mich feindselig an.

Nur Cut wirkt, als ob er sich bestens amüsiert. »Möchtest du vielleicht noch was anderes von mir, Joy?«, fragt er mit zuckendem Mundwinkel. Sein anzüglicher Unterton entgeht mir nicht.

»Wie wär's mit einer Spritztour in deinem Ferrari?«, schlage ich vor. »Mir ist jedes Mittel recht, um nach Mantua zu kommen. Die Aussicht auf den Lago Superiore soll atemberaubend sein, hat mir gestern Abend jemand gesagt.«

Die Montagues schnauben empört.

»Wie redest du mit unserem Fürsten?!«, entrüstet sich die Schwarzhaarige und springt auf.

Cut ändert seine legere Sitzposition zwar nicht, aber er legt eine Hand auf den Arm des Mädchens und hält sie zurück. »Lass dich von den Capulets nicht provozieren, Blaze«, tadelt er sie in gelangweiltem Tonfall. »Joy will genauso wenig hier weg wie wir anderen. Sie möchte nur ein wenig Unruhe stiften.« Dabei sieht er mich so eindringlich an, dass mir mein Fehler augenblicklich klar wird. Es war keine besonders kluge

Idee, vor den Montagues preiszugeben, dass ich die Akademie verlassen möchte. Vor allem nicht so kurz nach einer Rede, die alle Schüler auf den Fluch eingeschworen hat.

Cut lehnt sich an mir vorbei. »Hey, Capulet! Hol dein Mädchen zurück! Oder hält sie es nicht mal bis zur Vorspeise bei dir aus?«

Die Montagues kichern gehässig und drehen sich rüber, um Rhymes Reaktion zu sehen. Dieser macht dem Namen des Schlangenfürsten alle Ehre. Er lehnt selbstbewusst im Silberthron, streichelt die tödliche Mamba an seinem Handgelenk und lächelt uns kühl entgegen. »Vielleicht solltest du es mal länger als eine Woche mit dem gleichen Mädchen aushalten?«, erwidert er gelassen. »Hat dir noch keine deiner flüchtigen Bekanntschaften beigebracht, dass Frauen niemandem gehören? Joy kann tun und lassen, was auch immer sie will.«

Poetry glüht vor Stolz.

Alle Mädchen an den Tischen ringsum seufzen verträumt und werfen Rhyme verliebte Blicke zu. Zumindest tun sie das, bis Balboa ihren breiten Schädel über seine Schulter streckt und sie mit ihrer gespaltenen Zunge anzischelt – dann schütteln sie sich und widmen sich hastig ihren Speisen.

Ich steige zurück über den Riss im Marmorblock und werfe Cut einen Blick über die Schulter zu. »Danke«, sage ich mit Nachdruck und hoffe, dass die Botschaft zu ihm durchdringt. Ich bin wirklich dankbar, dass er mich vor einem gröberen Fehler bewahrt hat. Nur kann ich das vor den Montagues genauso wenig aussprechen wie er gerade seine Warnung. Also füge ich noch hinzu: »Ich halte es definitiv bis zur Nachspeise bei Rhyme aus.«

Die Montagues fassen das wie gehofft als Provokation auf und werfen mir zahlreiche Beleidigungen an den Kopf. Nur der jüngere Junge betrachtet den Katzenfürsten neugierig von der Seite.

Ein schiefes Lächeln zieht an Cuts Mund.

KAPITEL 15

»Sagt nichts!« Ich lasse mich auf meinen Platz neben Rhyme fallen und seufze über mich selbst. »Mir ist inzwischen klar geworden, dass ich nicht zu den Montagues hätte rübergehen sollen.«

Keiner entgegnet was. Sie legen sich Servietten über die Knie, nippen an ihren Getränken oder streicheln tödliche Giftschlangen – aber keiner gibt auch nur einen Mucks von sich. So lange nicht, bis ich es nicht mehr aushalte und mein eigenes schlechtes Gewissen aus mir herausbricht.

»Okay, bitte sagt was!«, jammere ich. »Hackt auf mir rum! Ich hab's verdient.«

»Du hättest nicht zu den Montagues rübergehen sollen«, antwortet Rhyme unverzüglich. »Allerdings nicht nur aus den Gründen, die du dir wahrscheinlich inzwischen selbst zusammengereimt hast. Es ist zwar nicht klug, preiszugeben, dass deine Beeinflussung so schnell nachlässt – aber es ist noch viel gefährlicher, zu einem von ihnen freundlich zu sein.«

»Sehr, sehr viel gefährlicher«, stimmt Poetry mit eng zusammengezogenen Augenbrauen zu. »Es könnte falsch interpretiert werden. Du darfst nicht vergessen, dass nur ein Liebespaar aus beiden Häusern uns von diesem Fluch befreien kann. Darum sind natürlich alle total scharf drauf, dieses Liebespaar so schnell wie möglich zu finden.«

»Ich dachte, das passiert erst auf diesem Maskenball?«

»Auf dem Ball müssen die Häuser zehn Tänze miteinander bestreiten. Wer allerdings mit wem tanzen muss, das entscheidet sich schon vorher. Ohne die Kraftquellen sind wir immerhin noch über sechshundert Capulets und Montagues. Für sämtliche Paarkombinationen wäre an einem einzigen Abend gar keine Zeit.«

»Und wer entscheidet das?«

Poetry zögert und wechselt einen bedeutungsvollen Blick mit Rhyme. »Das … wissen wir nicht.«

Okay, so langsam durchschaue ich die Sache ein bisschen. Es ist ein mehrstufiges Auswahlverfahren. Die Suche nach dem Liebespaar hat also schon begonnen. Wer von jetzt an auffällt, qualifiziert sich für einen Tanz auf diesem Ball. Und das Paar, das bei seinem Tanz am verliebtesten wirkt, muss zum Duell antreten. Dort müssen sich die beiden dann entweder gegenseitig besiegen – oder zugeben, dass sie ineinander verliebt sind. So weit, so gut. Bleibt nur noch ungefähr ein Dutzend weitere Fragen offen. Zum Beispiel, was in diesem Duell getan werden muss, um den Gegner zu besiegen.

Verstohlen schiele ich rüber zu Cut, der beide Stiefel quer über den Tisch gelegt hat und dem kleineren Jungen beibringt, ein Messer zwischen den Fingern zu wirbeln. Als ich mich zurückdrehe, lässt mich Rhymes eisblauer Blick zusammenzucken. »Nur weil ich mit einem Jungen rede, heißt das noch lange nicht, dass ich was von ihm will«, sage ich rasch.

Rhyme betrachtet mich nachdenklich. Seine Haltung ist sehr aufrecht und fürstlich, vor allem hier im Saal, wo alle Augen auf ihn gerichtet sind. Nur das stetige Streicheln seiner Schlange verleiht ihm etwas Verletzliches – und gleichzeitig auch etwas Gefährliches. »Weißt du, wie Romeo und Julia gestorben sind?«

Die Frage überrascht mich.

Ich spiele an meiner Serviette rum. Wer hätte gedacht, dass es mal peinlich werden könnte, wenn man einen Englischkurs überspringt? Natürlich weiß ich, dass sie ein tragisches Liebespaar waren. Aber nicht, *warum*. Mir bleibt nichts anderes übrig, als zu raten. »Und sie lebten glücklich bis ans Ende ihrer Tage?«

»Das taten sie.« Stage schnaubt leise. »Ganze vier Tage lang.«

Meine Augenbrauen schnellen hoch. »Nur vier Tage?!«

»Es waren vermutlich eher vier Monate«, meint Rhyme mit ernster Miene. »Das ergibt mehr Sinn. Drei Ballzyklen, um sie ausfindig zu machen, dann ihr letzter gemeinsamer Monat als das legendäre Liebespaar. Ihr Schicksal wurde lediglich für die Bühne auf wenige Tage zurechtgestutzt, um es in zwei Stunden aufführen zu können. Auch sonst haben die damaligen Familienoberhäupter alles Mögliche ins Stück schreiben lassen, was ihnen gerade so in den Kram passte. Das meiste ist erfunden. Nur nicht die Art und Weise, wie Romeo und Julia sich umgebracht haben.«

Mein Herz pocht schneller. »Du meinst, sie haben Selbstmord begangen?«

Ein Schatten huscht über sein Gesicht. »Selbstmord, freiwilliges Opfer, nenn es, wie du willst. In Shakespeares Version wurde es als tragisches Missverständnis dargestellt. In den Versionen davor wirkte es mehr wie eine Strafe, weil sie ihren Eltern nicht gehorcht hatten. Jedenfalls hat sich Romeo Montague vergiftet. Und Julia Capulet hat sich mit einem Dolch erstochen. Fällt dir was auf?«

Ich brauche einen Moment, um zu verstehen, was er meint. Romeo hat sich vergiftet? Und Julia hat sich erstochen? Wieso sind nicht beide auf die gleiche Art gestorben? Warum der Unterschied?

Plötzlich macht es Klick. »Capulets sind immun gegen Gift! Und Montagues sind immun gegen Klingen! Sie haben sich jeweils auf die Art und Weise umgebracht, die dem anderen Haus nichts ausgemacht hätte.«

»Genauso ist es.«

»Aber warum?« Ich schüttle fassungslos den Kopf. »Warum sollten sich zwei Leute umbringen, die einander über alles lieben?«

»Weil man ihnen keine andere Wahl gelassen hat.«

Die anderen rutschen beklommen auf ihren Stühlen hin und her, nur Rhymes Blick bleibt unnachgiebig auf mir haften. »Der Fluch hält uns hier gefangen«, verdeutlicht er. »Ball für Ball können wir ihn mit einem teilweisen Opfer aufschieben, aber er lässt uns erst frei, wenn sich das wahre Liebespaar dem Unstern opfert, und zwar genauso wie Romeo und Julia es einst getan haben. Seit eintausend Jahren müssen sich die Montagues vergiften und die Capulets erstechen.«

»Erst dann sind wir für immer von diesem Fluch befreit«, seufzt Stage, fügt aber mit einem erschrockenen Blick auf Rhyme hinzu: »Sorry, ich …«

»Schon gut«, meint Rhyme.

Poetry legt ihrem Bruder eine Hand auf den Arm. Eine tröstende Geste, die ich nicht verstehe, bis sie sich zu mir über den Tisch beugt. »Der Fluch kehrt alle siebzehn Jahre zurück, jede Generation muss ihn also erneut besiegen. Vom nächsten Fluch werden dafür nur diejenigen getroffen, die nach dem Opfer des letzten Liebespaars geboren werden und im richtigen Alter sind, um sich verlieben zu können – also alle Capulets und Montagues zwischen dreizehn und siebzehn Jahren. Mit Ausnahme der Familienoberhäupter. Der Unstern verleiht ihnen besondere Kräfte, die sie mächtiger als alle anderen machen. Aber sie bezahlen dafür, indem sie dem Fluch ihr ganzes Leben lang nicht entkommen. Das gilt auch für ihre Nachfolger. Die Fürsten.«

Ein Stich jagt mir durchs Herz.

Rhyme wird dem Fluch niemals entkommen?

Mein Blick schießt wie von selbst rüber zum anderen Tisch.

Auch Cut nicht?

»Deshalb ist es wichtig, dass du dich von den Montagues fernhältst«, betont Rhyme. »Je länger wir hier eingesperrt sind, desto verzweifelter werden alle nach dem Liebespaar suchen. Sie werden jede Kleinigkeit so deuten, als wäre es eine Liebeserklärung. Aber das ist noch nicht alles. Auch wenn du nicht wirklich in einen Montague verliebt bist, kannst du trotzdem mit ihm in einem Duell landen. Und nur einer von euch wird da wieder rauskommen.«

Ich würde gerne fragen, was genau das bedeutet, aber die Worte verhaken sich in meinem Hals. Besser, ich finde es überhaupt nie raus. Und zwar, indem ich vorher von hier verschwinde.

Offenbar haben sich die anderen Schüler längst mit ihrem Schicksal abgefunden, denn ein rascher Rundumblick verrät mir, dass alle bestens gelaunt ihr Abendessen in sich hineinschaufeln. Ein Schauder läuft mir über den Rücken. »Wissen die Schüler über all das Bescheid?«

Poetry nickt. »Sie wissen es, seit Jahresbeginn wird kaum noch über was anderes geredet. Aber Giulietta und Romeus sorgen dafür, dass sie es für ein ehrenvolles Opfer halten, was es im Endeffekt auch ist. Immerhin rettet uns das legendäre Liebespaar ja wirklich.« Eine nachdenkliche Falte bildet sich auf ihrer Stirn. »Oder sage ich das nur, weil ich selbst zu sehr beeinflusst bin?«

»Genau.« Ich schnappe nach Luft. »Wieso beeinflussen die Grafen nicht einfach irgendein Paar? Könnten sie ihnen nicht einreden, dass sie unsterblich ineinander verliebt sind?«

»Das geht nicht«, erwidert Rhyme. »Die Gefühle des Liebespaars müssen echt sein, sonst können sie den Fluch nicht aufhalten. Deshalb setzen Romeus und Giulietta ihre Fähigkeiten in den Ansprachen auch nur so wenig wie möglich ein. Die Schüler müssen immer noch sie selbst bleiben und aus freiem Willen handeln. Das hat natürlich den Nachteil, dass manchen Schülern zwischendurch immer mal wieder bewusst wird, was hier läuft.«

»An dieser Stelle kommen normalerweise die Fürsten ins Spiel.« Stage grinst Rhyme verschwörerisch an. »Eigentlich sollte unser Schlangenfürst drauf aufpassen, dass wir nicht zu viel über all das hier nachdenken, und uns im Ernstfall an seine Tante verpetzen.«

Rhymes Wangen färben sich eine Spur rosa.

Er hat also die Aufgabe, uns im Auge zu behalten. Ist das der Grund, warum er mich so bereitwillig in seinem Freundeskreis aufgenommen hat? Andererseits wirkt er nicht gerade so, als würde er sich auch wirklich daran halten.

»Eine Sache kapiere ich trotzdem nicht«, werfe ich ein. »Wer würde so etwas Verrücktes tun? Ich meine, wer würde sich freiwillig in jemanden aus dem anderen Haus verlieben, wenn er wüsste, dass er sich und die Person, die er von ganzem Herzen liebt, danach opfern muss?«

»In den letzten tausend Jahren hat es jedenfalls immer geklappt«, flüstert Tear so leise, dass sie über das Geplapper der Montagues hinweg kaum gehört werden kann. Trotzdem reicht es aus, um uns verstummen zu lassen. Einen Moment lang starren wir alle betroffen auf die Tischdecke.

»Vielleicht wissen sie es selbst noch nicht«, sagt Rhyme in die Stille hinein. »Die beiden, die es treffen wird. Vielleicht entstehen ihre Gefühle füreinander erst noch, dafür sind die Bälle schließlich da. Wenn sie es begreifen, wird es zu spät sein. Sie werden versuchen, ihre Liebe zu verheimlichen. Bis das Duell sie enttarnt.«

Die Montagues lachen so plötzlich, dass wir alle zusammenzucken.

»Ich hab's!« Stage haut seine Faust auf den Tisch. »Wir schließen einen Pakt! Von heute an passen wir aufeinander auf! Keiner von uns wird sich in einen Montague verlieben, dann sind wir alle sicher. Seid ihr dabei?«

Tear reckt sich über den Tisch und legt ihre Hand auf seine. »Nichts leichter als das. Ich verliebe mich in keinen Montague.« Sie schielt für eine Blitzsekunde rüber zu Poetry und bekommt rote Wangen.

Poetry wirft ihre Faust obendrauf. »Auf keinen Fall! Kein Montague! Niemals!«

»Als Kraftquelle betrifft es mich eigentlich nicht …«, beginnt Drapes, streckt ihren zierlichen Arm dann aber doch aus, als sie Stages enttäuschten Blick entdeckt. »Schon gut. Bin trotzdem dabei.«

Auch Rhyme legt seine Faust obendrauf. »Ich verliebe mich in keine Montague.« Dabei trifft mich sein eisig blauer Blick und lässt mich nicht mehr los. Mir wird heiß und kalt, bis ich begreife, dass nur noch ich im Pakt fehle und alle anderen mich genauso erwartungsvoll ansehen.

Mit flauem Gefühl im Magen lege ich meine Hand auf Rhymes. »Ich kapiere vielleicht noch nicht alles, was hier vor sich geht, aber eines weiß ich mit Sicherheit: Der Unstern bekommt mich nicht. Ich werde mich garantiert in keinen Montague verlieben.«

Weil ich dann schon längst hier verschwunden sein werde!

Am Nebentisch brechen die Montagues in schallendes Gelächter aus.

Für den Rest des Dinners verkneife ich mir jeden Blick rüber zum anderen Tisch. Jetzt ist mir klar, warum Rhyme nicht wollte, dass Cut sich im Flugzeug neben mich setzt oder dass ich seinen Pulli trage. Warum er fast schon gereizt auf Cuts belangloses Flirten reagierte. Weil es nicht belanglos war. Sondern gefährlich. Rhyme hat mich als Teil seines Hauses einfach nur beschützt.

Warum aber ist der Katzenfürst so ein Risiko eingegangen?

»Schmeckt dir das Dessert nicht?«, fragt Tear über den Tisch hinweg.

Ich blicke auf und merke, dass alle bereits aufgegessen haben und nur meine Nachspeise noch halb voll dasteht. Sie besteht aus einem cremigen Fruchttraum, der die Geschmacksknospen auf meiner Zunge fast zum Schmelzen bringt, trotzdem zwickt mein Bauch beim Anblick der nobel geschliffenen Kristallschale. Dads Desserts kamen immer in Plastikbechern mit Abziehdeckel daher. Wenn wir unter uns waren, haben wir heimlich gewettet, wer den Deckel am schnellsten sauber lecken kann. Aber das sage ich lieber nicht laut. Die Kellner hier sehen aus, als könnte schon die bloße Erwähnung von Fertiggerichten den ein oder anderen in Ohnmacht fallen lassen.

»Es schmeckt super. Es ist nur …« Ich seufze.

Tear nickt verständnisvoll. Eine leuchtend grüne Locke löst sich aus einem ihrer Dutts und umspielt ihr Gesicht. »Das war ziemlich viel auf einmal, oder? Wir hatten immerhin Jahre, um uns drauf einzustellen. Aber du musst das alles an nur einem Tag verdauen.«

Poetry klatscht ihre Hände auf den Tisch und strahlt sofort die Autorität einer Eiskönigin aus. »Wir können vielleicht nichts gegen unser Schicksal tun, aber wir können was gegen schlechte Laune unternehmen. Lasst uns den Fluch für heute Abend vergessen und einfach nur feiern! Es soll später noch eine Band auftreten. Stimmt's, Rhyme?«

»Au ja!« Stages Augen leuchten auf. »Wir können schon mal unsere Tänze üben, süße Cocktails schlürfen und über Montagues lästern. Das wird großartig, Joy!«

Ich muss schmunzeln. »Das klingt echt toll, nur bin ich wirklich ziemlich fertig. Letzte Nacht war viel zu kurz. Mein Kopf fühlt sich inzwischen an, als hätte man ihn mit Watte ausgestopft. Lasst euch bitte nicht vom Feiern abhalten, aber ich hau mich lieber aufs Ohr, okay?«

Und hecke in Ruhe einen neuen Fluchtplan aus.

Ohne ihre Antwort abzuwarten, schiebe ich den Stuhl zurück und stehe auf.

Rhyme schießt völlig unerwartet von seinem Platz hoch. Die Boa constrictor rutscht ihm von der Brust, fällt mit einem dumpfen Aufprall auf den Tisch und zischt empört ein Wasserglas an, das unter ihrem Gewicht erzittert ist. Alle starren Rhyme entgeistert an. Er wirkt genauso bestürzt über sein Handeln. Mit tiefstem Bedauern betrachtet er seine Schlange, strafft dann aber doch die Schultern und sieht mich entschlossen an. »Ich bring dich auf dein Zimmer.«

Ich ziehe erstaunt die Augenbrauen hoch. »Welches Jahrhundert haben wir?«

Er grinst. »Das Jahrhundert, in dem ein Junge ein Mädchen auf ein Zimmer bringen kann, ohne von zeternden Anstandsdamen verfolgt zu werden?«

»O nein!«, mischt sich Poetry ein. »Du machst dich nicht schon wieder aus dem Staub und lässt mich alleine mit den Montagues streiiiiiiii…« Sie quiekt mitten im Satz auf, so als hätte man ihr heimlich einen Tritt unter dem Tisch verpasst.

Tear rückt hastig ihren Stuhl zurecht und zwinkert uns zu. »Haut schon ab, ihr beiden! Na los!«

Rhyme springt geschmeidig vom Marmorblock und hält mir seine Hand hin. Eigentlich hatte ich gehofft, mich ohne großes Aufsehen aus dem Saal verkrümeln zu können, doch kaum fällt den ersten Capulets auf, dass der Schlangenfürst sich vom Platz erhoben hat, trommeln sie wilder denn je auf ihre Tischplatten. Meine Ohren werden heiß, als ich nach ihm greife. »Ich nehme sie nur, um höflich zu sein.«

»Ich gebe sie dir nur, um höflich zu sein«, erwidert er mit blitzenden Augen. »Und vielleicht auch, damit du in deinen mörderischen Absätzen nicht umknickst und ich mich gezwungen sehe, dich auf meinen Armen hier rauszutragen. Oder würde es sich für dieses Jahrhundert besser geziemen, wenn du ohne männliche Hilfe mit verstauchten Knöcheln aus dem Saal humpelst?«

»Frag das Internet. Die finden garantiert einen Weg, um dir beides vorzuwerfen.«

Ich lasse mir von ihm runterhelfen. Der Absatz ist zwar nur einen halben Meter hoch, aber die Natursteinfliesen haben tückische Kanten, und ich traue es diesen Schuhen durchaus zu, mir hinterhältig in den Rücken zu fallen.

»Wir haben kein Internet«, meint Rhyme, als wir Seite an Seite durch den Saal gehen. »Genauso verboten wie Handys.«

»Nicht mal im Unterricht?«, frage ich erstaunt. »Schaut ihr euch etwa noch Lehrfilme auf DVDs an?«

Seine Wangen werden rosa.

»O mein Gott – etwa auf Videokassetten?!«

»Wir …« Er räuspert sich. »Wir haben zwei ausgesprochen gut sortierte Bibliotheken mit unfassbar wertvollen Erstausgaben. Die Kuppeldecke in der Montaguebibliothek wurde von Raffael gemalt. Die Kuppeldecke in der Capuletbibliothek von Michelangelo. Er hat 1518 dafür sogar die Fassade von San Lorenzo in Florenz sausen lassen. Wir haben mehr geboten.«

»Ich bin mir sicher, ein paar Kunsthistoriker würden jetzt Schnappatmung kriegen«, murmle ich.

Apropos Schnappatmung.

Von allen Seiten prasselt Getuschel auf uns nieder. Ich will mir überhaupt nicht vorstellen, welche wilden Gerüchte die Schüler sich bei unserem gemeinsamen Abgang ausmalen. Als die Buntglastüren des Speisesaals hinter uns ins Schloss fallen und das Getrommel endlich aufhört, würde ich mich am liebsten auf eines der blauen Sofas werfen und vor Erleichterung aufseufzen, aber ich halte tapfer bis zur Wendeltreppe durch.

Am Geländer werfe ich einen Blick über die vier Stockwerke nach oben. »Ich würde dich ja aus deiner selbst auferlegten Pflicht entlassen, damit du dich da nicht raufschleppen musst, aber bei all deinen Muskeln stehst du wahrscheinlich auf unnötigen Sport.«

»Dir sind meine Muskeln aufgefallen?«, fragt Rhyme amüsiert. »Sollte sich eine emanzipierte Frau des 21. Jahrhunderts nicht auf die inneren Werte eines Mannes konzentrieren?«

Meine Wangen werden warm. »Ich bin Feministin. Nicht blind.«

»Mir gefällt deine Einstellung!«, ruft er mir nach, als ich über die

Treppe nach oben flüchte, um meiner eigenen großen Klappe zu entkommen. Er läuft mir mit seinen langen Beinen mühelos hinterher. »Als ebenfalls nicht blinder Feminist muss ich feststellen, dass du in sexy High Heels erstaunlich schnell laufen kannst.«

»Ich habe keine Ahnung, wie unser Gespräch in diese Richtung entgleisen konnte«, werfe ich über meine Schulter zurück.

Was ihn nur noch mehr erheitert.

Erst kurz vor Poetrys Tür kommt mir der Gedanke, dass Rhyme vielleicht noch mit aufs Zimmer kommen will – und mir kaum zehn Schritte übrig bleiben, um mir darüber klar zu werden, was ich davon halte. Doch als mir die Schritte ausgehen und meine Hände bereits anfangen zu schwitzen, verabschiedet er sich wie ein perfekter Gentleman. In verstaubten Bibliotheken groß geworden zu sein, hat wohl seine Spuren hinterlassen.

Er lächelt mich an. »Schlaf gut.«

»Du … du auch.« Ich drücke die Klinke nach unten und will über die Schwelle treten, werde aber noch mal zurückgerufen.

»Joy?«

Mein Herz pocht schneller. »Ja?«

Er schiebt seine Hände in die Hosentaschen und geht rückwärts durch den Flur davon, ohne mich dabei aus den Augen zu lassen. »Ich habe vielleicht kein Handy und kein Internet«, sagt er mit plötzlich ernster Stimme. »Aber ich verspreche dir, dass ich einen Weg finde, wie du mit deinem Dad reden kannst.«

Damit dreht er sich um und verlässt den Flur.

Erst als Poetrys schwere Walnussholztür hinter mir ins Schloss klackt und ich in die Stille des verlassenen Raums eintauche, wird mir bewusst, dass mein Herz immer noch hämmert. Ob es an Rhyme liegt oder an dem, was er gesagt hat, ist mir nicht ganz klar.

Seufzend drücke ich mich von der Tür ab und stoße mit dem Fuß gegen etwas, das ich im Zwielicht übersehen habe. Ein Umschlag schießt über den türkis leuchtenden Boden des Aquariums hinweg, und eine silberne Karte rutscht heraus.

Ich gehe hin und hebe beides auf.
Auf dem dicken Büttenpapier steht in blauer Tinte:

Sie haben Ihre Keycard in der Boutique vergessen.

Und genau das ist es, was ich in meiner anderen Hand halte: Poetrys silberne Kreditkarte, mit der sie heute Nachmittag Tore und Türen zu den Boutiquen geöffnet hat. Diese Karte ist nicht nur ein Zahlungsmittel, sondern noch etwas viel Wertvolleres. Etwas, das mir schlagartig den Puls in die Kehle hochpeitscht. Sie ist eine einmalige Gelegenheit, die sich mir vielleicht nie wieder bietet.

»Ein Schlüssel hier raus«, keuche ich.

KAPITEL 16

Ich fühle mich wie ein Einbrecher, der sich selbst klauen will.

Die Party im Speisesaal kommt gerade so richtig in Fahrt, als ich mich draußen an der hell erleuchteten Glasfront vorbeischleiche. Das Foyer war verlassen, und der Portier, der mir vornehm die Tür des Capuletflügels öffnete, wünschte mir einfach nur einen schönen Spaziergang. Trotzdem husche ich auf die andere Seite des Marmorplatzes, um mich in den Schatten der Rosensträucher verstecken zu können. Meine Mörderabsätze habe ich mit Sneakers getauscht, nur die königsblauen Klamotten trage ich noch, weil meine eigenen verschwunden sind.

Durch die Glasfront habe ich freien Blick auf die Fürstentische, die nun beide verlassen sind. Rhyme ist also nicht zurückgekehrt, zumindest hat er sich nicht wieder an den Tisch gesetzt. Verstohlen werfe ich einen Blick zum Capuletturm, wo nur das türkisblaue Leuchten des Aquariums durch Rhymes Terrassentür schimmert. Ob er bereits zu Bett gegangen ist?

Ein merkwürdiges Ziehen breitet sich in meinem Bauch aus, das sich ein wenig wie schlechtes Gewissen anfühlt. Rhyme und seine Freunde haben mich gut behandelt. Aber das ändert nichts daran, dass ich hier festgehalten werde. Auch wenn sie ohne jeden Zweifel glauben, dass wir die Akademie nicht verlassen dürfen, wäre es schrecklich naiv, mich nicht mit eigenen Augen davon zu überzeugen. Immerhin besteht die Möglichkeit, dass die Grafen das allen nur eingeredet haben, um nicht eintausend Schüler überall in der Welt verstreut suchen zu müssen.

Vom Rosenfluch habe ich seit gestern Nacht jedenfalls nichts mehr gespürt.

Und falls es doch stimmen sollte, denke ich mit pochendem Herzen, *komme ich einfach zurück und lege mich ins Bett. Niemand muss etwas davon mitkriegen.*

Ich schleiche weiter.

Auf der anderen Seite des Speisesaals ist das Gebäude exakt gespiegelt. Ein weiteres Tor mit Portier taucht vor mir auf, über dem in goldenen Lettern das Wort MONTECCHI prangt. Das muss der Montagueflügel sein. Weiter hinten erkenne ich noch einen Turm. Als ich ihn erreiche, drücke ich mich so nah an die Rosensträucher, dass mir die Dornen über die Arme kratzen. Vor dem Terrassenzimmer im Erdgeschoss – dem Zimmer, das Rhymes auf der anderen Seite entspricht – brennt ein Lagerfeuer in einer goldenen Schale. Der Raum dahinter leuchtet allerdings nicht aquariumblau, sondern tiefrot.

Plötzlich erhebt sich ein Schatten vor dem Feuer.

Mein Herz setzt einen Schlag lang aus.

Dann erkenne ich, dass die Person zu klein für den Katzenfürsten ist. Es ist der Junge, den ich vorhin am Tisch gesehen habe. Der Cut so ähnlich sieht. Er schaut direkt zu mir herüber, und für mehrere Sekunden bin ich davon überzeugt, dass seine goldgelben Augen genauso mühelos durch die Schatten der Rosensträucher blicken können wie die einer Katze. Doch dann legt er nur den Kopf schief und verschwindet im roten Zimmer.

Ich atme tief durch und laufe weiter.

Das Tor, durch das ich gestern Nacht hereingekommen bin, taucht auf, aber es ist mit schweren Eisengittern verschlossen und wird von vier Sicherheitsleuten bewacht. Die offiziellen Eingänge kann ich wohl vergessen. Wenn ich eine Chance habe, mich unbemerkt hier rauszuschleichen, dann wohl nur durch eine der vielen Boutiquen rund um die Akademie, die um diese Uhrzeit verlassen sind. Dafür muss ich allerdings erst mal den Zugang wiederfinden.

Heute Morgen haben wir eine Route quer durch den Rosengarten genommen, doch mitten in der Nacht scheue ich mich davor. Zwar liegt das blassrosa Schimmern des Unsterns über der Akademie, das mir den Weg über die hellen Kalksteinstufen hinab ausreichend beleuchten würde, aber ich habe all die Raubkatzen und Schlangen auf den Terrassen ringsum nicht vergessen.

Ich komme an einer Villa mit schwarzer Marmorfassade vorbei, die ich bisher noch nicht gesehen habe. Die Gebäude, die nahtlos an sie anschließen, haben wieder hellere Steinwände, die mit wildem Wein und Efeu bewachsen sind. Türen und Tore gibt es hier jede Menge, aber nichts davon sieht mir nach dem aus, durch das wir heute Nachmittag hineingegangen sind. Auch wenn ich mir eingestehen muss, dass meine Aufmerksamkeit zu der Zeit noch auf etwas anderem lag.

Besser gesagt, auf *jemand* anders.

Ich reibe mir ein flaues Gefühl aus dem Bauch. »Man sollte meinen, dass man sich auf einem kreisförmigen Campus nicht verlaufen kann«, schimpfe ich leise vor mich hin. »Wieso sehen alle antiken Tore gleich aus? Gab's die verschnörkelten Eisengitter mit Mengenrabatt?«

Eine zierliche Villa mit besonders hohem Eingangsgitter und noch höherem Turm taucht vor mir auf. Das Gitter ist über und über mit Rosen bewachsen, deren Köpfchen in der Nacht geschlossen sind und einen Blick auf das Gebäude dahinter preisgeben. Ich erkenne einen prächtigen Balkon, der Romeos und Julias würdig wäre – immerhin diese berühmte Szene aus dem Stück ist mir bekannt. Der Turm darüber funkelt im Licht des Unsterns, als wäre er mit echten Diamanten bestückt.

Schließlich bin ich so weit gekommen, dass in der Biegung vor mir erneut der Capuletturm auftaucht. Damit hätte ich den Rosengarten fast vollständig umrundet. Falls ich nicht schon längst dran vorbeigelaufen bin, muss der Eingang zu den Boutiquen hier in der Nähe sein. Rasch blicke ich mich nach allen Seiten hin um und husche über den Marmorplatz, um mir die Eingänge der Gebäude von Nahem ansehen zu können. In einer Villa mit salzweißer Fassade entdecke ich tatsächlich einen gemauerten Torbogen, der dem von heute Nachmittag sehr ähnlich sieht. Auch er wird von einem elektrischen Schloss mit Kartenschlitz gesichert.

Und das Allerbeste: Es sind weit und breit keine Sicherheitsleute zu sehen.

»Wer nichts wagt, der nichts gewinnt«, flüstere ich mir selbst Mut zu und ziehe Poetrys Schlüsselkarte hindurch. Es piepst leise, und zu meinem absoluten Entzücken springt das Schloss tatsächlich auf. Ich packe das Gitter, um rasch hindurchzuschlüpfen – doch es reißt sich mir wie von selbst aus der Hand und scheppert mit einem heftigen Knall zurück in den eisernen Rahmen. Eine breite Schulter in einem schwarzen, kunstvoll zerstörten Pulli lehnt sich dagegen.

Ich weiche zurück und starre hinauf in goldene Augen.

»Hey, Joy«, begrüßt mich der Katzenfürst mit schiefem Lächeln und verschränkt die Arme vor der Brust. »Was treibst du hier so?«

»Spazieren gehen«, schießt es aus meinem Mund.

»Mit Rhymes Keycard?«

»Das ist nicht Rhymes Keycard.« Was absolut der Wahrheit entspricht. »Vielleicht habe ich meine eigene bekommen?« Was nicht der Wahrheit entspricht, aber egal. Verzweifelte Situationen verlangen nun mal verzweifelte Maßnahmen.

Cuts Lächeln wird breiter. »Das würde ich dir vielleicht sogar abkaufen, wenn du nicht gerade versucht hättest, in Lady Capulets Haus einzubrechen. Zu dem nur ihre engsten Verwandten Zutritt haben.« Er lehnt sich vor und mustert mein Gesicht so intensiv, als würde er meine Sommersprossen zählen – wenn ich denn Sommersprossen hätte. »Nein«, stellt er mit gespielter Überraschung fest. »Du siehst ihr immer noch kein bisschen ähnlich. Nicht ein Hauch von blasser Arroganz.«

»Sehr witzig.« Ich schlinge meine Arme um den Bauch und schiele hinüber zum Capuletturm. Vielleicht sollte ich einfach so tun, als würde ich in mein Zimmer gehen, abwarten, bis Cut verschwunden ist, und mein Glück noch mal von vorn versuchen?

Cut grinst. »Versteh mich nicht falsch, ich bin absolut beeindruckt. Es kann nicht leicht gewesen sein, dem Schlangenfürsten eine Keycard abzuluchsen, ohne dass er es bemerkt. Andererseits«, fügt er mit seidenweicher Belustigung hinzu, »scheint er von dir ja ziemlich abgelenkt zu sein. Ich hab noch nie gesehen, dass er eine seiner Schlangen fallen lässt.«

»Interessant, dass du uns so genau beobachtest. Wer von uns beiden hat dich denn so abgelenkt?«

Cut lacht auf. »Punkt für dich.«

»Okay, dann, ähm …« Ich drehe mich in Richtung des Capuletturms. »Spazier ich mal weiter. Gute Nacht!«

Ich schaffe es genau zehn Schritte weit – die ich tatsächlich in meinem Kopf abzähle –, bevor Cut leichtfüßig und absolut geräuschlos zu mir aufschließt. Er schiebt seine Hände in die Hosentaschen und wirft mir ein Lächeln von der Seite zu, das im rötlichen Schummerlicht des Unsterns etwas Verheißungsvolles an sich hat. »Darf ich dich ein Stück begleiten?«

»Kann ich dich davon abhalten?«, will ich mit hochgezogener Augenbraue wissen.

»Mit nur einem Wort.«

»Verschwinde?«

»Autsch.« Er verzieht das Gesicht. »Du hörst dich ja wirklich schon wie eine richtige Capulet an.«

»Entschuldige.« Ich seufze. »Ehrlich, so kratzbürstig hab ich das nicht gemeint. Es ist nur …« *Ich versuche gerade, mit einer gemopsten Keycard von hier abzuhauen, und mit jeder Sekunde, die wir länger miteinander plaudern, steigt die Wahrscheinlichkeit, dass das jemandem auffällt.* »Ich war seit gestern Abend keine einzige Sekunde allein. Ich brauche etwas Zeit für mich, um das alles hier zu verdauen.«

Was zumindest keine Lüge ist.

Cut macht ein verständnisvolles Geräusch. »Verstehe ich.« Er löst sich von meiner Seite und schlendert zu einer der Treppen, die hinunter in den Rosengarten führen. »Dann lass ich dich allein weiterspazieren. Und nur für den Fall, dass deine Keycard versehentlich in einen anderen Kartenschlitz rutschen sollte, ein kleiner Tipp: Wenn du mit einer Capuletkarte versuchst, eine Montaguetür zu öffnen, wird ein stiller Alarm ausgelöst.«

Ich stolpere fast über meine Füße.

Cut lacht. »Silberne Schlösser, silberne Karten. Goldene Schlösser, goldene Karten. Alles klar?« Er winkt mir über seine Schulter hinweg zu und steigt die Treppe hinab.

Einige Sekunden lang starre ich ihm sprachlos hinterher.

Dann erkenne ich die Treppe wieder, die er runtergeht. Es ist die gleiche, die wir heute Nachmittag genommen haben. Die Treppe, die mich schnurstracks zum richtigen Tor führen würde. Ich werfe einen letzten Blick zum Capuletturm, atme tief durch und laufe ihm Hals über Kopf nach. »Warte! Ich wollte auch in den Garten runter.«

Cut dreht sich überrascht um. »Soll ich einen anderen Weg nehmen?«

»Nein, schon gut.« Ich hole zu ihm auf und bin froh, dass die Nacht meine Hinterhältigkeit verschleiert. Zumindest hoffe ich das extrem. Meine Wangen werden trotzdem warm. »Ich hab's mir anders überlegt. Alleine will ich lieber keiner Schlange über den Weg laufen.«

»Vor den Raubkatzen hast du keine Angst?«

Ich kann mir ein klitzekleines Grinsen nicht verkneifen. »Wofür habe ich den Katzenfürsten dabei?«

Er schnaubt amüsiert. »Du bist nicht halb so unschuldig, wie du aussiehst, oder?«

»Sehe ich unschuldig aus?«

Sein Blick wandert über mein Outfit und lässt ihn noch breiter grinsen. »In diesen Schuhen schon.«

Erst da fällt mir wieder ein, was er mir vor dem Abendessen zugeraunt hat.

Wunderschön.

Ich verpasse die nächste Stufe, gerate aus dem Gleichgewicht und sehe mich schon der Länge nach die Treppe runterfallen – werde aber zum Glück rechtzeitig aufgefangen. Es ist allerdings nicht Cut, der mich am Arm packt. Sondern eine finstere Gestalt mit Theatermaske, die wie aus dem Nichts aus den Schatten der Rosensträucher getreten ist. Erschrocken reiße ich mich von seinem schwarzen Handschuh los und stolpere rückwärts gegen Cut.

Der Souffleur lässt seine Hand sinken.

Diese gruseligen Typen hatte ich ja vollkommen vergessen!

»Sie – Sie haben mich erschreckt«, stammle ich verlegen. »Aber … danke.«

Der Souffleur reagiert mit keinem Wort und keiner Regung. Er steht einfach nur vor mir auf den Stufen und betrachtet mich durch die dunklen Augenhöhlen seiner lachenden Maske.

»Sie können nicht mehr reden«, raunt mir Cut von hinten zu. »Zumindest nicht mehr so wie wir. Manchmal rezitieren sie alte Theaterreime.«

Gänsehaut prickelt mir über den Nacken.

Cut tritt an mir vorbei und mustert den Souffleur von oben bis unten. »Ich lebe seit meiner Geburt hier in der Akademie, aber ich habe noch nie gesehen, dass einer von ihnen so auf einen Menschen reagiert.« Er linst über seine Schulter zu mir. »Was hast du nur an dir, Joy?«

Das lässt mich schlucken. »Vielleicht war's bloß ein Zufall?«

Cut gibt ein zweifelndes Geräusch von sich. »Wir waren vorhin in einem Speisesaal, in dem eintausend Schüler gegessen, getrunken und gefeiert haben, obwohl ihnen kurz zuvor angekündigt wurde, dass zwei von ihnen diesen Sommer nicht überleben werden. Und das nur wegen ein paar beruhigender Worte meines Vaters, die es ihnen als unvermeidliches Schicksal und rühmliche Ehre verkauft haben. Eintausend Schüler, Joy, von denen nicht ein einziger hier wegwill«, betont er mit einem Blitzen in den Augen. »Oder siehst du noch andere, die mit geklauten Keycards hier rumschleichen? Ich glaube nicht mehr an Zufälle, wenn es um dich geht.«

»Ich … ich weiß nicht, was ich sagen soll.«

»Wie wäre es mit der Wahrheit?« Er nickt auf die Karte in meiner Hand. »Was hast du damit vor?«

Ich schlinge die Arme um mich selbst. »Du willst die Wahrheit hören? Sie lautet: Ich will dich nicht anlügen.«

»Also soll ich keine unangenehmen Fragen stellen?« Ein Lächeln zupft an seinem Mundwinkel und lässt mich wissen, dass er mir das zumindest nicht übel nimmt. »Langsam, aber sicher beneide ich Rhyme nicht mehr darum, dass er dich in sein Haus bekommen hat. Du hast es faustdick hinter den Ohren, Joy Capulet.«

»Das fasse ich als Kompliment auf«, sprudelt es aus mir hervor.

Cuts Lächeln vertieft sich. »War es auch. Komm mit. Ich zeig dir einen sicheren Ausgang.«

Verdutzt schaue ich ihm nach.

Erst als er schon einige Stufen weiter unten ist, dreht er sich noch mal zu mir um. »Na los! Beeil dich, bevor ich es mir anders überlege! Oder willst du nicht mehr hier raus?«

»Doch!« Meine Füße überschlagen sich fast, so eilig stürze ich ihm hinterher.

Nachts ist der Rosengarten noch eindrucksvoller als bei Tag. Zwischen den hohen Hecken leuchten abwechselnd Feuerfelder und Wasserbecken in allen Regenbogenfarben auf. Dazwischen spritzen verschnörkelte Springbrunnen glitzernde Fontänen in die Luft, und herrschaftliche Statuen halten Feuerfackeln mit echten Flammen hoch in den Sternenhimmel. Wäre ich nicht auf der Flucht, würde ich staunend hier rumspazieren.

Rasch werfe ich einen Blick zurück nach oben.

Der Souffleur steht noch immer an derselben Stelle der Treppe, an der wir ihn zurückgelassen haben, und starrt mir mit seiner schwarzen Theatermaske nach. Zumindest spüre ich seinen Blick auf mir, denn sehen kann ich ihn unter seiner Kapuze nicht. Alles an ihm ist vollkommen regungslos, nur der Wind zupft an seiner langen Kutte und lässt sie gegen seine schweren Stiefel flappen. Gänsehaut kriecht mir über den Nacken empor.

Schaudernd drehe ich mich wieder um. »Du führst mich also wirklich hier raus? Ich dachte, wir dürfen die Akademie nicht verlassen?«

»Dürfen wir auch nicht.«

»Und wieso hältst du es für eine gute Idee, dass ich es trotzdem tue?«

Cut schnaubt amüsiert. »Ich halte das für keine gute Idee. Allerdings halte ich es für eine ausgezeichnete Idee, wenn du den Grund dafür selbst rausfindest.«

»Was willst du damit sagen?«

Er wirft mir einen langen Blick zu. Genau über seinem Kopf, Millionen von Kilometern entfernt, funkelt der Unstern im Nachthimmel und umgibt seine kohlrabenschwarzen Haare mit einem blassrosa Leuchten. »Ich will damit sagen«, raunt er mit tiefer Stimme, »dass du dir den Weg zurück besser gut merken solltest.«

KAPITEL 17

»Ist das … wirklich sicher?«

Zweifelnd beuge ich mich über das rostige Geländer einer antiken Feuerleiter, die von einem mit Ölgemälden behangenen Seminarraum zwei Stockwerke nach unten führt.

»Sicherer als dein verrückter Plan mit den Boutiquen. Die sind nachts geradezu mit Alarmanlagen gespickt.« Cut versucht, die Leiter aus ihrer Verankerung zu lösen, doch sie klemmt so fest, dass er ihr einen heftigen Tritt verpassen muss. Als würde sie die Verzögerung aufholen wollen, rauscht sie dafür umso schneller über die Fassade nach unten und donnert mit einem Aufprall auf die Straße, der uns beide zusammenzucken lässt. Eine Sprosse fällt heraus und besprenkelt den Boden mit orangen Rostflecken.

»Vielleicht lege ich mich doch lieber mit euren Wachleuten an?«

Cut linst zur mir. »Unsere Wachen sind im Nahkampf ausgebildet.«

Ich deute nach unten. »Es ist eine Sprosse rausgefallen. Einfach so rausgefallen! Es wäre irrsinnig, da runterzusteigen.«

»Weshalb mich da auch keine zehn Pferde runterkriegen«, stimmt Cut mir zu.

Mir klappt ungläubig der Mund auf.

Er zuckt die Schultern. »Du kannst es dir immer noch anders überlegen«, bietet er an. Aber ich stoße nur einen wüsten Fluch aus, der ihn breit grinsen lässt. Einen anderen Weg hier raus kenne ich nicht. Wenn ich zu Dad will, muss ich da runter.

Mit wackeligen Knien steige ich auf die erste Sprosse, belaste sie nur zaghaft mit meinem Gewicht und kralle mich so fest es geht an der Leiter fest. Im Fernsehen hab ich mal gesehen, dass Bergsteiger ihre Hände und Füße wie vier Ankerpunkte verwenden. Der Trick ist, immer drei Ankerpunkte sicher abzustellen und mit dem vierten eine neue Stelle zu testen. Was auch hier funktionieren müsste. Vorausgesetzt, es bricht nicht die ganze Leiter unter mir zusammen.

Ich schiele hinauf zu Cut. »Jetzt wäre ein guter Moment, um mich über die restlichen wundersamen Kräfte aufzuklären, die Capulets so haben. Wie wär's mit Fliegen? Oder einer unzerstörbaren Schädeldecke?«

»Fall nicht runter«, meint Cut nur.

Seit gestern Abend habe ich viel Unglaubliches erlebt. Dass ich es schaffe, unversehrt von dieser Leiter runterzusteigen, kommt mir momentan allerdings als das Unmöglichste vor. Ich steige Sprosse für Sprosse nach unten, immer darauf konzentriert, jedes noch so leise Knarren und Knacken im Metall wahrzunehmen. Als ich die Stelle erreiche, aus der die Sprosse herausgebrochen ist, verdreht sich mein Magen in alle Himmelsrichtungen, und ich muss die Augen fest zusammenkneifen, damit mir nicht schwindelig wird. Blind taste ich mit dem Fuß nach der nächsten Sprosse, belaste sie vorsichtig und atme erleichtert auf, als sie meinem Gewicht tatsächlich standhält.

Dann bricht sie unter mir weg.

Mit einem Aufschrei falle ich runter, nur um einen Herzschlag später festzustellen, dass ich auf festem Untergrund gelandet bin. Ich blinzle zuerst mit einem Auge, dann mit dem anderen auf die Straße unter meinen Füßen. Vor lauter Konzentration hatte ich nicht gemerkt, dass ich schon fast unten war.

Cut verliert keine Zeit und zieht die Feuerleiter wieder hinauf.

»Lässt du mir keinen Weg zurück?«, rufe ich ihm möglichst leise zu. Laut Cut befinden wir uns zwar auf der abgelegenen Seite der Akademie, trotzdem grenzt es an ein Wunder, dass uns bei all dem Lärm noch keine Wachleute entgegenlaufen.

»Ich verwische meine Spuren!«, zischt Cut. »Ohne mich hättest du diesen Ausgang nie im Leben gefunden.«

»Hast du Angst, dass Rhyme davon erfährt?«

Er schnaubt. »Rhyme ist nicht das Gefährlichste hier.«

»Sondern die Grafen?«

Er lacht leise, aber es hat einen bitteren Beiklang. »Das Gefährlichste hier sind unsere Namen. Also mach, dass du von hier wegkommst, Joy Capulet.«

Erst als er die Leiter gesichert hat und längst im Innern des Seminarraums verschwunden ist, flüstere ich meine Antwort in die Nacht.

»Leb wohl, Cut Montague.«

Noch nie in meinem Leben war ich auf der Flucht. Mit rasendem Herzen jage ich durch die Straßen und rechne damit, jede Sekunde von gellenden Rufen und aufblitzenden Taschenlampen aufgehalten zu werden. Erst als der mächtige Gebäudering der Akademie hinter gewöhnlichen Wohnblöcken verschwindet und noch immer keine Sicherheitsleute aufgetaucht sind, ebbt meine Aufregung langsam ab und macht einem anderen Gedanken Platz. Einem Gedanken, der sich nicht viel besser anfühlt.

Ich habe keine Ahnung, wie ich Dad erreichen soll.

Keuchend bleibe ich stehen und drücke mir die Hände in die stechenden Seiten. Ich bin an einem mit dicken Mauern eingefassten Fluss angekommen. Von weit her leuchtet mir eine prächtige Bogenbrücke entgegen. Am anderen Ufer drängen sich historische Gebäude mit roten Ziegeldächern aneinander, die möglicherweise den Stadtkern bilden. Rhyme sagte gestern Nacht, der Fluch würde mich in Verona halten. Wenn das tatsächlich stimmt, komme ich auf keinen Fall bis nach Mantua. Aber was, wenn es doch möglich ist?

In meiner Fantasie schleiche ich mich wie ein Ninja durch Hinterhöfe und verborgene Gassen bis hin zur nächsten Autobahn, wo mich ein gutmütiger Lkw-Fahrer kostenlos zur richtigen Adresse in Mantua fährt (die ich nicht kenne), klettere dort, wie Romeo einst, mühelos über den Balkon des Feindes hinauf zu Dad und schmuggle uns beide (ohne

Reisepässe und Geld) aus dem Land. In Wirklichkeit weiß ich allerdings, dass dieser grandiose Plan ein paar Lücken hat. Und zwar nicht nur die in Klammern.

Plan B klingt da schon weitaus realistischer.

Er lautet: Finde die nächste Polizeistation.

»Hoffentlich sind die auch in Italien mein Freund und Helfer«, murmle ich vor mich hin, um der Stille der Nacht etwas entgegenzusetzen. Wo auch immer ich mich befinde, hier sind um diese Uhrzeit jedenfalls kaum Leute unterwegs. Nur ein paar schwankende Gestalten tummeln sich unter einer orange leuchtenden Laterne und beschießen leere Bierdosen mit Kieselsteinen, um sie nach unten ins Wasser zu befördern. Ich gebe keinen Mucks von mir und mache einen so weiten Bogen um sie herum, wie die Mauern und Gittertore der angrenzenden Gebäude es zulassen.

Nur leider genügt das nicht.

»*È bello vederti, dolce topo!*«, ruft mir einer von ihnen nach.

Seine Kumpane lachen schallend.

Ich beschleunige meine Schritte, bis eine Bierdose nur wenige Zentimeter an meinem Kopf vorbeifliegt und scheppernd vor meine Füße fällt. Sie ist zwar leer, trotzdem wirble ich mit pochendem Herzen herum. »Was soll das? Lasst mich in Ruhe!«

»*Non sei italiana?!*«, grölen sie mir nach.

Ich wende mich ab und laufe mit geballten Fäusten weiter. Ihre Sprüche kann ich leicht ignorieren, da ich kein Italienisch verstehe, aber ihre aufdringlichen Pfiffe sprechen eine Sprache, die wohl überall auf der Welt gleich klingt. Hätte ich nur meinen Pfefferspray dabei! Der tief liegende Fluss auf der einen Seite und die Wand an Wand errichteten Gebäude auf der anderen lassen mir leider keine Ausweichmöglichkeit. Ich kann nur schneller gehen.

Vor mir taucht eine Unterführung auf, in der kein Licht brennt. Da runterzugehen, ohne zu wissen, was mich in der Dunkelheit oder auf der anderen Seite erwartet, wäre leichtsinnig. Ich werfe einen verstohlenen Blick durch meine Haare zurück und zucke heftig zusammen, als ich die

Kerle hinter mir sehe. Sie haben sich still und heimlich näher an mich rangepirscht und grinsen mir entgegen. Es sind weniger als vorhin. Ob die anderen zurückgeblieben sind oder vielleicht sogar vorausgeschickt wurden, um mich irgendwo abzufangen, weiß ich nicht. Ich weiß nur, dass mir bloß ein letzter Ausweg bleibt.

Einer der Kerle torkelt auf mich zu, aber ich warte nicht ab, bis er nach mir grapschen kann. Stattdessen springe ich zur Seite und ziehe mich mit aller Kraft über eine Mauer nach oben. Die alten Steine reiben mir die Knie auf und zerbröckeln unter meinen Sohlen, aber ich schaffe es gerade noch rechtzeitig über die Kante hinweg, bevor der Kerl nach meinem Fußgelenk schnappt. Nur noch seine Fingernägel kratzen über meinen Knöchel, dann falle ich hinunter auf die andere Seite und lande zwischen scheppernden Mülltonnen.

Licht flammt auf und leuchtet mir direkt ins Gesicht.

»*Che stai facendo li?!*«, ruft eine Frauenstimme vor mir.

Ich halte mir eine Hand vor Augen, kann aber nur einen dunklen Umriss hinter einer blendend hellen Taschenlampe erkennen. »Es tut mir leid. Ich spreche kein Italienisch.«

Das Licht wird ein wenig herabgesenkt, aber außer bunten Flecken kann ich noch immer nicht viel sehen. Steine knirschen unter ihren Schuhen, als sie näher kommt. »Was machst du hier?«, übersetzt sie mit schwerem italienischem Akzent.

Mein Blick fällt auf ihre groben Stiefel, wandert langsam an ihrer dunklen Hose empor und bleibt an einem dicken Gürtel hängen, in dem eine echte Pistole steckt. Für eine Schrecksekunde erstarre ich, dann schaue ich mit wild pochendem Herzen auf und entdecke das Abzeichen an ihrem Hut.

Erleichtert sinke ich zurück zwischen die Mülltonnen.

Es ist eine Polizistin!

Von all dem Gerede auf der Polizeistation ist mein Hals wie ausgetrocknet. Ich räuspere mich und reibe mir über die Kehle. »Kann ich bitte noch ein Glas Wasser haben?«

»Wir sind gleich fertig«, erwidert die Polizistin und faltet ihre Hände auf dem Tisch. Keine Ahnung, was ich von der italienischen Polizei erwartet habe, aber ihre Besprechungsräume sind genauso trostlos eingerichtet wie die im amerikanischen Fernsehen. Vielleicht eine Strategie, um Verbrecher all ihrer Hoffnung zu berauben? Jedenfalls fühle ich mich ein bisschen wie einer. Obwohl ich bei meiner Ankunft mit einem Becher heißem Automatenkakao versorgt wurde, komme ich mir in diesem kargen Raum vor wie bei einem Mordverhör.

»Lass mich das zusammenfassen«, fährt die Polizistin fort. »Du und dein Vater seid nach Italien verschleppt worden. Dein Vater wurde unter Drogen gesetzt und befindet sich derzeit in Mantua. Du wurdest hierher nach Verona gebracht.«

Ich nicke rasch. Natürlich habe ich kein Sterbenswörtchen von irgendwelchen übersinnlichen Kräften gesagt – die hätten mich womöglich in eine Zwangsjacke gesteckt, mit einer hübschen, irren Schleife drauf. Aber ich musste Dads Beeinflussung irgendwie ansprechen. Nicht, dass die Polizisten bei ihm in Mantua auftauchen und er sie fröhlich wieder wegschickt. Drogen schienen mir das Naheliegendste zu sein.

»Hm.« Die Polizistin drückt die Stopptaste auf ihrem Aufnahmegerät und sieht mir direkt in die Augen. »War das, bevor dir deine Entführer sündhaft teure Capuletkleidung gekauft haben oder danach?«

Überrascht schaue ich sie an. Sie deutet mit dem Kinn auf mein königsblaues Top, wo das dezente Tropfenlogo der Capulets aufgenäht ist. Unter der grellen Neonbeleuchtung dieses Raumes funkelt der kleine Diamant wie kaltes Feuer.

Ich muss mich erneut räuspern. »Sie wissen von den Capulets?«

»*Conosciamo tutti le famiglie Cappelletti e Montecchi.*« Sie steht auf und schenkt mir ein Lächeln, das ihre Augen nicht erreicht. Ihre Übersetzung ist sehr mager, weshalb ich davon ausgehe, dass sie ein paar Dinge auslässt. Sie besteht nur aus einem einzigen Wort. »Ja.«

Ein Kloß bildet sich in meinem Hals.

»Können Sie mir helfen?«, bringe ich mit heiserer Stimme hervor.

»Sicher. Warte hier.« Sie nimmt ihren Rekorder und verlässt den Raum.

Ein verdächtiges Klicken im Schloss lässt meinen Magen flau werden. Ich schaue zum Spiegel an der Wand, der garantiert ein Verhörspiegel ist, kann aber natürlich niemanden dahinter ausmachen. Darüber befindet sich eine Kamera, doch genau in dem Moment, als ich zu ihr aufblicke, erlöscht ihr kleines rotes Licht.

Eine üble Vorahnung beschleicht mich.

Ich versuche, den Kloß in meinem Hals mit dem letzten Schluck kalten Kakao runterzuspülen, doch das Engegefühl in meiner Kehle wird immer schlimmer. Solange die Polizistin vor mir saß und meine Geschichte hören wollte, konnte ich mich ziemlich gut davon ablenken, doch jetzt schaffe ich es nicht länger, meinen Befürchtungen zu entkommen.

Der Fluch kehrt zurück.

Und ich habe keine Ahnung, wie viel Zeit mir noch bleibt.

Mein Blick wandert zur Uhr über der Tür. Der Zeiger bewegt sich Minute um Minute weiter, doch keine Polizistin taucht auf. Weder, um mir mitzuteilen, dass sie mir glaubt und einen Streifenwagen nach Mantua schickt, noch mit meinem versprochenen Glas Wasser. Als der Hustenreiz schlimmer wird, stehe ich auf und drücke die Klinke nach unten. Die Tür ist abgeschlossen.

Ich laufe zum Verhörspiegel, als könnte ich von Nahem hindurchblicken und erkennen, was sich dahinter abspielt, doch außer meinen eigenen Augen, die gleichzeitig vor Müdigkeit brennen und vor Aufregung weit aufgerissen sind, sehe ich rein gar nichts darin.

Zurück beim Tisch lasse ich den allerletzten Kakaotropfen auf meine Zunge fallen, aber er schafft es nicht mal mehr runter in meinen Hals. Ich knicke hustend nach vorne ein und spucke eine makellose Rosenblüte in den Becher. Eine Weile starre ich sie entsetzt an, ohne mich vom Fleck rühren zu können. Mein Puls hämmert mir bis in die Fingerspitzen.

Gestern Nacht war ich die Letzte von uns dreien, über die der Rosenfluch herfiel. Dafür hatte ich nach dem ersten Aushusten einer Blüte nur noch wenige Minuten übrig, bis mir die Luft komplett abgeschnürt wurde. Wäre ich nur etwas später in den Rosengarten hinabgelaufen, hätte ich es vielleicht nicht mehr rechtzeitig geschafft.

Ich lasse den Becher wie vom Donner gerührt fallen, laufe zur Tür und hämmere mit meinen Fäusten dagegen. »Lassen Sie mich raus! Bitte! Es ist dringend!«

Keiner reagiert auf mich.

Mein Husten wird schlimmer. Offenbar genügt es dem Fluch nicht, mich hier in Verona zu halten, er will mich noch näher bei sich haben. Bis in die Tiefe meiner Knochen kann ich fühlen, dass er mich an einen bestimmten Ort ziehen will. Obwohl dieser Raum kein Fenster hat, spüre ich den Unstern weit über mir am Himmel leuchten. Spüre, wie er auf mich herabsieht. Wie er mir langsam, aber sicher die Kehle zudrückt.

Ich trete gegen die Tür. »Hören Sie mich?! Ich muss hier raus! Sofort!«

Von draußen ist nicht das geringste Geräusch zu hören.

Plötzlich überkommt mich eine schreckliche Vorstellung. Was, wenn die Polizisten inzwischen Feierabend gemacht haben? Wenn sie das Mädchen in ihrem Verhörraum einfach vergessen, ihre Jacken übergeworfen und sich auf den Weg nach Hause gemacht haben? Was, wenn sie erst in ein paar Stunden wiederkommen?!

»Es gibt einen Fluch!«, brülle ich, so laut ich kann. »Helfen Sie mir! Hilfe!«

In meiner Verzweiflung packe ich sogar den Stuhl und schleudere ihn gegen den Verhörspiegel, aber er prallt bloß davon ab und fällt scheppernd zu Boden. Ich knicke ein und huste eine weitere Rosenblüte auf den Boden, dann noch eine und noch eine, bis ich auf die Knie falle und mühevoll nach Atem ringe.

Über mir klickt etwas.

Mein Kopf schnellt hoch. Es war das Türschloss! Jemand öffnet die Tür! Ich bin drauf und dran, die Polizistin oder jeden anderen, egal wie schwer bewaffnet er oder sie auch sein mag, niederzurennen und zurück zur Akademie zu jagen, solange mir noch ein letzter Atemzug dafür bleibt.

Doch draußen vor der Tür erwartet mich keine Beamtin in Uniform.

Vor der Tür steht jemand mit zerknittertem Shirt, aufgewühlten Haaren und so eiskaltem Blick, dass es mir Gänsehaut über den Rücken jagen sollte.

Trotzdem werfe ich mich an seinen Hals.

KAPITEL 18

»Es ist nicht nötig, mich zu erwürgen«, beschwert sich Rhyme und schält meine Arme von seinem Hals. »Das erledigt schon der Rosenfluch für dich.«

»Du hast mich gefunden!« Vor Erleichterung schießen mir Tränen in die Augen und verschleiern seinen Anblick vor mir. Ich wische mir mit dem Handrücken übers Gesicht. »Wie hast du mich gefunden? Nein, warte, vergiss es! Wir müssen sofort hier weg!«

Er schüttelt den Kopf über mich und macht auf dem Absatz kehrt.

Mir fällt auf, dass er barfuß ist.

So wie es aussieht, kommt er direkt aus dem Bett.

Die Polizistin und ihre Kollegen haben die Station keineswegs verlassen. Sie stehen hinter ihren Schreibtischen und werfen uns neugierige Blicke zu, ohne auch nur ein Wort dagegen einzuwenden, dass wir einfach so aus ihrer Station hinausspazieren. Als Rhyme an der Polizistin vorbeigeht, neigt sie respektvoll ihren Kopf. *»Mio signore dei serpenti.«*

Rhyme hält es nicht für nötig, etwas zu erwidern. Vielleicht ist er auch nur nur zu müde. Mit verkniffenen Augen tappt er aus dem Gebäude und steigt in eine weiße Limousine, die an der Straße auf uns wartet. Er muss sich sicher sein, dass ich ihm folge, denn er wirft keinen Blick zurück. Ich bedanke mich leise beim Chauffeur, der mir die Tür aufhält, und rutsche auf die nobel gepolsterten Sitze.

Einige Rosenblüten liegen zart und frisch auf dem Boden. Der Fluch hat also auch den Schlangenfürsten eingeholt. Ich muss heftig in meine

Armbeuge husten und beschließe nach einem raschen Blick auf Rhyme, meinen Atem zu sparen und lieber nichts zu sagen. Er starrt wie ein Zombie aus der getönten Fensterscheibe, nur Rambo ringelt sich aufgeregt um sein Handgelenk und zischelt mir mit seiner rosa Zunge zu. Als der Wagen losfährt, leuchten unsere Scheinwerfer an den geparkten Polizeiautos auf und lassen mich überrascht die Luft einsaugen. Es sind nigelnagelneue Alfa Romeo Giuliettas.

Ich glaube nicht mehr an Zufälle.

Die Fahrt zurück dauert bloß zwei Minuten, trotzdem dehnen sich die Sekunden unter Rhymes Schweigen, das nur hin und wieder von seinem Husten unterbrochen wird. Erst als die hohen Mauern der Akademie vor uns aufragen, betätigt er ein Durchsagegerät und weist den Fahrer an, uns rauszulassen. Obwohl er nur einen Pyjama trägt, steigt er mitten auf der Straße aus und zieht mich an der Hand unter den nächsten Torbogen. Mein Hustenreiz erlischt genau in dem Moment, als ich den Fuß auf das Gelände der Akademie setze.

Erleichtert sinke ich gegen eine Mauer und atme tief durch. »Dieser Fluch nimmt es mit Grundstücksbegrenzungen ja ganz schön genau«, murmle ich mit schwacher Stimme. »Hat der Unstern vom Weltall aus ein Vermessungsbüro engagiert?«

Rhyme verschränkt die Arme vor der Brust. »Der Fluch war schon lange vor der Akademie da. Sie wurde absichtlich so gebaut, um seinen exakten Wirkungsradius einzukreisen.«

»Was auch eine ziemlich gute Erklärung ist«, gebe ich zerknirscht zu. »Wieso müssen wir diesmal nicht bis zur Vitrine, um den Fluch zu stoppen?«

»Sobald der Fluch dich hierhat, lässt er dir etwas Spielraum.«

»Wieso?«

Rhymes Augen blitzen. »Um mit dir zu spielen.«

Er wendet sich um und klopft an die Glastür einer schicken Konditorei.

Ich trete von hinten an ihn ran. »Es tut mir leid, dass ich den Rosenfluch erneut ausgelöst habe. Ich wusste nicht, dass er auch dich trifft, wenn ich gehe. Ehrlich gesagt, war ich mir nicht mal sicher, ob er überhaupt zurückkommt. Bisher hatte ich ja nichts außer ein paar vage Andeutungen von dir, und du gehörst immerhin zu den Leuten, die mich hier festhalten.« Ich halte kurz inne, dann füge ich hinzu: »Also, wenn ich mich selbst so höre, brauche ich mich eigentlich für gar nichts zu entschuldigen. Ich wurde immerhin von euch gekidnapped!«

Rhyme blitzt mich über seine Schulter hinweg an. »Weißt du, wie spät es ist?«

»Vier?«, rate ich.

»Ich brauche einen Espresso.«

Er hämmert ungeduldig an die Glastür.

Im Verkaufsraum geht das Licht an, und eine Konditorin in weißer Rüschenschürze tritt aus einem Raum hinter der Theke. Zwischen ihren Augen klemmt eine tiefe Falte, bis sie Rhyme erkennt und sich ihr Gesichtsausdruck schlagartig aufhellt. Eilig schließt sie die Tür auf, die mit einem Bronzeglöckchen über uns bimmelt, und begrüßt ihn mit überschwänglichen Gesten und einem Schwall italienischer Worte. Die beiden sprechen so schnell miteinander, dass ich außer *bon giorno, espresso* und *mille grazie* überhaupt nichts verstehe.

Die Konditorei ist hauptsächlich ein Verkaufsladen mit langer Vitrine, doch vor dem Schaufenster gibt es drei hübsche Tischchen mit schneeweißen Decken, die bis hinunter zum Boden reichen. Rhyme lässt sich auf einen weiß bemalten Stuhl fallen, in dessen Lehne eine Rose geschnitzt wurde.

Zögernd nehme ich vor ihm Platz. »Bekomme ich eine Standpauke?«

Sein Blick schweift sehnsüchtig zur ratternden Espressomaschine hinter der Theke. »Es tut mir leid, dass ich mich bezüglich des Rosenfluches nicht klar genug ausgedrückt habe.«

Ich warte ein paar Sekunden ab, dann beuge ich mich über den Tisch und mustere ihn misstrauisch. »Das war's?«

»Was willst du von mir hören?« Er sieht immer noch wie gebannt zur Kaffeemaschine. »Dass ich nicht nachvollziehen kann, warum du das getan hast? An deiner Stelle hätte ich schon viel früher versucht, von hier abzuhauen.«

Das hatte ich nicht erwartet.

Ich sinke zurück in den Stuhl.

Rhyme bekommt seinen Espresso, kippt ihn in einem Zug runter und bestellt sich einen neuen, ehe ich meine Tasse auch nur anrühren kann. Zwar habe ich nichts bestellt, aber die Konditorin stellt mir das Tässchen mit so freundlichem Zwinkern auf die Tischdecke, dass ich es nicht übers Herz bringe, es abzulehnen. Als ich dran nippe, verzieht sich mein Gesicht. »Oh, der schmeckt bitter!«

Rhyme schiebt mir die Zuckerdose hin. Der Kaffee hat ihn einigermaßen wiederbelebt. Seine Frisur sieht zwar immer noch aus, als hätte er sich mehrmals über sein Bett gewälzt, aber immerhin kriegt er seine Augen nun ganz auf. Sie leuchten mir in klarem Gletscherblau entgegen.

»Für den Fall, dass du weitere Ausflüge geplant hast, lass mich ein paar Sachen klarstellen«, sagt er. »Der Fluch kehrt zurück, sobald du das Gelände der Akademie verlässt. Er bringt dich nicht sofort um, weil der Unstern will, dass du zurückkommst. Aber wenn du dich weigerst, schlägt er gnadenlos zu. Und zwar nicht nur bei dir, sondern bei allen anderen auch.«

Ich schnappe nach Luft. »Soll das etwa heißen, dass alle tausend Schüler wegen mir heute Nacht hustend im Bett saßen?!«

»Nur die Capulets und Montagues.« Er streichelt Rambos giftgrünes Köpfchen, ohne mich anzusehen. Die kleine Schlange schmiegt sich ihm liebevoll entgegen. »Unsere Kraftquellen trifft es natürlich nicht.«

»Aber dich und Poetry und Stage?«

Und Cut?

Sein Blick richtet sich auf mich. »Ich dachte zuerst, dass ich nur einen trockenen Hals habe. Bis Poetry keuchend an meine Zimmertür hämmerte und wissen wollte, ob du bei mir schläfst.«

»Wieso sollte ich bei dir schlafen?!«, frage ich etwas zu vorschnell und bekomme heiße Wangen, als Rhyme die Frage einfach übergeht. Ich sollte mich wirklich auf das Wesentliche hier konzentrieren!

»Dann«, fährt er ungerührt fort, »kam der Anruf der Polizei. Du kannst von Glück reden, dass ich unseren Sicherheitschef abgefangen habe, bevor er meine Tante aufwecken konnte. Er war nicht sonderlich scharf drauf, ihr mitzuteilen, dass du seinen Leuten entwischt bist und sie nicht mal was davon gemerkt haben. Ich denke nicht, dass er jemals die Wahrheit ausplaudern wird. Sie werden es als Schlafwandeln hinstellen. Das hält dir Giulietta vom Hals.«

Immerhin etwas.

Ich schütte so viel Zucker in meinen Espresso, dass mir der Löffel beim Umrühren fast stecken bleibt. Rhyme verzieht das Gesicht, als hätte ich seinen heiß geliebten Kaffeebohnen etwas besonders Schmerzvolles angetan.

»Wie bist du rausgekommen?«, will er plötzlich wissen.

Mein Herz macht einen Hüpfer.

Ich will Cut nicht verraten, also ziehe ich die Keycard aus meiner Hosentasche und schiebe sie über den Tisch. »Poetry hat sie in der Boutique vergessen. Sie lag in einem Umschlag auf dem Boden, als du mich aufs Zimmer gebracht hast. Ich hatte das nicht so geplant, aber ich konnte mir die Gelegenheit auch nicht entgehen lassen.«

Rhyme pfeift durch die Zähne. »Du hast meine Schwester beklaut?«

»Ihr habt mich und meinen Dad entführt!«

Er nimmt die Karte und dreht sie im Licht. Rambo ist wie hypnotisiert von ihren silbernen Reflexionen und schwenkt seinen kleinen Kopf hin und her. »Wir haben dir das Leben gerettet. Nicht uneigennützig, das muss ich zugeben. Schließlich haben wir uns *allen* das Leben gerettet, indem wir dich nach Verona geholt haben. Aber du darfst nicht vergessen, dass der Rosenfluch dich auch umgebracht hätte, wenn wir uns nie über den Weg gelaufen wären. Wir sind keine Verbrecher, die Spaß dran haben, Leute zu entführen. Uns blieb einfach keine andere Wahl.«

»Wie mir jetzt«, ergänze ich leise. »Ich muss hierbleiben.«

»War das eine Frage?«

Ich schüttle den Kopf.

»Wenn es dich tröstet«, fährt Rhyme nach einer Weile fort, »kann ich dir versichern, dass es deinem Dad in Mantua an nichts mangelt. Je weniger Kontakt du zu ihm hast, desto länger wird seine Beeinflussung anhalten, was natürlich der Grund ist, warum Giulietta dich nicht mit ihm sprechen lassen möchte.«

»Wieso? Können sie ihre Beeinflussung nicht einfach wiederholen?«

»Doch, aber nur direkt vor Ort. Zwar können Giulietta und Romeus, genauso wie du vorhin, die Akademie für kurze Zeit verlassen, bevor der Fluch sie zurückzwingt, aber jeder Schritt nach draußen ist auch immer mit einem gewissen Risiko verbunden.«

»Ich kann Dad doch nicht solchen Leuten überlassen!«

Rhyme sieht mich verständnisvoll an. »Sieh es mal von der Seite: Was denkst du, ist besser für ihn? Ein paar glückliche Monate in einer Nobelvilla am See zu verbringen und Theaterpläne zu schmieden? Oder zitternd auf einer Polizeistation zu sitzen und darum zu bangen, dass ein Fluch seine Tochter das Leben kosten könnte?«

Mir steigen die Tränen in die Augen, aber ich versuche, mir nichts anmerken zu lassen. Hastig löffle ich mir Zuckerespresso in den Mund und schlucke meine Gefühle zusammen mit ihm runter.

»Das ist eine wirklich grauenvolle Entehrung unserer Kaffeekunst.« Rhyme erschaudert und schnippt mit den Fingern in der Luft. *»Per favore, portaci qualcosa di dolce!«*

Ich lächle schwach in meine Tasse. »Lässt du mich rauswerfen?«

»Ich bestell dir Zucker in der Form, in der er gegessen gehört.«

Die Konditorin eilt mit einem Tellerchen voll Spritzgebäck herbei, das köstlich nach Kakao, Haselnüssen und Mandeln duftet. Obwohl ich bisher keinen Hunger verspürt habe, beschließt mein Magen ganz von selbst, mir die Spucke im Mund zusammenlaufen zu lassen. Die Konditorin drückt ihre Fingerspitzen zusammen und küsst sie in der typisch italienischen Geste für besonders guten Geschmack. *»Baci di Giulietta e Romeo!«*

Rhyme schiebt mir den Teller hin. »Welche magst du? Schwarz oder weiß?«

Beide Sorten sehen gleichermaßen köstlich aus, aber ich nehme mir einen weißen Keks, was Rhyme lächeln lässt. »Du hast dich für den Kuss des Romeo entschieden«, sagt er. »Die Touristen fahren wie wild drauf ab. Ursprünglich gab es nur die dunklen Kekse, die Küsse Julias, aber so lässt sich mehr Geld verdienen.« Er steckt sich einen Schokoladenkeks in den Mund und kaut kritisch drauf rum. »Viel zu süß für mich.«

Die Konditorin seufzt verträumt. »*Una coppia così bella!*«

Keine Ahnung, was das bedeutet, aber Rhymes Wangen laufen rosa an. Er erwidert etwas, das sich wie eine Rechtfertigung anhört, und die Konditorin neigt ihren Kopf in höflicher Zustimmung.

»Was hat sie gesagt?«, flüstere ich ihm zu, als sie außer Hörreichweite ist.

Rhyme rutscht auf seinem Stuhl hin und her. Selbst Rambo blickt ihn gespannt mit seinen schwarzen Knopfaugen an. »So ein schönes Paar«, übersetzt er zögernd. Als er meinen schockierten Blick bemerkt, fügt er rasch hinzu: »Sie meinte damit die Kekse.«

»Natürlich«, stimme ich genauso eilig zu. »Was sonst?!«

Schweigen explodiert zwischen uns.

Wir stecken uns gleichzeitig Kekse in den Mund.

KAPITEL 19

»Ich bin schrecklich enttäuscht von dir!«

Helles Sonnenlicht flutet meine Augen, die sich nur blinzelnd daran gewöhnen. Langsam zeichnet sich eine Silhouette an meiner Seite ab. Ich registriere die silbernen Vorhänge des Baldachins und die weichen Kissen unter mir. Für mehrere Augenblicke weiß ich nicht, wie ich ins Bett gekommen bin, dann fällt mir ein, dass Rhyme mich zurück in den Capuletturm gebracht hat. Auf der Türschwelle nahm er mir das Versprechen ab, ihn wenigstens ein paar Stunden schlafen zu lassen, bevor ich erneut versuche, still und heimlich alle Schüler hinter seinem Rücken umzubringen. Ich versprach ihm, mein Bestes zu geben. Die Person, die jetzt an meinem Bett sitzt, sieht ihm sehr ähnlich, doch statt eisblauer Augen blitzen mir frostgrüne entgegen. Ich setze mich mit klopfendem Herzen auf.

»Das nächste Mal, wenn du nachts heimlich abhauen willst«, fährt Poetry empört fort, »nimm mich gefälligst mit! Ich war seit einem Monat nicht mehr aus! Seit Giulietta und Romeus verkündet haben, dass ein Schüler fehlt, haben sie uns nicht mehr rausgelassen.«

»Du … bist nicht sauer?«, frage ich vorsichtig.

»Wegen einer blöden Keycard?« Poetry rollt die Augen. »Ich würde mich selbst beklauen und ohne ein Wort des Abschieds von hier abhauen, wenn es was nutzen würde.«

»Wir sitzen alle im gleichen Boot«, übersetzt Tear schmunzelnd. Sie lehnt am Rosenfenster, das ihren grün gefärbten Haaren einen rosa Schimmer verleiht.

»Eigentlich sitzen nur die Capulets im Boot.« Drapes trägt ein voll beladenes Tablett zu mir rüber, das köstlich nach Essen duftet. »Wir Kraftquellen sind eher so was wie das Benzin im Motor.«

»So ein Quatsch«, widerspricht Poetry. »Dieser Vergleich ergibt keinen Sinn. Wenn ihr das Benzin wärt und das Boot für den Unstern steht, dann würdet ihr den Fluch quasi antreiben.«

»Dann sind wir eben die Frühstücksbrötchen der Capulets. Bitte sehr, Joy.« Drapes stellt das Tablett ein wenig zu hastig auf meiner Matratze ab, sodass etwas Orangensaft über den Glasrand schwappt. Ein Teller mit frischen Waffeln, eine Karaffe voll goldenem Sirup und eine Schale mit rot glänzenden Erdbeeren befinden sich drauf.

Überrascht blicke ich auf. »Ist das für mich?«

Drapes streicht ihre Vorhanghaare zurück und zuckt die Schultern. »Du hast den Brunch verpasst. Es ist zwei Uhr nachmittags. Ich dachte, du hast bestimmt Hunger.«

»Außerdem benötigst du Energie für dein erstes Training.« Poetry überreicht mir mit feierlichem Grinsen eine glitzernde Geschenktüte. »Das hier wirst du ebenfalls brauchen. Wir haben alle den gleichen, also überleg dir gut, was du sagst.«

Ich öffne die Tüte und ziehe ein silbernes Netz heraus, das ich beim besten Willen nicht einordnen kann. Erst als Poetry mir den Stoff in den Händen umdreht, bekomme ich eine Ahnung, was das Teil darstellen soll. »Ist das ein Badeanzug?«, frage ich verwundert. »Oder ein wirklich sehr elegantes Fischernetz?«

Poetry wackelt vielsagend mit den Augenbrauen. »Wir sehen in den Dingern unfassbar sexy aus! Ich kann es kaum erwarten, dich darin zu sehen!«

»Als wir sie das erste Mal anhatten, wäre Stage um ein Haar abgesoffen«, bestätigt Drapes ungerührt.

»Wen kümmert Stage!«, stöhnt Poetry. »Wir sehen unfassbar sexy aus, weil es uns so gefällt. Das ist das einzige Argument, das zählt.«

»Außerdem sind wir hier an der Akademie sehr fortschrittlich. Sollte es nötig werden, sind die Badeshorts der Jungs ebenfalls knapp genug, um sie zu Sexobjekten zu degradieren«, informiert mich Drapes. »Du solltest dich innerlich auf Waschbrettbäuche einstellen.«

»*Ugh!*« Poetry schnellt vom Bett hoch. »Ich musste gerade an meinen nackten Bruder denken. Bitte füttert Joy – ich übergebe mich kurz.«

Tear und Drapes kichern, als Poetry ins Badezimmer stapft.

»Also zuerst Frühstück im Bett und danach Baden im Fischernetz?«, hake ich nach. »Ich will mich ja nicht beschweren, das klingt wie ein toller Sommertag, aber wie genau hängt das mit dem Fluch zusammen?«

Die Mädchen werfen sich einen langen Blick zu.

»Nicht mit dem Fluch«, antwortet Tear zögernd. »Sondern mit den Duellen.«

»Das ... habe ich nicht erwartet«, bringe ich eine halbe Stunde später hervor.

Als die Mädchen mir Schwimmen angekündigt haben, tauchten in meinem Kopf Bilder von großzügigen Marmorlandschaften auf, von türkisblauen Whirlpools, schneeweißen Sonnenliegen und quietschbunten Cocktails, die uns von Kellnern auf Silbertabletten hinterhergetragen werden. Weniger gerechnet hatte ich damit, dass wir in den Rosengarten runtergehen.

»Ihr macht euch über mich lustig, oder?« Ich blicke die Mädchen der Reihe nach an. »Ein kleiner Scherz, weil ich heute Nacht abgehauen bin, stimmt's?«

»Nope«, antwortet Poetry und rückt ihre silberne Sonnenbrille zurecht. »Wir baden wirklich hier.«

Meine Augen weiten sich. »In den Springbrunnen?!«

»Das sind Duellbecken«, informiert mich Tear. »Die Wasserspiele werden für unser Training abgeschaltet. Sie sind nicht groß, aber sehr tief. Alle Becken reichen fünf Meter hinab. Je weiter du runterkommst, desto kälter werden sie.«

»Klingt großartig.« Ich schüttle mich. »Heißt das etwa, die Duelle finden im Wasser statt?«

»Sie finden im gesamten Rosengarten statt, also auch in den Becken, wenn ein Capulet darin Schutz sucht. Oder falls ein Montague dumm genug ist, um reinzufallen«, fügt Poetry grinsend hinzu. »Und jetzt komm. Du brauchst jeden Trainingstag, den du kriegen kannst.«

Gemeinsam mit Tear läuft sie voraus, um uns ein sonnig gelegenes Wasserbecken auf dem obersten Terrassenkreis zu sichern. Das sind die beliebtesten, wie Drapes mir erklärt, weil die Becken dort am weitesten auseinanderliegen und am meisten Privatsphäre bieten. Dafür wirken die Rosensträucher dazwischen auch am undurchdringlichsten. Wir tappen den beiden mit nackten Füßen über den Mauerrand der Terrasse nach.

»Wenn es dir im Wasser zu kalt wird, kannst du dich an den Feuerfeldern aufwärmen«, schlägt Drapes vor. »Die Rosen verschleiern es ein wenig, aber Wasser und Feuer wechseln einander immer ab. Siehst du?« Sie deutet mit ausgestrecktem Arm von einem Punkt zum nächsten. Zwischen dicken Rosenhecken, kunstvollen Marmorstatuen und prächtigen Springbrunnen mit Marmorsäulen blitzen abwechselnd Wellen und Flammen hindurch. »Du musst nur aufpassen, dass die Montagues dich nicht ins Feuer ziehen.«

»Bei den Duellen, meinst du?«

Sie wirft mir einen vielsagenden Blick zu. »Da auch nicht.«

Vielleicht habe ich mich etwas zu voreilig aufs Baden gefreut.

Drapes biegt in eine Lücke zwischen den Rosen ab. Die Sträucher sind alt genug, um so kräftige Wurzeln ausgebildet zu haben, dass sie in dicken Knoten übereinandergewachsen sind und den Boden vollständig bedecken. Nach den Mörderschuhen von gestern fühlen sie sich unter meinen Füßen wie eine herrliche Massage an. Der süßliche Duft von Rosenblüten steigt mir in die Nase, und das Zirpen von unzähligen Zikaden erfüllt die Luft um uns herum.

»Pass auf die Dornen auf, die bleiben im Haar hängen.« Drapes schiebt mit beiden Händen tief hängende Rosenköpfe zur Seite und wirkt mit ihrem hüftlangen Haar und dem silbernen Badeanzug mehr denn je wie eine Elfe in einem Sommernachtstraum. Zwischen den Rosen taucht ein kreisrundes Wasserbecken mit einem Durchmesser von etwa fünf Metern auf. Tear streckt ein langes Bein in den Pool, um die Wassertemperatur mit ihrem Zeh zu testen. Mit ihren schlangengrünen Dutts und dem durchtrainierten Körper sieht sie wie eine Kriegsgöttin aus. Poetry hingegen ist mit ihren üppigen Rundungen und der kühlen, verspiegelten Sonnenbrille einfach nur gnadenlos sexy, während sie zwei Montagues vom Beckenrand aufscheucht und sie grinsend über den Terrassenrand hinunterjagt. Was mich angeht … nun ja. Ich zupfe am hautengen Netz meines Badeanzugs und lasse ihn gegen meinen Bauch schnellen. Immerhin passt er.

»Oh, das ist immer noch kalt!« Tear zieht ihren Fuß rasch aus dem Wasser.

Ich trete an den gefliesten Beckenrand und schlinge meine Arme um mich selbst. Das Wasser ist sauber, schimmert aber im Sonnenlicht, als hätte man blassrosa Glitzerstaub hineingestreut. Eigentlich sieht es sehr einladend aus – wäre es nicht so tief, dass man den Boden nicht sehen kann. Alles Mögliche könnte da unten lauern.

Mein Blick flackert zu Poetry. »Wieso habe ich bisher keine einzige Schlange gesehen?«

»Dich haben sie bestimmt gesehen.« Poetry winkt einen Angestellten von der Treppe rüber, der unsere Handtücher und Badetaschen schleppt. Ich wollte sie selbst tragen, bis Tear mir zuflüsterte, dass ich dem armen Kerl seinen Arbeitsplatz nicht streitig machen soll.

»Keine Sorge«, meint Tear lächelnd. »Im Wasser sind die Schlangen meistens nur nachts. Tagsüber verkriechen sie sich lieber zwischen den warmen Steinen.«

»Oder in Rhymes Bett«, füge ich schaudernd hinzu.

»Woher weißt du das?« Stage taucht zwischen den Rosen auf. Er trägt knappe Shorts in Königsblau und dazupassende Perlen in den Rastas. Wenn Poetry eine Eisprinzessin, Drapes eine Elfe und Tear eine Kriegsgöttin ist, dann ist er ein heißer Nachtclubtänzer. Die versprochenen Bauchmuskeln hat er jedenfalls auch. Ich versuche, ihn nicht anzustarren. »Woher weißt du, dass die Schlangen in Rhymes Bett schlafen?«, bohrt er mit einem anzüglichen Grinsen nach. »Das hat bisher keiner erwähnt, glaube ich.«

Mir wird schlagartig heiß.

Vielleicht sollte ich die Wassertemperatur mit meinem Kopf testen?

Poetry bewahrt mich glücklicherweise vor überstürzten Handlungen. »Wo ist Rhyme eigentlich?«, will sie wissen und weist den Angestellten gleichzeitig an, unsere Handtücher auf den Rasen und nicht über die harten Wurzeln zu legen. »Es ist seine Aufgabe, Joy alles über die Duelle zu erklären und sich um ihr Training zu kümmern.«

»Erinnerst du dich an die Jogginggeschichte von gestern?«, seufzt Stage ihr zu, und Poetry runzelt misstrauisch die Stirn. »Als die Mädchen Rhyme in seinem durchgeschwitzten Shirt überfallen haben?«, fährt Stage fort. »Lass es mich so formulieren: Er trägt heute gar kein Shirt. Kannst du dir den Rest ausmalen?«

»So leicht kann er das nicht auf mich abwälzen.« Poetry ballt die Fäuste, springt in einem Satz über die Terrassenmauer hinab und stapft so Respekt einflößend an einem Feuerfeld vorbei, dass drei Montagues von ihren Handtüchern aufspringen und ihr rasch Platz machen. »Wo steckt mein Bruder?! Wenn er den Titel des Schlangenfürsten haben will, muss er dafür auch arbeiten.«

»Was meint sie?«, frage ich.

Tear blickt ihr seufzend hinterher. »Rhyme hat den Titel automatisch bekommen, weil er ein Jahr älter ist.«

Meine Augenbrauen schießen in die Höhe. »Wäre sonst Poetry die Schlangenfürstin geworden?«

»Wäre und könnte immer noch«, fügt Drapes hinzu und zuckt entschuldigend mit den Schultern, als sie dafür einen bösen Blick von Stage kassiert. »Wenn ein Fürst im Duell besiegt wird, kommt einfach der nächste an die Reihe. Sorry, aber das ist nicht auf meinem Mist gewachsen, Stage. Ich erkläre Joy bloß, wie es hier läuft.«

Mir fällt ein, was Lord Montague in unserem Wohnwagen zu Cut gesagt hat.

Du bist nicht unersetzbar! Merk dir das!

Unweigerlich suche ich die Terrassen nach Cuts schwarzem Haarschopf ab, aber zwischen all den Rosensträuchern kann ich ihn nirgends entdecken. Obwohl es ein Risiko für sein eigenes Leben darstellte, hat er mich gestern Nacht hier rausgeschleust. Zumindest weiß ich nun, was er damit bezwecken wollte. Er wusste haargenau, dass es nur eine einzige Person gibt, die mich aus tiefstem Herzen davon überzeugen kann, hierzubleiben. Und das bin ich selbst.

Tear geht zum Terrassenrand und springt weitaus vorsichtiger als Poetry über die Mauer hinab. »Ich geh Poetry besser suchen, bevor sie wieder die Mädchen zu Boden ringt wie beim letzten Mal.«

»Ich liebe es, Poetry in Action zu sehen!«, ruft Stage begeistert. »Ich komme mit!«

Drapes sieht den beiden hinterher und schüttelt den Kopf, was ihre Haare in sanften Wellen hin und her schaukeln lässt. »Und da waren es nur noch zwei. Ich würde dir ja gerne alles erklären, aber ehrlich gesagt hab ich selbst immer nur halb zugehört. Als Kraftquelle bin ich von den Duellen ausgeschlossen, ich muss da also nicht unbedingt rein.« Sie deutet auf das Becken und schüttelt sich. »Diese Pools sind so kalt wie Eislöcher. So weit ich weiß, zielt die erste Phase des Trainings erst mal darauf ab, wie wild darin herumzupaddeln und sich nicht alles abzufrieren. Vielleicht könntest du damit schon mal anfangen? Wenn es dir nichts ausmacht, würde ich in der Zwischenzeit lieber Musik hören gehen.«

Ich spitze die Ohren. »Ich dachte, Handys sind verboten?«

»Sind sie auch. Livemusik klingt viel besser.« Sie zeigt runter zur Eisenbühne, wo sich gerade ein paar Leute mit Gitarren hinsetzen. »Willst du mitgehen, bis Rhyme kommt? So wie ich ihn kenne, hat er die ganze Nacht lang an einem ausführlichen Trainingsplan für dich gearbeitet. Das ist vielleicht deine letzte Gelegenheit für ein bisschen Spaß.«

Woran zum Teufel könnte er eine ganze Nacht lang gearbeitet haben? Was erwartet mich hier bloß? Ich zögere, da Drapes' Angebot sehr verlockend klingt, lehne dann aber doch ab. Den Sprung ins kalte Wasser hinauszuzögern, wird ihn nicht leichter machen. So kann ich mich wenigstens in meinem Tempo dran gewöhnen. »Ich bin nun wohl eine

Capulet, ob es mir gefällt oder nicht«, seufze ich. »Besser, ich freunde mich schon mal mit dem Eisloch an.«

Zehn Minuten später wünschten meine Lungen, Drapes hätte übertrieben. Meine Muskeln ziehen sich im kalten Wasser zusammen und drücken mir die Luft aus der Brust. Jetzt fühlt es sich für mich schon wesentlich realistischer an, dass diese Becken Teil eines Duells sein könnten. Ich bereue es, dass ich gestern Abend nicht genauer nachgefragt habe. Sobald Rhyme hier auftaucht, werde ich ihn bis aufs kleinste Detail ausquetschen.

Mit klappernden Zähnen schwimme ich zurück an den Rand und taste mit den Zehen nach einer Trittleiste unter Wasser, wie es sie in öffentlichen Bädern gibt. Hier gibt es allerdings keine, genauso wenig wie eine praktische Einstiegstreppe oder einen hilfsbereiten Rettungsschwimmer, der mir seine Boje zuwirft. Bleibt also nur gute alte Muskelkraft, um mich aus diesem Eisloch zu ziehen. Ich taste auf den feuchten Randsteinen nach Halt, als ein Schatten über mich fällt.

Eines der Capuletmädchen ragt über mir auf.

Das böse Aschenputtel.

»Ist das nicht wahnsinnig komisch?« Sie betrachtet mich herablassend von oben. »Da halten sich alle Schüler einen Monat lang ausnahmslos ans Ausgehverbot, obwohl weder die Grafen noch die Fürsten da sind. Aber kaum taucht die da auf, wird der Rosenfluch mitten in der Nacht ausgelöst. Halten wir das für Zufall?«

Erst da bemerke ich, dass noch mehr Capulets den Pool umstellt haben. Am Rand der Terrasse, der einzigen Seite, die nicht von hohen Rosenhecken umgeben ist, schütteln zwei Jungs Poetrys Liegetuch aus – genau so, dass uns von unterhalb niemand sehen kann.

Ich stemme mich aus dem Wasser, aber Aschenputtel tritt mir heftig auf die Hand. Mit einem Aufschrei rutsche ich zurück ins Becken. »Geht's noch?! Das hat wehgetan!«

Sie schnaubt abfällig. »Unser Fürst verschwendet viel zu viel seiner kostbaren Zeit mit der da, lässt sie sogar an seiner Seite sitzen, nur weil sie neu und ekelhaft hilflos ist. Wir sollten ihn bei ihrem Training unterstützen, findet ihr nicht?«

Sie gibt den anderen ein Signal.

Drei Mädchen und ein Junge springen kopfüber in den Pool und tauchen so tief hinab, dass sie im dunkelrosa Wasser unter mir verschwinden. Ich ahne, was sie vorhaben, kralle mich an den Beckenrand und versuche, mich so rasch wie möglich aus dem Wasser zu ziehen, aber sie packen von unten meine Knöchel und reißen mich so abrupt in die Tiefe, dass mir kaum Zeit für einen letzten Atemzug bleibt.

Eiskaltes Wasser umhüllt mich.

Ich trete nach ihnen, doch sie sind unfassbar geschickt darin, mir auszuweichen. Als sich meine Augen ans Wasser gewöhnt haben und ich zumindest halbwegs was erkennen kann, umkreisen sie mich so anmutig wie Wassernixen – und mindestens genauso hinterhältig. Obwohl ich wie wild herumstrample, zerren sie mich immer weiter hinab, bis der Wasserdruck meine Ohren pfeifen lässt. Als mir die Luft ausgeht und sie noch immer nicht von mir ablassen, bekomme ich es mit der Angst zu tun.

Sie würden mich doch nicht ertrinken lassen. Oder … oder etwa doch?!

Meine Gedanken rasen, um einen Ausweg zu finden. Wenn ich aufhöre, mich zu wehren, lassen sie mich vielleicht los. Ich schließe die Augen und treibe widerstandslos im Wasser, aber ihre Hände spüre ich noch immer auf mir. Unnachgiebig. Wie Klauen um meine Knöchel.

Lasst mich los!, schreie ich innerlich. *Lasst mich los, bevor ich wirklich ertrinke!*

Stattdessen geben sie mir eine Ohrfeige. Sie wird vom Wasser zwar stark abgebremst, reicht aber aus, um mich die Augen aufschlagen zu lassen. Inzwischen sind wir so tief unten, dass kaum noch Licht herabreicht. Nur schemenhaft nehme ich ihre Bewegungen um mich herum wahr. Der Sauerstoffmangel brennt in meinen Armen und Beinen, trotzdem reiße ich mich ein letztes Mal zusammen und trete mit aller Kraft nach ihnen.

Ein Klammergriff um meinen Fuß lockert sich.

Ich stoße mich von dem Körper unter mir ab und strample Meter um Meter nach oben. Als mein Kopf endlich aus dem Wasser schießt und ich geräuschvoll Luft in meine Lungen hineinsauge, befinde ich mich in der Mitte des kreisrunden Beckens. Es sind nur drei kräftige Schwimmzüge bis zum Rand, aber ich bringe es nicht mehr fertig, mich dorthin zu bewegen. Egal wie sehr ich es auch möchte, in meinen Muskeln steckt kein Funken Energie mehr. Meine Arme fallen schlapp auf die Wasseroberfläche, und mein Kopf taucht erneut unter.

Diesmal ertrinke ich ohne fremde Hilfe.

KAPITEL 20

»Halte ihre Beine hoch! Genau so! Sie ist ohnmächtig, weil sie zu wenig Sauerstoff im Gehirn hat.«

»Wie kann das sein? Sie ist doch eine Capulet!«

»Heute war ihr erster Tag im Becken.«

»Aber sie kann doch nicht einfach so ertrinken?!«

»Hey, Joy«, flüstert eine liebevolle Stimme über mir. »Da bist du ja wieder.«

Jemand streichelt meinen Kopf. Ich blinzle hoch in blendend grelles Licht, aus dem unsinnigerweise heißer Regen auf mich herabfällt. Instinktiv kneife ich die Augen davor zusammen und wende das Gesicht ab. Meine Nase drückt sich in feuchtes Haar, das fast durchsichtig auf einer blassen Schulter unter meiner Wange klebt. Hinter meiner Stirn dröhnen hammermäßige Kopfschmerzen. Als ich leise aufstöhne, schlingen sich kräftige Arme um mich und ziehen mich näher an sich.

»Du hast eine ihrer überheblichen Nasen gebrochen. Ich würde sagen, für deinen ersten Kampf in einem Pool war das nicht schlecht. Auch wenn du dich in Zukunft auf Montagues beschränken solltest.«

»Und optimalerweise danach nicht leblos im Wasser treibst«, fügt jemand hinzu. »Ich wär vor Schreck fast auch reingekippt.«

»Du riechst anders«, raune ich.

»Ich rieche wie immer«, erwidert die Stimme über mir in leicht amüsiertem Tonfall. »Aber vielleicht rieche ich nicht so wie der, den du erwartet hast?«

Meine Haare werden mir sanft aus den Augen gestrichen. Ich muss mehrfach blinzeln, bis sich das Gesicht über mir scharf stellt. Weißblondes Haar fällt mir in feuchten Wellen entgegen. Poetrys frostig grüne Augen glitzern über mir. »Willkommen zurück unter den Lebenden.«

»Du hast mich gerettet?«, hauche ich.

»Vor Sorrows Clique hast du dich selbst gerettet. Aus dem Pool habe ich dich allerdings schon gefischt.« Sie winkelt ihren Arm an und lässt ihre Muskeln spielen. »Ich hab dich eigenhändig hergetragen. Ein paar Kilo mehr auf die Waage zu bringen, kann durchaus von Vorteil sein.«

Die Kopfschmerzen werden so heftig, dass es mir schwerfällt, mich zu konzentrieren. Poetry reckt sich nach oben und schaltet den heißen Regen ab, der natürlich nichts anderes als eine Dusche ist. Wir befinden uns in einer offenen Duschnische aus schwarzen Schieferplatten. In Poetrys Zimmer sind wir also nicht. Unsere Stimmen hallen, als wäre der Raum hinter der Kabinenwand noch sehr viel größer.

»Ich glaube, Joy hat Schmerzen.« Poetry wendet sich zu Tear, die meine Füße auf ihrem Schoß hochgelagert hat. »Kannst du ihr bitte eine Träne geben? Das müsste die Schmerzen ein wenig lindern.«

»Schon gut. Ich mach das.«

Rhyme taucht wie aus dem Nichts hinter der Duschwand auf.

Er steigt über meine Beine hinweg und kniet sich neben mir nieder. Obwohl seine schnelle Atmung verrät, dass er hierher gerannt sein muss, berührt er mein Gesicht so behutsam, als könnte es unter seinen Fingern zerbrechen. Er inspiziert meine Augen und hält eine Hand hoch. »Wie viele Finger siehst du, Joy?«

»Welche deiner sechs Hände meinst du?«, stöhne ich.

Seine Augen weiten sich alarmiert.

Ich kann mir ein leises Kichern nicht verkneifen, obwohl es wehtut. »War nur ein Witz. Es sind drei Finger. Glaube ich jedenfalls.«

Er seufzt und schüttelt ungläubig den Kopf. »Wenn mich dieser Fluch nicht umbringt, dann garantiert du, Joy Capulet.« Doch an seinem Lächeln kann ich erkennen, dass er ziemlich erleichtert über meinen Scherz ist.

Tear legt meine Füße auf dem Boden ab und rafft sich auf. »Poetry? Ich, ähm, muss aufs Klo. Begleitest du mich?«

»Wieso soll ich dich aufs Klo begleiten?«, wundert sich Poetry.

Tear starrt sie an, als würde sie ihr eine unausgesprochene Botschaft ins Hirn lasern wollen. Aber als Poetry nur verständnislos die Stirn runzelt, packt Tear sie ungeduldig an der Hand und zieht sie nach oben. »Komm jetzt bitte mit! Hier unten spukt's! Weiß doch jeder!«

Sie zerrt Poetry so eilig um die Duschwand, dass sie fast auf den feuchten Fliesen ausrutscht. Einen Moment später kracht weiter hinten eine Tür ins Schloss. Der Lärm hallt von allen Seiten wider und dröhnt in meinem Schädel. Rhyme hilft mir in eine angenehmere Sitzposition. »Was ist passiert?«

Meine Erinnerung ist seltsam vage. Aber was ich noch weiß, lässt mich hart schlucken. »Aschenputtel ... ich meine ... Sorrows Clique hat mich untergetaucht. Zuerst dachte ich, sie wollen mich bloß erschrecken, aber sie haben mich einfach nicht mehr auftauchen lassen. Es klingt total übertrieben ...« Ich stöhne auf, weil ein so scharfer Schmerz durch meinen Kopf rast, dass ich beide Hände gegen die Schläfen pressen muss. »... aber ich glaube, sie wollten mich wirklich ertränken.«

Rhyme schlägt seine Faust gegen die Wand.

Ich zucke heftig zusammen, was einen weiteren Stich durch meine Schläfen jagt. Seine Fingerknöchel sind blutig aufgeschlagen, als er die Hand zurückzieht und seinen Atem scharf durch die Zähne zieht. »Entschuldige, ich wollte dich nicht erschrecken. Meine Schlangen sind alle draußen. Das ist der schnellste Weg, der mir eingefallen ist.«

Als er die Augen aufschlägt, weiß ich, warum er das getan hat.

Sie füllen sich mit Tränen.

Er streift die Feuchtigkeit von seinen Wimpern und legt sie mir behutsam an den Mund. Diesmal zögere ich keine Sekunde. Ich reibe meine Lippen übereinander, schmecke das Salz seiner Tränen und fühle augenblicklich, wie der Schmerz in meinem Kopf nachlässt. Stattdessen rauscht pures Glücksgefühl durch mich hindurch und füllt jede Faser meines Körpers mit gleißendem Licht und frischer Energie. Ein sehnsüchtiges Seufzen entkommt meiner Kehle.

Rhyme lächelt. »Besser?«

Besser ist gar kein Ausdruck, ich fühle mich wie neugeboren.

Hastig richte ich mich auf und taste nach seiner blutigen Hand. »Du hast dir Schmerzen zugefügt, um meine zu nehmen? Das ist ungeheuer nobel. Ich würde mir aus Dankbarkeit einen Rockzipfel abreißen, um deine Wunden zu verbinden, aber ich trage leider nur ein löchriges Fischernetz.«

»Das ist mir aufgefallen.«

»Soll ich dir auch eine Träne geben?«

Er wischt das Blut an seinen königsblauen Badeshorts ab. »So funktioniert das leider nicht. Wenn du mir eine gibst, schwächt dich das wieder. Außerdem können Tränen keine Wunden heilen. Keine Sorge«, fügt er mit schiefem Lächeln hinzu, »gegen unser Training in den Feuerfeldern ist so eine kleine Schürfwunde überhaupt nichts. Das wirst du früh genug erleben.«

»Das bereitet mir nicht unbedingt weniger Sorgen«, murmle ich. »Könntest du mir bitte genau erklären, was es mit diesen Duellen …«

Plötzlich geht das Licht aus.

Es wird stockdunkel um uns herum. Wo auch immer wir uns befinden, diese Duschräume haben keine Fenster, nicht mal grün leuchtende Notausgangsschilder oder irgendeine andere Lichtquelle. Ich kann meine eigene Hand vor Augen nicht mehr sehen. Den Geräuschen nach steht Rhyme vor mir auf. »Nicht schon wieder«, stöhnt er. »Ich hab den Hausmeistern tausendmal gesagt, dass sie sich die Verkabelung hier unten ansehen müssen.«

»Wo ist *hier unten* eigentlich?«

»Wir sind in den Kerkern unter dem Marmorplatz.«

»Kerker?!«

»Früher waren es Kerker. Jetzt sind es hauptsächlich Lagerräume, Umkleidekabinen und Duschen.« Er macht eine Pause, in der ich keine Ahnung habe, was er tut. Die Stille kriecht mir in Form von Gänsehaut über den Nacken. Rhymes nächste Aussage macht das auch nicht besser. »Im Mittelalter gab es natürlich noch Folterkammern. Manche Schüler behaupten, sie können das Stöhnen der Toten in den Wasserrohren hören.«

»Ich glaube nicht an Geister«, stelle ich rasch klar.

Er klingt amüsiert. »An Flüche hast du bisher auch nicht geglaubt, oder?«

Das ist allerdings ein Argument.

Ein heftiger Schauder läuft mir über den Rücken.

»Kannst du alleine aufstehen?«, will er wissen.

Ich taste nach der Duschwand und rapple mich auf. »Hat geklappt.«

»Gut. Ich gehe zum Stromkasten, wahrscheinlich ist nur eine Sicherung rausgeflogen. Du kannst hierbleiben.«

»Warte!« Hastig taste ich durch die Dunkelheit, bekomme Stoff zu fassen und ziehe ihn daran zurück. »Hast du noch nie einen klassischen Horrorfilm gesehen? Zuerst teilt sich die Gruppe auf, dann wird sie abgemetzelt! Wir müssen auf jeden Fall zusammenbleiben.«

»Ich trage kein T-Shirt, Joy.«

»Keine Sorge, ich sehe rein gar nichts.«

»Damit will ich sagen, du hältst dich an meinen Shorts fest.«

»Sorry!« Ich lasse ihn überstürzt los. Ein neugieriger Teil von mir – und ich will mir lieber nicht eingestehen, wie groß dieser Teil ist – fragt sich zwangsläufig, welche Stelle seiner Shorts ich genau berührt habe.

»Willst du meine Hand nehmen?«, fragt Rhyme in einem belustigten Unterton. »Oder lieber in eine der Messergruben fallen?«

»Ich glaube keine Sekunde an Messergruben!«

»Dann bleib besser hinter mir.«

Rhyme geht zügig davon, was ich gut hören kann, da seine nassen Füße auf den Schieferplatten schmatzende Geräusche machen. Ich will ihm folgen, renne gegen die Kante der Duschwand, strauchle über einen unsichtbaren Absatz und stoße mit dem Oberschenkel gegen einen Felsbrocken, der sich beim Betasten als Waschbecken herausstellt. Mit jedem Aufprall werden meine Flüche schlimmer. »Wieso renne nur ich überall dagegen?«, beschwere ich mich. »Kannst du im Dunkeln sehen? Hast du den Schlangenblick oder so was?«

»Ich bin hier aufgewachsen.«

Ich murmle leise über diese Ungerechtigkeit vor mich hin und taste mich an einer Reihe von Waschbecken entlang, nur um am Ende mit dem Zeh gegen einen Mülleimer zu stoßen, der auch noch umkippt und Papiertücher über meine Füße streut. Angeekelt schüttle ich etwas Klebriges von meiner Ferse. »Okay, das reicht! Steht dein Angebot mit der Hand noch?«

»Ich halte sie dir entgegen.«

»Wo?«

»Das ist meine Brust, Joy … Meine Schulter … Du bist auf dem richtigen Weg … Jetzt hast du sie.«

Unsere Finger verschränken sich ineinander.

Ich seufze in die Dunkelheit. »Vielleicht hätte ich es doch besser mit den Geistern aufnehmen sollen. Da klebt noch immer was an meiner Ferse«, füge ich mit Schaudern hinzu.

»Bestimmt nur ein feuchtes Papiertuch. Oder vielleicht ein Stück alter, ledriger Haut?«, zieht er mich auf.

Ich stoße ihn weiter.

Wir verlassen den Duschraum und betreten einen Gang. Keine Ahnung, wie er aussieht, aber die Geräusche um uns herum verändern sich. Das Hallen lässt deutlich nach, und ein leises Gluckern von der Decke verrät mir, dass über uns Wasserrohre verlaufen müssen. Je weiter wir kommen, desto mehr geht das Geräusch in ein gruseliges Stöhnen und Keuchen über.

»Ich bin froh, dass du bei mir bist«, gebe ich zu.

»Wirklich?«

»Klassischer Horrorfilm: Das Monster holt den Jungen immer zuerst. Das gibt mir die Chance abzuhauen, während du gefressen wirst.«

»Ich fühle mich zutiefst geschmeichelt.«

Wir übertreten eine Schwelle mit niedrigem Absatz, vor dem Rhyme mich rechtzeitig warnt, und betreten dahinter einen neuen Abschnitt. Er lässt meine Hand los und positioniert mich an einer bestimmten Stelle. »Das ist der Wartungsraum. Du bleibst besser stehen, Joy, und zwar genau hier.«

»Darf ich mich bewegen, falls du in eine Messergrube fällst?«

Er schnaubt nur und geht weg. Den Geräuschen nach öffnet er einen Metallkasten, der leise scheppert und in den Angeln quietscht. Etwas klickt, dann rattert es in den Leitungen über meinem Kopf, und plötzlich ergießt sich grelles Neonlicht über mich. Ich halte mir eine Hand vor die Augen und weiche einen Schritt zurück.

Rhyme ist sofort neben mir und packt mich ziemlich grob am Arm.

»Hey!«, protestiere ich automatisch.

Dann fällt mein Blick in ein Loch, das nur einen Meter neben mir im Boden klafft.

Es ist randvoll gespickt mit uralten Eisenspitzen.

»HOLY SHIT!«, stoße ich hervor. »Die Messergruben waren kein Scherz!«

»Die Folterkammern auch nicht.«

Ich glotze Rhyme fassungslos an. »Wieso sichert ihr die nicht ab? Das ist doch gemeingefährlich!«

Er zuckt die Schultern. »Die Montagues sind immun gegen Klingen.«

»Und die Capulets schweben drüber, oder was?!«

Er grinst. »Die Capulets sind nicht so dumm, da reinzufallen.«

»Vielleicht nicht«, knurre ich beim Gedanken an Aschenputtel und ihr Gefolge. »Aber einige von ihnen sind mitunter fies genug, um mich da runterzustoßen. Das mit dem Ertränken hat ja leider nicht geklappt.«

»Oh.« Rhyme zieht die Augenbrauen hoch, als wäre ihm plötzlich was Wichtiges eingefallen. Er lässt meinen Arm los, weicht ein paar Schritte zurück und kratzt sich verlegen am Hinterkopf. »Das hab ich vergessen, dir zu sagen.«

Ich verenge meine Augen zu Schlitzen. »Was?«

Er blendet mich geradezu mit seinem Grinsen.

Einem sehr schuldbewussten Grinsen, wohlgemerkt.

»Capulets«, informiert er mich reichlich spät, »können unter Wasser atmen.«

KAPITEL 21

»Abgeworfene Reiter müssen sofort wieder aufsitzen«, behauptet Rhyme, als wir zurück nach draußen gehen. »Damit sie keine Angst vor dem Pferd entwickeln.«

Im Licht sehen die antiken Steingänge vor uns noch viel mehr nach Kerkern aus. Es würde mich nicht überraschen, irgendwo ein Skelett zu entdecken, das an eine Mauer gekettet wurde.

»Das sind aber keine Pferde, sondern Eislöcher«, murre ich. »Warum zum Teufel muss ich da noch mal rein? Was genau hat das mit den Duellen zu tun?«

Rhyme seufzt und sieht sich um. »Wo habe ich in all der Aufregung nur deinen Trainingsplan hingeworfen? Ich habe dir gestern Abend auf dreiundzwanzig Seiten alles kurz und bündig zusammengefasst.«

»Kurz und bündig? Auf dreiundzwanzig Seiten?!«

»Okay.« Rhyme bleibt mitten im Flur stehen und sieht mich an. »Das Wichtigste in aller Kürze. Capulets können weder durch Gift noch durch Ertrinken sterben. Montagues können dafür weder von Klingen noch durch Flammen umgebracht werden. Deshalb ist der Rosengarten voller Wasserbecken und Feuerfelder. Du kannst sie wie Schutzzonen betrachten – oder sie dazu nutzen, deinen Gegner auszuschalten.«

Ich runzle die Stirn.

»Capulets können sich unter Wasser vor Montagues verstecken. Oder ihre Gegner unter Wasser ziehen, bis ihnen die Luft ausgeht«, verdeutlicht Rhyme. »Montagues können sich dafür in den Feuerfeldern verstecken oder Capulets reinziehen, um sie zu besiegen. Deshalb ist es für die Häuser wichtig, jeweils in beiden Elementen zu trainieren. Verstehst du?«

Ich brumme was Unverständliches.

Rhyme atmet tief durch. »Okay, ganz von vorn. Auf dem Ball wird ein Tanzpaar zum potenziellen Liebespaar gewählt. So weit ist das klar, oder?«

»Hab ich inzwischen mitbekommen«, murmle ich.

»Gut. Diese beiden dürfen jeweils drei Leibgarden auswählen, die versuchen werden, sie zu beschützen. Das Duell findet also zu acht im Rosengarten statt. Abgesehen davon, dass der Rosengarten dabei nicht verlassen werden darf, gibt es eigentlich nur eine Regel: Jedes Team bekommt eine Theatermaske. Wer es zuerst schafft, seine Maske dem anderen potenziellen Liebespartner aufzusetzen, gewinnt das Duell.«

»Und die Wasserbecken und Feuerfelder dienen dabei quasi als Waffen und Schilde gleichzeitig?«, hake ich unsicher nach.

Rhyme strahlt mich an. »Genauso ist es!«

»Wofür hast du die restlichen zweiundzwanzig Seiten gebraucht?«

Er blickt nachdenklich nach oben. »Na ja, da wäre zum Beispiel noch die Rolle der Fürsten im Duell. Wir dürfen um Unterstützung gebeten werden, sind dazu aber nicht verpflichtet. Unsere Tiere sind allerdings auf jeden Fall während des gesamten Duells im Rosengarten unterwegs und verteidigen ihr jeweiliges Haus. Das ist ein weiterer Grund dafür, warum die Pools und Feuerbecken wichtig sind. Schlangen meiden Flammen. Und Raubkatzen hassen Wasser.«

Wir treten durch eine unspektakuläre Tür, die halb verborgen hinter den Rosensträuchern der ersten Terrassenebene liegt. Nicht weit weg vom Pool des Grauens, aus dem Poetry mich gefischt hat. Seit meiner kleinen Nahtoderfahrung – und so fühlt sich das noch immer für mich an, obwohl Sorrows Clique mich ja offensichtlich gar nicht ertränken *konnte* – erinnern mich all die Rosen und Statuen plötzlich an einen schaurig-schönen Friedhof.

Ich werfe Rhyme einen finsteren Blick zu. »Wie viele Capulets haben hier eigentlich schon ihr Leben gelassen, weil ihr Schlangenfürst vergessen hat, sie rechtzeitig über all ihre Fähigkeiten aufzuklären?«

Er lächelt unschuldig. »Apropos, hab ich schon erwähnt, dass Capulets auch immun gegen Kälte sind? Wir können den ganzen Tag im Wasserbecken verbringen. Du kannst nicht erfrieren.«

Was – wie sich herausstellt – auf mich nicht zutrifft.

Mein Hirn scheint noch immer nicht richtig durchblutet zu sein, anders jedenfalls kann ich mir nicht erklären, dass Rhyme es tatsächlich schafft, mich noch mal in diesen Pool zu locken. Die ersten fünf Minuten, in denen ich mit klappernden Zähnen am Rand hänge und wie wild Wasser trete, um endlich warm zu werden, erklärt er sich damit, dass mein Kreislauf noch nicht in Fahrt gekommen ist. Die folgenden zwanzig Minuten, in denen er mich zu lächerlichen Atemübungen zwingt, verbringe ich hauptsächlich damit, diese Theorie infrage zu stellen. Erst als ich nach einer halben Stunde mit blauen Lippen aus dem Wasser krieche, zeigen sich auch Zweifel auf Rhymes Gesicht.

Stage breitet ein blütenweißes Handtuch für mich aus, wickelt mich im flauschig warmen Frottee ein und reibt meine Arme trocken. »Wir sollten nicht vergessen, dass Talent nur die eine Seite der Medaille ist. Wir anderen trainieren unsere Fähigkeiten seit vielen Jahren. Als ich mit dreizehn an die Akademie kam, fand ich diese Pools auch noch recht frisch.«

Poetry verschränkt die Arme vor der Brust und beäugt mich kritisch. »Außerdem ist Joy maximal zur Hälfte eine Capulet, immerhin wissen wir nicht, ob ihre Mutter vielleicht auch schon vermischtes Blut hatte. Ihr Talent könnte ziemlich verwässert sein.«

»Oder sie hat gar kein Talent«, meint Drapes trocken und erntet dafür von allen Seiten schockierte Blicke. Bloß ich stimme ihr sofort zu, was Stage nur noch energischer meine Arme abrubbeln lässt.

Rhyme wirkt nachdenklich. Er betrachtet einen langen Schatten, der sich durch die Rosen ringsum schlängelt. Obwohl er durch meine Planscherei ziemlich nass geworden ist und ein frischer Wind durch seine feuchten Haarspitzen weht, bildet sich nicht mal ein Hauch von Gänsehaut auf seinen Armen. »Joy hat keine Chance, in knapp einem Monat das aufzuholen, was wir seit unserer Kindheit üben. Wir müssen unsere Strategie ändern.«

»Wie wäre es, wenn ihr mich mit einem Stapel guter Bücher in Poetrys Zimmer einsperrt und erst wieder rauslässt, wenn der Spuk vorbei ist?«, schlage ich vor. Mein Kampfgeist ist mir im Pool leider abgefroren.

Poetry ignoriert das völlig. »Im Endeffekt läuft alles darauf hinaus, dass Joy nicht zur Ballkönigin gewählt werden darf.«

»Ballkönigin?«, frage ich verwundert.

»Das habe ich dir auf Seite fünf bis sieben erklärt.« Rhyme schaut sich hoffnungsvoll um, als würde seine Anleitung für mich doch noch irgendwo auftauchen. »Alle Capulets und Montagues müssen auf dem Ball neun Tänze gegeneinander bestreiten. Für den zehnten und letzten Tanz, den sogenannten *Ultimo Ballo,* werden nur die vielversprechendsten Pärchen ausgewählt. Das Paar, das beim *Ultimo Ballo* am verliebtesten wirkt, wird zu Ballkönig und Ballkönigin ernannt. Im Endeffekt ist das nur eine andere Bezeichnung für das potenzielle Liebespaar.«

»Genau«, hakt Poetry ungeduldig ein. »Wir müssen also um jeden Preis verhindern, dass Joy zur Ballkönigin wird – dann muss sie auch nie bei einem Duell antreten. Und das wiederum bedeutet: Wir brauchen einfach nur dafür zu sorgen, dass ihr bei den Tänzen kein Montague verliebte Blicke zuwirft.«

»Ich könnte mir die Haare an den Beinen wachsen lassen«, biete ich an.

Aber Rhyme hat seinen Sinn für Humor wohl irgendwo bei meinem Kampfgeist im Pool gelassen. Er wendet sich von den Rosen ab und wirft mir einen ernsten Blick zu. »Wahre Liebe ist nicht oberflächlich.«

Stage heult vor Entzücken auf, hakt seinen Arm um Rhymes Hals und schüttelt voller Rührung den Kopf. »Das ist genau das, was ich letztens gemeint habe«, flüstert er ihm verschwörerisch zu. »Sag so was vor den Mädchen, und sie vergessen garantiert jegliche Schlangen in deinem Bett.«

»Die Schlangen gehören zu mir.« Rhyme schüttelt ihn ab und klopft auf den Wurzelboden. Sofort streckt Balboa ihren breiten Schädel aus dem Gebüsch und schlängelt sich Meter um Meter auf ihn zu. Er geht ihr entgegen und muss nicht mal seine Schritte verlangsamen, um sie an seinem Körper emporkriechen zu lassen, so mühelos fließen ihre Bewegungen ineinander über. Sie sind ein perfekt aufeinander eingespieltes Team.

»Komm mit, Joy!«, ruft er über seine Schulter hinweg. »Wir müssen dein erstes Training mit etwas Positivem beenden!«

Meine Brust glüht auf. »Mit Abendessen?!«

Er grinst. »Sehen wir mal, wie du dich in den Feuerfeldern anstellst.«

Das Handtuch fällt mir aus der Hand.

Bei meinem Glück sind alle Feuerfelder in der Nähe natürlich bereits besetzt. Poetry schlägt zwar vor, einfach ein paar Montagues zu verjagen, aber Rhyme hält das für taktisch unklug. Was nicht nur bedeutet, dass ich mit schneeweiß gefrorenen Gliedmaßen durch den halben Rosengarten staksen muss, sondern dass ausgerechnet nur noch jenes Feld frei ist, das neben einem voll besetzten Wasserbecken liegt. Die Schüler, die am Poolrand sitzen und ihre Füße ins Wasser baumeln lassen, werfen mir schon von Weitem so gehässige Blicke zu, dass sich mein Magen ahnungsvoll verknotet.

Es ist Sorrows Clique.

Aschenputtel a. k. a. Sorrow höchstpersönlich springt sofort auf die Füße, als sie Rhyme entdeckt, und verneigt ihren aschgrauen Haarschopf vor ihm. »Mein Fürst! Ich habe Paper auf die Krankenstation gebracht. Ihre Nase ist gebrochen, aber ansonsten geht es ihr gut. Sie wird zum Ball voll einsatzfähig sein.«

Stimmt ja. Poetry hatte irgendwas davon gesagt, dass ich einer von ihnen die Nase gebrochen hätte. Das muss beim Emporstrampeln passiert sein, als ich kurz davor war, zu ertrinken. Oder zumindest geglaubt habe, es zu tun. Mein Mitleid hält sich in Grenzen.

Rhyme taxiert Sorrow mit kühlem Blick. Balboa, deren schwerer Körper ihm über den Schultern hängt, gibt ein gefährliches Zischen von sich. »Du weißt, wie sehr ich mich um das Wohlergehen meines Hauses sorge.«

Sie verbeugt sich noch tiefer. »Ja, mein Fürst.«

»Und damit meine ich alle Capulets«, fügt er eisig hinzu. »Ausnahmslos.«

Ihr Blick flackert unsicher auf. »Mein Fürst?«

»Ich bin mir absolut sicher, dass dir von selbst einfallen wird, worauf ich hinauswill. Ihr solltet eure nächste Tauchübung dazu nutzen, um euer Verhalten gegenüber anderen Capulets zu reflektieren.«

»Wir – wir haben unsere Tauchübung für heute bereits beendet.«

»Nein«, antwortet er. »Habt ihr nicht.«

Rhyme schnippt mit den Fingern, und das Wasser im Becken beginnt zu brodeln, als hätten sich die Düsen eines Whirlpools aktiviert. Den erschrockenen Rufen von Sorrows Clique nach spielt sich unter der Wasseroberfläche jedoch was völlig anderes ab. Einer nach dem anderen rutscht so abrupt in den Pool, als hätte man ihn an den Füßen hineingezogen.

Sorrow wird blass.

»Spring rein«, befiehlt ihr Rhyme. »Meine Schlangen werden dafür sorgen, dass du ausreichend Zeit hast, um über alles nachzudenken.«

Ein Schauder rollt über ihren Körper, aber nach kurzem Zögern tritt sie tatsächlich an den Beckenrand und springt mit geballten Fäusten hinein. Sie landet platschend im Wasser, taucht nur kurz auf und wird sofort nach unten gezogen. Eine schwarz-weiß gestreifte Schlange ist für einen Sekundenbruchteil zwischen den Blubberbläschen zu sehen.

Stage stöhnt auf und murmelt wie ein verwirrter Tattergreis vor sich hin: »So wird das nie was … So wird das nie was mit einer Freundin … All meine Bemühungen für nichts …« Aber Poetry reckt nur ihr Kinn und rückt ihre verspiegelte Sonnenbrille zurecht. »Die haben's nicht anders verdient. Joy muss wegen ihnen Todesangst gelitten haben. Außerdem ist das eine gute Übung für sie.«

Ich trete neben Rhyme ans Wasserbecken und knete meine Hände. »Ich bin mir nicht sicher, ob du mir damit einen Gefallen getan hast.«

»Keine Sorge, für Capulets ist das nichts anderes als eine Runde Nachsitzen.« Er linst kühl zu mir herab. »Außerdem, wer sagt, dass ich das für dich getan habe?« Doch ein klitzekleines Lächeln, das an seinem Mundwinkel zupft, verrät ihn auf der Stelle.

Ich beiße mir auf die Unterlippe. »Wem auch immer du damit helfen wolltest – ich hoffe sehr, diese undefinierte Person kann sich das nächste Mal selbst zur Wehr setzen. Sobald diese undefinierte Person gelernt hat, Wasser und Feuer zu atmen«, füge ich mit stiller Verzweiflung hinzu.

»Leider«, meint Rhyme, »können wir kein Feuer atmen. Es verbrennt uns.«

»Kann's kaum erwarten«, keuche ich.

Wir lassen das Wasserbecken hinter uns, dessen Oberfläche nun völlig glatt und still daliegt, und gehen zum Feuerfeld. Es befindet sich hinter einem pompösen Springbrunnen mit Wasser spuckenden Seeschlangen und hat exakt dieselbe Größe wie der Pool. An den Rändern des Feuers schimmert Sand, der wie fein geriebener Rosenquarz aussieht. Poetry nimmt eine Prise zwischen die Finger und lässt sie vor meiner Nase herabrieseln. Es funkelt wie Glitzer in der Luft. »Schön, nicht? Dieses Mineral gibt es nirgendwo sonst auf der Welt. Wir wissen nicht genau, woher es kommt, aber es breitet sich wie etwas Lebendiges unter den Wurzeln dieser Rosen aus. Jedenfalls sorgt es dafür, dass der Sauerstoff in den Wasserbecken besser von unserer Haut aufgenommen werden kann, und senkt außerdem die Brennkraft des Feuers.«

»Was bedeutet, dass auch Montagues es überdurchschnittlich lang in unseren Wasserbecken aushalten«, verdeutlicht Stage. »Und Capulets im Gegenzug nicht so schnell im Feuer verbrennen.«

»Klingt nett«, würge ich hervor. »Könntest du die Zeitspanne von *nicht so schnell* bitte genauer definieren?«

»Du hast in etwa eine Minute, bevor sich auf deiner Haut Brandblasen bilden«, sagt Rhyme und fügt – als mir vor Schreck der Mund aufklappt – mit zuckenden Schultern hinzu: »Eine Minute ist im Duell jede Menge Zeit.«

»Ich bin noch immer für den Plan, mich in Poetrys Zimmer einzusperren«, jammere ich, aber die anderen zeigen keine Gnade. Stage redet mir Mut zu, Tear bietet mir Tränen an, falls ich mich verbrenne, Drapes hält beide Daumen hoch, und Poetry wirft sich mit einer filmreifen Rolle durch die Flammen, um mir zu demonstrieren, dass ich mich vor nichts zu fürchten brauche. Als sie hochkommt, wischt sie sich rosa Glitzer von der Schulter und grinst mich an. »Der Sand ist puderweich, wird nie zu heiß und polstert die Öffnungen, aus denen das Feuer kommt. Es fühlt sich an, als würdest du dich über eine vorgewärmte Matratze rollen. Versuch's mal!«

Rhyme, der mittlerweile alle Hände voll mit Balboa zu tun hat, die ihrem Zischen nach dem Feuer ebenso wenig traut wie ich, stupst mich auffordernd mit dem Ellbogen an. »Du musst nicht gleich eine Rolle machen. Lauf einfach quer durch.«

Das klingt halbwegs annehmbar.

Vorausgesetzt, die Sache mit der niedrigeren Brennkraft funktioniert auch bei mir. Ich fahre mit der Hand ein paarmal durch die Flammen, spüre tatsächlich nichts und nehme all meinen Mut zusammen. Mit einem spontanen Aufschrei flitze ich hinein. »Wer nichts wagt, der nichts verbrennt!«

Es fühlt sich an, als würde ich an einem heißen Sommertag über ein Beachvolleyballfeld laufen. Aufgeheizter Sand spritzt unter meinen Füßen weg, und das Feuer umspielt meine Waden wie heißer Wind. Ich bin so gut wie durch, als ich am anderen Ende unerwartet über einen Widerstand stolpere und in die Flammen stürze. Es überrascht mich nicht, dass ich auf etwas Weichem lande. Allerdings überrascht es mich sehr wohl, dass dieses Weiche plötzlich aufsteht und mich mit sich aus dem Feuer hievt.

Es ist der Katzenfürst. Seine dunklen Haare wirbeln ihm im Hitzewind über die Augen. Er hilft mir zurück auf die Beine und wischt Sand von meiner Schulter. »Du hast mich erwischt«, meint er grinsend. »Ich habe gehofft, ich könnte euch ein bisschen ausspionieren.«

Hastig taumle ich aus dem Feuerfeld, doch Cut bleibt einfach mittendrin stehen und sieht mir amüsiert nach. Zu hören, dass Montagues immun gegen Flammen sind, ist etwas ganz anderes, als es mit eigenen Augen zu sehen. Es lässt ihn unzerstörbar wirken. Wie einen Racheengel, der aus den Flammen der Unterwelt emporsteigt.

»Wieso brennen deine Shorts nicht?«, rufe ich.

Cut lacht auf. »Wie ich sehe, konzentrierst du dich auf das, was zählt!«

Was auch immer er damit meint.

Balboa scheint ihre Furcht vor dem Feuer kurzfristig vergessen zu haben. Sie zischt Cut über die Flammen hinweg angriffslustig an und windet sich so heftig in Rhymes Armen, dass dieser sie kaum noch bändigen kann. Cut entlockt das nur ein Grinsen. »Wieso kommt ihr nicht rein? Hat das alte Mistvieh keinen Appetit mehr auf mich?«

»Komm her und find's raus«, fordert Rhyme ihn heraus.

Cut schnalzt mit der Zunge, als würde er eine Hauskatze anlocken wollen. Was auch stimmt, zumindest der Teil mit der Katze. Es ist allerdings kein Haustier, das aus den Rosenbüschen kommt, sondern sein schwarzer Panther. Die Raubkatze tappt mit einer majestätischen Gemächlichkeit an mir vorbei und sträubt ihr Nackenfell vor der Riesenschlange.

Balboa ist nicht mehr zu halten. Sie gleitet aus Rhymes Armen, ringelt sich blitzschnell auf dem Boden ein, um sich besser abstoßen zu können, und schnellt mit so unglaublicher Geschwindigkeit über die Flammen hinweg, dass mir vor Schreck ein Keuchen entweicht. Allerdings trifft sie nicht etwa die Raubkatze – sondern erwürgt voller Leidenschaft eine Statue gute zwei Meter daneben.

Der Panther wirkt ziemlich verwirrt.

Cut bricht in schallendes Gelächter aus, schlingt sich die Arme um den bebenden Bauch und lacht in die Flammen hinab. Seine schwarzen Haare fallen ihm bis über den Mund. »Ist das eine neue Taktik, Capulet?!«, prustet er. »Wollt ihr, dass ich mich totlache?!«

Rhyme verschränkt die Arme vor der Brust, allerdings ist selbst über das Feld hinweg zu erkennen, dass seine Wangen gerötet sind. »Balboa ist alt«, verteidigt er sie. »Alt genug, um in deinen gewindelten

Arsch gebissen zu haben, falls du dich noch dran erinnerst. Zeig etwas Respekt!«

Cut richtet sich auf. »Ich erinnere mich«, bestätigt er mit einem gefährlichen Unterton. »Die Narbe habe ich immer noch.« Er blickt zu seinem Panther. »Wie wär's, Fledder? Hol dir einen Bissen Capulet zum Abendessen.«

Der Panther wendet seinen mächtigen Schädel erst zu Cut, dann blickt er hinüber zu Rhyme und setzt sich gemächlich in Bewegung. Rhymes Haltung versteift sich, aber er rührt sich nicht vom Fleck. Im Hintergrund höre ich Rascheln im Gebüsch und vermute, dass noch mehr Tiere bereit sind, ihren Herren zur Seite zu stehen.

So weit kommt es aber nicht.

Denn Fledder lässt sich auf halbem Weg einfach auf die Seite fallen, streckt einen schwarzen Hinterlauf in die Luft und putzt sich ungerührt seinen Intimbereich. Rhyme sieht einige Sekunden lang genauso verdutzt aus wie Cut, fängt sich aber schneller. Er gibt einen merkwürdig erstickten Laut von sich, den ich erst einen Moment später als unterdrücktes Lachen erkenne. Sein Oberkörper bebt geräuschlos, aber er wischt sich Lachtränen aus den Augen.

»Wirklich?! Du musst dir jetzt dein Gehänge putzen?!«, faucht Cut seinen Panther an. Die Raubkatze schüttelt nur ihre zerfransten Ohren und leckt unbeeindruckt weiter.

Ich nutze die Ablenkung, um auf der anderen Seite ums Feuerfeld zu huschen. Tear streckt mir ihre Hand entgegen und drückt mich erleichtert. »Seine Shorts sind übrigens aus feuerfestem Material«, klärt sie mich auf. »Wie unsere Badesachen natürlich auch.«

»Du musst dir seinen vernarbten Hintern also nicht ansehen. Egal, wie lange Montague sich noch vor mir im Feuer verkriecht«, höhnt Rhyme grinsend, während er Tear und mich bereits zu den Treppen schiebt. Auch Stage und Poetry schließen sich uns an. »Lasst uns raufgehen und was zu Abend essen. Positiver, als den Katzenfürsten zu demütigen, kann Joys erstes Training sowieso nicht enden.«

»Wer weiß?!«, brüllt Cut uns in einer Lautstärke nach, die durch den gesamten Rosengarten hallt. Es gibt keinen einzigen Kopf, der sich dabei nicht neugierig in unsere Richtung dreht. Selbst ich linse verstohlen über meine Schulter. »Vielleicht gefällt Joy mein vernarbter Hintern ja besser als deiner?!«

KAPITEL 22

Um eines vorwegzunehmen: Ich bekomme keine Gelegenheit, Cuts Theorie, seinen vernarbten Hintern betreffend, unter Beweis zu stellen. Weder am nächsten Tag noch in den zwei Wochen danach. Seine schwarzen Shorts, die auffallend oft in der Nähe unseres Wasserbeckens auftauchen, durch die Rosenhecken hinter unserem Feuerfeld blitzen oder provozierend über die Treppen vor mir nach oben steigen, lassen mich die Sache allerdings auch nicht vergessen.

Nur beim Tanzunterricht auf dem Marmorplatz lässt er sich nie blicken. Weder er noch Rhyme, da beide Fürsten zu sehr damit beschäftigt sind, ihre Häuser in Wasserbecken erfrieren zu lassen oder in Flammenfeldern zu grillen. Was wirklich ein Jammer ist, denn hier hätte ich etwas Aufmunterung gut gebrauchen können.

Kaum hatte ich halbwegs kapiert, was es mit den Bällen und Duellen auf sich hat, kamen natürlich neue Regeln dazu. Es reicht offenbar nicht, dass Capulets und Montagues auf dem Ball ganz normal miteinander tanzen müssen. Im Endeffekt sind diese Tänze nichts anderes als kleine Miniduelle vorab, bevor es im Rosengarten dann richtig zur Sache geht.

»Wenn du nicht führst, dann übernimmt dein Gegner.« Stage zieht mich an seine Brust, wirbelt uns im Kreis herum und schiebt seinen Oberschenkel zwischen meine Beine. Ich schlinge meine Arme um seinen Hals, wie ich es gelernt habe, lasse mich nach hinten abrollen und nutze mein Gewicht, um ihn über mich hinwegzuschleudern. Ehrlich gesagt kann ich selbst kaum fassen, dass er wie geplant auf den Trainingsmatten ringsum landet. Triumphgefühl steigt in mir auf – zumindest bis er schwungvoll aufspringt und mir die Rose entgegenhält, die er vom Anstecker an meiner Brust gestohlen hat.

»Nicht schon wieder«, stöhne ich.

Stage zuckt bedauernd die Schultern. »Ich konnte dir die Rose ganz leicht abnehmen. Wo warst du mit deinen Gedanken?«

Seufzend wische ich mir Schweiß von der Stirn. »Wenn du es genau wissen willst, dachte ich an Jungshintern.«

»An meinen?«

»Tut mir leid, nein.«

Er runzelt die Stirn und dreht sich nach hinten, um seinen Allerwertesten zu begutachten. »Was stimmt mit meinem Hintern nicht?«

»Dein Hintern ist sehr attraktiv.« Was keine Lüge ist. Besonders in den leuchtend blauen Trainingshosen kommt er gut zur Geltung. Allerdings musste ich im Laufe unserer Tanzstunden feststellen, dass enger Körperkontakt zu Stage keinerlei tiefere Regung in mir auslöst. »Ich betrachte ihn aber eher wie einen Bruderhintern«, erkläre ich ihm.

Stage knickt enttäuscht ein, fängt sich aber rasch. »Wahrscheinlich besser so.«

»Von wegen, das ist eine Katastrophe.« Poetry stapft in ihrem silbernen Trainingsanzug zu uns herüber. Obwohl Kraftquellen nicht an den offiziellen Tänzen der Bälle teilnehmen dürfen, trainiert sie mit Tear. Wobei man es eigentlich nicht mehr Training nennen kann, sondern es eher als Aufführung zweier Vollprofis bezeichnen muss. Ihre ineinanderfließenden Tanzbewegungen sind so hypnotisch, dass sie regelmäßig Publikum anlocken. »Wenn Joy sich von jemandem, den sie nicht einen Funken attraktiv findet, schon so beeinflussen lässt, dann ist sie auf dem Ball so gut wie verloren.«

»Sie hat nicht gesagt, dass sie mich keinen Funken attraktiv findet«, beschwert sich Stage, aber Poetry schnaubt ihm nur entgegen. Sie baut sich vor mir auf und stemmt ihre Arme in die Hüften. »Du musst dich konzentrieren, Joy! Wenn du die Rose verlierst, verlierst du auch die Führung. Und der Montague, gegen den du tanzen musst, kann alles mit dir anstellen.«

Ich verschränke die Arme vor der Brust. »Eure Logik ist mir unbegreiflich. Umso schlechter ich tanze, desto weniger wahrscheinlich macht mir ein Montague schöne Augen. Und wenn keiner von denen mich verliebt anglotzt, werden wir auch nicht zum potenziellen Liebespaar gewählt, oder? Ist das nicht genau das, was wir wollen?«

Poetry fallen fast die Augen raus. »Aber es ist eine Schande für unser Haus, wenn du die Führung bei einem Tanz verlierst. Mal ganz abgesehen davon, dass Generationen von Frauen hart für das Recht der Rosenführung gekämpft haben. Vor hundert Jahren war es noch absolut selbstverständlich, dass der Junge führen durfte. Wir Mädchen waren bis dahin nichts anderes als hübsche Püppchen, die von ihnen auf der Tanzfläche hin und her geschoben wurden.«

»Außerdem dürfen die Fürsten für den Eröffnungstanz ihre Partner frei wählen«, fügt Stage kleinlaut hinzu und tippt seine Zeigefinger aneinander. »Ich hatte gewisse Pläne für dich ...«

»Pläne?«

»Du könntest mit Rhyme tanzen.«

»Was?!« Mich tagelang an Stages Oberschenkel zu reiben, hat keinerlei Regung in mir ausgelöst, aber allein der Gedanke, mit dem Schlangenfürsten vor der versammelten Akademie einen erotischen Kampftanz aufzuführen, jagt mir einen Schwarm Hornissen durch die Eingeweide. »Auf keinen Fall! Ich ... ich ... ich kann mir doch kaum den Bewegungsablauf einer einzigen Figur merken!« Hilfesuchend wende ich mich an Poetry. »Ich würde bloß unsere Füße verheddern! Wir gingen vor der ganzen Schule auf die Schnauze! DAS wäre eine Schande für das Haus Capulet!«

Stage begreift das Ausmaß meiner Panik offenbar nicht. Er gießt noch Öl ins Feuer. »Wäre irgendwie heiß«, murmelt er vor sich hin, »wenn ihr zwei auf der Tanzfläche übereinander herfallen würdet ...«

»ICH TANZE NICHT MIT RHYME!«

Meine Stimme hallt von den hohen Gebäuden wider und lässt nicht nur Tear und Drapes zu mir herüberblicken, sondern auch alle anderen Capulets, die mit ihren Tanzvorbereitungen beschäftigt sind.

»Wieso willst du nicht mit mir tanzen?«, fragt jemand von hinten.

Ich zucke so heftig zusammen, dass sich mein ganzer Rücken verknotet und ich mich mit der Beweglichkeit einer Neunzigjährigen umdrehen muss. Sogar meine Halswirbel knirschen wie ein schlecht geöltes Getriebe.

Hinter mir steht Rhyme in seinen königsblauen Badeshorts. Genau der gleiche Rhyme, der sich sonst nie beim Tanzunterricht blicken lässt. Immerhin trägt er heute noch ein Shirt, das nur zur Hälfte feucht geworden ist und an seinem Bauch klebt. Als ich es schaffe, meinen Blick nach oben in sein Gesicht zu schleifen, lächelt er mich an. Er hält eine braune Papiertüte hoch. »Können wir uns unterhalten? Da drüben unter dem Gazebo? Ich hab was für dich.«

Stage blickt uns mit großen Augen hinterher, während ich Rhyme unter einen Gartenpavillon am Rand des Rosengartens folge, der wie ein überdimensionaler Vogelkäfig aussieht. Sein verschnörkeltes Eisengitter ist über und über mit Rosen bewachsen, die ihre schweren Köpfe zu uns herabhängen lassen. Eine romantische kleine Nische, in der die Tänzer sich zwischendurch ausruhen können.

Rhyme stellt sich so vor mich, dass die anderen nicht sehen können, was er aus der Papiertüte zieht. Es ist eine Postkarte, auf der das Foto eines herrschaftlichen Palastes am Ufer eines in der Sonne funkelnden Sees abgebildet ist. »Hier, für dich.«

Ich nehme die Karte und drehe sie um.

»Sie ist von Dad! Ich glaub's nicht!« Meine Augen fliegen über seine Zeilen hinweg, fressen Wort um Wort, nur um wieder von vorne anzufangen und alles noch mal in Ruhe zu lesen. Mein Puls pocht mir bis in die Kehle.

Liebe Joy,
noch nie in meinem Leben habe ich eine so inspirierende Stadt wie Mantua erlebt. Die Kunst, die Architektur, das Theater! Jeder Tag wird zum Genuss und rast nur so dahin. Ich bin sicher, du verbringst eine ebenso wundervolle Zeit in deiner neuen Schule.
Alles Liebe, mein Schatz!
Dein Dad

Ich würde gerne den Kopf heben und mich bei Rhyme bedanken, aber meine Mundwinkel zittern verdächtig, und ich brauche ein paar Momente länger, um meine Augen an der Luft trocknen zu lassen.

»Hier, die sind auch für dich.« Die Papiertüte raschelt, und weitere Postkarten werden mir unter die Nase gehalten. Ich nehme sie entgegen und betrachte glänzende Bilder von altertümlichen Gebäuden, geschwungenen Brücken und Schlössern mit kunstvoll geformten Zinnen. Auf der letzten Karte ist eine Arena abgebildet, deren Mauerbögen mich an die Akademie erinnern, aber sehr viel älter wirken. Ein weißer Komet springt in hohem Bogen aus ihrem Inneren hervor und strahlt mit zahlreichen Sternspitzen über den Platz davor. Es ist ein gigantisches Kunstwerk aus Metall.

»Wenn man die Augen offen hält, findet man überall Hinweise auf den Unstern«, sagt Rhyme. »Die Kirche verkauft ihn den Touristen natürlich als Stern von Bethlehem, aber die alteingesessenen Familien wissen, was er wirklich darstellt.«

Ich drehe die Karten um und blicke überrascht auf. »Die sind leer?«

Rhyme lächelt mich an. »Das ist nicht Mantua, sondern Verona. Die Piazza delle Erbe, der Torre dei Lamberti und die Arena di Verona.« Er tippt nacheinander auf die Bilder eines prunkvollen Platzes, eines reich verzierten Turms und der antiken Arena mit dem Kunstwerk des Unsterns. »Wenn der Fluch besiegt ist, zeige ich dir meine Heimatstadt. Sie ist meiner Meinung nach viel eindrucksvoller als Mantua, auch wenn ich vielleicht etwas voreingenommen bin.« Er dreht die Karten in meiner Hand um. »Ich hab Briefmarken draufgeklebt, siehst du? Du kannst sie benutzen, um deinem Dad zu schreiben.«

»Ich darf meinem Dad Postkarten schreiben?«

»Tut mir leid, ich weiß, es ist kein Handy, aber …«

Ich werfe mich um seinen Hals und drücke ihn an mich. »Danke! Danke! Danke!«

»Das … das ist doch nicht der Rede wert«, stammelt er in meine Haare. Seine Hände schweben einen Moment lang über meinem Rücken, ehe er zögernd meine Schulterblätter berührt. »Ich hätte sie dir ja schon früher besorgt, aber Giulietta brauchte einige Überzeugungsarbeit. Sie wird natürlich alles lesen, was du abschickst, also drück dich geschickt aus.«

Giulietta. Lady Capulet. Ich habe sie seit zwei Wochen nicht mehr zu Gesicht bekommen, worüber ich alles andere als enttäuscht bin. Seit zwei Wochen stehe ich nicht mehr unter ihrer Beeinflussung, aber Rhyme duftet noch immer nach frisch gemähtem Rasen und strahlend weißem Sonnenlicht. Ich lasse ihn los, trete ein paar Schritte zurück und verstecke meine Blicke in den Postkarten.

»Würdest du mir jetzt verraten, warum du nicht mit mir tanzen willst?«, fragt er.

Mein Herz rast los.

»Es … es liegt nicht an dir. Meine Tanzfiguren sind so steif wie die einer Strohpuppe. Und meine Kicks sind höchstens dazu geeignet, um eine Mücke aus der Luft zu treten. Was wahrscheinlich noch übertrieben ist, denn ich kriege meine Beine gar nicht so hoch«, brumme ich. »Ich habe weder die Anmut für die Balletteinlagen noch den Sexappeal für die Salsa-Moves und schon gar nicht die Balance für die Capoeira-Kampfschritte. Meine Rose könnte ich genauso gut gleich meinem Gegenüber anstecken. Das würde uns beiden unnötige Schmerzen ersparen.«

»Hm.« Rhyme verschränkt die Arme vor der Brust und mustert mich von oben bis unten. »Traditionell müssen die Fürsten den Eröffnungstanz machen. Fünf volle Minuten auf der Tanzfläche, in denen ich im Namen meines Hauses zeigen muss, was die Capulets draufhaben und wovor die Montagues sich besser in Acht nehmen sollten. Dafür brauche ich eine Partnerin, die mehr Selbstvertrauen hat als du.«

Ich nicke hastig. »Ganz deiner Meinung.«

Sein Lächeln vertieft sich. »Ich denke, es mangelt dir einfach nur an der nötigen Motivation. Aber das lässt sich ändern.« Er verneigt sich mit einer sehr eleganten Handbewegung vor mir, ruiniert die noble Geste allerdings mit einem überaus frechen Grinsen, das er zu mir emporschießt. »Joy Capulet, es ist mir eine Ehre, dich zu meiner offiziellen Tanzpartnerin zu ernennen.«

Ich weiche vor ihm zurück. »WAS?!«

Er richtet sich gelassen auf und spaziert in aller Seelenruhe davon. Erst einige Meter entfernt feuert er ein Lächeln über seine Schulter zurück. »Worauf wartest du noch? Es sind nur noch zwei Wochen bis zum Ball! Du solltest besser trainieren.«

DER ERSTE BALL

Geschätzte Schüler:innen der Akademie,
greift euch Augenmasken aus Silber und Gold,
kostet legendären Wein aus Rosen
und tanzt auf glitzerndem Sternenstaub -
das Ballkomitee heißt euch
auf dem ersten Ball der Saison
herzlich willkommen!

Das Ballprogramm:
Ansprache der Grafen Capulet und Montague
Eröffnung durch den Fürstentanz
Neun Tänze gemäß euren Tanzkarten
Ultimo Ballo - der Letzte Tanz
Wahl der Ballkönigin und des Ballkönigs
Die Stunde der Leibgarde
Das Duell des Liebespaares

KAPITEL 23

»Komm schon, Joy!« Poetry trommelt an die Tür. »Sei nicht kindisch.«

»Ich bin nicht kindisch! Ich erkenne das bevorstehende Desaster und verkrieche mich im Badezimmer wie eine verantwortungsvolle Erwachsene!«

»Das Kleid sieht hammermäßig an dir aus!«

»Das Kleid ist nicht das Problem. Wobei …« Ich zupfe an meinem diamantbesetzten Ausschnitt, der mir fast bis zum Bauchnabel reicht, und werfe einen verzweifelten Blick in den Badezimmerspiegel. Poetrys Klebebandkünste halten zwar alles an seinem Platz, aber ich fühle mich in diesem Nichts aus transparentem Stoff nackter als im Fischernetz – und das will was heißen. »Lass mich das zurücknehmen, das Kleid ist doch Teil des Problems. Wenn ich mich darin bewege, funkle ich wie eine Discokugel!«

»Das ist auch Sinn der Sache, du bist die Primaballerina, die erste Tänzerin! Alle Augen werden auf dich gerichtet sein!«

»…«

»Joy? Joy, geht es dir gut?«

»Die Sache mit der Vortänzerin hättest du vielleicht nicht extra erwähnen sollen«, dringt Tears leises Tuscheln durch die Tür. »Wenn sie sich übergibt, kriegen wir das nie rechtzeitig aus dem Diamantstoff raus. Der Ball beginnt in knapp einer Stunde.«

»Ich versuche euch zuliebe, meinen Mageninhalt woanders hinzuleiten«, keuche ich zur Tür.

Tear verstummt.

Erneut dringt Pochen an meine Ohren, diesmal jedoch deutlich gedämpfter. Offenbar klopft jemand an Poetrys Zimmertür. Fußgetrappel ist zu hören, dann das Geflüster von gesenkten Stimmen. Wer auch immer hereingekommen ist, wird über die Notsituation aufgeklärt. Was mir inzwischen egal ist. Meinetwegen können sie mein Gesicht auf riesige Banner drucken und mit dem Wort *Angsthase* drunter aus allen Fenstern der Akademie hängen – Hauptsache, mir bleibt das Tanzen erspart.

»Joy?«, dringt Rhymes tiefe Stimme herein. »Machst du bitte die Tür auf?«

Ich schlinge die Arme um meinen glitzernden Bauch, verheddere meine funkelnden Armreifen in den Diamanten, kämpfe einige Sekunden lang mit meinem Outfit und sinke entmutigt auf den Badewannenrand. »Ich kann die Tür nicht aufmachen.«

»Du brauchst nicht nervös zu sein. Ich bin die ganze Zeit über bei dir.«

»Ich meine es wörtlich. Ich kann die Tür nicht aufmachen, weil sich mein Schmuck im Kleid verheddert hat. Meine Arme sind an meinen Bauch gefesselt.«

Merkwürdig gedämpfte Geräusche dringen zu mir herein, die ich zuerst nicht deuten kann. Mein Herz macht einen wilden Satz, als ich endlich begreife, was da draußen vor sich geht.

»Lacht ihr etwa heimlich über mich?!«, entrüste ich mich.

»Wir … wir sind Capulets«, bringt Stage mit hörbarer Mühe hervor. »Wir können nicht lachen.« Jemand grunzt vor Belustigung. Ein anderer versteckt sein Kichern äußerst schlecht hinter falschem Husten.

Ich funkle die Tür an. »Es ist offiziell! Ich rede kein Wort mehr mit euch!«

»Es ist offiziell, dass wir deine Freunde sind«, entgegnet Poetry. »Und als deine Freunde schleifen wir dich aus diesem Badezimmer raus, sollte es nötig werden, stoßen dich auf die Tanzfläche und überstehen alles gemeinsam, was auch immer danach kommt!«

Beim Wort *Freunde* fährt ein süßer Stich durch meine Brust. Natürlich hatte ich früher schon Freunde, überall auf der Welt. Zumindest habe ich sie bisher dafür gehalten. Aber ich hatte noch nie Freunde, die mich aus heiterem Himmel zu ihren Tanzpartnerinnen auserkoren haben oder tagelang Designerbroschüren durchblätterten, um dieses eine perfekte Kleid für mich zu finden. Und garantiert hätte keiner von denen wochenlang neben mir in eiskalten Pools gezittert oder wäre mit mir durch lodernde Flammen gerannt.

Egal, wie oft ich meine Tanzschritte versemmelte und Sorrows Clique im Hintergrund über mich lästerte, Stage hat stets unsere Würde bewahrt und mich mit breitem Grinsen zurück auf die Beine gezogen. Egal, wie oft mir bei meinen Tauchübungen der Atem ausging oder ich statt eines lässigen Luftkicks nur über meine Füße gestolpert bin, Poetry schaffte es jedes Mal, irgendeine Verbesserung darin zu entdecken. Sogar Tear und Drapes, die uns nur als Kraftquellen auf den Ball begleiten, haben sich für mich ins Zeug gelegt und mit mir zusammen Kampfschritte und Strategien auswendig gelernt. Und wenn ich abends todmüde ins Bett fiel, haben sie sich zu mir gekuschelt und so lange über Sorrows Clique Witze gerissen, bis ich mit einem Lächeln im Mundwinkel eingeschlafen bin.

»Übrigens hab ich einen Ersatzschlüssel«, warnt Poetry mich vor.

Und sie benutzt ihn auch.

Aber es ist nicht Poetry, die zuerst reinkommt.

Die Tür schwingt auf und offenbart einen Prinzen aus Eis. Ich sauge Luft ein, als mein Blick von unten bis oben über ihn hinweggleitet. Rhyme trägt eine dunkelgraue Hose, die so aussieht, als wären echte Silberfäden hineingewebt worden. Seine Gürtelschnalle ist aus Silber und besetzt mit grob geschliffenen Diamanten, die in der Badezimmerbeleuchtung aufblitzen. Darüber sind die Umrisse seiner Bauchmuskeln zu erkennen. Er trägt ein eng anliegendes Designershirt in dunklem Silber, das genug eingestickte Löcher hat, um die Form seines Körpers darunter auszumachen. Die Lochstickereien sind wellenförmig und verleihen die Illusion von sich bewegendem Wasser. An seinen Ohren blitzen ebenfalls grob geschliffene Diamanten. Sogar seine hellen Haare sind kunstvoll mit etwas aufgestylt, das ihnen einen Schimmer von Silber verleiht. Die einzige Farbe an ihm steckt in seinen eisblauen Augen – die mich keine Sekunde lang loslassen, während er sich vor mir niederkniet.

»Ich dachte«, krächze ich mit enger Kehle, »du stehst nicht auf Shoppen?«

Es ist komisch, ihn plötzlich in seinem Tanzoutfit vor mir zu sehen. In den letzten zwei Wochen habe ich ihn kaum noch zu Gesicht bekommen. Poetry und Stage haben mich zwar nach seinen Anweisungen trainiert, aber ich hätte nichts dagegen gehabt, wenn Rhyme persönlich da gewesen wäre. Das allerdings sahen über dreihundert andere Capulets genauso. Abgesehen von ein paar schnellen Momenten – in denen er mit feuchten Haaren am Fürstentisch saß und sein Frühstück in sich hineinschaufelte, während er gleichzeitig Hunderte Trainingsnotizen für sein Haus verfasste – haben wir kaum noch miteinander gesprochen.

Ich hätte ihn gerne gefragt, warum er mit mir tanzen will.

Poetry meinte, dass es eine gute Strategie wäre, um mich vor dem Duell zu bewahren – es ist weniger wahrscheinlich, mit irgendeinem Montague zum potenziellen Liebespaar gewählt zu werden, wenn der Schlangenfürst offenes Interesse an mir zeigt. Aber da ist eine leise Stimme in mir, die sich fragt, ob es vielleicht noch einen anderen Grund für seine Wahl gab. Eine Stimme, die es still und heimlich sogar hofft.

Na toll. Jetzt wird mir wirklich noch schlecht.

»Ich steh auch nicht auf Shoppen.« Rhyme grinst mich an. »Aber der Maskenball hat seit über tausend Jahren Tradition, und als Fürst meines Hauses muss ich ihm Ehre erweisen. Außerdem hätte Giulietta mich eiskalt gekillt, wenn ich in Jeans aufgekreuzt wäre.«

»Sie hätte nur noch deine Leiche gekillt«, wirft Poetry von hinten ein. »Ich hätte dich nämlich vorher kaltgemacht, wenn du nicht zu Joys Outfit gepasst hättest. Und jetzt geh aus dem Weg und lass mich deine Tanzpartnerin retten!«

Poetry hockt sich in einem kurzen Kleid aus schimmerndem Silberstoff vor mich und beschäftigt sich mit meinen funkelnden Armreifen. Wie immer sieht sie bildhübsch aus. Wahre Schönheit braucht keine Discokugel, nehme ich an. Rhyme lehnt sich ans Waschbecken und verschränkt die Arme vor der Brust. Was auch immer er sieht, als er zu mir herabblickt, lässt seine Mundwinkel amüsiert zucken.

Ich seufze geräuschvoll über Poetrys Schulter hinweg und wirble versehentlich ihre blonden Locken auf. »Nichts liegt mir ferner, als eine Dramaqueen zu sein«, stelle ich klar. »Aber dieses Vortanzen ist ein gewaltiger Fehler.«

»Du solltest dir mehr Sorgen um die Duelle machen«, meint Drapes aus dem Hintergrund. »Auch wenn sich der Ballkönig und die Ballkönigin heute Abend nicht als das eine wahre Liebespaar rausstellen, wird trotzdem einer von ihnen den Rosengarten nie mehr verlassen.«

Mein Innerstes krampft sich zusammen.

Inzwischen weiß ich alles. Rhyme hatte mir ja schon von den Theatermasken erzählt, die den Duellgegnern ausgehändigt werden. Zwei Teams mit dem Ziel, dem jeweils anderen potenziellen Liebespartner die Maske aufzusetzen. Aber er hatte mir damals nicht gesagt, welche Folgen es hat, ein Duell zu verlieren. Das habe ich erst ein paar Tage später erfahren, als Poetry es mir mit gesenkter Stimme zuraunte und alle anderen mit unangenehm berührten Blicken woanders hinsahen. Um ehrlich zu sein, habe ich es seitdem vermieden, allzu lange über mögliche Konsequenzen nachzudenken. Und mich stattdessen lieber auf eine Blamage konzentriert, die mit hundertprozentiger Sicherheit auf mich zurast.

»Mach sie nicht noch nervöser«, tadelt Tear Drapes.

Stage drängt sich vor die Mädchen und wirft mir ein aufmunterndes Lächeln zu. »Keine Panik, Joy. Das Duell kriegst du schon hin, sollte es tatsächlich nötig werden. Du bekommst immerhin seit über einer Woche keine Wadenkrämpfe mehr im Pool.«

»Aber ich kann immer noch nicht unter Wasser atmen«, werfe ich ein.

»Dafür rennst du schneller als jede andere durchs Feuer«, ermutigt mich auch Poetry. Einen meiner Arme hat sie bedauerlicherweise schon befreit. »Außerdem hast du Stage gestern innerhalb von zehn Sekunden komplett kampfunfähig gemacht – und er ist einer unserer Besten.«

»Weil ich über meine eigenen Füße gefallen bin und ihm versehentlich eine Ladung heißen Sand in die Augen gekickt habe.«

»Genau.« Poetry löst meinen letzten Armreif aus dem Glitzerstoff und wackelt vielsagend mit den Augenbrauen. »Du bist unberechenbar! Kein Montague ist auf dich vorbereitet!«

»Ihr habt recht.« Ich raffe mich auf und streiche den Stoff über meinem Bauch glatt. »Ich fürchte mich nicht vor dem Duell. Ich werde nämlich bereits auf der Tanzfläche aus tief empfundener Scham einfach tot umfallen.«

Rhyme grinst. »Ich fang dich rechtzeitig auf.«

»Großartig«, knurre ich. »Dann hab ich wenigstens was Schönes zum Anschauen, bevor ich abtrete.«

Die Worte sind aus meinem Mund raus, bevor mir klar wird, was ich da eigentlich von mir gegeben habe. Rhyme erstarrt zu absoluter Reglosigkeit, Poetry glotzt mich an, als hätten mich alle guten Geister verlassen, und Stage zerfließt beinahe im Türrahmen.

»Ich korrigiere mich«, murmle ich kaum hörbar und meide jeglichen Blick in Richtung des Waschbeckens – oder jener schönen Person, die an ihm lehnt. »Vielleicht trete ich doch lieber gleich ab …«

Wie sich herausstellt, ist es gar nicht so einfach, aus Scham zu sterben. Ich schaffe es weder, als wir durch den auf Hochglanz polierten Flur marschieren, noch als wir das blitzblank geschrubbte Foyer durchqueren, und auch nicht, als sich Tear und Poetry in meine Arme einhaken und mich durch die Buntglastüren schleifen.

Die Böden sind den ganzen Tag über gereinigt worden, damit unsere nackten Füße nicht schmutzig werden. Wenn es eine gute Sache am Ball gibt, dann diese: Mörderschuhe sind strengstens verboten. Die Kampftänze werden barfuß auf glitzerndem Rosenquarzsand ausgetragen, und die richtig guten Tänzer werden sogar daran gemessen, wie kunstvoll sie den Sand aufwirbeln. Diesen Teil des Trainings mussten wir für mich allerdings streichen, nachdem ich Stage einen Tag lang hatte erblinden lassen.

»Wow«, stößt Tear hervor, als wir den Speisesaal betreten.

Zu meiner absoluten Erleichterung sind wir die Ersten. Keine Hunderte von Schülern, die ihrem Fürsten mit Getrampel Respekt zollen, mich von oben bis unten mustern und ihre neugierigen Nasen zusammenstecken, um über uns zu tuscheln. Meine verkrampften Schultern lockern sich ein wenig. Dann sehe auch ich, was Tear so beeindruckt hat.

Alle Tische sind verschwunden. Jetzt ist der Speisesaal nur noch ein gewaltiges Glashaus mit mediterranen Bäumen und Palmen, die aus einer dicken Sandschicht herausragen. Tausende kleine Lämpchen in Form von Tropfen aus Silber oder Flammen aus Gold schweben wie Glühwürmchen über unseren Köpfen. In der Mitte des Saals, genau über den Tischen der Fürsten, schimmert uns ein zartrosa Unstern aus Rosenquarz entgegen. Sein echtes Vorbild funkelt viele Tausend Kilometer entfernt durch die Glasdecke darüber. Als wir durch den puderweichen Sand näher rangehen, erkenne ich, dass der auseinandergebrochene Marmorblock zusammengeschoben wurde. Auch die beiden Tische darauf. Sie bilden nun einen einzigen, der nahtlos zusammenpasst, obwohl noch immer eine Seite aus Silber und die andere aus Gold ist. Nur eine Sache ist komplett anders.

»Wieso sind die Stühle ersetzt worden?«, wundert sich Drapes.

Poetry runzelt die Stirn. »Keine Ahnung, das ist auch mein erster Ball.«

»Giulietta sagte, die Fürstentische werden heute Abend für das Ballkomitee benutzt.« Rhyme zuckt die Schultern. »Vielleicht sitzen die lieber auf altmodisch geschnitzten Holzstühlen.«

Poetry wirft ihrem Bruder einen eindringlichen Blick zu. »Hat Giulietta dir endlich mal verraten, wer das Ballkomitee eigentlich ist?«

Rhyme schüttelt den Kopf.

Ich stupse ihn mit dem Ellbogen von der Seite an. »Mit wem hat deine Tante noch mal telefoniert?«

»Was meinst du?«

»Das hast du an meinem ersten Tag hier erzählt«, erinnere ich ihn. »Weißt du nicht mehr? Du sagtest, deine Tante hätte sich verändert und würde andauernd mit jemandem telefonieren, den du nicht kennst. Wenn mich nicht alles täuscht, hast du zwei Buchstaben erwähnt, die am Display zu sehen waren.«

»Wir müssen aufpassen, was wir vor Joy sagen«, meint Stage mit gespieltem Entsetzen. »Die merkt sich ja jedes Wort!«

Ich strecke ihm die Zunge raus. »Es ist von Vorteil, gut zuzuhören, wenn man glaubt, entführt worden zu sein.«

»LL«, sagt Rhyme. »Das waren die zwei Buchstaben.«

Ich halte seinen Blick für einen bedeutungsvollen Moment, dann zeige ich nach vorn auf die Stühle. »Das dachte ich mir. Schau dir mal genau an, was sie ins Holz der Stuhllehnen geschnitzt haben.«

»LL«, wispert er erstaunt.

KAPITEL 24

Auf der gegenüberliegenden Seite des Saals öffnen sich die Buntglastüren zum Montagueflügel. Der Katzenfürst tritt mit seinem üblichen Gefolge ein. Sein goldenes Hemd blitzt uns schon von Weitem entgegen, genau wie sein Grinsen, als er mich im Discokugelkleid entdeckt. Unwillkürlich verschränke ich die Arme vor der Brust. Immerhin herrscht ausgleichende Gerechtigkeit auf diesem Ball, denn auch die Oberkörper der Jungs sind halb nackt und in sexy Stoffe gehüllt. Die Lochstickereien über Cuts Brust haben die Form von Flammen, die sich über seinen Körper emporzüngeln.

Der Junge, der Cut so ähnlich sieht, geht an seiner Seite. Inzwischen habe ich mitbekommen, dass es sich um seinen kleinen Bruder handelt. Hinter den beiden folgt eine Phalanx aus Mädchen, von denen eines heller funkelt als das andere. Keine Ahnung, welche von ihnen mein Pendant beim Vortanzen sein wird, aber wenn ich raten müsste, würde ich auf die Schwarzhaarige im blutroten Kleid tippen. Bei den Mahlzeiten stiert sie Cut an, als würde sie sich am liebsten auf seinen Teller werfen.

»Woher hast du dieses fantastische Hemd?«, ruft Poetry dem Katzenfürsten in voller Lautstärke entgegen. »Musstest du dafür einen Straßenzauberer überfallen?«

Rhyme und Stage grinsen, aber auch Cut wirkt milde amüsiert. Er schlendert mit seinen Händen in den Hosentaschen um die Fürstentische herum und wirft uns ein selbstbewusstes Lächeln entgegen. »Wenn dich dieses Hemd schon beeindruckt, solltest du erst mal sehen, was ich darunter trage.«

Nämlich ganz offensichtlich gar nichts.

Poetry lässt das kalt. »Vielen Dank auch. Kein Interesse.«

Cut grinst noch breiter. »Dich hab ich überhaupt nicht gemeint.«

Er richtet seinen goldenen Blick auf mich.

Rhyme tritt vor mich.

»Ich fühle mich unfassbar geschmeichelt«, spottet er. »Hättest du deine Gefühle für mich nur schon früher offenbart ...«

»Vorsicht, Jungs!«, hallt uns eine Stimme von der Galerie entgegen. Lady Capulet kommt die Mitteltreppe herab, gefolgt von einer Schar Diener. Auch sie trägt heute keine Schuhe, was sie deutlich weniger gefährlich aussehen lässt. Dafür ist ihr rot bemaltes Lächeln so scharf wie eine Klinge. »Wenn ihr so weiterflirtet, ernennt euch das Komitee zuletzt noch zu zwei Ballkönigen. Wir leben in aufgeschlossenen Zeiten.«

»Nicht aufgeschlossen genug«, seufzt Tear.

Poetry wirft ihr einen verwunderten Blick zu, der Tear erschrocken zusammenfahren lässt. Ihr Gesicht bekommt eine ungesunde Farbe. Mindestens genauso ungesund wie die von Rhyme und Cut, die sich entsetzt ansehen und zeitgleich einen Schritt voreinander zurückweichen.

Lady Capulet lächelt zufrieden. »Die Schüler werden bald eingelassen. Es ist Zeit, dass sich die Fürsten auf die Galerie zurückziehen und sich auf den ersten Tanz vorbereiten.«

Der Tanz!

Ob der Sand tief genug ist, um ein Loch hineinzubuddeln? Wenn ich es geschickt anstelle, finden die mich nie rechtzeitig. Rhyme packt mein Handgelenk. »Hiergeblieben! Du siehst aus, als würdest du dich am liebsten im Sand verkriechen.«

Ich lache ertappt auf, schaffe es aber gerade noch rechtzeitig, mir eine Hand vor den Mund zu schlagen, sodass es sich nur wie Schluckauf anhört. Rhyme wirft einen raschen Blick über seine Schulter, doch die Montagues gehen zum Glück bereits zur Treppe.

»Joy –«, beginnt Rhyme warnend, aber ich schneide ihm das Wort ab. »Ich weiß! Ich weiß! Ich darf nicht vor den Montagues lachen, sonst berauben sie mich all meiner Kraft.« Ein sehnsüchtiges Seufzen entweicht mir, als mir die Tragweite dessen bewusst wird. »Dann könnte ich ohnmächtig in den Sand fallen, bis diese Tänze vorbei sind …«

Rhyme schleppt mich gnadenlos rüber zur Treppe.

Tear ist auf der untersten Stufe stehen geblieben und sieht Poetry nach, die mit Stage und Drapes schon weiter oben ist. Sie knetet nervös ihre Hände. Ich hake mich bei ihr ein und ziehe sie mit hinauf. »Alles in Ordnung?«

»Klar doch.« Sie zwingt ein Lächeln auf ihren Mund.

Zu meiner Überraschung hat auch Rhyme mitbekommen, dass etwas nicht stimmt. Er sieht zwar stur geradeaus, als würde es ihn überhaupt nicht interessieren, was zwischen uns Mädchen gesprochen wird, aber seine Stimme klingt sehr sanft. »Poetry mag dich auch, Tear. Sie hat vielleicht nur noch nicht ganz begriffen, wie sehr.«

»Scheint in der Familie zu liegen«, wispert Tear fast lautlos.

Mein Magen macht einen merkwürdigen kleinen Hüpfer.

Oben werden wir von den Montagues getrennt. Für die Capulets ist ein separater Balkon reserviert, der durch einen Mauerbogen hindurch auf die Außenseite der Akademie führt. Wir treten durch weiße Vorhänge, die sich in der warmen Abendluft aufbauschen, und gehen zu einer kunstvoll behauenen Brüstung aus Marmor. Der in sich geschlossenen Gebäudering schneidet uns so sehr von der Außenwelt ab, dass ich überrascht bin, wie normal die Stadt vor uns glitzert: künstliche Straßenbeleuchtung, Neonlicht in den Wohnhäusern, weiße Scheinwerfer und rote Rücklichter an den vorbeifahrenden Autos. Nach einem Monat ohne Handy und Internet hätte ich fast vergessen, in welcher Zeit wir leben.

Zwei Butler kommen auf den Balkon und halten uns Tabletts hin. Auf einem stehen geschliffene Kristallgläser, die mit blassrosa schimmerndem Schaumwein gefüllt sind, auf dem anderen liegen schmale Augenmasken aus purem Silber. Alle Masken ähneln sich in der Grundform, mit spitz zulaufenden Winkeln an den Augen und über der Nase, trotzdem sind sie alle ein wenig verschieden. In kunstvoller Detailarbeit wurden Verzierungen ins Metall eingearbeitet, von elegant geschwungenen Linien über Metallnoppen bis hin zu kronenhaft anmutenden Zacken.

Jeder nimmt sich eine Maske – nur ich zögere.

»Das ist ein Maskenball«, erinnert mich Poetry und drückt mir eine Maske in die Hand. Tatsächlich hatte ich das zwischen all den anderen Infos ganz vergessen. »Und zwar schon von Anfang an, seit über tausend Jahren. Dreimal darfst du raten, woher die Maskentradition in Venetien stammt. Wir haben den Karneval praktisch erfunden.«

»Wir haben bei der Gelegenheit auch ein Spiel erfunden, bei dem Männer ihren Angebeteten mit Rosenwasser gefüllte Eier zuwarfen«, wirft Stage ein und zwinkert mir zu. »Nicht alle unsere Erfindungen waren zeitlose Renner.« Er nimmt sich eine der prunkvolleren Masken vom Tablett und bindet sie sich mit silbernen Samtbändern am Hinterkopf fest. »Früher waren die Leute total verklemmt. Da brauchte es Masken, um überhaupt mal jemanden anzusprechen. Masken und jede Menge Rosenwein.«

»Den wir übrigens auch erfunden haben.« Rhyme nimmt zwei Gläser vom Tablett und hält mir eines hin. Er hat sich seine Maske hoch in die Haare geschoben, sodass ich gut sehen kann, wie seine Augen aufblitzen. »Wir sollten auf unseren Tanz anstoßen.«

Ich schlinge die Arme um meinen glitzernden Bauch und schaue ihm finster entgegen. »Ich hätte dich für strategisch klüger gehalten. Du solltest mir nichts anbieten, das meinen Gleichgewichtssinn gefährdet. Schon vergessen, dass du eine Stunde lang Sand aus Stages Augen waschen musstest?«

»Das ist ein Argument«, bestätigt Stage.

Rhyme grinst nur, drückt mir das Getränk in die Hand und stößt sein Kristallglas sachte dagegen. »Das ist speziell für uns gekelterter Rosenwein. Da ist nicht ein Tropfen Alkohol drin. Dafür …«

Kein Alkohol?

Ich kippe den Rosenwein in einem Zug runter und lecke mir die süßen Lippen. Von all dem Stress bin ich ziemlich durstig geworden, und

Rosenlimonade mochte ich schon immer. Der Wein schmeckt absolut köstlich.

»*Dafür*«, betont Rhyme mit geweiteten Augen, »senkt Rosenwein deine Hemmschwelle viel mehr, als Alkohol es jemals könnte.«

Alle glotzen mich an.

»Was?«, bringe ich hervor.

Stage nickt bestätigend. »Sagte ich doch gerade! Die waren früher total verklemmt! Da haben sie natürlich alle Mittelchen genutzt, um sich ein wenig lockerer zu machen.«

Ich starre in mein leeres Glas hinab. »Ist das etwa eine Droge?!«

»Der Rosenwein fügt dir keinen Schaden zu«, beruhigt mich Rhyme. »Und er beeinflusst deine Entscheidungen in keinster Weise. Er gibt dir nur den Mut, das zu tun, was du wirklich willst.«

»Zum Beispiel mich von diesem Balkon zu stürzen, um meinem Elend zu entkommen?«, schlage ich mit einem Anflug leichten Entsetzens vor.

»Keine Panik, Joy. Wir trinken auch davon.« Poetry nimmt weitere Gläser vom Tablett und verteilt sie an alle. »Dieser Rosenwein ist legendär. Er wird nur alle siebzehn Jahre zu den Maskenbällen serviert. Ihn kosten zu dürfen, ist ein Privileg.«

Trotzdem fällt mir auf, dass alle zögern, bevor sie ihre Gläser ansetzen und mit äußerster Vorsicht dran nippen. Alle außer Rhyme. Er sieht zuerst mich an, mustert dann den rosa schimmernden Wein in seinem Glas, als würde er die Kraft eines Gegners abschätzen, und kippt ihn in einem Zug runter. Als er meinen ungläubigen Blick bemerkt, grinst er bloß. »Jetzt machen wir beide das, was wir wirklich wollen.«

»Mir wird ganz komisch«, jammere ich. »Ich glaube, das Zeug wirkt schon.«

»Wieso?«, ruft jemand vom anderen Balkon herüber. »Überkommt dich auch das plötzliche Verlangen, dem Schlangenfürsten einen Tritt zu verpassen? Das ist jedenfalls das, was ich jetzt wirklich gerne tun würde.«

Es ist natürlich Cut.

Ich hatte gar nicht darüber nachgedacht, dass der Balkon der Montagues nur wenige Meter von uns entfernt ist. Beide Balkone ragen wie zwei perfekte Halbkreise nebeneinander in die Nacht hinaus und sind, abgesehen von den Eingangsvorhängen in Schwarz und Weiß, absolut identisch. Der Katzenfürst lehnt an der Seite der Brüstung, die zu uns herüberweist. Er schwenkt ein halb leeres Rosenweinglas und hat seinen Kopf auf dem Arm abgestützt. Die Montaguemädchen, die ihm von hinten Löcher in den Rücken starren, bemerkt er nicht mal.

»Ich fühle mich geschmeichelt, dass du so oft an mich denkst«, spottet Rhyme und wirft ihm eine Kusshand zu.

Cut tut so, als müsste er über den Balkon runterkotzen.

Erst als Lord Montague hinter ihm durch schwarze Vorhänge heraustritt, richtet er sich seufzend auf und geht zu den anderen seines Hauses. Für den Bruchteil einer Sekunde wirft er einen seltsamen Blick zurück über seine Schulter. Es macht keinen Sinn – der Katzenfürst hat mehr Leute um sich geschart als wir, trotzdem überkommt mich das unsinnige Gefühl, er könnte vielleicht einsam sein.

Auch Lady Capulet taucht wieder auf. Sie betritt unseren Balkon und klatscht auffordernd in die Hände. »Die Schüler sind jetzt im Saal, und das Orchester hat seinen Platz auf den Emporen eingenommen. Alle Begleiter müssen runter zur Tanzfläche. Die Fürsten kommen, sobald die Musik einsetzt. Verstanden? Dann los! Setzt euch in Bewegung!«

Poetry, Stage, Tear und Drapes verlieren keine Sekunde und verschwinden sofort durch den weißen Vorhang. Nur ich packe Rhymes Hand. Er blickt überrascht zu mir herab.

»Ich kann das nicht!«, stoße ich mit einem gewaltigen Anfall von Lampenfieber hervor. »Es tut mir leid, aber ich kann das wirklich nicht! Wir haben kein einziges Mal zusammen geübt! Wieso haben wir kein einziges Mal zusammen geübt?!«

»Hey, schon gut.« Rhyme drückt meine Hand. »Es tut mir leid, dass ich nicht mehr Zeit für dich hatte. Aber nachdem ich mich in der ersten Woche fast ausschließlich um dich gekümmert habe, musste ich mich mehr auf die anderen Capulets konzentrieren. Ich wollte Sorrows Clique nicht noch mehr Gründe geben, dich auf dem Kieker zu haben. Mach dir keine Sorgen, ich hab Stage und dir, so oft es ging, aus der Ferne zugesehen. Ich kenne deine Bewegungen.«

»Aber ich kenne deine nicht!«

»Joy.« Er legt mir seine Hände auf die Schultern und blickt mir tief in die Augen. »Ich bekomme Tanzunterricht, seit ich drei Jahre alt bin. Egal, was du machst, ich kann mich drauf einstellen. Vertraust du mir?«

»Ich vertraue dir«, stoße ich hervor, »aber meinen Füßen keineswegs!«

Poetry streckt ihren Kopf durch den Vorhang. »Joy, wo bleibst du?«

»Sie kommt gleich«, antwortet Rhyme, ohne sich nach ihr umzudrehen. Er sieht den überraschten Blick nicht, den sie ihm zuwirft, ehe sie wieder verschwindet.

»Du hättest jemanden wählen sollen, der deine Tanzerfahrung hat«, quetsche ich hervor. »Da unten wird kein Walt-Disney-Wunder geschehen. Ich tanze auf sehr realistische Weise wie jemand, der das seit gerade mal einem Monat tut. Und das ist nichts, womit man angeben kann.«

»Ich hatte nie vor, mit dir anzugeben. Es ist mir egal, was die anderen denken.« Er senkt den Blick. Ein schüchternes Lächeln zupft an seinem Mund, über das er, wie es scheint, selbst ein wenig überrascht ist. Er gibt ein leises Geräusch von sich, das so klingt, als könnte er selbst kaum glauben, was er als Nächstes sagt. »Ich will einfach nur mit dir tanzen.«

Mein Herz macht einen Hüpfer.

Das Tröstlichste, was ich mir in diesem Moment vorstellen kann – das, was ich jetzt am meisten tun will – ist, ihn festzuhalten und seinen Duft nach Sommer einzuatmen. Mir fällt kein Grund ein, warum ich es nicht tun sollte. Langsam lasse ich meine Arme um seine Taille gleiten und sinke an seinen warmen Körper. »Ich kann nichts dafür«, flüstere ich in sein Hemd. »Das ist dieser verdammte Rosenwein.«

Er erwidert die Umarmung und drückt mich fest an sich.

»Ich weiß«, flüstert er in mein Haar.

»Joy?« Poetry schnippt mit den Fingern vor meinem Gesicht. »Joy, bist du anwesend?«

Ich schaue zurück über die Galerietreppe, die wir gerade heruntergekommen sind, und nicke ihr seufzend zu. Rhyme muss oben bleiben, bis die Musik einsetzt. Hier unten ist der Ballsaal inzwischen so voll, dass der Rosenquarzsand nur hin und wieder unter den nackten Füßen der Schüler hervorblitzt. Von weiter vorne winkt uns Stage über die Menge hinweg zu und verdeutlicht uns, dass er Plätze vor der Tanzfläche reserviert hat.

Poetry pikst mich in den Arm. »Deine Maske, Joy! Du musst sie aufsetzen.«

»Oh! Stimmt.« Ich ziehe mir die silberne Maske über die Augen.

Vor dem Fürstentisch ist eine kreisrunde Fläche freigehalten worden. Die holzgeschnitzten Stühle sind noch leer, aber Lady Capulet und Lord Montague haben sich zu beiden Seiten des Marmorblocks aufgestellt. Ihre Rede ist bereits in vollem Gang, als wir uns durch die immer dichter aneinandergedrängten Schüler bis hin zu Stage, Tear und Drapes quetschen.

»Ihr habt nichts verpasst«, raunt Stage uns entgegen. »Ein wenig Beeinflussung hier, ein bisschen Manipulation da. *Ich fühle mich fantastisch, hier zu sein, und kann es kaum erwarten, meinem Haus alle Ehre zu erweisen.* Das volle Programm.«

Die Schüler jubeln den Familienoberhäuptern begeistert zu.

Dann setzt das Orchester auf den Emporen ein.

Es sind hauptsächlich Trommeln, die durch den Ballsaal hallen und alle erwartungsvoll zur Galerie blicken lassen. Rhyme und Cut stehen oben auf der Treppe und kommen im Gleichschritt herunter. Das Gejubel nimmt eine Lautstärke an, welches die einsetzenden Streicher fast völlig übertönt. Hastig formen die Schüler einen Gang, um ihre Fürsten zur Tanzfläche durchzulassen, strecken aber gleichzeitig ihre Arme nach ihnen aus, als würden sie sie am liebsten festhalten. Hunderte Fingerspitzen gleiten über Stoff aus dunklen Silberwellen und hellen Goldflammen hinweg. Beide Fürsten tragen Masken in den dazu passenden Farben. Ihre Mienen darunter sind nicht zu lesen. Ohne ein Wort zu sagen, stellen sie sich vor dem Marmorblock auf.

»Fürsten der Akademie!«, donnert Lord Montagues Stimme durch die Halle. Zwei Butler treten vor und tragen ein Tablett mit jeweils einer Rose zu den Fürsten. Sie nehmen die Blumen schweigend herunter. »Wählt eure Tanzpartnerinnen!«

Meine Knie werden weich.

Im Gegensatz zu einigen Montaguemädchen, die sich gegenseitig schamlos beiseiteschubsen, um sich die Ehre des Eröffnungstanzes zu sichern, würde ich mich noch immer am liebsten irgendwo verkriechen. Ich klammere mich an das, was Rhyme gesagt hat. Es ist der einzige Grund, warum ich nicht in Panik davonlaufe, als er langsam, aber bestimmt auf mich zukommt. Ein paar Capulets hinter mir saugen erschrocken Luft ein, vielleicht weil sie heimlich darauf hoffen, von ihm auserwählt zu werden. Als Rhyme vor mir stehen bleibt, stoßen sie enttäuscht die Luft aus.

Seine Augen wirken unter der Silbermaske noch blauer als sonst. »Bereit?«

Ich würge irgendwas Unverständliches hervor.

»Ich wähle Joy Capulet!«, ruft er in voller Lautstärke durch den Saal.

Er steckt mir die Rose ans Kleid und kniet sich mit einem Bein vor mir nieder, wie es die Tradition des Maskenballs von ihm verlangt. Stage und Tear klammern sich dennoch aneinander, als würde er mir jeden Moment einen Heiratsantrag machen. Nur Poetry und Drapes rollen mit den Augen.

Auch bei den Montagues geht ein Raunen durch die Menge. Neugierig schaue ich rüber und stelle zu meiner Überraschung fest, dass die Schwarzhaarige mit dem blutroten Kleid leer ausgegangen ist. Nacheinander suche ich die Mädchen nach einer Rose an ihrer Brust ab, aber scheinbar ist überhaupt keine von ihnen erwählt worden. Cut schlendert seelenruhig durch den Sand auf den Schlangenfürsten zu.

Rhyme funkelt ihn über seine Schulter hinweg an. »Was zum Teufel machst du?«

»Keine Panik«, meint Cut gelassen. »Ich wähle nicht dich.«

Neben mir versteift sich Poetry. »Auf keinen Fall tanze ich mit dir!«

Cuts Grinsen dehnt sich aus. Er hebt die Rose, schwenkt sie dicht an Poetry vorbei, die vor Schreck fast rückwärts in die Schüler fällt, und stößt ein tiefes Lachen aus. Tear hat jegliches Entzücken auf ihrem Gesicht verloren. Dem Blitzen in ihren Augen nach ist sie drauf und dran, dem Katzenfürsten höchstpersönlich den Hals umzudrehen. Dann aber hält sie schlagartig inne. Aus irgendeinem Grund schnellt ihr Blick panisch zu mir.

Als ich den Kopf zurück nach vorne drehe, steckt mir Cut die Rose ans Kleid. Mit einem unverschämten Grinsen tritt er zurück, kniet sich ebenfalls vor mir in den Sand und ruft laut und deutlich durch den Saal: »Ich wähle ebenfalls Joy Capulet!«

KAPITEL 25

Rhyme schnellt hoch und verpasst Cut einen kräftigen Stoß gegen die Brust. »Wenn du mir eins auswischen willst«, zischt er ihn an, »dann leg dich mit mir an! Aber lass meine Freunde in Ruhe!«

Cut taumelt einige Schritte durch den Sand, verliert jedoch keine Sekunde lang das freche Grinsen auf seinem Gesicht. Er streicht seine schwarzen Haare aus den Augen und ruft rüber zum Marmorblock: »Ich habe die Ballregeln dreimal durchgelesen! Und da steht eindeutig, dass sich die Fürsten für den ersten Tanz jeden beliebigen Partner aussuchen dürfen!«

»Halte dich von den Capulets fern!«, donnert ihm Lord Montagues Stimme entgegen. Sein Vater rührt sich zwar nicht vom Fleck, aber an seinen hervortretenden Kiefermuskeln wird deutlich, dass er seine Zähne fest aufeinanderbeißt. Jeden anderen in diesem Raum hätte er damit unweigerlich zum Rückzug gezwungen, aber die Fürsten sind gegen seine Beeinflussung resistent.

Möglicherweise erkennt das auch Lady Capulet. Statt es mit ihrer Macht zu versuchen – und sich eine Blöße zu geben, falls Cut sich ihr ebenfalls widersetzt –, wechselt sie zu einer anderen Strategie. »Die Regeln sind eindeutig, Romeus. Er kann tanzen, mit wem auch immer er will. Lass die Kinder ein bisschen spielen.«

Cut lacht auf und streckt mir seine Hand entgegen. »Tanz mit mir, Joy!«

Rhyme dreht sich ebenfalls zu mir.

Meine Füße sind wie in den Sand einbetoniert.

»Also schön!« Poetry schnappt sich Cuts Rose von meiner Brust und stapft auf den Katzenfürsten zu. »Dann tanze ich eben mit dir. Dein Betteln ist ja unerträglich!«

Cuts Grinsen entgleist ihm. »Ich will nicht mit dir tanzen!«

»Dann halt mich davon ab!« Poetry nimmt Anlauf, schlägt ein Rad durch den Sand und schwingt ihr Bein durch die Luft – genau an die Stelle, an der Cuts Kopf sich vor einer Sekunde noch befunden hat. Schneller, als ich sehen konnte, muss er sich geduckt haben und springt mit einem Flickflack rückwärts von ihr weg. Auf Poetrys Gesicht breitet sich Streitlust aus. Sie wirft sich ihm mit sichtlichem Spaß entgegen. »Vergiss nicht, solange ich die Rose habe, führe ich!«

Die beiden haben mich so abgelenkt, dass ich nicht gemerkt habe, wie Rhyme an mich herangetreten ist. Überrascht schaue ich auf, als er meine Hand nimmt und mich grinsend näher zu sich zieht. »Hast du Lust, deinen Sandkick noch mal zu üben? Montagues freches Mundwerk schreit geradezu danach.«

Keine Ahnung, wie Rhyme das genau anstellt, aber seine kleinsten Bewegungen reichen aus, um meinen Körper in die korrekte Richtung zu lenken. Er hebt nur unsere Hände hoch, dreht sein Handgelenk und lässt mich wie von selbst leichtfüßig herumwirbeln. Mein Becken stößt zwar gegen sein Bein, aber er reagiert mit einer so fließenden Bewegung darauf, dass mein Fehler sich nicht wie einer anfühlt.

»Sollte nicht eigentlich ich führen?«, wispere ich ihm zu.

Er lächelt mich an. »Sag mir einfach, was du machen willst. Das kommt aufs Gleiche raus.«

»Wie wär's, wenn wir mich im Sand einbuddeln und abwarten, bis Cut über mich stolpert?«, schlage ich vor. »Oder wir tanzen rüber zur Schwarzhaarigen im blutroten Kleid und geben ihr einen Schubser auf die Tanzfläche. Sie sieht aus, als würde sie dem Katzenfürsten am liebsten die Augen auskratzen.«

Rhyme blickt über meinen Kopf hinweg. »Das erledigt schon Poetry.«

Er packt mich an der Taille und hebt mich hoch – genau in dem Moment, als Cut unter meinen Füßen hindurchrollt und sein Bein so blitzschnell vorstreckt, dass Poetry ihm nur mit einer flinken Rolle durch den Sand entkommt. Rhyme könnte mich einfach wieder runterlassen, aber stattdessen wirbelt er mich um seine Schultern und fängt mich auf der anderen Seite wieder auf. Ich schlinge mich ganz automatisch um seinen Hals – es ist die einzige Möglichkeit, um nicht vor der gesamten Akademie aufs Gesicht zu fallen.

»So schlecht bist du nicht«, behauptet er.

»Bin ich«, keuche ich atemlos. »Deine Tanzlehrer hatten nur wirklich was drauf.«

Und das ist noch untertrieben. Rhyme schafft es nicht nur, mich mit eleganten Figuren von einer Seite der Tanzfläche auf die andere zu drehen, ohne mich wie einen Holzklotz im Discokugelkleid wirken zu lassen – er weicht dabei auch Poetrys und Cuts Gefecht so geschickt aus, als hätten wir alle zusammen nur eine komplizierte Choreografie einstudiert. Dabei lächelt er mich die ganze Zeit an, so als müsste er keine Sekunde lang über unsere Schritte nachdenken. So als würde er es einfach nur genießen, mit mir zu tanzen.

Plötzlich schlingen sich von hinten Arme um meine Taille, und ein hellblonder Lockenkopf taucht über meiner Schulter auf. »Lust, abzuklatschen?«, fragt Poetry ihren Bruder. »Ich hab den Katzenfürsten für dich warm gemacht.«

Rhyme grinst seiner Schwester zu und lässt mich los.

Sie wirbelt mich herum und fängt mich genauso mühelos auf wie ihr Bruder. Mein Blick fällt auf die Blume an ihrer Brust. »Wer von uns beiden führt denn jetzt? Wir haben beide eine Rose.«

»Wir beide führen.« Poetry wirft ihren Kopf in den Nacken und wirbelt uns übermütig im Kreis herum. Nicht wie Tanzprofis, sondern wie kleine Kinder, aus purem Spaß an der Sache. Tausend kleine Lämpchen über uns verwirbeln zu einem Sog aus leuchtenden Farben. Ich spüre ein Lachen in meiner Kehle aufsteigen und muss mir auf die Lippe beißen, um es nicht versehentlich rauszulassen. Als ihre Finger aus meinen gleiten, taumle ich mit breitem Grinsen an den Rand der Tanzfläche.

Stage fängt mich auf und hält mir eine Hand zum Abklatschen hin, die ich vor lauter Schwindel nur halb treffe. »Ich weiß, dass Rhyme gut ist«, meint er stolz. »Aber wir wollen nicht vergessen, wer dir im letzten Monat das Tanzen beigebracht hat. Diese Drehung um seinen Hals war eines Fürsten würdig. Du hast mich nicht enttäuscht.«

Poetry schlägt ein elegantes Rad zu uns rüber und landet leichtfüßig im Sand. Tear schlingt ihre Arme um den Bauch und starrt mit rosa Wangen zu Boden, bis Poetry nach ihrer Hand greift, sich auf die Zehenspitzen stellt und ihre Stirn gegen Tears drückt. »Als Nächstes tanzen wir, okay?«

Tear lächelt sie mit schimmernden Augen an. Der Anblick der beiden lässt etwas Warmes in mir hochsteigen, aber ich wende mich ab, um ihnen einen privaten Moment zu gönnen.

Erst dann sehe ich dem Tanz der Fürsten zu.

Und ein Tanz ist es, so harmonisch, wie ihre Angriffe und Ausweichmanöver sind. Wüsste ich es nicht besser, würde ich glauben, sie hätten ihre Performance abgesprochen. »Wie schaffen sie es nur, so blitzschnell aufeinander zu reagieren?«, staune ich.

Stage macht ein anerkennendes Geräusch. »Das ist wahre Kampfkunst.«

Rhyme und Cut laufen aufeinander zu, holen mit ihren Fäusten aus und tauchen gleichzeitig unter ihren Schlägen hinweg. Cut wirbelt seitlich herum, kickt nach Rhyme und lässt nur Sand auffliegen, weil der Schlangenfürst ihm mit einem Salto nach hinten ausgewichen ist. Kaum landet Rhyme, kickt er ihm ebenfalls Sand entgegen, doch Cut rollt zur Seite, und der feine Glitzerstaub regnet nur auf den Marmorblock herab. Rhyme verliert keine Sekunde, springt hoch in die Luft und wirbelt um die eigene Achse. Sein Tritt könnte jemandem das Genick brechen, doch der Katzenfürst klappt so geschmeidig nach hinten, als hätte er überhaupt kein Rückgrat. Stattdessen lacht Cut übermütig auf, und auch Rhyme kann sein Grinsen nicht länger verbergen. Erst da geht mir auf, dass aus dem anfänglichen Streit etwas anderes geworden ist.

»Sie haben Spaß daran«, stelle ich verwundert fest.

Stage nickt. »Ganz offensichtlich, keiner verletzt den anderen, sie spielen nur miteinander.«

»Aber ich dachte, sie sind Rivalen?«

»Weil sie welche sein *müssen*«, meint Poetry. »Allerdings glaube ich, das haben sie dank des Rosenweins im Moment vergessen.«

»Wie meinst du das?«

Sie wirft mir einen langen Blick zu, in dem sie abzuwägen scheint, was sie sagen soll. Das Frostgrün ihrer Augen nimmt einen verletzlicheren Ton an. »Die Akademie ist erst ab dreizehn Jahren zugelassen. Nur die Kinder der Familienoberhäupter wachsen hier auf, das schweißt auf gewisse Weise zusammen. Rhyme und Cut sind genau ein Jahr älter als ich.« Ein melancholisches Lächeln zieht an ihrer Wange. »Noch bevor ich richtig laufen konnte, waren die beiden schon unzertrennliche Freunde.«

Selbst Tear und Stage horchen erstaunt auf.

»Freunde?«, wiederhole ich ungläubig.

Poetry zuckt die Schultern, und ihr Lächeln verblasst. »Als sie die Fürsten unserer Häuser wurden, musste das natürlich aufhören.« Sie klingt, als wären das nicht ihre eigenen Worte, sondern so, als hätte sie das vor langer Zeit von jemand anderem gehört. Mir entgeht nicht, dass sie dabei rüber zu Lady Capulet schielt.

»Das ist auch besser so«, meint Stage seufzend. »Freundschaft zwischen Capulets und Montagues hat in den Duellen nichts verloren. So was endet nicht gut.«

Daraufhin sagt niemand mehr was.

Ich schaue zu den Fürsten.

Sie springen auseinander und landen einander gegenüber im Sand. Feinster Glitzerstaub schimmert auf ihren Haaren, ihrer Kleidung und ihrer Haut. Obwohl sie beide heftig atmen, leuchten ihre Augen so lebendig wie noch nie. *Freunde,* zuckt es durch mich hindurch, *nur ihr Familienname macht sie zu Gegnern.*

Ich schaue zur Glasdecke hoch und hinaus in die Nacht. Der Unstern trennt nicht bloß Liebespaare, sondern ganze Generationen beider Häuser. Als mein Blick zurück auf den Marmorblock fällt, der für diesen einen Abend zusammengeschoben wurde, wird mir seine symbolische Bedeutung klar. Die Capulets und Montagues sitzen nicht einfach nur getrennt voneinander – sie wurden gewaltsam auseinandergebrochen.

Das Getrommel des Orchesters setzt wieder ein. Rhyme und Cut halten in ihrem Kampf inne und blicken überrascht auf. Durch die Schüler geht ein Raunen, einer nach dem anderen dreht sich neugierig hin zur Galerie. Stage, der größer als wir anderen ist, entdeckt die Gestalten auf der Treppe zuerst. »Wer sind diese Kapuzenmänner?«

Zwölf Personen, von Kopf bis Fuß in schlichte braune Roben gekleidet, steigen in Dreierreihen die Treppe hinab. Sie sehen aus wie Mönche, doch sie tragen braune Handschuhe und ausdruckslose Masken aus Holz. Ob wirklich alle Männer sind, lässt sich schwer sagen. Obwohl die Schüler ihnen sofort Platz machen, streckt diesmal keiner seinen Arm nach ihnen aus, im Gegenteil, alle weichen so weit vor ihnen zurück, wie es nur geht. Die Kapuzenträger steigen auf den Marmorblock und nehmen auf den Holzstühlen Platz, ohne ein einziges Wort zu sagen. Lady Capulet reckt ihr Kinn, und Lord Montague drückt seine breiten Schultern noch weiter auseinander.

»Das Ballkomitee«, wispert Tear.

Poetry sieht mich bedeutungsvoll an. »LL.«

Es ist Lady Capulet, die zuerst zu den Schülern spricht. »Endlich ist es so weit! Ihr könnt es kaum erwarten, hinüber zur Glaswand zu laufen und eure Tanzkarten abzuholen. Auch nur einen einzigen eurer neun Tänze auszulassen, wäre eine unerträgliche Schande für euch! Ihr freut euch darauf, zu zeigen, was ihr gelernt habt!«

Die Schüler stoßen ihre Fäuste in die Luft und jubeln ihr zu. Auch in mir wallt das Bedürfnis auf, nochmals zu tanzen. Tear wippt vor Vorfreude sogar auf den Füßen.

»Heute Nacht kommen unsere beiden Häuser zusammen!«, ruft Lord Montague. »Heute Nacht bestreiten wir gemeinsam! Trinkt Rosenwein! Tanzt miteinander! Scheut euch vor nichts! Um Punkt Mitternacht werden die siebzehn vielversprechendsten Paare für den *Ultimo Ballo* verkündet!«

Der *Ultimo Ballo.*

Der Letzte Tanz, bei dem Ballkönigin und Ballkönig gewählt werden. Oder mit anderen Worten: das potenzielle Liebespaar, das heute Nacht noch zum Duell im Rosengarten antreten muss.

Die Trommeln des Orchesters ertönen.

Auf der Glasseite des Saals setzt sich ein Mechanismus in Bewegung. Zuerst sehe ich nur, wie die Schüler vor etwas auf dem Boden zurückweichen, dann schweben Reihe um Reihe von pergamentfarbenen Rechtecken in der Luft empor. Erst als wir näher rangehen, erkenne ich, dass eine zweite Glaswand von unten heraufgefahren wurde, an der feinsäuberlich beschriftete Karten haften. Die Tanzkarten, von denen Lady Capulet gesprochen hat.

Stage stößt einen leisen Fluch aus und zuckt verlegen mit den Schultern, als ich ihm einen verwunderten Blick zuwerfe. Er kratzt sich am Hinterkopf. »Jetzt werde ich doch langsam nervös. Die Karten schreiben uns vor, mit wem wir tanzen müssen.«

Poetry, die sich bis ganz nach vorn gekämpft hat, stößt einen überraschten Schrei aus. »Seht euch das an! Es gibt einen *Danse Libre!*«

Alle ringsum scheinen das zu verstehen und schnattern aufgeregt.

»Ich spreche immer noch kein Französisch«, murmle ich.

»Es bedeutet *freier Tanz.*« Rhyme taucht neben mir auf. Er hat seine Maske hoch in die Haare geschoben. In den feinen Härchen an seiner Schläfe glitzern winzige Schweißperlen. »Für diesen Tanz darfst du deinen Partner selbst aussuchen.«

»Tanzt du mit mir?«, schießt es so schnell aus meinem Mund, dass mein Herzschlag erst mit einer Sekunde Verspätung nachkommt. Dafür pocht mir das Herz danach umso schneller.

Rhymes Augenbrauen ziehen sich zusammen. »Wir dürfen nicht vergessen, was das eigentliche Ziel dieses Balls ist«, erwidert er in einem nüchternen Tonfall. »Der Fürstentanz ist eine Ausnahme, bei allen anderen Tänzen gelten die Regeln des Ballkomitees. Und die oberste lautet: Capulets dürfen nur mit Montagues tanzen.«

KAPITEL 26

»Hey, wo rennst du hin?!«, rufe ich dem Jungen quer über die Tanzfläche nach. »Einen Tanz auszulassen, ist eine unerträgliche Schande!«

Der Montague wirft mir einen hässlichen Blick über die Schulter zu. Sein Gesicht leuchtet wie eine Tomate. »Ich *renne* nirgendwohin! Siehst du nicht?« Er streckt seinen geschwollenen Fuß zum Beweis vor. »Ich *humple!* Du bist mir siebenmal auf den Fuß getreten! *Sieben Mal!*«

»Das tut mir leid, ähm …« Ich ziehe die zusammengefaltete Tanzkarte aus meinem glitzernden Bauchnabelausschnitt und versuche, seinen Namen darauf zu entziffern. »Ähm, Pen?«, murmle ich mit gerunzelter Stirn. »Das bist du, oder? Die Nummer acht?«

Pen zieht es vor, die Tanzfläche hinkend zu verlassen.

Bleibt also nur noch Tanz Nummer neun, den ich bestreiten muss.

»Der *Danse Libre*«, sagt jemand über meine Schulter. »Ich sehe mich gezwungen, mein Haus zu verteidigen, bevor noch mehr Montagues verletzt werden.« Ich drehe mich um und schaue in Cuts grinsendes Gesicht. »Du verstößt im Übrigen gegen die Regeln«, fügt er amüsiert hinzu. »Vor dem Duell ist keinem Schüler ernsthafter Schaden zuzufügen.«

»Du willst schon wieder mit mir tanzen?« Ich stemme meine Arme in die Hüften. »Ich weiß genau, warum du das tust. Du benutzt mich, um Rhyme zu ärgern.«

»So verlockend das auch klingt …« Er schiebt seine Hände in die Hosentaschen und wendet sich zur Tanzfläche, wo Rhyme mit der Schwarzhaarigen im blutroten Kleid tanzen muss. Die beiden sehen zusammen mörderisch gut aus. Sie feuert einen triumphierenden Blick zu uns herüber, was Cut nur gelangweilt mit der Schulter zucken lässt. »... aber Rhyme hat damit überhaupt nichts zu tun.« In seinen Augen blitzt etwas Herausforderndes auf. »Es ist eine reine Vorsichtsmaßnahme, verstehst du? Ich kann nicht riskieren, mit einer Capulet zu tanzen, die sich unsterblich in mich verlieben könnte. Und da du absolut keine Gefühle für mich hegst, sind wir das perfekte Tanzpaar, nicht wahr?«

Ich verenge meine Augen zu schmalen Schlitzen. »Ich durchschaue deine Taktik.«

Das lässt ihn nur noch breiter grinsen. »Funktioniert's?«

Ich sehe mich nach allen Seiten hin um, doch egal, wohin mein Blick auch schweift, überall treffe ich auf einen Montague, der sich entsetzt von mir abwendet. Meine Tanzkünste haben sich inzwischen rumgesprochen. Ich hätte nicht versuchen sollen, meinen ersten Tanzpartner in eine Pirouette zu drehen, zumindest hätte ich sein Handgelenk nicht versehentlich in die falsche Richtung biegen dürfen. Er ging mit einem Aufschrei vor mir in die Knie. Cuts Argument, dass er sein Haus vor mir beschützen will, ist gar nicht so weit hergeholt. »Also gut«, seufze ich. »Irgendeinen muss ich ja fragen. Aber ich tanze nicht vor Rhyme mit dir. Dahinten zwischen den Dattelpalmen ist eine Ecke, wo wir nicht so auffallen.«

Cut strahlt mich an. »Ich weiß sogar noch was Besseres.«

Die Treppe zur Galerie ist für die Dauer der Tänze von zwei Wachleuten versperrt, ebenso beide Flügeltüren. Alle Schüler müssen im Saal bleiben, wo sie vom Ballkomitee im Auge behalten werden können. Cut aber kennt einen geheimen Ausweg. Er führt mich zu einem Limettenbäumchen, hinter dem eine verborgene Tür in der Wand ist. »Einer der Dienstbotenaufgänge«, flüstert er mir verstohlen zu, schiebt mich rasch hinein und schließt die Tür hinter uns. »Nach unten geht's in die Küche und nach oben zur Galerie.«

»Aber wir dürfen keinen Tanz auslassen«, sprudelt es aus meinem Mund. Gleichzeitig überkommt mich das merkwürdige Gefühl, den Gedanken eines anderen auszusprechen. »Sie haben es wieder geschafft, mich zu beeinflussen, nicht wahr?«, erkenne ich plötzlich. »Obwohl ich weiß, dass sie es tun, kann ich es nicht verhindern.«

Cuts Lächeln verblasst etwas. »Sie haben nicht gesagt, wo genau du tanzen musst. Dich trifft also keine *unerträgliche Schande*«, zitiert er Lady Capulet, »wenn du mit mir oben auf dem Balkon tanzt. Darf ich?«

Er hält mir seine Hand hin.

Ich muss schlucken. »Ist das wirklich eine gute Idee?«

»Es wäre eine schreckliche Idee«, meint Cut grinsend, »wenn wir es vor dem Ballkomitee tun würden. Aber da oben sieht uns keiner. Wir sind ganz allein.«

»Wir erfüllen also unsere Pflicht, ohne uns in Gefahr zu bringen«, fasse ich zusammen. »Das klingt nach einer annehmbaren Strategie.«

Ich nehme seine Hand und lasse mich von ihm über eine schmale Treppe hinter der Wand nach oben führen.

Beide Balkone sind verlassen, die Seite der Capulets ebenso wie die der Montagues. Als wir durch die schwarzen Vorhänge hinaustreten, weht mir klare Abendluft entgegen. Cut hebt seinen Arm und lässt mich wie von selbst einmal um die eigene Achse drehen. Für einen Moment verwischen die Sterne über mir zu leuchtenden Kreisen.

»Ink hatte unrecht«, raunt Cut mir zu. »Du legst mich nicht schon bei der ersten Umdrehung lahm.«

»Ink?«

Er grinst. »Mein kleiner Bruder. Er hat dich den ganzen Abend lang für mich ausspioniert, wie er es nennt, und hält dich nun für eine tickende Zeitbombe in einem Discokugelkleid.«

»Das ist eine erstaunlich gute Zusammenfassung. Wie wär's mit einer Hebefigur? Dann zeig ich dir, was ich draufhabe. Über Tänzer Nummer drei bin ich wie ein Soufflé zusammengeklappt.«

»Ich weiß. Ich war einer der Ersthelfer, die ihn von der Tanzfläche getragen haben.« Was Cut vollkommen unangebrachterweise zum Lachen bringt.

»Du solltest mehr Mitleid mit deinem Haus haben«, murre ich.

»Mein Haus sollte mehr üben.« Cut packt mich an der Hüfte, wirft mich hoch in die Luft und dreht sich in Lichtgeschwindigkeit unter mir herum, bevor er mich geschmeidig wieder auffängt und mich mit dem Rücken hauteng über seine Brust hinabgleiten lässt. »Bevor du dich beschwerst«, flüstert er mir von hinten ins Ohr. »Ich hab die Rose und kann machen, was ich will.«

Entsetzt taste ich nach der Blume an meiner Brust, aber sie ist verschwunden. »Wann hast du das gemacht?!«

Statt mir zu antworten, wirbelt er mich herum und zieht mich an sich. Die Orchestermusik ist hier draußen zwar etwas leiser, aber die Trommeln vibrieren umso heftiger im alten Mauerwerk. Im selben Takt tanzt er mit mir über den Balkon hinweg, wobei sich sein Oberschenkel immer wieder zwischen meine Beine schiebt, wenn ich nicht schnell genug zurückweiche. Bei Stage hatte sich das noch ganz anders angefühlt.

»Machst du das absichtlich?«, frage ich mit heißen Wangen.

Er grinst. »Dasselbe wollte ich dich fragen. Ich tanze bloß im Takt. Du musst schneller werden.«

»Das versuche ich ja! Aber die trommeln auch immer schneller.«

»Ich verschaff dir eine Pause.« Keine Ahnung, wie Cut das anstellt, aber plötzlich hält er seinen Arm über meinen Bauch, und ich schlage wie von selbst einen Purzelbaum darüber. Es grenzt an ein Wunder, dass ich auf beiden Füßen lande, ohne mir den Hals zu brechen. Noch erstaunlicher allerdings ist, dass Cut nicht einen Herzschlag lang aus dem Takt kommt, mich einfach zu sich dreht und uns beide in blitzschnellen Drehungen über den Balkon wirbeln lässt.

Das Orchester spielt immer schneller, und meine Füße können irgendwann nicht mehr mithalten. Mir bleibt gar nichts anderes übrig, als mich an Cuts Hals zu klammern und meine Beine um seine Hüften zu schlingen. Erst als die Musik mit einem Paukenschlag endet, hält er uns beide an.

Einige Sekunden lang dreht sich die Welt um uns nach. Sein Brustkorb hebt und senkt sich rasch, und sein Atem schlägt mir warm entgegen. Den Ausdruck in seinen Augen kann ich nicht deuten, denn sie sehen mich nicht an. Sein Blick haftet auf meinem Mund.

Ich rutsche von seinen Hüften und verdrehe sein Handgelenk, bis er gezwungen ist, der Bewegung zu folgen. »Hey, du schummelst!«, beschwert er sich lächelnd.

»Tu ich nicht.« Grinsend halte ich ihm die Rose entgegen, die ich bei der letzten Drehung heimlich von seiner Brust gestohlen habe. »Die Musik ist zu Ende, und die Rose gehört mir. Ich habe gewonnen.«

Genau in dem Moment schlagen die Kirchenglocken Veronas zwölf Uhr Mitternacht. Inzwischen bin ich ihr nächtliches Gebimmel gewohnt, aber als plötzlich eine weitere Glocke losgeht, die sehr viel näher und lauter klingt, zucke ich zusammen. Es hört sich an, als käme das Läuten aus dem Herzen des Rosengartens.

»Das muss die Glocke im Diamantturm sein«, flüstert Cut ehrfürchtig. »Sie läutet nur in den Ballnächten. Ich hab sie noch nie zuvor in meinem Leben gehört.«

Ich schnappe nach Luft. »Die Paare für den *Ultimo Ballo* werden jetzt verkündet. Müssen wir nicht runtergehen?«

Cut lässt mich los und geht zu einem Tisch, auf dem Rosenwein abgestellt wurde. Er zieht die Flasche aus dem Sektkühler und schenkt uns prickelnde Flüssigkeit in zwei Gläser ein. »Solange wir nicht ausgewählt werden, fällt es keinem auf, wenn wir fehlen. Und falls sie tatsächlich einen von uns auswählen, würden wir es wohl auch hier oben schneller erfahren, als uns lieb ist.«

»Ist es nicht eine Ehre, für das Duell auserwählt zu werden?«

Er dreht sich schweigend zu mir und sieht mich bloß an.

Meine Augenbrauen ziehen sich zusammen, als ich nochmals über meine eigenen Worte nachdenke. »Ist es das wirklich?«, frage ich mich leise. »Woher soll ich wissen, was ich wirklich will, wenn ich die Beeinflussung von Lady Capulet und Lord Montague nicht von meiner eigenen Meinung unterscheiden kann?«

»Das kannst du.« Cut tritt auf mich zu und hält mir ein volles Kristallglas hin. »Sonst würdest du dir diese Frage überhaupt nicht stellen.«

Ich nehme das Glas, sehe Cut aber fest in die Augen. »Ich weiß, was der Rosenwein bewirkt, genauso wie du. Verrätst du mir, wofür du all den Mut brauchst?«

Er lässt sein Glas gegen meines klingen. »Um hier oben zu bleiben.«

Als das Orchester für den *Ultimo Ballo* einsetzt, tanzen wir nicht weiter. Stattdessen ziehen wir uns in eine Ecke des Balkons zurück, setzen uns auf den Boden und schauen durch die Marmorsäulen der Brüstung hinab auf die Straße. Es sind nicht mehr viele Fußgänger unterwegs, doch diejenigen, die an der Akademie vorbeikommen, blicken sehnsüchtig zu uns herauf, als würden sie nach der Quelle dieser herrlichen Musik suchen. Wir reden mehrere Minuten lang nicht miteinander, doch die Stille zwischen uns ist angenehm. Ich hatte nicht gewusst, wie schön es sein kann, jemanden zum Schweigen zu haben.

»Eigentlich wollte ich nicht zu viel davon trinken«, seufze ich hinab in mein leeres Glas. »Mein Hals fühlt sich nur so trocken und kratzig an. Moment mal! Der Neumond ist aufgegangen! Ist das etwa der Rosenfluch? Aber wir sind doch alle in der Akademie?«

»In den Ballnächten gewährt uns der Unstern Zeit bis zum Ende des Duells.« Cut schwenkt einen letzten Tropfen in seinem Glas herum. »Er will dieses Liebespaar heute Nacht genauso sehr finden wie wir. Das Kratzen im Hals ist nur eine Warnung, damit wir unsere Pflicht nicht vergessen.«

Die Orchestermusik endet, und die Glocke des Diamantturms erklingt erneut.

Mir wird flau im Magen.

»Der Ballkönig und die Ballkönigin wurden verkündet, nicht wahr?«, wispere ich. Rhyme hat uns den Ablauf mehrmals erklärt. Aber es jetzt laut auszusprechen, macht es für mich erst richtig real. »Müssen wir runter in den Rosengarten?«

Cut seufzt. »Noch nicht gleich. Das potenzielle Liebespaar hat von nun an eine Stunde Zeit, um seine Leibgarde zu wählen. Erst danach müssen sie zum Duell antreten.«

»Stimmt, an die Leibgarde hab ich nicht mehr gedacht.«

Das Duell wird zwar vom Liebespaar entschieden, aber sie dürfen jeweils drei Mitstreiter auswählen, die sie dabei unterstützen. Jedes Mal, wenn ich aus einem dieser Eislöcher kletterte und meine Pause schlotternd damit rechtfertigte, dass es äußerst unwahrscheinlich ist, aus über sechshundert Schülern ausgewählt zu werden, haben Stage und Poetry mich dran erinnert. Wir trainieren nicht nur für uns selbst, sondern auch für unsere Freunde, die es erwischen könnte.

Plötzlich sind Geräusche von hinten zu hören.

Mehrere Paar Füße donnern die Treppen herauf, und aufgebrachte Stimmen hallen durchs Gewölbe. Ich springe auf und weiß einen Moment lang nicht, wo ich mein Glas abstellen soll, bis Cut aufsteht und es mir abnimmt.

»Das ist der Montaguebalkon!«, plappere ich nervös. »Ich muss gehen!«

Auf dem Balkon nebenan wirbeln die weißen Vorhänge auf. Mit pochendem Herzen husche ich durch die schwarzen Vorhänge hinaus auf die Galerie. Dabei renne ich fast jemanden über den Haufen, murmle rasch eine Entschuldigung und halte erst inne, als Drapes mich fest an den Armen packt. Ihre Augen leuchten mir erschrocken entgegen. »Meine Güte, Joy! Wo warst du nur? Wir haben dich überall gesucht!«

»Tut mir leid, ich …«

Sie wartet meine Erklärung nicht ab, sondern zieht mich energisch rüber zum Capuletbalkon. »Komm mit! Rhyme braucht dich jetzt!«

»Was … was willst du damit sagen?«

Wir treten durch die weißen Vorhänge. Kaum erblicke ich die anderen, schlägt mir der Schock wie eine Faust in den Magen. Etwas Schlimmes muss passiert sein. Rhyme steht an der Brüstung und brüllt vor Wut in die Nacht hinaus. Stages Hand schwebt über seiner Schulter, so als würde er ihn trösten wollen, es aber gleichzeitig nicht wagen, ihm zu nahe zu kommen. Tear sinkt zu Boden und bricht in Tränen aus. Poetry kauert sich neben sie und flüstert ihr tröstende Worte zu.

Meine Knie beginnen zu zittern.

»Rhyme?«, hauche ich kaum hörbar.

Er wirbelt zu mir herum. Seine Augen sahen schon immer kalt aus, aber jetzt blitzen sie mir wie Dolche aus purem Eis entgegen. »Wo steckt Montague?!«, herrscht er mich an. »Ich drehe ihm seinen verdammten Hals um!«

KAPITEL 27

»Ich hab euch zwischen den Bäumen gesehen!« Rhyme tritt so nah vor mich, dass ich meinen Kopf heben muss, um ihn anzusehen. Seine Haare sehen so verwirbelt aus, als wäre er sich mit beiden Händen mehrmals hindurchgefahren. Weder in den Wasserbecken noch in den Feuerfeldern sah er je so gefährlich aus. »Ich weiß, dass Montague bei dir war! Wo ist er?«

Für den Bruchteil einer Sekunde huscht mein Blick zum anderen Balkon, aber Cut muss ihn gleich nach mir verlassen haben. Andere Montagues treten nun durch die schwarzen Vorhänge und klopfen jemandem in ihrer Mitte auf die Schulter. Rhymes Blick gleitet hinüber, richtet sich dann aber wieder auf mich. Seine eisblauen Augen durchbohren mich fast.

»Hey, krieg dich wieder ein!« Poetry, die sich neben Tear gekauert hatte, springt auf die Füße und stellt sich neben mich. »So schlimm ist das nicht.«

Auch Stage fasst nun endlich Mut und berührt Rhyme am Oberarm. »Wir schaffen das zusammen.«

»Es ist seine verfluchte Schuld!« Rhyme schüttelt Stages Hand mit einer heftigen Bewegung ab. »Das Ballkomitee wurde nur auf sie aufmerksam, weil er mit ihr getanzt hat.«

Mein Herz setzt aus.

Einige Momente lang verschwinden jegliche Geräusche um mich herum, so als hätte man mich plötzlich unter Wasser getaucht. Alle Gedanken wirbeln gleichzeitig durch meinen Kopf: *Sie können uns hier oben nicht gesehen haben! Sie haben uns weder zum* Ultimo Ballo *nominiert noch zum potenziellen Liebespaar ernannt! Sie können Cut und mich nicht* – und dann macht es plötzlich Klick.

Tear weint bitterlich.

Rhyme ist außer sich vor Wut.

Aber Poetry … Poetry wirkt seltsam gefasst.

Sie dreht sich zu mir und lächelt mich warm an. In ihren hellen Locken schimmert Rosenquarzsand wie zu Staub gemahlene Diamanten. »Rhyme ist nicht sauer auf dich, Joy. Sein Beschützerinstinkt geht nur gerade mit ihm durch.«

»Und das sollte er auch!«, schimpft Rhyme von hinten, wird aber erneut von Stage zurückgehalten. »*Du bist meine kleine Schwester!*«

Ich schnappe nach Luft.

Poetrys Lächeln wird wehmütig. Sie zuckt halbherzig mit einer Schulter. »Den Montague, mit dem ich beim *Ultimo Ballo* tanzen musste, habe ich kaum angesehen. Ich schätze, das Ballkomitee hat einfach kein besseres Paar gefunden, und irgendeines mussten sie ja wählen.«

»Du …« Ich muss mich räuspern, weil meine Stimme schwankt. »Du bist die Ballkönigin?«

»Eure Hoheit, wenn ich bitten darf!« Sie macht eine königliche Verneigung vor mir, die ihr silbernes Kleid im Schummerlicht des Unsterns glitzern lässt. Ihre frostgrünen Augen blitzen frech zu mir auf. »Das Ballkomitee hat mich nur aus einem einzigen Grund ausgewählt: Weil ich verdammt noch mal die Beste bin!«

»Poetry …«

Sie richtet sich auf und reckt sich zum anderen Balkon, wo jemand im Kreis seiner Freunde aufmunternd getätschelt wird. »Hey, Montague! Ich kann's kaum erwarten! Zähl deine letzten Minuten!«

Der Montague gibt keinen Piep von sich.

Poetrys Brustkorb bebt vor unterdrücktem Lachen. Erst als sie merkt, dass keiner von uns amüsiert ist, wirft sie frustriert ihre Hände in die Luft. »Was ist los mit euch?! Ein bisschen mehr Vertrauen in mich, wenn ich bitten darf! Außerdem hat Joy ihn für mich sowieso schon halb lahmgelegt. Habt ihr nicht gesehen, wie er die Treppe hochgehumpelt ist?«

Ich habe mit ihm getanzt? Mit zitternden Fingern fummle ich die zerknitterte Tanzkarte aus meinem Kleid, lese die Namen und finde tatsächlich ein dazu passendes Gesicht auf dem anderen Balkon. Es ist der Montague mit dem Tomatenkopf, nur dass er jetzt nicht mehr überreif leuchtet, sondern einen grünlichen Ton angenommen hat.

»Er heißt Pen«, sage ich zu niemand Bestimmtem.

»Bald hat er keinen Namen mehr.« Poetry dreht mir auffallend schnell den Rücken zu und kauert sich neben Tear, die sich verzweifelt ihre Finger in die Augen drückt, als würde sie versuchen, ihre Tränen aufzuhalten.

»Bitte«, bringt Tear unter heftigen Schluchzern hervor. »Du … du … musst … sie trinken … um … um stark zu werden!«

»Danke. Das mach ich.« Poetry küsst ihre feuchten Wangen.

»So ein Mist!« Stage schlägt sich ebenfalls eine Hand vor die Augen, aber Rhyme zieht sie ihm gnadenlos wieder runter. »Halt deine Tränen drinnen«, befiehlt er ihm nüchtern. »Du wirst jeden Tropfen deiner Kraft im Duell brauchen.«

Drapes tritt vor und streicht ihre langen Haare zurück. »Wer von euch wird kämpfen? Ihr könnt euch alle an mir stärken, wenn ihr wollt.«

Poetry drückt Tears nasses Gesicht an ihre Schulter und blickt zu uns auf. Ich bin mir sicher, dass sie jedes ihrer Worte auch so gemeint hat, aber Tears Tränen lassen sie nicht kalt. Rosa Flecken kriechen über ihren Hals empor, und ihre Augen schimmern verdächtig. »Ich muss meine Leibgarde wählen. Rhyme, begleitest du mich?«

»Das ist überhaupt keine Frage!«, faucht er seine Schwester mit weit aufgerissenen Augen an. »Du wirst keinen Schritt ohne mich in den Rosengarten setzen!«

»Stage?«

Stage schluckt seine Emotionen runter und rafft seine breiten Schultern. »Sicher, du kannst immer auf mich zählen.«

Poetry sieht zu mir. »Und du, Joy?«

Ich zucke zusammen. Damit hatte ich nicht gerechnet. »Aber du darfst doch nur drei Leibgarden wählen, oder nicht? Was ist mit Tear oder Drapes? Sie kennst du doch viel länger als mich?«

»Ich würde mit dir gehen«, keucht Tear tränenerstickt an Poetrys Schulter.

Poetry streicht ihr liebevoll über die grünen Haare. »Hast du das vergessen? Nur Capulets dürfen ausgewählt werden. Tear und Drapes unterstützen uns mit ihren Tränen. Also? Kommst du mit?«

»Natürlich! Aber ...« Ich lasse meinen Blick zu Boden fallen. »Aber ich bin nicht gut im Nahkampf. Du musst mich nicht wählen, bloß weil wir befreundet sind. Es gibt sehr viel bessere Capulets als mich.«

»Ja«, stimmt sie mir ohne Umschweife zu. »Technisch gesehen bist du eine blutige Anfängerin. Aber du hast etwas, worauf es im Duell mehr ankommt.«

Erstaunt blicke ich auf.

Poetry lächelt mich an. »Ich vertraue dir. Mit meinem Leben.«

Die letzten Minuten bis zum Duell rinnen uns wie Sand durch die Finger. Poetry hält Tear in den Armen, Rhyme und Stage hecken Schlachtpläne an der Brüstung aus, und Drapes reicht mir eine schimmernde Träne auf der Kuppe ihres Zeigefingers. Ich muss mich überwinden, sie zu trinken, und als ich sie schließlich hinunterschlucke, sinkt sie wie ein Kieselstein in meinen Magen. Etwas davon muss mir im Gesicht anzusehen sein. »Ich besitze nicht die Kraft des Schlangenfürsten«, erklärt Drapes mir entschuldigend. »Aber ich kann dir noch mehr geben.«

Rasch schüttle ich den Kopf. »Schon gut, ich spüre ihre Wirkung«, behaupte ich, um sie nicht zu enttäuschen. Was ich allerdings wirklich spüre, ist, dass mir ein klein wenig übel davon wird. Mit flauem Magen gehe ich zum Tisch in der Ecke, schenke mir etwas Rosenwein ein und kippe die süße Flüssigkeit in meinen Hals. Der Wein prickelt wie pures Glück in meiner Brust und gibt mir neue Zuversicht.

Dann ist unsere Zeit auch schon abgelaufen.

Wir werden zum Duell gerufen.

Der Ballsaal ist inzwischen leer, alle Schüler haben sich auf den Treppen des Rosengartens eingefunden, von wo aus sie den Großteil des Duells verfolgen können. Die Grünflächen mit den Wasserbecken und Feuerfeldern zu betreten, ist für sie strengstens verboten, und obwohl sie kein Zaun daran hindert, wagt keiner auch nur einen Schritt hinein. Stattdessen drängen sie sich dicht aneinander, um uns zu den Umkleideräumen auf dem ersten Terrassenkreis durchzulassen. Auf ihren Zehenspitzen recken sie sich uns nach, bis wir hinter den Rosensträuchern verschwinden. Obwohl jetzt niemand mehr eine Augenmaske tragen muss, haben viele sich entschlossen, sie dennoch aufzubehalten. Sich hinter etwas Anonymität verstecken zu können, fühlt sich bestimmt besser für sie an.

Die Ballkönigin und ihre Leibgarde hingegen dürfen keine Masken tragen, nicht mal unsere schicken Kleider können wir anbehalten. Der Weg zum Umkleideraum führt über einen schmalen Pfad durch hohe Rosenhecken hindurch, die uns vor den Blicken der Schüler komplett abschirmen. Genau wie bei den Duschräumen führt auch hier eine unspektakuläre Tür, die in der Mauer fast unsichtbar ist, in einen unterirdischen Raum dahinter. Er ist vom Boden bis zur Decke mit schneeweißem Marmor verkleidet, hat vier schlichte Umkleidenischen und einen großen Marmorblock als Tisch davor.

Feuerfeste Kampfkleidung wurde für uns zurechtgelegt, die noch in Folienbeuteln eingeschweißt ist. Als ich meinen Beutel aufreiße und einen Einteiler hervorziehe, hebe ich überrascht die Augenbrauen. »Unsere Duellanzüge sind ja schwarz! Ist das nicht die Farbe der Montagues?«

Rhyme reißt seine Folie so heftig auseinander, als hätte sie ihn persönlich beleidigt. Ihre Fetzen segeln vor meine Füße. »Nachts hätten die Montagues einen Vorteil, wenn wir in heller Kleidung antreten müssten«, erklärt er mit zusammengebissenen Zähnen. »In den Duellen unterscheidet unsere Häuser nichts.«

Ob er sauer auf mich ist?

Poetry ist mit Tear in einer Umkleidenische verschwunden. Verstohlen werfe ich einen Blick auf Stage und Drapes, die in ein Gespräch vertieft sind, und trete einen Schritt näher an Rhyme. »Ich musste irgendeinen Montague zum *Danse Libre* auffordern«, wispere ich ihm zu.

»Ich weiß«, erwidert er genauso leise. »Aber du hast nicht irgendeinen gewählt. Wir Fürsten ziehen mehr Aufmerksamkeit auf uns als alle anderen, ob wir das wollen oder nicht. Poetry hat das vorhin nicht aus Spaß getan. Sie hat nur mit dem Katzenfürsten getanzt, um dich davor zu bewahren.«

Damit nimmt er seine Sachen und verschwindet in einer Umkleidenische.

Ich starre ihm hinterher.

Poetry hat mich beschützen wollen? Hat Cut zum Tanz herausgefordert, nur damit ich davor verschont bleibe? Ist sie dem Ballkomitee vielleicht sogar bloß deswegen aufgefallen? Und ich habe, ohne einen einzigen Gedanken an ihre Beweggründe zu verschwenden, all ihre Bemühungen über den Haufen geworfen und einfach so mit Cut getanzt!

Eine Hand sinkt auf meine Schulter und lässt mich zusammenzucken. Stage lächelt mich mitfühlend an. »Wenn es dich aufmuntert: Als Rhyme dich mit dem Katzenfürsten zwischen den Dattelpalmen verschwinden sah, hat er seine Tanzpartnerin fast in den Himmel hochgeworfen, nur um die Augen des Ballkomitees von euch abzulenken. Das arme Ding sah ihn danach an, als wäre sie bereit, jederzeit mit ihm in den Tod zu gehen.«

»Wieso sollte mich das aufmuntern?«, würge ich mit engem Hals hervor.

Er tätschelt meine Schulter. »Dreimal darfst du raten, für wen Rhyme das getan hat.«

Ich bin zu verwirrt, um zu verstehen, was er meint, und mir bleibt keine Zeit mehr, um nachzufragen. Drapes scheucht mich in eine Kabine, hilft mir in meinen Duellanzug und schubst mich schließlich unter dem ohrenbetäubenden Gejubel der Schüler zurück hinaus auf die Treppen des Rosengartens. Auch heute Nacht brennen die Feuerfelder in allen Farben, und die Wasserbecken sind schillernd ausgeleuchtet. Die bunten Lichter flackern über die Gesichter der Familienoberhäupter, die unten auf der Eisenbühne bereits auf uns warten.

Lady Capulet und Lord Montague stehen vor der Glasvitrine mit der Erstausgabe von *Romeo und Julia.* Dahinter, in ihren braunen Roben und ausdruckslosen Holzmasken, ragen alle zwölf Mitglieder des Ballkomitees wie eine stumme Wand auf. Obwohl die Gartentreppen von allen Seiten vollgestopft mit Schülern sind, breitet sich schlagartig Ruhe aus, als die Duellgegner beider Häuser die Bühne betreten und sich einander gegenüber aufstellen.

Pen hat drei groß gewachsene Montagues zu seiner Leibgarde gewählt, die ihn zwischen ihren breiten Schultern schmächtig wirken lassen. Er starrt mit verkrampften Fäusten zu Boden und meidet unsere Blicke. Nicht mal, als der Katzenfürst die Bühne betritt und an ihm vorbei zu Lord Montague geht, schaut er auf.

Cut tritt wortlos an die Seite seines Vaters.

Rhyme bleibt mit verschränkten Armen neben Poetry stehen.

»Fürchtet euch nicht!«, ruft Lady Capulet mit erhabener Stimme in den Garten hinaus. Ich bin mir sicher, dass sie uns dabei beeinflusst, aber diesmal öffne ich jede Pore meines Körpers dafür. Keine Angst zu haben, fühlt sich in diesem Moment wie purer Luxus an. »Es ist eine Ehre, euer Haus in den Duellen verteidigen zu dürfen! Es ist eine Ehre, zum potenziellen Liebespaar auserwählt worden zu sein! Und es ist eine Ehre, sein Leben für das Wohl von anderen zu geben!«

Die Schüler stoßen jubelnd ihre Fäuste in die Luft.

Nur Rhyme zischt ungehalten: »Das war ein Fehler!«

»Was meinst du?«, flüstere ich ihm zu.

Zum ersten Mal, seit wir den Balkon verlassen haben, schaut er mich direkt an. Dieses kalte Feuer brennt noch immer in seinen Augen, aber ich habe wenigstens nicht mehr das Gefühl, dass es mir gilt. »Poetry hatte keinen Funken Angst, aber dieser Montague hat geschlottert wie Espenlaub. Siehst du, wie er seine verkrampften Hände lockert und sich selbstbewusst aufrichtet? Allen ihre Furcht zu nehmen, verleiht nur ihm einen Vorteil.«

Mir ehrlich gesagt auch, würde ich am liebsten sagen.

Lord Montague tritt vor. »Ihr kennt die Regeln des Duells! Keinem Schüler wird unnötiger Schaden zugefügt – es sei denn, es lässt sich nicht vermeiden.« Er macht eine bedeutungsvolle Pause, um das Gesagte einwirken zu lassen. »Die Aufgabe des potenziellen Liebespaares ist einfach: Gesteht im Duell eure wahre Liebe oder beweist, dass ihr keine füreinander empfindet!«

»Indem ihr den anderen für immer besiegt«, murmelt Stage.

Zwei Butler treten vor Poetry und Pen. Sie halten ihnen Tabletts entgegen, auf denen jeweils eine Theatermaske liegt. Die gleichen Masken, wie auch die Souffleure und Souffleusen sie tragen. Ich blicke über die Schüler hinweg und kann ihre schwarzen Silhouetten, halb verdeckt hinter Rosen und Springbrunnen, überall im Rosengarten ausmachen. Bevor Rhyme und die anderen mir erklärt haben, was sie genau sind, hatte ich sie automatisch für alt gehalten. Aber das sind sie nicht. Zumindest nicht so, wie ich mir das vorgestellt hatte. Ein unheimlicher Schauder jagt mir über den Rücken.

»Wartet!« Pen drückt das Tablett zur Seite und wirft sich vor Cut auf die Knie. »Mein Katzenfürst! Ich bitte Euch! Erweist mir die Ehre, an meiner Seite zu kämpfen!«

Rhyme spannt sich an, als Cuts Blick zu uns herüberflackert. Seine goldenen Augen bleiben einige Sekunden lang an Poetry haften. Sie sieht ihm unerschrocken entgegen. Im Gegenteil sogar, ein herausforderndes Lächeln zupft an ihrem Mund. Mir schießt durch den Kopf, dass Cut nicht nur zusammen mit Rhyme aufgewachsen ist, sondern mit Poetry natürlich ebenso. Der Katzenfürst verschränkt die Arme vor der Brust und sieht Pen ausdruckslos an. »Nein.«

Einen Moment lang herrscht erstauntes Schweigen, dann bricht Gemurmel unter den Schülern aus. Lord Montague beendet es mit nur einem Wort. »Ruhe! Es ist nicht die Aufgabe eurer Fürsten, eure Unzulänglichkeiten auszugleichen. Es ist vielmehr eure Aufgabe, euren Fürsten aus vollem Herzen zu dienen!«

Diesmal kann ich etwas von seiner Beeinflussung spüren. Es ist wie eine heiße Welle, die über meine Brust hinwegrollt und mich leicht schwindelig zurücklässt. Natürlich will ich für Rhyme kämpfen, nein, ich will sogar alles für ihn geben! *Alles.* Niemals hätte ich ihn enttäuschen dürfen.

Ich streife Poetrys Handrücken und flüstere ihr durch meine Haare hindurch zu: »Es tut mir leid, dass ich mit Cut getanzt habe, nach allem, was du für mich getan hast. Ich mache meinen Fehler wieder gut. Ich verspreche es.«

Poetry schaut mich überrascht an. »Es war nicht dein Fehler. Wenn du einen Schuldigen suchst, dann sieh nach oben.« Sie deutet mit dem Zeigefinger hinauf in die Nacht, und obwohl ich längst weiß, was sie meint, hebe ich trotzdem den Kopf. Der Unstern funkelt von weit oben auf uns herab.

Poetry nimmt die schwarze Maske vom Tablett. Die Maske der Tragödie – mit nach unten gezogenen Mundwinkeln und traurigen Augen. Ihr gegenüber nimmt Pen die Maske der Komödie an sich – eine lachende Maske, die haargenau so aussieht wie die des Souffleurs, der meinen Sturz auf der Treppe verhindert hat. Die beiden schauen einander ein letztes Mal an, drehen sich ihre Rücken zu und verlassen in verschiedenen Richtungen die Bühne.

Tear und Drapes haben ihre Arme fest umeinandergeschlungen und schauen uns von den Treppen aus hinterher. Rhyme, Stage und ich folgen Poetry hinauf zu einem Wasserbecken auf dem mittleren Terrassenkreis, den sie als unseren Startpunkt ausgewählt hat. Irgendwo auf der anderen Seite des Gartens tun die Montagues das Gleiche.

»Verteidigung oder Angriff?«, will Stage wissen.

Poetry stemmt ihre Arme in die Hüften. »Angriff natürlich!«

Rhyme geht auf dem Mauerrand der Terrasse in die Hocke und schließt die Augen. Zuerst denke ich, dass er sich bloß sammelt, aber als das Gebüsch um uns herum zu rascheln beginnt, weiß ich, dass er seine Schlangen ruft. Erst da dämmert mir, was Cut vorhin für Poetry getan hat. Er hat Pen nicht nur seine eigene Unterstützung verweigert, sondern auch die seiner Tiere.

Als wäre Poetry ein ähnlicher Gedanke durch den Kopf geschossen, sagt sie plötzlich: »Seine Raubkatzen werden trotzdem kommen und die Montagues verteidigen, aber sie werden bloß wie Katzen denken, nicht wie ein Mensch, der sie lenkt. Sie springen über Flammen, wenn es sein muss, aber sie scheuen sich vor tiefem Wasser. Vergesst das nicht.«

Rhyme öffnet die Augen. »Macht euch bereit.«

Die Glocke des Diamantturms erschallt über uns.

Alle stürmen los.

Alle, außer mir.

Denn als Poetry wie eine Kriegeramazone über die Terrassen hinabspringt, als Stage ihr einem Schutzschild gleich dicht an den Fersen hängt, als Rhyme mit einer Welle aus zischenden Schlangen beiden hinterherjagt – genau in diesem Moment schlingen sich fremde Arme um meinen Körper und reißen mich nach hinten in die Rosen.

KAPITEL 28

Ich schreie auf, aber ein Handschuh drückt sich auf meinen Mund und würgt das Geräusch sofort ab. Dornen kratzen über meine Schläfen und zwingen mich dazu, die Augen zu schließen. Zwar schlage ich blind um mich, aber ich treffe meinen Angreifer nicht richtig. Erst als er mich auf der anderen Seite des Rosenbusches herauszerrt und ich mit dem Rücken gegen das Steinbecken eines Springbrunnens pralle, kann ich ihn ansehen.

Es ist ein Souffleur!

Aber nicht irgendeiner. Obwohl sie alle gleich gekleidet sind, erkenne ich ihn an seiner Größe und Körperform sofort wieder. Es ist der Gleiche, der mich auf der Treppe festgehalten hat. Und wenn mich nicht alles täuscht, war er es auch, den ich an meinem allerersten Abend hier gesehen habe. Ich erinnere mich an Cuts gerunzelte Stirn, als er mir seinen Kapuzenkopf hinterherdrehte. Jetzt grinst seine Maske starr auf mich herab, doch seine echten Emotionen sind wie immer darunter verborgen – falls er überhaupt noch welche hat. Er umklammert meine Arme wie Eisenklauen.

»Was willst du von mir?! Ich muss zu Poetry!« Ich versuche, mich aus seinem Griff zu befreien, aber er rückt nur näher an mich ran, um meine Bewegungen noch weiter einzuschränken. Sein Kopf dreht sich langsam von einer Seite zur anderen.

Überrascht halte ich inne. »War das … etwa eine Antwort? Heißt das nein?«

Er senkt zuerst den Kopf und hebt ihn dann wieder, dabei fällt mir auf, dass seine Halsmuskeln zittern, so als würde ihn das größte Anstrengung kosten. Selbst wenn die anderen mich nicht extra drauf hingewiesen hätten – nach einem Monat Training im Rosengarten weiß ich, dass die Souffleure und Souffleusen jegliche Art der Kommunikationsfähigkeit verloren haben. Sie können höchstens noch alte Reime vor sich hin murmeln, aber nicht mehr auf konkrete Fragen antworten. Alle außer einem, wie es scheint.

Nur habe ich jetzt keine Zeit dafür.

»Ich muss gehen! Lass mich los!« Ich drücke meine Hände gegen seine Brust, die sich überraschend stark unter der Robe anfühlt, und stoße ihn mit aller Macht von mir. Vielleicht hätte meine Kraft ausgereicht, um ihn ein paar Schritte nach hinten taumeln zu lassen – aber er fliegt förmlich von mir weg, prallt gegen eine Statue und fällt davor auf die Hände.

»Was zum Teufel …?!« Rhyme steht mit einem Mal außer Atem vor mir und sieht den Souffleur fassungslos an. Er muss ihn zeitgleich von mir weggerissen haben. Sein Kopf schnellt zu mir herum.

»Was machst du hier?!«, rufen wir beide wie aus einem Mund.

»Poetry!«, keuche ich entsetzt.

»Ich weiß! Komm!« Rhyme greift meine Hand und zieht mich durch die Rosen. Den Souffleur lassen wir einfach zurück. Wir rennen am Wasserbecken vorbei und springen Hand in Hand über die Terrassenmauer hinab. Der Aufprall lässt mich härter in die Knie gehen als Rhyme, aber er versichert sich nur mit einem raschen Blick, dass mir nichts passiert ist, und zieht mich sofort wieder auf die Beine. »Die Schlangen haben mich zurückgerufen. Erst da habe ich gemerkt, dass du nicht hinter mir warst. Ich dachte, die Montagues hätten dich!«

»Aber ich bin doch unwichtig?!«

Rhyme beißt die Zähne aufeinander. »Du wärst nicht die erste Leibgarde, deren Leben bedroht wird, um einen Duellanten zu erpressen. Und Poetry hat jede Menge Stolz. Ich konnte das Risiko nicht eingehen, dass sie sich für dich opfert.«

Vor Schreck zerquetsche ich fast seine Hand.

Er wendet den Kopf entschlossen nach vorn. »Es waren nur ein paar Minuten. Poetry schafft das. Sie ist eine der Besten.«

Zwar klingt er absolut überzeugt von den Fähigkeiten seiner Schwester, allerdings werde ich das beklemmende Gefühl nicht los, dass es gleichzeitig auch ein Stoßgebet in den Himmel ist. Keine Ahnung, ob von da oben noch eine andere Macht als nur der Unstern auf uns herabblickt, aber ich füge in Gedanken sicherheitshalber hinzu: *Bitte, lass sie durchhalten! Ich bitte dich! Poetry darf nicht verlieren!*

Wir rasen an der Bühne vorbei, ohne irgendwen darauf wahrzunehmen. Auch die Schüler auf den Treppen ringsum verwischen bloß zu farbigen Flecken in meinen Augenwinkeln, und ihr Geschrei vermischt sich zu unverständlichem Hintergrundlärm. Ob es die Montagues oder Capulets sind, die vor Begeisterung jubeln, kann ich beim besten Willen nicht sagen.

»Zeigen dir deine Schlangen, wie es Poetry geht?«, rufe ich durch den Lärm.

Rhyme schüttelt den Kopf. »Ganz so läuft das nicht. Ich kann fühlen, was meine Schlangen fühlen, aber keine Bilder sehen. So aufgeregt, wie sie gerade sind, schätze ich, dass Poetry kämpft.«

Auf der anderen Seite der Bühne ist der Aufstieg über die Terrassenmauern deutlich mühsamer, aber Rhyme kennt jede verborgene Stufe in diesem Garten und bringt mich schneller hinauf, als ich es für möglich gehalten hätte. Trotzdem wird mein Ansturm oben abrupt abgebremst und meine Hand aus Rhymes gerissen, weil meine Füße wie angewurzelt stehen bleiben.

Die letzte Terrasse ist voller Schlangen.

Zischend schlängeln sie sich um ein Feuerfeld herum, in dem sich zwei Montagues mit erhitzten Gesichtern aneinanderdrängen. Ein Gepard und ein Berglöwe haben Schutz in der Höhe gesucht, streifen mit gesträubtem Fell auf den Rändern eines prächtigen Springbrunnens entlang und fauchen auf die Schlangen hinab, jedoch ohne anzugreifen. Hinter dem Feuerfeld kämpft Stage mit dem dritten Montague.

Rhyme ist schneller bei ihm, als ich über die erste Schlange steigen kann. Er springt dem Montague von hinten auf den Rücken, lässt sich zurückfallen und reißt ihn einfach mit sich. Bevor der andere Junge auch nur auf den Angriff reagieren kann, schleudert Rhyme ihn schon mit einem heftigen Tritt über sich hinweg und lässt ihn so hart im Feuerfeld aufkommen, dass der aufspritzende Sand für einige Sekunden die Flammen ringsum erstickt. Der Aufprall presst dem Montague die Luft aus der Lunge. Selbst als die anderen beiden ihn auf die Beine ziehen, bleibt er kraftlos in ihren Armen hängen. Vor den Flammen richten sich Kobras und Klapperschlangen wie ein giftiger Schutzwall auf.

Ich laufe mit gesträubten Nackenhaaren an ihnen vorbei.

Stage klammert eine Hand um seinen Hals und rappelt sich keuchend hoch. Er wechselt nur einen gehetzten Blick mit Rhyme, der keine Worte braucht, um zu wissen, was er tun muss. Kaum ist der Montague hinter ihm im Feuerfeld gelandet, springt er mühelos zurück auf die Beine und rennt nach hinten in die Rosen. Erst als ich ihm nachblicke, sehe ich, dass halb verborgen zwischen den Blättern und Zweigen ein weiterer Kampf stattfindet.

»Bist du okay?!«, rufe ich Stage im Vorbeilaufen zu.

Statt mir zu antworten, schließt er sich mir schnaufend an.

Kaum schlagen wir uns durch die Rosen, bleiben mir nicht mehr als ein paar Sekunden, um mich zu orientieren. Eine kleine Lichtung taucht vor uns auf, bis auf den letzten Zentimeter mit dicken Rosenwurzeln verwachsen, die Stage und mich sofort straucheln lassen. Nur wenige Meter vor uns erkenne ich Rhymes helle Haare, die im Licht des Unsterns fast weiß schimmern. Dann schleudert er Pen, den vierten und letzten Montague, so unerwartet in unsere Richtung, dass keiner von uns beiden mehr ausweichen kann.

Stage wappnet sich instinktiv gegen den Aufprall, aber mich reißt er mitsamt des Montagues von den Füßen. Ich stürze hart auf die Rosenwurzeln und habe kaum Zeit, um aufzukeuchen, bevor ich unter Pens Gewicht begraben werde. Trotzdem schaffe ich es irgendwie, meine Arme und Beine wie Fesseln um seinen Körper zu schlingen und durch seine Haare hindurch nach Luft zu schnappen. Ich kann vielleicht keine ausgefallenen Stuntmoves, aber als Ganzkörperfessel tauge ich durchaus was.

»Das war's dann für dich!« Stage kauert sich an unsere Seite und zerrt Pen an der Schulter herum. Sein Hinterkopf schlägt mir dabei gegen die Nase, lässt mich aber nur noch fester zupacken. Poetry muss ihm ordentlich zugesetzt haben, denn Pen hat kaum noch genug Kraft übrig, um sich gegen mich zu wehren. Auch Stage bemerkt das. Seine Rastas fliegen ihm über die Schulter, als er den Kopf zu Rhyme und Poetry herumwirft. »Los! Kommt her! Er ist am Boden!«

Pens Körper schüttelt sich unter meinem Klammergriff. Zuerst halte ich es für einen letzten Versuch, mir zu entkommen, aber dann wird mir klar, dass es etwas anderes ist. Etwas ganz anderes. Gänsehaut schleicht sich über meinen Nacken empor.

»Rhyme, verdammt noch mal, worauf wartest du?!«, ruft Stage rüber.

Ich muss mich unter Pens Haaren hervorwinden, um nach hinten sehen zu können. Rhyme steht im Zwielicht vor den dunklen Rosensträuchern und streckt einen Arm aus. Sein Gesicht hat er von mir abgewandt, aber ich kann das Mitgefühl in seiner Stimme hören. »Ich weiß, dass es nicht einfach ist. Aber du hast keine andere Wahl. Du musst es tun.«

Erst da erkenne ich Poetry noch weiter hinten in den Rosen. Auch sie hat uns den Rücken zugedreht. Ihr schwarzer Duellanzug lässt sie in den Schatten fast verschwinden, nur ihre Eisprinzessinnenlocken schimmern aus der Dunkelheit hervor. Ebenso wie ihre blassen Hände, die sie zu Fäusten geballt hat. In einer davon umklammert sie die Maske der Tragödie. Die Maske, die sie Pen aufsetzen muss, um ihn zu besiegen.

Unter meinen Armen verstärkt sich das Schütteln von Pens Körper.

Aber es ist kein Zittern.

Sondern Lachen.

»Nein …«, haucht es fast lautlos aus meiner Kehle. Etwas an Poetry ist seltsam. Etwas, das ich zuerst nicht begreife, bis es mir mit eiskaltem Entsetzen klar wird. Es ist ihre Haltung, die sonst nur so vor Beweglichkeit und Kraft strotzt, aber jetzt merkwürdig starr und steif wirkt. Und vor allem ist es ihr Zögern. Poetry Capulet zögert nie.

»Was hast du?« Stage wirft mir einen irritierten Blick zu, dann fällt seine Aufmerksamkeit hinab auf Pen, der sich in meinem Klammergriff inzwischen vor Lachen schüttelt. Plötzlich hat Stage Mühe damit, einen ganzen Satz hervorzubringen. »Wo ist … ? Wo ist denn nur …? Seine Maske …?«

Ich blicke gehetzt über den Wurzelboden ringsum, entdecke jedoch nichts, was mich erleichtert aufatmen lassen würde. Stattdessen zieht sich meine Vorahnung zu einem schrecklichen Knoten in meiner Brust zusammen. Ich bleibe wie gebannt an Rhyme hängen. Er berührt Poetrys Arm und dreht sie langsam zu sich herum. Für eine Sekunde zuckt ein heiß glühender Wunsch durch mein Innerstes, der Wunsch, Pen von mir zu stoßen und hinüberzulaufen. Um Rhyme aufzuhalten. Um alles aufzuhalten.

Aber das ist unmöglich.

Es ist bereits geschehen.

Vollkommen erstarrt beobachte ich, wie Poetry sich uns zuwendet. Wie ihre Fäuste sich lockern. Wie die Maske der Tragödie aus ihren Fingern rutscht und auf die harten Wurzeln klappert. Nur einen Herzschlag, bevor Poetry selbst ihr folgt und auf die Knie fällt.

Schlagartig fühlt sich alles unwirklich an.

Ein Pfeifen in meinen Ohren übertönt alle Geräusche von außen. Ich verstehe nicht, was Rhyme sagt, als er sich vor seine Schwester wirft. Ich verstehe auch nicht, was aus seinem Mund kommt, als er Poetry an den Schultern packt und so kräftig schüttelt, dass Rosenquarzsand aus ihren Locken rieselt und auf ihren Schultern glitzert. Erst sein Aufschrei dringt durch den Nebel in meinem Kopf. Ein markerschütternder Laut aus den Tiefen seiner Seele. Ein Laut voller Unglauben, als er verzweifelt versucht, die Maske vom Gesicht seiner Schwester zu reißen.

Die Maske der Komödie, die Pen ihr längst aufgesetzt hat.

»Nein, nein, nein, nein!« Stage, der sonst den Gleichgewichtssinn eines

Hochseiltänzers hat, kommt nur schwankend auf die Beine und taumelt wie halb betäubt zu Rhyme.

Pen lacht auf.

Aber es hört sich verzweifelt an.

»Ich hab mich nur gewehrt«, keucht er in den Himmel hinauf. »Sie hätte mir um ein Haar die Maske aufgesetzt, aber ich bin gestolpert. Gestolpert! Mit meinem verstauchten Knöchel! Und dann war es leicht. So leicht …« Er dreht den Kopf auf meiner Schulter und sieht mich direkt an. Nicht eine Spur von Feuchtigkeit schimmert in seinen Augen, obwohl alles andere an seinem Gesichtsausdruck mir sagt, dass er am liebsten heulen würde. Aber Montagues können nicht weinen. »Letztendlich war es doch Glück«, flüstert er mir heiser zu, »dass ich mit dir getanzt habe.«

Etwas schlägt mir wie eine Wand entgegen. Ich brauche mehrere Sekunden, um zu begreifen, dass es Geräusche sind. Stimmen, Geschrei, Gejubel. All der Lärm von außen stürzt plötzlich wieder auf mich ein, tausendfach verstärkt von der Trichterform des Rosengartens. Ich stoße Pen von mir, rapple mich auf und presse mir beide Hände auf die Ohren. Aber ich kann nichts davon abschütteln.

Ich höre Tears Aufschrei.

Ich höre ihre Schluchzer.

Und schließlich höre ich Lady Capulet, die ebenfalls zu uns heraufgekommen sein muss. »Ihr könnt nichts mehr für sie tun«, sagt sie gedämpft. »Die Maske ist längst mit ihrem Gesicht verschmolzen. Lass sie los, Rhyme.« Dann räuspert sie sich und erhebt ihre Stimme. »Ihr seid stolz auf sie, hört ihr alle? So furchtbar stolz auf sie! Jeder einzelne Gedanke an Poetry erfüllt euch mit tiefstem Respekt! Es fühlt sich gut an, sie gekannt zu haben! Aber es fühlt sich noch viel besser an, sie wie eine Heldin zu feiern! Und das tut ihr von jetzt an! Poetry hat sich für uns alle geopfert! Ihr Platz ist jetzt im Rosengarten! Für immer!«

Meine Hände rutschen mir langsam von den Ohren.

Auch von der Bühne dringen Lord Montagues Worte laut und deutlich zu uns herauf, dicht gefolgt vom Gejubel der Schüler, die Poetrys Namen drei Mal durch die Nacht hallen lassen.

»POETRY CAPULET!«
»POETRY CAPULET!«
»POETRY CAPULET!«

Zögernd hebe ich den Kopf.

Stage und Drapes halten Tear von beiden Seiten in den Armen, was sie durch den Größenunterschied der beiden ziemlich schief dahängen lässt. Während Stage sich bücken muss, reckt sich Drapes auf die Zehenspitzen. Tear scheint das nicht mal zu bemerken. Ihre Wangen glänzen feucht, als sie an mir vorbeigeschleppt wird, aber sie weint nicht mehr. Ihr Ausdruck ist verwirrt, als wüsste sie nicht so recht, ob sich ihre Mundwinkel nach unten oder nach oben biegen sollen. »Poetry ist eine Heldin«, murmelt sie benommen vor sich hin. »Eine Heldin … Ich bin so stolz auf sie … So furchtbar stolz …«

Die Schlangen verkriechen sich in den Rosen und lassen die Montagues aus dem Feuer. Pen wird auf ihre Schultern gehoben und unter dem rauschenden Jubel seines Hauses wie ein Sieger hinauf zum Marmorplatz getragen. Von Cut ist keine Spur zu sehen. Er scheint genauso plötzlich verschwunden zu sein wie das Ballkomitee.

Dafür kommen andere.

Die Souffleure und Souffleusen des Rosengartens treten von allen Seiten aus den Schatten der Sträucher und hüllen Poetry in eine ihrer schwarzen Roben. Poetry steht von selbst auf und lässt alles einfach so geschehen. Sie wirkt wie eine Puppe unter ihrer lachenden Holzmaske. Wie etwas, das alle Bewegungen automatisch abspult, ohne wirklich lebendig zu sein. Ihre Hände schlüpfen in die langen Ärmel, binden die Kordel über ihrem Bauch zusammen und streifen sich die Kapuze über, die ihre blonden Locken sofort verschluckt. Es fehlen nur noch die schwarzen Stiefel und Handschuhe, aber ich nehme an, die werden ihr später gegeben. Als sie barfuß an Rhyme vorbeigeht, der noch immer reglos zwischen den Rosen kniet, sagt sie kein Wort zu ihm. Nicht mal ein allerletztes.

Weil sie es nicht mehr kann …

Mein Herz krampft sich zusammen.

… weil die Verlierer der Duelle zu Souffleuren und Souffleusen werden, auf ewig dazu verdammt, in ihren schwarzen Kutten durch den Rosengarten zu wandeln und alte Theaterreime zu rezitieren.

Von über sechshundert Capulets und Montagues trifft es nur einen.

Nur einen!

Das kann doch nicht Poetry sein!

Das ist einfach unmöglich!

Lady Capulet sieht Poetry stumm hinterher, bis sie gemeinsam mit den anderen Souffleuren und Souffleusen in den Schatten verschwunden ist. Dann fällt ihr sturmgrauer Blick hinab auf Rhyme. »Deinen Schmerz kann ich dir nicht nehmen, das weißt du. Das ist der Preis, den wir für unsere Macht als Familienoberhäupter bezahlen«, teilt sie ihm mit gefasster Stimme mit. »Poetry war eine unserer Besten. Sie hatte einfach nur Pech.«

»Einfach nur Pech?!«, keucht Rhyme ungläubig.

Lady Capulet blickt einige Momente lang hinab zur Bühne. Sie scheint nach Worten zu suchen und sie schließlich auch zu finden. »Erinnerst du dich an die Schlangenzeremonie? An den Tag, an dem du mich als Fürst unseres Hauses abgelöst hast? Weißt du noch, was ich damals zu dir gesagt habe?«

Rhyme erwidert kein Wort.

Sie hat wohl auch keines erwartet. »Hm«, macht sie nur. »Was sagt man einem Neunjährigen, um ihm Mut zu machen? *Du kannst alles tun, wenn du nur fest genug daran glaubst. Du kannst alles schaffen.*« Sie macht eine Pause. »Du bist jetzt alt genug, um zu erfahren, dass das eine Lüge ist. Es gibt Kräfte auf dieser Welt, gegen die wir alle machtlos sind.« Sie berührt einen Moment lang seine Schulter. »Du bist jetzt erwachsen, Rhyme.«

Dann geht sie einfach von ihm weg.

Ich stolpere auf die Beine und überrasche sie mit meiner Anwesenheit. Sie hält mich mit einer flinken Handbewegung vor meiner Brust zurück und zieht eine ihrer perfekt gezupften Augenbrauen hoch. »Du bist noch hier?«

»Lassen Sie mich zu Rhyme gehen!«

»Oh.« Sie lächelt, als wäre ihr plötzlich etwas eingefallen. »Richtig, ich hatte dir ja befohlen, an seiner Seite zu bleiben. Gut zu sehen, dass es immer noch wirkt. Aber ich denke, er will jetzt allein sein. Du fühlst rein gar nichts für ihn.«

»NEIN!« Ich packe ihren Oberarm, aber heftiger Schwindel überkommt mich, bevor ich mehr sagen kann. »ICH … Ich … ich …«

Sie schält meine schlaff gewordenen Finger mühelos von ihrem Kostüm. »Du spürst es tief in dir, ein mächtiges Verlangen, dich schlafen zu legen und diese Nacht hinter dir zu lassen. Morgen fühlst du dich erholt und kannst es kaum erwarten, dich auf den nächsten Ball vorzubereiten. Jetzt geh!«

Meine Hand fällt von ihr ab.

Einen Moment lang streift mein Blick Rhymes Hinterkopf, und mein Herz macht einen gewaltigen Satz, als würde es am liebsten aus meiner Brust rausspringen. Aber ich kann mir nicht mehr erklären, wieso es das tut. Er bedeutet mir nichts. Ich fühle rein gar nichts für ihn.

»Ich … bin wahnsinnig müde«, wispere ich nur.

Lady Capulet lächelt und bringt mich zur Treppe.

Rhyme bleibt alleine zurück.

KAPITEL 29

»Oh, zum Glück bist du hier!«

Stage stöhnt vor Erleichterung auf, als ich mich am nächsten Abend an den Tisch des Schlangenfürsten setze. Der Marmorblock wurde wieder auseinandergeschoben, und die königlichen Stühle der Fürsten stehen an ihren ursprünglichen Plätzen. Der ganze Speisesaal sieht aus wie vorher, die Angestellten müssen den Rest der Ballnacht wie verrückt Rosenquarzsand geschaufelt und Steinfliesen gesaugt haben. Die zweite Glaswand mit den Ballkarten ist ebenfalls wieder im Boden verschwunden, nur die Glastüren dahinter sind heute weit geöffnet, um frische Luft vom Marmorplatz in unsere Gesichter wehen zu lassen. Zwischen all den Zitrusbäumen und Palmen fühlt es sich an, wie im Freien zu sitzen.

»Das Grinsen der Montagues beim Brunch war kaum auszuhalten.« Stage metzelt die Melonenstückchen auf seinem Teller nieder. »Wieso habt ihr mich im Stich gelassen?«

»Sorry, wir haben den ganzen Tag verschlafen.« Ich lehne die Menükarte ab, die mir ein Kellner reicht, und bestelle statt des Abendessens lieber meinen üblichen Frühstücksbrei. »Tear hat in Poetrys Bett übernachtet und war kaum aus den Federn zu kriegen. Drapes hat sie vorhin unter die Dusche gestellt und versprochen, dass sie bald nachkommen. Trainieren wir heute noch? Ich kann es kaum erwarten …«

Plötzlicher Schwindel lässt mich die Tischdecke packen.

Ich muss mehrfach blinzeln, um wieder klar sehen zu können.

»Alles okay?«, fragt Stage.

»Ja … ja, ich denke schon«, antworte ich leicht verwirrt. »Ich wollte sagen, dass ich es kaum erwarten kann, mich auf den nächsten Ball vorzubereiten.« Die Worte fühlen sich seltsam zäh auf meiner Zunge an, wie ausgekauter Kaugummi, der längst nicht mehr schmeckt. Wieso fühle ich mich so komisch? Ich runzle die Stirn über mich selbst.

»War Rhyme bei euch?«

»Hm?« Ich schaue zu Stage auf. »Rhyme? Wieso sollte er?«

Stage steckt sich ein Melonenstück in den Mund und kaut lustlos drauf rum. »Er war die ganze Nacht nicht in unserem Zimmer. Da dachte ich, na ja, dass er vielleicht bei … bei euch übernachtet.«

Ich mache dem Kellner Platz, der mein Frühstück vor mir abstellt und das Besteck für mich zurechtrückt. »Tut mir leid, ich habe keine Ahnung, wo Rhyme steckt. Bei uns war er jedenfalls nicht.«

Stage hört auf zu kauen und mustert mich. »Ist bei dir wirklich alles okay?«

»Klar doch. Wieso fragst du? Rhyme …«

Rhyme bedeutet mir nichts, will ich sagen. Aber die Worte verhaken sich wie Dornenranken in meinem Hals. Rasch lasse ich mir kaltes Wasser einschenken und trinke das gesamte Glas in einem Zug aus. Die Frische lässt mich etwas klarer denken. »Rhyme wird schon zurechtkommen«, mildere ich den Satz ab. Mein Herz stolpert in meiner Brust, doch nach allem, was gestern Nacht geschehen ist, überrascht mich das nicht. »Wir alle vermissen Poetry, nicht wahr?«, füge ich hinzu.

Stage nickt heftig. »Und wie! Sie war eine Heldin. Es ist eine Ehre, an ihrer Seite gekämpft zu haben.«

Wieder ein Stich in meiner Brust.

Ich bin froh, als Drapes und Tear auftauchen und den Tisch mit gut gelauntem Geplapper füllen. Vor allem Drapes, die sonst eher zurückhaltend ist, bekommt ihren Mund heute gar nicht mehr zu. Sie bestellt jede Menge Süßspeisen für Tear und schiebt sie ihr auf Silberlöffelchen in den Mund. Tear, die eine Köstlichkeit nach der anderen versuchen muss, hat kaum Gelegenheit, etwas dagegen einzuwenden. »Und zum Abschluss noch Zitronensorbet. Kellner, bringt uns allen was davon!«, ruft Drapes den Angestellten zu. »Das war Poetrys Lieblingsspeise. Wir müssen sie in Ehren halten.«

»Wir könnten ihren Namen in ihren Stuhl eingravieren lassen«, schlägt Stage mit leuchtenden Augen vor. Drapes klatscht vor Freude in die Hände. Nur Tear schluckt ihren Bissen schwer hinunter. Als mir das fruchtig duftende Sorbet in einer glänzenden Silberschale vor die Nase gestellt wird, wird mir ein klein wenig übel davon. Was ist nur los mit mir?

Plötzlich fangen die Schüler an, mit ihren Fäusten auf die Tische zu trommeln.

Mein Puls schnellt mir hoch in die Kehle.

Aber es ist nicht die Tür zum Capuletflügel, die aufgeht, sondern die hinter mir.

Cut hat den Saal betreten und wird von seinem Haus noch stürmischer empfangen als sonst, reagiert aber in keiner Weise darauf. Die Hände tief in den Hosentaschen vergraben, steigt er auf den Marmorblock und lässt sich in den goldenen Thronstuhl fallen. Rechts von ihm nimmt wie immer sein kleiner Bruder Ink Platz, doch auf der linken Seite ist heute jemand anders. Statt der Schwarzhaarigen sitzt da nun Pen. Alle Montagues am Tisch lehnen sich vor und klopfen ihrem Duellsieger begeistert auf die Schultern.

An unserem Tisch sagt keiner mehr ein Wort.

Erst als sich der Trubel gelegt hat und die Montagues mit Essen beschäftigt sind, sieht Cut zu mir herüber. Zu meiner Überraschung sind seine Augenbrauen fest zusammengezogen, fast so, als würde ihm etwas wehtun. Ja, da liegt eindeutig Bedauern in seinen goldenen Augen. Trotzdem wendet er sich nicht ab, sondern hält meinen Blick mehrere Sekunden lang, als wollte er sichergehen, dass ich das sehe. Als würde er mir … sein Beileid ausdrücken.

Aber wieso …?

»Die Fürsten können nicht beeinflusst werden«, denke ich laut vor mich hin. Dann schnappe ich nach Luft, lehne mich über den Tisch und wiederhole es lauter. »Die Fürsten können nicht beeinflusst werden!«

Stage zuckt die Schultern. »Wissen wir. Und?«

Ich senke meine Stimme zu einem verstohlenen Flüstern, damit wir am Montaguetisch nicht gehört werden können. »Wieso sieht Cut so traurig aus? Sollte er nicht seinen Sieg feiern? Sollte er nicht, keine Ahnung, mindestens genauso stolz sein wie wir? Poetry war immerhin eine der Besten.«

Tear lässt ihren Löffel auf den Teller fallen und sieht mich mit weit aufgerissenen Augen an. »Willst du damit andeuten, dass wir wegen Poetry beeinflusst worden sind? Wir alle gleichzeitig? Dass wir ...« Eine tiefe Falte bildet sich auf ihrer Stirn. »Dass wir irgendwie anders reagieren sollten?«

Drapes lehnt sich näher zu mir. »Die Manipulationen wirken bei dir nicht so intensiv und lang wie bei uns. Fühlst du denn etwas anderes?«

Ich schüttle nachdenklich den Kopf. »Nicht wirklich«, antworte ich ehrlich, aber ein heftiges Poltern in meiner Brust lässt mich noch etwas hinzufügen. »Nur mein Herz spielt heute irgendwie verrückt.«

»Wir werden Rhyme fragen«, beschließt Stage. »Vorausgesetzt, er taucht heute noch auf.«

Rhyme taucht tatsächlich noch auf.

Etwa zwanzig Minuten später.

Zwanzig Minuten, in denen die Montagues am Tisch gegenüber lauthals lachen und feiern, sich teure Getränke bestellen und über Pens hochrotem Tomatenkopf auf ihren Sieg anstoßen. Auch Cut erhebt sein Glas, wenn die anderen ihn dazu auffordern, doch sein Blick gleitet immer häufiger hinüber zur Flügeltür der Montagues, als könnte er den Moment gar nicht erwarten, diesen Saal zu verlassen.

Rhymes Ankunft bricht so plötzlich über uns herein wie ein unerwarteter Wirbelsturm. Nur für ein paar Sekunden ertönt das Trommeln der Schüler, die an der Glasfront sitzen, dann springen schon die ersten auf und laufen schreiend tiefer in den Saal. Alle Türen der Glasfront erzittern wie bei einem Erdbeben, als Hunderte Schlangen gleichzeitig über ihre Schwellen hinweggleiten. Hinter ihnen folgt der Schlangenfürst wie ein Racheengel.

Sein Anblick lässt mich vom Stuhl hochschnellen. Noch nie habe ich Rhyme so gesehen. Er ist noch immer im tiefen Schwarz des Duells gekleidet. Seine sonst so hellen Haare kleben vor Schmutz, seine Wangen und Hände sind mit feinen Kratzern übersät und seine Fingernägel blutig abgebrochen. Am schlimmsten jedoch ist der Ausdruck in seinen Augen. Sie brennen mit solcher Kälte, dass mein Herz aufhört, wie wild zu hämmern, und sich stattdessen schmerzhaft zusammenzieht. Wieder überkommt mich dieser merkwürdige Schwindel, aber ich schüttle ihn mit einer heftigen Kopfbewegung ab. Gerade noch rechtzeitig, um zu sehen, wie Rhyme auf den Marmorblock springt, Cut am Kragen packt und ihn nach unten auf den Boden schleudert.

Cut hat gelernt zu fallen, rollt sich geschickt ab und ist sofort wieder auf den Beinen. Die Schlangen, die blitzschnell einen Kreis um die beiden Fürsten bilden, lassen ihn jedoch nicht mehr zurück hinauf. »Was soll das?!«, faucht Cut den Schlangenfürsten an. »Diese Biester haben hier drin nichts verloren!«

»Cut!« Ink ist ebenfalls von seinem Platz aufgesprungen und scheint die Distanz über die Schlangen hinweg abzuschätzen. Ein Sprung, den er niemals schaffen könnte.

Auch Cut weiß das. »Bleib oben, Ink!«

Rhyme stößt Cut mit beiden Händen weiter vom Fürstentisch weg. »Ich habe sie gesehen!«, zischt er ihn an. »Im Dunkeln, vor Anbruch des Morgens! Ich habe gesehen, wie sie in die Wagen der Montagues gestiegen sind!«

Cut reibt sich die Brust. »Ich hab keine Ahnung, wovon du sprichst.«

Rhyme packt ihn am Kragen, zieht ihn bis wenige Zentimeter vor sein Gesicht hoch und bleckt die Zähne. »Warum steigt das Ballkomitee in eure Wagen?! Warum hat dein Vater ihnen die Hände geschüttelt wie nach einem erfolgreich abgeschlossenen Geschäft?! Und warum hat er ihnen ein fettes Geldbündel in die Hand gedrückt?!« Er schleudert Cut von sich. Der Katzenfürst stolpert einige Schritte rückwärts und schüttelt verwirrt den Kopf.

»Ich hätte es wissen müssen!« Rhyme schnaubt ungläubig. »Gestern

Abend schon! Es hat überhaupt keinen Sinn ergeben, dass Poetry mit diesem Würstchen zum *Ultimo Ballo* antreten musste.«

»Ich … ich weiß nicht, was du meinst«, stammelt Cut.

»Ich meine« – Rhyme holt mit der Faust aus – »dass es *dich* hätte treffen müssen!« Er schlägt Cut so hart ins Gesicht, dass er auf den Boden gerissen wird.

Diesmal bleibt er unten sitzen.

Sein kleiner Bruder schreit entsetzt auf.

»Schon gut, Ink«, keucht Cut und betastet seinen Kieferknochen. »Er hat seine Schwester verloren. Ich wäre an seiner Stelle genauso aufgebracht.«

Rhymes Oberkörper hebt und senkt sich mit heftigen Atemzügen, aber er rührt Cut wenigstens nicht mehr an. Rundherum sind alle vor Schreck erstarrt. Als Cut seine Hand vom Gesicht nimmt, spuckt er leuchtend rotes Blut auf den hellen Steinboden. Aus irgendeinem Grund lässt ihn das auflachen. »Du hast mich blutig geschlagen! Weißt du noch, wann du das das letzte Mal getan hast?« Er lächelt Rhyme mit rosa Zähnen an. »Wir haben heimlich zusammen gespielt, obwohl man es uns gerade erst verboten hatte. Du wolltest mir deinen Superkick zeigen, aber du hast den Ball nicht mal getroffen. Aus meiner Nase schoss so viel Blut, dass ich dachte, ich müsste sterben. Im Krankenwagen hat Poetry gesagt, ich solle mich nicht so anstellen.« Bei der Erwähnung von Poetrys Namen zieht sich Rhymes Gesicht vor Schmerz zusammen. »Aber du«, fügt Cut leise hinzu, »du hast die ganze Fahrt über geheult.«

Rhyme zuckt zusammen, als hätte er einen Schlag abbekommen.

Einen Moment lang sehen sich die beiden Fürsten wortlos an, dann schnellt Rhyme wie vom Donner gerührt herum und marschiert ohne ein weiteres Wort aus dem Saal. Die Schlangen folgen ihm so geschmeidig und glänzend wie eine Flut aus Wasser. Zurück lässt er nur einige umgestürzte Stühle und jede Menge fassungsloser Gesichter.

Mein Herz spielt wieder verrückt.

Ich drücke mir eine Hand auf die Brust und stelle fest, dass ich heftig atme.

Was auch immer ich für Rhyme empfinde – es ist nicht *nichts*.

Wie von selbst springe ich vom Marmorblock und reiche Cut eine Hand, um ihm beim Aufstehen zu helfen. Das lässt Montagues wie Capulets ungehalten murmeln, aber Cut ist das genauso egal wie mir. Er nimmt meine Hilfe an und mustert die Schneise der Verwüstung, die Rhyme hinterlassen hat.

»Wurden wir nach dem Duell beeinflusst?«, flüstere ich ihm so leise zu, dass niemand außer uns es hören kann. »Wir alle gleichzeitig?«

Im Augenwinkel sehe ich, dass Cut nickt.

»Was würde ich jetzt tun, wenn ich es nicht wäre?«

»Das weiß ich nicht.« Er zögert kurz. »Aber ich schätze, du solltest deinem Herzen folgen.«

Mein Herz pocht, als wollte es von hier weg. Also folge ich ihm. Durch die Glastüren hinaus auf den Marmorplatz, wo mir der frische Abendwind sanft ins Gesicht bläst. Über die Kalksteinstufen des Rosengartens hinab, die von der Sonne noch so aufgeheizt sind, dass ich die Wärme durch meine Schuhsohlen spüren kann. Und hinein ins duftende Grün der Sträucher, wo die Flut der vorbeiziehenden Schlangen ein Meer aus abgerissenen Rosenblüten hinterlassen hat.

KAPITEL 30

Dornen kratzen über mein Gesicht und verhaken sich in meinen Haaren. Ich brauche beide Hände, um mich durch das blühende Dickicht zu zwängen. Die Rosen sind überall um mich herum, ihr süßlich-schwerer Duft füllt meine Nase, und ein weicher Blütenteppich federt meine Schritte ab. Vorne bei den Treppen sind die Sträucher feinsäuberlich zurechtgestutzt, doch je weiter ich ins Innere der Terrasse vordringe, desto verwilderter werden sie.

Ich komme hinter einem Feuerfeld heraus, das nur halb hoch brennt. Über den hohen Sockel einer Statue hinweg kann ich bis hinunter zur Bühne sehen – auch alle Springbrunnen plätschern nur auf halber Höhe. Es erinnert mich an Fahnen auf Halbmast, ein Symbol für Trauer. So also zollen die Häuser den gefallenen Duellanten ihren Respekt. Erst als ich mich umdrehe und nach hinten in die Schatten der Rosen blicke, erkenne ich, wo genau ich mich befinde. Es ist die Stelle, an der Poetry besiegt wurde. Aber etwas ist merkwürdig.

Die Wurzeln – *die Wurzeln der Rosen bewegen sich!*

Mein Herz setzt aus. Eine irre Sekunde lang rechne ich damit, dass die Sträucher ihre Wurzeln aus der Erde reißen und auf mich zumarschieren. Dann kapiere ich, was wirklich los ist, und zucke noch heftiger zusammen. Es sind keine Wurzeln, sondern Schlangen! Aberdutzende Schlangen, die genau dort, wo Poetry gestern Abend auf die Knie fiel, einen wuselnden Haufen bilden. Einen Haufen in der Größe eines zusammengekauerten Menschen.

Vor Schreck klammere ich mich an den Sockel und bin drauf und dran, zur Statue hochzuklettern und auf ihr Schutz zu suchen. Ein paar Steinchen bröckeln unter meinen Fingern weg und fallen vor meine Füße. Genau neben eine kleine Mamba, die aus einer Mauerspalte hervorgekrochen kommt und ihr giftgrünes Köpfchen neugierig zur mir hochreckt.

Ich zögere. »Rambo?«

Er zischelt mir mit seiner rosa Zunge zu und schlängelt sich zwischen meinen Sneakern hindurch. Ich drehe mich ihm hinterher und schaue zu, wie er über den Wurzelboden hinweggleitet und sich tapfer durch seine sehr viel größeren Artgenossen hindurchkämpft. Egal, wie oft die ausgewachsenen Pythons, Klapperschlangen und Kobras einfach über ihn hinwegrutschen – er ringelt sich jedes Mal zurück auf den Bauch und gibt nicht auf, bis er den Schlangenhaufen erreicht hat. Plötzlich bewegt sich etwas Großes darin. Eine Hand kommt zwischen den Schlangen hervor und zieht Rambo behutsam zu sich hinein.

Rhyme steckt unter den Schlangen!

Ein Prickeln steigt in meiner Brust auf, erfüllt meinen Kopf mit leichtem Schwindel und zieht sich ganz plötzlich wieder zurück. Es fühlt sich an, als hätte man einen Bühnenvorhang in meinem Inneren aufgezogen. Von einer Sekunde zur anderen fällt Lady Capulets Beeinflussung von mir ab, und meine echten Gefühle rauschen mit solcher Wucht zurück an die Oberfläche, dass ich vor Schock auf die Knie falle.

»Poetry!«, keuche ich fassungslos. »Was haben wir nur getan?!«

Meine Finger graben sich in den Dreck. Ich will vor Schmerz aufheulen! Und ich will vor Frust brüllen! Aber beide Emotionen sind zu überwältigend, um gleichzeitig aus mir herauszukommen. Nur mein Mund klappt in einem stummen Schrei auf. Ich schlinge meine Arme um den Bauch und knicke so weit vornüber ein, dass meine Nase fast den Boden berührt. Trotzdem fällt keine einzige Träne in den Staub unter mir. Mein Körper kann sie nicht rauslassen. Nicht, solange mein Verstand verzweifelt darum kämpft, es nicht wahr sein zu lassen.

Aber es ist wahr, oder?

Wie kann das nur wahr sein?!

Poetry hatte eben noch mit Pen gekämpft, dann war Rhyme schon bei ihr. Er kann nur Sekunden zu spät gewesen sein. Sekunden! Das … das geht doch nicht! Das ist nicht fair! Ich schlage meine Fäuste so hart auf den Boden, dass ein paar Schlangen mich irritiert anzischen. Meine Erinnerung an alles danach ist seltsam nebelig, so als wäre ich nicht richtig dagewesen. Kaum hatten Tear und die anderen realisiert, was geschehen ist, tauchte auch schon Lady Capulet auf. Sie hat uns unsere Trauer einfach weggenommen. Wir haben den Schock ausgelassen, die Wut und den Schmerz. Wir haben es ohne nachzudenken von einem Moment zum nächsten, als Selbstverständlichkeit akzeptiert, dass Poetry eine Souffleuse geworden ist. Und wir haben Rhyme damit ganz allein gelassen.

Rhyme!

Wie konnte mir Lady Capulet nur einreden, dass er mir egal ist?!

Mein Kopf schnellt hoch.

»Ich … ich bin wieder ich.« Mein Hals fühlt sich viel zu eng an für all die Gefühle, die aus mir herausplatzen wollen. Ich kann spüren, wie sie sich immer höher in mir anstauen, und ich weiß, dass unweigerlich der Moment kommen wird, in dem sie über mich hereinbrechen und mich haltlos mit sich reißen werden. Wenn ich zu Rhyme will, muss ich das vorher schaffen – oder ich schaffe es überhaupt nicht mehr. Ich beiße die Zähne zusammen und raffe mich mit geballten Fäusten auf. »Kann ich … zu dir kommen?«

Der Schlangenhaufen rührt sich nicht.

Ich trete von einem Fuß auf den anderen und kämpfe gegen meine Instinkte. Immer wieder hat Rhyme mir versichert, dass ich mich vor seinen Schlangen nicht zu fürchten brauche, immerhin bin ich eine Capulet und immun gegen jegliches Gift. Aber was ist mit den großen Würgeschlangen? Was ist, wenn sie sich so schnell um mich wickeln, dass Rhyme gar nichts davon mitkriegt?

Es ist ausgerechnet Balboa, die mich aus der Reserve lockt. Ihr riesiger Körper kommt als Letztes um den Sockel herumgeschlängelt, doch statt den anderen Schlangen hinüber zu Rhyme zu folgen, windet sie sich an der Statue empor und reibt ihren Kopf liebevoll dagegen. Mir fällt ein, dass sie so gut wie blind ist. Denkt sie etwa, das ist Rhyme? Er kann spüren, was seine Schlangen fühlen, und umgekehrt ist es genauso. Ich habe keine Ahnung, zu welchen Gefühlen Schlangen normalerweise fähig sind, aber diese hier liebt ihn ganz offensichtlich.

»Das ist nicht Rhyme«, bringe ich mit heiserer Stimme hervor.

Balboa wendet ihren Kopf von der Statue ab und zischt mich an, aber es ist ein sanftes Zischen, zumindest rede ich mir das ein. Trotzdem scheint sie mich nicht zu verstehen, jedenfalls rührt sie sich nicht von der Stelle. So viel ist klar, sie braucht meine Hilfe. Aber eine fast vier Meter lange Boa constrictor ist nichts, dem man sich einfach so nähert.

»Du tust mir nichts … oder?« Ich schiebe einen Fuß vor und lehne mich vorsichtig näher, bereit, jeden Moment wieder zurückzuweichen. Mein Arm zittert vor mir in der Luft, als hätte ich eine ganze Packung Kaffeebohnen verschluckt. »Darf ich … dich berühren?«

Sie züngelt lautlos und wartet ab.

Wie in Zeitlupe lasse ich meine Hand auf ihren Körper sinken. Im ersten Moment zucken meine Finger vor der geschuppten Haut zurück, dann sauge ich überrascht Luft ein. Sie fühlt sich in keiner Weise feucht oder glitschig an, wie ich befürchtet hatte, sondern wunderbar glatt und geschmeidig. Ihr Körper entspannt sich, als ich vorsichtig darüberstreiche. »Rhyme ist gleich da drüben. Ich leg dich in die richtige Richtung, okay?«

Behutsam greife ich sie am Hals – zumindest das, was ich für ihren Hals halte. Sie ist viel schwerer, als ich angenommen hatte, und ich muss meine Beine breiter stellen, um ihr Gewicht halten zu können. Kaum lege ich ihren Kopf vor meinen Füßen ab, tut sie tatsächlich, was ich gesagt habe, und schlängelt sich rüber zu Rhyme.

Um ihn zu trösten.

Wie auch seine Freunde es längst hätten tun sollen.

»Ich komme zu dir«, quetsche ich aus engem Hals.

Rhyme gibt noch immer keinen Ton von sich. Ich kann nicht mal erahnen, wie es ihm gehen muss. Für mich war Poetry eine Freundin. Eine Freundin, wie ich sie noch nie in meinem Leben hatte und vielleicht auch nie mehr haben werde. Ich sehe sie so deutlich vor mir, wie sie ihre Arme in die Hüften stemmt, ihre Eisprinzessinnenlocken herumwirft und mich selbstbewusst angrinst. Es ist die Erinnerung an ihr Lächeln, die mir die Luft abschnürt. Ein Lächeln, das sie unter dieser Maske nie mehr zeigen kann. Doch für Rhyme war sie so viel mehr als das. Soweit ich das beurteilen kann, war sie seine ganze Familie, zumindest der Teil, der wirklich zählt. Ich schäme mich fast für meine Trauer, weil ich im Vergleich zu ihm das Gefühl habe, kein Recht darauf zu besitzen.

Ich vertraue dir, hatte Poetry vor dem Duell zu mir gesagt. *Mit meinem Leben.*

Keine Ahnung, wie ich es nach diesem Gedanken noch schaffe, weiterzugehen.

Ich tu es einfach.

Je näher ich Rhyme komme, desto mehr wird es zum Balanceakt, auf keine Schlange zu treten. Schließlich sind es so viele, dass sie mir kreuz und quer über die Füße gleiten. Gänsehaut frisst sich an meinen Waden empor, aber ich schiebe die Tiere einfach mit meinen Sneakern zur Seite. Rhyme braucht mich jetzt, alles andere ist nebensächlich. Vor dem Schlangenhaufen wage ich es sogar, einige von ihnen mit meinen Händen aufzunehmen und mir so genug Platz zu schaffen, um mich vor Rhyme niederknien zu können.

Sein Körper ist vollkommen unter den Schlangen verschwunden. Mir bleibt nichts anderes übrig, als eine nach der anderen langsam von ihm herunterzuziehen. Zuerst tauchen seine Oberschenkel auf, dann seine Hände, die in seinem Schoß ein Nest für Rambo gebildet haben. Der kleine Kerl hat sich fest darin eingerollt und zischelt mir wie zur Begrüßung zu. Ein Lächeln zuckt um meinen Mund, gleichzeitig prickeln meine Augen. Egal, wie furchtbar es Rhyme geht, er ist immer für seine Tiere da.

Als ich genug Schlangen von seinen Haaren gezogen habe, dass sein Gesicht darunter auftaucht, krampft sich meine Brust zusammen.

Rhyme sieht mir entgegen.

Vielleicht schon die ganze Zeit.

Aber der Ausdruck in seinen eisig blauen Augen ist so leer, als würde er überhaupt nichts von außen wahrnehmen. Erst als ich mit pochendem Herzen eine Hand auf seine Wange lege, flackert sein Blick und fokussiert sich auf mich. Der Anspannung in seiner Brust nach scheint er nicht mal mehr zu atmen.

Ich würde ihm gerne sagen, dass ich ihn verstehe.

Dass ich seine Wut verstehe.

Als Mom den Autounfall hatte, war ich erst vier. Auf ihrer Beerdigung habe ich keine einzige Träne vergossen, sondern nur mit aller Kraft gegen den Sarg getreten. Ich war nicht traurig, sondern unfassbar wütend. Erst viele Jahre später habe ich begriffen, dass diese beiden Gefühle sehr nah beieinanderliegen.

Doch in dem Moment, als ich den Mund öffne, um ihm genau das zu sagen, bricht dieser Damm in mir. Meine Worte stoßen mit einem heftigen Schluchzer hervor und werden von meinen Tränen davongespült. Ich werfe mich um Rhymes Hals wie eine Ertrinkende auf hoher See.

Poetrys Lächeln zuckt durch meine Gedanken.

Ich vertraue dir. Mit meinem Leben.

»O Gott«, stoße ich hervor. »Es tut so weh!«

Ich klammere mich an Rhyme und schüttle ihn mit meinen Schluchzern durch. Hinter all der Wut hat noch etwas Schlimmeres auf mich gelauert. Schuldgefühle. Sengend heiße Schuldgefühle. Rhyme war nur Sekunden zu spät. Sekunden, die er an mich verschwendet hat! Mein Körper bricht zusammen, zumindest würde er das tun, wenn Rhyme nicht da wäre. Er ist alles, was mich noch aufrecht hält. Und statt mich von sich zu stoßen, statt mir die Schuld am Verlust seiner Schwester zu geben, wie ich es verdient hätte, nimmt er mich in die Arme.

Ich weine haltlos.

Eine Ewigkeit, wie es sich anfühlt.

Erst als meine Schluchzer langsam in meinen Ohren verklingen, spüre ich das sanfte Streicheln auf meinem Rücken. Ich blinzle mir Tränen aus den Augen und halte wie gebannt inne. Lausche auf Rhymes Tränen, auf Tränen, die er längst hätte loswerden sollen, aber höre nichts außer meinem eigenen, ruckartigen Hicksen.

Zitternd schiebe ich eine Hand hinauf in seinen Nacken und ziehe seinen Kopf herab an meine Schulter. Seine Stirn sinkt auf mein Schlüsselbein, aber er gibt noch immer keinen Laut von sich. Seine Gefühle sind noch fester in ihm verknotet als meine in mir. Ich streiche durch seine verschwitzten Haare. »Es ist schon okay«, höre ich mich mit heiserer Stimme flüstern. »Du bist ein Capulet. Zu weinen ist deine Stärke.«

Und dann passiert es.

Der Knoten in ihm platzt.

Ein harter Schluchzer bricht aus ihm hervor. Er schlingt seine Arme um meine Taille und klammert sich an mich. Heiße Tränen sickern durch den Kragen an meinen Hals. Ich will ihn nicht seiner Kraft berauben, aber es geschieht von ganz allein. Auch wenn die Wirkung deutlich schwächer ist, als wenn ich seine Tränen trinken würde, spüre ich seine Nähe in jeder Faser meines Körpers aufleuchten. Mir bleibt nichts anderes übrig, als ihm zumindest ein wenig davon zurückzugeben. Also überkreuze ich beide Arme schützend über seinem Kopf und weine in seine Haare.

Wir sitzen dort bis hinein in die Nacht, abgeschirmt von Rosen, die uns vor fremden Blicken schützen. Oder stimmt das mitunter gar nicht? Schleichen sie nicht überall hier herum, in ihren langen schwarzen Kutten? Die Souffleure und Souffleusen des Rosengartens, die Verlierer längst vergangener Duelle? Könnte Poetry vielleicht hier sein, ganz in unserer Nähe, und uns aus den dunklen Augenhöhlen ihrer Maske heraus beobachten? Fühlt sie, wie sehr wir sie vermissen?

Kann sie überhaupt noch etwas fühlen?

Kalte Verzweiflung breitet sich in mir aus und lässt mich schlottern.

Um uns herum setzen sich die Schlangen in Bewegung und gleiten der Reihe nach ans Feuerfeld. Sie heizen ihre Körper an den heißen Steinen ringsum auf und tragen ihre Wärme zu uns herüber. Eine nach der anderen umschlingt uns zärtlich, bis wir beide unter ihnen verschwinden.

Es ist ein überraschend angenehmes Gefühl, so liebevoll von diesen Tieren umsorgt zu werden.

Irgendwann gehen uns die Tränen aus, aber wir lassen einander nicht los.

Bis zum Anbruch des Morgengrauens sitzen wir da und halten uns fest. Erst als eine Lerche ihr frühes Morgenlied anstimmt und das erste Licht des Tages über den Dachgiebeln der Akademie aufleuchtet, rutschen unsere Hände langsam von unseren Rücken und finden sich zwischen uns wieder.

Rambo schlingt sich wie ein Armband um unsere Handgelenke und zischelt mit glänzenden Knopfaugen zu uns herauf, als wüsste er haargenau, dass er etwas Freches gemacht hat. Rhyme schnaubt zu ihm hinab, es klingt traurig und amüsiert zugleich. Ich wage es nicht, meinen Kopf zu heben und ihn anzusehen.

»Es … es tut mir so unfassbar leid«, krächze ich aus engem Hals. Eine ganze Weile schon haben diese Worte in mir herumgespukt und mich meine Unterlippe wund beißen lassen. Jetzt finden sie keinen Halt mehr. »Ich habe so viele Fehler gemacht. Ich wünschte, Cut hätte mich nicht zum Tanz aufgefordert! Ich wünschte, Poetry hätte mich nicht beschützen wollen! Ich wünschte, ich wäre Pen nie auf den Fuß getreten! Ich wünschte, dieser Souffleur hätte mich nicht aufgehalten! Ich wünschte, du wärst nicht für mich zurückgekommen …«

»Hör auf.« Rhymes Stimme klingt tief und rau. Es ist das erste Mal, dass er etwas sagt, seit er gestern Abend den Speisesaal verlassen hat.

Ich schlucke den Rest meiner Worte runter. Aber Kummer ist etwas, das sich nicht einfach so verdrängen lässt, und so bahnt er sich einen anderen Weg nach draußen, lässt unsere Hände vor meinen Augen verschwimmen und läuft warm meine Wangen hinab.

»Darf ich?«, raunt Rhyme mir zu.

Ich nicke in der Erwartung, dass er mir die Tränen von den Wangen streift. Aber er lässt meine Hände nicht los. Stattdessen lehnt er sich vor und küsst die Tropfen von meinem Gesicht, einen nach dem anderen. Seine Lippen sind unglaublich weich auf meiner Haut, es sind die sanftesten Berührungen, die ich jemals gefühlt habe. Meine Augen fallen wie von selbst zu. Obwohl mich der Verlust meiner Tränen schwächen sollte, empfinde ich das genaue Gegenteil. Jeder seiner Küsse macht mich stärker.

Er lehnt seine Stirn an mich. Sein Atem schlägt mir warm entgegen. »Du hast keine Angst mehr vor meinen Schlangen.«

»Sie gehören zu dir«, flüstere ich.

»Sie mögen dich, weißt du? Ich kann es fühlen.«

Und ich mag dich.

Ein süßer Stich jagt durch meine Brust. Es fühlt sich an, als würde eine hauchdünne Faser mitten aus meinem Herzen gezupft. Ich kneife meine Augen noch fester zusammen. »Ich hätte dich nach dem Duell nicht allein gelassen. Keiner von uns hätte das, wenn uns Lady Capulet und Lord Montague nicht manipuliert hätten. Das weißt du, oder?«

»Ich weiß. Ich habe ihre Worte gehört. Es ist nicht eure Schuld.«

»Aber es ist trotzdem unerträglich. Wie gut gelaunt alle sind! Wie sie Poetry als Heldin feiern, als wäre sie schon seit vielen Jahren …«

»Sie ist nur eine Souffleuse«, sagt Rhyme schnell. Er will nicht hören, was mir beinahe rausgerutscht wäre. Und natürlich hat er recht. Poetry hat uns zwar verlassen, aber sie ist nicht tot. Sie ist nur zu etwas anderem geworden. Etwas, von dem ich mir nicht sicher bin, ob es besser oder schlechter ist.

»Gibt es denn keinen Weg für sie zurück?«, stoße ich verzweifelt hervor. »Eine Möglichkeit, ihr diese Maske abzunehmen? Wieder zu sich selbst zu werden?«

»Nein.«

»Woher willst du das wissen?« Ich löse mich von ihm, um ihm in die Augen sehen zu können. Zu meiner Überraschung entdecke ich Widerstand in seinem Blick. Ich runzle die Stirn. »Weil man es dir von klein auf so eingeredet hat? Lady Capulet und Lord Montague können dich vielleicht nicht mit ihren Kräften beeinflussen, aber sie könnten dich über die Jahre hinweg trotzdem angelogen haben.«

»Ich habe es versucht«, entgegnet er mit kratziger Stimme. »Die ganze

Nacht lang habe ich versucht, ihr diese Maske abzunehmen.« Er dreht seine Hände und zeigt mir seine blutigen Fingerspitzen. »Giulietta hatte recht. Die Maske ist längst mit ihrem Gesicht verschmolzen. Ich konnte ihr nicht mal einen Kratzer zufügen.«

»Es sind also keine gewöhnlichen Masken«, wird mir klar. »Es liegt etwas Übernatürliches in ihnen, wie in der Kraft des Unsterns auch. Dann braucht es vielleicht auch etwas Übernatürliches, um sie zu lösen?«

»Es gibt keinen Weg.«

Ich schüttle den Kopf. »Das verstehe ich nicht. Warum beharrst du so sehr darauf?«

»Denkst du, wir sind die Ersten, die jemanden im Duell verloren haben?«, schnaubt er. »Hast du vergessen, wie viele Namen wir bei der Eröffnungsrede aufgezählt haben? Und das waren nur die Liebespaare, die Souffleure und Souffleusen haben längst keine Namen mehr. Seit tausend Jahren verfolgt uns der Unstern, und seit tausend Jahren hat es kein Einziger geschafft, irgendwen zu retten!«

Ich recke trotzig das Kinn. »Das mag alles sein. Aber da war nicht ein sinnvolles Argument dabei, wieso wir es nicht trotzdem versuchen sollten. Wieso sträubst du dich gegen ein bisschen Hoffnung?«

»Weil ich es nicht aushalten würde!« Er wirft den Kopf in den Nacken und atmet heftig hinauf in den Himmel. Seine Hände ballen sich zu Fäusten und zerdrücken meine Finger fast. Rambo verschwindet rasch in seinem Ärmel. »Weil ich es nicht aushalten würde, zu hoffen und zu träumen und Poetry dann noch mal zu verlieren, verstehst du?!«

Ich senke den Blick. »Jetzt verstehe ich es.«

»Ich wünschte, ich könnte diesen verfluchten Unstern vom Himmel reißen!«, stößt er hervor. »Seit Jahren ist es meine Aufgabe, mich um die Capuletschüler zu kümmern, sie zu beschützen und für sie da zu sein, wenn sie nicht weiterwissen. Aber nun komme ich mir wie ein Heuchler vor, wie jemand, der allen nur etwas vorgespielt hat. In Wahrheit habe ich keine Ahnung, was ich jetzt machen soll.«

Das weiß ich auch nicht.

Ich weiß nur, dass ich mich nie mehr so hilflos fühlen möchte.

Vielleicht ist genau das die Lösung?

»Du kannst mich trainieren.« Ich schaue zu ihm auf und sehe seinen überraschten Blick auf mir. Je mehr ich sage, desto überzeugter bin ich selbst von meinen Worten. »Poetry hat mich immer verteidigt, wenn ich es nicht konnte. Ihr alle habt das, von Anfang an, und ich bin euch unglaublich dankbar dafür. Aber jetzt ist es an der Zeit, dass ich selbst stark werde. Für Tear und für Stage und für Drapes und ... und für dich.«

»Für mich?«, wiederholt er leise.

Mir wird flau im Magen, aber ich nicke ihm zu. Rhyme hatte sein ganzes Leben lang ein selbstbewusstes Mädchen an seiner Seite. Eines, das ihm den Weg gezeigt hat, wenn er selbst nicht weiterwusste. Ich kann Poetry zwar nie ersetzen, aber ich kann für ihren Bruder stark sein. Das bin ich ihr schuldig.

Und genau das werde ich jetzt tun.

Entschlossen drücke ich seine Hand und ziehe ihn mit mir auf die Beine. Zerdrückte Blütenblätter und Schmutz rieseln von seinem zerknitterten Duellanzug auf meine Sneakers hinab. Es fällt mir schwer, nach allem, was passiert ist, ein Lächeln aus mir hervorzulocken. Doch als ich zu Rhyme aufblicke, stelle ich verwundert fest, dass es plötzlich von ganz allein kommt. Als ließe mir sein Anblick gar keine andere Wahl.

»Zuallererst schälen wir dich aus diesen dreckigen Klamotten raus und stellen dich unter die Dusche«, muntere ich ihn auf. »Wenn du so beim Brunch auftauchst, rennen die Schüler auch ganz ohne Schlangen vor dir weg.«

Er schnaubt verlegen. »Mein Auftritt gestern war ziemlich dramatisch, oder?«

»Halb so schlimm.« Ich hebe meine Hand und lasse meine Fingerspitzen über seine Wange hinweggleiten, so behutsam, dass ich kaum die feinen Härchen auf seiner Haut berühre. Seine Augen weiten sich, als ich in seine Haare fasse und einen Dornenzweig aus ihnen hervorziehe. So schön diese Rosen hier sind, sie alle haben auch eine gefährliche Seite. Genau wie dieser Junge vor mir. »Die Montagues haben vor dir gezittert.

Sie sollen ruhig einen Vorgeschmack auf das kriegen, was sie beim nächsten Ball erwartet.«

Poetry hätte das gefallen.

Auch Rhyme weiß das. Und so schafft es trotz allem ein bittersüßes Lächeln auf sein Gesicht. »Ich bekomme langsam Angst vor dir.«

»Gut so«, erwidere ich mit demselben Lächeln.

Ich führe ihn an der Hand durch die Rosensträucher und über die Treppen hinauf zum Marmorplatz. Die anderen warten vor dem Eingang des Capuletflügels auf uns. Drapes entdeckt uns als Erste und zeigt mit dem Finger rüber. Selbst aus der Ferne kann ich erkennen, wie sich ein strahlendes Lächeln auf Tears Gesicht ausbreitet. Stage wirft vor Erleichterung sogar die Arme in die Luft und ruft in voller Lautstärke über den Platz: »Ich hab's doch gesagt! Joy ist bei ihm!«

Lady Capulet und Lord Montague konnten ihnen zwar einreden, Poetry wie eine längst gefallene Kriegerin zu verehren, aber sie haben ihnen nicht ihre Gefühle für Rhyme genommen. Es tut gut zu sehen, wie sehr sie sich um ihn gesorgt haben. Ich lasse seine Hand los, damit er ihnen entgegenlaufen und sich von ihnen umarmen lassen kann. Doch kurz bevor Stage uns erreicht, kurz bevor sie in Hörreichweite kommen, dreht sich Rhyme noch mal zu mir um.

»Ich bereue es, dass ich Poetry allein gelassen habe«, sagt er mit ernster Stimme.

Meine Brust krampft sich zusammen.

»Aber ich bereue es keine Sekunde«, fügt er leise hinzu, »dass ich zu dir zurückgelaufen bin.«

Dann reißt Stage ihn von den Füßen.

KAPITEL 31

»Was ist das?« Rhyme nimmt den Zettel, den ich ihm vors Gesicht gehalten habe, und überfliegt die Zeilen. »Ein neuer Trainingsplan für das Haus Capulet?«

»Ein neuer Trainingsplan für mich.«

Seine Augen richten sich auf mich. »Das ist … ehrgeizig.«

Ich verschränke die Arme vor der Brust. Tear, Drapes und ich tragen heute wieder unsere silbernen Fischernetze, aber ohne Poetry an unserer Seite fühlen wir uns nicht mal halb so selbstbewusst darin. Ihre Stärke hat für uns mitgestrahlt. Wenn ich für Rhyme da sein will, muss ich mich zusammenreißen. Die letzten Nächte habe ich mich im Bett herumgewälzt, meine Fehler analysiert und einen Schlachtplan entwickelt.

»Der Ball nimmt keine Rücksicht darauf, dass ich ohne Training aufgewachsen bin«, erkläre ich ihm. »Ich will meine Schwächen nicht mehr länger verheimlichen müssen – ich will überhaupt keine mehr haben! Siehe Punkt eins.«

Rhyme schaut sich im Rosengarten um, um sicherzustellen, dass wir nicht belauscht werden. Seit er diesen verdreckten Kampfanzug los ist, sieht er wieder wie er selbst aus, ein Schlangenfürst in Königsblau und Capuletweiß. Nur wenn man sehr nah vor ihm steht, erkennt man die zarten Dornenkratzer auf seiner blassen Haut. Und nur wenn man ihn sehr oft ansieht, bemerkt man, dass jede Nacht neue hinzukommen. Er mag gesagt haben, dass er an keine Rettung für Poetry glaubt. Aber deshalb gibt er sie noch lange nicht auf.

Er dreht sich zu mir und senkt verschwörerisch die Stimme. »Du kannst lachen«, wendet er ein. »Das wird immer eine Schwäche gegenüber den Montagues sein.«

Ich zucke die Schultern.

Rhyme ist nicht der Einzige, der nicht so schnell aufgibt. Nur habe ich Poetry bisher nicht gefunden. Nachts sind die Souffleure und Souffleusen fast unsichtbar in den Schatten der Rosen. Selbst ihren Namen durch die Blätter zu flüstern, hat nichts gebracht. Vielleicht hätte ich Tear und die anderen um Hilfe bitten sollen, aber ihre Beeinflussung hält noch immer an. Sie vermissen Poetry nicht so sehr, wie sie sollten. Auch das ist ein weiterer Grund, warum ich es bin, die für Rhyme stark werden muss.

»Okay, dann streich das.« Ich winke ihn ungeduldig weiter. »Lies Punkt zwei.«

»Einen Flickflack durchs Feuer machen, um einer …« Rhyme hebt den Zettel dicht vor seine Augen, um meine Zeichnungen besser erkennen zu können, mit denen ich meine Punkte anschaulich illustriert habe. »… um einer *Zecke* zu entkommen?«

»Das ist keine Zecke, sondern eine Katze. Sie steht für die Montagues.«

»Kannst du denn einen Flickflack?«, meint Rhyme vorsichtig.

Ich schüttle den Kopf.

»Kannst du … ein Rad schlagen?«

Ich lache auf. »Nicht mal annähernd.«

»Wie sieht's mit einer Rolle aus?«

»Ich kann mich ziemlich professionell auf den Boden fallen lassen, wenn dir das weiterhilft?«

Rhyme wirkt, als wäre ihm sein Lächeln im Gesicht festgeklebt worden. »Vielleicht sollten wir zu Punkt drei übergehen«, murmelt er vor sich hin. »Einen Luftkick machen, um einer Zecke … Das ist eindeutig eine Zecke, sie hat acht Beine.«

»Das sind Katzenohren.«

»Immer noch zwei Beine zu viel.«

»Das ist ihr Schwanz. Und das ist ihre fiese Zunge, die sie mir rausstreckt. Deshalb bekommt sie ja den Kick«, schnaube ich. »Ich hätte mir wirklich etwas mehr Vorstellungskraft von jemandem erwartet, der praktisch in einem Fantasyroman aufgewachsen ist.«

Rhyme starrt mich an. »Tut mir leid, aber ein verfluchter Komet reicht nicht aus, um diese Liste in drei Wochen wahr werden zu lassen. Dafür bräuchten wir mindestens Harry Potter.«

Ich schnappe empört nach Luft, zupfe ihm die Liste aus der Hand und stapfe zum nächsten Wasserbecken. Es ist das gleiche Becken, in dem ich vor einem Monat beinahe abgesoffen wäre, und die Erinnerung daran lässt meinen Magen noch immer rumoren. Rhyme tritt neben mir an den Rand, aber ich bin zu stolz, um mir was anmerken zu lassen. Stattdessen recke ich mein Kinn über die funkelnden Wellen hinweg. »Punkt vier«, verkünde ich so selbstsicher wie möglich. »Unter Wasser atmen wie eine echte Capulet.«

Ich hole tief Luft und springe hinein.

Bedauerlicherweise ist es noch genauso kalt wie vor einem Monat. Prustend schieße ich zurück an die Oberfläche und schwimme hastig ein paar Kreise, bevor meine Arme abfrieren können. »Diese Wasserbecken widersprechen jeglicher Logik«, schimpfe ich vor mich hin. »Es ist Sommer. Wieso werden die einfach nicht wärmer?!«

Meine Schimpferei muss Stage angelockt haben. Er taucht unerwartet am Beckenrand auf und wirft mir ein verheißungsvolles Grinsen entgegen, das nichts Gutes bedeuten kann. »Ist dir kalt, Joy? Warte eine Sekunde! Ich helfe dir!« Ohne Vorwarnung packt er Rhymes Shirt und zerrt es ihm über den Kopf.

»Mein Shirt wird ihr im Wasser wohl kaum nützen«, protestiert Rhyme mit wild aufgewirbelten Haaren. Doch Stage zuckt nur mit den Schultern, wirft es achtlos nach hinten und verpasst Rhyme einen so kräftigen Schubser, dass er platschend vor mir im Pool landet.

»Hier hast du was zum Wärmen, Joy!«, ruft Stage mir vergnügt zu und geht mit vor lautlosem Gelächter zuckendem Oberkörper davon. Hinter dem nächsten Rosenstrauch kann ich sehen, wie Tear und Drapes ihn abklatschen.

»Habt ihr das etwa geplant?!«, entrüste ich mich. Sie haben nicht mal den Anstand, ertappt zu wirken. Stattdessen winken sie mir fröhlich über die Rosen hinweg zu. Lady Capulet hat wirklich ganze Arbeit bei ihnen geleistet. Schlimmer ist nur, dass ihr Plan auch noch funktioniert.

Rhyme schießt vor mir aus dem Wasser hoch. Für eine Sekunde blitzt sein nasser Oberkörper in der Sonne auf, bevor er zurück nach unten sinkt und eine Welle kühles Wasser in meinen Mund spült. Meine Wangen fühlen sich augenblicklich wärmer an. Als er auch noch mit einer lässigen Kopfbewegung Wasser aus seinen Haaren schüttelt und tausend feine Tropfen in mein Gesicht regnen lässt, fühle ich mich ausreichend aufgewärmt, um mit dem Training zu beginnen.

Reiß dich zusammen, Joy!

Du machst das für Poetry!

»Sollen wir es zusammen versuchen?«, schlägt Rhyme vor. »Ich könnte mich wie ein Gewicht an dich hängen.«

»Ähm«, erwidere ich. Mein kleines, armseliges Hirn nutzt diesen Moment, um über mich herzufallen und mich mit Bildern seiner Bauchmuskeln zu flashen. Kombiniert mit der Erinnerung an seine zärtlichen Küsse vor ein paar Tagen. Nicht, dass es richtige Küsse gewesen wären, also, zumindest keine romantischen …

»Joy?« Rhyme schnippt mit dem Finger vor meinem Gesicht. »Sind deine Augen eingefroren?«

Verdammt!

Höchste Zeit, abzutauchen!

Ich hole tief Luft und lasse mich nach unten sinken. Kaltes Wasser rauscht in meine Ohren und füllt meine Nasenlöcher. Ich blinzle ein paarmal, bis sich meine Augen an die neue Umgebung gewöhnt haben, und schaue hinab in die Tiefe. Den Boden des Beckens kann ich unter meinen strampelnden Füßen nicht mal erkennen. Als ich aufblicke, schwimmt Rhyme dicht vor mir.

Winzige Luftbläschen haben sich an seinem Gesicht gesammelt. Seine Augen sind weit geöffnet und leuchten mir wasserblau entgegen. Er deutet mit dem Zeigefinger auf seine Nase und stößt den Atem in einem

Schwall aufsteigender Luftblasen heraus. Normalerweise sollte ihm jetzt die Luft ausgehen, doch er schwimmt einfach ruhig weiter. Capulets haben keine Kiemen, aber sie können Sauerstoff mit ihrer Haut aufnehmen, ähnlich wie Rhymes Wasserschlangen.

Er deutet auffordernd auf meine Nase.

Ich schüttle mit voll aufgeblasenen Backen den Kopf.

Dann macht er etwas Merkwürdiges. Er hält sich zwei gekrümmte Finger wie Teufelshörner über den Kopf – oder wie Katzenohren. Ich kapiere erst, was er meint, als er mich von zwei Seiten gleichzeitig in die Hüften pikst. Instinktiv schreie ich auf und versuche, durch die aufsteigenden Luftblasen zu entkommen, aber Rhyme schlingt sich wie ein lebendiger Gewichtsgürtel um meine Hüften und zieht mich hinab in die Tiefe.

Ein paar Augenblicke lang lasse ich es geschehen, in der Hoffnung, dass das Brennen in meinen Lungen nachlässt und ich endlich unter Wasser atmen kann. Doch die Sekunden verstreichen, und mir wird klar, dass es nicht funktioniert. Ich trommle mit beiden Fäusten auf Rhymes Schultern, bis er sich kräftig vom Boden abstößt und uns wie eine Boje aus dem Wasser emporschießen lässt. Oben klammere ich mich um seinen Hals und huste Wassertropfen über seinen Rücken.

Er tätschelt mir die Schultern. »Du solltest das Wasser nicht schlucken, Joy.«

»Danke für … den Hinweis«, keuche ich. »Wenn ich das nächste Mal absaufe … denke ich dran. Noch ein kleines bisschen länger, und du hättest mich bewusstlos zu den Duschen schleppen können.«

Rhymes Muskeln erstarren unter mir.

Erst da kapiere ich, was ich gerade gesagt habe. Am liebsten würde ich mir auf die Zunge beißen! Natürlich erinnert ihn das an Poetry, sie war immerhin diejenige, die mich damals aus dem Wasser gefischt hat. Rhymes Fürstenpflichten zwingen ihn zurück in den Alltag, so als wäre nie was geschehen, aber das heißt noch lange nicht, dass er sich auch so fühlt. Er ist es gewohnt, nach außen hin Stärke zu zeigen, das gibt ihm Sicherheit. Vielleicht braucht er das jetzt auch?

»Weder die Atemübungen noch die Schwimmübungen oder die Tauchübungen haben was gebracht«, lenke ich das Thema in eine andere Richtung. »Eventuell sollte ich mir eingestehen, dass ich die Fähigkeit, unter Wasser zu atmen, einfach nicht geerbt habe.«

Rhyme erwidert nichts.

Dafür bewegt sich etwas am Beckenrand. Es ist Rambo, der sich über die Steine schlängelt und geschmeidig ins Wasser gleiten lässt. Spürt er, dass Rhyme gerade jemanden braucht?

»Hey!«, rufe ich eine Spur zu munter. »Du kannst ja schwimmen!«

Rhyme dreht sich nach der Schlange um. Obwohl die kleine Mamba normalerweise nichts lieber tut, als auf seinem Handgelenk zu schlafen, schwimmt sie heute schnurstracks an seinem ausgestreckten Arm vorbei und schlingt sich stattdessen um meine Hand. Ich wage es kaum, mich zu bewegen, um diesen einzigartigen Moment nicht zu zerstören. »Siehst du das?«, flüstere ich Rhyme mit heftig pochendem Herzen zu. »Rambo schmiegt sein kleines Köpfchen an mich! Ist er nicht total süß?«

Rhyme gibt noch immer keinen Ton von sich. Er starrt Rambo an meinem Handgelenk an, als wäre er vollkommen in seinem Anblick verloren.

»Ich … ich hab eine Idee!«, sprudelt es aus mir hervor. »Ich kann vielleicht nicht unter Wasser atmen, aber ich fürchte mich nicht mehr vor deinen Schlangen. Wir können das als Vorteil nutzen. Kein Montague wird es wagen, mich in ein Wasserbecken zu verfolgen, in dem es vor Giftschlangen wimmelt … Rhyme? Hörst du mich?« Ein beklommenes Gefühl breitet sich in meiner Brust aus.

Rhymes Blick gleitet von Rambo hinauf zu meinem Gesicht. Tatsächlich sieht er mich an, als hätte er kein einziges Wort von dem gehört, was ich gesagt habe.

»Sind … sind jetzt *deine* Augen eingefroren?«, versuche ich mit wackeligem Lächeln zu scherzen.

Zu meiner Überraschung kriecht eine zarte Röte über seine Wangen. Wo auch immer er in seinen Gedanken war, jetzt wird ihm klar, dass er mich mehrere Sekunden lang wortlos angestarrt hat. Er blinzelt mehrfach und lässt mich ein wenig überstürzt los. »Wir … wir sollten das testen.«

Bevor ich was sagen kann, krault er in drei kräftigen Schwimmzügen zurück an den Beckenrand, und mir bleibt nichts anderes übrig, als ihm verwirrt hinterherzuschauen. Ist es ihm etwa peinlich, dass er an seine Schwester gedacht hat?

Oder ist es genau andersherum? fragt sich eine leise Stimme in mir. *Ist es ihm vielleicht peinlich, dass er für einen kleinen Moment ausnahmsweise mal nicht an Poetry denken musste?*

Mein Herz beginnt schneller zu klopfen.

Rhyme zieht sich mit einer Leichtigkeit aus dem Wasser, die mich jedes Mal starren lässt, ob ich es will oder nicht. Jeden Morgen eine Stunde lang um den Rosengarten zu rennen, scheint seiner Kondition nicht zu schaden. Dass er vor dem Schlafengehen mit Stage darum wettet, wer die meisten Liegestütze schafft, wohl auch nicht. Der Gewinner darf zuerst unter die Dusche, das hat er mir selbst eines Abends erzählt, als er durchgeschwitzt zu Poetrys Balkon raufgeschaut hat, wo ich gerade saß. Das war vor dem Ball und allem, was danach kam. Trotzdem überzieht die Erinnerung daran meinen Körper noch immer mit Gänsehaut.

»Ist dir schon zu kalt?«, fragt Rhyme vom Rand aus.

Ertappt zucke ich zusammen.

Nicht im Geringsten. Zieh dir was an!

Ich räuspere mich. »Was genau willst du testen?«

»Wie du auf meine Schlangen reagierst, wenn du auf dich allein gestellt bist.«

Also hat er doch gehört, was ich gesagt habe!

»Okay«, schießt es aus meinem Mund. »Leg los!«

Es wäre das, was Poetry geantwortet hätte. Wenn ich so stark werden will wie sie, muss ich mich zusammenreißen. Der nächste Ball wartet bereits in drei Wochen auf uns, und so schnell, wie die letzten Tage dahingeflogen sind, bleibt mir keine Zeit mehr für Zögerlichkeit.

Auch Rhyme verliert keine weitere Sekunde.

Kaum schließt er die Augen, raschelt es überall in den Rosen ringsum.

Es ist faszinierend, wie unsichtbar sich die Schlangen zwischen den Wurzeln und Steinen machen können – und auch ein wenig gruselig. Aber so hätte nur die alte Joy gedacht. Die neue Joy sieht den Nattern, Vipern, Pythons und Boas, die seinem stillen Ruf folgen, gelassen entgegen. Zumindest ihr Äußeres. Innerlich spanne ich mich doch etwas an, als die Schlangen von allen Seiten ins Becken gleiten und es in Windeseile füllen. Ihre geschmeidigen Körper berühren mich an Ellbogen und Rücken. Ich ziehe Rambo näher an meine Brust und trete auf der Stelle Wasser.

»Alles okay?«, fragt Rhyme. »Soll ich wieder reinkommen?«

»Alles bestens! Ich komme klar«, antworte ich mit einer Stimme, die definitiv mehr Selbstvertrauen hat als ich. Trotzdem beschließe ich, auf sie zu hören.

Zu meinem Schrecken tut Rhyme das allerdings auch.

Er mustert mich eine Weile, schüttelt dann aber den Kopf. »Ich muss noch eine Runde drehen, sonst hängt mir Giulietta wieder am Hals. Du weißt schon, meine Fürstenpflicht und so weiter. Wenn was sein sollte, rufen mich die Schlangen. Ich hab ihnen befohlen, auf dich aufzupassen. Du bist bei ihnen absolut sicher, okay?«

Könntest du bleiben?, bettelt mein altes Ich.

Mein neues Ich allerdings antwortet ihm laut und deutlich: »Klar! Bis später!«

Rhyme sieht mich mehrere Sekunden lang prüfend an, geht dann aber wirklich weg. Rambo zischelt ungehalten an meiner Brust. Ich bilde mir ein, in seinen schwarzen Knopfaugen so etwas wie Enttäuschung zu erkennen, und streichle sein giftgrünes Köpfchen mit meinem Daumen. »Ich weiß, ich weiß«, gestehe ich zerknirscht. »Ich hätte ihn auch lieber hiergehabt. Aber wir beide müssen jetzt stark sein.«

Wie sich herausstellt, ist Rhymes Vertrauen in seine Schlangen gerechtfertigt. Tatsächlich tun sie nichts weiter, als friedlich um mich herum im Wasser zu schwimmen. Nach einer Weile werde ich mutiger und strecke eine Hand nach ihnen aus. Sie haben Spaß daran, über meinen Arm hinwegzugleiten, und sogar Rambo fasst genug Mut und schließt sich ihnen an.

Einige Minuten später haben wir ein Spiel daraus gemacht, in dem ich versuche, meinen Arm vor ihnen wegzuziehen, bevor sie ihn berühren können. Das lässt mich so sehr im Wasser herumwirbeln, dass ich zwischendurch immer wieder untergehe. Es überrascht mich selbst, was für Freude mir das bereitet. Eine Erleichterung, wie ich sie seit Tagen nicht mehr gefühlt habe, rauscht durch meine Brust und löst einige Knoten darin. Auch wenn ich Poetry nach wie vor extrem vermisse, braucht meine Seele diesen Moment zum Aufatmen. Von außen allerdings sieht mein Herumgeplatsche wohl eher wie ein Todeskampf in einem Schlangenbecken aus. Zumindest würde das erklären, was als Nächstes geschieht.

Ich bin gerade wieder abgetaucht, als sich plötzlich Rhymes kräftige Arme um mich schlingen und mich zurück nach oben ziehen. Kaum kommt mein Kopf aus dem Wasser, stoße ich ein beschwichtigendes Lachen in die Luft. »Keine Angst. Mir geht's gut! Das war nur Spaß!«

Die Arme um mich herum erstarren. »Du … du kannst lachen?!«

Erst da wird mir klar: *Das ist nicht Rhyme!*

KAPITEL 32

»Das ... das war kein Lachen!« Ich wirble in Cuts Armen herum und starre in seine weit aufgerissenen Augen. Seine Haare wirken nass noch schwärzer, falls das überhaupt möglich ist. Über seinen braun gebrannten Hals zieht sich Gänsehaut. Für ihn müssen diese Pools mindestens so kalt sein wie für mich, trotzdem ist er reingesprungen, ohne zu zögern. »Es ... es war Schluckauf. Ich hab zu viel Wasser geschluckt.«

Seine Augenbrauen ziehen sich misstrauisch zusammen. »Für mich hat sich das angehört wie ...«

Ich erfahre nicht, wie sich das für ihn angehört hat. Denn im selben Moment erkennen die Schlangen ihn als Feind und reißen ihn vor meinen Augen hinab in die Tiefe. Für mehr als einen überraschten Aufschrei hat er keine Zeit, schon verschwindet sein Kopf unter Wasser und lässt nur ein paar aufsteigende Luftblasen zurück. Von Rhyme ist keine Spur zu sehen. Die Schlangen haben instinktiv reagiert, um mich zu beschützen.

Cuts Panther prescht aus den Rosen hervor und faucht mir mit seinen spitzen Fangzähnen entgegen. Er muss auf Cuts Stress reagieren, läuft von einer Seite des Beckens zur nächsten, wagt es aber nicht, in das vor Schlangen wimmelnde Wasser zu springen. Mir wird klar, dass Cut in Schwierigkeiten steckt – und dass ihm nur eine Person hier raushelfen kann.

Ich hole tief Luft und tauche ab.

Obwohl ich meine Augen öffne, erkenne ich unter Wasser fast nichts.

Überall sind sich ineinander windende Schlangenkörper und jede Menge aufgewirbelter Luftblasen. Es ist mehr Glück als irgendwas sonst, dass ich einen von Cuts Armen zu fassen bekomme. Ich zerre eine bunt gestreifte Schlange von seinem Hals, die er verzweifelt loszuwerden versucht, und befreie so zumindest seine Arme. Zusammen schaffen wir es, genug weitere Schlangen von ihm wegzuziehen, um nach oben strampeln zu können.

An der Wasseroberfläche geht alles sehr schnell. Keiner von uns verliert auch nur eine Sekunde, um sofort an den Rand zu schwimmen und aus dem Becken zu klettern. Der Panther springt vor Cut und sorgt dafür, dass die Schlangen im Pool bleiben, während wir uns völlig außer Atem auf den von der Sonne aufgeheizten Boden fallen lassen.

»Das war knapp!«, keuche ich hinauf den Himmel.

Auch Cut atmet heftig neben mir. »Was zum Teufel ist da eben geschehen?!«

Ich drehe mich zu ihm und kann mir ein Grinsen einfach nicht verkneifen. »So wie es aussieht, hab ich wohl deinen vernarbten Hintern gerettet.«

Er setzt sich auf und lässt sich das nasse Gesicht von seiner Raubkatze ablecken. Sein Mund verzieht sich zu einem schiefen Lächeln. Seit dem Vorfall im Speisesaal sind Rhyme und er sich aus dem Weg gegangen, trotzdem haben ihre Blicke Bände gesprochen. Beide scheinen etwas zu bereuen. Aber genauso wie Rhyme seine Trauer in Alltagspflichten vergräbt, trägt Cut sein Lächeln wie einen Schutzschild auf dem Gesicht. Jedenfalls wirkt es auf mich gerade so.

»Du? Mich gerettet?« Er schnaubt amüsiert. »Mein Vater wäre entsetzt.«

»Weil ich ein Mädchen bin und das nicht seinen verstaubten Vorstellungen entspricht?«

»Weil du eine Capulet bist. Seinem Ehrenkodex nach hätte ich besser ertrinken sollen.« Cut schüttelt sich. Überall auf seinem Körper breitet sich Gänsehaut aus, sogar seine Lippen laufen blau an. Er reibt sich Wärme in die Arme, fängt aber trotzdem heftig an zu zittern. »Verdammt, diese Pools werden immer kälter! Schüttet ihr da zum Spaß noch Eiswürfel rein?«

Ich stehe auf und biete ihm meine Hand an. »Gehen wir zum nächsten Feuer?«

Er nimmt die Hand, rührt sich aber nicht vom Fleck. Stattdessen runzelt er die Stirn. Sein Panther knurrt leise.

»Was ist?«

»Irgendwas stimmt nicht.« Er lässt mich los und schüttelt seine Hand, als hätte er kein Gefühl darin. Dann fährt er sich mehrmals über den Hals. Als er den Arm runternimmt, glänzt ein wenig Blut auf seinen Fingern. »*Verdammt.*«

Ich beuge mich runter. »Da sind nur zwei winzige Kratzer. Nicht so schlimm.«

Sein Blick richtet sich auf mich. Es liegt etwas Starres darin, das mich stutzen lässt. Etwas, das mir die Nackenhaare sträubt. »Du solltest den Schlangenfürsten holen«, sagt er mit einer merkwürdigen Gelassenheit. »Er kennt sich am besten mit diesen Mistviechern aus.«

»Was meinst du?« Mein Herz stolpert. »Wurdest … wurdest du etwa gebissen?! Aber du bist ein Montague! Du bist nicht immun gegen ihr Gift!«

Cut zieht nur eine Augenbraue hoch.

»O nein!« Ich wirble herum und bin drauf und dran, über die Terrasse runterzuspringen und den ganzen Rosengarten nach Rhyme abzusuchen, als mir eine bessere Idee kommt. Ich schlage einen Haken zurück zum Pool und klatsche meine Hand aufs Wasser. »Holt Rhyme her! Sagt ihm, dass ich ihn brauche! Beeilt euch!« Die Schlangen wirbeln aufgeregt um meine Hand herum. Natürlich können sie kein Wort verstehen, aber sie spüren mit Sicherheit meine Panik – und damit müsste auch Rhyme sie fühlen.

Cut fängt am ganzen Körper an zu schlottern. Ich stürze zu ihm, ignoriere das ungehaltene Fauchen seines Panthers und ziehe ihn an mich, damit er sich an mir abstützen kann. Seine Arme zittern heftig, als er sie mir um die Taille legt, aber er lacht trotzdem über meine Schulter hinweg. »So habe ich mir unsere erste Umarmung nicht vorgestellt. Da war definitiv mehr Leidenschaft im Spiel.«

»Schön zu hören, dass dein Sinn für Humor noch nicht lahmgelegt ist«, stöhne ich. »Aber sei bitte ehrlich: Wie schlimm ist es?«

Er zögert mehrere Sekunden. »Ich verliere das Gefühl in meinem Oberkörper.«

Hastig rubble ich ihm über den Rücken.

»Was würdest du tun, wenn ich dir sage, dass mein Unterkörper ebenfalls taub wird?«

Ich höre sofort mit dem Rubbeln auf.

Er lacht leise über meinen Rücken hinab.

Zumindest für einen Moment, dann sinkt sein volles Gewicht gegen mich. Er macht zwar seine üblichen Scherze, aber er spielt diese Vergiftung nicht. Mein Herz hämmert mir in der Brust. Wo bleibt Rhyme nur? Hätte ich ihn doch besser holen sollen?

»Das gibt's doch nicht!«, ruft jemand durch die Rosen. Stage prescht zwischen den Sträuchern hervor, dicht gefolgt von Tear und Drapes, die ihr Geplapper bei unserem Anblick sofort einstellen. »Da ist man kaum eine halbe Stunde lang weg, und schon hängt Joy am falschen Fürsten!«

»Cut wurde gebissen«, stelle ich klar. »Wir brauchen Hilfe!«

Stage wird sofort ernst. Er kniet sich neben uns und betrachtet die Bisswunde an Cuts Hals, dann richtet sich sein Blick auf mich. Seine dunkelbraunen Augen durchbohren mich fast. »Von welcher Schlange?«

»Keine Ahnung!«

Er drückt Cut an den Schultern von mir weg, um ihm ins Gesicht schauen zu können. Der Oberkörper des Katzenfürsten schwankt wie ein Hochhaus bei einem Erdbeben. »Wie sah sie aus? Schwarz, braun oder grün? Gesteift oder gefleckt? Wir haben genügend Gegengift, aber wir müssen wissen, welches wir brauchen.«

»Ich schließe mich Joy an«, bringt Cut atemlos hervor. »Keine Ahnung …« Schweiß bricht ihm auf der Stirn aus, obwohl er gleichzeitig vor Kälte zittert. Ein fiebriger Ausdruck tritt in seine Augen. Sein Blick flackert zu meinem Mund. »Das Gift breitet sich schnell aus«, wispert er mir zu. »Das ist vielleicht die letzte Chance für einen verbotenen Kuss.«

Stage schnappt nach Luft. »Ich küsse dich nicht! Du bist der Feind!«

»Dich hab ich nicht gemeint!«, faucht Cut irritiert.

Ich bin mir ziemlich sicher, wem das Angebot stattdessen gegolten hat. Allerdings kommt mir jemand anders zuvor.

»Tut mir leid, dich enttäuschen zu müssen!«, ruft Rhyme uns entgegen. Er springt mit einer Leichtigkeit über die Terrassenmauer hoch, die ihn schwerelos wirken lässt, und ist schneller an unserer Seite, als ich blinzeln kann. »Aber der einzige Kuss, der dich jetzt noch retten kann, ist meiner.«

»Ich sterbe lieber«, protestiert Cut.

Doch Rhyme beugt sich schon zu ihm hinab und drückt ihm die Lippen an den Hals. Mein Herz macht einen gewaltigen Satz. Hinter uns klatscht Drapes ihre Hände so entzückt zusammen, dass Tear sie verdutzt anschaut. »Was denn?«, brummt Drapes mit feuerroten Wangen. »Bin ich die Einzige, die es zu schätzen weiß, wenn sich zwei hübsche Jungs küssen?«

»Ja!«, antworten Tear und Stage wie aus einem Munde und schütteln schockiert den Kopf.

Rhyme lässt von Cut ab und spuckt Blut auf den Boden. »Ich hab ihm das Gift ausgesaugt. Zumindest das, was ich noch erwischen konnte. Wir brauchen Gegengift für eine Korallennatter.«

»Ich hole es!« Stage springt sofort auf und rennt über die Terrassenmauer davon. Tear sieht ihm nach und drückt sich besorgt ihre Hände an die Brust. »Eine Korallennatter? Aber sind die nicht tödlich?«

»Alle meine Schlangen sind tödlich«, erwidert Rhyme nur.

Gänsehaut frisst sich über meinen Rücken empor. Unweigerlich kommt mir in den Sinn, wie wir uns das erste Mal getroffen haben. Auf der Seebühne, vor einer gefühlten Ewigkeit. Damals hatte ich noch geglaubt, Rhyme macht bloß Scherze über Rambos Gift.

»Lass mich … lass mich los.« Cut versucht mit letzter Kraft, Rhyme von sich wegzudrücken, aber seine Hände rutschen kraftlos an ihm ab.

»Ich will lieber in Joys Armen sterben … Sie ist … weitaus attraktiver als du.«

»Kann's kaum erwarten, bis deine Zunge endlich gelähmt ist«, erwidert Rhyme trocken. Trotzdem legt er Cut mit äußerster Vorsicht auf den Boden und zeigt mir, wie ich seinen Kopf am besten auf meinem Schoß abstützen kann. Cut lächelt mich von unten herauf an, als ich eine feuchte Haarsträhne aus seinem Gesicht streiche, dann fallen seine Augen zu, und sein Kopf kippt schlaff zur Seite.

Mein Blick schnellt hoch zu Rhyme. »Bitte, hilf ihm!«

Rhyme lässt Cut keine Sekunde aus den Augen, aber seine Stimme klingt ruhig. »Das Gift hat nur seine Muskulatur gelähmt. Er kann dich immer noch hören. Ohne Gegengift hätte ein erwachsener Mann ein paar Stunden, bis seine Atmung komplett aussetzt. Aber du darfst nicht vergessen, dass er der Katzenfürst ist. Er hält viel länger durch.«

»Oder auch nicht.« Drapes seufzt verträumt. »Ich liebe romantische Dramen ohne Happy End.«

Das lässt Tear so heftig zusammenzucken, als hätte ihr jemand eine Ohrfeige verpasst. Ihr Gesicht wird fast so blass wie das weiße Tränentattoo unter ihrem Auge. »Was soll daran romantisch sein, wenn … wenn jemand stirbt?!«, stößt sie zitternd hervor. »Das ist … das ist einfach nur furchtbar!« Wie vom Donner gerührt schnellt sie herum und verschwindet zwischen den dichten Rosensträuchern. Hinter ihr segeln abgerissene Blütenblätter zu Boden.

Drapes starrt ihr verdutzt nach. »Hab ich was Falsches gesagt?«

Ich wechsle einen bedeutungsvollen Blick mit Rhyme. »Kann es sein, dass ihre Beeinflussung nachlässt? Hat sie das hier an Poetry erinnert?«

Rhyme beißt nur die Zähne aufeinander.

Stage kommt mit dem Gegengift zurück und reicht ihm ein Mäppchen voller Ampullen und Spritzen, was die Situation für mich nicht nur realer, sondern auch beängstigender macht. Er muss bemerken, wie ich die Luft anhalte, denn er tätschelt mir aufmunternd die Hand. »Mach dir keine Sorgen. Rhyme macht spezielle Kurse, seit er neun Jahre alt ist. In ganz Verona kennt sich keiner so gut mit Schlangengift aus. Du kannst ihm vertrauen.« Es sieht tatsächlich so aus, als wüsste Rhyme haargenau, was er tun muss. Er zieht sofort eine Spritze auf, drückt die Luftbläschen heraus und setzt sie an mehreren Stellen von Cuts Körper an. »Andererseits«, fügt Stage murmelnd hinzu, »wäre das die perfekte Gelegenheit, um den Katzenfürsten unauffällig loszuwerden.«

»Stage!«, empöre ich mich.

Er lacht amüsiert.

Auch Rhyme kann sich ein Grinsen einfach nicht verkneifen. Vielleicht braucht auch seine Seele nach all diesen Nächten im Rosengarten einen Moment zum Aufatmen. »Wir dürfen nicht vergessen, dass Montague uns noch immer hören kann.« Er beugt sich zu Cut hinab und ruft ihm etwas lauter als nötig ins Gesicht: »Keine Panik! Du bist in einer Stunde wieder auf den Beinen!«

Cut regt sich tatsächlich schon ein wenig.

Erleichtert stoße ich meinen Atem aus.

»Wir müssen so eine Gelegenheit natürlich trotzdem nutzen«, fügt Rhyme nachdenklich hinzu. »Alles andere würde Poetry uns nie verzeihen. Was würde der Katzenfürst wohl dazu sagen, wenn wir ihn vor den Augen seines Hauses hinauf in den Krankenflügel tragen?«

Stage ist sofort Feuer und Flamme. »Ich werfe ihn über meine Schulter, dann sehen alle seinen schlappen Hintern. Das wird ihn herrlich demütigen! Poetry wäre begeistert!«

Rhyme und Stage klatschen sich ab.

Ich schüttle den Kopf. »Ihr zwei seid unmöglich!«

Trotzdem komme ich nicht umhin, mir Poetrys Gesicht in dieser Situation vorzustellen. Sie würde von einem Ohr zum anderen grinsen. Und sie würde Cut diese Demütigung mit höchster Genugtuung morgen brühwarm zum Frühstück servieren.

Die beiden hieven Cut auf Stages breite Schultern und tragen ihn wie einen Mehlsack davon. Ich bin drauf und dran, ihnen zu folgen, als mich Drapes von hinten am Fischernetz zupft und mich unglücklich ansieht. »Ich pass auf, dass die Jungs es nicht übertreiben, okay? Könntest du mir dafür einen Gefallen tun?«

»Was für einen?«

Sie beißt sich auf die Unterlippe und lässt sich die Vorhanghaare vors Gesicht fallen. »Ich schätze, ich bin noch immer zu sehr beeinflusst. So ganz kapiere ich einfach nicht, was ich Falsches gesagt habe. Aber du verstehst es, oder? Kannst du Tear für mich suchen und mit ihr reden?«

Natürlich! Tear!

Mit schlechtem Gewissen wirble ich herum zu dem Rosenstrauch, in dem Tears schlangengrüner Haarschopf vorhin verschwunden ist. Inzwischen könnte sie überall stecken. »Du kennst sie viel länger als ich. Hast du denn eine Ahnung, wo sie hingegangen sein könnte?«

Drapes seufzt. »Wenn sie traurig ist, geht sie immer zu Poetry.«

KAPITEL 33

»Wo steckst du, Tear?«

Den Rosengarten kann man von der obersten Treppe zwar gut überblicken – aber all die Springbrunnen, Statuen und natürlich vor allem die hohen Rosensträucher sorgen für mehr als genug Verstecke. Wer nicht gefunden werden will, kann leicht untertauchen. Nachdem ich alle Terrassenkreise abgegangen bin, bleibt mir nichts anderes übrig, als zerdrückte Blütenblätter von meinen Füßen zu wischen und mir einzugestehen, dass Tear vielleicht doch nicht hier ist.

Könnte sie zurück auf unser Zimmer gegangen sein? Die Sonne ist inzwischen untergegangen, und es wird langsam zu kühl für unsere löchrigen Badeanzüge. Besser, ich geh nachschauen und kann mich dabei auch gleich umziehen. Sollte sie doch nicht da sein, komme ich einfach später wieder her. Die Souffleure und Souffleusen – und damit auch Poetry – tauchen sowieso am liebsten dann auf, wenn der Trubel der Schüler nachgelassen hat.

Ich verlasse den Garten beim nächstbesten Ausgang und komme vor einem Gebäude heraus, dessen Marmorfassade glatter und moderner als die der anderen ist. Gerade will ich einen tief hängenden Rosenzweig vor mir wegdrücken und auf den Marmorplatz treten, da spielt sich vor mir eine interessante Szene ab. Rasch weiche ich in die Schatten zurück.

Ein Fenster im untersten Stockwerk geht auf, und Stage kommt in einem Satz herausgehüpft. Dicht gefolgt von Rhyme, dem von hinten etwas an den Kopf geworfen wird. Zu meiner Überraschung zeichnet sich auf beiden Gesichtern höchstes Entzücken ab. Selbst Rhyme, der heute Morgen noch Luftlöcher in sein Frühstück gestarrt hat, scheint für ein paar Momente wieder ganz der Alte zu sein. Offenbar ist ihre Mission, Poetry zu rächen, ziemlich aus dem Ruder gelaufen. Ihr teuflisches Grinsen lässt nicht mal dann nach, als Cuts Panther auf den Fenstersims springt und ihnen mit weit aufgerissenem Maul hinterherbrüllt.

»BRING SIE UM!«, brüllt Cut von drinnen.

Der Panther setzt sich auf den Hintern und kratzt sich ungerührt am Ohr, bevor er gemächlich vom Sims springt und in die entgegengesetzte Richtung davontappt.

»Katzen! Hunde wären viel gehorsamer.«

Ich husche über den Marmorplatz, um nachzusehen, was Cut den Jungs hinterhergeworfen hat. Es ist ein gewöhnlicher Filzstift. Verwundert hebe ich ihn auf und winke damit durchs Fenster rein. »Soll ich dich von jetzt an lieber Hundefürst nennen?«

Cut wirbelt vor einem Spiegel herum. »Joy!«

Ich sehe sofort, was sie ihm angetan haben – und ich muss mir kräftig auf die Lippe beißen, um nicht sofort laut draufloszuprusten. Mein Lachen explodiert dennoch stumm in meinem Mund, es geht einfach nicht anders. Jetzt ist mir klar, warum sogar Rhyme sich nicht mehr zurückhalten konnte. Die beiden haben Cut dicke schwarze Schnurrhaare quer übers Gesicht gemalt. Er sieht wie eine total süße, höchst verärgerte Katze aus.

Poetry hätte es geliebt.

»Diese elenden Bastarde!«, beschwert sich Cut. »Der Stift ist wasserfest.«

»Immerhin passt er zu deiner Haarfarbe«, bringe ich mit zuckenden Mundwinkeln hervor.

Cut schleudert einen feuchten Waschlappen nach mir, aber ich tauche gerade noch rechtzeitig unter dem Fenster ab und lache vor Übermut auf. Sofort schlage ich mir beide Hände vor den Mund und wühle in meinem Kopf nach einer Ausrede – doch Cut beugt sich bereits über den

Sims und sieht mich mit großen Augen an. »Okay, den Vorwand mit dem Schluckauf kannst du ein für alle Mal vergessen.«

»Ich hab keine Ahnung, was du meinst«, schießt es aus meinem Mund.

Aber das würde ich mir nicht mal selbst abkaufen.

Cut tut's auch nicht.

»Ich konnte es *fühlen*«, fügt er eindringlich hinzu. »Du kommst jetzt besser rein.«

Missmutig klettere ich über den Sims. So sieht also ein Krankenzimmer an der Akademie aus. Es ist ein barocker Traum – komplett mit Himmelbett, einem filigranen Tischchen mit ovalem Spiegel und sogar einer Waschschüssel mit Porzellankanne – nur ist alles schneeweiß und nigelnagelneu. Cut wirkt darin so fehl am Platz wie ein Kratzer im Lack.

Er stapft zum Waschtisch und reibt sich ungehalten an den Schnurrhaaren. Sein Blick schießt im Spiegel zu mir zurück. »Je näher und lauter du vor einem Montague lachst, desto mehr stärkt es ihn. Du kannst so was nicht verheimlichen.«

Ich seufze. »Rhyme flippt aus, wenn er mitkriegt, dass du das weißt.«

»Rhyme weiß es?«

Ich schlinge die Arme um meinen Bauch. »Er hielt es für besser, wenn ich es keinem sage. Und bevor du fragst: Ich kann auch weinen.«

»Es macht Sinn, wenn man darüber nachdenkt«, meint Cut nachdenklich. »Je dünner unser Familienblut, desto schwächer unsere Kräfte. Falls deine Mutter selbst schon nicht reinblütig war und dann noch ein Kind mit einem Außenstehenden hatte …«

»Ich kann auch nicht unter Wasser atmen.«

Er dreht sich überrascht zu mir um. »Das solltest du mir wirklich nicht sagen.«

Damit hat er vielleicht sogar recht. Andererseits habe ich gesehen, wie er den Kampf gegen Poetry ablehnte, und ich habe gesehen, wie er nach dem Duell auf ihren Verlust reagierte. Nicht mal als Rhyme ihn vor Trauer niederschlug, hat er sich gewehrt. Mal ganz abgesehen davon, dass er mich vorhin selbstlos aus einem Schlangenbecken retten wollte und dafür seine eigene Gesundheit aufs Spiel gesetzt hat. Er ist kein schlechter Mensch.

Ich muss lächeln. »Wenn du mich verrätst, erzähle ich allen von deinen Schnurrhaaren.«

Er schnaubt und schüttelt den Kopf, als würde er selbst nicht so recht glauben, was er als Nächstes sagt. »Ich werde so tun, als hätte ich es niemals gehört, okay? Aber niemand sonst darf davon erfahren. Die anderen Montagues würden sich im Duell auf dich stürzen und so lange das Lachen aus dir herauskitzeln, bis du kraftlos liegen bleibst.«

»Öl«, erwidere ich.

»Was?«

»Wasserfesten Stift bekommt man am besten mit Öl ab.«

Er blinzelt mich einige Sekunden lang an, dann reißt er die Tür auf und brüllt in den Flur hinaus: »Bringt mir Öl! Sofort! Worauf wartet ihr noch?!« Im Hintergrund höre ich das Trippeln mehrerer Paar Füße, die sich hastig in Bewegung setzen.

»Ein *Bitte* hin und wieder würden eure Angestellten sicher zu schätzen wissen«, füge ich trocken hinzu.

Cut grinst. »Wir haben Angestellte?«

Ich werfe ihm den Stift an den Kopf.

Er lacht mich an, aber sein Blick rutscht von meinem Gesicht und betrachtet etwas hinter mir. Ich drehe mich zum Fenster und sehe nur noch einen schlangengrünen Haarschopf zwischen den Rosenbüschen abtauchen. Mein Herz macht einen Satz. »Das ist Tear! Ich muss gehen!«

Ich verliere keine Sekunde und springe in einer Geschwindigkeit aus dem Fenster, auf die ich selbst ziemlich stolz bin. Leider reicht es trotzdem nicht aus, um Tear noch zu erwischen. Als ich schnaufend bei der Treppe ankomme, ist sie bereits verschwunden.

»Tear?! Wo bist du? Ich bin's, Joy!«

Sie antwortet nicht.

Vielleicht will sie nicht. Oder sie hört mich zwischen den dick belaubten Rosenbüschen nicht, die Akustik eines Amphitheaters hat man nur von der Bühne aus. Ich mache mich gerade auf den Weg nach unten, als mir ein paar abgerissene Rosenblüten auf den sonst so sorgfältig gefegten Stufen auffallen. Gleich daneben führt ein schmaler Trampelpfad ins Dickicht, der erklären würde, wie sie so schnell verschwinden konnte. Also versuche ich dort mein Glück.

Die Sträucher werden rasch dichter, und mir bleibt nichts anderes übrig, als auf allen vieren durch einen Tunnel aus Dornenzweigen zu kriechen. Ich fühle mich wie Alice im Wunderland – eine Alice, die nur ein Fischernetz trägt, für das es nun eindeutig zu kühl geworden ist.

Einige Meter vor mir tut sich eine Lichtung auf.

Durch die Rosenblätter hindurch erkenne ich Tear. Sie kauert hinter einem Brunnen und trägt eine wollig warme Strickjacke in hellen Regenbogentönen, was bedeutet, dass sie wirklich auf unserem Zimmer gewesen sein muss. Ich will gerade zu ihr hinkrabbeln, als mich ein merkwürdig schleifendes Geräusch stutzen lässt.

Wir befinden uns auf der obersten Terrasse – nicht weit weg von den unterirdischen Duschräumen. Eine Tür ist hier nicht zu sehen, aber als das Schleifen von Stein auf Stein immer lauter wird, kapiere ich, dass die Mauer selbst eine Tür ist. Direkt vor uns öffnet sich ein Rechteck in der Wand. Aus den Schatten lösen sich die dunklen Kapuzenroben der Souffleure und Souffleusen.

Das ist also der Ort, wo sie tagsüber stecken.

Ohne mich oder Tear zu bemerken, stapfen sie in ihren schwarzen Stiefeln zwischen uns hindurch. Doch auch, als Tear aufspringt und eine von ihnen aus der Reihe reißt, reagieren die anderen in keiner Weise. Sie gehen einfach weiter, bis auch der Letzte von ihnen zwischen den Rosen verschwunden ist.

Das wäre ein guter Moment, um auf mich aufmerksam zu machen, aber ich zögere zu lange. Tear wirft ihre Arme um die Souffleuse – und ich erstarre in meinem Versteck. Äußerlich ist die Souffleuse exakt so angezogen wie die anderen, es gibt keinen Hinweis darauf, wer unter ihrer Maske stecken könnte. Doch sie hat Poetrys Größe, und die festgezogene Kordel um ihre Taille betont ihre schönen Rundungen.

»Es tut mir so leid! So unfassbar leid!«, bricht es aus Tear hervor. »Sie hatten mich beeinflusst, sonst wäre ich sofort gekommen.«

Tear ist also wirklich wieder sie selbst, und das nach nur wenigen Tagen schon. Sie klammert sich mit ganzer Kraft an Poetry. So viel Schmerz strahlt aus ihrer verzweifelten Umarmung, dass er meine eigene Wunde wieder aufreißt. Tränen füllen meine Augen, so schnell, dass ich mit dem Abwischen kaum hinterherkomme.

Tears Stimme wird von Schluchzern geschüttelt. »Ich hätte es dir sagen sollen. Ich *wollte* es dir sagen. So oft! Aber ich hatte Angst, dass es etwas zwischen uns verändert. Dass du vielleicht noch nicht bereit dafür bist.« Sie löst sich von Poetry und sieht sie mit rosa gefleckten Wangen an. »Bis du auf dem Ball heimlich mit mir hinter diesem Springbrunnen getanzt hast. Du hast mich angesehen, als gäbe es niemanden sonst für dich. Und da hatte ich plötzlich keine Angst mehr.« Mit bebenden Lippen schiebt sie Poetrys schwarze Kapuze zurück, entblößt ihre leuchtend blonde Locken und streichelt liebevoll darüber. »Die Worte lagen mir schon auf der Zunge«, wispert sie nun nur noch sehr leise. »Aber dann wurde dein Name für den *Ultimo Ballo* aufgerufen, und du hast dich überrascht umgedreht, und ich dachte, ich sag es dir einfach später …«

Tear lehnt sich vor und drückt ihr einen sanften Kuss auf die schwarze Maske.

Mein Herz zieht sich zusammen.

Poetry rührt sich nicht von der Stelle. Die anderen haben mir gesagt, dass Souffleusen manchmal alte Theaterstücke rezitieren, doch als tatsächlich ein sachtes Flüstern aus der Maske dringt, sauge ich überrascht die Luft ein. Es ist das erste Mal, dass ich eine von ihnen höre. Mit Schaudern stelle ich fest, dass es wirklich Poetrys Stimme ist.

»So reg dich, Holde, nicht, wie Heil'ge pflegen,
Derweil mein Mund dir nimmt, was er erfleht.«

Tear bricht in Tränen aus. Ihre Hände rutschten haltlos an Poetrys schwarzer Robe hinab. »*Nun hat … dein Mund … ihn aller Sünd entbunden*«, bringt sie unter heftigen Schluchzern hervor.

Ich weiß nicht, aus welchem Stück das stammt, aber ich habe genug gehört.

Dieser Moment ist nicht für mich gedacht.

Ohne ein Geräusch zu machen, krieche ich rückwärts durch die Rosen zurück, bis der Tunnel breit genug wird, um mich umdrehen zu können. Mein Herz hämmert mir wild in der Brust. Zuerst halte ich es für Mitleid, doch als ich einen Dornenzweig aus meinen Haaren reiße und auf die Treppe schleudere, wird mir klar, dass ich wütend bin. Der Unstern hat zwar kein Todesopfer gefordert, aber ein Liebespaar wurde ihm dennoch geopfert.

»Ich schwöre es«, stoße ich heftig atmend in den Himmel empor. »Auch wenn es tausend Jahre lang keiner geschafft hat. Ich finde einen Weg, Poetry zurückzuholen! Ich finde ihn! Hörst du?!«

Als ich den Kopf senke, steht jemand auf der Treppe und sieht mir entgegen. Ein Souffleur mit einer lachenden Maske. Ich kann nicht sagen, woher ich es weiß, aber ich bin mir ohne jeden Zweifel sicher, dass er derjenige ist, der mich im Duell behindert hat. Der Souffleur, der dafür gesorgt hat, dass Rhyme zu mir zurückgerannt kam, statt seiner Schwester zu helfen.

Ich balle meine Fäuste und stürze auf ihn zu.

KAPITEL 34

Der Souffleur wehrt sich nicht, als ich ihn in die Rosen reiße.

Vor meinem Kampftraining hätte ich das nie gewagt, aber inzwischen bin ich vertraut genug mit dem Rosengarten – und vertraut genug mit meinen eigenen Fähigkeiten. Ich brauche keinen Flickflack zu können, es genügt vollkommen, den Souffleur gegen die niedrige Treppenmauer zu stoßen. Für einen Ausfallschritt hat er keinen Platz mehr, und so kippt er einfach darüber hinweg und prallt mit dem Rücken auf den harten Wurzelboden dahinter. Ohne zu zögern, springe ich auf seinen Schoß, um ihn unten zu halten.

»Wieso hast du mich im Duell behindert?!« Obwohl ich mit den Fäusten förmlich auf seine Brust einhämmere, scheint er nichts davon zu merken. »Es ist deine Schuld, dass wir unsere Freundin verloren haben!«

Ein paar losgerissene Rosenblüten flattern auf das starre Lachen seiner Maske herab. Sie erinnert mich an Poetrys Maske und daran, dass für immer etwas zwischen Tears und ihrem ersten Kuss stehen wird. Das macht mich noch wütender. Ich will ihm die Maske runterreißen, doch ich ertaste nicht mal die kleinste Ritze an ihren Rändern. Dafür entdecke ich jede Menge feinster Kratzspuren. Mir fällt ein, was Rhyme gesagt hat. In einer ganzen Nacht konnte er Poetrys Maske keinen einzigen Kratzer zufügen. Wie viele Nächte muss dann an dieser gekratzt worden sein?

»*Lüüüüüüü…*«, kommt plötzlich unter der Maske hervor.

Ich schrecke zurück.

»*Lüüüüüheeeeee …*« Das Wort dringt lang gezogen und fürchterlich aus ihm heraus, als würde es ihn größte Anstrengung kosten. Er drückt sich seine schwarz behandschuhten Hände an den Hals. »… *Lüüüüü-geeeee …*«

Mir wird eiskalt. »Lüge? Hast du gerade *Lüge* gesagt?«

Er nickt schwerfällig.

»Verstehst du etwa alles, was ich sage?« Ich muss hart schlucken. »Von welcher Lüge sprichst du? Wer lügt?«

Er nimmt eine Hand vom Hals und deutet nach unten zur Bühne. Niemand ist dort. Sie liegt verlassen da, wie die meiste Zeit, die gläserne Vitrine mit Shakespeares *Romeo und Julia* wie ein stummes Mahnmal in ihrer Mitte, umgeben von Feuer und Wasser, das die Häuser Montague und Capulet repräsentiert.

»Ich verstehe nicht. Kannst du mehr sagen?«

»*Ssssshhhh … ahhhh … lüüüüheeennnnn!*«

Von oberhalb der Treppe ruft jemand zu mir herab.

»Joy?!« Ich brauche mich nicht umzudrehen, um Cuts Stimme zu erkennen. Und ich brauche mich nicht umzudrehen, um zu wissen, wer ihm dicht auf den Fersen hängt. »Was machst du denn da?!«, ruft Rhyme ihm hinterher.

Ich packe den Souffleur am Kragen und ziehe ihn näher zu mir. »Sag es mir! Bitte! Gibt es eine Rettung für Poetry? Kann man eure Masken abnehmen?«

»Joy!« Rhyme springt über die Treppenmauer hinweg, packt mich um die Taille und hebt mich vom Souffleur herab. »Das ist ein Mensch! Das ist immer noch ein Mensch!«

»Es ist nicht so, wie es aussieht. Ich wollte ihm nicht wehtun – also zumindest nicht mehr.« Ich befreie mich aus Rhymes Armen und wirble zu ihm herum. »Er spricht mit mir! Hör zu!«

Rhyme starrt mich entgeistert an.

»Sie können nicht wirklich reden«, flüstert Cut betreten. »Das sind nur Reime, Joy.«

»Eben nicht!«

Der Souffleur richtet sich geräuschlos auf und bleibt reglos vor uns stehen. Er wischt sich nicht mal den Schmutz von der Robe. Ich schaue ihm eindringlich in die Augen – oder zumindest in die dunklen Höhlen seiner Maske. Ob er mich wirklich darunter sehen kann, weiß ich nicht.

»Bitte sag noch mal was! Ich bitte dich!«

»Joy«, seufzt Rhyme. »Er kann nicht …«

Aber er wird unterbrochen.

»Sssssssiiiiie … aaaallllleeeee … lüüüügeeeeennn …« Der Souffleur reißt sich beide Hände an die Kehle und sackt so unerwartet zurück auf den Boden, als hätte man einen Teppich unter seinen Stiefeln weggerissen.

Erschrocken springe ich zurück und stoße gegen Rhymes Brust. Seine Finger drücken sich vor Anspannung in meine Arme. »Was hat er gesagt? Sie alle lügen?«, wiederholt er fassungslos und wendet sich zu Cut. »Ist das aus einem Stück, das ich nicht kenne?«

Cut schüttelt langsam den Kopf. »Ich kenne auch keins. Es klang wie ein normaler Satz. Aber das ist vollkommen unmöglich.«

»Er hat das eben schon mal gesagt.« Ich zeige runter zur Bühne. »Dabei hat er nach unten gedeutet. Wen oder was könnte er damit gemeint haben?«

Rhyme folgt meinem Blick. »Die Bühne wird nur für Ansprachen genutzt. Für Ansprachen von …« Seine eisblauen Augen richten sich auf mich. »Von *uns.*«

Cut beugt sich zum Souffleur hinab. »Kannst du noch mehr sagen?«

Plötzlich richtet sich der Souffleur wie an Fäden hochgezogen auf. Seine Hände fallen schlapp an seine Seiten. Von der Dringlichkeit, die ihm eben noch die Worte aus der Kehle gepresst hat, ist in seiner Haltung nichts mehr zu erkennen. Er wirkt wie eine schlaffe Marionette. Auch seine Stimme ist nur mehr ein heiseres, tonloses Flüstern.

»Kommt, offenbart mir ferner, was verborgen:
Ich will dann strafen oder Gnad erteilen.«

Cut schnappt nach Luft. »*Denn niemals gab es ein so herbes Los …*«

»… *als Juliens und ihres Romeos*«, vollendet Rhyme den Spruch.

Ohne in irgendeiner Weise darauf zu reagieren, geht der Souffleur davon, so als wäre nie etwas geschehen. Wir alle schauen ihm sprachlos hinterher. Erst als ein frischer Wind aufkommt und mir ins Gesicht bläst, schüttle ich mich aus meiner Starre. »War das eine Strophe aus *Romeo und Julia?*«

Cut sieht dem Souffleur noch immer wie gebannt nach. »Um genau zu sein, war es das Ende von *Romeo und Julia.* Ihre allerletzten Zeilen.«

Es fröstelt mich.

Rhyme zieht sein Shirt über den Kopf und hält es mir hin. »Hier, das wärmt dich etwas. Ich hab's gerade erst frisch angezogen.«

»Aber du … trägst nichts darunter.«

Wie man ganz offensichtlich sehen kann.

Er zuckt die Schultern. »Mir ist nie kalt.«

Ich berühre den weißen Stoff und spüre Rhymes Wärme darin. Es ist absolut unmöglich, seinen Duft nicht wahrzunehmen, so als hätte sich pures Sonnenlicht tief in die Fasern gewebt. Das Fischernetz bietet so gut wie keinen Schutz, also streife ich mir das Shirt über und halte meine Wangen vorsorglich in den kühlen Wind.

»Ich könnte meine Arme um dich legen und dich warm halten«, bietet Cut hinter mir an. An seiner Tonlage ist allerdings zu hören, dass er es nur sagt, um Rhyme zu ärgern.

»Das klingt wahnsinnig süß«, erwidert Rhyme gelassen. »Wie du das so mit deinen Schnurrhärchen sagst.«

Ich drehe mich genau in dem Moment um, als Cut rot anläuft. Er reibt sich unwirsch über die Wangen und weicht meinem Blick aus. Offenbar hat er nicht abgewartet, bis seine Angestellten das Öl für ihn aufgetrieben haben, ehe er mir in den Rosengarten gefolgt ist.

Rhyme öffnet den Mund, um etwas hinzuzufügen, schnellt dann aber so unvermittelt herum, als hätte ihn jemand von hinten gerufen. Zu hören war allerdings nichts. »Wir sind nicht allein«, informiert er uns leise. »Jemand schleicht in der Nähe herum, meine Schlangen können die Vibrationen spüren. Es sind nicht die Geräusche von Stiefeln, also weder Souffleur noch Souffleuse. Aber er oder sie hält sich bewusst in den Schatten.«

»Das könnte Tear sein«, fällt mir ein.

»Hoffentlich.« Rhyme runzelt die Stirn. »Wir sollten das hier beenden. Jede Minute, in der du mit dem Katzenfürsten gesehen wirst, ist eine zu viel.«

»Das Ballkomitee kommt doch erst in drei Wochen wieder?«

»Stimmt.« Rhyme wirft mir einen langen Blick zu. »Aber wir wissen nicht, wer möglicherweise auf ihrer Seite steht.«

DER ZWEITE BALL

Geschätzte Schüler:innen der Akademie,
lasst euren Herzen freien Lauf,
genießt, was sonst verboten ist,
kostet ein Stück eures Schicksals!
Das Ballkomitee heißt euch
auf dem zweiten Ball der Saison
herzlich willkommen!

Die Regeln des Duells

Nur das potenzielle Liebespaar und beider gewählte Leibgarden dürfen - unterstützt von den Schlangen und Raubkatzen ihrer jeweiligen Häuser - im Duell gegeneinander antreten. Der Rosengarten darf bis zum Ende nicht verlassen werden, ganz gleich, wie lange dies auch dauert. Die Schülerschaft darf auf den Treppen ringsum zusehen, soweit die Rosensträucher dies erlauben, aber keinesfalls das Duell beeinflussen oder die Grünflächen betreten. Verletzte werden erst nach dem Duell behandelt, ohne Rücksicht auf die Art der Verletzung oder den Zustand der verletzten Person. Die Masken der Tragödie und Komödie dürfen ausschließlich vom Liebespaar benutzt werden, um damit ihren Gegner zu besiegen. Wird einem Mitglied des Hauses Montague die Maske der Tragödie oder einem Mitglied des Hauses Capulet die Maske der Komödie aufgesetzt, verschmilzt sie für immer mit dessen Gesicht und verwandelt ihn in einen Souffleur oder sie in eine Souffleuse.

Das Duell endet, wenn einer der Liebespartner besiegt wird. Oder wenn beide ihre wahre Liebe füreinander offenbaren.

KAPITEL 35

Es pocht an der Badezimmertür – und mein Herz schlägt mir bis zum Hals.

Aber es ist nur Drapes, die ihren Kopf hereinsteckt. Ihre dunklen Haare fallen wie frisch gesponnene Seide über ihre Schultern. Sie trägt ein luftiges Kleid, das aussieht, als wäre es aus schimmernden Libellenflügeln genäht. Dass sie kein Make-up benutzt, verstärkt den kindlichen Effekt, doch wie immer kommt sie direkt zur Sache. »Seid ihr fertig für den Ball? Wieso bist du so blass wie ein Gespenst, Joy?«

Hastig greife ich nach dem Bronzer und drücke mir ein wenig Farbe an die Wangen. Im Spiegel lächelt mir Tear über meine elegante Hochsteckfrisur hinweg zu. Sie hat sich ihre Haare frostgrün umgefärbt und trägt Poetry zu Ehren das gleiche schlichte Silberkleid wie beim letzten Mal.

Mich hingegen hat sie in einen hochglänzenden Transparentstoff gewickelt, der in einem Knoten auf meiner Schulter beginnt und fließend über meinen Körper hinabfällt. Es sieht aus, als würde ein kleiner Wasserfall über mich hinwegrauschen. Wenn Poetrys Discokugelkleid beim letzten Ball geschrien hat: *Schaut mich an!*, dann wirft dieses Kleid nur einen verheißungsvollen Blick über die Schulter.

»Ich hab die letzten Nächte jedes einzelne Detail mit Poetry besprochen«, plappert Tear munter über mich hinweg. »Also, ich hab geredet, und Poetry hat zugehört. Ich weiß, dass alle denken, Souffleusen könnten das nicht. Aber als ich ihr diese Ohrringe für dich vorschlug, hat ihr kleiner Finger gezuckt, ich schwör's!« Immer, wenn sie so etwas sagt, gleiten Drapes und Stages Blicke betreten zur Seite, und Rhyme wird auffallend still. Aber nichts kann Tear davon abhalten, an Poetry zu glauben, nicht mal ein eintausend Jahre alter Fluch. Sie klipst mir zwei lange Silbertropfen an die Ohren, die mich überaus elegant wirken lassen, und betrachtet ihr Werk im Spiegel. »Siehst du? Dein Outfit ist perfekt. Allein hätte ich das nie hingekriegt. Was machst du denn für ein Gesicht, Joy? Bist du nervös wegen des Fürstentanzes?«

Mein Magen verdreht sich. »Wieso sollte ich deswegen nervös sein?«, frage ich so ungezwungen wie möglich. Ich füge sogar ein Lächeln hinzu, das ich im Spiegel äußerst überzeugend finde.

»Das nenne ich die richtige Einstellung.« Tear grinst mich an. »Das Dauertraining der letzten Wochen hat dir gutgetan, du bist viel selbstsicherer als beim letzten Ball. Poetry wäre unglaublich stolz auf dich.«

Das stimmt. Seit dem Vorfall mit dem Souffleur haben wir jede freie Minute mit Training verbracht. Natürlich habe ich zwischendurch versucht, mehr über ihn oder das Ballkomitee rauszukriegen, aber ohne Internet und praktische Suchfenster ist das schwieriger als gedacht – und vor allem sehr viel zeitaufwendiger.

Neben meinem Bett stapeln sich siebenundvierzig Bibliotheksbücher allein über die Geschichte des Hauses Capulet. Letzte Woche, als ich nach meinem Atemtraining im Wasser am Beckenrand saß und mit feuchten Fingern *Das Haus Capulet im späten 19. Jahrhundert* durchblätterte, setzte sich Rhyme unerwartet neben mich. Er verzog beim Anblick des Buches das Gesicht. Offenbar hatte er letztes Jahr darüber ein Referat halten müssen, und zwar auf Chinesisch. »Da drin findest du nichts Interessantes«, hatte er gesagt. »Es sei denn, du willst wissen, wie stinkreich uns die Seidenstraße gemacht hat.«

Leider hatte auch er mir keinen besseren Tipp geben können. Alle Bücher, die er im Laufe seines Unterrichts je an der Akademie gelesen hatte, wiederholten immer nur die gleichen Nebensätze. Die Souffleure und Souffleusen dienen als teilweises Opfer, um den Rosenfluch einen weiteren Monat zu besänftigen, bis das wahre Liebespaar gefunden wird.

Und das Ballkomitee überwacht als unabhängiges Organ den Ablauf der Bälle und Duelle im Auftrag des Unsterns. Sonst nichts. Kein Wort über sprechende Souffleure, mögliche Lügen oder einen Hinweis darauf, was LL bedeuten könnte. Ich war so enttäuscht gewesen, dass ich komplett vergessen hatte, diesen seltenen Moment mit Rhyme für … *eine andere Sache* zu nutzen.

»Deine Tanzkenntnisse haben sich unglaublich verbessert«, fügt Tear mit Begeisterung hinzu. »Rhyme werden die Augen rausfallen, wenn er sieht, welche Moves Stage dir beigebracht hat.«

Wie es aussieht, kann ich *diese andere Sache* nicht länger aufschieben.

Jegliches Blut weicht mir aus den Wangen.

Ich pudere mich hastig nach. »Was die Sache mit dem Fürstentanz angeht, wollte ich euch noch was sagen«, murmle ich in die weiche Quaste. »Nur, damit ihr Bescheid wisst, bevor wir runtergehen.« Tear und Drapes beugen sich erwartungsvoll näher. Ich tupfe mir Bronzer zwischen die Augen, bloß um einen Vorwand zu haben, ihren Blicken auszuweichen. »Rhyme hat mich nicht gefragt.«

Einen Moment lang wird es still. Ich wage es, in den Spiegel aufzublicken, und sehe in zwei verdutzte Gesichter. Tear blinzelt mehrfach, als würde sie langsam aus einem schönen Traum erwachen. »Was soll das heißen, er hat dich nicht gefragt?«

Ich spiele an der Puderdose rum. »Na ja, wir hatten nicht viel Zeit allein, ihr wisst schon, seine Fürstenpflicht und so weiter. Immerhin muss er die Trainingspläne aller Capulets verfassen und ihre Ausführung überwachen und Hilfestellung leisten und Berichte schreiben und …«

»Wir wissen, was Rhyme tun muss«, unterbricht mich Drapes.

Ich atme tief durch. »Also, wir hatten nicht viel Zeit allein, aber … ein paarmal waren wir doch unter uns. Er … er hat nicht gefragt, ob ich diesmal seine Tanzpartnerin sein will. Deshalb habe ich mir gedacht, ich nehme das selbst in die Hand und … frage ihn.«

Jetzt ist es raus.

Sie wissen, dass ich auf ihn stehe!

Doch statt sich schockiert ihre Hände vor den Mund zu schlagen, wie ich halb befürchtet habe, werfen sich Tear und Drapes nur einen wissenden Blick über meinen Kopf hinweg zu, den ich im Spiegel bedauerlicherweise nicht übersehen kann. Drapes schüttelt ihre langen Vorhanghaare. »Wir fragen uns schon seit dem letzten Ball, wann du es endlich ausspuckst. Immerhin haben wir Augen im Kopf. Es ist nicht zu übersehen, dass du bis über beide …« Tear weitet warnend ihre Augen, und Drapes räuspert sich rasch. »Es überrascht keinen von uns, dass du ihn gefragt hast.«

»Genau.« Tear packt mich mit strahlendem Lächeln an den Schultern. »Das hast du richtig gemacht. Frauen müssen selbst die Initiative ergreifen. Poetry würde das auch so sehen.«

»Richtig«, stimme ich kleinlaut zu. »Nur, dass sich der passende Moment dafür leider noch nicht ergeben hat …«

»Was? Du hast ihn noch gar nicht gefragt?« Drapes zarte Augenbrauen schießen in die Höhe. »Der Ball beginnt in einer halben Stunde! Langsam, aber sicher gehen dir die passenden Momente aus, Joy. Bist du deshalb so blass wie ein Gespenst?«

Hastig schraube ich den Bronzer wieder auf.

Tear wirft sich auf die Dose. »Nichts da! Du bist genug gepudert. Wir gehen jetzt runter zu den Jungs und verschaffen dir einen Moment allein mit Rhyme – dann klärt ihr das. Er ist es gewohnt, dass Poetry ihm rechtzeitig einen Erinnerungstritt in den Hintern verpasst. Ich bin sicher, er hat einfach nur nicht dran gedacht.«

Hoffentlich.

Aber was, wenn nicht?

Zwei Stockwerke weiter unten genügt ein einziger Klopfer an die Tür des Schlangenfürsten – und sie wird vor Tears erhobener Faust aufgerissen. Stage steht in einem leuchtend blauen Tanzoutfit vor uns, das auf seiner dunkelbraunen Haut perfekt zur Geltung kommt, und starrt uns voller Panik entgegen. »Zum Glück seid ihr da!«

Mein Herz hüpft. »Ist was mit Rhyme?«

»Rhyme? Nein, wieso? Vergiss es!« Er zieht Tear über die Schwelle und schleppt sie ins Badezimmer der Jungs. Es sieht exakt so aus wie unseres, inklusive aller Beautyprodukte, die quer verstreut herumliegen. Stage schnappt sich einen schwarzen und einen blauen Eyeliner und hält sie sich ans Gesicht. »Sei ehrlich! Ist der blaue übertrieben? Er macht meine Augen glupschig, oder?!«

Tear lächelt zufrieden. »Ich weiß genau, wie wir dich schminken. Drapes, du assistierst mir. Joy« – sie zwinkert mir zu –, »du schaust, ob Rhyme etwas Entscheidungshilfe braucht, okay?«

»Rhyme ist schon seit einer Stunde fertig«, jammert Stage. »Er ist draußen auf der Terrasse und gibt all seinen Schlangen einen Gutenachtkuss oder so was in der Art.«

Seit einer Stunde?

Das lässt mich schlucken. Er hätte genügend Zeit gehabt, um raufzukommen und nach uns zu sehen. Um vielleicht die ein oder andere offene Frage zu klären …

Drapes bemerkt mein Zögern, packt mich von hinten an der Hüfte und schiebt mich in Rhymes Zimmer. »Er ist fünfzehn Schritte voraus«, flüstert sie mir verschwörerisch in den Rücken. »Du hast zwei geschminkte Augen Zeit. Los jetzt!«

Ich atme tief durch und gehe am leuchtend blauen Aquarium vorbei, ohne auch nur einen einzigen Blick auf die schwankenden Wassergräser oder gestreiften Schlangen zu werfen. Rhyme kauert draußen auf der Terrasse und hat mir den Rücken zugewandt. Die Fliesen ringsum wuseln vor Schlangen aller Art, aber ich steige einfach über sie hinweg und gehe neben ihm in die Hocke.

»Hey, Joy.« Er muss nicht aufblicken, um zu wissen, dass ich es bin. Seine Hand streichelt liebevoll über Balboas Kopf, die sich vor ihm eingerollt hat und mir lautlos zuzischelt.

»Hey.« Ich lasse meine Fingerspitzen über ihre glänzende Schlangenhaut gleiten. »Schon wieder ein Ball. Kaum zu glauben, wie schnell die Zeit vergeht, nicht wahr?«

»M-hm.«

Bestimmt denkt er an Poetry – wie könnte er an diesem Tag nicht? Ich bin unsicher, ob ich ihn auf seine Schwester ansprechen soll oder nicht.

Einerseits täte es ihm gut, über seine Gefühle zu reden, andererseits sollte ich ihn vor dem Ball nicht ablenken. Er ist der Fürst unseres Hauses, und – ob es ihm gefällt oder nicht – er muss heute Abend der Stärkste von uns allen sein. Der Fürstentanz ist das erste Kriterium dafür.

Ich hole tief Luft. »Stage hat mir ein paar ziemlich gewagte Tanzschritte beigebracht. Natürlich hatte ich nicht genug Zeit, um sie zu perfektionieren. Ich werde wohl den ein oder anderen Montague mit mir zu Boden reißen.«

Rhyme schnaubt amüsiert. »Kann's kaum erwarten, das zu sehen.«

Ich fahre das Muster auf Balboas Schlangenhaut nach. Mein Puls pocht mir bis in den Zeigefinger. »Hast du schon ein Mädchen gefragt, ob es heute mir dir tanzen will?«

Er zögert. »Die Fürsten müssen nicht fragen«, weicht er aus. »Wir können einfach jemanden bestimmen.«

Ich beiße mir auf die Unterlippe. »Tanzt du … mit mir?«

Stille.

Er sagt nichts! Wieso sagt er nichts?!

»Ich hab darüber nachgedacht.« Er lächelt hinab auf Balboa, die seine sanften Streicheleinheiten so sehr genießt, dass sie ihren Schädel fest gegen seine Handfläche drückt. »Eigentlich dachte ich damals, dass ich dich mit dem Eröffnungstanz aus der Schusslinie nehme. Dass das Ballkomitee dich nicht mit einem Montague in Verbindung bringen würde, wenn sie sehen, dass wir beide miteinander tanzen. Aber der Schuss ist nach hinten losgegangen. Poetry wurde nicht zur Ballkönigin gewählt, weil sie mit dieser Witzfigur beim *Ultimo Ballo* antreten musste. Sie wurde gewählt, weil sie beim Fürstentanz alle Augen auf sich gezogen hat. Deshalb ist es besser, wenn wir nicht mehr miteinander tanzen.«

Dieser eine Satz lässt mich schlagartig zwei Dinge begreifen. Erstens können bloße Worte einem ein Loch in die Brust reißen. Und zweitens sieht einem das von außen keiner an. Ich spüre ein seltsames Lächeln an meinen Wangen ziehen, eines, das ich nicht verhindern kann. Als würde mein Körper ganz von selbst einen Schutzschild über mein Gesicht spannen.

Balboa regt sich plötzlich unter meinen Fingern. Sie gleitet über Rhymes Schoß hinweg und schlingt sich zärtlich um mich. »Siehst du das?« Ein leises Lachen stolpert über den Kloß in meinem Hals. »Sie berührt mich federleicht. Es ist unglaublich, wie sanft ein so riesiges Tier sein kann.«

Immer mehr Schlangen schließen sich ihr an und gleiten über meine nackten Füße hinweg. Selbst Rambo streckt ein giftgrünes Köpfchen aus Rhymes silberbesticktem Ärmel und klettert geschickt über Balboas Körper hoch zu meinen Schultern. Er stupst meinen Mund an und züngelt mir lautlos zu.

»Rambo!« Ich muss kichern. »War das etwa ein Kuss?! Bist nicht noch ein wenig zu jung dafür?«

Rhyme lächelt mich an. Es ist das erste Mal, dass er mich an diesem Abend ansieht. Das Licht des Aquariums lässt seine Augen türkisblau aufleuchten. »Du bist seine erste Liebe. Er ist total verknallt in dich.«

Drinnen pocht jemand laut und deutlich an die Zimmertür.

Die anderen sind noch im Bad, also steht Rhyme auf und geht hin. Erst im Licht des Aquariums fällt mir auf, dass er ein Hemd aus demselben schimmernden Material trägt wie mein Wasserfallkleid. Ein Stich jagt mir durch die Brust. Tear und Stage haben heimlich dafür gesorgt, dass wir auch heute Abend zusammenpassen. Es wird sie enttäuschen, dass Rhyme nicht mit mir tanzen will.

Ein Bediensteter in feinem Smoking steht vor der Tür und verneigt sich tief vor Rhyme. »Mein Schlangenfürst! Gräfin Capulet erwartet Euch im Ballsaal. Wenn Ihr mir bitte folgen würdet.«

Die Badezimmertür springt auf, und Stage streckt seinen Kopf heraus. »Einen Moment noch. Wir sind so gut wie fertig.«

Der Bedienstete verneigt sich noch tiefer. »Mit Verlaub, mein junger Herr, aber die Gräfin wünscht, ein privates Wort mit dem Fürsten zu wechseln. Seine Begleiter werden mit den anderen Schülern eintreten müssen.«

Rhyme stöhnt. »Mit anderen Worten will sie mir einen Vortrag darüber halten, wie der Abend ihrer Meinung nach zu laufen hat. Kommt einfach nach, wenn ihr so weit seid.« Er dreht sich nach mir um. »Kommst du da draußen klar, Joy?«

Ich bin von Kopf bis Fuß mit einer schmusebedürftigen Boa constrictor umwickelt und trage eine verliebte Mamba um den Hals, also halte ich beide Daumen hoch. Rhyme grinst nur und geht dem Bediensteten nach.

Stage schließt die Tür hinter den beiden, runzelt die Stirn und kommt auf mich zu. Hinter ihm schüttelt sich Drapes wie nach einer kalten Dusche, und auch Tear schlingt sich unbehaglich ihre Arme um den Bauch. Ich brauche einen Moment, um zu kapieren, dass sie sich vor den Schlangen gruseln. Sogar Stage wagt keinen Schritt heraus auf die Terrasse. Er bleibt mit zwei Metern Sicherheitsabstand vor mir stehen und reibt sich die Gänsehaut von den Armen. »Okay, Rhyme ist weg. Schaffst du es allein unter den fürchterlichen Viechern raus? Sag bitte ja.«

»He! Sie sind nicht fürchterlich.« Ich lege meine Arme schützend um die Schlangen, als könnten Stages Worte sie verletzen. »Siehst du nicht, wie zutraulich sie sind? Balboa ist unglaublich feinfühlig. Und Rambo ist total verknallt in mich.«

»Das bildest du dir ein.« Stage schüttelt mitleidig den Kopf. »Das sind Reptilien, keine Säugetiere. Zu solchen emotionalen Bindungen sind sie überhaupt nicht fähig. Das liegt einfach nicht in ihrer Natur, verstehst du? Sie reflektieren nur das, was Rhyme fühlt.«

»Aber Rhyme hat …«

Rhyme hat gesagt, Rambo sei in mich verknallt.

Mein Herz setzt komplett aus.

KAPITEL 36

Ohne den Schlangenfürsten müssen wir, wie die anderen Schüler auch, im Foyer auf den Beginn des Balls warten. Es wird ziemlich voll, und von allen Seiten stoßen mir Ellbogen in die Rippen. Erst als mir einige fiese Blicke unter den künstlichen Wimpern und glitzernden Augenlidern auffallen, dämmert mir, dass manche dieser Ellbogen vielleicht nicht ganz unabsichtlich passieren. Vom Sofa aus winkt mir Sorrow mit langen Fingernägeln zu, die wie polierte Messerspitzen aufblitzen.

»Lass dich nicht von den Gerüchten verunsichern«, flüstert mir Drapes zu. »Sorrow macht sich was vor.«

»Welche Gerüchte denn?«

Tear schnaubt. »Seit einer Woche schüchtert sie mit ihrer Clique alle ein, dass sie auf keinen Fall mit dem Schlangenfürsten den Eröffnungstanz tanzen – oder es für den Rest ihrer Akademiejahre bereuen werden. Natürlich macht sie das so geschickt, dass ihr niemand was vorwerfen kann. Sorrow will sich Rhyme heute Abend schnappen.«

Stage stößt mich grinsend von der Seite an. »Das macht dich wohl zu ihrer Erzfeindin, was?«

Ich erstarre. »Und wieso amüsiert euch das?!«

Stage klopft mir so aufmunternd auf die Schulter, das ich nach vorne kippen würde, gäbe es in all dem Gedränge noch Platz dafür. Stattdessen falle ich gegen Tear und Drapes, die mich von beiden Seiten breit angrinsen. »Weil Rhyme nur mit dir tanzen will!«, posaunen alle drei im Chor.

Es wird schlagartig still um uns herum.

Alle starren mich an.

Ein paar Capulets werfen mir hinter Sorrows Rücken heimlich hoffnungsvolle Blicke zu, aber Sorrow selbst funkelt so hasserfüllt zu mir rüber, als würde sie am liebsten ihre Augäpfel auf mich schießen. Ich schätze, das wäre der richtige Moment, um zu gestehen, dass Rhyme und ich heute Abend nicht tanzen werden – aber ich krieg es einfach nicht raus. Bevor ich es schaffe, die Worte über den Kloß in meiner Kehle zu zwingen, gehen die Flügeltüren auf, und wir werden mit einer Flut aus Schülern in den Ballsaal geschwemmt.

Tear und Drapes besorgen uns silberne Capuletmasken, und Stage bahnt uns mit seinen breiten Schultern den Weg zur Tanzfläche. Wir sichern uns ein gutes Plätzchen, das uns freie Sicht auf die Fürstentische und die Galerie bietet. Auch heute wurden der Marmorblock zusammengeschoben und die noblen Fürstenstühle durch die hölzernen Stühle des Ballkomitees ersetzt. Die Eröffnungsrede der Familienoberhäupter lässt ebenfalls nicht lange auf sich warten. Lord Montagues Stimme donnert bereits über das Geschnatter der Schüler hinweg. »Seid ruhig und hört zu!«

Absolute Stille fällt über den Saal.

Ich kann noch immer den Drang in mir fühlen, die Sache mit dem Fürstentanz klarzustellen, aber meine Zunge liegt wie betäubt in meinem Mund. Also nutze ich die Gelegenheit und versuche, mich ganz bewusst gegen die Beeinflussung zu wehren. Lady Capulet spricht unser Pflichtgefühl an, alles für unser Haus zu geben, und Lord Montague lenkt unsere Gedanken hin zu mutigen Kämpfen und ehrenvollen Opfern. Ihre Worte sinken wie ein durchsichtiger Schleier auf mich herab, wie etwas, das ich beinahe fassen und von mir weghalten kann.

Aber dann schüttle ich den Kopf über mich selbst. Wozu wehre ich mich eigentlich? Sie haben natürlich recht mit allem! Ich werde alles für die Capulets geben! Und ich werde mutig kämpfen, wenn es mein Haus verlangt! Meine Faust stößt genauso zustimmend in die Luft wie die der anderen Schüler.

Lady Capulet weist zur Galerie. »Ehrt die Fürsten eurer Häuser!«

Die Trommeln des Orchesters hallen durch den Saal.

Rhyme und Cut kommen im Gleichschritt die Treppe herab. Auch sie tragen ihre Masken. Rhymes Hemd schimmert, als würde frisches Quellwasser über ihn hinwegrauschen. Cut hingegen trägt heute ein so tiefes Schwarz, als wäre jegliches Licht aus dem Stoff herausgebrannt worden. Am Fuße der Treppe bilden die Schüler einen Korridor und recken ihnen ihre Arme entgegen. Die Fürsten streifen an Hunderten Fingern entlang.

Stage wird hibbelig. »Gleich kommt der Fürstentanz. Fang mit etwas Provozierendem an, einem heißen Blick über deine Schulter, dann die Schrittfolge, die wir geübt haben, und am Schluss dein brandneuer Men-Killer-Move!«

»Men-Killer-Move?«, wundert sich Drapes.

Er grinst. »Meine eigene Erfindung. Joy schlingt ihre Beine um seine Hüften und lässt sich zurückfallen. Er muss sie ganz automatisch festhalten und sein Gewicht verlagern, damit sie beide nicht umkippen, und das ist genau der Moment, in dem sie sich schwungvoll wieder aufrichtet und ihn mühelos in den Sand wirft. Sie wird auf seinem Schoß landen und ihm mit einem Lächeln die Rose von der Brust pflücken. Rhyme wird absolut von ihr hingerissen sein.«

Mein Magen verkrampft sich. »Stage, er wird mich nicht …«

Die Fürsten kommen an uns vorbei, und das Gejubel der Schüler wird so ohrenbetäubend laut, dass ich meinen Einwand nicht mal selbst hören kann.

»Fürsten, wählt eure Tanzpartner!«, dröhnt Lord Montagues Stimme über den Lärm hinweg. Tear krallt sich vor Aufregung in meinen Arm, und sogar Drapes beißt sich gespannt auf die Unterlippe. Rhyme hingegen – sieht nicht mal in unsere Richtung. Er schnappt sich die Rose vom Tablett, als müsste er eine lästige Pflicht erfüllen, und stapft durch den Sand auf Cut zu, der seine Rose ebenfalls heruntergenommen hat und ihm mit gerunzelter Stirn entgegenblickt.

»Was willst du …?«, fängt Cut ungehalten an. Aber Rhyme reißt ihm einfach die Rose aus der Hand und wirft beide Blumen in hohem Bogen in die Schüler. »Wer sie fängt, tanzt mit uns!« Einen Moment lang ringen die Fürsten mit ihren Blicken, dann zuckt Cut die Schultern und verschränkt die Arme vor der Brust. »Meinetwegen.«

Mehrere Schüler kämpfen um die Blumen.

Es ist ausgerechnet Sorrow, die mit triumphierendem Gebrüll aus dem Gerangel hervorspringt und eine Rose in die Luft hält. Sie steckt sie sich ans aschgraue Kleid und stolziert mit geschwellter Brust zu Rhyme.

»Was … was … was passiert denn da?!« Tear fallen fast die Augen aus dem Kopf. »Bin ich in einem gruseligen Paralleluniversum gelandet, in dem alles verkehrt herum läuft?!« Stages Kinnlade klappt so weit runter, dass es fast komisch aussieht. Selbst Drapes schüttelt wie betäubt den Kopf. »Was auch immer es ist, ich sehe es ebenfalls.«

Rhyme geht vor Sorrow in die Knie. »Ich wähle Sorrow Capulet!«

Sorrow wippt mit den Knien, als hätte sie einen Preis gewonnen. Ihr Fanclub feuert sie lautstark an, während die anderen Schüler, mit denen sie um die Rose gerungen hat, ihre zerzausten Haare glatt streichen und sie mit genervten Blicken durchlöchern.

Auf der anderen Seite der Tanzfläche bricht jemand in piratenhaftes Gelächter aus. Die Schwarzhaarige mit dem blutroten Kleid tritt zwischen ihren Rivalinnen hervor, die sie ringsum auf den Boden gerungen hat, und kickt ihnen dabei noch Sand in die Augen. In ihrer geballten Faust klemmt eine Rose, die sie sich tief hinunter ins Dekolleté stopft. Sie stürmt auf den Katzenfürsten zu, als wäre sie auf einem Rachefeldzug.

Cut seufzt und geht vor ihr in die Knie. »Ich wähle Blaze Montague!«

Sie packt den Katzenfürsten am Kragen und zieht ihn mit breitem Grinsen zu sich herauf. Sorrow hingegen spielt plötzlich Prinzessin, greift ihr aschgraues Kleid mit zwei spitzen Fingern und macht einen höflichen Knicks vor dem Schlangenfürsten. Rhyme steht auf und legt ihr eine Hand auf die Hüfte.

»Braucht ihr mein Hemd?«, keucht Stage. »Um reinzuspucken?«

»Ja! Gib her!« Tear klammert sich an den leuchtend blauen Stoff. Nur Drapes mustert mich. »Kannst du sprechen, Joy? Und uns vielleicht sagen, was da vorhin auf der Terrasse schiefgelaufen ist?«

Das Sprechen fällt mir tatsächlich schwer. Die Fürsten beginnen ihren

Tanz, indem sie ihre Partnerinnen leichtfüßig über den Sand wirbeln lassen. Dass mir Sorrow bei jeder Umdrehung ein gehässiges Grinsen zuwirft, kommt nicht ganz unerwartet, aber dass Rhyme keine Sekunde zu mir rüberschaut, macht die Sache nicht unbedingt leichter. Es fühlt sich an, als hätten sich Eisenkugeln an jeden Buchstaben meiner Worte gehängt. »Rhyme will nicht mehr mit mir tanzen. Er glaubt, dass Poetry möglicherweise wegen ihres Fürstentanzes zur Ballkönigin gewählt wurde.«

Tear atmet auf. »Also macht er es nur, um dich zu beschützen.«

»Ich hätte es wissen müssen!« Stage haut mir seine Hand auf den Rücken. »Deshalb hat er auch dem Katzenfürsten die Rose weggenommen. Er wollte verhindern, dass er Joy noch mal fragen kann.«

Drapes zwinkert mir zu. »Alles in bester Ordnung, Joy.«

»Ja«, antworte ich mich belegter Zunge. »Alles in bester Ordnung.«

Rhyme ist ein professioneller Tänzer. Er muss es so aussehen lassen, als wären ihre beiden Körper wie füreinander geschaffen, als würden sie sich gegenseitig anziehen wie perfekt aufeinander abgestimmte Magneten. Er wirbelt Sorrow immer schneller um sich herum, bis sie sogar vergisst, ihr Gift in meine Richtung zu spritzen, und wirft sie in einer Hebefigur in die Luft, die sie mit der Anmut einer Ballerina meistert. Als sie schwerelos an seiner Brust hinabgleitet, leuchten ihre Wangen rosa auf. Rhyme lächelt sie an.

Ich packe Stages Ärmel. »Gilt dein Angebot mit dem Spuckhemd noch?«

»Komm, das musst du dir nicht geben.« Er legt seinen Arm um meine Schultern und führt mich von der Tanzfläche. Tear und Drapes folgen uns mit verzogenen Gesichtern. »Du bist nicht die Einzige, die leidet«, versucht Drapes, mich zu trösten. »Entweder stehen die Montagues auf eine Form der Leidenschaft, die mir absolut fremd ist, oder die Schwarzhaarige versucht, dem Katzenfürsten das Rückgrat zu brechen. Sie nimmt es ihm wohl immer noch übel, dass er sie das letzte Mal nicht ausgewählt hat.«

»Damit hättest du sogar zwei Erzfeindinnen«, muntert Stage mich auf.

Ich stürze mich auf das nächstbeste Tablett mit Rosenwein und will mir das Zeug in den Rachen kippen, aber Tear und Drapes klammern sich an meine Arme und halten mich davon ab. »Zu deinem Schutz«, versichert mir Tear. »Wir wollen nicht erleben, was du jetzt am liebsten tun würdest.«

Sie führen mich weg vom Trubel der Schüler und finden ein abgelegenes Plätzchen unter einem Zitronenbaum. Ich lasse mich in den Sand plumpsen und schiebe mir die Maske hoch in die Haare.

»Unter dem Marmorplatz befinden sich jede Menge mittelalterliche Folterkammern«, heitert Stage uns auf. »Stellt euch nur mal vor, Sorrow spaziert eines Nachts unwissend da raus. Die Gewölbe sind immerhin Hunderte von Jahren alt. Sie könnten jederzeit unter ihr einstürzen.«

Tears Augen leuchten auf. »Wäre Sorrow nur einen Meter weiter links gelandet, wäre ihr nichts geschehen …«

Drapes grinst. »Aber die Messergrube war …«

»Schon gut«, brumme ich. »Ihr braucht sie nicht gleich für mich umzubringen.«

»Sicher?«, meint Drapes und schielt rüber zur Tanzfläche.

Der Fürstentanz ist beendet, und die Schüler weichen zur Seite, um Rhyme und Sorrow durchzulassen. Sie klammert sich mit beiden Händen an Rhymes Arm und lässt ihre künstlichen Wimpern zu ihm aufflattern. Rhyme lächelt zu ihr herab, und als sie plötzlich auf ihren Zehenspitzen emporschnellt, um ihm einen raschen Kuss auf die Wange zu drücken, wird er tatsächlich rot.

»Aber die Messergrube«, fahre ich mit Grabesstimme fort, »war tief und scharf.«

KAPITEL 37

Die Orchestermusik für den achten Tanz klingt mit einem zarten Flötenspiel aus. Ash Montague, ein großer Junge mit Stages breitem Körperbau, beugt sich zu meinem Ohr herab. »Ich bin froh, mit dir getanzt zu haben.«

»Wirklich?«

»Du bist die beste Tanzpartnerin, die man sich für diesen Ball vorstellen kann.« Ein schmerzvoller Ausdruck tritt in seine Augen. »Es ist absolut unmöglich, irgendwelche Gefühle für dich zu entwickeln, wenn man gegen innere Blutungen ankämpft.«

Er schlingt sich die Arme um den Bauch und schleicht mit gekrümmtem Oberkörper von der Tanzfläche. Ein Mitglied des Ballkomitees sieht ihm hinterher und streicht etwas von der Liste auf seinem Klemmbrett. Dann dreht sich seine ausdruckslose Holzmaske in meine Richtung, und er streicht noch mal was.

»Brauchst du Hilfe?«, rufe ich Ash nach, aber die anderen Montagues, die ihn bereits wie besorgte Mutterhennen umringen, schießen mir nur finstere Blicke entgegen und ziehen ihn schützend in ihre Mitte.

Ich gehe zur anderen Seite der Tanzfläche, wo Stage hastig etwas auf der Rückseite seiner Tanzkarte notiert. Er benutzt Drapes Rücken als Schreibunterlage. Tear schaut ihm neugierig über die Schulter.

»Was schreibst du da?«

»Es ist unglaublich, was ich aus deinem Tanzstil lernen kann.« Stage strahlt mich an. »Die Ballregeln verbieten es, jemanden vor dem Duell ernsthaft zu verletzen, aber du stellst es so geschickt an, dass es wie purer Zufall aussieht. Wie du diese Drehung in der Luft vergeigt hast und mit deinem Ellbogen genau auf seiner Leber gelandet bist! Sogar das Ballkomitee hast du überzeugt.«

Meine Augen weiten sich. »Seine Leber?!«

»Verrat mir dein Geheimnis!«

»Es … ist tatsächlich purer Zufall?«

Stage sieht mich einige Momente lang an, dann nickt er mehrfach, als hätte ich eine seiner ältesten Theorien bestätigt. »Zugegeben, das dachte ich mir schon. Trotzdem inspirierend. Wenn wir das in unser Training einbauen könnten, dann würden die Montagues …« Er murmelt die letzten Worte nur noch, denn etwas hinter mir lässt seine Augen immer größer werden.

Ein Finger tippt auffordernd auf meine Schulter.

Besser gesagt, ein spitzer Fingernagel bohrt sich in meine Haut.

Als ich mich umdrehe, steht die Schwarzhaarige im blutroten Kleid hinter mir. Cut hat sie Blaze genannt. Ein passender Name. Ihr Rock ist so geschnitten, dass er wie lodernde Flammen aufwirbelt, wenn sie eine Pirouette dreht. Was auch ziemlich gut zu den lodernden Flammen in ihrem Blick passt. Ich will ihr ausweichen, aber Blaze packt mich an dem Stoffknoten auf meiner Schulter und zerrt mich zur Tanzfläche.

»Was machst du denn?!«, rufe ich bestürzt.

»Schau auf deine Tanzkarte. Tanz Nummer neun ist Wahl der Montagues. Wir bestimmen unsere Tanzpartner!«

»A-a-aber du kannst mich nicht wählen!«

Sie wirbelt herum und reißt mich an ihre Brust. »Willst du etwa andeuten, Mädchen können keine wahre Liebe füreinander empfinden?«

»Nein! Aber ich dachte, dass es gegen die Regeln verstößt? Auf allen Tanzkarten des Ballkomitees stehen immer nur Mädchen mit Jungs.«

Sie schnaubt abfällig. »Was bloß beweist, dass die Köpfe des Ballkomitees genauso sehr aus Holz sind wie ihre hässlichen Masken. Es wird höchste Zeit, das zu ändern, findest du nicht?«

Zögernd lege ich meine Hände auf ihre Schultern. Auf ihre sehr muskulösen Schultern, wohlgemerkt. Sie fühlt sich an, als würde sie ebenfalls regelmäßig mit Liegestützen um die Dusche wetten. »Dann tanzen wir also für eine gerechtere Welt?«

Sie verengt ihre Augen zu Schlitzen. »Aber sicher doch. Eine gerechtere Welt, in der du aus dem Weg geräumt bist!«

Blitzschnell hakt sie ihren Fuß um meine Wade und reißt mir das Bein weg. Ich falle mit dem Gesicht voraus auf den Boden und spucke noch Sandkörner aus, als sie mich längst von hinten am Kleid gepackt und wieder nach oben gezerrt hat. Beim Hochkommen entdecke ich die Fürsten am anderen Ende der Tanzfläche. Rhyme wirkt bei unserem Anblick etwas besorgt, Cut geradezu entsetzt. Aber beide haben ihre eigenen Kämpfe auszutragen. Sie sind von Dutzenden Tanzanwärterinnen umringt, die sich wie zähnefletschende Groupies um den neunten Tanz reißen. Der Rosenwein bringt nicht nur die noblen Wünsche zum Vorschein.

Blaze schlingt ihre Arme um mich und quetscht mir den Atem aus der Brust. »Das war für Ash«, zischt sie mir ins Ohr. »Bleiben nur noch siebzehn andere Montagues zu rächen.«

»Siebzehn?!«

»Mit dem letzten Ball inklusive.«

Oh, shit.

Irgendwann höre ich auf zu zählen, wie oft ich Sand schlucke. Stage taucht hin und wieder in meinem Blickfeld auf und ruft mir über die Tanzfläche zu, es einfach so wie bei den anderen zu machen. Aber Blaze ist nicht wie meine bisherigen Tanzpartner. Sie versucht keine angeberischen Hebefiguren, von denen ich auf sie herabstürzen könnte. Sie dreht mich nicht in komplizierten Pirouetten, die mich dazu zwingen würden, versehentlich auf ihren Fuß zu trampeln. Und sie ist auch nicht zu schüchtern, um mir die Rose von der Brust zu grapschen, sie tief hinunter in ihr eigenes Dekolleté zu stopfen und sich damit die Führung für den gesamten Tanz zu sichern.

Stattdessen schleudert sie mich wie eine Strohpuppe von einem Ende der Tanzfläche zum anderen und schafft es dabei immer wieder, mich rechtzeitig aufzufangen, sodass das Ballkomitee nicht eingreifen muss.

Erst als das neunte Lied mit einem Paukenschlag endet, tritt sie mir unverhohlen in den Hintern und lässt mich mit rudernden Armen nach vorne stolpern und den Sand vor den Fürstentischen küssen.

»Und das«, zischt sie mir von oben durch die Haare zu, »war dafür, dass du meinem Fürsten in aller Öffentlichkeit die Hand gereicht hast!«

Rhyme ist als Erster bei mir, aber statt mir auf die Beine zu helfen, verschränkt er nur die Arme vor der Brust und funkelt Blaze hinterher. »Alle Augen sind auf dich gerichtet«, sagt er so gedämpft, dass es außer uns keiner hören kann. »Du musst alleine aufstehen, so kraftvoll und selbstsicher wie möglich.«

Er hat recht. Eine weitere Blöße kann ich mir nicht leisten. Ich beiße die Zähne aufeinander, balle meine Fäuste und erhebe mich wie ein Phönix aus der Asche. Meine Haare fallen mir offen auf die Schultern, was bedeuten muss, dass Tears kunstvolle Hochsteckfrisur Blaze ebenfalls zum Opfer gefallen ist.

Rhyme grinst mich von der Seite an. »Wenn man bedenkt, dass du in Blaze Montagues Klauen geraten bis, siehst du hervorragend aus. Cut ist voller Kratzer ihrer scharfen Fingernägel. Zum Glück kann er von keiner Klinge dieser Welt getötet werden.«

Kirchenglocken erschallen im Ballsaal.

Ehrfürchtiges Geflüster rauscht durch die Schülermenge, und alle drängen sich instinktiv zusammen. Auch Stage und die anderen laufen zu uns rüber. Tear umklammert meine Hand und sieht aus, als hätte sie ein Gespenst gesehen. Es sind die Glocken des Diamantturms, die nur in den Ballnächten erklingen. Die Glocken, die den *Ultimo Ballo* ankündigen.

Lady Capulet und Lord Montague steigen auf den Marmorblock und erhalten vom Ballkomitee jeweils einen versiegelten Briefumschlag. Giulietta öffnet ihren mit langen Fingernägeln, Romeus mit seinem Rosenquarzdolch. Es sieht so feierlich aus wie bei der Verleihung eines großen Filmpreises, nur dass sich die Gewinner wohl kaum über ihren Sieg freuen werden. Oder es zumindest nicht tun würden, wenn sie nicht beeinflusst worden wären.

»Sie verkünden die Paare für den *Ultimo Ballo* abwechselnd«, klärt Stage mich auf. »Lord Montague liest die Namen der Capulets vor und Lady Capulet die Namen der Montagues. Das hast du beim letzten Mal verpasst. Da fällt mir ein, wo warst du da eigentlich?«

Rhyme wirft mir einen Seitenblick zu.

Wärme steigt mir in die Wangen, als mir der heimliche Tanz mit Cut einfällt, aber ich werde vor einer Antwort bewahrt. Lord Montague ruft bereits den ersten Namen in den Saal, und Lady Capulet fügt dem augenblicklich einen zweiten Namen hinzu. Das passiert sechzehn Mal in rascher Abfolge hintereinander. Erst beim siebzehnten und letzten Paar saugen alle um mich herum die Luft ein. Tear zerquetscht mir fast die Hand, und mein Herz pocht mir bis unter die Schädeldecke – nur Lord Montague sieht kühl zu mir herab.

Der letzte Name, den er vorgelesen hat, war meiner.

Rhyme ist vollkommen erstarrt.

Sein eisblauer Blick haftet wie gebannt auf Giulietta, die kurz auf ihren Briefumschlag schielt und ihre blutrot bemalten Lippen zu einem zufriedenen Lächeln verzieht. Für einen winzigen Augenblick linst sie hinüber zu Romeus, als würde sie ihn jeden Moment schachmatt setzen. »Und der letzte Tänzer für heute Abend«, ruft sie voller Genugtuung, »ist niemand Geringeres als der Katzenfürst selbst! Cut Montague!«

Heftiges Getuschel bricht unter den Schülern aus, das wie die Brandung des Meeres an meine Ohren rauscht und meine Sinne überflutet. Einige Momente lang kann ich keine einzelnen Stimmen darin ausmachen, dann tauchen die ersten Sätze in meinem Kopf auf.

»… aber sie haben nicht miteinander getanzt!«

»Das hat sie beim letzten Ball auch nicht davon abgehalten, Poetry und diese Witzfigur für den Ultimo Ballo auszuwählen.«

»Heißt das etwa, es gibt insgeheim noch andere Auswahlkriterien für die Paare? Welche, die wir nicht kennen?«

»Joy?« Tear drückt meine Hand. »Geht es halbwegs? Du siehst geschockt aus.«

Cut steht am anderen Ende der Tanzfläche und sieht zu mir herüber.

Seine Haut ist goldbraun gefärbt von unzähligen Stunden an der Sonne, doch heute Abend, unter den funkelnden Lichtern des Ballsaals, wird selbst er ein wenig blass.

Blaze' Abschiedsworte von eben hallen in mir nach.

»Ich glaube, ich weiß, warum wir ausgewählt wurden«, höre ich mich wie aus weiter Ferne sagen. »Am Tag nach dem letzten Ball, nachdem Rhyme in den Speisesaal gerauscht war und Cut niedergeschlagen hatte, habe ich ihm meine Hand gereicht. Vor allen Schülern.«

Rhyme starrt mich an, als hätte ich den Verstand verloren. »Du hast *was?!*«

Ich schlinge meine Arme um mich selbst. »Das Ballkomitee war doch längst weg! Er hat geblutet! Ich wollte nur nett sein.«

Cut kommt auf mich zu.

Das Orchester spielt zum *Ultimo Ballo* auf, und alle Schüler, deren Namen nicht vorgelesen wurden, müssen die Tanzfläche verlassen. Stage, Tear und Drapes klopfen mir aufmunternd auf die Schultern und versichern mir, in meiner Nähe zu bleiben. Sie sind nicht glücklich darüber, dass ich ausgewählt wurde, das sehe ich an ihren Blicken. Allerdings beschleicht mich das Gefühl, dass es hauptsächlich daran liegt, mit wem ich tanzen muss. Und nicht, welche Konsequenzen dieser Tanz haben könnte. Sie müssen noch immer unter der Beeinflussung der Eröffnungsrede stehen. Erst, als ich das denke, wird mir klar, dass ich zur selben Zeit ebenfalls beeinflusst worden sein muss. Bin ich es immer noch? Wenn ja, was sollte ich jetzt wirklich fühlen?

Mein Blick gleitet fragend zu Rhyme.

Er sieht mich nicht an, aber er wartet bis zum letzten Augenblick ab, bevor er die Tanzfläche verlässt. Erst kurz bevor Cut mich erreicht, tritt er dicht an ihm vorbei und raunt ihm mit kalter Stimme zu: »Joy wusste es nicht besser. Aber du weißt haargenau, was auf dem Spiel steht. Falls ihr beide heute Nacht im Rosengarten landet, wirst du derjenige sein, der ihn nie mehr verlässt.«

Cut bleibt wie angewurzelt stehen.

Rhyme geht von der Tanzfläche.

Stage und die anderen schauen besorgt zu mir rüber, als würde ich mit gefesselten Händen auf einer Planke über einem Meer voll gefräßiger Haie balancieren. Tatsächlich fühle ich mich unter den Blicken des Ballkomitees auch so. Sie haben sich ringsum mit ihren Klemmbrettern aufgestellt und verfolgen jede Regung der Tänzer.

Cut packt mein Handgelenk und reißt mich so grob an seine Brust, dass ich meine Finger automatisch in seine Schultern kralle und ihn empört anfunkle. »Sehr gut«, lobt er mich leise. »Es muss so aussehen, als würden wir nicht miteinander tanzen wollen. Schau mir auf keinen Fall in die Augen. Der *Ultimo Ballo* ist ein langsamer und enger Tanz.«

Er lässt seine Arme um meinen Rücken gleiten und drückt mich so fest an sich, dass sich unsere Beine bei jedem Schritt ineinanderschieben. Ich schaue so finster wie möglich über seine Schulter hinweg und stelle fest, dass auch die anderen Paare eng umschlungen miteinander tanzen.

»Rhyme hat recht«, raunt er mir nach einer Weile zu. »Ich hätte es besser wissen müssen. Nein, ich *habe* es besser gewusst. Aber jedes Mal, wenn du … Ich war einfach so …« Er atmet tief durch. »Es tut mir leid. Als Fürsten werden wir schon seit unserer Kindheit auf diese Bälle vorbereitet. Wir wissen haargenau, was mit denjenigen passiert, die dem Fluch zum Opfer fallen. Und niemand kann uns einreden, dass das etwas Gutes ist.«

»Es ist nichts Gutes?«

Er seufzt in meine Haare. »Natürlich, ich habe die Eröffnungsrede vergessen. Deine wahren Gefühle werden dir bald wieder einfallen. Erinnerst du dich noch an die Wut, die du vor ein paar Wochen auf diesen Souffleur hattest?«

Ich runzle die Stirn. »Nein … Doch! Ich …«

»Schsch.«

Ein Mitglied des Ballkomitees taucht hinter mir auf und dreht einen langsamen Kreis um mich herum. Die ausdruckslosen Löcher in seiner Holzmaske lassen dabei keine Sekunde von mir ab. Er muss gehört haben, dass ich etwas sagen will, also ändere ich es rasch ab.

»Ich … ich hasse es nur, mit einem stinkenden Montague zu tanzen.«

Cut prustet tief in meine Haare, aber der Kapuzenmann wendet sich zum Glück bereits wieder ab. »Bring mich nicht zum Lachen!«, schimpft er so leise wie möglich, als wir außer Hörreichweite sind.

»Das sollte ja auch kein Witz sein.«

»Willst du damit etwa sagen, dass ich stinke?«

»Du riechst nach …« Nach Lagerfeuer. Nach harzigem Holz, das knackt und knistert. Nach schützenden Flammen, an die man näher ranrückt, wenn die Dunkelheit einem kühl und unheimlich im Nacken kribbelt. »… Rauch.«

»Oh.« Cut schnaubt leise. »Ich habe ein offenes Feuer im Zimmer, also sollte mich das nicht wundern. Weißt du, wie du für mich riechst?«

Ich verkrampfe mich ein wenig, was bei all den Blicken des Ballkomitees nur von Vorteil sein kann. Bevor er Gelegenheit zum Antworten hat, schlägt die Glocke des Diamantturms erneut. Der *Ultimo Ballo* hat nur ein paar Minuten lang gedauert, und kaum verklingen die letzten Töne des Orchesters, bricht gespanntes Tuscheln zwischen den Schülern aus. Allerdings nicht laut genug, um Cuts letzte Worte zu übertönen.

»Du riechst wie niemand anders sonst«, wispert er an meinen Hals.

Gänsehaut rast mir über den Nacken empor.

Er lässt mich los und dreht mir den Rücken zu. Ohne sich auch nur ein einziges Mal nach mir umzudrehen, schiebt er seine Hände in die Hosentaschen und spaziert an den Rand der Tanzfläche, als wäre es ihm völlig egal, dass er eben noch eng umschlungen mit mir getanzt hat. Im Augenwinkel spüre ich die Blicke des Ballkomitees auf mir. Ich verschränke die Arme vor der Brust und drehe mich von ihm weg zum Marmorblock.

Das Ballkomitee setzt sich an die Fürstentische und berät sich, ohne auch nur ein einziges Wort zu sagen. Sie schieben lediglich ihre Notizen hin und her, streichen Namen durch und kreisen andere ein.

Lady Capulet steht etwas abseits und schwenkt ein Rosenweinglas vor ihren roten Lippen, das ihr zufriedenes Lächeln kaum verbergen kann. Lord Montague auf der gegenüberliegenden Seite hat seine Arme verschränkt. Seine Kiefermuskeln treten deutlich hervor, aber sein Raubtierblick ist so kalt und ungerührt wie immer.

Eines Tages werden Rhyme und Cut ihre Plätze einnehmen, fällt mir ein. Sie werden genauso auseinandergebrochen sein wie der Marmorblock unter ihren Füßen. Ich frage mich, wie es damals beim letzten Fluch war, vor siebzehn Jahren. Ob eine jüngere Giulietta und ein jüngerer Romeus vielleicht genau hier an dieser Stelle standen, zu ihren Familienoberhäuptern aufblickten und sich nicht vorstellen konnten, jemals so zu werden wie sie. Plötzlich habe ich Angst um die beiden Fürsten.

Das Ballkomitee hat sich entschieden, versiegelt zwei Umschläge und überreicht jeweils einen Lady Capulet und einen Lord Montague. Giulietta öffnet ihren sofort, wirft jedoch nur einen knappen Blick hinein, als wüsste sie längst, was dort geschrieben steht. Viel mehr interessiert sie sich für Romeus, der seinen Umschlag noch immer geschlossen in der Hand hält und auf ihn hinabstarrt.

»Cut!«

Eine Bewegung am Rand der Tanzfläche zieht meine Aufmerksamkeit auf sich. Es ist Ink, der zu seinem großen Bruder läuft und ihn an der Hand greift, als wäre er ein sehr viel jüngeres Kind. Cut wuschelt ihm aufmunternd durch die kohlrabenschwarzen Haare, aber ich kann an der Kummerfalte zwischen seinen Augen sehen, dass auch er sich Sorgen macht.

Mir wird heiß und kalt.

Wenn Cut und ich heute Nacht im Rosengarten landen, wird nur einer von uns ihn wieder verlassen. Es würde bedeuten, dass ich ihm eine dieser verfluchten Masken aufs Gesicht drücken muss. Dass mir gar keine andere Wahl bleibt, wenn ich nicht selbst so enden will. Und das will ich nicht, auf keinen Fall! Aber ich weiß nicht, ob ich das wirklich fertigbringe. Ob ich Cut und seinem kleinen Bruder so etwas antun könnte.

Von wegen Ehre! Es ist keine Ehre, geopfert zu werden! Es ist eine manipulative Lüge, die uns dazu bringen soll, alles für diesen Fluch zu geben, ohne darüber nachzudenken. Dieser Gedanke rubbelt wie ein kalter Waschlappen über mich hinweg und lässt mich alles klarer sehen. Mein Versuch, mich gegen die Beeinflussung zu wehren, hat offenbar nicht geklappt. Die Eröffnungsrede hat uns alle manipuliert. Den erwartungsvoll leuchtenden Gesichtern der Schüler nach bin ich aber die Einzige, der das bisher bewusst geworden ist.

Fast die Einzige.

Rhyme tritt neben mich. Er berührt mich nicht, bestimmt, um mich in einem so kritischen Moment nicht schwach wirken zu lassen, unterstreicht seine Worte aber mit seiner Nähe. »Ich bin an deiner Seite. Egal, was passiert.«

Auch wenn du gegen Cut antreten musst?

Der dein Freund war, bevor man es euch verboten hat?

Auch wenn du ihm das Gleiche antun musst, was deine Schwester erleiden musste?

Ich stelle keine dieser Fragen. Aber sie brennen in meiner Kehle wie heiße Glut.

Lady Capulet tritt vor und hält ihren Umschlag weit nach oben. »Wir spannen euch nicht länger auf die Folter! Das Haus Capulet hat eine weitere Ballkönigin, die uns im Maskenduell würdig vertreten wird! Ehrt mit tiefstem Respekt: Joy Capulet!«

»JOY CAPULET!«

»JOY CAPULET!«

»JOY CAPULET!«

Jemand nimmt meine Hand, aber ich spüre es kaum.

Die Geräusche um mich herum fließen ineinander, alle Farben werden greller, alle Konturen lösen sich auf. Nur mein Blick auf Lord Montague bleibt scharfgestellt. Auf den Umschlag, den er beim Öffnen ein wenig von sich weghält, als hätte er Angst, eine von Rhymes Schlangen könnte daraus hervorschießen. Er ist ein großer, breitschultriger Mann, der das Papier in seiner Hand geradezu winzig wirken lässt. Trotzdem scheut er sich davor, starrt es einfach nur wortlos an.

Es wird mucksmäuschenstill im Ballsaal.

»Das Haus Montague«, ruft er schließlich, ohne eine einzige Gefühlsregung preiszugeben, »hat einen neuen Ballkönig!«

KAPITEL 38

Es gibt eine weitere Sache, die ich beim letzten Ball verpasst habe.

Während sich die Duellanten beider Häuser auf die Galerie zurückziehen, um ihre Leibgarden zu wählen, brechen die Schüler in Feierlaune aus. Angespornt durch Lady Capulets und Lord Montagues Worte, die ich in den letzten Minuten gar nicht richtig wahrgenommen habe, bestürmen sie die Tische mit Rosenwein, tanzen ausgelassen im Sand oder machen sich bereits auf den Weg hinunter in den Rosengarten, um sich die besten Plätze vor der Bühne zu sichern. Immerhin beweist das, dass man den Grafen zuhören muss, um von ihnen beeinflusst werden zu können. Ein bisschen Manipulation würde sich jetzt allerdings vielleicht sogar ganz gut anfühlen, denke ich mit einem sehnsüchtigen Blick auf Stage, Tear und Drapes, die vor mir die Treppe hochlaufen und leidenschaftlich Strategien diskutieren.

Rhyme drückt meine Hand.

Seit der Verkündung meines Namens hält er sie fest, starrt aber so abwesend vor sich hin, als wäre er mit seinen Gedanken an einem völlig anderen Ort. Wenn ich raten müsste, würde ich auf den Rosengarten tippen. Nur dass er wohl kaum an die besten Plätze dort denkt.

»Für dich ist es die ganze Zeit so.«

Sein Blick flackert zu mir.

»Ich kann immer noch klar denken«, verdeutliche ich leise. »Jetzt weiß ich, wie es ist, wenn alle um einen herum schlagartig ihre Gedanken und

Gefühle ändern – und nur man selbst noch weiß, dass sie beeinflusst werden. Man fühlt sich ziemlich allein.«

»Du bist nicht allein.«

»Wie hältst du das seit Monaten aus?«

Er sieht hinauf zu Stage und den anderen, die bereits die Galerie erreicht haben und uns mit leuchtenden Augen zum Balkon der Capulets winken. »Indem ich mir vorstelle, wie sich meine Freunde fühlen würden, wenn sie diesen Fluch so sehen müssten wie ich. Es geht ihnen besser so.«

»Ich kenne lieber die Wahrheit.« Doch eine leise Stimme in mir fragt sich, ob das wirklich stimmt. Es wäre so verführerisch, sich einfach dem Willen eines anderen zu beugen und sich treiben zu lassen. Sich immer gut zu fühlen, egal, was um einen herum passiert. Aber zu feiern, wenn jemand sich opfern muss? Nein, das ist falsch. Und ich bin mir sicher, die meisten Schüler würden das genauso sehen.

Die Kräfte der Familienoberhäupter sind weitaus mächtiger, als mir bisher klar gewesen ist. Was könnten sie damit in der Welt anrichten? Sie könnten einfach alles und jeden beherrschen. Als wir am Orchester auf den Emporen vorbeigehen und ich die mit Edelsteinen besetzten Marmorbrüstungen sehe, von denen vermutlich ein kleines Land leben könnte, frage ich mich, ob sie das vielleicht sogar tun.

Wir treten durch die weißen Vorhänge hinaus auf den Balkon.

Stage und die anderen laufen mir mit weit ausgebreiteten Armen entgegen, drücken mich von einer Umarmung in die nächste und flüstern von allen Seiten gut gemeinte Kampftipps in meine Ohren. »Wenn dir einer zu nahe kommt, spring in einen Pool«, zischt Stage, wird aber sofort von Tear weggedrängt. »Versteck dich in den dichten Rosensträuchern, wenn's sein muss. Hauptsache, er erwischt dich nicht.« Nur Drapes schubst uns sofort zurück in die Vorhänge, die sich im sanften Wind aufbauschen und uns vom anderen Balkon ein wenig abschirmen. »Schsch! Wir wissen nicht, wer uns zuhört!«

Wir alle funkeln rüber zu den Montagues.

Auf ihrem Balkon drängen sich so viele Leute aneinander, dass es unmöglich ist, zu sagen, ob uns einer davon belauscht. Sie schwenken Rosenweingläser und lachen ausgelassen über ihre Scherze, doch immer wieder gleitet einer ihrer Blicke forschend über einen Glasrand hinweg und hält nach uns Ausschau.

»Cut ist nicht bei ihnen«, stelle ich fest. »Müsste er jetzt nicht bei seinem Haus sein?«

Rhyme wirft mir einen langen Blick zu, den ich nicht deuten kann. »Nach der Verkündung der Namen ist er seinem Vater durch den Saal gefolgt. Ich hab ihn zwischen den Bäumen aus den Augen verloren, aber sie gingen in Richtung einer verborgenen Wandtür, die eigentlich nur von den Angestellten benutzt wird.«

Ich kenne diese Tür.

Warum Cut mit seinem Vater da durchgehen würde, ist mir allerdings ein Rätsel.

Drapes stöhnt erleichtert auf, als ein Butler mit frisch eingeschenkten Gläsern Rosenwein durch die Vorhänge tritt und uns das Tablett mit höflich geneigtem Kopf anbietet. Sie schnappt sich ein Kristallglas nach dem anderen und verteilt sie an uns. »Das brauch ich jetzt! Sonst bring ich nie den Mut auf, runter in den Rosengarten zu gehen. Aber ich will dich auf jeden Fall anfeuern«, versichert sie mir mit weit aufgerissenen Augen. Stage und Tear erwidern nichts – sie kippen schon ihr Glas runter. Wenigstens zeigt das, dass ihnen zumindest teilweise noch klar ist, was das hier bedeutet. Sie wollen mich nicht verlieren sehen.

Nur Rhyme stößt mit mir an. Ein trauriges Lächeln zieht an seinen Lippen, als er sein Glas gegen meines klingen lässt. »Auf das, was wir wirklich wollen.«

Mein Herz pocht schneller.

»Und auf den Mut, uns dafür einzusetzen«, füge ich mit heiserer Stimme hinzu.

Der Rosenwein schmeckt genauso süß und köstlich wie beim letzten Mal, gleitet samtig meine Kehle hinab und füllt meine Brust mit einem warmen Gefühl der Zuversicht. Ich blicke von meinem Glas auf und bleibe einige Herzschläge lang an Rhymes Mund hängen. Das gleiche zartrosa Schimmern, das auch in den Wasserbecken und Feuerfeldern zu sehen ist, glänzt feucht auf seinen Lippen. Er leckt es unbewusst ab, als er sich zu Stage wendet, aber in seinem Mundwinkel bleibt ein glitzernder Tropfen zurück. Für mehrere Sekunden verlieren die Stimmen der anderen jegliche Bedeutung für mich.

»Dieses Zeug ist fantastisch! Ich fühle mich schon viel besser!«, posaunt mir Stage so unerwartet ins Gesicht, dass ich heftig zusammenzucke. »Natürlich werde ich dich in den Rosengarten begleiten, diese Frage stellt sich überhaupt nicht – Rhyme, halt die Klappe, wir alle wissen, dass du Joy niemals alleine da runtergehen lassen würdest. Wir müssen nur noch rausfinden, wer Nummer drei sein wird. Tear und Drapes können ja nicht.«

Stimmt. Ich muss meine Leibgarde wählen.

Ich schaue mich auf dem Balkon um, aber er ist außer uns vollkommen leer.

Das Gedränge auf dem Montaguebalkon wirkt dagegen fast wie eine Beleidigung. Wäre unsere Seite bei Poetry genauso voll gewesen, müsste ich mir ernsthaft Sorgen um meine Beliebtheit machen. Trotzdem fühle ich nicht die geringste Spur von Neid. Die meisten Montagues sind doch nur hier oben, um sich zu amüsieren und im Mittelpunkt des Geschehens zu sein. Ich hingegen habe echte Freunde, die mir den Rücken stärken. Ein tief empfundenes Glücksgefühl steigt in mir auf.

Ich hebe mein Glas. »Ich habe bereits alle, die ich brauche. Auf uns!«

Die anderen stoßen laut zustimmend mit mir an.

Erst nachdem Stage an seinem Glas genippt hat, fügt er deutlich leiser hinzu: »Sosehr ich Joy auch zustimme, wir sollten trotzdem nicht in der Unterzahl in ein Duell gehen, das möglicherweise über den Rest unseres Lebens entscheidet. Irgendwelche Vorschläge?«

»Sorrow und ihr Gefolge können wir jedenfalls vergessen«, meint Tear. »Da könnten wir Joy auch gleich an einen Dornenbusch fesseln und den Montagues mit Signalfackeln den Weg leuchten.«

Ich schlucke meinen Rosenwein geräuschvoll runter.

»Das ist nur deine Schuld!« Stage stößt Rhyme so unvermittelt den

Ellbogen in die Seite, dass er den Rosenwein auf dem Boden verschüttet. Rhyme stellt sein klebriges Glas auf dem Tablett ab, schüttelt sich glitzernde Tropfen von den Händen und wirft ihm einen empörten Blick zu. »Wieso ist das meine Schuld?!«

Stage starrt ihn nieder. »Ich hab dir tausendmal gesagt, dass es Konsequenzen hat, wenn du dein Shirt so unbedacht ausziehst. Jetzt siehst du, was du angerichtet hast! Die anderen wollen Joy aus dem Weg haben!«

»Soll ich etwa angezogen schwimmen?!«

»JA!«, brüllen alle gleichzeitig.

Alle, außer mir.

Ich rufe bedauerlicherweise: »Nein! Das würde alles noch schlimmer machen!«

Jeder Einzelne von ihnen starrt mich an.

»Die … die Capuletshirts sind weiß!«, verteidige ich mich hastig. »Weiß! Die werden durchsichtig im Wasser und kleben an allem, was trainiert ist. Kann sich denn niemand außer mir vorstellen, warum das schlimmer ist? … Niemand? … Echt nicht?«, fiepe ich.

Ein breites Lächeln dehnt sich auf Stages Gesicht aus.

Tear und Drapes grinsen einander an.

Und Rhyme – sehe ich lieber nicht an.

»Verdammter Rosenwein«, keuche ich und stelle mein halb ausgetrunkenes Glas so hastig auf dem Tablett ab, als hätte es sich in eine tickende Zeitbombe verwandelt.

Stage hingegen seufzt verträumt. »Hast du also endlich den Mut aufgebracht, um offen zuzugeben, wie unglaublich heiß du Rhyme findest?«

»HA! HA!« Ich lache panisch auf, bevor mir klar wird, dass das neben einem Balkon voll Montagues – und kurz vor einem Duell – ein fataler Fehler ist. Im Augenwinkel sehe ich schon, wie sich ihre Köpfe in meine Richtung drehen, doch zum Glück wird mein Lachen sofort gestoppt. Und zwar von Rhyme. Er drückt mich tief in den weißen Vorhang …

… und *küsst mich!*

Schlagartig läuft alles viel langsamer ab. Meine Augen weiten sich für eine Schrecksekunde, bis sich Rhymes lange Wimpern senken und meine wie von selbst mit sich ziehen. Dunkelheit fällt über mich, doch der Verlust eines Sinnes schärft nur alle anderen. Ich spüre seinen warmen Atem auf meiner Haut. Spüre seine Nasenspitze, die sanft an meine stößt, bevor er den Kopf ein wenig zur Seite neigt. Spüre seine weichen Lippen, die er an mich drückt, zuerst federleicht und dann fest genug, um den Widerstand seiner Zähne dahinter zu fühlen. Und genau in dem Augenblick, als sich mein Herz vor Überraschung zusammenzieht, spüre ich, wie er sich langsam wieder von mir löst.

Ich brauche ein paar Sekunden länger, um meine Augen aufzuschlagen. Rhyme sieht mir entgegen, seine Augenfarbe so leuchtend blau, wie ich sie noch nie zuvor gesehen habe. Kein Lächeln umspielt seinen Mund. Im Gegenteil. Seine Augen weiten sich fast unmerklich. Er wirkt erschrocken über das, was er getan hat. Aber er wendet sich nicht von mir ab, reißt keinen Witz, tut absolut nichts, um diesem Kuss seine Bedeutung zu rauben. Er sieht mich einfach nur an, und ich begreife, dass er nichts bereut. Er fürchtet nur, dass ich es vielleicht tun könnte.

»Das ist es also, was du wirklich tun willst?«, wispere ich, noch immer ein wenig atemlos. »Mir einen Kuss stehlen?«

»Es tut …«

»Sag nicht, dass es dir leidtut.« Ich streiche über seine Wange und lasse meine Hand in seine silbern glänzenden Haare gleiten. Unter meinen Fingerspitzen fühle ich das Aufwallen seiner Gänsehaut, und das allein genügt, um mir ebenfalls einen angenehmen Schauer über den Körper zu jagen. Das Atmen fällt mir schwerer, als mein Blick auf seine Lippen fällt und ich sein Gesicht langsam zu mir herabziehe. »Gib mir meinen Kuss einfach zurück, okay?«

Wir küssen uns noch mal.

Die seidigen Vorhänge bauschen sich im Wind und umspielen meine nackten Beine, genauso zart wie Rhymes Hände, die an meinen Armen hinabgleiten. Er legt sie um meine Taille, doch statt mich näher an sich zu ziehen, tritt er bloß einen Schritt vor und schiebt uns beide noch tiefer in den Vorhangstoff hinein. Ich öffne den Mund, um meinen Atem mit ihm zu teilen, doch mein eigener setzt dabei komplett aus. Rhyme schmeckt nach dem süßen Hauch des Rosenweins, der noch auf seiner Zunge liegt.

Obwohl meine Augen geschlossen sind, obwohl ich tief im Vorhang versunken bin, spüre ich das Leuchten des Unsterns über uns. Es kribbelt durch meinen Kopf und wandert hinab in meine Kehle. Erst als Rhyme sich von mir löst und seine Hand an den Hals legt, wird mir klar, dass ich mir das nicht nur eingebildet habe.

Der Unstern erinnert uns an den Fluch.

Auch Stage räuspert sich. Als wir uns zu ihm umdrehen, lächelt er uns entschuldigend an. »Sorry, ich wollte euch nicht stören. Aber wenn ich schon mal eure Aufmerksamkeit habe, dann lasst mich rasch eine Sache loswerden: Ich wusste es! Ich wusste die ganze Zeit, dass ihr aufeinander steht.«

»Stage!« Tear kickt ihn in die Wade, was sein breites Grinsen nicht mal eine Sekunde lang wackeln lasst. Allerdings hat auch sie Schwierigkeiten, sich zusammenzureißen. Dass sie ihre Lippen in den Mund saugt und ihre Wangen wie kleine Äpfelchen leuchten, macht ihre Entrüstung nicht besonders glaubwürdig.

Nur Drapes rollt die Augen und hakt sich bei beiden unter. »Ich schleppe diese Spanner jetzt runter in den Ballsaal und zwinge sie dazu, eine dritte Leibgarde für Joy aufzutreiben. Es gibt auch genügend Leute hier, die nicht auf Sorrows Seite stehen. Macht einfach da weiter, wo ihr aufgehört habt. Rhyme, deine Hände waren in etwa drei Zentimeter über Joys Hintern. Und Joy, deine Zunge war …«

»Wir gehen jetzt!«, ruft Tear und zieht die anderen hastig durch den Vorhang hinaus. Bloß der Butler bleibt auf dem Balkon zurück und sieht uns über sein Tablett hinweg mit großen Augen an. »Möchten der Schlangenfürst und seine Begleiterin noch etwas trinken?«

»Wir hatten ausreichend, vielen Dank«, meint Rhyme lächelnd. Eine sanfte Röte steigt dem Butler ins Gesicht, aber er ist professionell genug, um sich nichts weiter anmerken zu lassen, und geht aufrecht durch den

Vorhang davon. Als er weg ist, dreht sich Rhyme zu mir und grinst mich unverschämt an. »Wir haben einem erwachsenen Mann die Schamesröte ins Gesicht getrieben.«

»Ich glaube nicht, dass er wegen uns beiden rot wurde«, entgegne ich. »Das war das erste Mal, dass du dich bei einem eurer Angestellten bedankt hast.«

»Im Ernst? Ich hab mich bedankt?« Rhymes Augen weiten sich. »Du färbst auf mich ab – und das nach nur drei Küssen!«

»Wir haben uns nur zwei Mal geküsst.«

Er schüttelt den Kopf. »Das stimmt nicht. Jedes Mal Absetzen zählt für einen neuen Kuss, wusstest du das nicht? Warte, ich zeig's dir.« Er lehnt sich zu mir – was mein Herz sofort stolpern lässt – und küsst mich kurz. Dann löst er sich für einen winzigen Moment, neigt sein Gesicht auf die andere Seite meiner Nase und küsst mich nochmals. Seine Augen funkeln mich herausfordernd an. »Siehst du? Vier und fünf.«

»Tut mir leid«, keuche ich atemlos. »Hab's immer noch nicht kapiert.«

Er zieht mich in einen weiteren Kuss.

Und dieses Mal zählt keiner von uns beiden mit.

Ich schlinge meine Arme um seinen Nacken und lasse mich tief in die seidigen Vorhänge pressen, die uns von der Welt da draußen und von allem, was uns heute Nacht erwartet, ein wenig abschirmen. Aber auch wenn Rhyme die Zeit in meinem Herzen langsamer verrinnen lässt, laufen die Sekunden außerhalb weiter wie bisher. Eine Stunde ist nicht lang genug, um seinen schnellen Herzschlag unter seinem Hemd zu spüren, seinen warmen Atem an meinen Lippen, seine Hände tief in meinen Haaren. Und als wäre ihm plötzlich ein ähnlicher Gedanke gekommen, flüstert er mir mit geschlossenen Augen zu: »Wenn das Duell vorbei ist, haben wir den Rest der Nacht für uns.«

Das Duell!

Mein Puls beschleunigt sich.

Die Glocke des Diamantturms läutet viel zu schnell das Ende unserer Bedenkzeit ein. Die Vorhänge flattern auf, und unsere Freunde laufen auf den Balkon. Obwohl Rhyme und ich eng umschlungen dastehen, kommt ihnen kein Lächeln über die Lippen, nicht mal der kleinste Scherz, um uns ein wenig aufzuziehen. Drapes Augen leuchten groß unter ihrem dunklen Vorhanghaar, Tear streift sich eine Träne von ihrem weißen Tattoo, und Stage knetet seine kräftigen Hände vor dem Bauch.

»Keiner sonst will für Joy kämpfen«, teilt er uns mit. »Wir sind in der Unterzahl.«

KAPITEL 39

»Ich verstehe das nicht. Du bist der Fürst unseres Hauses, alle sind dir zu Gehorsam verpflichtet«, argumentiert Drapes, als wir die Treppe runter in den Ballsaal gehen. Die Schüler sind bereits im Rosengarten, und so, wie es aussieht, auch die Montagues vom anderen Balkon. Als könnten sie alle den Beginn dieses Duells gar nicht abwarten. »Warum befiehlst du nicht einfach jemandem, für Joy zu kämpfen?«

Rhyme drückt meine Hand. Sein eisblauer Blick ist stur geradeaus nach draußen gerichtet. »Die Leibgarde muss sich freiwillig melden. Außerdem würde Zwang nichts bringen. Wer ins Duell geht, muss bereit sein, aus tiefstem Herzen alles für Joy zu geben.«

Stage rollt einen seiner königsblauen Ärmel zurück und lässt seine Muskeln spielen. »Ich bin bereit, für dich zu kämpfen!«, verkündet er stolz. »Außerdem«, fügt er etwas leiser hinzu, »wenn das mit Rhyme und dir eine längerfristige Sache wird, können wir dann Zimmer tauschen?«

Tear kickt ihn in die Wade.

»Was denn?«, schimpft Stage nach hinten. »Joy steht doch auf seine Schlangen! Außerdem hätte ich auch mal gerne eine Freundin, die mich verliebt anschmachtet und alles um uns herum vergisst, anstatt in Panik vor meinem Bett zu flüchten.« Als niemand etwas darauf erwidert, fügt Stage mit einem Anflug leichter Panik hinzu: »Was ist los mit euch? Keine Witze darüber, warum Mädchen vor meinem Bett flüchten? Das war eine so gute Vorlage! Reißt euch zusammen, Leute, ich brauche ein wenig Ablenkung!«

»Tut mir leid«, schnieft Tear. »Ich lass mir was einfallen, sobald meine Tränen aufhören. Ich bin mir sicher, es gibt ausreichend Gründe, warum Mädchen vor deinem Bett flüchten.«

»Vielen Dank auch«, seufzt Stage.

Im Rosengarten überkommt mich ein heftiges Gefühl von Déjà-vu.

Alles ist genauso wie beim letzten Mal vor einem Monat. Die Schüler drängen sich auf den Treppen zusammen, setzen aber keinen Schritt auf die Terrassen, wo die Flammenfelder und Springbrunnen in allen Farben leuchten, als wäre das hier nichts anderes als eine umwerfend schöne Sommernachtsparty. Ihre Kleider und Masken glitzern im Schein des Unsterns, und ihre Wangen sind gerötet vom Rosenwein und der Aufregung, gleich ein Duell mitzuerleben, ohne selbst daran teilnehmen zu müssen. Sie feuern uns auf unserem Weg zu den Umkleideräumen mit Klatschen und Pfiffen an.

»Wir sind stolz auf euch!«

»Macht die Montagues platt!«

»Ehre dem Haus Capulet!«

Ihre Rufe verklingen erst, als die Tür des Umkleideraums hinter uns ins Schloss fällt. Auch hier ist alles so wie beim letzten Mal. Schlichte Umkleidenischen, ein schneeweißer Marmorblock als Tisch, in Folien eingeschweißte Duellkleidung, die in den passenden Größen bereitliegt. Nur Poetry fehlt. Ihr selbstsicheres Lächeln, ihre vor Kampflust geballten Fäuste und ihre lautstarke Versicherung, dass die Montagues keine Chance gegen uns haben werden.

Sie war so viel stärker als ich.

Meine Finger zittern ein wenig, als ich die Folie meines Anzugs aufreiße.

Rhyme tritt an meine Seite. »Das letzte Mal habe ich das Überraschungsmoment unterschätzt«, meint er so gedämpft, dass es über das Knistern seiner Folie hinweg kaum zu hören ist. Stage ist bereits in einer Umkleidenische verschwunden. Tear und Drapes tragen ihm seine Klamotten hinterher, um zumindest irgendwie helfen zu können. Rhyme und ich sind also unter uns, trotzdem spricht er so leise, dass nur ich es hören kann. »Poetry war eine unserer Stärksten, aber sie wurde trotzdem besiegt, weil sie von einem sehr viel schwächeren Gegner überrascht wurde. Du musst das ausnutzen. Die Montagues werden dich genauso unterschätzen.«

»Sie werden meine Attacke garantiert nicht vorhersehen«, murmle ich. »Denn ich werde genauso darüber überrascht sein wie sie.«

Rhyme nimmt mir den Anzug aus der Hand und zieht mich in eine Umarmung. Mein Herz pocht heftig gegen seine Brust. »Ich bin froh, dass du dich nicht so leicht beeinflussen lässt wie die anderen. Trotzdem muss ich dich um eine Sache bitten.« Er löst sich von mir und sieht mich eindringlich an. »Wenn Giulietta und Romeus den Duellanten Mut und Tapferkeit zusprechen, dann wehr dich nicht dagegen. Im Kampf haben Zweifel nichts verloren. Wenn es eine Gelegenheit gibt, ihm die Maske aufzusetzen, darfst du keine Sekunde zögern. Du musst die Person dahinter vergessen. Er ist nur noch eine Aufgabe, verstehst du?«

Ich muss hart schlucken.

Rhyme küsst mich auf die Stirn, drückt mir den Duellanzug in die Hände und verschwindet selbst in einer Umkleidenische. Tear und Drapes helfen mir dabei, mich umzuziehen. Sie schälen mich aus meinem glänzenden Wasserfallkleid, nehmen mir die silbernen Tropfen von den Ohren und flechten meine Haare. Der Anzug passt mir wie eine zweite Haut. Es ist weder heiß noch kalt in ihm, da er nur meine Körperwärme reflektiert und kaum etwas von außen durchlässt. Montagues frieren nicht darin, und Capulets kommen nicht ins Schwitzen. Trotzdem fühlen sich meine Hände feucht an, als Tear mir den Reißverschluss im Rücken hochzieht.

Sie stellt sich vor mich und lächelt mich mit glasigen Augen an. »Du solltest dich jetzt stärken. Es wäre mir eine Ehre, wenn ich dir dabei behilflich sein dürfte.«

Mein Blick flackert über ihre Schulter hinweg zu Drapes, die weiter hinten von Stage und Rhyme gleichzeitig auf die tränennassen Wangen geküsst wird. Ihr Anblick löst ein sehnsüchtiges Ziehen in meiner Brust aus. Tränen sind für die Capulets nicht einfach nur Mittel zum

Zweck, sie haben einen Weg gefunden, sie voller Wertschätzung anzunehmen.

Ich lächle Tear an. »Es wäre mir auch eine Ehre.«

Behutsam küsse ich ihr die salzigen Tränen von den Wangen, doch wie bei Drapes vor einem Monat muss ich auch bei ihr feststellen, dass ihre Kraft in keiner Weise an die des Schlangenfürsten heranreicht. So überrascht es mich nicht, dass Rhyme mich hinter einen Rosenstrauch zieht, sobald wir den Umkleideraum verlassen, und die anderen bittet, schon mal vorzugehen.

»Ich möchte, dass du meine Tränen trinkst«, sagt er ohne Umschweife. »Du brauchst jede Kraft, die du kriegen kannst.«

»Schwächt dich das nicht?«

»Es schwächt mich mehr, mir Sorgen um dich zu machen.«

Er geht in die Hocke und klopft auf den Wurzelboden. Etwas raschelt im Laub. Rambo streckt sein giftgrünes Köpfchen zwischen den Rosenblättern hervor und zischelt uns entgegen. Es wirkt wie ein freudiges Lachen. Der kleine Kerl ist unglaublich süß. Keine Ahnung, wie ich das früher nicht sehen konnte.

»Beiß mich«, befiehlt ihm Rhyme.

Rambo gehorcht so blitzschnell, dass ich den Biss überhaupt nicht sehe. Er schnellt einfach nur in Rhymes Gesicht hoch und fällt gleich wieder zurück auf den Boden. Seine schwarzen Knopfaugen mustern Rhyme, als würde er fragen, ob er das gut gemacht hat. Rhyme tätschelt ihm seinen kleinen Kopf mit dem Zeigefinger und steht wieder auf. Auch wenn er immun gegen das Gift einer Mamba ist, brennt es genug, um ihm Tränen in die Augen zu treiben.

Ich drücke mich auf den Zehenspitzen hoch und vergeude keinen einzigen Tropfen. Rhyme zu küssen rauscht wie eine Flut aus Licht durch mich hindurch. Doch selbst als seine Wangen längst trocken sind, kann ich nicht damit aufhören. Ich küsse seinen Kieferknochen entlang, der sich unter der zarten Haut meiner Lippen schon ein wenig kratzig anfühlt, und treffe auf seinen Mund. Wir beide sinken in einen letzten Kuss, der alles um uns herum bedeutungslos macht.

Irgendwo hinter den Rosen ruft Stage nach uns. Die Schüler brechen in einen Sprechgesang aus, trampeln ihre Füße im Takt auf den Boden und rufen nach den Fürsten ihrer Häuser. Uns läuft die Zeit davon – aber ich bin noch nicht bereit dafür.

Als Rhyme mich loslässt und aus den Rosen tritt, überkommt mich eine schlimme Vorahnung. Meine Hand schießt vor und packt ihn am Arm.

Er blickt fragend zu mir zurück.

»Ich … ich weiß nicht genau, warum ich dich festgehalten habe«, gebe ich zu.

Er lächelt mich an. »Brauchst du denn noch einen Grund dafür?«

Meine Finger krampfen sich fester in seinen Arm. »Ich habe plötzlich dieses blöde Gefühl, als wäre das hier unsere letzte Nacht.«

Rhyme schnaubt leise. *»Ich hab ein Unglück ahnend Herz. Mir deucht, ich säh dich, da du unten bist, als lägst du tot in eines Grabes Tiefe.«* Er legt seine Hand an meine Wange und streichelt mich sanft. »Du hörst dich an wie Julia, als Romeo sie nach ihrer ersten gemeinsamen Nacht verlässt.«

»Ist er danach nicht wirklich gestorben?«

»Doch.« Rhyme runzelt die Stirn. »Das war wohl kein sehr guter Vergleich.«

Ich stöhne auf.

Rhyme legt seine Arme um mich. »*Romeo und Julia* war voller finsterer Vorahnungen. Und ziemlich anzüglicher Wortspiele, wenn ich das erwähnen darf. Shakespeare hatte jede Menge schmutziger Fantasien für sein Jahrhundert. Aber du darfst nicht vergessen, dass er es für die Bühne verfasst hat, für ein Publikum, das er bei Laune halten musste. Im echten Leben gibt es keine finsteren Vorahnungen. Wir schreiben unser eigenes Schicksal. Bist du bereit dafür?«

Ich nicke ihm zu und lasse ihn gehen. Doch als Rhyme durch die Rosen hinaus zu den Schülern tritt und ich einen Moment für mich allein habe, werfe ich einen raschen Blick nach oben in den Nachthimmel und kann das Gefühl nicht abschütteln, als würde der Unstern bestens unterhalten zu uns herabgrinsen. Rhyme hat recht, wir schreiben unser eigenes Schicksal – aber Papier und Feder gibt uns dieser Fluch vor.

Stage, Tear und Drapes warten bei den Treppen auf uns.

Wir gehen alle gemeinsam runter zur Bühne.

Das Ballkomitee hat sich wie beim letzten Mal in einer Reihe hinter der Vitrine aufgestellt. Ihre ausdruckslosen Holzmasken zeigen zwar keine Mimik, doch hin und wieder verrät eine kleine Bewegung unter ihren braunen Roben, dass tatsächlich nur gewöhnliche Menschen unter ihnen stecken. Ganz im Gegensatz zu den absolut still aufragenden Silhouetten der Souffleure und Souffleusen überall im Garten ringsum, die etwas Zeitloses an sich haben und dafür einen Teil ihrer Menschlichkeit einbüßen mussten. Irgendwo da draußen steht auch Poetry und sieht uns entgegen.

Tear und Drapes müssen unten bei den Schülern bleiben, als Stage, Rhyme und ich Schulter an Schulter die Bühne betreten. Lady Capulet zieht eine ihrer perfekt geschwungenen Augenbrauen nach oben. »Nur zu dritt?«, zischt sie Rhyme im Vorbeigehen zu. Er quittiert das bloß mit einem leise geflüsterten, dafür umso eindringlicherem: »Wünsch uns Glück. Aber diesmal nur unserem Haus.«

Wir treten auf die Seite der Capulets, die vom Wasserbecken umgeben ist. Auf der gegenüberliegenden Seite, vor dem Hintergrund der Flammen, steht Lord Montague und hat seinen gelben Raubtierblick auf mich gerichtet. Ein kalter Schauer läuft mir über den Rücken, als ich mich an den Moment erinnere, in dem er den Ballkönig verkündet hat.

»Wo steckt der Katzenfürst?«, will Stage mit hochmütigem Grinsen wissen. »Hat er etwa seinen buschigen Schwanz eingezogen?«

Rhyme lässt seinen eisblauen Blick über das Publikum schweifen und zuckt mit den Schultern. Lady Capulet tippt ungeduldig mit ihrem Schuh auf den Boden und schnaubt in Lord Montagues Richtung, der jedoch in keiner Weise darauf reagiert. Nachdem eine weitere Minute verstrichen ist, in der die Schüler nach ihrem Katzenfürsten rufen und ihre Füße aufstampfen, platzt Giulietta der Kragen. Sie stolziert auf die Seite der Montagues. »Wo bleiben dein Sohn und sein Gefolge? Wir können nicht bis zum Anbruch des Tageslichts auf sie warten. Der Fluch kratzt mir jetzt schon im Hals.«

Lord Montague rührt sich nicht, nur seine gelben Augen schwenken zu einer der Haupttreppen, die vom Montagueflügel herabführt. »Da kommen sie.«

Vier dunkle Gestalten drücken sich durch eine Flut von jubelnden Schülern. Obwohl ihnen kaum Platz gemacht wird, haben sie mit ihren breiten Schultern keinerlei Probleme, bis zur Bühne durchzukommen. Auch wenn ihr Haus generell auf der etwas dunkleren Seite liegt, was ihr Äußeres betrifft, gibt es natürlich auch blonde Montagues. Diese vier aber haben alle Haare, so schwarz wie die Nacht. Sie verneigen sich vor Lord Montague – was Lady Capulet einen vorwurfsvollen Blick in unsere Richtung werfen lässt – und drehen sich mit hocherhobenen Fäusten zum Publikum.

»Das reicht, wir haben genug gewartet!«, zischt Giulietta ungehalten. Sie tritt an den Rand der Bühne und erhebt ihre Stimme. »Ehrt das potenzielle Liebespaar! Ehrt ihre furchtlosen Leibgarden! Heute Nacht kämpfen sie für das Wohl von uns allen!«

Die Schüler stoßen respektvoll ihre Fäuste in die Luft.

Lady Capulet spricht genauso laut weiter, aber ihr sturmgrauer Blick gleitet dabei zu mir, als wären ihre nächsten Worte vor allem für mich bestimmt. »Ihr fühlt keine Furcht, keine Zweifel, keine Zurückhaltung in euch! Eine höhere Macht hat euch für diese Nacht auserwählt! Ihr besiegt euren Gegner und verschafft uns einen weiteren Monat – oder ihr verratet uns eure wahre Liebe und befreit unsere Häuser für siebzehn Jahre!«

Diesmal spüre ich ihre Manipulation ganz deutlich. Sie sickert in meine Gedanken und lenkt sie in eine andere Richtung. Für einen Moment bin ich versucht, mich dagegen zu wehren, dann fällt mir ein, was Rhyme gesagt hat. Nur eine Sekunde zu zögern, könnte mich heute Nacht alles kosten. Ich habe keine andere Wahl. Also schließe ich die Augen und lasse zu, dass meine Furcht und meine Zweifel von ihren Worten weggewaschen werden. Es fühlt sich an, als würde ein Gewicht von meiner Brust entfernt. Als ich aufblicke, hält mir ein Butler ein Tablett mit einer weinenden Theatermaske entgegen. Ich nehme sie herunter, ohne zu zögern.

»Hey, Montagues!«, brüllt Stage ausgelassen zur anderen Seite der Bühne hin. »Ich halte einen edlen Tropfen für euch bereit! Wann habt ihr das letzte Mal Poolwasser geschluckt?!«

Alle vier Montagues drehen sich zeitgleich zu uns um. Jeder einzelne von ihnen ist so groß und breit gebaut wie Stage. Aber nur einer von ihnen kommt auf mich zu. Er streicht seine kohlrabenschwarzen Haare zurück und sieht mich mit hellbraunen Augen an, die nicht annähernd so leuchten wie die des Katzenfürsten. In seiner Hand hält er die lachende Theatermaske.

Ich sollte wohl vor ihm zurückschrecken, aber in Wahrheit rauscht tiefe Erleichterung über mich hinweg. Sie ist nur ein schwaches Echo dessen, was ich vor einer Stunde im Ballsaal empfunden habe. Als alles um mich herum sich in Tränen aufgelöst hat, die mir vor Dankbarkeit in die Augen schossen, während Lord Montague den Ballkönig verkündete. Denn entgegen meiner schlimmsten Befürchtung war es nicht Cuts Name, der meinem folgte.

Ich muss gegen einen anderen antreten.

»Joy Capulet.« Der Montague feixt mich herablassend an. »Ich möchte dir kein unnötiges Leid zufügen. Wenn du nur halb so miserabel kämpfst, wie du mit mir getanzt hast, dann setz dir die Maske lieber gleich auf.«

Ich blinzle ihn verwirrt an. »Getanzt? Mit dir? Wer bist du?«

»Du weißt genau, wer ich bin!«, zischt er mir durch seine Zähne zu.

»Tut mir ehrlich leid, aber ich kann mich nicht an dich erinnern.«

Sein Auge zuckt, aber er versucht es mit einem gezwungenen Lachen zu überspielen. »Klar doch! Träum weiter!« Seine geballten Fäuste, als er mir abrupt den Rücken zuwendet und zur Feuerseite zurückstapft, verraten mir allerdings, dass ich ihn wohl irgendwie verärgert habe.

Stage grunzt amüsiert. »Nette Taktik, Joy! Das muss ich mir merken.«

Ich tackere mir ein Lächeln auf die Wange. »Ja … nur … weiß ich wirklich nicht, wer das war.«

Rhyme und Stage wechseln einen ungläubigen Blick und knicken in einem lautlosen Lachanfall ein, der nur ihre Oberkörper zucken lässt. Die Montagues auf der anderen Seite schießen Todesblicke zu uns herüber.

»Das war Ash Montague! Du kennst seine Leber!« Stage wischt sich Lachtränen aus den Augenwinkeln. »Wie kann man nur den Namen seines potenziellen Liebespartners vergessen?!«

Ganz einfach: Indem man an einen anderen dachte, als sein Name verkündet wurde. Aber das verrate ich weder Stage noch Rhyme. Stattdessen lasse ich meinen Blick übers Publikum schweifen und beiße mir auf die Unterlippe. Lord Montague hat seine Rede nun ebenfalls beendet, aber Cut ist noch immer nicht aufgetaucht.

»Im Ernst jetzt«, entrüstet sich Stage, als wir von der Bühne springen, um unsere Kampfpositionen im Rosengarten einzunehmen. »Wo bleibt der Katzenfürst?! Der kann doch nicht einfach ein Duell schwänzen!«

Rhyme sieht nach hinten, wo die Montagues sich auf der anderen Seite des Gartens verteilen, und verengt seine Augen misstrauisch. »Ich habe keine Ahnung«, gibt er zu. »Das ist wirklich seltsam.«

KAPITEL 40

Im Duell spielt der Fürstenrang keine Rolle. Die Ballkönigin – in diesem Fall also ich – bestimmt, ob wir angreifen oder uns verteidigen, und sucht den geeigneten Platz dafür aus. Obwohl ich Stage und Rhyme ansehen kann, dass sie vor Vorschlägen fast platzen, halten sie sich zurück und warten meine Entscheidung ab. Meine Erfahrung kann es mit Rhymes nicht aufnehmen, aber ich kenne noch jemand anders, der fast genauso lange hier trainiert hat. Ich entschließe mich für dieselbe Ausgangsposition, die Poetry vor einem Monat gewählt hat. Ein Wasserbecken im mittleren Terrassenkreis. Rhyme nickt mir anerkennend zu.

»Angriff oder Verteidigung?«, will Stage wissen.

Ich atme tief durch. »Verteidigung.«

Rhyme schließt die Augen und ruft seine Schlangen zu sich. Überall im Gebüsch ringsum raschelt es, und ein Tier nach dem anderen schlängelt sich über den verwurzelten Boden auf ihn zu. Natürlich kann er sie alle auseinanderhalten, und er hat – wie Stage eines Abends grinsend hervorhob – ihnen allen Namen von Actionhelden gegeben. Rhyme hatte damals vor sich hin gemurmelt, dass er ein Kind war, als er seine Tiere benannte. Aber wir alle wussten hinter unserem Grinsen, dass Rambo erst dieses Jahr geboren worden war.

Heute ist Rambo die erste Schlange, die ihn erreicht.

Der kleine Kerl will sich augenblicklich um seinen Lieblingsplatz an Rhymes Handgelenk schlingen, aber Rhyme zieht ihn behutsam runter und trägt ihn zu mir rüber. »Du passt auf Joy auf.«

Wäre Rambo ein Hund, würde er jetzt wohl heftig mit dem Schwanz wedeln, das verraten mir sein freudiges Schlängeln und die glänzenden Knopfaugen. Keine Ahnung, wieso Stage sich vor Grauen schüttelt, als ich der kleinen Schlange einen raschen Kuss aufs Köpfchen drücke.

Rhyme seufzt und sieht einen Moment lang so aus, als würde er am liebsten mit Rambo tauschen, dann setzt er ihn vor meinen Füßen ab. »Ripley, Jones und McClane verteidigen dich ebenfalls, sie sind alt, aber gut. Neo, Kiddo und Croft habe ich speziell auf Attacken abgericht…«

»AAH!« Stage schreit auf und lässt uns beide herumwirbeln. Er klammert sich an die Marmorsäulen eines Springbrunnens und hält ein Bein in die Luft, um das sich eine Boa constrictor gewickelt hat. »Nimm sie runter, Rhyme! Das Mistvieh klemmt mir das Blut ab!«

»Balboa, komm her!« Rhyme geht in die Hocke und klopft auffordernd auf den Boden. Das riesige Tier lässt sofort von Stage ab und schlängelt sich zu uns rüber. »Du darfst nur Montagues lahmlegen, hörst du? Du erkennst sie an all den Katzenhaaren auf ihren Beinen.«

Die Glocken des Diamantturms schlagen.

Mein Magen verdreht sich, aber ich spüre keine Furcht. Ich halte die weinende Maske noch fester und werde sie erst loslassen, wenn ich sie auf Ash Montagues Gesicht gedrückt habe. Aus irgendeinem Grund lässt mich diese Vorstellung schneller atmen, aber ich weiß tief in meinem Innersten, dass ich nicht zögern werde. Eine höhere Macht hat mich für diese Nacht auserwählt. Sprichwörtlich. Ich schiele hoch zum Unstern, der Tausende Kilometer weit entfernt auf uns herabglitzert.

»Sie kommen!« Rhyme geht in Abwehrposition.

Stage und ich tun es ihm gleich.

Die Montagues brechen von vier Seiten über uns herein. Einer hechtet hinter dem Springbrunnen hervor und attackiert Stage, zwei andere klettern vom unteren Feuerfeld herauf und werfen sich auf Rhyme. Ich werde von Ash angegriffen, der sich über die obere Terrasse herangeschlichen hat und mich von hinten anspringt. Wie ich es im Training gelernt habe, rolle ich mich zur Seite hin ab – vergesse dabei allerdings den Pool. Mit lautem Platschen lande ich im Wasser.

Als ich prustend auftauche, drängen Rhyme und Stage die anderen drei Montagues bereits nach unten zurück. Ash scheint das nicht zu beunruhigen. Er steht vor dem Becken und fletscht die Zähne. »Stimmt es, was man sich erzählt? Du bist eine Capulet, die nicht unter Wasser atmen kann?«

Woher weiß er das?!

Der Schreck muss mir anzusehen sein, denn ein genüssliches Grinsen wandert über sein Gesicht. Er springt mir ins Becken nach, aber ich warte nicht ab, bis er mich von unten packen und in die Tiefe reißen kann. Sofort schwimme ich an den gegenüberliegenden Rand und ziehe mich aus dem eiskalten Wasser. Die Tränenmaske dabei festhalten zu müssen, ist nicht ganz einfach, aber auch Ashs Angriff wird von seiner Maske behindert.

Er wirft sie frustriert aus dem Wasser, als er merkt, dass ich ihm längst entkommen bin. Auf allen vieren krabble ich ihr hinterher, um sie noch weiter wegzuwerfen und mir so mehr Zeit zu verschaffen – doch kaum stupsen meine Finger sie an, packt mich Ash am Knöchel und reißt mich so heftig zurück, dass ich mit dem Kinn auf den Boden schlage.

Er schleudert mich auf den Rücken und setzt sich mit seinem ganzen Gewicht auf mich drauf. Wenn er jetzt die Maske hätte, wäre ich verloren. Aber er muss sich über mich hinwegstrecken, um nach ihr zu greifen – und das ist der Moment, in dem uns beiden klar wird, dass *ich* meine Maske noch immer in der Hand halte.

Ich drücke sie ihm entgegen, doch er schafft es wenige Zentimeter vor seinem Gesicht, mein Handgelenk zu packen und es langsam nach unten zu zwingen. Für ein paar Sekunden lodern Flammen in seinen braunen Augen auf, als leuchteten sie ihm aus der Innenseite der Maske entgegen. Dann verlässt mich meine Kraft, und mein zitternder Arm wird von ihm nach unten gerissen.

»Es ist nicht fair«, raunt er mir mit süffisantem Grinsen zu. »Aber Mädchen sind nun mal schwach.«

Ich tue das, was jede Frau tun muss, wenn ein Mann glaubt, unbesiegbar zu sein.

Ich zeige ihm, wo sein Schwachpunkt liegt.

Ash kauert breitbeinig über mir und liefert mir den perfekten Ausgangspunkt, um mein Knie hochzureißen und es ihm zwischen die Beine zu jagen. Er bricht mit einem Aufschrei über mir zusammen, und ich brauche nichts weiter zu tun, als ihn von mir runterzuwerfen und den Spieß umzudrehen. Diesmal bin ich es, die auf seine Brust springt und ihn mit ihrem Gewicht unten hält. Es wäre der perfekte Moment, um ihm die Maske aufzusetzen, aber ich werde aufgehalten.

Und zwar von einem Gegner, den ich niemals erwartet hätte.

Balboa schnellt auf mich zu und wickelt sich blitzschnell um mich. Die Wucht der vier Meter langen Boa constrictor reicht locker aus, um mich von Ash runterzureißen und auf den Boden zu werfen. »Balboa!«, rufe ich unter ihrem starken Körper hervor. »Ich bin's! Joy!« Aber ihre Instinkte lassen sie nur noch fester zudrücken und legen mich völlig lahm.

»Dieses dumme, blinde Vieh!« Ash rappelt sich halb vor Schmerzen, halb lachend auf und taumelt zu seiner Maske. »Genieß deine letzten Sekunden, Joy Capulet!«

Zum Glück ist Balboa nicht die einzige Schlange hier.

Von allen Seiten schießen Nattern und Pythons zwischen Ashs Füßen hindurch und bringen ihn ins Stolpern, aber nur eine ist wagemutig genug, um blitzschnell an ihm emporzuklettern. Ash schreit vor Entsetzen auf und lässt seine Maske fallen, um die Schlange wild fuchtelnd von seiner Brust zu schlagen. Erst als das Tier zurück auf den Boden fällt, erkenne ich Rambo.

»Dieses Drecksvieh hat mich gebissen!« Ash starrt seine Hand an und wird leichenblass. Dann sieht er zu mir, und sein Schock weicht kalter Entschlossenheit. »Ich schätze, wir müssen das hier schnell beenden.«

Er springt auf mich zu.

Diesmal kommt mir keine Schlange zu Hilfe, sondern Rhyme, der wie ein Blitz von der unteren Terrasse heraufhechtet und sich mit voller Wucht gegen den Montague wirft. Beide Jungs stürzen auf den Boden und schlittern nach hinten in die Rosensträucher.

Auf der unteren Terrasse brüllt Stage vor Schmerzen auf.

Ich versuche, mich unter Balboas schwerem Körper herauszuwinden, doch mein Zappeln lässt sie nur noch heftiger zudrücken. Meine Knochen knirschen unter ihrer immensen Kraft, und meine Lungen werden langsam, aber sicher zusammengequetscht. »Rhyme!«, stoße ich mit meinem letzten Atem hervor. »Ruf Balboa zurück!«

Rhyme lässt sofort von Ash ab, der sichtlich angeschlagen in die Büsche davonkriecht, und rennt zu mir rüber. »Balboa! Lass Joy los! Du sollst dich auf Montagues stürzen! MON-TA-GUES!«

Balboa gehorcht ihm zwar aufs Wort, zischt ihn aber beleidigt an, als hätte er sich vorher einfach nur nicht klar genug ausgedrückt. »Ihr Gehör ist auch nicht das allerbeste«, gibt Rhyme zerknirscht zu. »Bist du in Ordnung, Joy?«

»Ja.« Ich rapple mich hastig auf und packe meine Tränenmaske. »Wir müssen zu Stage! Schnell!«

Als wir Hand in Hand auf die untere Terrasse springen, ist von den Montagues nichts mehr zu sehen. Stage kauert in einer merkwürdig schiefen Position vor dem Flammenfeld und umklammert sein linkes Bein. In seinen Augen brennen Wut und Schmerz. »Diese Feiglinge sind abgehauen, als sie gesehen haben, wie ihr Ash zugerichtet habt«, presst er zwischen den Zähnen hervor. »Sie werden sich neu formieren.«

»Viel Zeit haben sie dafür nicht«, sage ich. »Ash wurde von Rambo gebissen.«

Rhyme kauert sich neben Stage und betastet sein Bein. »Rambo ist noch klein, das verschafft ihnen etwas mehr Zeit, aber in spätestens einer halben Stunde ist er kampfunfähig. Wenn er länger wartet, rettet ihn kein Gegengift der Welt mehr. *Verdammt*«, fügt er hinzu und teilt einen bedeutungsvollen Blick mit Stage.

»Es ist gebrochen«, bestätigt Stage mit vor Zorn bebender Stimme. »Sie sind zu dritt auf mich losgegangen.«

»Sollen wir jemanden rufen?«, frage ich.

Stage schüttelt den Kopf. »Das Duell wird nie unterbrochen, unter keinen Umständen. Ich kann keinen Schritt mehr machen, bin für die

Montagues aber auch keine Gefahr mehr. Es steht jetzt vier gegen zwei. Wenn du etwas für mich tun willst, Joy, dann lass sie verdammt noch mal nicht gewinnen!«

»Wir müssen sie zum nächsten Pool locken«, beschließt Rhyme. »Das ist die einzige Chance, die wir gegen eine solche Überzahl haben. Gift legt sie nicht schnell genug lahm, aber wenn wir sie ins Wasser kriegen, können meine Schlangen sie unten halten.«

»Sie werden dorthin gehen, wo ich bin.« Ich stehe auf und halte Rhyme die Hand hin. Er streckt seinen Arm nach mir aus, hält aber ruckartig inne und wirft den Kopf herum. »Sie sind schon …«

Die Montagues stürzen aus den Rosen ringsum.

Zu dritt fallen sie über Rhyme her und zerren ihn ins Flammenfeld, wohin ihm seine Schlangen nicht folgen können. Ein wilder Kampf bricht unter ihnen aus. Rhyme ist ein genauso guter Nahkämpfer wie Tänzer – aber gegen drei Kerle von Stages Format kann auch er nicht lange durchhalten. In spätestens einer Minute werden die Flammen ihn verbrennen, seine Angreifer jedoch nicht. Ich will ihm helfen, doch Stage packt meinen Fußknöchel und hält mich zurück. »Du behinderst Rhyme nur! Versteck dich! Ash ist noch hier irgendwo!«

Ich stoße einen wüsten Fluch aus, laufe aber zurück zur oberen Terrasse. Wenn ich mich schon verstecken muss, dann von einem Ort aus, wo ich Rhyme im Auge behalten kann. Als ich mich keuchend über die Mauer hochgezogen habe, fällt mein Blick auf den Springbrunnen. Seine verschnörkelten Marmorsäulen stehen gerade weit genug auseinander, um mich dahinterzwängen zu können, allerdings viel zu eng für breitschultrige Kerle. Sie bieten Schutz und sind gleichzeitig nah genug am Rand, dass man die untere Ebene überblicken kann. Ich presse die Tränenmaske an meine Brust und quetsche mich hinein.

Der Kampf in den Flammen ist spektakulär.

Rhyme wirbelt in einem Luftkick herum, schlägt seinen Fuß gegen den Hals eines Montagues und schleudert ihn aus dem Feuerfeld. Von hinten packt ihn ein anderer um die Kehle, aber Rhyme benutzt ihn als Stütze, um beide Beine hochzureißen und sie dem dritten Montague so kräftig gegen die Brust zu treten, dass er ebenfalls nach draußen fliegt und den ersten Kerl ein weiteres Mal zu Boden reißt. Dann beugt er sich blitzschnell vor und wirft sich seinen letzten Angreifer über den Rücken. Als auch dieser außerhalb des Feldes landet, stürzen sich die Schlangen auf die Montagues und hindern sie daran, zurück ins rettende Feuer zu laufen.

Rhyme schnellt zu uns herum.

»Joy ist okay!«, ruft Stage. »Mach sie fertig!«

Obwohl Rhyme heftig atmet und so aussieht, als hätte auch er ein paar Schläge einstecken müssen, breitet sich ein fatales Grinsen auf seinem Gesicht aus. Er rennt aus dem Feuer und wirft sich mit solcher Wucht gegen die mit Schlangen kämpfenden Montagues, dass sie zu viert über den nächsten Terrassenrand fliegen.

Von meiner Position aus kann ich nicht sehen, was direkt unterhalb der Mauer passiert, aber der Aufprall in den Rosen dürfte für keinen angenehm gewesen sein. Immerhin lag Rhyme oben. Er wird keine Sekunde verlieren, um die drei Montagues zum nächsten Wasserbecken zu drängen. Sobald er sie da drinnen hat und die Schlangen übernehmen, kann er zu mir zurückkommen.

Ein nahezu perfekter Plan.

Er hat nur einen Haken.

Ash taucht plötzlich hinter Stage auf und tritt ihm brutal gegen sein gebrochenes Bein. Stage schreit vor Schmerzen auf, versucht aber sofort, es hinter fest zusammengebissenen Zähnen zu verbergen. Reflexartig will ich zu ihm laufen, halte mich aber in letzter Sekunde davon ab. Wenn ich jetzt nach unten springe, tue ich genau das, was Ash will. Und bringe damit nicht nur mich selbst in Gefahr, sondern auch Rhyme. Sollte er mir zu Hilfe eilen, bevor er die Montagues im Wasser hat, sind sie wieder im Vorteil.

»Bleibt weg! Kommt nicht her!«, brüllt Stage, so laut er kann. »Ich halt das aus!«

»Tust du das?«, keucht Ash ihm zu. Er schwankt etwas. Die Wirkung des Schlangengiftes scheint langsam einzusetzen. »Ist das ihr Plan? Sich wie Feiglinge zu verkriechen, bis mich das Gift umbringt?« Er breitet die Arme weit aus und dreht sich im Kreis. »Wo steckst du, Joy Capulet?! Ich habe nichts mehr zu verlieren! Dein Freund hier allerdings schon! Wie wäre es, wenn ich sein hübsches Gesicht in den Flammen grille?!«

Er packt Stage beim Schopf, schleift ihn zum Feuer und drückt ihn nach unten. Von irgendwoher – fast wie aus einer anderen Welt – dringen die anspornenden Rufe einiger Schüler zu uns herüber. Stage wehrt sich, aber Ash kniet sich auf sein gebrochenes Bein und stößt ihn genau in dem Moment, als Stage vor Schmerzen aufschreit, mit dem Gesicht voraus in die Flammen.

Das reicht!

Ich quetsche mich zwischen den Marmorsäulen hervor, aber unten ist jemand schneller. Etwas Grünes schnellt aus den Rosenbüschen heraus und fliegt an Ashs Hals. Er packt reflexartig zu und brüllt vor Schreck auf. Es ist Rambo, der ihn ein zweites Mal gebissen hat.

»Du elendes Mistvieh!« Ash blinzelt die Schlange in seiner Faust ungläubig an. Stage scheint er vergessen zu haben, denn er lässt ihn einfach liegen und taumelt rückwärts ins Feuerfeld. Obwohl Stage am Ende seiner Kräfte sein muss, robbt er sich aus den Flammen heraus und bricht auf den heißen Steinen ringsum zusammen.

Ash lacht plötzlich auf. Aber es ist ein hässliches Geräusch, als fühlte er sich betrogen. Er hält Rambo weit über seinen Kopf hoch. »Schlangen! So viele Schlangen! Aber keine einzige Raubkatze! Wo ist mein Fürst?! Wo zum Teufel steckst du, wenn dein Haus dich braucht?!«

Ein zustimmendes, mürrisches Raunen dringt von den Treppen her. Erst jetzt fällt mir auf, dass er recht hat. Es sind tatsächlich weit und breit keine Katzen in Sicht, obwohl sie eigentlich für ihr Haus kämpfen sollten. Ob das etwas mit Cuts Abwesenheit zu tun hat?

Ash nimmt Rambo runter und lacht abfällig, als das kleine Tier hilflos in seiner Faust zappelt. »Du elendes Mistvieh gehst jedenfalls zuerst drauf!«

Er drückt Rambo ins Feuer.

Rhyme muss das spüren, aber er kommt ihm nicht zu Hilfe. Was nur bedeuten kann, dass die anderen Montagues ihn davon abhalten. Selbst als die kleine Schlange sich verzweifelt um Ashs Handgelenk windet, taucht er nicht auf. Nicht mal, als ihre Bewegungen plötzlich aufhören und ihr Körper schlaff hinabfällt.

Meine Faust trifft Ash mitten ins Gesicht.

Ich habe keine Erinnerung daran, wie ich von der Terrasse heruntergesprungen und hergelaufen bin, ich erinnere mich bloß, dass Ash vor mir immer größer wurde. Mein Schlag lässt ihn rückwärts ins Feuer fallen, und ich stürze ihm, ohne zu zögern, hinterher. In den Flammen ist es so grell, dass ich nichts sehen kann. Ich verlasse mich rein auf meinen Tastsinn, finde Ashs Faust und biege seine Finger von Rambo weg. Ash bäumt sich auf und schlingt beide Arme um meine Taille, aber nicht, bevor ich Rambo in hohem Bogen über das Feuerfeld hinwegwerfen und zwischen den Rosensträuchern landen sehen kann. Er kommt hart auf den Wurzeln auf und regt sich für einen fürchterlichen Moment nicht mehr, in dem sich mein Herz schon zusammenkrampft. Doch dann hebt er sein kleines Köpfchen und zischelt mir schwach zu. Vor Erleichterung schießen mir Tränen in die Augen.

Dann reißt mich Ash Montague hinab in die Flammen.

KAPITEL 41

Im Feuer ticken die Sekunden. Dieses rosa schimmernde Mineral, das sich auch in den Wasserbecken, ja sogar im Rosenwein befindet, senkt zwar die Brennkraft der Flammen, aber in einer Minute wird mir selbst das nichts mehr nützen. Dann werde ich verbrennen.

Ash Montague weiß das genauso gut wie ich.

Wir beide haben unsere Masken verloren, aber er sucht nicht mal danach. Er packt mich an den Handgelenken, schiebt sich der Länge nach über mich und drückt mich flach nach unten, sodass wir beide komplett vom Feuer verschlungen werden. Sehen kann ich in den Flammen nichts, aber seine Stimme höre ich klar und deutlich an meinem Ohr.

»Hoffst du darauf, dass dein Fürst dich rettet? Ich habe die drei stärksten Kämpfer zu meiner Leibgarde erwählt, die das Haus Montague zu bieten hat. Nicht mal der Schlangenfürst kommt alleine gegen sie an. Und selbst wenn doch, muss er dich hier drin erst mal finden, nicht wahr? Euer Freund da draußen ist jedenfalls nicht mehr sehr gesprächig. Wie steht's mit dir? Fängt dein Rücken schon an, Blasen zu werfen?« Er lacht atemlos auf und lässt sich noch schwerer auf mich herabsinken. »Ich spüre dieses verdammte Gift in mir … Es zehrt an meiner Kraft … Letzten Endes wird wohl das Schicksal entscheiden, wer von uns beiden zuerst aufgibt.«

»Rhyme hat Gegengift«, quetsche ich hervor.

»Das er mir sicher gerne gibt. Damit ich dich erledigen kann. Für wie blöd hältst du mich?! Ihr wartet doch nur auf eine Gelegenheit, mich mit eurer Maske aus dem Weg zu räumen.« Ash drückt meine Handgelenke so fest in den Rosenquarzsand, dass meine Finger taub werden. »Lieber sterbe ich, als zu einer dieser Kreaturen zu werden. Jahrhundertelang in diesem Garten herumzuschleichen, bis meine Schritte irgendwann versiegen, Wurzeln aus mir hervorschlagen und ich zu einem dieser grässlichen Rosensträucher werde.«

Mein Herz schlägt schneller.

Ist das das Schicksal der Souffleure und Souffleusen?

Das wusste ich nicht.

»RHYME!«, schreie ich, so laut ich es noch fertigbringe.

Ash lässt meine Hände los, schleudert mich auf den Bauch und drückt mein Gesicht so tief in den Boden, dass ich Sand schlucke. Blind fuchtle ich durchs Feuer, um irgendwas zu fassen zu kriegen, irgendwas, das mir noch helfen kann – und stoße tatsächlich auf einen Widerstand. Ich greife danach, aber Ash reißt ihn mir aus den Händen.

»Was hast du da? Eine Maske! Welche ist es?!« Er muss sich aufsetzen, um die Maske aus dem Feuer zu halten und sie ansehen zu können – und das geht nur, indem er meinen Kopf loslässt. Ich drehe mein Gesicht zur Seite, spucke Sand aus und ziehe heiße Luft in meine Lungen. Über mir bricht Ash in ungläubiges Gelächter aus. »Es ist die Maske der Komödie! Du bist so gut wie erledigt!«

Plötzlich schreit er auf.

Er kommt aus dem Gleichgewicht, und ich schaffe es, ihn von mir runterzuwerfen und aus den Flammen aufzutauchen. Ash starrt irgendetwas außerhalb des Feuers an und presst sich eine Hand gegen die Schläfe. Blut quillt darunter hervor. Seine Augen weiten sich ungläubig. »Warst *du* das etwa?! Hast *du* den Stein geworfen?! Das … das kann nicht sein!«

Rasch folge ich seinem Blick, sehe aber nur noch schwankende Rosenzweige.

Ich will von ihm wegkrabbeln und ertaste dabei etwas im Sand. Mein erster Gedanke ist, dass Ash seine Maske fallen gelassen hat, doch als ich aufblicke, hält er sie noch immer in der Hand. Mit blutiger Schläfe rappelt er sich auf und taumelt auf mich zu. Sein Gesicht glüht fieberhaft. »Sie … sie werden mir das Gegengift geben müssen. Wenn … wenn ich dich besiegt habe.«

Er sackt vor mir auf die Knie und grinst mich siegessicher an.

»Es tut mir leid«, wispere ich.

Meine Hand schnellt aus dem Feuer empor und drückt ihm die Tränenmaske aufs Gesicht. Seine Augen weiten sich für eine Sekunde und spiegeln eine Feuersbrunst wider, die anders aussieht als die hellen Flammen um uns herum, tiefrot und gefährlich. Bevor sein Mund unter der Maske verschwindet, stößt er noch etwas hervor, zuerst voller Staunen, dann erfüllt von tiefstem Schrecken. »Er ist so nah! Er … *er fällt!*«

Ash schlägt sich beide Hände auf die Maske, doch schon im nächsten Moment rutschen sie schlaff nach unten. Eine merkwürdige Stille überkommt seinen Körper. Er steht langsam auf und tritt ohne Eile aus dem Feuerfeld hinaus. Seine Verletzungen scheinen ihm nichts mehr auszumachen, nicht mal das Schlangengift ist ihm noch anzumerken.

Aus den Schatten zwischen den Rosensträuchern ringsum lösen sich die dunklen Silhouetten der Souffleure und Souffleusen. Sie hüllen ihn in eines ihrer Gewänder und nehmen ihn schweigend mit.

Ich bin wie erstarrt.

Die Jubelschreie der Schüler dringen nur wie Hintergrundrauschen zu mir durch. Pens verzweifeltes Lachen kommt mir in den Sinn, nachdem er Poetry die Maske aufgesetzt hatte. Seine Beeinflussung hatte nicht ausgereicht, um ihn komplett davon zu überzeugen, dass sein Sieg etwas zum Feiern war – und sie reicht auch bei mir nicht. Es fühlt sich an, als hätten beide Häuser etwas verloren. Das Kratzen in meinem Hals ist allerdings verschwunden. Ich blicke hinauf zum Unstern, der zufrieden auf uns herabglitzert.

»JOY!«

Rhyme hechtet von der unteren Terrasse herauf und läuft zu mir ins Feuer. Er verliert keine Sekunde für irgendeine Art der Begrüßung, schiebt einfach seine Arme unter mir durch und trägt mich aus den

Flammen hinaus an den Rand. Erst als er mich auf dem Boden abgesetzt hat, schauen wir einander an.

Rhymes Gesicht und Arme sind voller Dornenkratzer. Er muss in den Rosen gekämpft haben, zumindest eine Zeit lang, denn sein Kampfanzug ist auch triefend nass. Ich berühre eine blutige Schramme auf seiner Wange und lächle ihn an. »Du hast ganz allein drei der stärksten Montagues besiegt? Ich will mich ja nicht beschweren, aber ginge es das nächste Mal vielleicht ein bisschen schneller?«

Er schnaubt halb ungläubig, halb amüsiert und nimmt meine Hand von seiner Wange. Eine Kummerfalte bildet sich auf seiner Stirn, als er sie prüfend hin und her dreht, das Ganze bei meiner anderen Hand wiederholt und schließlich meine Arme abtastet. »Hast du dich verbrannt? Fühlst du dich irgendwo taub? Die Schmerzen kommen oft erst später.«

»Es geht mir gut«, versichere ich ihm. »Wir müssen nach Stage sehen.«

Stage liegt am Rand des Feuerfeldes und hat es inzwischen geschafft, sich auf den Rücken zu drehen. Er keucht unter Schmerzen hinauf in den Himmel. Tear und Drapes preschen aus den Rosenbüschen hervor. »Wir kümmern uns um Stage!«, ruft Tear uns entgegen. »Bring Joy in den Krankenflügel!«

»Es geht mir gut«, wiederhole ich.

Tear wirft sich neben Stage auf den Boden. »Hör nicht auf sie, Rhyme! Du hast das alles nicht gesehen! Er hat sie mit dem Rücken ins Feuer gedrückt!«

Unter anderem, würde ich am liebsten sagen. Immerhin beweist der Sand unter meiner Zunge und in meinen Nasenlöchern, dass Ash mich von allen Seiten ziemlich gründlich durchgegrillt hat.

Rhyme rutscht hinter mich und betastet vorsichtig den Duellanzug über meinem Rücken. »Das Material ist unbeschädigt. Darf ich den Reißverschluss öffnen?«

Ich zucke die Schultern, um zu zeigen, dass mir das nichts ausmacht. Aber als er meine Haare aus dem Nacken streift, den Reißverschluss langsam runterzieht und mein nackter Rücken sich ihm offenbart, läuft mir ein wohliger Schauer über den Körper.

Seine Fingerspitzen hauchen federleicht über meine Schulterblätter hinweg. »Alles in Ordnung. Dein Rücken ist nicht mal rot geworden.«

Tear wirbelt so schnell herum, dass sich einer ihrer Dutts löst und eine frostgrüne Haarwelle über ihre Schulter fällt. »Das kann nicht sein!« Ihre Stimme überschlägt sich vor Sorge. »Du musst sie dir genauer ansehen! Verbrannte Haut ist erst mal nur weiß.«

Ich springe auf die Füße und winke ihr mit beiden Armen zu, um zu beweisen, dass ich nicht verletzt bin und sie sich keinen Kummer machen muss. »Tear! Es geht mir wirklich gut. Siehst du?«

Ein erstauntes Raunen rauscht durch die Schüler.

So, wie sich das anhört, hatte wohl keiner damit gerechnet, dass ich jemals wieder auf die Beine komme. Das kratzt nun doch etwas an meinem Stolz, immerhin habe ich die letzten zwei Monate mit täglichem Training verbracht. Ich bin keine blutige Anfängerin mehr, sondern eine … na ja, fortgeschrittene Anfängerin. Grimmig stemme ich meine Arme in die Hüften und versuche, möglichst beeindruckend auszusehen, was auch einige Sekunden lang funktioniert. Bis Rhyme mir den Reißverschluss hochzieht und sich von hinten um mich schlingt. Da breitet sich doch ein ziemlich verschmitztes Lächeln auf meinem Gesicht aus.

Ich drehe mich um und lege meine Arme um seinen Nacken. Sein Duft hat sich mit einem Hauch von Rosen vermischt und ist – obwohl das unmöglich sein sollte – irgendwie noch besser geworden. Von hinten höre ich, dass unsere Nähe eine Welle des Protests bei manchen Schülern auslöst, vermutlich angefeuert von Sorrow, aber das könnte mir in diesem Moment nicht egaler sein. Ich streiche ihm eine feuchte Haarsträhne aus den eisblauen Augen und finde in seinem Blick nur eine Bestätigung dessen, was ich auch tun will. Langsam senken sich meine Augenlider herab, und meine Lippen nähern sich seinem Mund.

Drapes schnappt nach Luft. »Hey, du solltest dich nicht bewegen!«

»Stage! Dein Bein!«, ruft Tear entsetzt.

Jemand reißt mich von Rhyme weg.

Ich pralle gegen Stages breite Brust und werde von seinen muskulösen Armen umklammert. Sein Gewicht sinkt auf mich herab und lässt mich fast in die Knie gehen. Zuerst halte ich es für seine übliche, etwas grobe Art der Zuneigung, aber dann keucht er über meinen Kopf hinweg: »Du darfst sie nicht küssen … Giulietta und Romeus sind auf dem Weg hierher … Das Ballkomitee kann nicht weit weg sein …«

Was redet er da für wirres Zeug?

Hat er solche Schmerzen, dass er nicht mehr klar denken kann?

Rhyme hält ihm rasch den Arm hin. »Komm schon, Stage, ich stütze dich. Joy bricht unter dir ja gleich zusammen. Sie hat uns heute schon ausreichend bewiesen, was sie draufhat.«

Meine Brust glüht vor Stolz.

Stage lässt den Wechsel ohne Widerworte zu und hängt sich mit einem Arm um Rhymes Hals. Sein gebrochenes Bein muss höllisch wehtun. Er lässt den Kopf an Rhymes Schläfe sinken, als würde ihm sogar die Kraft in seinen Halsmuskeln ausgehen. Trotzdem zwingt er noch mehr Sätze aus sich heraus. »Es tut mir leid … Ich konnte Joy nicht helfen … Tear hat recht … Es war zu lang …«

»Ich bring dich in den Krankenflügel«, meint Rhyme.

Stage packt ihn an der Brust. »Nein! Du verstehst nicht! Es war zu lang!« Sein dunkler Blick durchbohrt ihn fast. »Joy war zu lang im Feuer … Etwas … etwas stimmt nicht mit ihr!«

Meine Kopfhaut zieht sich zusammen.

Tear reibt sich Gänsehaut von den Armen, als wäre ihr kalt, was so nah an einem Feuerfeld fast unmöglich ist. Sie mustert mich mit tief zusammengezogenen Augenbrauen, kommt aber keinen Schritt näher. Auch Drapes knetet nervös ihre Hände und hält Abstand von mir.

»Was habt ihr alle?«, beschwert sich Rhyme. »Joy geht es gut.«

Tears Augen füllen sich mit Tränen. »Hör doch hin! Hörst du nicht, was sie rufen?«

Sie meint die Schüler.

Wir alle verstummen und lauschen den Rufen, die von den Treppen herüberhallen. Zuerst kann ich nichts im Stimmengewirr ausmachen, aber dann fallen mehrere von ihnen in einen Sprechgesang und übertönen alle anderen. Es sind Montagues, die sich über den Ausgang des

Duells beschweren. »BETRUG!«, brüllen sie gleichzeitig. »DIE CAPULETS HABEN BETROGEN! BETRUG! DIE CAPULETS HABEN BETROGEN!«

»Natürlich regen sie sich auf«, schnaubt Rhyme. »Sie haben jemanden aus ihrem Haus verloren.«

Tear ballt verzweifelt die Fäuste. »Jetzt hör doch endlich zu! Joy war viel zu lang im Feuer, um jetzt einfach so aufzustehen und ohne die kleinste Verbrennung herumzulaufen.«

Stage presst die Zähne aufeinander und keucht jedes einzelne Wort mühevoll an Rhymes Wange. »Ich weiß … dass du sie magst … aber sie kann nicht unter Wasser atmen … und so, wie es aussieht … ist sie immun gegen Feuer.«

Rhyme schnappt nach Luft, um zu widersprechen, doch plötzlich weicht ihm jegliche Farbe aus dem Gesicht. Wie in Zeitlupe dreht er den Kopf zu mir und starrt mich mit weit aufgerissenen Augen an.

KAPITEL 42

»Die Grafen kommen!«, warnt uns Drapes vor.

Lady Capulet stakst in ihren hohen Schuhen am Mauerrand der Terrasse entlang, wo ihre Absätze nicht im Gras einsinken können. Ein etwas zu lang herabhängender Rosenzweig verhakt sich in ihren weißblonden Haaren, den sie, ohne aus dem Takt zu kommen, einfach herunterreißt und achtlos zur Seite wirft. »Bist du ein so schlechter Verlierer, Romeus? Ich weiß nicht, was du hast. Wir haben nach allen Regeln des Duells fair gewonnen.«

Lord Montague stürmt ihr mitten durch die Rosen hinterher. Er zuckt nicht mal mit der Wimper, während die Dornen über sein Gesicht hinwegkratzen. Ihm kommt auch keine Entschuldigung über die Lippen, als die Zweige hinter ihm gegen einen Bediensteten peitschen und den armen Kerl fast zu Boden gehen lassen. Wobei mich das nicht sonderlich überrascht, denn Lord Montagues Raubtieraugen sprühen vor Zorn. »Bist du blind?! Oder hast du jegliches Zeitgefühl verloren?! Eine Capulet wäre aus diesem Feuer nicht mehr hochgekommen!«

Für einen Moment schwankt die Welt um mich herum.

»Sie trägt einen feuerfesten Kampfanzug«, kontert Lady Capulet in hochmütigem Tonfall. »Die sind viel besser als unsere Modelle von früher. Wahrscheinlich konnte dein Champion sie einfach nur nicht so tief ins Feuer drücken, wie du es gerne gehabt hättest. Ihr solltet wohl mehr trainieren.« Sie marschiert auf mich zu, packt mich an den Schultern und mustert mich von oben bis unten. Dann wirbelt sie mich herum und tut das Gleiche von hinten. »Na bitte! Da haben wir's! Nicht ein einziger Brandfleck im Stoff.«

Lord Montague schnappt sich meinen Arm und schüttelt meine Hand wie zum Beweis vor Giuliettas Gesicht. »Und wo war der Anzug auf ihren Armen? Auf ihrem Gesicht? Auf ihren Haaren?«

Lady Capulet verschränkt die Arme vor der Brust und lächelt überlegen. »Sie hat ihre ungeschützten Stellen aus dem Feuer rausgehalten. Das Einmaleins eines klassischen Caputlettrainings. Ganz einfach.«

Ich möchte ihr glauben.

Ich möchte ihr so sehr zustimmen, allen aus tiefstem Herzen sagen, dass es genau so war, und vor Erleichterung laut auflachen. Aber da haben wir schon das nächste Problem: lachen. Ich kann lachen. Wir alle sind davon ausgegangen, dass ich lachen kann, weil mein Capuletblut zu dünn ist. Aber was, wenn es einen ganz anderen Grund dafür gibt?

»Sie kann weinen«, wirft Rhyme mit rauer Stimme ein, als hätte er einen ähnlichen Gedanken verfolgt. Er sieht mir dabei nicht in die Augen, und ich weiß nicht, was ich davon halten soll.

»Selbstverständlich kann sie weinen.« Lady Capulet schnaubt rechthaberisch. »Ihr eigener Vater hat ihre Mutter identifiziert. Ich habe das Foto selbst gesehen und später zur Sicherheit mit den Bildern aus meinem Abschlussjahr verglichen. Ich war ihre Schlangenfürstin, und ich weiß, wer mir untergeben war.«

Mein Herz glüht hoffnungsvoll auf.

Natürlich! Moms Foto in Lady Capulets Album hatte ich vergessen.

Tiefe Erleichterung rauscht über mich hinweg, trotzdem zwickt mein Bauch, als ich die Blicke meiner Freunde suche – und keinen einzigen festhalten kann. Tear wischt sich Tränen weg, Stage presst die Augen fest zusammen, und Drapes kaut auf ihrer Unterlippe rum und starrt zu Boden. Rhyme sieht nicht mal in meine Richtung. Er durchbohrt seine Tante mit einem eisigen Blick. »War's das jetzt? Stage ist verletzt, und alle anderen sind erschöpft. Können wir dieses Duell endlich abhaken und gehen?«

»Natürlich«, meint Giulietta großzügig.

Aber Lord Montague fährt ihr dazwischen. »Nicht so schnell! Ich will einen Beweis.« Er winkt seinen Bediensteten, dem noch immer ein Dornenzweig im Haar hängt, von hinten herbei. »Meine Angestellten bringen den verwundeten Capulet in den Krankenflügel. Die Ballkönigin und der Schlangenfürst kommen mit mir.«

»Du kannst nicht über sie bestimmen.« Lady Capulet ist kleiner als Lord Montague, aber ihr Selbstvertrauen macht den körperlichen Unterschied wett. Sie stemmt ihre Hände in die Hüften und schafft es irgendwie, ihr Lächeln so aussehen zu lassen, als würde sie von oben auf ihn hinabschauen. Mit einem Stich in der Brust fällt mir eine gewisse Ähnlichkeit zwischen ihr und Poetry auf.

Lord Montague beeindruckt das nicht.

Ein langsames, kaltes Raubtierlächeln breitet sich auf seinem Gesicht aus. Eines, das ich noch nie an ihm gesehen habe und das sogar noch Furcht einflößender ist als seine übliche Verbissenheit. »Du hast recht, Giulietta, ich kann nicht über Capulets bestimmen. Aber ich bestimme sehr wohl über Montagues! Entweder kommt ihr meinem Wunsch nach und begleitet mich in mein Haus, wo wir das Thema wie zivilisierte Menschen klären – oder ich drücke das Mädchen hier und jetzt ins Feuer, so lange, bis auch der kleinste Zweifel ausgelöscht ist, welchem unserer Häuser es untersteht.«

»Joy und ich kommen mit«, willigt Rhyme eine Spur zu schnell ein.

Zum ersten Mal in dieser Nacht flackert Unsicherheit in Lady Capulets sturmgrauen Augen auf. Es dauert nur einige Sekunden, aber ich kann es deutlich sehen. Ihr Blick bleibt zu lange an Rhyme haften, gleitet dann über mich hinweg und findet etwas in meinem Gesicht, das sie die Kiefermuskeln anspannen lässt. Sie reckt ihr Kinn und macht auf der Stelle kehrt. »Meinetwegen. Klären wir das.«

Vier kräftig gebaute Sicherheitsleute kommen mit einer Trage herbei, um Stage zum Krankenflügel zu bringen, aber erst als Tear und Drapes versichern, bei ihm zu bleiben und sich um ihn zu kümmern, weicht Rhyme von seiner Seite.

Wir folgen Lord Montague und Lady Capulet durch den Rosengarten. Ungefähr die Hälfte der Schüler, die meisten davon Capulets, sind zurück zum Ballsaal gegangen, um ihren Sieg zu feiern. Die andere Hälfte protestiert uns lautstark von allen Seiten entgegen. Sie werfen ihre goldenen Masken über die Souffleure und Souffleusen hinweg, die Schulter an Schulter einen Korridor für uns bilden, und beschuldigen uns des Betrugs. Erst als wir den Garten auf der Südseite verlassen, und die persönlichen Leibwächter Lord Montagues sich wie eine Wand hinter uns aufstellen, verklingen ihre Buhrufe.

Wir betreten ein Gebäude, dessen Fassade mit schwarzem Marmor verkleidet ist. Fünf Stufen führen zu einer breiten Flügeltür hinauf, die sich in einen eindrucksvollen Empfangssaal mit zwei geschwungenen Treppen aus leuchtendem Gold öffnet. Ein Panther hebt seinen Schädel mit katzenhafter Gemächlichkeit von einem feuerroten Sofa im Foyer, brüllt beeindruckend laut nach oben und legt sich mit zuckenden Ohren wieder hin.

Cut taucht am oberen Geländer auf.

Lord Montagues Ansturm gerät für eine Sekunde ins Stocken, dann ballt er seine Fäuste und stürmt die Treppe hoch. »Was zum Teufel treibst du hier?!«, fährt er seinen Sohn an.

Cuts goldene Augen wandern über uns hinweg, aber er fragt nicht, was wir hier verloren haben, sondern lehnt sich nur an eine mit Flammen geprägte Tapete und setzt ein gelassenes Lächeln auf. »Brauche ich etwa einen Grund, um ins Haus meines eigenen Vaters zu kommen?«

»Wir beide wissen, dass du den brauchst! Und wir beide wissen, dass dein Ungehorsam heute Nacht ein Nachspiel haben wird!« Lord Montague stapft an ihm vorbei, ohne ihn eines weiteren Blickes zu würdigen. »Aber das klären wir später, eine andere Angelegenheit verlangt jetzt unsere Aufmerksamkeit. Wenn du der Katzenfürst bleiben willst, kommst du jetzt mit!«

Lady Capulet stakst an Cut vorbei und verzieht ihre roten Lippen. »Du hast deinem Haus heute unfassbare Schande bereitet.«

Cut sieht den beiden mit hochgezogenen Augenbrauen nach, während sie einen mit goldgerahmten Ölgemälden behangenen Flur hinabmarschieren. »Die zwei sind ja reizend aufgelegt.«

Rhyme schnaubt. »Was erwartest du, wenn du ein Duell schwänzt?«

»Dankbarkeit?« Cut zuckt grinsend die Schultern. »Zumindest vom Haus Capulet? Wenn ich nicht da bin, tun meine Katzen, was sie wollen, und das ist mit allerhöchster Wahrscheinlichkeit schlafen. Oder habt ihr da unten etwas Herausforderung vermisst?«

»Lass das!«, zischt Rhyme ihm zu. »Das Ballkomitee schleicht hier noch irgendwo rum. Solche Scherze können gefährlich werden.«

Cut lächelt nur. »Keine Panik, hier drin sind sie nicht. Ich habe Fledder als Alarmanlage auf dem Sofa positioniert. Ihr seid die Ersten, die seit dem *Ultimo Ballo* hier aufgetaucht sind.«

»Du bist seit dem *Ultimo Ballo* hier?«

Cut winkt mysteriös ab und tut so, als würde er seinen Mund abschließen und den Schlüssel wegwerfen. Er geht den Flur runter, noch bevor Lord Montague aus einem Raum herausbrüllt und wissen will, wo zum Teufel wir bleiben.

Rhyme und ich folgen ihm.

Kurz bevor wir die Schwelle übertreten, streifen mich Rhymes Finger an der Hand. Ich finde seinen Blick auf mir, für ein paar Sekunden bloß, aber das sachte Lächeln in seinem Mundwinkel lässt mich sofort leichter atmen.

Dann betreten wir Lord Montagues Arbeitszimmer.

Ich wünschte, es wäre ein grässlicher Raum, denn das würde besser zu dieser Situation passen. Leider muss ich feststellen, dass ich ihn auf Anhieb beeindruckend finde. Die raumhohe Fensterfront hinter Lord Montagues dunkelbraunem Walnussholztisch ist mit buntem Muranoglas verziert und in einem Bogen nach außen hin gewölbt. Oranges Stadtlicht glitzert von draußen herein und zeichnet die dunklen Umrisse von gigantischen Bäumen eines nahe gelegenen Parks ab. Das muss der Park sein, durch den ich damals in der Wirbelsturmnacht gerannt bin. Inzwischen fühlt sich das wie in einem anderen Leben an.

Cut lehnt sich an eines der deckenhohen Regale, das mit ledergebundenen Büchern bestückt ist, und kratzt an einem Edelstein auf einem der Einbände. Er wirkt so betont unbekümmert, dass ich es ihm keine Sekunde lang abkaufe.

Lord Montague allerdings reizt er damit bis aufs Blut. Er lässt seine Hände auf die Schreibtischplatte donnern. »Das ist eine Erstausgabe! Behandle sie mit Respekt!«

Cut hört mit dem Kratzen auf, haucht den Edelstein geräuschvoll an und poliert ihn mit seinem Hemdärmel, während er mir über seine Schulter hinweg frech zugrinst. Rhyme lässt das nur die Augen rollen, aber ich muss mir auf die Innenseite meiner Wangen beißen, um nicht zu lachen. Meine Nerven liegen wohl ziemlich blank.

Lord Montague klappt einen hochmodernen Laptop auf, den ich ihm gar nicht zugetraut hätte, und tippt etwas ein. Lady Capulet linst mit verschränkten Armen über seine Schulter. »Was willst du im Internet?«, fragt sie so abwertend, als wäre allein schon das Öffnen eines Browsers etwas Schmutziges. »Ein Videotelefonat? Mit wem?«

Lord Montagues Augen richten sich auf mich. »Mit ihrem Vater.«

Mein Herz macht einen Hüpfer.

Ich habe Dad zwar jede Woche eine Postkarte geschickt und auch genauso oft eine von ihm erhalten, aber ich habe ihn seit zwei Monaten nicht mehr von Angesicht zu Angesicht gesehen – und das ist länger als je zuvor in meinem Leben. Sosehr ich mich auch hier eingelebt habe, allein der Gedanke, ihn gleich zu sehen, reicht aus, damit mir Tränen in den Augen brennen.

Eine Nachtwache nimmt das Gespräch an und sorgt dafür, dass Dad aufgeweckt wird. Lord Montague tritt hinter dem Schreibtisch hervor und dreht den Laptop in den Raum, sodass wir alle auf den Bildschirm sehen können. Ein Wohnzimmer mit einem noblen Ohrensessel und einem heruntergebrannten rot glühenden Kamin taucht vor uns auf. Dann huscht ein Schatten an der Kamera vorbei, und jemand setzt sich in den Sessel. Jemand mit verstrubbeltem Haar und den Abdrücken eines bestickten Kissens auf den stoppeligen Wangen. Dads Augen werden riesengroß. »Joy? Bist du das? Ist alles in Ordnung?«

Mir fällt ein, dass Tears Schminksession einige Stunden und ein heftiges Kampfduell her ist. Meine Haare sind feucht und zerzaust, und mein Gesicht ist bestimmt genauso voller Kratzer und Schmutz wie Rhymes. Ich trete näher an den Bildschirm ran und kann mich nur in allerletzter Sekunde davon abhalten, meine Hand auf Dads Wange zu drücken. »Keine Sorge, mir geht's gut. Ich komme gerade von … von einem Ball.«

»Von einem Maskenball«, fügt Lady Capulet hinzu. »Die Kinder haben sich nur verkleidet.«

Dad wirkt nicht ganz überzeugt.

Ein ängstlicher Ausdruck tritt in seine Augen. »Ist wirklich alles in Ordnung? Es ist mitten in der Nacht. Ich weiß, diese Akademie ist eine einmalige Chance für dich, aber ich habe in den letzten Tagen nachgedacht, und … na ja … alles kam so überstürzt. Wir hatten gar keine Zeit, um uns das richtig zu überlegen.«

Lady Capulet beugt sich zu Lord Montague. »Wie lange ist seine letzte Beeinflussung her? Hört sich an, als sollte einer von uns demnächst nach Mantua fahren.«

Doch Lord Montague kümmert das nicht.

»Herr Nouveaux!«, ruft er ungeduldig. »Wie Sie wissen, übersteigen die Semesterkosten unserer Akademie Ihr jährliches Einkommen bei Weitem. Wir haben Joy kostenlos bei uns aufgenommen, da sie unserem Blut entspringt, doch heute Nacht sind Zweifel an ihrer Herkunft aufgetaucht. Können Sie beweisen, dass Joys Mutter tatsächlich eine Capulet war?«

Hinter uns donnert ein Buch auf den Boden.

Wir alle wirbeln herum, nur um ein verlegenes Grinsen auf Cuts Gesicht zu entdecken, während er den schweren Einband zurück ins Regal schiebt. Er braucht zwei Anläufe dafür.

»Ich habe Ihnen doch ein Foto von Joys Mutter gezeigt.« Dad rutscht unbehaglich auf seinem Ohrensessel hin und her. Lady Capulet schnappt nach Luft, und ich kann schon fast hören, wie sie erwidert: *Genau das habe ich auch gesagt.* Doch Lord Montague unterbricht sie, indem er eine

Hand vor ihre Brust hält. »Dürfte ich dich um deine Phiole bitten?«, fragt er höflich.

Lady Capulet wirkt überrascht, dann nickt sie.

Sie streift sich die Rosenquarzphiole, die an einem silbernen Kettchen um ihren Hals hängt, übers Haar und gibt sie ihm. Lord Montague lässt die Phiole vor den Bildschirm baumeln. »Schlangenfürst«, sagt er, ohne sich nach Rhyme umzudrehen. »Erklär uns, was in dieser Phiole ist.«

Rhyme spannt sich an. »Das Gift des australischen Inlandtaipans«, antwortet er widerstrebend. »Der giftigsten Schlange der Welt. Ein einziger Biss würde theoretisch ausreichen, um zweihundertfünfzig Menschen zu töten.«

Ein kühles Lächeln breitet sich auf Lord Montagues Gesicht aus, eines, das seine Augen nicht erreicht. »Hören Sie das, Herr Nouveaux? Nun müssen Sie wissen, dass Capulets immun gegen jegliche Art von Gift sind. Wenn Ihre Tochter also tatsächlich diesem Haus entstammt, wird ihr das Austrinken dieser Phiole nichts anhaben können.«

Rhyme springt vor mich. »Das könnt ihr nicht machen!«

Giulietta stoppt ihn mit einer Handbewegung. »Romeus hat recht. Wenn Joy eine Capulet ist, tut ihr das Gift nichts. Es sei denn, Herr Nouveaux möchte seine Aussage revidieren?«

Dads Blicke hetzen von einem Gesicht zum nächsten. »Ist das ein Scherz? So eine Art versteckter Kamera?«

»Keineswegs.« Lord Montague zieht den Pfropfen aus der Phiole und reicht sie mir. Sie ist kaum größer als mein kleiner Finger, aber nach allem, was Rhyme gerade gesagt hat, würde schon ihr feucht glänzender Rand genügen, um einen normalen Menschen umzubringen. »Trink es aus, Joy.« Als ich nichts dergleichen tue, fügt er mit schmalen Augen und deutlich leiser hinzu: »Er ist in unserer Gewalt, vergiss das nicht.«

Mit heftig pochendem Herzen hebe ich meinen Arm, doch Rhyme packt mein Handgelenk und hält mich zurück. Im selben Moment ruft Dad: »Nein! Warten Sie! Ich … ich … ich …«

»Herr Nouveaux. Wir warten nicht die ganze Nacht auf Sie!«

Dad wird blass und fummelt nervös am Ärmel seines Schlafanzugs. »Ich bin … mir nicht sicher.«

Mein Herz bleibt stehen.

Was soll das heißen, er ist sich nicht *sicher*? Gerade hat er doch noch selbst mit Moms Foto argumentiert! Offenbar bin ich nicht die Einzige, der es die Sprache verschlagen hat. Alle im Raum starren wie gebannt auf den Bildschirm.

Giulietta räuspert sich ungeduldig. »Würden Sie das bitte erläutern? Warum sind Sie nicht sicher?«

Dad knetet seine Hände im Schoß und meidet meinen Blick. Er klingt mit einem Mal sehr leise, fast so, als würde er nur mit sich selbst flüstern. »Rose hat Joy über alles geliebt. Das ist es doch, was letztendlich zählt, nicht wahr?«

Erst jetzt, als Dad ihren Namen laut ausspricht, wird mir klar, wie gut er hierherpasst. Rose Capulet war eine Schülerin dieser Akademie, das belegen nicht nur die Fotos im Jahrbuch, sondern auch ihre Schlangenfürstin selbst. Wie kann es dann noch einen Zweifel geben? Mein Hirn kribbelt, als sich eine Antwort in meinen Gedanken anschleicht, aber sie ist so absurd, dass ich sie sofort wegschüttle. Stattdessen bin ich es nun, die auf den Laptop zutritt und versucht, den Blick meines Vaters einzufangen. »Dad? Was soll das heißen?«

Meine Stimme allein genügt, um sein Gesicht zerknittern zu lassen. Für einen Herzschlag nur sieht er unsicher zu mir auf, dann schaut er wieder in seinen Schoß. Das Kribbeln in meinem Hirn wird stärker.

»Joys Mom ist die Person, die Sie auf dem Foto gesehen haben«, beginnt er zögernd. »Sie hat sie geliebt. Über alles. Rose hat sie geliebt wie …« Ein erstickter Laut bricht aus ihm heraus. Egal, wie viele Jahre vergangen sind, er ist nie so ganz über ihren Tod hinweggekommen. Zumindest ist es das, was ich zuerst denke. Erst als er noch etwas hinzufügt, halb erstickt unter Tränen, dämmert mir, dass ihm noch etwas ganz anderes die Luft abschnürt. »Rose hat sie geliebt wie … wie ihre eigene Tochter.«

Rhyme packt mich an den Schultern.

Ich brauche einen Moment, um zu verstehen, dass er mich davor bewahrt hat, gegen eines der Bücherregale zu kippen. Schwindel verdreht meine Sicht, als wäre mir für ein paar Sekunden jegliches Blut aus dem Kopf gewichen.

Im Hintergrund lässt Cut seinen Arm sinken.

»Es tut mir unendlich leid, dass du es so erfährst«, wispert Dad fast lautlos aus dem Laptop. »Deine Mom war in jeder Hinsicht, die wirklich zählt, deine richtige Mutter. Aber sie …« Er atmet so tief durch, als würde er die Luft dafür bis aus den Zehen ziehen. »Aber sie war nicht die Frau, die dich zur Welt gebracht hat.«

Ich kann nichts sagen.

Nicht ein Wort.

»Wer war ihre leibliche Mutter?«, will Lord Montague wissen.

Dad schüttelt schwach den Kopf, als ginge ihm die Kraft für weitere Antworten aus. Diesmal ist es Lady Capulet, die nach der Giftphiole schnappt und sie drohend vor den Bildschirm hält. »Sagen Sie endlich, was Sie wissen!«

Er zuckt heftig zusammen. »R-Rose war mit ihr b-befreundet«, bringt er stockend hervor.

»Befreundet? Mit Joys leiblicher Mutter?«

Er nickt zögernd. Noch immer schafft es sein Blick nicht zu mir, flackert nur unfokussiert umher, als würde vor seinen Augen ein ganz anderer Film ablaufen. »Die beiden waren Freundinnen«, murmelt er in Gedanken versunken. »Sie wollten weg von ihrem alten Leben, schafften es aber nur bis nach Frankreich. Kurz nachdem das Baby zur Welt gekommen war, gab es ein fürchterliches Feuer im Krankenhaus. Es war damals in allen Zeitungen …«

Lady Capulet schnappt nach Luft. »Daran erinnere ich mich. Ein verheerender Brand auf der Säuglingsstation. Das ging damals um die ganze Welt.«

Dad schlingt seine Arme um den Bauch und wippt sachte im Ohrensessel vor und zurück. »Als ich Rose auf einem Campingplatz außerhalb von Paris zum ersten Mal traf, war sie allein mit dem Neugeborenen. Sie hatte schreckliche Angst davor, dass es kein Unfall gewesen sein könnte.« Er macht ein ungläubiges Geräusch, als wäre die bloße Vorstellung für ihn bis heute unfassbar. »Zu meiner eigenen Sicherheit sollte ich so wenig wie möglich wissen, aber sie machte mir klar, dass sie vor einem Kult geflohen war. Irgendeiner elitären Loge, die sie nicht gehen lassen wollte.«

Lady Capulet wechselt einen überraschten Blick mit Lord Montague, der jedoch nur die Stirn runzelt und kaum sichtbar den Kopf schüttelt. Die beiden waren damals noch nicht die Familienoberhäupter, sondern nur die Fürsten ihrer Häuser. Was Dad sagt, scheint genauso neu für sie zu sein wie für mich.

»Ich habe mich in Rose und die Kleine verliebt«, flüstert Dad. »Und wer auch immer ihrer leiblichen Mutter auf den Fersen war – falls das wirklich so gewesen sein sollte –, folgte uns nicht bis nach London. Offiziell haben es weder Joy noch ihre Mutter je aus diesem Krankenhaus hinausgeschafft.«

»Moment mal. Das kann doch gar nicht stimmen«, höre ich mich wie aus weiter Ferne sagen. »Wie soll ich denn auf die Welt gekommen sein, bevor du Mom zum ersten Mal getroffen hast?«

Dads Gesicht zerknittert noch ein wenig mehr.

»Du hast keine Vorstellung davon, wie sehr ich dich liebe, Joy. Das ist etwas, das nur Eltern begreifen.« Er blickt mit feuchten Augen zu mir auf. »Es hat für mich nie eine Rolle gespielt, wer dein leiblicher Vater war.«

KAPITEL 43

Ich höre Dads Worte.

Aber sie berühren mich nicht.

Nein, das ist falsch ausgedrückt, sie *erreichen* mich nicht.

Von einer Sekunde zur nächsten fühlt es sich an, als wäre ich wieder in diesem eiskalten Pool da draußen. Als wäre Ash mir rechtzeitig hinterhergesprungen und hätte mich hinab in die Tiefe gerissen, wo ich nicht mehr atmen kann.

»Wie lautete der Name von Joys leiblicher Mutter?«, will Lord Montague in einer weit, weit entfernten Welt wissen.

Dad braucht noch kurz, um seine Stimme wiederzufinden. »Ich kenne ihren Namen nicht – und das ist die Wahrhei!«, fügt er mit einem raschen Blick auf die Giftphiole hinzu. »Alles, was Rose von ihr hatte, war ein Polaroidbild, das eine der Krankenschwestern von ihr und Joy zusammen gemacht hat.«

»Wo ist dieses Bild jetzt?«, fragt Lady Capulet.

Dad schüttelt nur den Kopf.

»Herr Nouveaux! Ihr Schweigen hilft Ihrer Tochter nicht! Im Gegenteil!«

Er schluckt schwer. »Rose hielt es für zu gefährlich, es zu behalten«, gibt er zögernd zu. »Ich wollte nicht, dass sie es tut, ich wollte, dass wir etwas von ihr für Joy aufbewahren, wenn auch nur etwas so Kleines wie ein Foto – aber Rose hatte zu große Angst. Noch auf dem Campingplatz in Paris hat sie es verbrannt.«

Lord Montague stößt einen Fluch aus.

Lady Capulet beugt sich dicht vor den Bildschirm. »Hat sie es Ihnen vorher gezeigt? Haben Sie Joys Mutter auf dem Foto gesehen? Könnten Sie sie noch identifizieren?«

»Verdammt noch mal, Giulietta!«, fährt Lord Montague dazwischen. »Das ist sechzehn Jahre her! Wie soll er sich da an irgendein fremdes Gesicht auf einem Polaroid erinnern? Das ist viel zu unverlässig. Wir müssen das Mädchen mit Feuer und Wasser prüfen!«

Dad blickt auf. »Ich weiß noch genau, wie sie aussah.«

Damit hat er schlagartig die Aufmerksamkeit der Grafen. Beide schnellen mit geweiteten Augen zu ihm herum. Dads Brust hebt und senkt sich in heftigen Atemzügen. Er kämpft um seine Fassung. »Es mag lange her sein, aber ich hatte damals ein furchtbar schlechtes Gewissen. Ich habe den Anblick dieser jungen Frau im Krankhausbett, die ihr neugeborenes Baby mit einer Mischung aus Furcht und Liebe in den Armen hielt, niemals vergessen.«

»Können Sie sie beschreiben?«, fragt Lady Capulet.

»Das ist nicht nötig.« Zum ersten Mal sieht Dad mich wirklich an. So wie er das oft getan hat, voller Liebe, aber auch mit einem Hauch von Traurigkeit im Blick. Ich hatte immer gedacht, dass ich ihn einfach zu sehr an Mom erinnere. Seine Mundwinkel zittern, dennoch zieht er sie für mich zu einem schwachen Lächeln nach oben. »Ich muss sie nicht beschreiben. Sie sah haargenau so aus wie Joy jetzt.«

Mehrere Sekunden lang senkt sich Stille über den Raum.

Alle sehen mich an.

Lady Capulet schüttelt schließlich den Kopf. »Ich kann mich an niemanden erinnern, der auch nur so ähnlich aussah wie sie. Wie steht's mit dir, Romeus?«

Er wirft ihr einen finsteren Blick zu. »Ich sagte es schon mal: Sie ist nichts Besonderes, solche merke ich mir nicht. Aber das ist auch nicht nötig. Wofür gibt es Bücher?«

Er scheucht Cut zur Seite und zieht eine Schiebetür im Bücherregal auf. Auf dem oberen Regalbrett reihen sich schwarze Bände aneinander, auf dem unteren weiße Bände im gleichen Format. Als er jeweils eines von jeder Farbe herauszieht, erkenne ich, dass es sich um Jahrbücher handelt. Er reicht das weiße Giulietta. »Wenn ihre leibliche Mutter zu einem unserer Häuser gehörte – und das ist wahrscheinlich, da Joy auf den Rosenfluch reagiert –, dann muss sie damals beim letzten Fluch hier an der Akademie gewesen sein.«

Lady Capulet durchstöbert wie ein Wirbelwind ihren Band, während Lord Montague mit angespanntem Kiefer eine Seite nach der anderen so barsch herumblättert, dass manche davon einreißen.

»Ich wäre jetzt so gern bei dir«, sagt Dad leise zu mir.

Ich weiß nicht, was ich antworten soll.

Meine Gefühle ertrinken immer noch in diesem Wasserbecken.

Rhymes Finger streifen meine Hand, während beide Grafen mit ihren Jahrbüchern abgelenkt sind, doch ich ziehe sie weg und klemme sie mir unter die Achseln. Mir wird plötzlich bitterkalt, sogar meine Zähne klappern leise vor sich hin. Rhyme tritt näher an mich ran, als würde er mich allein mit seiner Nähe wärmen wollen, weicht aber rasch wieder einen Schritt zurück, als seine Tante einen Triumphschrei ausstößt.

»Ich hab sie! Unfassbar! Sie sieht wirklich aus wie Joy!« Ihr silbern lackierter Fingernagel sticht in eines der Fotos im Capuletbuch.

Meine Augen beginnen heftig zu prickeln.

Lord Montague runzelt die Stirn und sieht zu ihr rüber.

»Hier ist sie!« Lady Capulet zeigt uns das Buch und tippt mit dem Finger auf ein Ballfoto, auf dem mehrere Paare miteinander tanzen. Ganz unscheinbar am rechten Rand steht ein Mädchen. Der Fotograf muss sie mit dem Blitzlicht erschreckt haben, denn sie schaut als Einzige mit großen Augen in die Kamera. Sie sind genauso blattgrün wie meine. Sogar ihr Haar schimmert im gleichen Haselnussbraun. Ihr Bauch ist flach, aber sie hat ihre Hände darüber gefaltet, als würde sie etwas verbergen wollen.

Cut fällt noch etwas anderes auf. »Ihr Kleid ist schwarz …«

Lady Capulets Finger rutscht am Foto hinab und bleibt auf der klein gedruckten Bildunterschrift liegen. Sie murmelt die Namen ungeduldig vor sich hin, bis sie zum richtigen gelangt. »Und ganz rechts ist … Das gibt's doch nicht, Romeus! Wie konntest du das übersehen?! Sie wurde nach ihrer Mutter benannt. Joy!« Ich zucke zusammen, aber Lady Capulet hat nicht etwa mich gerufen, sondern nur den Namen des Mädchens laut vorgelesen. »Ihre Mutter hieß Joy! Da steht es schwarz auf weiß! Joy Montague!«

Montague?!

Cut keucht auf.

Rhyme hingegen sagt kein einziges Wort.

Er dreht sich einfach auf der Stelle um und verlässt das Zimmer. Ich sehe nur noch seine hellen Haare um die Ecke verschwinden, dann nehme ich außer dem Poltern meines Herzens kein anderes Geräusch mehr wahr. Es ist mir egal, was hinter mir geschieht, egal, welche Bücher sie wälzen oder welche Namen sie vorlesen, egal, wie schockiert Cut mich ansieht. Selbst mein Dad kümmert mich in diesem Augenblick nicht mehr – ich will nur zu Rhyme.

Er ist schon die Treppe nach unten gegangen, als ich oben ans Geländer stoße. »Warte! Du kannst doch nicht einfach so gehen. Lass mich nicht im Stich!«

Rhyme bleibt im Foyer stehen und dreht sich nach mir um. Cuts Panther brüllt halbherzig vom Sofa herauf, hebt dafür aber nicht mal seinen Schädel. Sein Schwanz zuckt verärgert, als hätten wir ihn aus einem schönen Schläfchen gerissen.

»Ich lasse dich nicht im Stich«, erwidert Rhyme mit rauer Stimme. »Ich rette dir dein Leben.«

Ich laufe die Treppe hinab und werfe mich ihm entgegen.

Er fängt mich auf, aber seine Arme drücken mich sofort auf Abstand. »Joy! Das geht nicht!«, zischt er mir leise, aber sehr eindringlich zu. Sein Ausdruck ist zerrissen, als würde er seine eigenen Worte gleichzeitig verabscheuen. Oder sich zumindest wünschen, dass sie nicht wahr wären. »Ich weiß, dass dieser Fluch dir keine Angst einjagt, weil er das nämlich gar nicht soll. Unser Training, diese Maskenbälle, ja sogar die Duelle sind so gestaltet, dass sich alle Schüler möglichst wohl dabei fühlen. Aber das ist nur eine schillernde Fassade. Keine Gourmetdinner und keine sündhaft teuren Ballkleider können verhindern, was für das Ende dieses Fluchs getan werden muss. Und auch wenn keiner das gerne tun will, ist es nur eine Frage der Zeit, eine Frage der Monate, in der alle auf diesem Gelände vom Rosenfluch eingesperrt werden, bis auch der Letzte das Opfer des Liebespaars für seine eigene Freiheit in Kauf nimmt.« Er atmet mir heftig entgegen. Widerstrebend löst er eine Hand von meiner Schulter und lässt sie über meiner Wange schweben, als würde er sie berühren wollen, es aber nicht wagen. »Wir haben einfach keine Wahl, verstehst du?«, flüstert er mit plötzlich schwacher Stimme. »Wir dürfen nicht länger … ineinander verliebt sein.«

Cuts Panther brüllt auf.

Rhyme zuckt zusammen und sieht nach oben zum Geländer. Jegliche Farbe weicht ihm aus dem Gesicht.

Ich wirble mit rasendem Herzen herum und entdecke Cut, der uns mit weit aufgerissenen Augen entgegenstarrt. »Ihr … ihr seid ineinander verliebt?«, wiederholt er ungläubig.

Rhyme nimmt meine Hand, als Cut die Treppe herunterkommt. Der Katzenfürst passt in dieses Haus, das genau wie er in Schwarz und Gold gezeichnet ist. Ein merkwürdiges Lächeln zieht an seinem Gesicht, eines, das hin- und hergerissen scheint. Nur an seinem ungläubigen Blick, der sich nicht zwischen mir und Rhyme entscheiden kann, erkenne ich, dass ihn diese Situation genauso sehr schockieren muss wie uns.

Er bleibt einige Schritte vor uns stehen und sieht uns an. Sekunden verstreichen, in denen mein Herz rast und meine Hand in Rhymes schwitzt, obwohl sie dazu eigentlich nicht in der Lage sein sollte. Immerhin bin ich als Montague immun gegen Hitze. Oder sollte es zumindest sein.

Cuts Panther brüllt erneut.

Rhyme lässt mich rechtzeitig los, bevor Lady Capulet und Lord Montague am oberen Geländer auftauchen. Sie sind so sehr in ihre Diskussion vertieft, dass sie uns erst mit Verzögerung bemerken und ihr Gespräch sofort abbrechen. »Was könnte ihr Vater sonst damit gemeint haben? Er benutzte das Wort *Loge* garantiert nicht zufällig. Ihre Mutter muss sich …«

Beide Grafen halten abrupt inne und starren zu uns herab, als hätten wir sie bei etwas Verbotenem erwischt und nicht umgekehrt. Es wäre beinahe witzig, wenn es nicht so tragisch wäre. Wenn sich mein Herz nicht zusammenkrampfen würde, als Rhyme von mir wegtritt, seine Arme verschränkt und so tut, als würde ich ihn nicht weiter interessieren. Wenn unser beider Leben nicht davon abhinge, was der Katzenfürst als Nächstes tut.

»Was macht ihr noch hier?«, will Lady Capulet wissen.

Lord Montague verengt seine Augen. »Sind euch eure Pflichten etwa unklar?«

»Nein«, erwidert Cut gedehnt. Wie in Zeitlupe nehme ich wahr, dass sich sein Arm langsam hebt und in unsere Richtung ausstreckt. »Ich weiß genau, was ich zu tun habe.«

KAPITEL 44

Der Durchgang ist so schmal, dass ich zu beiden Seiten an den Wänden entlangstreife. Cut muss sogar schief gehen, um mit seinen breiten Schultern nicht irgendwo hängen zu bleiben. Seine kohlrabenschwarzen Haare werden bloß intervallweise von kleinen Öllämpchen beleuchtet, dazwischen tauchen wir immer wieder ab in totale Finsternis und können nur blind darauf vertrauen, dass sich keine Stolperfallen unter unseren Füßen auftun.

Ich wische ein paar Spinnweben vor mir weg. »Darf ich ehrlich sein? Ich hab mit was anderem gerechnet, als du sagtest, du bringst mich in den Montagueflügel.«

Er wirft ein Grinsen über seine Schulter. »Diese Geheimgänge zwischen den Gebäuden sind spitze, oder? Es gibt sie überall in der Akademie. Dieser hier führt schnurstracks zum Montagueturm.«

»Ich will mich ja nicht beschweren«, murmle ich. »Aber der Marmorplatz hätte auch schnurstracks zum Montagueturm geführt. – Oh!«

Ich stolpere über eine Unebenheit im Boden, die ich in der Dunkelheit nicht sehen konnte. Cut, der sein Leben hier verbracht hat, muss automatisch darüber hinweggestiegen sein. Er packt reflexartig meine Hand, damit ich nicht hinfalle, aber ich bedanke mich nur knapp und lasse ihn rasch wieder los. Mir steckt noch zu tief der Moment in den Knochen, als ich vor Lady Capulet und Lord Montague im Foyer stand, mit rasendem Puls Cuts Reaktion abwartete und uns schon dabei sah, wie wir von Sicherheitsleuten zum Ballkomitee geschleppt würden. Aber das war es nicht, was Cut tat. Er hob lediglich seinen Arm – und bot mir als mein neuer Fürst seine Hand an. Rhyme war zur Tür draußen, noch bevor ich sie annehmen konnte.

»Zugegeben, es gibt schnellere Wege zum Montagueturm«, meint Cut grinsend. »Aber bestimmt keinen mit mehr Spinnweben.«

Ich seufze. »Sei ehrlich, versteckst du mich vor den anderen Montagues?«

Er lacht auf und geht einfach weiter.

Wir kommen hinter einem Wandteppich im Montagueflügel heraus. Cut streckt zuerst seinen Kopf hinaus, sieht sich nach beiden Seiten hin um und winkt mich rasch hindurch. In schnellen Schritten, bei denen er mehrmals den Kopf über die Schulter dreht, um nach hinten in den Flur zu blicken, lotst er mich zu einer schwarzen Tür mit goldenem Löwenkopfgriff. Er stößt mich so ungeduldig ins Zimmer dahinter, dass ich durch den kurzen Durchgang stolpere und erst auf einem dicken Perserteppich zum Stehen komme.

Es ist der rote Raum, der mir nachts schon öfter von Poetrys Balkon aus aufgefallen ist, weil er die Terrasse davor in feuriges Licht taucht. Hier habe ich Cuts kleinen Bruder zum ersten Mal gesehen. Ink kauerte vor einer Feuerschale draußen, die helle Funken in den Nachthimmel stob. Aber das war nichts im Vergleich zu dem Lagerfeuer in diesem Zimmer.

In der Mitte des Raums sind meterlange Holzscheite aufgestapelt, an denen tiefrote Flammen bis zu einem weit herabreichenden Kamin emporzüngeln. Es riecht nach kühler Abendluft, die aus der geöffneten Terrassentür zu uns hereinströmt, nach kochendem Harz, das im Holz eingeschlossen ist, und nach frisch abgebrannter Asche. Es riecht haargenau so wie der Katzenfürst.

»Das ist also dein Zimmer«, stelle ich fest.

Cut zieht rasch die Vorhänge zu, die mich an die schweren, roten Bühnenvorhänge in Theatern erinnern und uns von allen Blicken da draußen verlässlich abschirmen. Etwas von seiner Anspannung weicht aus seinen Schultern. »Freu dich nicht zu früh«, meint er mit schiefem Lächeln. »Ink schläft auch hier. Er ist erst zwölf, und ich habe keine

Ahnung, wie er das anstellt, aber wenn er nach Mitternacht ins Bett geht, schnarcht er wie eine Holzsäge.«

Wie in jedem Zimmer an dieser Akademie gibt es auch in diesem vier Betten, die von außen allerdings nicht als solche zu erkennen sind. Sie wirken wie gigantische Tipis, deren feuerrote und orangefarbene Stoffbahnen in kunstvoller Flammenform nach oben zur hohen Decke hin gedreht sind. Cut deutet auf ein Schlafzelt in der hinteren Ecke, runzelt aber die Stirn, als ihm auffällt, dass die Eingangsvorhänge zur Seite geschoben sind und niemand darin liegt.

»Wo steckt der kleine Teufel schon wieder? Er sollte längst im Bett sein!«, schimpft er wie eine alte Glucke. »Andererseits ist das vielleicht ganz gut so. Wenn Ink mitbekäme, dass du in unser Zimmer wechselst, würde er für den Rest der Nacht Falldrähte vor deinem Bett aufspannen und deine Schnürsenkel zusammenknoten.«

»Weil ich eine Capulet bin? Ich meine … war?«

»Weil du ein Mädchen bist.« Er zuckt bedauernd die Schultern. »Er braucht noch ein, zwei Jahre, um seine Meinung gegenüber dem anderen Geschlecht zu ändern, schätze ich.«

»Sei froh über seine Unschuld.« Ich lasse mich in die dicken Sitzpolster vor dem Feuer sacken und starre in die Flammen. »Sie bewahrt ihn … vor dem Fluch.«

Davor, sich zu verlieben.

Cut entgeht mein kurzes Stocken nicht, seine dunklen Augenbrauen ziehen sich eng zusammen. Er schiebt seine Hände in die Hosentaschen, schlendert zu mir herüber und lässt seine Stimme eine Spur zu beiläufig klingen. »Du solltest wissen, dass ich nichts mitgekriegt habe. Vorhin im Foyer. Du weißt schon. Ich habe weder etwas gehört noch etwas gesehen. Du musst dir deswegen keine Sorgen machen. Okay?«

»Bist du dir sicher?«, flüstere ich ins Knistern der Flammen. »Der Fluch könnte schon bald vorbei sein, dein Haus wäre bewahrt vor einem weiteren Verlust …«

»Du gehörst jetzt auch zu meinem Haus«, entgegnet Cut. »Du bist eine Montague.«

Meine Augen füllen sich mit Tränen, die ich mit einem ironischen Auflachen von meinen Wangen wische. »Und was für eine! Siehst du das? Mein Montagueblut ist so schwach, dass man mich zwei Monate lang für eine Capulet hielt. Ich wäre kein besonders großer Verlust für eure Blutlinie.«

»Ich tue das hier nicht für unser Haus«, erwidert er leise.

Als ich aufblicke, hat er sich bereits zu einem der Zeltbetten umgedreht.

Er kriecht hinein und hebt etwas Kleines, Wuscheliges von den roten Samtkissen, das er zu mir ans Feuer bringt. Erst als er sich vorsichtig hinsetzt und sich vier winzige Pfoten in allen Richtungen über seine Hände hinausstrecken, erkenne ich, dass es sich um ein aschgraues Kätzchen handelt. Es räkelt sich auf dem Rücken, reißt sein kleines Mäulchen in einem beeindruckenden Gähnen auf und sieht mich neugierig von unten herauf an. »Das ist Fluffy. Er wurde geboren, kurz bevor wir uns auf die Suche nach dir machen mussten. In den Rosengarten lasse ich ihn lieber noch nicht, er ist zwar winzig, hasst Capulets aber aus tiefstem kleinem Katerherzen. Er würde ein Blutbad anrichten«, fügt Cut mit unpassend stolzem Grinsen hinzu. »Siehst du, wie ruhig er in deiner Gegenwart bleibt? Er ist der beste Beweis dafür, dass du hierhergehörst.«

Cut legt mir Fluffy in den Schoß.

Der kleine Kater bleibt in vollstem Vertrauen auf dem Rücken liegen, packt seinen eigenen Schwanz und beißt leidenschaftlich hinein. Seine gelben Katzenaugen bleiben dabei neugierig auf mich gerichtet. Als ich ihn am Hals kraule, bricht er in für so ein kleines Wesen erstaunlich lautes Schnurren aus.

»Rhyme hatte Balboa im Rosengarten befohlen, sich auf Montagues zu stürzen«, fällt mir plötzlich ein. »Und genau das hat sie auch gemacht, als sie über mich herfiel. Sie hat ihm aufs Wort gehorcht.«

»Das besagt gar nichts«, entgegnet Cut. »Das Vieh ist so blind wie ein Maulwurf. Letzten Herbst hat es versucht, sich mit einem Abwasserrohr in den Duschräumen zu paaren. Die Erstsemester brauchten psychologische Betreuung.«

Fluffy räkelt sich über meine Hände hinaus und tatzt nach dem Feuer, als hätte er keinerlei Bedenken, sich mit etwas so Großem und Furchterregendem anzulegen. Cut drückt seine Pfoten sanft zurück und schüttelt den Zeigefinger vor seiner Nase, aber Fluffy interpretiert das nur als Aufforderung, ihm furchtlos in die Fingerkuppe zu beißen.

»Es gibt etwas, das ich dir sagen muss«, meint Cut, ohne den Blick von der Katze zu nehmen. »Ich weiß nur nicht, ob heute Nacht der richtige Zeitpunkt dafür ist. Du hast schon genug durchgemacht.«

Ein Stein sinkt mir in den Magen.

Meiner Stimme lasse ich das aber nicht anmerken. »Ich würde es gerne wissen.«

Cut krault Fluffys flauschigen Bauch. »Es hat schon bei Poetry keinen Sinn ergeben, aber nachdem wir beide beim *Ultimo Ballo* miteinander getanzt hatten und nur du zur Ballkönigin gewählt wurdest, wusste ich mit Sicherheit, dass etwas am Auswahlverfahren des Ballkomitees nicht stimmen kann. Dass wir vermutlich … angelogen wurden.«

»Angelogen?« Ich schüttle verständnislos den Kopf. »Wieso sollten sie uns über das Auswahlverfahren anlügen? Und vor allem, wieso sollten sie *euch* anlügen, die Fürsten?«

Cut wirft mir einen eindringlichen Blick zu. »Damit wir Fehler machen.«

Sie alle lügen. Das hatte auch dieser Souffleur gesagt! Meinte er damit das Ballkomitee?

»Ich versuche nun schon seit Wochen, mehr über diese Typen rauszukriegen«, fährt Cut fort. »Aber in unserer Bibliothek steht nur das übliche Geschwafel über sie. Dass sie unabhängige Schiedsrichter sind, dass sie den Willen des Unsterns ausüben und so weiter. Also bin ich nach dem *Ultimo Ballo* meinem Vater durch eine der Geheimtüren gefolgt und habe ihn dabei beobachtet, wie er sich heimlich mit jemandem getroffen hat.«

»Mit dem Komitee?«

»Nein.« Cut runzelt die Stirn. »Mit dem Ballkönig der Montagues. Er hat ihn beiseitegenommen und ihm deine Schwächen mit äußerster

Präzision aufgelistet. Mein Vater wusste von irgendwoher, dass du nicht unter Wasser atmen kannst.«

Ein heftiger Stich fährt mir durch die Brust. »Aber davon wussten nur meine Freunde und … und du?«

Cut nickt. »Das dachte ich mir auch. Deshalb hab ich beschlossen, mich und meine Katzen aus dem Duell rauszuhalten und die Zeit für etwas anderes zu nutzen. Das Haus meines Vaters ist kein wirkliches Zuhause für mich, musst du wissen. Seit ich alt genug für Schulunterricht bin, wohne ich hier im Turm. Ich kann nicht einfach bei ihm rumspazieren, ohne sein Misstrauen zu erwecken oder von seinen Leibwachen aufgehalten zu werden. Aber ich wusste, dass sein Büro während des Duells mit absoluter Sicherheit verlassen sein würde.«

Ich schnappe nach Luft. »Also bist du durch diesen Geheimgang rein und hast deinen Panther als Alarmanlage aufs Sofa gesetzt«, schlussfolgere ich. »Was hast du entdeckt?«

»Eine Liste.« Er atmet tief durch. »Eine handgeschriebene Liste in einem kleinen Buch, das er in einer Schublade mit doppeltem Boden versteckt hatte. Es waren Aufzeichnungen von Geldbeträgen, allerdings nicht an irgendwelche Konten, sondern an Namen.«

»Bestechungsgelder für das Ballkomitee?«

Cut zuckt die Schultern. »Das weiß ich nicht. Ich habe mich an seinen Laptop gesetzt, um herauszufinden, wer dahintersteckt, aber kein einziger Name führte mich irgendwohin. Keine Artikel, keine Social-Media-Seiten, rein gar nichts. Als wären sie allein für dieses kleine Buch erfunden worden. Nur bei einem einzigen Namen wurde ich fündig. Einer gewissen Drusila Apple-Eston.«

»Diesen Namen habe ich noch nie gehört.«

»Er klingt nicht nach den Vorlieben der Montagues und Capulets, nicht wahr?« Cut lächelt schief. »Wir haben eine Schwäche für Namen, die im weitesten Sinn etwas mit unserer Familiengeschichte zu tun haben, so sehr, dass wir auch unseren Kraftquellen dazu passende Spitznamen geben. Bei ihr war jemand äußerst kreativ. Hör nur mal auf die Anfangsbuchstaben. Aus Drusila Apple-Eston wurde …«

»Drapes!« Ich schnelle so abrupt hoch, dass Fluffy auf den Boden kullert. Der kleine Kater sträubt sein Fell und verwandelt sich in eine gepuffte Flauschkugel. Doch statt sich an mir für die unsanfte Landung zu rächen, schießt er plötzlich wie ein Pfeil davon, springt mitten in die roten Samtvorhänge und krallt sich mit tiefster Leidenschaft in den Stoff.

Der Vorhang flucht.

Besser gesagt, jemand dahinter tut es.

Auf Cuts Gesicht breitet sich ein überlegenes Lächeln aus. »Du hast nicht ernsthaft geglaubt, dass du dich unbemerkt an mein Zimmer ranschleichen kannst, oder?«, höhnt er rüber. »Schieb deinen blassen Hintern rein, bevor dich jemand sieht.«

Rhyme tritt zwischen den Vorhängen hervor.

Mein Herz stolpert über sich selbst.

Cut hatte nicht übertrieben, als er sagte, dass Fluffy Capulets nicht ausstehen kann. Das kleine Kätzchen verwandelt sich in einen Mörderball aus spitzen Krällchen und scharfen Zähnchen, der senkrecht über Rhymes lange Beine emporschießt und es ganz offensichtlich auf sein Gesicht abgesehen hat. Rhyme kann ihn nur mit Mühe abschütteln und gegen eines der Stoffzelte werfen, an dem Fluffy wie eine Klette haften bleibt und ihn furchtlos anfaucht. Obwohl das nur Sekunden gedauert hat, sehen Rhymes Hände aus, als hätte er sie in einen Krallenmixer gehalten. Seine Augen sind ungläubig aufgerissen. »Was ist das für eine grässliche Kreatur?! Hast du die aus dem Ausverkauf der Hölle?!«

»Man nennt es Miezekätzchen«, erwidert Cut amüsiert. »Was hast du hier verloren? Wer so spätnachts in meinem Zimmer auftaucht, ist normalerweise hübscher angezogen. Zumindest anfangs«, fügt er grinsend hinzu.

Rhymes Miene verfinstert sich. »Du hast Joy in deinem Zimmer untergebracht?«

»Wäre es dir lieber gewesen, ich hätte sie in ein Mädchenzimmer gesteckt?« Cut hebt eine Augenbraue. »Nachdem sie zwei Monate lang auf der Seite des Feindes war? Direkt nach einem Duell, in dem sie einen der beliebtesten Schüler hier besiegt hat?« Er schnaubt spöttisch. »Und ich dachte, du magst Joy.«

»Du hast mich also wirklich vor den anderen Montagues versteckt«, stöhne ich.

»Zumindest für heute Nacht.« Cut steht auf, pflückt Fluffy vom Zelt und geht mit ihm zur Tür. »Wir werden uns was einfallen lassen müssen, aber das kann bis morgen warten. Ich geh meinen Bruder suchen.« Er dreht den Löwenkopfgriff, tritt über die Schwelle und sieht ein letztes Mal zu uns zurück. Im Licht des Feuers leuchten seine Augen wie geschmolzenes Gold. »Ihr habt fünf Minuten.«

Dann fällt die Tür hinter ihm zu.

Mein Blick schwenkt zu Rhyme.

Ich weiß genau, was ich jetzt gerne tun würde, es ist so glasklar und lebensnotwendig wie frische Luft zum Atmen: Ich möchte zu ihm laufen und mich in seine Arme werfen, ihn an mich drücken und seinen Duft einatmen. Aber da ist mehr als nur ein Lagerfeuer zwischen uns. Da ist etwas, das wir nicht überwinden können.

»*Verleugne deinen Namen*«, flüstert Rhyme über das Knistern der Flammen hinweg. »*Willst du das nicht, schwör dich zu meiner Liebsten, und ich bin länger kein Capulet. Mein eigner Name wird, weil er dein Feind ist, von mir selbst gehasst. Hätt ich ihn schriftlich, so zerriss ich ihn.*« Er gibt ein ironisches Schnauben von sich. »Ich hielt dieses Theaterstück immer für maßlos übertrieben. Es ist erschreckend, wie gut es plötzlich in mein Leben passt.«

Ein Kloß bildet sich in meinem Hals. »Ich sollte *Romeo und Julia* wohl doch irgendwann lesen.«

Rhyme tritt näher ans Feuer, kommt aber nicht zu mir herum. In seinen eisblauen Augen spiegeln sich Flammen, als würden sie brennen. »Wir sind kein legendäres Liebespaar. Es war nur eine Nacht.«

Es war länger als eine Nacht, würde ich gerne sagen. *Für mich war es länger.* Aber was würde das jetzt noch bringen?

»Es war nur eine Nacht«, stimme ich zu.

Er senkt den Blick. »Trotzdem würde es dem Ballkomitee genügen.«

Das lässt mich schlucken. »Was ... was tun wir jetzt?«

»Was wir vorher auch getan haben«, antwortet er leise. »Wir trainieren, wir tanzen, und wir tun unser Bestes, um nicht in einem dieser Duelle zu landen. Vor allem nicht auf gegensätzlichen Seiten.«

Mein Herz schlägt mir bis zur Kehle, als mir diese Möglichkeit klar wird.

»Gegen dich im Rosengarten antreten?!« Ich lache entsetzt auf. »Unmöglich!«

»Ich weiß.« Er blickt auf und lächelt mich an. »Ich hätte schon verloren.«

Tränen treten mir in die Augen, aber Rhyme schüttelt sachte den Kopf. »Du solltest das den anderen Montagues nicht zeigen, sonst akzeptieren sie dich nie. Montagues lachen selbst, wenn ihnen nach Heulen zumute ist.«

Ich drücke mir die Hände aufs Gesicht, als könnte ich meine Traurigkeit in mir einschließen, aber kaum merke ich, dass Rhyme zurück zur Terrassentür geht, schießen mir noch mehr Tränen in die Augen. »Gehst du etwa schon?!«

Er bleibt stehen und sieht zu mir zurück. »Ich bin der Schlangenfürst. Niemand darf mich im Montagueturm sehen, sonst bricht die Hölle unter den Schülern aus. Mal abgesehen davon, dass es wohl das Schlechteste wäre, was ich zum Schluss für dich tun könnte.«

»Zum Schluss?«

Er atmet tief durch. »Ich bin hergekommen, um mich von dir zu verabschieden.«

Mein Hals wird eng. »Und du meinst damit nicht bis morgen.«

»Nein«, wispert er. »Nicht bis morgen.«

Er greift in den Vorhangstoff. Doch bevor er ihn zur Seite ziehen und hinaus in die Nacht schlüpfen kann – in eine Nacht, die uns für immer voneinander trennen wird –, laufe ich ums Feuer herum und halte ihn zurück. »Warte! Rhyme! Können wir wenigstens ... wenigstens ... Freunde bleiben?«

Er dreht sich zu mir um, und plötzlich, ohne Vorwarnung, beugt er sich zur mir hinab und küsst mich auf den Mund. Ein Kuss, der anders ist als unser erster. Hatten wir auf dem Balkon noch ein wenig Scheu davor, uns zu berühren, ist es jetzt genau umgekehrt – wir haben Angst, uns wieder loszulassen. Zumindest ist es das, was ich fühle. Ich schlinge die Arme um seinen Nacken, ziehe ihn näher zu mir herab und presse meine Lippen gegen seine. Ein sehnsüchtiger Laut entkommt seiner Kehle, einer, der meinen eigenen Atem schwer werden lässt. Obwohl ich tief im Innern weiß, dass unser Kuss zu lange dauert, kann ich mich nicht von ihm trennen. Auch Rhyme schafft es nur in Etappen. Er küsst meinen Mund, meine Wange, meine Schläfe und meine Stirn, an der Stelle genau zwischen den Augen. Dann ist er, von einer Sekunde zur nächsten, einfach weg.

Mit wild pochendem Herzen schlage ich die Augen auf.

Rhyme verschwindet zwischen den roten Stoffbahnen, als würde der Vorhang ihn verschlingen. Als wäre dies der finale Akt eines Theaterstücks, bei dem er von der Bühne tritt. Sein letzter Blick hallt noch in mir nach, als ich längst allein im Raum stehe und dem schweren Vorhang fassungslos dabei zusehe, wie er sachte im Wind schwankt. Still und heimlich flehe ich den Stoff an, er möge nochmals bewegt werden, ein allerletztes Mal. Von Rhyme, der zu mir zurückkommt.

Aber der Vorhang ist gefallen.

DANK

Ich weiß! Ich weiß! Wie kann die Geschichte nur an dieser Stelle enden?! (Ich würde mir dafür ja selbst den Hals umdrehen, wenn das nicht kontraproduktiv wäre.) Die gute Nachricht lautet: Joys Abenteuer geht schon sehr bald weiter! Ich schreibe fleißig im Exil, zweihundert Kilometer nördlich von Verona, wo ich mich zu meiner eigenen Sicherheit tief in den Alpen verschanzt habe. Die Häuser Montague und Capulet sind sehr mächtig – und es gibt Kräfte, die verhindern wollen, dass ihr alles über den Fluch erfahrt. Unterstützt Joy, Rhyme und Cut und verbreitet die Wahrheit, so gut ihr könnt! Vergesst nicht: *Unsere Macht liegt in Worten.* Verbündet euch unter #theromeoandjulietsociety und auf www.sabineschoder.de

Vielen Dank an alle, die uns mutig unterstützen!

Danken möchte ich auch meinem lieben Ehemann (dem ich angedroht habe, ihn nicht in diese Danksagung aufzunehmen, wenn er mein Buch nicht rechtzeitig liest), und meiner Mama (die eher *mir* drohen musste, damit sie mein neues Buch endlich bekommt). Ein ganz besonderer Dank gilt dem Ravensburger Verlag, der sich (ohne es zu wissen) ausgerechnet an meinem Geburtstag für *The Romeo and Juliet Society* entschieden hat – ein tolleres Geschenk konnte ich mir gar nicht wünschen. Vielen Dank an Kathrin und das gesamte Ravensburger Team, die mich in einer königlichen Zeremonie zur RavenQueen gekrönt haben. (Fotos

→ Website!) Vielen Dank auch an Sarah, die mir beim Feinschliff geholfen hat (und zielsicher jede Stelle fand, bei der ich gehofft habe, ich könnte mich heimlich durchmogeln). Und vielen Dank an Isabelle, die mit ihren unglaublichen Covern all meine Erwartungen übertroffen hat, und an Wahed Khakdan, für seine absolut fantastisch gezeichnete Karte der Akademie. Zu guter Letzt noch meinen unsterblichen Dank an Christiane, beste Agentin aller Zeiten, die mich vom Konzept bis zur Abgabe fürstlich unterstützt hat.

The
Romeo & Juliet
Society

VORHANG AUF FÜR DEN NÄCHSTEN AKT!

DIE ROMANTISCHE FANTASYREIHE GEHT WEITER:

BAND 2: SCHLANGENKUSS
(ERSCHEINT IM FRÜHJAHR 2024)

BAND 3: DIAMANTENTOD
(ERSCHEINT IM HERBST 2024)

THE ROMEO & JULIET SOCIETY,
BAND 2: SCHLANGENKUSS
ISBN 978-3-473-40239-7

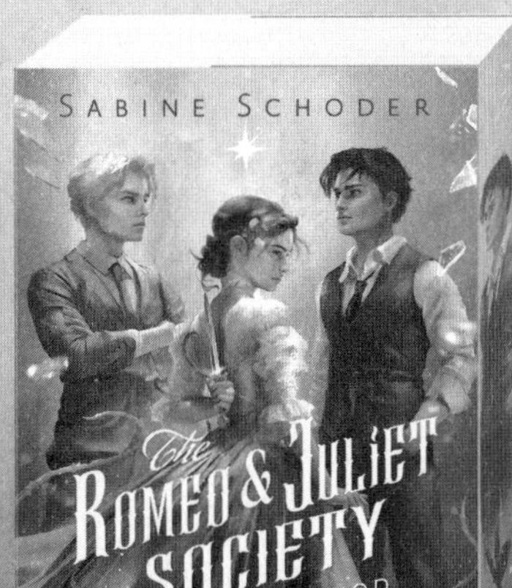

THE ROMEO & JULIET SOCIETY,
BAND 3: DIAMANTENTOD
ISBN 978-3-473-40240-3

TRIGGERWARNUNG

(Achtung: Spoiler für die gesamte Reihe!)

Diese Reihe enthält Themen, die triggern können.
Diese sind:

Gespräche über das Thema Suizid

Akute Beratung in Krisensituationen bietet u. a.
die Telefonseelsorge an – rund um die Uhr und kostenlos:
0800/1110111
0800/1110222
www.telefonseelsorge.de